I0637254

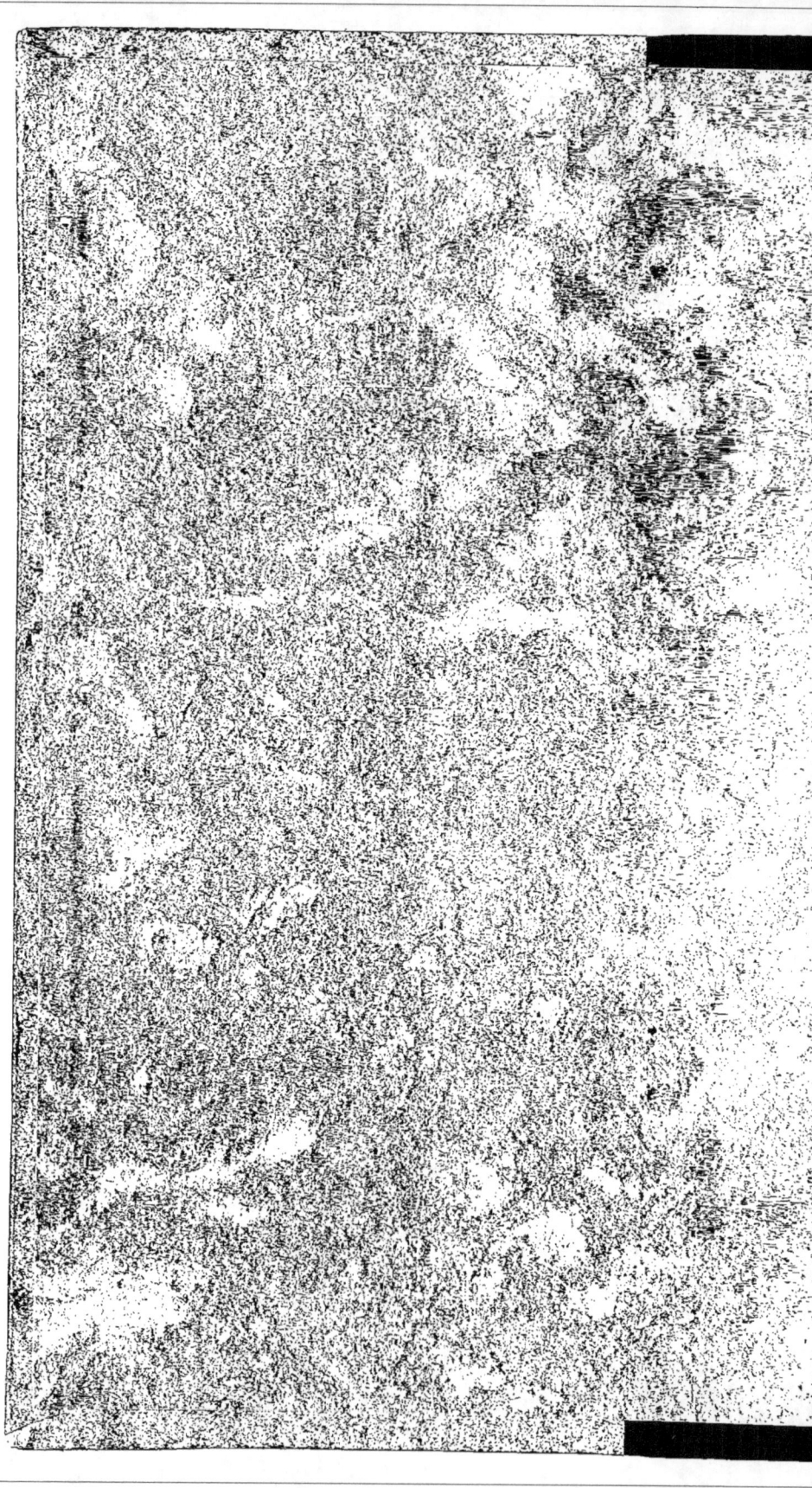

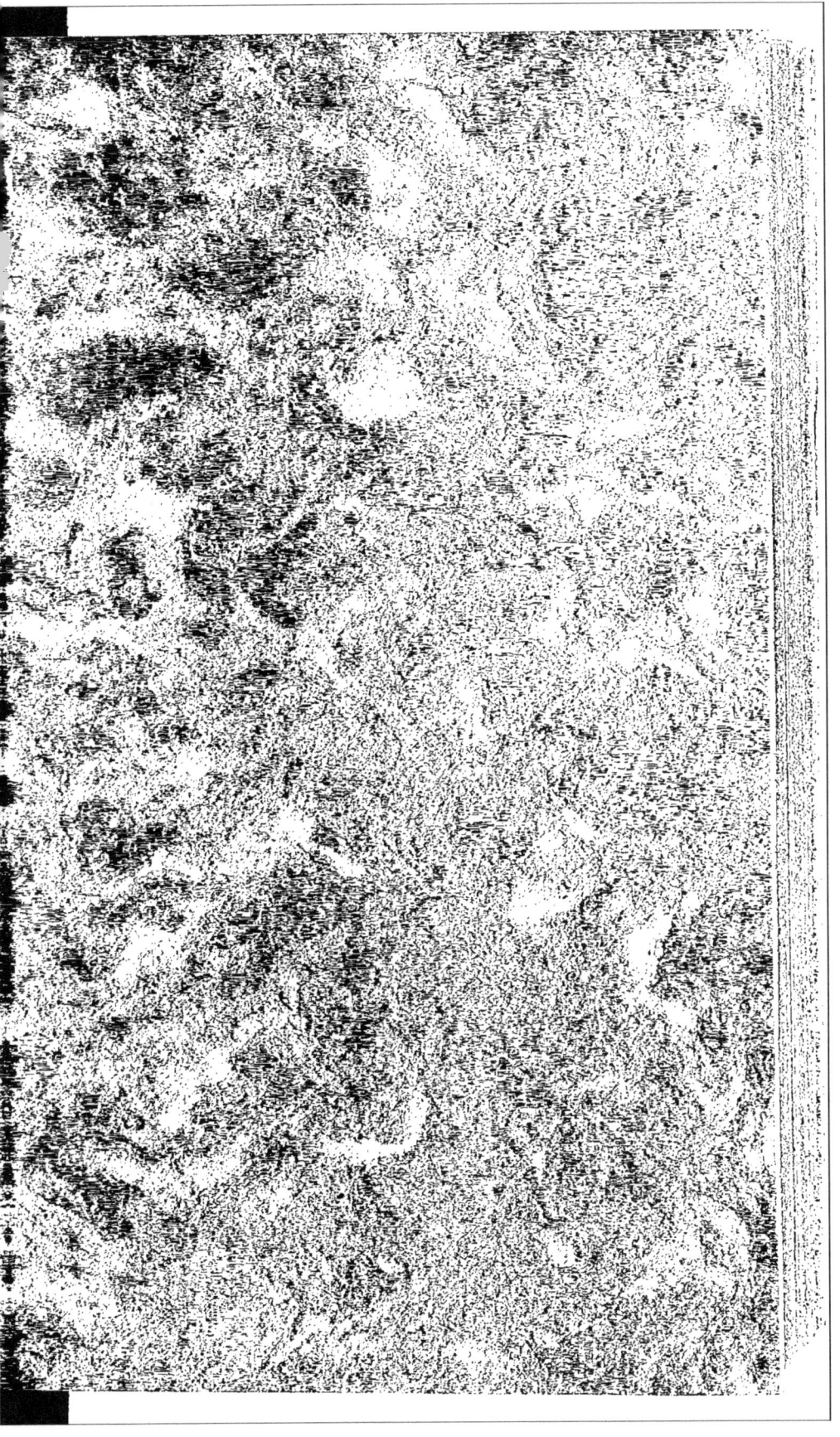

La reliure traditionnelle 1988

ŒUVRES COMPLÈTES

DE

GÉRARD DE NERVAL

IV

LES ILLUMINÉS

—

LES FAUX SAULNIERS

CHEZ LES MÊMES ÉDITEURS

ŒUVRES COMPLÈTES

DE

GÉRARD DE NERVAL

PRÉCÉDÉES

D'une Notice par **Théophile Gautier**

Format grand in-18

Les autres volumes paraîtront successivement.

Imprimerie générale de Ch. Lahure, rue de Fleurus, 9, à Paris.

LES
ILLUMINÉS

LES

FAUX SAULNIERS

PAR

GÉRARD DE NERVAL

PARIS

MICHEL LÉVY FRÈRES, LIBRAIRES ÉDITEURS

RUE VIVIENNE, 2 BIS, ET BOULEVARD DES ITALIENS, 15

A LA LIBRAIRIE NOUVELLE

1868

(C.)

LA BIBLIOTHÈQUE DE MON ONCLE

Il n'est pas donné à tout le monde d'écrire l'*Éloge de la Folie*; mais, sans être Érasme, ou Saint-Evremond, on peut prendre plaisir à tirer du fouillis des siècles quelque figure singulière qu'on s'efforcera de rhabiller ingénieusement, à restaurer de vieilles toiles, dont la composition bizarre et la peinture éraillée font sourire l'amateur vulgaire.

Dans ce temps-ci, où les portraits littéraires ont quelque succès, j'ai voulu peindre certains *excentriques* de la philosophie. Loin de moi la pensée d'attaquer ceux de leurs successeurs qui souffrent aujourd'hui d'avoir tenté trop follement ou trop tôt la réalisation de leurs rêves. Ces analyses, ces biographies furent écrites à diverses époques, bien qu'elles dussent se rattacher à la même série.

J'ai été élevé en province, chez un vieil oncle qui possédait une bibliothèque formée en partie à l'époque de l'ancienne révolution. Il avait relégué depuis dans son grenier une foule d'ouvrages, — publiés la plupart sans nom d'auteur sous la monarchie, ou qui, à l'époque révolutionnaire, n'ont pas été déposés dans les bibliothèques publiques. — Une certaine tendance au mysticisme, à un moment où la religion officielle n'existait plus, avait sans doute guidé mon parent dans le

1

choix de ces sortes d'écrits : il paraissait avoir depuis changé d'idées, et se contentait, pour sa conscience, d'un déisme mitigé.

Ayant fureté dans sa maison jusqu'à découvrir la masse énorme de livres entassés et oubliés au grenier, — la plupart attaqués par les rats, pourris ou mouillés par les eaux pluviales passant dans les intervalles des tuiles, — j'ai, tout jeune, absorbé beaucoup de cette nourriture indigeste ou malsaine pour l'âme; et, plus tard même, mon jugement a eu à se défendre contre ces impressions primitives.

Peut-être valait-il mieux n'y plus penser; mais il est bon, je crois, de se délivrer de ce qui charge et qui embarrasse l'esprit. Et puis n'y a-t-il pas quelque chose de raisonnable à tirer même des folies, ne fût-ce que pour se préserver de croire nouveau ce qui est très-ancien ?

Ces réflexions m'ont conduit à développer surtout le côté amusant et peut-être instructif que pouvait présenter la vie et le caractère de mes *excentriques*. — Analyser les bigarrures de l'âme humaine, c'est de la physiologie morale; — cela vaut bien un travail de naturaliste, de paléographe, ou d'archéologue; je ne regretterais, puisque je l'ai entrepris, que de le laisser incomplet.

L'histoire du xviiie siècle pouvait sans doute se passer de cette annotation; mais elle y peut gagner quelque détail imprévu que l'historien scrupuleux ne doit pas négliger. Cette époque a déteint sur nous plus qu'on ne le devait prévoir. Est-ce un bien ? est-ce un mal ? — Qui le sait ?

Mon pauvre oncle disait souvent : « Il faut toujours tourner sa langue sept fois dans sa bouche avant de parler. »

Que devrait-on faire avant d'écrire ?

LES ILLUMINÉS

LE ROI DE BICÊTRE

— RAOUL SPIFAME —

SEIZIÈME SIÈCLE

I

L'IMAGE

Nous allons raconter la folie d'un personnage fort singulier, qui vécut vers le milieu du xvi⁽ᵉ⁾ siècle. Raoul Spifame, seigneur des Granges, était un suzerain sans seigneurie, comme il y en avait tant déjà dans cette époque de guerres et de ruines qui frappaient toutes les hautes maisons de France. Son père ne lui laissa que peu de fortune, ainsi qu'à ses frères Paul et Jean, tous deux célèbres, depuis, à différents titres ; de sorte que Raoul, envoyé très-jeune à Paris, étudia les lois et se fit avocat. Lorsque le roi Henri deuxième succéda à son glorieux père François, ce prince vint en personne, après les vacances judiciaires qui suivirent son avénement, assister à la rentrée des chambres du parlement. Raoul Spifame tenait une modeste place aux derniers rangs de l'assemblée, mêlé à la tourbe des légistes inférieurs, et portant pour toute décoration sa

brassière de docteur en droit. Le roi était assis plus haut que
le premier président, dans sa robe d'azur semée de France, et
chacun admirait la noblesse et l'agrément de sa figure, malgré
la pâleur maladive qui distinguait tous les princes de cette
race. Le discours latin du vénérable chancelier fut très-long
ce jour-là. Les yeux distraits du prince, las de compter les
fronts penchés de l'assemblée et les solives sculptées du plafond, s'arrêtèrent enfin longtemps sur un seul assistant placé
tout à l'extrémité de la salle, et dont un rayon de soleil illu-
minait en plein la figure originale ; si bien que peu à peu tous
les regards se dirigèrent aussi vers le point qui semblait exciter
l'attention du prince. C'était Raoul Spifame qu'on examinait
ainsi.

Il semblait au roi Henri II qu'un portrait fût placé en face
de lui, qui reproduisait toute sa personne, en transformant
seulement en noir ses vêtements splendides. Chacun fit de
même cette remarque, que le jeune avocat ressemblait prodi-
gieusement au roi, et, d'après la superstition qui fait croire
que, quelque temps avant de mourir, on voit apparaître sa
propre image sous un costume de deuil, le prince parut sou-
cieux tout le reste de la séance. En sortant, il fit prendre des
informations sur Raoul Spifame, et ne se rassura qu'en apprenant le nom, la position et l'origine avérés de son fantôme.
Toutefois, il ne manifesta aucun désir de le connaître, et la
guerre d'Italie, qui reprit peu de temps après, lui ôta de
l'esprit cette singulière impression.

Quant à Raoul, depuis ce jour, il ne fut plus appelé par ses
compagnons du barreau que *Sire* et *Votre Majesté*. Cette plaisanterie se prolongea tellement sous toute sorte de formes,
comme il arrive souvent parmi ces jeunes gens d'étude, qui
saisissent toute occasion de se distraire et de s'égayer, que
l'on a vu depuis dans cette obsession une des causes premières du dérangement d'esprit qui porta Raoul Spifame à
diverses actions bizarres. Ainsi, un jour, il se permit d'adresser une remontrance au premier président touchant un juge-

ment, selon lui, mal rendu en matière d'héritage. Cela fut cause qu'il fut suspendu de ses fonctions pendant un temps et condamné à une amende. D'autres fois, il osa, dans ses plaidoyers, attaquer les lois du royaume, ou les opinions judiciaires les plus respectées, et souvent même il sortait entièrement du sujet de ses plaidoieries pour exprimer des remarques très-hardies sur le gouvernement, sans respecter toujours l'autorité royale. Cela fut poussé si loin, que les magistrats supérieurs crurent user d'indulgence en ne faisant que lui défendre entièrement l'exercice de sa profession. Mais Raoul Spifame se rendait dès lors tous les jours dans la salle des Pas-Perdus, où il arrêtait les passants pour leur soumettre ses idées de réforme et ses plaintes contre les juges. Enfin, ses frères et sa fille elle-même furent contraints à demander son interdiction civile, et ce fut à ce titre seulement qu'il reparut devant un tribunal.

Cela produisit une grave révolution dans toute sa personne, car sa folie n'était jusque-là qu'une espèce de bon sens et de logique; il n'y avait eu d'aberration que dans ses imprudences. Mais, s'il ne fut cité devant le tribunal qu'un visionnaire nommé Raoul Spifame, le Spifame qui sortit de l'audience était un véritable fou, un des plus élastiques cerveaux que réclamassent les cabanons de l'hôpital. En sa qualité d'avocat, Raoul s'était permis de haranguer les juges, et il avait amassé certains exemples de Sophocle et autres anciens accusés par leurs enfants, tous arguments d'une furieuse trempe; mais le hasard en disposa autrement. Comme il traversait le vestibule de la chambre des procédures, il entendit cent voix murmurer : « C'est le roi! voici le roi! place au roi! » Ce sobriquet, dont il eût dû apprécier l'esprit railleur, produisit sur son intelligence ébranlée l'effet d'une secousse qui détend un ressort fragile : la raison s'envola bien loin en chantonnant, et le vrai fou, bien et dûment *écorné du cerveau*, comme on avait dit de Triboulet, fit son entrée dans la salle, la barrette en tête, le poing sur la hanche, et s'alla placer sur son siége avec une dignité toute royale.

Il appela les conseillers *nos amés et féaux*, et honorabl
procureur Noël Brûlot d'un *Dieu-gard!* rempli d'aménité
Quant à lui-même, Spifame, il se chercha dans l'assemblée
regretta de ne point se voir, s'informa de sa santé, et toujoui
se mentionna à la troisième personne, se qualifiant « notr
amé Raoul Spifame, dont tous doivent bien parler. » Alor:
ce fut un haro général entremèlé de railleries, où les plaisan
placés derrière lui s'appliquaient à le confirmer dans ses folie:
malgré l'effort des magistrats pour rétablir l'ordre et la dignit
de l'audience. Une bonne sentence, facilement motivée, fin
par recommander le pauvre homme à la sollicitude et adress
des médecins; puis on l'emmena, bien gardé, à la maison de
fous; tandis qu'il distribuait encore sur son passage force salu
tations à son bon peuple Paris.

Ce jugement fit bruit à la cour. Le roi, qui n'avait poii
oublié son Sosie, se fit raconter les discours de Raoul, e
comme on lui apprit que ce sire improvisé avait bien imité l
majesté royale :

— Tant mieux! dit le roi; qu'il ne déshonore pas pareill
ressemblance, celui qui a l'honneur d'être à notre image.

Et il ordonna qu'on traitat bien le pauvre fou, ne montrar
toutefois aucune envie de le revoir.

II

LE REFLET

Durant plus d'un mois, la fièvre dompta chez Raoul la raiso
rebelle encore, et qui secouait parfois rudement ses illusion
dorées. S'il demeurait assis dans sa chaise, le jour, à se rendr
compte de sa triste identité, s'il parvenait à se reconnaître, à s
comprendre, à se saisir, la nuit son existence réelle lui étai
enlevée par des songes extraordinaires, et il en subissait un
tout autre, entièrement absurde et hyperbolique; pareil à ce

paysan bourguignon qui, pendant son sommeil, fut transporté dans le palais de son duc, et s'y réveilla entouré de soins et d'honneurs, comme s'il fût le prince lui-même. Toutes les nuits, Spifame était le véritable roi Henri II; il siégeait au Louvre, il chevauchait devant les armées, tenait de grands conseils, ou présidait à des banquets splendides. Alors, quelquefois, il se rappelait un avocat du palais, seigneur des Granges, pour lequel il ressentait une vive affection. L'aurore ne revenait pas sans que cet avocat eût obtenu quelque éclatant témoignage d'amitié et d'estime : tantôt le mortier du président, tantôt le sceau de l'État ou quelque cordon de ses ordres. Spifame avait la conviction que ses rêves étaient sa vie et que sa prison n'était qu'un rêve; car on sait qu'il répétait souvent le sbir :

— Nous avons bien mal dormi cette nuit; oh! les fâcheux songes!

On a toujours pensé depuis, en recueillant les détails de cette existence singulière, que l'infortuné était victime d'une de ces fascinations magnétiques dont la science se rend mieux compte aujourd'hui. Tout semblable d'apparence au roi, reflet de cet autre lui-même et confondu par cette similitude dont chacun fut émerveillé, Spifame, en plongeant son regard dans celui du prince, y puisa tout à coup la conscience d'une seconde personnalité; c'est pourquoi, après s'être assimilé par le regard, il s'identifia au roi dans la pensée, et se figura désormais être celui qui, le seizième jour de juin 1549, était entré dans la ville de Paris, par la porte Saint-Denis, parée de très-belles et riches tapisseries, avec un tel bruit et tonnerre d'artillerie, que toutes les maisons en tremblaient. Il ne fut pas fâché non plus d'avoir privé de leur office les sieurs Liget, François de Saint-André et Antoine Ménard, présidents au parlement de Paris. C'était une petite dette d'amitié que Henri payait à Spifame.

Nous avons relevé avec intérêt tous les singuliers périodes de cette folie, qui ne peuvent être indifférents pour cette science des phénomènes de l'âme, si creusée par les philosophes, et qui

ne peut encore, hélas! réunir que des effets et des résultats, ei
raisonnant à vide sur les causes que Dieu nous cache! Voic
une bizarre scène qui fut rapportée par un des gardiens ai
médecin principal de la maison. Cet homme, à qui le prison
nier faisait des largesses toutes royales, avec le peu d'argen
qu'on lui attribuait sur ses biens sequestrés, se plaisait à orne
de son mieux la cellule de Raoul Spifame, et y plaça un jou
un antique miroir d'acier poli, les autres étant défendus dan
la maison, par la crainte qu'on avait que les fous ne se blessas
sent en les brisant. Spifame n'y fit d'abord que peu d'attention
mais, quand le soir fut venu, il se promenait mélancolique
ment dans sa chambre, lorsqu'au milieu de sa marche l'aspec
de sa figure reproduite le fit s'arrêter tout à coup. Forcé, dan
cet instant de veille, de croire à son individualité réelle, tro
confirmée par les triples murs de sa prison, il crut voir tout
coup le roi venir à lui, d'abord d'une galerie éloignée, et lt
parler par un guichet comme compatissant à son sort ; sur quo:
il se hâta de s'incliner profondément. Lorsqu'il se releva, e
jetant les yeux sur le prétendu prince, il vit distinctement l'i
mage se relever aussi, signe certain que le roi l'avait salué, c
dont il conçut une grande joie et honneur infini. Alors, il s'é
lança dans d'immenses récriminations contre les traîtres qi
l'avaient mis dans cette situation, l'ayant noirci sans doute prè
de Sa Majesté. Il pleura même, le pauvre gentilhomme, en pro
testant de son innocence, et demandant à confondre ses ennemi
ce dont le prince parut singulièrement touché ; car une larn
brillait en suivant les contours de son nez royal. A cet aspe
un éclair de joie illumina les traits de Spifame ; le roi souria
déjà d'un air affable ; il tendit la main ; Spifame avança
sienne ; le miroir, rudement frappé, se détacha de la muraill
et roula à terre avec un bruit terrible qui fit accourir les gai
diens.

La nuit suivante, ordre fut donné par le pauvre fou, dans sc
rêve, d'élargir aussitôt Spifame, injustement détenu, et fausse
ment accusé d'avoir voulu, comme favori, empiéter sur le

droits et attributions du roi, son maître et son ami : création d'un haut office de *directeur du sceau royal*[1] en faveur dudit Spifame, chargé désormais de conduire à bien les choses périclitantes du royaume. Plusieurs jours de fièvre succédèrent à la profonde secousse que tous ces graves événements avaient produite sur un tel cerveau. Le délire fut si grave, que le médecin s'en inquiéta et fit transporter le fou dans un local plus vaste, où l'on pensa que la compagnie d'autres prisonniers pourrait de temps en temps le détourner de ses méditations habituelles.

III

LE POËTE DE COUR

Rien ne saurait prouver mieux que l'histoire de Spifame combien est vraie la peinture de ce caractère, si fameux en Espagne, d'un homme fou par un seul endroit du cerveau, et fort sensé quant au reste de sa logique; on voit bien qu'il avait conscience de lui-même, contrairement aux insensés vulgaires qui s'oublient et demeurent constamment certains d'être les personnages de leur invention. Spifame, devant un miroir ou dans le sommeil, se retrouvait et se jugeait à part, changeant de rôle et d'individualité tour à tour, être double et distinct pourtant, comme il arrive souvent qu'on se sent exister en rêve. Du reste, comme nous disions tout à l'heure, l'aventure du miroir avait été suivie d'une crise très-forte, après laquelle le malade avait gardé une humeur mélancolique et rêveuse qui fit songer à lui donner une société.

On amena dans sa chambre un petit homme demi-chauve, à l'œil vert, qui se croyait, lui, le roi des poëtes, et dont la folie était surtout de déchirer tout papier ou parchemin non

---

[1] Voir les *Mémoires de la Société des inscriptions et belles-lettres*, XXIII.

1.

écrit de sa main, parce qu'il croyait y voir les productions ri-
vales des mauvais poëtes du temps qui lui avaient volé les
bonnes grâces du roi Henri et de la cour. On trouva plaisant
d'accoupler ces deux folies originales et de voir le résultat d'une
pareille entrevue. Ce personnage s'appelait Claude Vignet, et
prenait le titre de *poëte royal*. C'était, du reste, un homme fort
doux, dont les vers étaient assez bien tournés et méritaient
peut-être la place qu'il leur assignait dans sa pensée.

En entrant dans la chambre de Spifame, Claude Vignet fut
terrassé : les cheveux hérissés, la prunelle fixe, il n'avait fait
un pas en avant que pour tomber à genoux.

— Sa Majesté !... s'écria-t-il.

— Relevez-vous, mon ami, dit Spifame en se drapant dans
son pourpoint, dont il n'avait passé qu'une manche ; qui êtes-
vous ?

— Méconnaîtriez-vous le plus humble de vos sujets et le
plus grand de vos poëtes, ô grand roi ?... Je suis Claudius
Vignetus, *l'un* de la pléiade, l'auteur illustre du sonnet qui
s'adresse *aux vagues crespelées*... Sire, vengez-moi d'un
traître, du bourreau de mon honneur ! de Mellin de Saint-
Gelais !

— Eh quoi ! de mon poëte favori, du gardien de ma bibliothèque ?

— Il m'a volé, sire ! il m'a volé mon sonnet ! il a surpris
vos bontés...

— Est-ce vraiment un plagiaire ?... Alors, je veux donner sa
place à mon brave Spifame, de présent en voyage pour les intérêts du royaume.

— Donnez-la plutôt à moi, sire ! et je porterai votre renom
de l'orient au ponant, sur toute la surface terrienne.

O sire ! que ton los mes rimes éternisent !...

— Vous aurez mille écus de pension, et mon vieux pourpoint, car le vôtre est bien décousu.

— Sire, je vois bien qu'on vous avait jusqu'ici caché mes

sonnets et mes épîtres, tous à vous adressés. Ainsi arrive-t-il dans les cours...

Ce séjour odieux des fourbes nuageuses!

— Messire Claudius Vignetus, vous ne me quitterez plus; vous serez mon ministre, et vous mettrez en vers mes arrêts et mes ordonnances. C'est le moyen d'en éterniser la mémoire. Et maintenant, voici l'heure où notre amée Diane vient à nous. Vous comprenez qu'il convient de nous laisser seuls.

Et Spifame, après avoir congédié le poëte, s'endormit dans sa chaise longue, comme il avait coutume de le faire une heure après le repas.

Au bout de peu de jours, les deux fous étaient devenus inséparables, chacun comprenant et caressant la pensée de l'autre. et sans jamais se contrarier dans leurs mutuelles attributions. Pour l'un, ce poëte était la louange qui se multiplie sous toutes les formes autour des rois et les confirme dans leur opinion de supériorité; pour l'autre, cette ressemblance incroyable était la certitude de la présence du roi lui-même. Il n'y avait plus de prison, mais un palais; plus de haillons, mais des parures étincelantes; l'ordinaire des repas se transformait en banquets splendides, où, parmi les concerts de violes et de buccines, montait l'encens harmonieux des vers.

Spifame, après ses rêveries, était communicatif, et Vignet se montrait surtout enthousiaste après le dîner. Le monarque raconta un jour au poëte tout ce qu'il avait eu à endurer de la part des écoliers, ces turbulents aboyeurs, et lui développa ses plans de guerre contre l'Espagne; mais sa plus vive sollicitude se portait, comme on le verra ci-après, sur l'organisation et l'embellissement de la ville principale du royaume, dont les toits innombrables se déroulaient au loin sous les fenêtres des prisonniers.

Vignet avait des moments lucides, pendant lesquels il distinguait fort clairement le bruit des barreaux de fer entre-choqués, des cadenas et des verrous. Cela le conduisit à penser qu'on en-

fermait Sa Majesté de temps en temps, et il communiqua cette
observation judicieuse à Spifame, qui répondit mystérieusement
que ses ministres jouaient gros jeu, qu'il devinait tous leurs
complots, et qu'au retour du chancelier Spifame les choses
changeraient d'allure; qu'avec l'aide de Raoul Spifame et de
Claude Vignet, ses seuls amis, le roi de France sortirait d'esclavage et renouvellerait l'âge d'or chanté par les poëtes.

Sur quoi, Claudius Vignetus fit un quatrain qu'il offrit au roi
comme une avance de bénédiction et de gloire :

> Par toy vient la chaleur aux verdissantes prées,
> Vient la vie aux troupeaux, à l'oiseau ramageux ;
> Tu es donc le soleil, pour les coteaux neigeux
> Transmuer en moissons et collines pamprées!

La délivrance se faisant attendre beaucoup, Spifame crut
devoir avertir son peuple de la captivité où le tenaient des conseillers perfides; il composa une proclamation, mandant à ses
sujets loyaux qu'ils eussent à s'émouvoir en sa faveur; et lança
en même temps plusieurs édits et ordonnances fort sévères : ici
le mot *lança* est fort exact, car c'était par sa fenêtre, entre les
barreaux, qu'il jetait ses *chartes*, roulées et lestées de petites
pierres. Malheureusement, les unes tombaient sur un toit à
porcs, d'autres se perdaient dans l'herbe drue d'un préau
désert situé au-dessous de sa fenêtre; une ou deux, seulement,
après mille jeux en l'air, s'allèrent percher comme des oiseaux
dans le feuillage d'un tilleul situé au delà des murs. Personne
ne les remarqua d'ailleurs.

Voyant le peu d'effet de tant de manifestations publiques,
Claude Vignet imagina qu'elles n'inspiraient pas de confiance,
étant simplement manuscrites, et s'occupa de fonder une imprimerie royale qui servirait tour à tour à la reproduction des
édits du roi et à celle de ses propres poésies. Vu le peu de
moyens dont il pouvait disposer, son invention dut remonter
aux éléments premiers de l'art typographique. Il parvint à
tailler, avec une patience infinie, vingt-cinq lettres de bois,

dont il se servit, pour marquer, lettre à lettre, les ordonnances rendues fort courtes à dessein : l'huile et la fumée de sa lampe lui fournissant l'encre nécessaire.

Dès lors, les bulletins officiels se multiplièrent sous une forme beaucoup plus satisfaisante. Plusieurs de ces pièces, conservées et réimprimées plusieurs fois depuis, sont fort curieuses, notamment celle qui déclare que le roi Henri deuxième, en son conseil, ouïes les clameurs pitoyables des bonnes gens de son royaume contre les perfidies et injustices de Paul et Jean Spifame, tous deux frères du fidèle sujet de ce nom, les condamnait à être tenaillés, écorchés et boullus. Quant à la fille ingrate de Raoul Spifame, elle devait être fouettée en plein pilori, et enfermée ensuite aux filles repenties.

L'une des ordonnances les plus mémorables qui aient été conservées de cette période, est celle où Spifame, gardant rancune du premier arrêt des juges qui lui avait défendu l'entrée de la salle des Pas-Perdus, pour y avoir péroré de façon imprudente et exorbitante, ordonne, de par le roi, à tous huissiers, gardes ou suppôts judiciaires, de laisser librement pénétrer dans ladite salle son ami et féal Raoul Spifame ; défendant à tous avocats, plaideurs, passants et autres canailles, de gêner en rien les mouvements de son éloquence ou les agréments nonpareils de sa conversation familière touchant toutes les matières politiques et autres sur lesquelles il lui plairait de dire son avis.

Ses autres édits, arrêts et ordonnances, conservés jusqu'à nous, comme rendus au nom d'Henri II, traitent de la justice, des finances, de la guerre, et surtout de la police intérieure de Paris.

Vignet imprima, en outre, pour son compte, plusieurs épigrammes contre ses rivaux en poésie, dont il s'était fait donner déjà les places, bénéfices et pensions. Il faut dire que, ne voyant guère qu'eux seuls au monde, les deux compagnons s'occupaient sans relâche, l'un à demander des faveurs, l'autre à les prodiguer.

IV

L'ÉVASION

Après nombre d'édits et d'appels à la fidélité de la bonne ville de Paris, les deux prisonniers s'étonnèrent enfin de ne voir poindre aucune émotion populaire, et de se réveiller toujours dans la même situation. Spifame attribua ce peu de succès à la surveillance des ministres, et Vignet à la haine constante de Mellin et de du Bellay. L'imprimerie fut fermée quelques jours ; on rêva à des résolutions plus sérieuses, on médita des coups d'État. Ces deux hommes qui n'eussent jamais songé à se rendre libres pour être libres, ourdirent enfin un plan d'évasion tendant à dessiller les yeux des Parisiens et à les provoquer au mépris de la *Sophonisbe* de Saint-Gelais et de la *Franciade* de Ronsard.

Ils se mirent à desceller les barreaux par le bas, lentement, mais faisant disparaître à mesure toutes les traces de leur travail, et cela fut d'autant plus aisé qu'on les connaissait tranquilles, patients et heureux de leur destinée. Les préparatifs terminés, l'imprimerie fut rouverte, les libelles de quatre lignes, les proclamations incendiaires, les poésies privilégiées firent partie du bagage, et, vers minuit, Spifame ayant adressé une courte mais vigoureuse allocution à son confident, ce dernier attacha les draps du prince à un barreau resté intact, y glissa le premier, et releva bientôt Spifame, qui, aux deux tiers de la descente, s'était laissé tomber dans l'herbe épaisse, non sans contusions. Vignet ne tarda pas dans l'ombre à trouver le vieux mur qui donnait sur la campagne ; plus agile que Spifame, il parvint à en gagner la crête, et tendit de là sa jambe à son gracieux souverain, qui s'en aida beaucoup, appuyant le pied au reste des pierres descellées du mur. Un instant après, le Rubicon était franchi.

Il pouvait être trois heures du matin quand nos deux héros en liberté gagnèrent un fourré de bois, qui pouvait les dérober longtemps aux recherches; mais ils ne songeaient pas à prendre des précautions très-minutieuses, pensant bien qu'il leur suffirait d'être hors de captivité pour être reconnus, l'un de ses sujets, l'autre de ses admirateurs.

Toutefois, il fallut bien attendre que les portes de Paris fussent ouvertes, ce qui n'arriva pas avant cinq heures du matin. Déjà la route était encombrée de paysans qui apportaient leurs provisions au marché. Raoul trouva prudent de ne pas se dévoiler avant d'être parvenu au cœur de sa bonne ville; il jeta un pan de son manteau sur sa moustache, et recommanda à Claude Vignet de voiler encore les rayons de sa face apollonienne sous l'aile rabattue de son feutre gris.

Après avoir passé la porte Saint-Victor, et côtoyé la rivière de Bièvre, en traversant les *cultures* verdoyantes qui s'étalaient longtemps encore à droite et à gauche, avant d'arriver aux abords de l'île de la Cité, Spifame confia à son favori qu'il n'eût pas entrepris certes une expédition aussi pénible, et ne se fût pas soumis par prudence à un si honteux incognito, s'il ne s'agissait pour lui d'un intérêt beaucoup plus grave que celui de sa liberté et de sa puissance. Le malheureux était jaloux! jaloux de qui? De la duchesse de Valentinois, de Diane de Poitiers, sa belle maîtresse, qu'il n'avait pas vue depuis plusieurs jours, et qui peut-être courait mille aventures loin de son chevalier royal!

— Patience, dit Claude Vignet, j'aiguise en ma pensée des épigrammes martialesques qui puniront cette conduite légère. Mais votre père François le disait bien : « Souvent femme varie!... »

En discourant ainsi, ils avaient pénétré déjà dans les rues populeuses de la rive droite, et se trouvèrent bientôt sur une assez grande place, située au voisinage de l'église des Saints-Innocents, et déjà couverte de monde, car c'était un jour de marché.

En remarquant l'agitation qui se produisait sur la place, Spifame ne put cacher sa satisfaction.

— Ami, dit-il au poëte, tout occupé de ses chaussures qui le quittaient en route, vois comme ces bourgeois et ces chevaliers s'émeuvent déjà, comme ces visages sont enflammés d'ire, comme il vole dans la région moyenne du ciel des germes de mécontentement et de sédition! Tiens, vois celui-ci avec sa pertuisane... Oh! les malheureux, qui vont émouvoir des guerres civiles! Cependant pourrai-je commander à mes arquebusiers de ménager tous ces hommes innocents aujourd'hui, parce qu'ils secondent mes projets, et coupables demain parce qu'ils méconnaîtront peut-être mon autorité?

— *Mobile vulgus!* dit Vignet.

V

LE MARCHÉ

En jetant les yeux vers le milieu de la place, Spifame éprouva un sentiment de surprise et de colère dont Vignet lui demanda la cause.

— Ne voyez-vous pas, dit le prince irrité, ne voyez-vous pas cette lanterne de pilori qu'on a laissée au mépris de mes ordonnances? Le pilori est supprimé, monsieur, et voilà de quoi faire casser le prévôt et tous les échevins, si nous n'avions nous-même borné sur eux notre autorité royale. Mais c'est à notre peuple de Paris qu'il appartient d'en faire justice.

— Sire, observa le poëte, le populaire ne sera-t-il pas bien plus courroucé d'apprendre que les vers gravés sur cette fontaine, et qui sont du poëte du Bellay, renferment dans un seul distique deux fautes de quantité! *humida sceptra*, pour l'hexamètre, ce que défend la prosodie à l'encontre d'Horatius, et une fausse césure au pentamètre.

— Holà! cria Spifame sans se trop préoccuper de cette dernière observation, holà ! bonnes gens de Paris, rassemblez-vous, et nous écoutez paisiblement.

— Écoutez bien le roi, qui veut vous parler en personne, ajouta Claude Vignet criant de toute la force de ses poumons.

Tous deux étaient montés déjà sur une pierre haute, qui supportait une croix de fer : Spifame debout, Claude Vignet assis à ses pieds. A l'entour la presse était grande et les plus rapprochés s'imaginèrent d'abord qu'il s'agissait de vendre des onguents ou de crier des complaintes et des noëls. Mais tout à coup Spifame ôta son feutre, dérangea sa cape, qui laissa voir un étincelant collier d'ordres tout de verroteries et de clinquant qu'on lui laissait porter dans sa prison pour flatter sa manie incurable, et, sous un rayon de soleil qui baignait son front à la hauteur où il s'était placé, il devenait impossible de méconnaître la vraie image du roi Henri deuxième, qu'on voyait de temps en temps parcourir la ville à cheval.

— Oui ! criait Claude Vignet à la foule étonnée : c'est bien le roi Henri que vous avez au milieu de vous, ainsi que l'illustre poëte Claudius Vignetus, son ministre et son favori, dont vous savez par cœur les œuvres poétiques...

— Bonnes gens de Paris ! interrompait Spifame, écoutez la plus noire des perfidies. Nos ministres sont des traîtres, nos magistrats sont des félons ! Votre roi bien-aimé a été tenu dans une dure captivité, comme les premiers rois de sa race, comme le roi Charles sixième, son illustre aïeul...

A ces paroles, il y eut dans la foule un long murmure de surprise, qui se communiqua fort loin : on répétait partout :

— Le roi ! le roi !...

On commentait l'étrange révélation qu'il venait de faire ; mais l'incertitude était grande encore, lorsque Claude Vignet tira de sa poche le rouleau des édits, arrêts et ordonnances, et les distribua dans la foule, en y mêlant ses propres poésies.

— Voyez, disait le roi, ce sont les édits que nous avons rendus pour le bien de notre peuple, et qui n'ont été publiés ni exécutés...

— Ce sont, disait Vignet, les divines poésies traîtreusement pillées, soustraites et gâtées par Pierre de Ronsard et Mellin de Saint-Gelais.

— On tyrannise, sous notre nom, les bourgeois et le populaire...

— On imprime la *Sophonisbe* et la *Franciade* avec un privilége du roi, qu'il n'a pas signé !

— Écoutez cette ordonnance qui supprime la gabelle, et cette autre qui anéantit la taille...

— Oyez ce sonnet en syllabes scandées à l'imitation des latins...

Mais déjà l'on n'entendait plus les paroles de Spifame et de Vignet; les papiers répandus dans la foule, et lus de groupe en groupe, excitaient une merveilleuse sympathie : c'étaient des acclamations sans fin. On finit par élever le prince et son poëte sur une sorte de pavois composé à la hâte, et l'on parla de les transporter à l'hôtel de ville, en attendant que l'on se trouvât en force suffisante pour attaquer le Louvre, que les traîtres tenaient en leur possession.

Cette émotion populaire aurait pu être poussée fort loin, si la même journée n'eût pas été justement celle où la nouvelle épouse du dauphin François, Marie d'Écosse, faisait son entrée solennelle par la porte Saint-Denis. C'est pourquoi, pendant qu'on promenait Raoul Spifame dans le marché, le vrai roi Henri deuxième passait à cheval le long des fossés de l'hôtel de Bourgogne. Au grand bruit qui se faisait non loin de là, plusieurs officiers se détachèrent et revinrent aussitôt rapporter qu'on proclamait un roi sur le carreau des halles.

— Allons à sa rencontre, dit Henri II, et, foi de gentilhomme (il jurait comme son père), si celui-ci nous vaut, nous lui offrirons le combat.

Mais, à voir les hallebardiers du cortége déboucher par les petites rues qui donnaient sur la place, la foule s'arrêta, et beaucoup fuirent tout d'abord par quelques rues détournées. C'était, en effet, un spectacle fort imposant. La maison du roi se rangéa en belle ordonnance sur la place; les lansquenets, les arquebusiers et les Suisses garnissaient les rues voisines; M. de Bassompierre était près du roi, et sur la poitrine de Henri II brillaient les diamants de tous les ordres souverains de l'Europe. Le peuple consterné n'était plus retenu que par sa propre masse qui encombrait toutes les issues : plusieurs criaient au miracle, car il y avait bien là devant eux deux rois de France; pâles l'un comme l'autre, fiers tous les deux, vêtus à peu près de même; seulement, le *bon roi* brillait moins.

Au premier mouvement des cavaliers vers la foule, la fuite fut générale, tandis que Spifame et Vignet faisaient seuls bonne contenance sur le bizarre échafaudage où ils se trouvaient placés; les soldats et les sergents se saisirent d'eux facilement.

L'impression que produisit sur le pauvre fou l'aspect de Henri lui-même, lorsqu'il fut amené devant lui, fut si forte, qu'il retomba aussitôt dans une de ses fièvres les plus furieuses, pendant laquelle il confondait comme autrefois ses deux existences de Henri et de Spifame, et ne pouvait s'y reconnaître, quoi qu'il fît. Le roi, qui fut informé bientôt de toute l'aventure, prit pitié de ce malheureux seigneur, et le fit transporter d'abord au Louvre, où les premiers soins lui furent donnés, et où il excita longtemps la curiosité des deux cours, et, il faut le dire, leur servit parfois d'amusement.

Le roi, ayant remarqué, d'ailleurs, combien la folie de Spifame était douce et toujours respectueuse envers lui, ne voulut pas qu'il fût renvoyé dans cette maison de fous où l'image parfaite du roi se trouvait parfois exposée à de mauvais traitements ou aux railleries des visiteurs et des valets. Il commanda que Spifame fût gardé dans un de ses châteaux de plaisance, par des serviteurs commis à cet effet, qui avaient ordre de le traiter comme un véritable prince et de l'appeler *Sire* et *Majesté*. Claude Vignet lui fut donné pour compagnie, comme par le passé, et ses poésies, ainsi que les ordonnances nouvelles que Spifame composait encore dans sa retraite, étaient imprimées et conservées par les ordres du roi.

Le recueil des arrêts et ordonnances rendus par ce fou célèbre fut entièrement imprimé sous le règne suivant avec ce titre : *Dicœarchiœ Henrici regis progymnasmata.* Il en existe un exemplaire à la bibliothèque impériale sous les numéros VII, 6,412. On peut voir aussi les *Mémoires de la Société des inscriptions et belles-lettres.*, tome XXIII. Il est remarquable que les réformes indiquées par Raoul Spifame ont été la plupart exécutées depuis.

———

LES

CONFIDENCES DE NICOLAS

— RESTIF DE LA BRETONNE —

DIX-HUITIÈME SIÈCLE

I

L'HOTEL DE HOLLANDE

Au mois de juillet de l'année 1757, il y avait à Paris un jeune homme de vingt-cinq ans, exerçant la profession de compositeur à l'imprimerie des galeries du Louvre, et connu à l'atelier du simple nom de Nicolas, car il réservait son nom de famille pour l'époque où il pourrait former un établissement, ou parvenir à quelque position distinguée. — N'allez pas croire toutefois qu'il fût ambitieux ; l'amour seul occupait ses pensées, et il lui eût sacrifié même la gloire, dont il était digne peut-être, et qu'il n'obtint jamais. — Quiconque aurait à cette époque fréquenté la Comédie-Française n'eût pas manqué d'apercevoir à la première rangée du parterre une longue figure au nez aquilin, avec la peau brune et marquée de petite vérole, des yeux noirs pleins d'expression, un air d'audace tempéré par beaucoup de finesse ; un joli cavalier du reste, à la taille svelte, à la jambe élégante et nerveuse, chaussé avec soin, et rachetant par la grâce d'attitude d'un homme habitué à briller dans les bals publics ce que sa mise avait d'un peu modeste pour un

spectateur du théâtre royal. C'était Nicolas l'ouvrier, consa-
crant presque tous les soirs au plaisir de la scène une forte
partie du gain de sa journée, applaudissant avec transport les
chefs-d'œuvre du répertoire comique (il n'aimait par la tragédie), et surtout marquant son enthousiasme aux passages
débités par la belle Mlle Guéant, qui obtenait alors un grand
succès dans *la Pupille* et dans *les Dehors trompeurs*.

Rien n'est plus dangereux pour les gens d'un naturel rêveur
qu'un amour sérieux pour une personne de théâtre ; c'est un
mensonge perpétuel, c'est le rêve d'un malade, c'est l'illusion
d'un fou. La vie s'attache tout entière à une chimère irréalisa-
ble qu'on serait heureux de conserver à l'état de désir et d'aspiration, mais qui s'évanouit dès que l'on veut toucher l'idole.

Il y avait un an que Nicolas admirait Mlle Guéant sous le
faux jour du lustre et de la rampe, lorsqu'il lui vint à l'esprit
de la voir de plus près. Il alla se planter à la sortie des acteurs,
qui correspondait alors à un passage conduisant au carrefour
de Buci. La petite porte du théâtre était encombrée de laquais,
de porteurs de chaises et de soupirants malheureux, qui,
comme Nicolas, brûlaient d'un feu pudique pour telle ou telle
de ces demoiselles. C'étaient généralement des courtauds de
boutique, des étudiants ou des poëtes honteux échappés du
café Procope, où ils avaient écrit pendant l'entr'acte un madrigal ou un sonnet. Les gentilshommes, les robins, les commis
des fermes et les gazetiers n'étaient pas réduits à cette extrémité. Ils pénétraient dans le théâtre, soit par faveur, soit par
finance, et le plus souvent accompagnaient les actrices jusque
chez elles, au grand désespoir des assistants extérieurs.

C'est là que Nicolas venait s'enivrer du bonheur stérile d'admirer la taille élancée, le teint éblouissant, le pied charmant
de la belle Guéant, qui d'ordinaire montait en chaise à cet endroit, et se faisait porter directement chez elle. Nicolas avait
pris l'habitude de la suivre jusque-là pour la voir descendre,
et jamais il n'avait remarqué qu'elle se fît accompagner d'aucun cavalier. Il poussait souvent l'enfantillage jusqu'à se pro-

mener une partie de la nuit sous les fenêtres de l'actrice, épiant
le jeu des lumières, les ombres sur les rideaux, comme si cela
lui importait le moins du monde, à lui pauvre enfant du peuple,
vivant d'un état manuel, et qui n'oserait jamais, certes, aspirer
à celle qui défendait sa porte aux financiers et aux seigneurs.

Un soir, à la sortie du théâtre, Mlle Guéant, au lieu de
prendre sa chaise à porteurs, s'en alla à pied, donnant le bras
à une de ses compagnes, traversa le passage, et, arrivée au
bout, monta tout à coup dans une voiture qui l'attendait, et
qui partit avec rapidité. Nicolas se mit à courir en la poursui-
suivant; les chevaux allaient si vite, qu'il ne tarda pas à être
essoufflé. Dans les rues, ce n'était rien encore; mais bientôt
on gagna la longue série des quais, où nécessairement sa force
allait être vaincue. Heureusement, la nuit le favorisant, il eut
l'idée de s'élancer derrière la voiture, où il reprit haleine, enchanté de cette position, mais le cœur navré de jalousie. Il était
évident pour lui que l'équipage se dirigeait vers quelque petite
maison. La naïve *pupille* qu'il venait d'admirer au théâtre con-
volait cette fois à des noces mystérieuses.

Et quel droit avait-il, cet insensé spectateur, tout plein encore des illusions de la soirée, de s'enquérir des actions nocturnes de la belle Guéant? Si, au lieu de *la Pupille*, elle avait
joué ce soir-là *les Dehors trompeurs*, le sentiment éprouvé par
Nicolas eût-il été le même? C'est donc une femme idéale qu'il
aimait, puisqu'il n'avait jamais songé d'ailleurs à se rappro-
cher d'elle; mais le cœur humain est fait de contradictions.
De ce jour, Nicolas se sentait amoureux de la femme et non
plus seulement de la comédienne. Il osait pénétrer un de ses
secrets, il se sentait résolu à se mêler au besoin de cette aventure, comme il arrive quelquefois que dans les rêves le sentiment de la réalité se réveille, et que l'on veut à tout prix les
faire aboutir.

La voiture, après avoir traversé les ponts et s'être engagée
de nouveau parmi les rues de la rive droite, s'était enfin arrêtée
dans la cour d'un hôtel du quartier du Temple. Nicolas se glissa

à terre sans que le concierge s'en aperçût, et se trouva un instant embarrassé de sa position. Pendant ce temps, la voix doucement timbrée de Mlle Guéant disait à sa compague :

— Descends la première, Junie.

Junie ! A ce nom, un souvenir déjà vague passa dans la tête de Nicolas : c'était le petit nom d'une demoiselle Prudhomme, danseuse à l'Opéra-Comique, qu'il avait rencontrée dans une partie de campagne. Il s'avança pour lui donner la main au moment où elle descendait de voiture.

— Tiens, vous êtes aussi de la fête ! dit-elle en le reconnaissant.

Il allait répondre, quand Mlle Guéant, qui descendait à son tour, s'appuya légèrement sur son bras. L'impression fut telle, que Nicolas ne put trouver un mot. En ce moment, un colonel de dragons, qui venait au-devant des dames, dit en jetant les yeux sur lui :

— Mademoiselle Guéant, voici un de vos plus fidèles admirateurs.

Il avait, en effet, vu souvent Nicolas au spectacle, applaudissant avec transport la belle comédienne. Celle-ci se tourna vers le jeune homme, et lui dit avec son plus charmant sourire et son accent le plus pénétrant :

— Je suis charmée, monsieur, de vous trouver des nôtres.

Nicolas fut comme effrayé d'entendre pour la première fois cette voix si connue s'adresser à lui, de voir cette statue adorée descendue de son piédestal, vivre et sourire un instant pour lui seul. Il eut seulement la présence d'esprit de répondre :

— Mademoiselle, je ne suis qu'un amateur charmé de rester pour vous admirer plus longtemps.

Il y avait en lui un sentiment singulier qu'éprouvent tous ceux qui voient de près pour la première fois une femme de théâtre, c'est d'avoir à faire la connaissance d'une personne qu'ils connaissent si bien. On ne tarde pas à s'apercevoir le plus souvent que la différence est grande : la soubrette est sans esprit, la coquette est sans grâce, l'amoureuse est sans cœur, et puis la clarté qui monte de la rampe change tellement les physionomies ! Cependant, Mlle Guéant triomphait de toutes ces chances fâcheuses. Nicolas restait pétrifié à la voir, avec son cou de neige et sa taille onduleuse, monter l'escalier au bras du colonel.

— Eh bien, que faites-vous là ? dit Mlle Prudhomme. Donnez-moi votre bras et montons.

Nicolas se rassurait peu à peu. Ce jour-là, par bonheur, son linge était irréprochable ; son habit de lustrine était presque neuf, le reste convenable, et, d'ailleurs, il voyait passer près de lui d'autres invités beaucoup plus négligés dans leur mise que lui-même.

— Où sommes-nous donc ? dit-il tout bas à Junie (Mlle Prud'homme).

Et, en montant l'escalier, il lui expliqua tout son embarras. Celle-ci se prit à rire aux éclats, et lui dit :

— Mon ami, soyez tranquille ; en fait d'hommes, il n'y a ici que des princes et des poëtes, comme dit M. de Voltaire ; c'est une société mêlée... N'êtes-vous pas un peu prince ?

— Je descends de l'empereur Pertinax, dit sérieusement Nicolas, et ma généalogie se trouve bien en règle chez mon grand-père, à Nitri, en Bourgogne.

— Eh bien, cela suffit, dit Junie sans trop s'arrêter à la vraisemblance du fait ; je vous aurais mieux aimé poëte, parce que vous auriez récité quelque chose de leste au dessert ; mais qu'importe ? un prince, cela est déjà bien, et, d'ailleurs, c'est moi qui vous introduis.

— Mais où sommes-nous ?

— Nous sommes, dit Junie, à l'hôtel de *Hollande*, où l'ambassadeur de Venise donne une fête cette nuit.

Ils entrèrent dans la salle (la même où a été depuis le billard de Beaumarchais, qui, plus tard, occupa cet hôtel). Nicolas, qui n'avait jamais soupé qu'aux *Porcherons* depuis quelques mois qu'il habitait Paris, était étourdi de la magnificence de la table où il fut convié à s'asseoir. Cependant, sa figure avait un tel air

2

de distinction, qu'il ne pouvait être déplacé nulle part. On
s'étonnait seulement de ne pas le connaître, car il n'y avait
là que des illustrations du monde et de la littérature. Les
femmes étaient toutes des actrices de différents théâtres. On
admirait Mlle Hus, si spirituelle, si provoquante, mais moins
belle que Mlle Guéant; Mlle Halard, alors svelte et légère;
Mlle Arnould, célèbre déjà par le rôle de Psyché dans *les
Fêtes de Paphos*; la jeune Rosalie Levasseur, de la Comédie-
Italienne, qui s'était fait accompagner par un abbé coquet;
puis Mlle Guimard et Camargo deuxième, première danseuse
aux Français. Mme Favart se trouvait assise à la gauche de
Nicolas. Entouré d'un tel cercle de beautés célèbres, il n'avait
d'yeux que pour Mlle Guéant, placée à l'autre bout de la table
auprès du colonel qui l'avait introduite. Junie lui en fit la
guerre, et l'amena à lui raconter toute l'histoire de sa belle
passion.

— Ce n'est pas gai pour moi! dit-elle en riant; car enfin
je n'ai point d'autre cavalier que vous; mais n'importe, vous
m'amusez beaucoup.

Quand le souper fut achevé, Rosalie Levasseur, qui avait
une voix délicieuse, chanta quelques vaudevilles; Mlle Arnould
dit le bel air *Pâles flambeaux*; Mlle Hus joua une scène de
Molière; Mme Favart chanta une ariette de *la Servante maîtresse;* Guimard, Holard, Prudhomme et Camargo deuxième exé-
cutèrent un pas du ballet de *Médée;* Mlle Guéant rendit la scène
de la lettre dans *la Pupille.* Ce fut alors le tour des poëtes : chacun déclama ses vers ou chanta sa chanson. La nuit s'avançait;
les auteurs les plus célèbres, les grands personnages, la *gravité*
en un mot, venaient de partir. Le cercle devint plus intime;
Grécourt récita un de ses contes; un auteur nommé Robbé
donna lecture d'un poëme dirigé contre le prince de Conti,
qui lui avait fait donner vingt mille livres pour qu'il ne l'im-
primât pas. Piron récita quelques strophes empreintes de cette
passion d'un siècle qui ne respectait rien, pas même l'amour.
On frémissait encore de cette fougueuse poésie, quand

Mme Favart, se tournant vers son voisin de droite, lui dit :

— C'est à votre tour !

Nicolas hésita, d'autant plus que les yeux de la belle Guéant étaient alors fixés sur lui. Cette dernière, voulant le rassurer, ajouta avec son sourire adorable :

— Nous donnerez-vous quelque chose, monsieur ?

— C'est un petit prince ! s'écria Junie, il n'est bon à rien, il ne fait rien... C'est un descendant de l'empereur Per... Per...

Nicolas rougissait jusqu'aux oreilles.

— Pertinax, c'est cela ? dit enfin Junie.

L'ambassadeur de Venise fronçait le sourcil ; il croyait peu aux descendants des empereurs romains, et se flattait, étant lui-même un Mancenigo inscrit au livre d'or de Venise, de connaître tous les plus grands noms de l'Europe. Nicolas sentit qu'il était perdu, s'il ne s'expliquait pas. Il se leva donc et commença l'histoire de sa généalogie ; il raconta comme quoi Helvius Pertinax, fils du successeur de Commode, avait échappé à la mort dont le menaçait Caracalla, et, réfugié dans les Apennins, avait épousé Didia Juliana, fille également persécutée de l'empereur Julianus. L'abbé coquet qui accompagnait Rosalie Levasseur, et qui avait des prétentions à la science, secoua la tête à cette allégation ; sur quoi, Nicolas récita en latin très-pur l'acte de mariage des deux conjoints, et cita une foule de textes. L'abbé se reconnaissant vaincu, Nicolas énuméra froidement les successeurs de Helvius et de Didia, jusqu'à Olibrius Pertinax, que l'on trouve capitaine des chasses sous le roi Chilpéric, puis encore un nombre infini de Pertinax ayant passé par les états les plus variés : marchands, procureurs ou sergents, jusqu'au soixantième descendant de l'empereur Pertinax, nommé Nicolas Restif, ce dernier nom étant la traducion du nom latin, depuis qu'on n'employait plus que la langue française dans les actes publics.

On n'aurait guère écouté cette longue énumération, si les remarques dont Nicolas en accompagnait les principaux pas-

sages n'eussent persuadé à tout le monde que c'était là une
critique des généalogies en général. Les poëtes et les actrices
rirent de tout leur cœur; les grands seigneurs de la compagnie
acceptèrent en gens d'esprit l'ironie apparente du morceau, et
l'animation, la verve du conteur lui concilièrent tous les suf-
frages. L'entraînement était si grand, et Nicolas tenait si bien
tous les esprits suspendus aux anecdotes dont il accompagnait
les noms cités, que, arrivé à lui-même, on lui demanda le récit
de ses aventures. Il consentit à raconter l'histoire de son premier amour. Quelques invités prétentieux, qui commençaient
à s'ennuyer de la faveur dont Nicolas semblait jouir auprès des
dames, s'esquivèrent peu à peu, de sorte qu'il ne resta plus
qu'un cercle attentif et bienveillant. Les *confessions* étaient
alors à la mode. Celle de Nicolas fut rapide, enthousiaste,
avec certains traits d'une naïve immoralité, qui charmaient
alors les auditeurs vulgaires; mais, arrivé à l'élément vraiment
humain de son récit, il se montra ce qu'il était au fond, noble
et sincèrement passionné; il pénétra d'émotion cette société
frivole, et dans tous ces cœurs perdus il sut réveiller une étin-
celle du pur amour des premiers ans. Mlle Guéant elle-même,
froide autant que belle, et qui aussi passait pour sage, ne
pouvait se défendre d'une vive sympathie pour ce jeune
homme à l'âme si tendre et si sensible. Aux dernières scènes
du récit, que Nicolas racontait d'une voix étouffée, avec des
pleurs dans les yeux, elle s'écria :

— Est-ce que c'est possible? est-ce qu'on peut aimer ainsi?

— Oui, madame, s'écria Nicolas, tout cela est vrai comme
la généalogie des Pertinax... Quant à la personne que j'ai
aimée, elle vous ressemblait, elle avait beaucoup du moins de
vos traits et de votre sourire, et rien ne peut me consoler de
sa perte sinon de vous admirer.

Alors, ce fut une tempête d'applaudissements. Quelques en-
thousiastes ne craignirent pas d'affirmer qu'on avait affaire à
un romancier plus brillant que Prévost d'Exiles, plus tendre
que d'Arnaud, plus sérieux que Crébillon fils, avec des pas-

sages d'un réalisme inconnu jusqu'alors. Et le pauvre ouvrier fut reçu de plain-pied dans cette compagnie des beaux noms, des beaux esprits et des belles impures du temps. Il ne tenait qu'à lui de faire son chemin dans le monde désormais. — Pourtant, tout ce qu'il avait dit était la vérité ; il se regardait comme descendant de l'empereur Pertinax, et il venait de raconter ses amours pour une femme qui était morte quelques mois auparavant. — Comme c'était un cœur qui ne pouvait rester vide, l'amour idéal et tout poétique conçu pour Mlle Guéant l'avait peu à peu consolé de l'autre, dont l'impression était pourtant encore bien vive.

On donne une fin bizarre à ce souper, un dénoûment assez usité alors du reste dans ces sortes de médianoches. A un signal donné, les lumières s'éteignirent, et une sorte de colin-maillard commença dans l'obscurité ; c'était, à ce qu'on croit, le but final de la fête, du moins pour les initiés, qui n'étaient point partis avec le commun des invités. Chacun avait le droit de reconduire la dame dont il s'était saisi dans l'ombre pendant cet instant de tumulte. Les amants en titre s'arrangeaient pour se reconnaître ; mais, une fois fait, même au hasard, le choix devenait sacré. Nicolas, qui ne s'y attendait pas, sentit une main qui prenait la sienne et qui l'entraîna pendant quelques pas ; alors, on lui remit une autre main douce et frémissante : c'était celle de Mlle Guéant, qui le pria de la reconduire. Pendant qu'il descendait par un escalier dérobé correspondant à la cour, il entendit Junie qui s'écriait :

— Je me sacrifie, je vais consoler le colonel.

II

CE QUE C'ÉTAIT QUE NICOLAS

Trente ans plus tard, le même personnage, connu alors sous son nom patronymique de *Restif*, auquel il avait ajouté

celui de *la Bretonne*, propriété de son père, eut occasion de
retourner à l'hôtel de *Hollande*, situé vieille rue du Temple,
et qui appartenait alors à Beaumarchais. Les personnages de
la scène précédente avaient eu diverses fortunes. L'ambassadeur de Venise, peu estimé dans le monde, traité parfois
d'espion et d'escroc, avait péri, condamné par ordre du conseil
des Dix; la belle Guéant était morte de la poitrine, et Nicolas
l'avait pleurée longtemps, quoiqu'il n'eût pu nouer avec elle
qu'une liaison passagère. — Quant à lui-même, il n'était plus
le pauvre ouvrier typographe d'autrefois; il était devenu maître dans cette profession, qu'il alliait singulièrement à celle de
littérateur et de philosophe. S'il daignait encore travailler
manuellement, c'était après avoir accroché au mur près de
lui son habit de velours et son épée. D'ailleurs, il ne *composait*
que ses propres ouvrages, et telle était sa fécondité, qu'il ne
se donnait plus la peine de les écrire : debout devant sa casse,
le feu de l'enthousiasme dans les yeux, il assemblait lettre à
lettre dans son *composteur* ces pages inspirées et criblées de
fautes, dont tout le monde a remarqué la bizarre orthographe
et les excentricités calculées. Il avait pour système d'employer
dans le même volume des caractères de diverse grosseur,
qu'il variait selon l'importance présumée de telle ou telle période. Le *cicéro* était pour la passion, pour les endroits à
grand effet, la *gaillarde* pour le simple récit ou les observations morales, le *petit romain* concentrait en peu d'espace
mille détails fastidieux mais nécessaires. — Quelquefois, il lui
plaisait d'essayer un nouveau système d'orthographe; il en
avertissait tout à coup le lecteur au moyen d'une parenthèse,
puis il poursuivait son chapitre, soit en supprimant une partie
des voyelles, à la manière arabe, soit en jetant le désordre
dans les consonnes, remplaçant le *c* par l'*s*, l'*s* par le *t*, ce dernier par le *ç*, etc., toujours d'après des règles qu'il développait
longuement dans ses notes. Souvent, voulant marquer les longues et les brèves à la façon latine, il employait, dans le milieu des mots, soit des majuscules, soit des lettres d'un corps,

inférieur; le plus souvent, il accentuait singulièrement les voyelles, et abusait surtout de l'accent aigu. Cependant, aucune de ces excentricités ne rebutait les innombrables lecteurs du *Paysan perverti*, des *Contemporaines* ou des *Nuits de Paris*; c'était désormais le conteur à la mode, et rien ne peut donner une idée de la vogue qui s'attachait aux livraisons de ses ouvrages, publiés par demi-volumes, sinon le succès qu'ont obtenu naguère chez nous certains *romans-feuilletons*. C'était ce même procédé de récit haletant, coupé de dialogues à prétentions dramatiques, cet enchevêtrement d'épisodes, cette multitude de types dessinés à grands traits, de situations forcées mais énergiques, cette recherche continuelle des mœurs les plus dépravées, des tableaux les plus licencieux que puisse offrir une grande capitale dans une époque corrompue; — le tout relevé abondamment par des maximes humanitaires et philosophiques et des plans de réforme où brillait une sorte de génie désordonné, mais incontestable, qui fit qu'on appela cet auteur étrange le *Jean-Jacques des halles*.

C'était quelque chose; cependant, l'homme fut meilleur peut-être que ses livres : ses intentions étaient bonnes en dépit des écarts d'une imagination dévergondée. Il passait souvent les nuits à parcourir les rues, pénétrant dans les bouges les plus infects, dans les repaires des escrocs, soit pour observer, soit, dans sa pensée, pour empêcher le mal et faire quelque bien. Il s'imposait, dit-il, le rôle de Pierre le Justicier, non en vertu des devoirs de la royauté, mais de ceux de l'écrivain moraliste. Cette étrange prétention le suivait également dans ses relations du monde, où il se faisait le médiateur des querelles et des divisions de famille ou l'intermédiaire de la bienfaisance et du malheur. Il se vante aussi d'avoir, dans ses excursions nocturnes, consolé ou soulagé plus d'un misérable, arraché quelques jeunes filles à l'opprobre ou à l'outrage : ce serait de quoi lui faire pardonner bien des fautes et bien des erreurs. Restif est surtout connu comme romancier; il a pourtant écrit quelques volumes de philosophie, de morale et même de politique; seulement, il ne les publia pas sous son nom. *La Philosophie de M. Nicolas* contient tout un système panthéiste, où il tente, à la manière des philosophes de cette époque, d'expliquer l'existence du monde et des hommes par une série de créations ou plutôt d'éclosions successives et spontanées; son système a du rapport avec la cosmogonie de Fourier, lequel a pu lui faire de nombreux emprunts. En politique et en morale, Restif est tout simplement communiste. Selon lui, *la propriété est la source de tout vice, de tout crime, de toute corruption;* ses plans de réforme sont longuement décrits dans les livres intitulés : *l'Anthropographe, le Gynographe, le Pornographe,* etc., qui prouveraient que les penseurs modernes n'ont rien inventé sur ces matières. On retrouve, du reste, les mêmes idées mises en action dans la plupart de ses romans. Le second volume des *Contemporaines* contient tout un système de banque d'échange pratiqué par des travailleurs et des commerçants, qui, habitant la même rue, établissent entre eux une communauté déjà *phalanstérienne.*

Revenons avant tout à la biographie personnelle de ce singulier esprit; il en a semé des fragments dans une foule d'ouvrages où il s'est peint sous des noms supposés, dont plus tard il a donné la clef. Dans une série de pièces et de scènes dialoguées qu'il intitule *le Drame de la Vie,* il a eu l'idée bizarre de représenter, comme dans une lanterne magique, les scènes principales de son existence; cela commence aux premiers jeux de sa jeunesse, et cela se termine après les massacres du 2 septembre, qu'il déplore amèrement.

Un autre livre, *le Cœur humain dévoilé,* décrit avec minutie toutes les impressions de cette vie si laborieuse et si tourmentée. Avant Restif, cinq hommes seulement avaient formé le projet hardi de se peindre, saint Augustin, Montaigne, le cardinal de Retz, Jérôme Cardan et Rousseau. Encore n'y a-t-il que les deux derniers qui aient fait le sacrifice complet de leur amour-propre; Restif est allé plus loin peut-être. « A soixante ans, dit-il, écrasé de dettes, accablé d'infirmités, je me vois forcé de livrer mon moral pour subsister quelques jours de plus, comme l'Anglais qui vend son corps. »

En lisant ce premier aveu, qui n'a pas dû être une de ses moindres souffrances, on se sent pris de pitié pour ce pauvre vieillard qui, un pied dans la tombe, vient, avec le courage et l'énergie du désespoir, exhumer les fautes de sa jeunesse, les vices de son âge mûr, et qui peut-être les exagère pour satisfaire le goût dépravé d'une époque qui avait admiré Faublas et Valmont. On a abusé depuis de ce procédé tout réaliste qui consiste à faire de l'homme lui-même une sorte de sujet anatomique. — Nous chercherons ici à en faire tourner l'enseignement vers l'étude de certains caractères, chez qui la personnalité atteint aux plus tristes illusions et provoque les plus inexplicables aveux. Nous essayerons de raconter cette existence étrange, sans aucune prévention comme sans aucune sympathie, avec les documents fournis par l'auteur lui-même, et en tirant de ses propres confessions le fait instructif des misères qui fondirent sur lui comme la punition providentielle de ses fautes. Notre époque n'est pas moins avide que le siècle passé de mémoires et de confidences; la simplicité et la franchise sont toutefois portées moins loin aujourd'hui par les écrivains. Ce serait une comparaison instructive à faire dans tous les cas, si la vérité pouvait avoir quelque chose de l'attrait du roman.

III

PREMIÈRES ANNÉES

Le village de Sacy, situé en Champagne, sur les confins de la Bourgogne, à cinquante lieues de Paris et trois d'Auxerre, est traversé dans toute sa longueur d'une seule rue composée de chaque côté d'une centaine de maisons. A l'une des extrémités, appelée *la Porte là-haut*, en traversant un ruisseau nommé la Farge, on trouve l'enclos de la Bretonne, dont les

2.

murs blancs se dessinent sur un horizon de bois et de collines
vertes. C'est là qu'était né Nicolas Restif, dont le grand-père,
homme instruit et allié à la magistrature, se croyait descendant
de l'empereur Pertinax. Il est permis de croire que la généalogie qu'il avait dressée à cet effet n'était qu'un jeu d'esprit
destiné à ridiculiser les prétentions de quelques gentilshommes,
ses voisins, qu'il recevait à sa table. Quoi qu'il en soit, la famille des Restif était considérée dans le pays antant par son
aisance que par ses relations; plusieurs de ses membres appartenaient à l'Église : on songea d'abord à lancer le jeune
Nicolas dans cette carrière, mais son naturel indépendant et
même un peu sauvage contraria longtemps cette idée. Il ne se
plaisait qu'au milieu des bergers, dans les bois de Sacy et de
Nitri, partageant leur vie errante et leurs fatigues. Il avait
douze ans environ, quand ce goût se trouva favorisé par une
circonstance imprévue. Le berger de son père, qui s'appelait
Jacquot, partit tout à coup, sans mot dire, pour le pèlerinage
du mont Saint-Michel, qui était pour les jeunes gens du pays
comme celui de sainte Reine pour les filles. Un garçon qui
n'était pas allé au mont Saint-Michel était regardé comme un
poltron. De même, il paraissait manquer quelque chose à la
pudeur d'une jeune fille qui n'avait pas visité le tombeau de la
belle *reine Alise*, la vierge des vierges. Jacquot parti, le troupeau se trouva sans gardien, Nicolas s'offrit bien vite à le remplacer. Les parents hésitaient : l'enfant était si jeune, et les
loups se montraient souvent dans le voisinage ; mais enfin on
manquait de monde à la ferme, le voyage de Jacquot ne devait
durer que quinze jours : on nomma Nicolas berger intérimaire.

Quelle joie, quel délire dans ce premier jour de liberté! Le
voilà qui sort à la pointe du jour du clos de la Bretonne, suivi
des trois gros chiens Pinçard, Robillard et Friquet. Les deux
plus forts moutons portaient sur leur dos les provisions de la
journée avec la bouteille d'eau rougie et le pain pour les
chiens. Le voilà libre, libre dans la solitude! Il respire à pleine
poitrine ; pour la première fois, il se sent vivre... Les nuages

blancs qui glissent dans le ciel, la bergeronnette qui se balance
sur les taupinières, les fleurettes d'automne sans feuilles et sans
parfum, le chant de l'*œnante* solitaire, si monotone et si doux,
les prés verts baignés au loin par la brume, tout cela le jette
dans une douce rêverie. En passant près d'un buisson où Jacquot, deux mois auparavant, lui avait montré un nid de linotte,
il pense au pauvre berger qu'il remplace et aux dangers qu'il
court dans son périlleux voyage. Ses yeux se mouillent de
larmes, sa tête s'exalte, et pour la première fois il se prend
à rimer des vers sur l'air des *Pèlerins de Saint-Jacques*, qu'il
avait entendu chanter à des mendiants :

> Jacquot est en pèlerinage — à Saint-Michel ;
> Qu'il soit guidé dans son voyage — par Raphaël !
> Nous n'irons plus garder ensemble — les blancs moutons :
> Jacquot va par le pont qui tremble — chercher pardons.

Voilà le premier pas fait dans une route dangereuse ; Nicolas
s'est trompé sur son goût pour la solitude... Ce goût n'annonçait pas un berger, mais un poëte. Malheur aux moutons,
qu'il entraîne dans les endroits les plus sauvages et les moins
riches en pâture ! Il aime les ruines de la chapelle Sainte-
Madeleine et y revient souvent, sous prétexte d'y cueillir des
mûres sauvages ; le fait est que ce lieu lui inspire des pensées
douces et mélancoliques. Ce n'était pas assez encore. Derrière
le bois du Boutparc, vis-à-vis les vignes de Montgré, on ren-
contrait un vallon sombre bordé de grands arbres. Nicolas hésitait d'abord à s'y engager ; il se rappelait les histoires de
voleurs et d'excommuniés changés en bêtes que Jacquot lui avait
souvent racontées. Moins effrayées que leur gardien, les bêtes
sautent dans le vallon. Il y en avait de plusieurs sortes dans le
troupeau ; les chèvres grimpent aux broussailles, les brebis
broutent l'herbe, et les porcs fouillent la terre pour y trouver
une espèce de carotte sauvage que les paysans nomment *échavie*.
Nicolas les suivait pour les empêcher d'aller trop loin, lorsqu'il
aperçut sous un chêne un gros sanglier noir, qui, en humeur

de folâtrer, vint se mêler à la bande plus civilisée des pourceaux. Le jeune pâtre tressaillait à la fois d'horreur et de plaisir, car la vue de cet animal augmentait l'aspect sauvage du lieu qui avait tant de charmes pour lui. Il se garda de faire un mouvement à travers les feuilles. Un instant après, un chevreuil, puis un lièvre vinrent jouer plus loin sur une bande de gazon; puis ce fut une huppe qui se percha dans un de ces gros poiriers dont les paysans appellent le fruit *poire de miel*. Le rêveur se croyait transporté dans le pays des fées; tout à coup, parmi les broussailles, un loup montra son poil fauve et son nez pointu avec deux yeux qui brillaient comme des charbons... Les chiens qui arrivaient lui firent la chasse, et adieu tout ce qui complétait le tableau, chevreuil, lièvre et sanglier! La huppe même, l'oiseau de Salomon, s'était envolée; seulement, comme une fée bienfaisante, elle avait signalé l'arbre aux *poires de miel*, si douces et si sucrées, que les abeilles les dévorent. Nicolas emplit ses poches de ce fruit délicieux, dont, à son retour, il régala ses frères et ses sœurs.

En y réfléchissant, Nicolas se dit : « Ce vallon n'est à personne... Je le prends, je m'en empare; c'est mon petit royaume! Il faut que j'y élève un monument pour qu'il me serve de titre, ainsi que cela s'est toujours fait selon la Bible que lit mon père. » Pendant plusieurs jours, il travailla à dresser une pyramide. Quand elle fut terminée, il lui vint à l'esprit, toujours d'après l'inspiration de la Bible, d'y faire un sacrifice dans les règles. « Un être libre comme moi, se dit-il, devant se suffire à lui-même, doit être à la fois roi, pontife, magistrat, berger, boulanger, cultivateur et chasseur. » En vertu de ces titres, il se mit en quête d'une victime, et parvint à atteindre avec sa fronde un oiseau de proie de l'espèce qu'on nomme *bondrée*, qu'il crut avoir condamné justement comme coupable de troubler l'innocence et la sécurité des hôtes du vallon. Peut-être sa conscience eût-elle, plus tard, trouvé à redire à ce raisonnement, quand l'étude de l'harmonie universelle lui eut appris l'utilité des êtres nuisibles. Aussi n'appuyons-nous sur ces enfantillages que pour signaler la teinte mystique des premières idées du rêveur[1]. Cependant, il fallait avoir des témoins de cet acte religieux. C'est à midi que les bêtes de trait sont conduites au pâturage après les travaux de la matinée. Nicolas attendit cette heure et appela par ses cris les bergers qui passaient au loin. Aussitôt accoururent les compagnons ordinaires de ses jeux et les jolies Marie Fouare et Madeleine Piat.

— Venez, venez, disait Nicolas, je vais vous montrer *mon* vallon, *mon* poirier, et aussi mon sanglier et ma huppe.

Mais ces animaux se gardèrent bien de se rendre aux vœux du *propriétaire*. Nicolas exposa à la troupe ses droits de premier occupant, constatés par sa pyramide et son autel. On les reconnut pour inviolables. Dès lors commença la cérémonie : on alluma du bois sec où l'on jeta les entrailles de l'oiseau, selon le rite patriarcal; puis Nicolas posa le corps sur un petit bûcher et improvisa une prière qui fut accompagnée de quelques versets des psaumes. Il se tenait debout, très-grave et pénétré de la grandeur de son action; ensuite, il distribua aux assistants les chairs rôties de l'oiseau dont il mangea le premier, et qui étaient détestables. Les trois chiens seuls se régalèrent avec joie des reliefs de cette cuisine sacerdotale.

Qui eût pu prévoir que ce scrupuleux propriétaire deviendrait l'un des plus fervents *communistes* dont les doctrines aient enflammé l'époque révolutionnaire. Toutefois, ses prétentions avaient trouvé des jaloux parmi les pâtres de Sacy, car le secret fut dévoilé, le sacrifice fut traité d'abominable profanation des choses saintes, et l'abbé Thomas, frère du premier lit de Nicolas, qui demeurait à quelques lieues de Sacy, se rendit exprès à la Bretonme pour donner le fouet au jeune hérétique; l'abbé motiva le fait de cette correction sur ce que, ayant été le parrain du coupable, il répondait indirectement de ses péchés.

---

[1]. Il est curieux de trouver, en effet, dans les premières années de Restif ce trait d'un sacrifice à l'Éternel, qui rappelle un récit analogue de Gœthe, devenu comme lui panthéiste plus tard.

Le pauvre homme ne se doutait pas qu'il s'était engagé bien imprudemment envers le ciel.

Nicolas avait deux frères du premier lit qu'on voyait peu dans la famille; l'aîné était curé de Courgis; le dernier, que nous venons d'entrevoir, l'abbé Thomas, était précepteur chez les jansénistes de Bicêtre, et venait voir sa famille pendant les vacances. Lorsqu'il repartit cette année-là, on lui confia son jeune frère, auquel il convenait d'inspirer enfin des idées sérieuses. Tous deux s'embarquèrent à Auxerre par le coche d'eau. L'abbé Thomas était un grand garçon maigre, ayant le visage allongé, le teint bilieux, la peau luisante tachée de rousseurs, le nez aquilin, les sourcils noirs et fournis comme tous les Restif. Il était concentré et très-vigoureux sans le paraître, d'un tempérament emporté et plein de passion, qu'il était parvenu à mater par une volonté de fer et une lutte obstinée. A peine eut-il placé Nicolas parmi les autres enfants de Bicêtre, qu'il ne s'occupa plus de lui que comme d'un étranger. Quand ce dernier se vit seul au milieu de tous ces *petits curés*, comme il le disait, perdu dans les longs corridors voûtés de cette prison monastique, il fut pris du mal du pays. La monotonie des exercices religieux n'était pas de nature à le distraire, et les livres de la bibliothèque, les *Provinciales* de Pascal, les *Essais* de Nicole, la *Vie* et les *Miracles du diacre Pâris*, la *Vie de M. Tissard* et autres œuvres jansénistes, ne lui plaisaient pas autrement. — L'écrivain, toutefois, se rappela plus tard avec attendrissement les leçons des jansénistes. Selon lui, Pascal, Racine et les autres port-royalistes devaient à l'éducation janséniste une sagacité, une exactitude de raisonnement, une justesse, une profondeur de détails, une pureté de diction qui ont d'autant plus étonné, que les jésuites n'avaient produit que des Annat, des Caussin, etc. C'est que les jansénistes, sérieux, réfléchis, font penser plus fortement, plus tôt et plus efficacement que les molinistes; ils donnent du ressort par la contrariété à toutes les passions; ils créent des logiciens qui deviennent des dévots parfaits ou des philosophes résolus. Le moliniste est

lus aimable, il ne croit pas que l'homme soit obligé d'avoir
oujours son Dieu devant les yeux pour trembler à chaque
ction, à chaque acte de volonté ; mais, moins propre à la ré-
lexion, tolérant, superficiel, il arrive à l'indifférence plus sou-
ent encore que l'autre n'arrive à l'impiété.

Cependant, un changement se préparait dans la situation des
ansénistes de Bicêtre. L'archevêque Gigot de Bellefond, qui
es protégeait, étant venu à mourir, fut remplacé par Christo-
he de Beaumont. Celui-ci nomma un nouveau recteur qui,
ès le jour de son installation, regarda de travers le maître des
nfants de chœur et les gouverneurs jansénistes. Cet *intrus*
tait un homme fougueux, plein de dispositions hostiles ; il de-
nanda à voir la bibliothèque, et fronça le sourcil en aperce-
ant les livres de controverse que l'abbé Thomas n'avait pas
herché à cacher, se faisant gloire de ses sentiments. Le rec-
eur s'écria que de tels livres ne devaient pas se trouver dans
ne bibliothèque d'enfants.

— On ne peut trop tôt connaître la vérité, répondit l'abbé
Thomas.

— Simple clerc tonsuré, vous voulez nous enseigner la reli-
ion ! dit le recteur.

Le maître humilié se tut. Les élèves jouissaient de cette
cène avec l'impitoyable malignité de l'enfance. De livres en
ivres, le recteur tomba sur le Nouveau Testament annoté par
Quesnel.

— Pour celui-ci, dit-il, c'est aller contre le jugement spé-
ial de l'Église !

Et il le jeta à terre avec horreur. Le pauvre abbé Thomas
e ramassa humblement et baisa la place.

— Songez-vous, dit-il, monsieur, que le texte de l'Évangile
 est tout entier?

Le recteur, plus irrité encore, voulut emporter tous les Nouveaux Testaments des élèves. L'abbé Thomas éleva alors la
voix :

— O mon Dieu ! s'écria-t-il, on ôte la parole à vos enfants !

Cette fois, les élèves se prononcèrent pour le maître. Nicolas osa s'avancer vers le recteur et lui dit :

— Je tiens de mon père, que j'en croirai mieux que vous, que voilà le Testament de Jésus-Christ.

— Ton père était un huguenot, répondit le recteur.

Ce mot était alors le synonyme d'athée. La scène finit par l'intervention de deux prêtres de la maison qui s'appliquèrent à calmer les esprits; mais l'abbé Thomas sentit qu'il fallait quitter la place. En effet, quelques jours plus tard, il fut averti que l'ordre d'expulsion des jansénistes allait être expédié. Il était prudent de le prévenir. Les élèves furent renvoyés à leurs parents, puis le maître se mit en route avec son sous-maître et Nicolas pour retourner à Sacy.

IV

JEANNETTE ROUSSEAU

En retournant à son village, Nicolas frémissait de joie; quand il aperçut les collines de Côte-Grêle, son cœur bondit et ses larmes coulèrent en abondance. Il découvrit bientôt le Vendanjeau, la Farge, Triomfraid, le Boutparc enfin, derrière lequel était *son* vallon. Il voulut faire partager son enthousiasme à l'abbé Thomas, et se livra à une énumération pittoresque, à laquelle ce dernier répondit :

— Je conçois que tout cela est fort touchant puisque vous pleurez; mais nous approchons de Sacy, récitons *sextes* avant d'y entrer.

L'abbé Thomas ne se plaisait pas dans la maison paternelle. Dès le lendemain, il emmena Nicolas chez son frère aîné, curé à Courgis, pour lui enseigner le latin. Les fables de Phèdre et les églogues de Virgile ouvrirent bientôt à l'imagination du jeune homme des horizons nouveaux et charmants. Les dimanches et les fêtes, l'église se remplissait d'une foule de jeunes filles sur lesquelles il levait les yeux à la dérobée. Ce fut le jour de Pâques que son sort se décida. La grand'messe était célébrée avec diacre et sous-diacre ; les sons de l'orgue, l'odeur de l'encens, la pompe de la cérémonie, exaltaient à la fois son âme ; il se sentait dans une sorte d'ivresse. A l'offerte, on vit défiler les communiantes dans leurs plus beaux atours, puis leurs mères et leurs sœurs. Une jeune fille venait la dernière, grande, belle et modeste, le teint peu coloré, « comme pour donner plus d'éclat au rouge de la pudeur ; » elle était mise avec plus de goût que ses compagnes, son maintien, sa parure, sa beauté, son teint virginal, tout réalisait la figure idéale que toute âme jeune a rêvée. La messe finie, l'écolier sortit derrière elle. La céleste beauté marchait de ce pas harmonieux que l'on prête aux Grâces antiques. Elle s'arrêta en apercevant la gouvernante du curé, Marguerite Pâris.

Cette dernière aborda la jeune fille et lui dit :

— Bonjour, mademoiselle Rousseau.

Et elle l'embrassa.

— Voici déjà son nom de famille, se dit Nicolas.

— Ma chère Jeannette, ajouta Marguerite, vous êtes un ange pour la figure comme pour l'âme.

— Jeannette Rousseau ! se dit Nicolas, quel joli nom !

Et la jeune fille répondit quelques mots d'une voix douce et claire, dont le timbre était enchanteur [1].

Depuis ce moment, Nicolas ne fut plus occupé que de Jean-

---

1. Bien des années plus tard, sous la République, l'auteur avait gardé un souvenir attendri de ce premier amour : « Citoyen lecteur, écrit-il, cette Jeannette Rousseau, cet ange sans le savoir, a décidé mon sort. Ne croyez pas que j'eusse étudié, que j'eusse surmonté toutes les difficultés parce que j'avais de la force et du courage. Non ! Je n'eus jamais qu'une âme pusillanime ; mais j'ai senti le véritable amour : il m'a élevé au-dessus de moi-même et m'a fait passer pour courageux. J'ai tout fait pour mériter cette fille, dont le nom me fait tressaill à soixante ans, après quarante-six ans d'absence... O Jeannette ! si je t'avais vue tous les jours, je serais devenu aussi grand que Voltaire, et j'aurais laissé Rousseau loin derrière moi ! Mais ta seule pensée m'agrandissait l'âme. Ce n'était plus moi-même ; c'était un homme actif, ardent, qui participait du génie de Dieu. »

nette. Il la chercha des yeux tout le reste de la journée, et ne la revit qu'à l'encensement du *Magnificat*, quand tous ceux qui sont dans le chœur se tournent vers la nef. Le lendemain, l'impression était plus forte encore ; il se promit de se rendre digne d'elle par son application à l'étude ; de ce jour aussi, son esprit s'agrandit et s'arracha pour jamais aux frivoles préoccupations de l'enfance. Laissé seul un jour au presbytère dans la journée, parce que le curé et l'abbé Thomas étaient allés voir commencer le champ de la cure, il lui vint une idée singulière : ce fut de chercher dans les registres de la paroisse l'extrait de baptême de Jeannette, afin de savoir au juste son âge ; lui-même avait alors quinze ans, et il jugeait que Jeannette était plus âgée. Il allait en remontant depuis 1730, et ce fut pour lui une jouissance délicieuse de lire les lignes suivantes : « Le 19 décembre 1731 est née Jeanne Rousseau, fille légitime de Jean Rousseau et de Marguerite, etc. » Nicolas répéta vingt fois cette lecture, apprenant par cœur jusqu'aux noms des témoins et des officiants, et surtout cette date du 19 *décembre*, qui devint un jour sacré pour lui. Une seule pensée triste résulta de cette connaissance, c'est que Jeannette avait trois ans de plus que lui, et qu'elle serait mariée peut-être avant qu'il pût prétendre à elle. Instruit de la demeure des parents de Jeannette, il passait tous les jours devant la maison, située au fond d'une vallée et entourée de peupliers qu'arrosait le ruisseau de *Fontaine-Froide* ; il saluait ces arbres comme des amis, et rentrait l'âme pleine d'une douce mélancolie.

Mais c'est à l'église que l'apparition revenait dans tout son charme. Nicolas avait fait une prière qu'il répétait sans cesse pour concilier sa religion et son amour : *Unam petii a Domino*, disait-il tout bas, *et hanc requiram omnibus diebus vitæ meæ !* (Je n'en ai demandé qu'une au Seigneur. et je la chercherai tous les jours de ma vie !) Confiant dans cette oraison, il s'était donné une jouissance dont jamais personne n'a eu l'idée. Le sonneur était vigneron, et son travail à l'église le dérangeait souvent de l'autre. Nicolas lui offrit de le remplacer ; il entrait

ors de bonne heure dans l'église, et, s'y trouvant seul, il cou-
ait à la place habituelle de Jeannette, s'y agenouillait, puis s'ap-
payait aux mêmes endroits qu'elle, baisait la pierre qu'avaient
auchée les pieds de la jeune fille et récitait sa prière favorite.

Un jour d'été, par un temps de sécheresse, on manquait
'eau pour arroser le jardin de la cure. L'abbé Thomas dit à
icolas et à un enfant de chœur nommé Huet :

— Allez chercher de l'eau au puits de M. Rousseau.

Mais il se trouva que ce puits manquait de corde. Que faire ?
uet dit aussitôt qu'il apercevait Mlle Rousseau et allait lui
a demander une. Nicolas, tout tremblant, retint Huet par son
abit. Lui parler, à *elle !...* Il frissonnait, non de jalousie,
nais de la hardiesse de Huet. Cependant, Jeannette, qui avait
u leur embarras, apportait une corde, et, pendant qu'elle
idait Huet à la placer, ses mains touchaient parfois celles du
une garçon. Nicolas ne lui enviait pas ce bonheur, le contact
e ces mains délicates eût été pour lui comme du feu. Il ne
ut parler et respirer que lorsque Jeannette se fut éloignée.
ependant, il fit ensuite la réflexion qu'elle ne lui avait pas
dressé la parole ainsi qu'à son compagnon, et avait même
aissé les yeux en passant près de lui. Se serait-elle aperçue
u'à l'église son regard était toujours fixé sur elle ? Le fait est
ue, peu de temps après, une dévote nommée Mlle Drouin
vertit la gouvernante du curé que Nicolas, pendant le prône,
vait toujours les yeux tournés du côté de Mlle Rousseau.
Targuerite le redit au jeune homme avec bonté, en assurant
ue plusieurs personnes avaient fait la même remarque.

V

MARGUERITE

Marguerite Pâris, la gouvernante du curé de Courgis, tou-
thait à la quarantaine ; mais elle était fraîche comme une dévote

et comme une femme qui avait toujours vécu au-dessus d
besoin. Elle se coiffait avec goût et de la même manière qu
Jeannette Rousseau. Elle faisait venir ses chaussures de Pari
et les choisissait à talons minces et élevés, faisant valoir la fi
nesse de sa jambe, qui était couverte d'un bas de coton à coin
bleus bien tiré. C'était le jour de l'Assomption ; il faisait chaud
la gouvernante, après vêpres, se déshabilla et se mit en blanc
Les enfants de chœur jouaient dans la cour, l'abbé Thoma
était à l'église, Nicolas étudiait à sa petite table près d'un
fenêtre ; Marguerite, dans la même chambre, épluchait un
salade ; les yeux du jeune homme se détournaient de temps e
temps de son travail, et il suivait les mouvements de Marguerite
tout en pensant à Jeannette. Ce qui unissait en lui ce
deux idées, c'était le souvenir de la rencontre de Marguerite et de Jeannette quelque temps auparavant, au sortir d
l'église.

— Sœur Marguerite, dit-il, est-ce que Mlle Jeannette Rousseau est bien riche ? Vous savez, la fille du notaire...

Marguerite fit un mouvement de surprise, quitta sa salade
et vint vers Nicolas.

— Pourquoi me demandez-vous cela, mon enfant ? dit-
elle.

— Parce que vous la connaissez..., et mes parents seraient peut-être bien contents, si j'épousais une demoiselle
riche...

La finesse de l'écolier, qui voulait concilier à la fois la pré-
voyance paternelle avec sa flamme platonique, n'échappa point
à la gouvernante ; mais une pensée inconnue traversa tout à
coup son esprit, et elle vint s'asseoir ; attendrie, la poitrine
gonflée de soupirs, auprès de la table de Nicolas. Alors, elle lui
raconta avec effusion qu'autrefois M. Rousseau, le père de
Jeannette, l'avait recherchée en mariage et n'avait pu l'obtenir.

— De sorte, dit-elle, que j'aime cette jolie fille, en me disant
que j'aurais pu être... sa mère ! Et vous, ajouta-t-elle, mon

uvre enfant, votre amour m'intéresse à cause de cela : si j'y
uvais quelque chose, j'irais voir vos parents et les siens ;
ais vous êtes trop jeune, et elle a deux ans de plus que
us...

Nicolas se mit à pleurer et se jeta au cou de Marguerite ;
urs larmes se mêlaient sans que ni l'enfant ni la femme son-
assent à la nature différente de leur émotion... Marguerite
vint à elle et se leva sérieuse et rouge de honte ; mais Nicolas,
i lui pressait les mains, sentit son cœur défaillir. Alors, la
nne fille, qui avait un moment voulu redevenir sévère, le
it dans ses bras, lui jeta de l'eau à la figure et lui dit, lors-
'il reprit connaissance.

— Que vous est-il arrivé ?

— Je ne sais, dit Nicolas ; en parlant de Jeannette, en vous
gardant, en vous embrassant, j'ai senti le cœur me man-
er... Je ne pouvais m'empêcher de contempler votre cou
blanc où tombent vos cheveux dénoués ; votre œil mouillé
 larmes m'attirait, Marguerite, comme une vipère qui re-
rde un oiseau ; l'oiseau sent le danger et ne peut le fuir...

— Mais si vous aimez Jeannette..., dit Marguerite d'un ton
rieux.

— Oh ! c'est vrai, je l'aime !...

En disant ces mots, Nicolas fut pris d'une sorte de frisson
 se sentit glacé. Le salut vint à sonner, et il se rendit à l'é-
ise. Là, quoi qu'il pût faire, l'aspect de Marguerite pleurant,
itée et le sein gonflé de soupirs, se représentait devant ses
eux et repoussait la chaste image de Jeannette. L'apparition
 cette dernière à sa place habituelle ramena le calme dans
s sens du jeune homme : jamais elle ne les avait troublés ;
n pouvoir s'exerçait sur les plus nobles sentiments de l'âme,
 lui donnait l'inspiration de toutes les vertus.

Marguerite n'était ni une coquette, ni une dévote hypocrite ;
le n'avait pour Nicolas qu'une bonté maternelle ; son cœur
ait sensible, elle avait aimé. C'est pourquoi un amour tout
une, qui lui rappelait ses plus belles années, l'attendrissait

outre mesure. Le pauvre Nicolas ignorait comme elle tout le danger qui existe dans ces confidences, dans ces effusions, où les sens participent avec moins de pureté à l'exaltation de l'âme. Un jour, en passant devant la maison de Mlle Rousseau, Nicolas l'avait vue assise sur un banc, filant près de sa mère, et son pied, suivant les mouvements du rouet, l'avait frappé par sa petitesse et sa forme. En rentrant au presbytère, il jeta un coup d'œil dans la chambre de Marguerite et y aperçut une mule à talon mince, en maroquin vert, dont les coutures avaient conservé leur blancheur.

— Que cette mule, se dit-il en soupirant, serait jolie au pied de Jeannette !

Et il l'emporta pour l'admirer à loisir.

Le lendemain matin, qui était un dimanche, Marguerite cherchait sa chaussure dans toute la maison ; Nicolas trembla qu'elle ne découvrît sa fantaisie, et, en entrant chez elle, il laissa tomber la mule dans un coffre le plus adroitement possible ; mais la gouvernante ne fut pas dupe de cette manœuvre ; elle se chaussa sans rien dire cependant. Nicolas admirait comment ce petit objet prenait si facilement la forme du pied de la gouvernante.

— Avouez-moi une chose, lui dit celle-ci avec un sourire, c'est que vous aviez caché ma mule...

Nicolas rougit, mais convint de la vérité. Cette mule avait passé la nuit dans sa chambre.

— Pauvre enfant ! dit-elle, je vous excuse, et je vois que vous seriez capable d'en faire autant pour Jeannette Rousseau qu'un certain Louis Denesvre en a fait pour... une autre.

— Pour qui donc, sœur Marguerite ? (C'était ainsi qu'on l'appelait au presbytère.)

Marguerite ne répondit pas. Nicolas rêva longtemps sur cette demi-confidence. Le surlendemain, la gouvernante avait affaire à la ville voisine, c'est-à-dire à Auxerre. L'âne de la cure était un roussin fort têtu, et qui, plusieurs fois déjà, avait compromis la sûreté de sa maîtresse. Nicolas, plus fort que les enfants

le chœur qui le guidaient ordinairement, fut choisi pour cet
office. Marguerite sauta lestement sur sa monture ; elle avait un
bagnolet de fine mousseline sur la tête, la taille pincée par un
corset à baleines souples recouvert d'un casaquin de coton
blanc, un tablier à carreaux rouges, une jupe de soie gorge
de pigeon, et les fameux souliers de maroquin ornés de boules à pierres. Son sourire habituel n'excluait pas une intéres-
ante langueur, ses yeux noirs étaient doux et brillants. A la
descente de la vallée de Montaleri, qui était difficile, Nicolas
a prit dans ses bras pour lui faire mettre pied à terre et la
soutint jusqu'au fond de la vallée, où elle marcha quelque
temps sur le gazon. Il fallut ensuite la faire remonter sur l'âne,
car de ce moment le chemin était droit jusqu'à la ville. Nicolas
arrangeait de temps en temps les jupes de Marguerite sur ses
jambes, affermissait ses pieds dans le panier ; celle-ci souriait
en le voyant toucher ses mules vertes, ce qui animait la conversation sur Jeannette ; puis l'âne faisait un faux pas, Nicolas
soutenait la sœur par la taille, et cela la faisait rougir comme
une rose.

— Comme vous aimez Jeannette ! dit-elle, puisque la seule
pensée que mes mules vertes pourraient convenir à son pied
vous préoccupe encore à présent.

— C'est vrai, dit Nicolas en retirant avec embarras ses mains
du panier.

— Eh bien, moi aussi, dit Marguerite, je ne puis m'empêcher d'aimer tendrement la fille d'un homme qui m'a été
cher et qui n'a jamais eu volontairement de torts avec moi.
Ainsi, je vous approuve de rechercher la main de cette jolie
fille ; mais surtout ayez de la prudence et n'en dites rien à vos
frères, qui ne vous aiment pas, étant enfants du premier lit...
Moi, je me charge de parler à Jeannette, de la disposer pour
vous, et plus tard de voir ses parents.

Nicolas se jeta sur les mains de Marguerite, et inonda de
larmes ses bras délicats et beaucoup plus beaux que ceux de
Jeannette, qui, comme toutes les jeunes filles, ne les avait pas

encore formés. Sœur Marguerite, un peu émue et voulant mettre un terme à cette exaltation, rappela au jeune homme qu'il était temps de dire l'heure canoniale de *primes*. Nicolas se recueillit aussitôt et commença en qualité d'homme, la sœur disant alternativement son verset, et lui le capitule, l'oraison et tout ce qui est du ressort du célébrant, de sorte qu'ils arrivèrent innocemment à la ville.

Marguerite fit la commission du curé, puis quelques emplettes, et conduisit Nicolas pour dîner chez Mme Jeudi, qui était une marchande mercière janséniste chez laquelle elle achetait d'ordinaire quelques passementeries et dentelles d'église, et aussi des rubans et autres colifichets pour elle-même. Cette dame Jeudi avait une fille très-jolie, nouvellement mariée à un jeune janséniste de Clamecy par accord d'intérêts entre les deux familles. La dévotion de la mère poursuivait les deux époux dans leurs rapports les plus simples, de sorte qu'ils ne pouvaient ni se dire un mot, ni se trouver ensemble sans sa permission. On appelait encore la jeune épouse Mlle Jeudi. Cette façon d'agir était, du reste, assez en usage parmi les *honnêtes gens* (c'est ainsi que s'appelaient entre eux les jansénistes). Il y avait de plus dans la maison une grande nièce âgée de vingt-six ans, que la mère avait établie surveillante des deux époux, et qui était autorisée, en cas d'abus, à les traiter très-sévèrement. Quand Mme Jeudi était forcée de s'absenter, elle obligeait sa grande nièce à tenir un cahier de toutes les infractions aux convenances dont pouvaient se rendre coupables son gendre et sa fille. Tel était l'intérieur un peu austère de cette maison.

Nicolas, assis entre les deux jeunes personnes, jetait çà et là des regards dérobés sur la nouvelle épouse, dont le triste sort l'intéressait beaucoup, et se disait qu'à la place du mari, il montrerait plus de caractère pour revendiquer ses droits; les guimpes solennelles de la grande nièce, placée à sa gauche, le ramenaient à des idées plus sages. Cependant, de la table, située dans l'arrière-boutique, il avait encore la distraction de voir les passants dans la rue.

— Ah! que les filles sont jolies à Auxerre! s'écria-t-il tout à coup.

Mme Jeudi lui jeta un regard foudroyant.

— Mais les plus jolies sont encore ici, se hâta de dire Nicolas.

Le mari baissait la tête et rougissait jusqu'aux oreilles; la grande nièce était pourpre; Marguerite faisait tous ses efforts pour paraître indignée, et Mlle Jeudi regardait Nicolas avec une douce compassion.

— C'est le frère du curé de Courgis? dit sévèrement la marchande janséniste à Marguerite.

— Oui, madame, et de l'abbé Thomas; mais on ne le destine pas à l'Église.

— N'importe, il a les yeux hardis, et je conseillerais à ses frères de le surveiller.

Nicolas et la gouvernante repartirent d'Auxerre à quatre heures pour pouvoir être rendus à Courgis avant la nuit. Arrivés au delà de Saint-Gervais, ils dirent ensemble nones et vêpres, puis causèrent de l'intérieur de famille qu'ils venaient de voir. Marguerite ne gronda pas trop Nicolas de son observation si déplacée à table, et consentit à rire de la situation mélancolique du pauvre mari. A l'entrée du vallon de Montaleri, il y avait une place couverte de gazon, ombragée de saules et de peupliers, et traversée par une fontaine qui filtrait entre des cailloux. Les voyageurs résolurent d'y faire leur repas du soir; Nicolas tira les provisions du panier, et mit rafraîchir la bouteille d'eau rougie dans la fontaine. Tout en goûtant, Nicolas raconta qu'il avait vu après le dîner, chez Mme Jeudi, le mari arrêter sa femme entre deux portes et l'embrasser tendrement, pendant que la mère et la grande nièce s'occupaient de la desserte.

— C'est assez causer de cela! dit Marguerite en se levant.

Mais Nicolas la retint par sa robe, et fut assez fort pour la faire rasseoir.

3

— Eh bien, causons encore un peu, dit Marguerite après avoir résisté vainement.

— Je veux vous montrer, dit ce dernier, comment il a embrassé sa femme.

— Ah! monsieur Nicolas, c'est un péché! s'écria Marguerite, qui n'avait pu se défendre de cette surprise. Et Jeannette, que dirait-elle, si elle vous voyait?

— Jeannette! oh! oui, Marguerite..., vous avez raison; mais je ne sais pourquoi ma pensée est à elle, et c'est vous cependant qui m'agitez le cœur si fort que je ne puis respirer...

— Allons-nous-en, mon fils, dit la gouvernante avec douceur et d'un ton si digne, avec un accent si attendri, que Nicolas crut entendre sa mère.

En la faisant monter sur l'âne, il ne la toucha plus qu'avec une sorte d'effroi, et ce fut alors Marguerite qui lui donna un chaste baiser sur le front.

Elle semblait réfléchir profondément, comme saisie d'une impression douloureuse et rompit enfin le silence.

— Prenez garde, monsieur Nicolas, dit-elle, à cette âme brûlante qui s'épanche vers tout ce qui vous entoure! Vous êtes enclin à pécher, comme l'était M. Polvé, mon oncle, chez qui je fus élevée. Les passions mal réprimées mènent plus loin qu'on ne pense; dans l'âge mûr, elles se fortifient, et la vieillesse même n'en défend pas les âmes viciées; alors, elles revêtent une brutalité qui fait horreur, même à la personne aimée. Mon oncle fut ainsi cause de tous mes malheurs, et, quoiqu'il combattît de tous ses efforts l'amour coupable qu'il avait conçu pour moi, il ne pouvait se défendre d'une jalousie stérile qui le conduisit à refuser la demande que M. Rousseau avait faite de moi. Il lui déclara qu'il ne voulait pas que je me mariasse, qu'il se proposait de me faire religieuse, et, pour être plus sûr de me rendre cette union impossible, il en arrangea lui-même une autre, de concert avec les parents de M. Rousseau, de sorte que ce dernier finit par épouser celle... qui depuis lui a donné...

votre Jeannette. La retraite de M. Rousseau encouragea un
autre jeune homme, M. Denesvre, à me faire sa cour; mais
j'étais si timide et si ignorante des motifs secrets de mon oncle,
que je ne voulus pas décacheter une lettre qui me fut remise
par M. Denesvre, de sorte que celui-ci résolut enfin de me
faire demander officiellement en mariage. M. Polvé répondit
que « sa nièce n'était pour le nez d'aucun habitant du pays. »
Alors, M. Denesvre fit en sorte de me parler en secret, et ses
plaintes furent si touchantes, que je consentis à l'écouter la
nuit à une fenêtre basse. Une fois, mon oncle se réveilla, s'a-
perçut de ce qui se passait, et monta à son grenier, d'où il tira
un coup de fusil sur M. Denesvre. Le malheureux ne poussa
pas un cri et parvint à se traîner, tout en perdant son sang,
hors de la ruelle qui communiquait à ma fenêtre. Faute de
s'être fait panser... ce qui aurait pu me compromettre... il
mourut quelques jours après. Il m'avait fait parvenir une lettre écrite au lit de mort... Je la garde toujours... et depuis
je n'ai plus jamais songé au mariage !

Marguerite pleurait à chaudes larmes en faisant ce récit; elle
passait ses mains dans les cheveux de Nicolas et ne pouvait
s'empêcher de le regarder avec attendrissement, car il lui rappelait M. Rousseau par son amour pour Jeannette, et le pauvre Denesvre par son exaltation, par ses regards ardents, par
la douceur même qu'elle sentait à se voir par instant l'objet
d'un trouble qui détournait sa pensée de Jeannette. D'ailleurs,
si ses peines d'autrefois la rendaient indulgente, la différence
des âges lui donnait de la sécurité.

Il était près de neuf heures quand la gouvernante et Nicolas
rentrèrent à la cure. On se coucha à dix. L'imagination du
jeune homme brodait sur tout ce qu'il avait entendu, une foule
de pensées incohérentes qui éloignaient le sommeil. Il couchait
dans la même chambre que l'abbé Thomas, au rez-de-chaussée ; il y avait, en outre, les deux petits baldaquins de Huet et
de Melin, les enfants de chœur. La chambre de Marguerite, située dans l'autre aile de la maison, donnait par une fenêtre

basse sur le jardin. Tout à coup l'image du jeune Denesvre bravant le danger pour voir Marguerite se retrace vivement à la pensée de Nicolas. Il suppose en esprit qu'il est lui-même ce jeune homme, qu'il y a quelque chose de beau à répandre son sang pour un entretien d'amour, et, moitié éveillé, moitié soumis à une hallucination fiévreuse, il se glisse hors de son lit, puis parvient à gagner le jardin par la porte de la cuisine. Le voilà devant la fenêtre de Marguerite, qui l'avait laissée ouverte à cause de la chaleur. Elle dormait ses longs cheveux dénoués sur ses épaules; la lune jetait un reflet où se découpait sa figure régulière, belle et jeune comme autrefois dans ce favorable demi-jour. Nicolas fit du bruit en enjambant l'appui de la fenêtre. Marguerite rêvant murmura entre ses lèvres : « Laisse-moi, mon cher Denesvre, laisse-moi! » O moment terrible, double illusion qui peut-être aurait eu un triste lendemain!

— La mort, s'il le faut! s'écria Nicolas en saisissant les bras de la dormeuse...

Il ne manquait à la péripétie que le coup de fusil de l'oncle jaloux. Une autre catastrophe en remplaça l'effet. L'abbé Thomas avait suivi Nicolas dans son escapade; d'un pied brutal, il l'enleva en un instant à toute la poésie de la situation. Pendant ce temps, la pauvre Marguerite, tout effarée, croyait voir se renouveler, à vingt ans de distance et sous une autre forme, le sinistre dénoûment du drame amoureux qu'elle venait de rêver. Les deux enfants de chœur, entendant du bruit, venaient compléter le tableau. L'abbé Thomas les chassa avec fureur; puis, prenant Nicolas par une oreille, il le ramena dans sa chambre, le fit habiller aussitôt, et, sans attendre le jour, se mit en route avec lui pour la maison paternelle. Le scandale fut tel, qu'il se tint le lendemain un conseil de famille dans lequel on décida que Nicolas serait mis en apprentissage chez M. Parangon, imprimeur à Auxerre. Marguerite fut elle-même soupçonnée d'avoir, par son indulgence et sa coquetterie, donné lieu à la scène qui s'était passée,

et on la remplaça au presbytère par une dévote à la taille ro-
buste qui s'appelait sœur Pilon.

Conduit par son père à Auxerre, peu de jours après, Nicolas alla dîner une seconde fois chez Mme Jeudi, la marchande
janséniste, amie de leur famille. La tranquillité de cette maison
n'avait pas été moins troublée que celle du presbytère de
Courgis. La jeune mariée était en pénitence et parut à table
avec une grosse coiffe et des cornes de papier. Son crime était
de s'être dérobée à la double surveillance de Mme Jeudi et de
sa grande nièce d'une manière que rendait évidente le raccour-
cissement de sa jupe, et cela, sans la permission de sa mère.
Le gendre avait été renvoyé à ses parents comme un libertin
et un corrupteur. Mme Jeudi s'écriait à tout moment en pleurant : « Ma fille s'est souillée une seconde fois du péché originel ! » Cependant, le gendre, moins timide que par le passé,
plaidait pour avoir sa femme et pour toucher sa dot.

VI

L'APPRENTISSAGE

L'imprimerie de M. Parangon, à Auxerre, se trouvait près
du couvent des Cordeliers. Les presses étaient au rez-de-
chaussée, les casses dans une grande salle au-dessus. Les premières fonctions qui furent confiées à Nicolas n'avaient rien
d'attrayant ; il s'agissait principalement de ramasser dans les
balayures les caractères tombés sous les pieds des compagnons,
de les *recomposer* ensuite, puis de les *recaser ;* il fallait aussi
faire les commissions de trente-deux ouvriers, puiser de l'eau
pour eux, et subir toutes leurs fantaisies grossières. L'amoureux de la belle Jeannette Rousseau, l'élève des jansénistes
acceptait ces humiliations avec peine ; cependant, son intelligence, son goût pour le travail, et surtout la connaissance
qu'il avait du latin, ne tardèrent pas à le faire respecter des
compositeurs. Il y avait quelques livres dans le cabinet du

3.

patron; Nicolas, qui, les jours de fête, préférait la lecture aux
parties de plaisir de ses camarades, se prit d'une grande admiration pour les romans de Mme de Villedieu. La facilité avec
laquelle les amants s'écrivent dans ces sortes de compositions
lui fit trouver tout naturel d'écrire une lettre d'amour à Jeannette en vers octosyllabiques; seulement, par un oubli incroyable des précautions à prendre en pareille circonstance, il se
borna à jeter la lettre à la poste, de sorte qu'elle tomba sous
les yeux des parents, puis fut envoyée au presbytère, où le
curé, l'abbé Thomas et la sœur Pilon jetèrent des cris d'indignation. On s'applaudit d'autant plus, dans la famille, d'avoir
éloigné du pays un si dangereux séducteur, et l'impossibilité
de retourner à Courgis après cette esclandre désola profondément le jeune amoureux.

Tout à coup, une apparition imprévue vint entièrement
changer le cours de ses idées et prendre sur sa vie une influence qui en changea toute la destinée. Mme Parangon, la
femme du patron, que Nicolas n'avait pas vue encore, revint
d'un voyage de plusieurs semaines qu'elle avait fait à Paris.
Voici le portrait que traçait d'elle plus tard l'écrivain, parvenu
à l'apogée de sa vie littéraire : « Représentez-vous une belle
femme, admirablement proportionnée, sur le visage de laquelle on voyait également fondus la beauté, la noblesse et ce
joli si piquant des Françaises qui tempère la majesté; ayant
une blancheur animée plutôt que des couleurs; des cheveux
fins, cendrés et soyeux; les sourcils arqués, fournis et parais-
sant noirs; un bel œil bleu, qui, voilé par de longs cils, lui
donnait cet air angélique et modeste, le plus grand charme de
la beauté; un son de voix timide, pur, sonore, allant à l'âme;
la démarche voluptueuse et décente; la main douce sans être
potelée, le bras parfait, et le pied le plus délicat qui jamais ait
porté une jolie femme. Elle se mettait avec un goût exquis; il
semblait qu'elle donnât à la parure la plus simple ce charme
vainqueur de la ceinture de Vénus auquel on ne pouvait résister. Un ton affable, engageant, était le plus doux de ses

charmes ; il la faisait chérir quand la différence de sexe ne forçait pas à l'adorer. »

Telle était Mme Parangon, mariée depuis peu de temps, et dont l'époux paraissait peu digne d'une si aimable compagne. Dans les premiers temps de son apprentissage, Nicolas, se trouvant-seul un dimanche à garder l'atelier, avait entendu des cris de femme qui partaient du cabinet de M. Parangon. Il s'y précipita, et vit Tiennette, la servante, aux genoux du patron, qu'elle suppliait d'épargner son honneur.

— Vous êtes bien hardi, cria ce dernier, d'entrer où je suis ! Retirez-vous.

L'attitude de Nicolas fut assez résolue pour faire fléchir le maître et pour donner à Tiennette le temps de s'enfuir. M. Parangon, un peu honteux au fond, chercha alors à donner le change aux soupçons trop fondés de son apprenti.

Nicolas était à son travail quand on vint annoncer : « Madame est revenue ! » Il travaillait encore, le nez dans la poussière, à ramasser des lettres, des *espaces* et des *cadratins*. Il n'eut que le temps de faire sa toilette dans un seau et de descendre au rez-de-chaussée, où se pressait la foule des ouvriers. Mme Parangon, qui faisait attention à tout le monde et avait un regard, un mot obligeant pour chacun, ne tarda pas à distinguer Nicolas.

— C'est le nouvel *élève ?* dit-elle au prote.

— Oui, madame, répondit ce dernier... Il fera quelque chose.

— Mais on ne le voit pas, dit Mme Parangon, pendant que le jeune homme, après son salut, se perdait de nouveau dans la foule.

— Le mérite est modeste, observa un des ouvriers avec quelque ironie.

L'apprenti reparut en rougissant.

— Monsieur Nicolas, reprit Mme Parangon, vous êtes le fils d'un ami de mon père ; méritez aussi d'être notre ami...

En ce moment, le sourire gracieux de la jeune femme vint rappeler à Nicolas un souvenir évanoui. Cette femme, il l'avait vue autrefois, mais non pas telle qu'elle lui apparaissait maintenant; son image se trouvait à demi noyée dans une de ces impressions vagues de l'enfance qui reviennent par instants comme le souvenir d'un rêve.

— Eh quoi! dit Mme Parangon, vous ne reconnaissez pas la petite Colette de Vermanton?

— Colette? c'est toi?... C'est vous, madame? balbutia Nicolas.

Les ouvriers retournaient à leurs travaux; le jeune apprenti resta seul, rêvant à cette scène, résultat d'un hasard si simple. Cependant, la dame avait passé dans une arrière-salle, où sa servante l'aidait à se débarrasser de ses vêtements de voyage. Elle en sortit quelques minutes après.

— Tiennette m'a dit que vous étiez un garçon très-honnête... et très-discret, ajouta-t-elle en faisant allusion sans doute à ce qui s'était passé dans le cabinet de M. Parangon. Voici un objet qui vous sera utile dans vos travaux.

Et elle lui donna une montre d'argent.

De ce moment, Nicolas fut très-respecté dans l'atelier et dispensé des ouvrages les plus rebutants. Son goût pour l'étude, son éloignement des dissipations et de la débauche, où tombaient plusieurs de ses camarades, augmentèrent l'estime que faisait de lui Mme Parangon, qui aimait à s'entretenir avec le jeune apprenti, et l'interrogeait souvent sur ses lectures. Les romans de Mme Villedieu, et même *la Princesse de Clèves*, ne lui paraissaient pas d'un enseignement bien solide.

— Mais je lis aussi Térence, dit Nicolas, et même j'en ai commencé une traduction.

—Ah! lisez-moi cela! dit Mme Parangon.

Il alla chercher son cahier et lut une partie de *l'Andrienne*. Le feu qu'il mettait dans son débit, surtout dans les passages où Pamphile exprime son amour pour la belle esclave, donna l'idée à Mme Parangon de lui faire lire *Zaïre*, qu'elle avait vu représenter à Paris. Elle suivait des yeux le texte, et indiquait de temps en temps les intonations usitées par les acteurs de la Comédie-Française; mais bientôt elle se prit à préférer tout à fait le débit naturel et simple du jeune homme : elle avait appuyé son bras sur le dossier de la chaise où il était assis, et ce bras, dont il sentait la douce chaleur sur son épaule, communiquait à sa voix le timbre sonore et tremblotant de l'émotion. Une visite vint interrompre cette situation que Nicolas prolongeait avec délices. C'était Mme Minon la procureuse, parente de Mme Parangon.

— Je suis encore toute attendrie, dit cette dernière; M. Nicolas me lisait *Zaïre*.

— Il lit donc bien?

— Avec âme.

— Oh! tant mieux, s'écria Mme Minon en battant des mains... Il nous lira *la Pucelle*, qui est aussi de M. de Voltaire? Ce sera bien amusant.

Nicolas dans son ignorance et Mme Parangon dans son ingénuité s'associèrent à ce projet, qui, du reste, ne se réalisa pas; il suffit à la dame d'ouvrir le livre pour en apprécier la trop grande légéreté.

Cependant, la moralité de Nicolas ne devait pas tarder à recevoir une atteinte plus grave. Il se trouvait seul un soir dans la salle du rez-de-chaussée, quand il vit entrer furtivement un homme aux habits en désordre, ou plutôt à moitié vêtu, qu'il reconnut pour un des cordeliers dont le couvent était voisin de l'imprimerie. Ce personnage, qui se nommait Gaudet d'Arras, lui dit qu'il était poursuivi, qu'on l'avait attiré dans un piége, et que, de plus, il ne pouvait rentrer au couvent par la porte ordinaire, attendu qu'on lui demanderait ce qu'il avait fait de sa robe. Une porte de l'imprimerie communiquait avec la cour du couvent; c'était le moyen d'éviter tout scandale. Nicolas consentit à sauver ce pauvre moine, dont l'escapade demeura inconnue.

Quelques jours après, le cordelier repassa, vêtu de sa robe

cette fois, et invita Nicolas à venir déjeuner dans sa cellule. Il lui avoua, dans les moments d'épanchement qu'amenèrent les suites d'un excellent repas accompagné de vin exquis, que la vie religieuse lui était à charge depuis longtemps, d'autant qu'elle n'était pas pour lui le résultat d'un choix, mais d'une exigence de sa famille. Il était, du reste, en mesure de faire casser ses vœux, ce qui pouvait servir d'excuse à la légèreté de sa conduite.

Il y avait naturellement, dans l'âme indépendante de Nicolas, une profonde antipathie pour ces institutions féodales, survivant encore dans la société tolérante du xviiie siècle, qui contraignaient une partie des enfants des grandes familles à prononcer sans vocation des vœux austères qu'on leur permettait aisément d'enfreindre, à condition d'éviter le scandale. Nicolas ne s'était pas senti au premier abord beaucoup de sympathie pour ce moine qui avait oublié sa robe dans les blés ; mais l'idée que Gaudet d'Arras ne faisait qu'anticiper sur l'époque future de sa liberté le rendait relativement excusable. Il s'établit donc une liaison assez suivie entre Nicolas et le cordelier. Si l'on a jusqu'ici apprécié favorablement les actions du premier, on pourra reconnaître encore en lui un cœur honnête, emporté seulement par des rêveries exaltées; quant à l'autre, c'était déjà un esprit tout en proie au matérialisme de l'époque. Sa mère lui faisait une forte pension qui lui permettait d'inviter souvent à dîner les autres moines dans sa cellule, fort gaie et donnant sur le jardin. Nicolas fut quelquefois de ces parties, où l'on buvait largement, et où l'on émettait des doctrines plus philosophiques que religieuses. L'influence de ces idées détermina plus tard les tendances de l'écrivain; lui-même en fait souvent l'aveu.

Cette intimité dangereuse amena naturellement des confidences. Le cordelier daigna s'intéresser aux premiers amours du jeune homme, tout en souriant parfois de son ingénuité.

En principe, lui dit-il, il faut éviter tout attachement romanesque. L'unique moyen de ne pas être subjugué par les

femmes, c'est de les rendre dépendantes de vous. Il est bon
ensuite de les traiter durement, elles vous en aiment davantage. Je me suis aperçu de votre attachement pour Mme Parangon; prenez garde à l'adoration dont vous l'entourez. Vous
êtes la souris avec laquelle elle joue, l'humble serviteur qu'elle
veut conserver le plus longtemps possible dans cette position.
C'est à vous de prendre le beau rôle en ôtant à la belle dame
la gloire qu'elle acquerrerait en vous résistant...

Nicolas ne comprenait pas une doctrine aussi hardie, il
souffrait même de voir son ami profaner le sentiment pur qui
l'attachait à sa patronne.

— Que voulez-vous dire? observa-t-il enfin.

— Je dis qu'il faut cesser de manger votre pain à la fumée. Osez vous déclarer, et menez vivement les choses, ou
bien occupez-vous d'une autre femme : celle-ci viendra à vous
d'elle-même, et vous aurez à la fois deux triomphes.

— Non, dit Nicolas, je n'agirai jamais ainsi !

— Je reconnais bien là, reprit Gaudet d'Arras, l'amant res-
pectueux de Jeannette Rousseau !

Nicolas se promit de ne plus revoir le cordelier, mais déjà
le poison était dans son cœur; cette existence si douce, cette
passion toute chrétienne qu'il n'aurait jamais avouée, et qui
n'avait d'autre but que la pure union des âmes, cette image si
chaste et si noble, qu'elle ne repoussait pas même dans son
cœur celle de Jeannette Rousseau, et s'en faisait accompagner
comme d'une sœur chérie, toutes ces charmantes sensations
d'un esprit de poëte auquel suffisait le rêve, il allait désormais les
échanger contre les ardeurs d'une passion toute matérielle. Plein
des idées nouvelles qu'il avait puisées dans ses lectures philosophiques, il ne lui servait plus à rien de fuir les conseils de
Gaudet d'Arras; la solitude retentissait pour lui de ces voix
railleuses et mélancoliques qui venaient des muses latines, et
qui reproduisaient les sophismes qu'il venait d'entendre.
« Une femme est comme une ombre : suivez-la, elle fuit,
fuyez-la, elle suit. » Le cordelier n'avait pas dit autre chose.

Il voulut entrer dans l'église, où retentissaient les chants de vêpres. Les cordeliers que Gaudet d'Arras avait traités le matin rendaient le plain-chant avec une vigueur inaccoutumée. Nicolas reconnaissait les voix de ses compagnons de table, imprégnées des vins les plus généreux de la Bourgogne ; il entra dans le cimetière pour échapper à ce souvenir, et se prit machinalement à déchiffrer les plus vieilles inscriptions des tombes. L'une d'elles portait en lettres gothiques : *Guillain*, 1534. En réfléchissant aux deux siècles qui avaient séparé la mort d'un inconnu de l'époque de sa propre naissance, Nicolas crut sentir le néant de la mort et de la vie, et céda à cette voluptueuse tristesse que les Romains se plaisaient à exciter dans leurs festins ; il s'écria comme Trimalcion : « Puisque la vie est si courte, il faut se hâter... »

En rentrant à l'imprimerie, il prit un livre pour changer le cours de ces idées ; mais, peu de temps après, il vit revenir Mme Parangon, qui sortait de chez la procureuse, où elle avait dîné. Elle était chaussée en mules à languettes, bordure et talons verts, attachées par une rosette en brillants. Ces mules étaient neuves et la gênaient probablement, et, comme Tiennette n'était pas rentrée, elle pria Nicolas de débarrasser un petit fauteuil cramoisi, afin qu'elle pût s'asseoir. Nicolas, la voyant assise, se précipita à ses pieds, et lui ôta ses mules sans les déboucler. La dame ne fit que sourire, et dit :

— Au moins donnez-m'en d'autres.

Nicolas se hâta d'en aller chercher ; mais Mme Parangon avait, à son retour, caché ses pieds sous sa robe, et voulut alors se chausser elle-même.

— Que lisez-vous là ? dit-elle.

— *Le Cid*, madame, dit Nicolas.

Et il ajouta :

— Ah ! que Chimène fut malheureuse ! mais qu'elle était aimable !

— Oui, elle se trouvait dans une cruelle position.

— Oh ! bien cruelle !

— Je crois, en vérité, que ces positions-là... augmentent l'amour.

— Bien sûrement, madame, elles l'augmentent à un point...

— Eh! comment le savez-vous à votre âge?

Nicolas fut embarrassé, il rougit. Un moment après, il osa dire :

— Je le sais aussi bien que Rodrigue.

— Mme Parangon se leva avec un éclat de rire, et elle reprit d'un ton plus sérieux :

— Je vous souhaite les vertus de Rodrigue, et surtout son bonheur!

Nicolas sentit, à travers l'ironie bienveillante qui termina cette conversation, qu'il avait été un peu loin. Mme Parangon s'était retirée, mais ses mules aux boucles étincelantes étaient restées près du fauteuil. Nicolas les saisit avec une sorte d'exaltation, en admira la forme et osa écrire en petits caractères, dans l'intérieur de l'un de ces charmants objets : « Je vous adore! » Puis, comme Tiennette rentrait, il lui dit de les reporter.

VII

L'ÉTOILE DE VÉNUS

Cette action étrange, cette déclaration d'amour si singulièrement placée, cette audace surtout pour un apprenti de s'adresser à l'épouse du maître, était un premier pas sur une pente dangereuse où Nicolas ne devait plus s'arrêter. On l'a vu jusqu'ici céder facilement sans doute aux entraînements de son cœur; nous avons dû taire même bien des aventures dont les jeunes filles de Sacy et d'Auxerre étaient les héroïnes, souvent adorées, souvent trahies... Désormais cette âme si jeune encore ne se sent plus innocente; c'était la minute indécise entre le bien et le mal, marquée dans la vie de chaque homme, qui décide de toute sa destinée. Ah! si l'on pouvait arrêter l'ai-

4

guille et la reporter en arrière! mais on ne ferait que déranger l'horloge apparente, et l'heure éternelle marche toujours.

Ce jour-là même, M. Parangon et le prote assistaient à un banquet de francs-maçons ; Nicolas devait donc dîner seul avec la femme de l'imprimeur. Il n'osait se mettre à table. Mme Parangon lui dit d'une voix légèrement altérée :

— Placez-vous.

Nicolas s'assit à sa place ordinaire.

— Mettez-vous en face de moi, dit Mme Parangon, puisque nous ne sommes que deux.

Elle le servit. Il gardait le silence et portait lentement les morceaux à sa bouche.

— Mangez, puisque vous êtes à table, dit la dame. A quoi rêvez-vous ?

— A rien, madame.

— Étiez-vous à la grand'messe?

— Oui, madame.

— Avez-vous eu du pain bénit?

— Non, madame, je me trouvais derrière le chœur, où l'on n'en distribue pas.

— En voici un morceau.

Et elle le lui montra sur un plat d'argent, mais il fallut encore qu'elle le lui donnât.

— Vous êtes dans vos réflexions? ajouta-t-elle.

— Oui, madame...

Et, sentant tout à coup l'inconvenance de sa réponse, il reprit un peu de courage ; il se souvint que ce jour était justement celui de la naissance de Mme Parangon.

— Je songeais, dit-il, que c'est aujourd'hui une fête... Aussi, je voudrais bien avoir un bouquet à vous présenter ; mais je n'ai que mon cœur, qui déjà est à vous.

Elle sourit et dit :

— Le désir me suffit.

Nicolas s'était levé, et, s'approchant de la fenêtre, il regardait vers le ciel.

— Madame, ajouta-t-il, si j'étais un dieu, je ne penserais .pas à vous offrir des fleurs, je vous donnerais la plus belle étoile, celle que je vois là. On dit que c'est Vénus...

— Oh! monsieur Nicolas! quelle idée avez-vous!

— Ce qu'on ne peut atteindre, madame, le ciel nous permet du moins de l'admirer. Aussi, toutes les fois maintenant que je verrai cette étoile, je penserai : « Voilà le bel astre sous lequel est née Mlle Colette. »

Elle parut touchée et répondit :

— C'est bien, monsieur Nicolas, et très-joli!

Nicolas s'applaudit d'échapper aux reproches que sans doute il méritait; mais la dignité de sa maîtresse lui parut de la froideur; Mme Parangon rentra chez elle ensuite. Le jeune homme se sentait si agité, qu'il ne pouvait rester en place. La soirée n'était pas encore avancée, il sortit de la maison, et se promena du côté du rempart des bénédictins. Quand il revint, la maison était vide; M. Parangon avait reçu une lettre d'affaires qui l'avait obligé de partir pour Vermanton; sa femme était allée le conduire à la voiture et s'était fait accompagner de sa servante Tiennette. Nicolas avait le cœur si plein, qu'il fut contrarié de ne savoir à qui parler. En jetant les yeux par hasard dans la cour des cordeliers, il aperçut Gaudet d'Arras, qui se promenait à grands pas, en regardant les astres.

C'était, nous l'avons dit, un singulier esprit que ce moine philosophe. Il y avait dans sa tête un mélange de spiritualisme et d'idées matérielles qui étonnait tout d'abord. Sa parole enthousiaste lui donnait aussi sur tous ceux qui l'approchaient un empire auquel il n'était pas possible de se soustraire. Nicolas fit quelques tours de promenade avec lui, s'unissant comme il pouvait aux rêveries transcendantes de Gaudet d'Arras. Son amour platonique pour Jeannette, son amour sensuel pour Mme Parangon, lui exaltaient la tête au point qu'il ne put s'empêcher d'en laisser paraître quelque chose. Le cordelier lui répondait avec une apparente distraction.

— O jeune homme, lui disait-il, l'amour idéal, c'est la généreuse boisson qui perle au bord de la coupe; ne te contente pas d'en admirer la teinte vermeille; la nature ouvre en ce moment sa veine intarissable, mais tu n'as qu'un instant pour t'abreuver de ses saveurs divines, réservées à d'autres après toi !

Ces paroles jetaient Nicolas dans un désordre d'esprit plus grand encore.

— Quoi! disait-il, n'existe-t-il pas des raisons qui s'opposent à nos ardeurs délirantes ? n'est-il pas des positions qu'il faut respecter, des divinités qu'on adore à genoux, sans oser même leur demander une faveur, un sourire?

Gaudet d'Arras secouait la tête et continuait ses théories à la fois nuageuses et matérielles. Nicolas lui parla de l'éternelle justice, des punitions réservées au vice et au crime... Mais le cordelier ne croyait pas en Dieu.

— La nature, disait-il, obéit aux conditions préalables de l'harmonie et des nombres; c'est une loi physique qui régit l'univers.

— Il m'en coûterait pourtant, disait Nicolas, de renoncer à l'espérance de l'immortalité.

— J'y crois fermement moi-même, dit Gaudet d'Arras. Lorsque notre corps a cessé de vivre, notre âme dégagée, se voyant libre, est transportée de joie et s'étonne d'avoir aimé la vie...

Et, s'abandonnant à une sorte d'inspiration, il continua, comme rempli d'un esprit prophétique :

— Notre existence libre me paraît devoir être de deux cent cinquante ans... par des raisons fondées sur le calcul physique du mouvement des astres. Nous ne pouvons ranimer que la matière qui composait la génération dont nous faisions partie; probablement cette matière n'est entièrement dissoute, assez pour être revivifiable, qu'après l'époque dont je parle. Pendant les cent premières années de leur vie spirituelle, nos âmes sont heureuses et sans peines morales, comme nous le sommes

dans notre jeunesse corporelle. Elles sont ensuite cent ans dans
l'âge de la force et du bonheur ; mais les cinquante dernières
années sont cruelles par l'effroi que leur cause leur retour à la
vie terrestre. Ce que les âmes ignorent surtout, c'est l'état où
elles naîtront ; sera-t-on maître ou valet, riche ou pauvre, beau
ou laid, spirituel ou sot, bon ou méchant ?' Voilà ce qui les
épouvante. Nous ne savons pas en ce monde comment on est
dans l'autre vie, parce que les nouveaux organes que l'âme a
reçus sont neufs et sans mémoire ; au contraire, l'âme dégagée
se ressouvient de tout ce qui lui est arrivé non-seulement
dans sa dernière vie, mais dans toutes ses existences spirituelles...

A travers ces bizarres prédications, Nicolas suivait toujours
sa rêverie amoureuse ; Gaudet d'Arras s'en aperçut et garda
pour un autre jour le développement de son sysrème ; seulement, il avait jeté dans le cœur du jeune homme un germe
d'idées dangereuses qui, par leur philosophie apparente, dé-
truisaient les derniers scrupules dus à l'éducation chrétienne.
La conversation se termina par quelques banalités sur ce qui
se passait dans la maison. Nicolas apprit indifféremment à son
ami que M. Parangon était parti pour Vermanton.

— Voilà une belle veuve !... s'écria le cordelier.

Et ils se séparèrent sur ces mots.

En remontant dans la maison, Nicolas se sentit comme un
homme ivre qui pénètre du dehors dans un lieu échauffé. Il
était tard, tout le monde dormait, et il ouvrait les portes avec
précaution pour regagner sans bruit sa chambre. Arrivé dans
la salle à manger, il se prit à songer au repas qu'il avait fait
seul avec sa maîtresse quelques heures auparavant ; la fenêtre
était ouverte, et il chercha des yeux *cette belle étoile de
Mlle Colette*, cette étoile de Vénus qui brillait alors au ciel
d'une clarté si sereine : elle n'y était plus. Tout à coup, une
pensée étrange lui monta au cerveau ; les dernières paroles
qu'avait dites Gaudet d'Arras lui revinrent à l'esprit, et,
comme un larron, comme un traître, il se précipita vers la

chambre où reposait l'aimable femme. Grâce aux habitudes
confiantes de la province, une simple porte vitrée fermée d'un
loquet constituait toute la défense de cette pudique retraite,
et même la porte n'était que poussée. La respiration égale de
Mme Parangon marquait d'un doux bruit les instants fugitifs
de cette nuit. Nicolas osa entr'ouvrir la porte ; puis, tombant
à genoux, il s'avança jusqu'au lit, guidé par la lueur d'une
veilleuse, et alors il se releva peu à peu, encouragé par le
silence et l'immobilité de la dormeuse.

Le coup d'œil que jeta Nicolas sur le lit, rapide et craintif,
ne porta pas à son âme tout le feu qu'il en attendait. C'était
la seconde fois qu'il avait l'audace de pénétrer dans l'asile
d'une femme endormie ; mais Mme Parangon n'avait rien de
l'abandon ni de la nonchalance imprudente de la pauvre Marguerite Pàris. Elle dormait, sévèrement drapée comme une
statue de matrone romaine. Sans la douce respiration de sa
poitrine et l'ondulation de sa gorge voilée, elle eût produit
l'impression d'une figure austère sculptée sur un tombeau. Le
mouvement qu'avait fait Nicolas l'avait sans doute à demi réveillée, car elle étendit la main, puis appela faiblement sa servante Tiennette. Nicolas se jeta à terre. La crainte qu'il eut
d'être touché par le bras étendu de sa maîtresse, ce qui certainement l'eût réveillée tout à fait, lui causa une impression
telle, qu'il resta quelque temps immobile, retenant son haleine,
tremblant aussi que Tiennette n'entrât. Il attendit quelques
minutes, et, le silence n'ayant plus été troublé, l'apprenti
n'eut que la force de se glisser en rampant hors de la chambre.
Il s'enfuit jusqu'à la salle à manger et se tint debout dans l'en-
coignure d'un buffet ; peu de temps après, il entendit un coup
de sonnette. Mme Parangon réveillait sa servante et la faisait
coucher près d'elle.

Comment oser reparaître devant le cordelier après une si
ridicule tentative ? Cette pensée préoccupait Nicolas le lendemain plus vivement même que le regret d'une occasion perdue. Ainsi la corruption faisait des progrès rapides dans cette

me si jeune, et les douleurs de l'amour-propre dominaient
celles de l'amour.

Le lendemain, après le dîner, Mme Parangon pria Nicolas
de lui faire une lecture, et choisit les *Lettres du marquis de
Rosselle*. Rien, du reste, dans son ton, dans ses regards, n'indiquait qu'elle connût la cause du bruit qui l'avait réveillée la
nuit précédente. Aussi Nicolas ne tarda-t-il pas à se rassurer ;
il lut avec charme, avec feu ; la dame, un peu renversée dans
un fauteuil devant la cheminée, fermait de temps en temps les
yeux ; Nicolas, s'en apercevant, ne put s'empêcher de penser à
l'image adorée et chaste qu'il avait entrevue la veille. Sa voix
devint tremblante, sa prononciation sourde, puis il s'arrêta
tout à fait.

— Mais je ne dors pas !... dit Mme Parangon avec un timbre de voix délicieux ; d'ailleurs, même quand je dors, j'ai
le sommeil très-léger.

Nicolas frémit ; il essaya de reprendre sa lecture, mais son
émotion était trop grande.

— Vous êtes fatigué, reprit la dame, arrêtez-vous. Je m'in-
téressais vivement à cette Léonora...

— Et moi, dit Nicolas reprenant courage, j'aime mieux encore le caractère angélique de Mlle de Ferval. Ah ! je le vois,
toutes les femmes peuvent être aimées, mais il en est qui sont
des déesses.

— Il en est surtout qu'il faut toujours respecter, dit Mme Parangon.

Puis, après un silence que Nicolas n'osa pas rompre, elle
reprit d'un ton attendri :

— Nicolas, ce sera bientôt le temps de vous établir...
N'avez-vous jamais pensé à vous marier ?

— Non, madame, dit froidement le jeune homme.

Et il s'arrêta, songeant qu'il proférait un odieux mensonge :
l'image irritée de son premier amour se représentait à sa pensée ; mais Mme Parangon, qui ne savait rien, continua :

— Votre famille est honnête et alliée de la mienne, songez

bien à ce que je vais vous dire. J'ai une sœur beaucoup plus
jeune que moi..., qui me ressemble un peu.

Elle ajouta ces mots avec quelque embarras, mais avec un
charmant sourire...

Eh bien, monsieur Nicolas, si vous travaillez avec courage,
c'est ma sœur que je vous destine. Que cet avenir soit pour
vous un encouragement à vous instruire, un attrait qui pré-
serve vos mœurs. Nous en reparlerons, mon ami

La digne femme se leva, et fit un geste d'adieu. Nicolas se
précipita sur ses mains qu'il baigna de larmes.

— Ah! madame! s'écria-t-il d'une voix entrecoupée.

Mais Mme Parangon ne voulut pas en entendre davantage.
Elle le laissa tout entier à ses réflexions et à son admiration
pour tant de grâce et de bonté. Il était clair maintenant pour
lui qu'elle savait tout, et qu'elle avait adorablement tout compris et tout réparé.

VIII

LA SURPRISE

On va voir maintenant se presser les événements. Nicolas
n'est plus ce jeune homme naïf et simple, amant des solitudes
et des muses latines, d'abord un petit paysan rude et sauvage,
puis un studieux élève des jansénistes, puis encore un amoureux idéal et platonique, à qui une femme apparaît comme une
fée, qu'il n'ose même toucher de peur de faire évanouir son
rêve. L'air de la ville a été mortel pour cette âme indécise,
énergique seulement dans son amour de la nature et du plaisir. Grâce aux conseils perfides qu'il s'est plu à entendre, grâce
à ces livres d'une philosophie suspecte, où la morale a les
traits du vice et le masque de la sagesse [1], le voilà maintenant

---

1. Il écrivait plus tard : « Sans mon amour du travail, je serais devenu un
scélérat. »

légagé de tout frein, portant dans un esprit éclairé trop tôt
cette froide faculté d'analyse que l'âge mûr ne doit qu'à l'expérience, et se précipitant, ainsi armé, dans une atmosphère
de divertissements grossiers, dont l'habitude s'explique chez
ceux qui s'y livrent d'ordinaire par l'ignorance d'une meilleure
façon de vivre. L'indulgence de Mme Parangon, cette douce
pitié, cette sympathie exquise pour un amour honnête qui s'é-
gare, il n'en a pas senti toute la délicatesse. Il a cru comprendre que la noble femme n'était pas aussi irritée qu'il l'avait
craint de sa tentative nocturne. Cependant, toutes les fois
qu'il se trouvait seul avec elle depuis, elle ne lui reparlait plus
que de son projet de le marier à sa sœur, et lui-même, par instants, se prenait à penser qu'il trouverait un jour dans cette
enfant une autre *Colette;* elle avait ses traits charmants en
effet, elle promettait d'être son image; mais que de temps il
fallait attendre! Dans ces retours de vertu, il devenait rêveur,
et Mme Parangon ne pouvait lui refuser une main, un sourire
qu'il demandait hypocritement comme un mirage du bonheur
légitime réservé à son avenir. Elle comprit le danger de ces
entretiens, de ces complaisances, et lui dit :

— Il faut vous distraire. Pourquoi n'allez-vous pas aux
fêtes, aux promenades, comme les autres garçons? Tous les
soirs et tous les dimanches, vous restez à lire et à écrire; vous
vous rendrez malade.

— Eh bien, se dit-il, c'est cela, il faut vivre enfin!

Et il se précipita dès lors, avec la rage des esprits mélancoliques, des esprits déçus, dans tous les plaisirs de cette petite
ville d'Auxerre, qui n'était alors guère plus vertueuse que Paris.
Le voilà devenu le héros des bals publics, le boute-en-train des
réunions d'ouvriers; ses camarades étonnés l'associent à toutes
leurs parties. Il leur enlève leurs maîtresses, il passe de la
brune Marianne à la piquante Aglaé Ferrand. La douce Edmée
Servigné, la coquette Delphine Baron, se disputent ses préfé-
rences. Il leur fait des vers à toutes deux, des vers du temps,
dans le goût de Chaulieu et de Lafare. Il se plaît parfois à

4.

donner à ces liaisons un scandale dont le bruit pénètre jusqu'à
Mme Parangon; il répond aux reproches qu'elle lui fait l'œil
mouillé de pleurs, en prenant des airs triomphants : « Il faut
bien qu'un jeune homme s'amuse un peu, vous me l'avez dit...
On en fait un meilleur mari plus tard... Voyez M. Parangon! »
Et la pauvre femme le quitte sans répondre, et s'en va fondre
en pleurs chez elle. Hélas! il a parfois la voix avinée, le geste
hardi, les attitudes de mauvais goût des beaux danseurs de
guinguette. Mme Parangon fait ces remarques avec douleur.

Tout à coup sa conduite change. Il était devenu sédentaire
de nouveau, mais triste; une de ses maîtresses éphémères, Delphine Baron, venait de mourir, et, sans qu'il l'aimât profondément, cette catastrophe avait répandu un voile de tristesse sur
sa vie. Mme Parangon le plaignait sincèrement et avait pris
part à sa douleur, qu'elle croyait sans doute plus forte. Sa
méfiance avait cessé. Un dimanche qu'ils se trouvaient seuls
dans la maison, Tiennette étant allée faire une commission,
Mme Parangon, qui rangeait des écheveaux de fil dans une
haute armoire, appelle Nicolas pour lui en passer les paquets.
Elle était montée sur une échelle double, et, pendant qu'elle
se faisait servir ainsi, l'œil de Nicolas s'arrêtait sur une jambe
fine, sur un soulier de droguet blanc, dont le talon mince,
élevé, donnait encore plus de délicatesse à un pied des plus
mignons qu'on pût voir. On sait que Nicolas n'avait jamais su
résister à une telle vue. Le charme redoubla lorsque, Mme Parangon ayant de la peine à descendre avec ses pieds engour-
dis, il se vit autorisé à la prendre dans ses bras, et fut obligé
de la déposer sur le tas de lin qui restait à terre. Comment
dire ce qui se passa dans cet instant fugitif comme un rêve?
L'amour longtemps contenu, la pudeur vaincue par la surprise, tout conspira contre la pauvre femme, si bonne, si généreuse, qui tomba presque aussitôt dans un évanouissement
profond comme la mort. Nicolas, enfin effrayé, n'eut que la
force de la porter dans sa chambre. Tiennette rentrait, il lui
dit que sa maîtresse s'était trouvée mal et l'avait appelé. Il

peignit son embarras et son désespoir, puis s'enfuit quand elle sembla revenir à la vie, n'osant supporter son premier regard...

Tout s'est donc accompli. La pauvre femme, qui peut-être avait aimé en silence, mais que le devoir retenait toujours, ne se lève pas le lendemain matin. Tiennette vient seulement dire à Nicolas qu'elle est malade et que le déjeuner est préparé pour lui seul. Tant de réserve, tant de bonté, c'est une torture nouvelle pour l'âme qui se sent coupable. Nicolas se jette aux pieds de Tiennette étonnée, il lui baigne les mains de ses larmes.

— Oh! laisse-moi, laisse-moi la voir, lui demander pardon à genoux! que je puisse lui dire combien j'ai regret de mon crime...

Mais Tiennette ne comprenait pas.

— De quel crime parlez-vous, monsieur Nicolas? Madame est indisposée; seriez-vous malade aussi?... Vous avez la fièvre certainement.

— Non, Tiennette! mais que je la voie!...

— Mon Dieu! monsieur Nicolas, qui vous empêche d'aller voir madame?

Nicolas était déjà dans la chambre de la malade. Prosterné près du lit, il pleurait sans dire une parole, et n'osait même pas lever les yeux sur sa maîtresse. Celle-ci rompit le silence.

— Qui l'aurait pensé, dit-elle, que le fils de tant d'honnêtes gens commettrait une action..., ou du moins la voudrait commettre!...

— Madame! écoutez-moi!

— Ah! vous pouvez parler... Je n'aurai pas la force de vous interrompre.

Nicolas se précipita sur une main que Mme Parangon retira aussitôt; sa figure enflammée s'imprimait sur la fraîche toile des draps, sans qu'il pût retrouver un mot, rendre le calme à son esprit. Son désordre effraya même la femme qu'il avait si gravement offensée.

— Le ciel me punit, dit-elle. C'est une leçon terrible! Je
m'étais fait un rêve avec cette union de famille qui nous aurait rapprochés et rendus tous heureux, sans crime! Il n'y faut
plus penser....

— Ah! madame, que dites-vous!

— Tu n'as pas voulu être mon frère! s'écria Mme Parangon; hélas! tu auras été l'amant d'une morte : je ne survivrai
pas à cette honte!

— Ah! ce mot-là est trop dur, madame!

Et Nicolas se leva pour sortir avec une résolution sinistre.

— Il a donc encore une âme!... dit la malade. Où allez-
vous?

— Où je mérite d'être!... J'ai outragé la Divinité dans sa
plus parfaite image... je n'ai plus le droit de vivre...

— Restez! dit-elle; votre présence m'est devenue nécessaire... Notre vue mutuelle entretiendra nos remords... Mon
existence, cruel jeune homme, dépend de la tienne : ose à
présent en disposer!...

— Je suis indigne de votre sœur, dit Nicolas fondant en
larmes; aussi bien, eussé-je été son mari, c'est vous toujours
que j'aurais aimée. C'est pour ne pas me séparer de vous que
j'acceptais l'idée de cette union! Moi vous être infidèle, même
pour votre sœur, je ne le veux pas!...

Et il s'enfuit en prononçant ces paroles. Il se rendit aux allées qui côtoyaient alors les remparts de la ville, cherchant à
calmer l'exaltation morale qui l'aurait tué après les douleurs
d'une scène pareille.

C'était un lundi : la promenade était couverte d'ouvriers en
fête qui jouaient à divers jeux, de jeunes filles qui se promenaient par groupes isolés de deux ou trois ensemble. Nicolas
reconnut là quelques habituées des salles de danse qu'il avait
récemment fréquentées. Il essaya de se distraire en s'unissant
à l'une de ces parties de plaisir qui, du moins, laissaient le
cœur libre et calmaient l'esprit par une folle agitation. Après
un repas qui eut lieu à la campagne, Nicolas quitta ses amis.

et ses pensées amères lui revenaient en foule, lorsqu'en passant dans la rue Saint-Simon, près de l'hôpital, il entendit de grands éclats de rire. C'étaient trois jeunes filles qui se moquaient d'une de leurs compagnes qu'elles avaient surprise se laissant embrasser par un pressier de l'imprimerie Parangon, nommé Tourangeau, gros homme fort laid, fort grossier d'ordinaire et un peu ivre ce soir-là. La pauvre jeune fille insultée ainsi s'était évanouie. Le pressier, en fureur, s'élança vers les belles rieuses et frappa l'une d'elles fort brutalement. Des jeunes gens étaient accourus au bruit et voulaient assommer Tourangeau. Nicolas s'élança le premier vers son camarade d'imprimerie, et, le prenant par le bras, lui dit :

— Tu viens de commettre une vilaine action. Sans moi, l'on te mettrait en morceaux; mais il faut une réparation. Battonsnous sur l'heure à l'épée. Tu as été dans les troupes, tu dois avoir du cœur.

— Je veux bien, dit Tourangeau.

On essaya en vain de les séparer. Un des jeunes gens alla chercher deux épées, et, à la lueur d'un réverbère, le duel commença dans toutes les règles. Nicolas savait à peine tenir son épée, mais aussi Tourangeau n'était pas très-solide sur ses jambes ce soir-là. Le pressier reçut un coup d'épée porté au hasard sans règle ni mesure, et tomba le cou traversé d'une blessure qui rendait beaucoup de sang. L'atteinte n'était pas mortelle. Cependant, Nicolas fut obligé de se soustraire aux recherches de l'autorité. Il ne revit qu'un instant Mme Parangon, dont le mari était revenu, et qui comprit ce qu'il y avait eu de désespoir et de secrète amertume dans l'action du jeune homme. Du reste, ce duel lui avait fait le plus grand honneur dans Auxerre, où il était désormais regardé comme le *défenseur des belles*. Cette renommée le poursuivit jusque dans sa famille, où il retourna pour quelque temps.

IX

ÉPILOGUE DE LA JEUNESSE DE NICOLAS

C'est à la suite de ces événements que Nicolas, après avoir passé quelques jours près de ses parents, à Sacy, vint à Paris exercer l'état de compositeur d'imprimerie, dont il avait fait l'apprentissage à Auxerre. Nous avons vu déjà combien tout objet nouveau exerçait d'influence sur cette âme ardente, toujours en proie aux passions violentes, et, comme il le disait lui-même, plus imprégnée d'électricité que toute autre. Ce fut quelque temps avant sa liaison éphémère avec Mlle Guéant qu'il reçut tout à coup l'avis de la mort de Mme Parangon. La pauvre femme n'avait survécu que peu de mois aux scènes douloureuses que nous avons racontées. La vie insoucieuse et frivole que Nicolas menait à Paris ne lui avait pas été cachée, et jeta sans doute bien de l'amertume sur ses derniers instants. Nicolas, né avec tous les instincts du bien, mais toujours entraîné au mal par le défaut de principes solides, écrivait plus tard, en songeant à cette époque de sa vie : « Les mœurs sont un collier de perles ; ôtez le nœud, tout défile. »

Cependant, ses habitudes de dissipation avaient épuisé à la fois sa santé et ses ressources. Un simple ouvrier, si habile qu'il fût, gagnant au plus cinquante sous par jour, ne pouvait continuer longtemps l'existence que lui avaient créée ses nouvelles relations. Une lettre lui arriva tout à coup d'Auxerre... Elle était de M. Parangon. La fatalité voulut qu'il se trouvât justement sans ouvrage et dans un moment de pénurie absolue à l'époque où cette lettre lui fut remise ; de plus, il se sentait pris d'une sorte de nostalgie, et songeait à s'en aller quelque temps respirer l'air natal. M. Parangon, après quelques politesses et quelques regrets exprimés sur la mort de sa femme, se plaignait de l'isolement où il était réduit, et proposait à son ancien apprenti de venir prendre la place d'un prote qui l'avait quitté. « C'est Tourangeau, ajoutait-il, qui m'a fait songer à vous... Vous voyez combien il est loin de vous en vouloir pour le coup de pointe que vous lui aviez planté dans la gorge. »

Lorsque la lettre arriva à Paris, Nicolas n'avait plus que vingt-quatre sous; il fut obligé de vendre quatre chemises de toile pour payer sa place dans le coche d'Auxerre. M. Parangon le reçut très-bien, et, comme Nicolas ne voulut pas loger dans sa maison, l'imprimeur lui indiqua l'hôtel d'un nommé Ruthot.

La destinée se compose d'une série de hasards, insignifiants en apparence, qui, par quelque détail imprévu, changent toute une existence, soit en bien, soit en mal. Telle était du moins l'opinion de Nicolas, qui ne croyait guère à la Providence. Aussi se disait-il plus tard : « Ah ! si je n'étais pas allé loger chez ce Ruthot! » ou bien : « Si j'avais eu plus de vingt-quatre sous à l'époque où je reçus la lettre de M. Parangon! » ou encore : « Quel malheur que je n'eusse pas changé de logement, comme j'en avais eu l'idée avant l'époque où cette lettre m'arriva ! »

Près de l'hôtel tenu par Ruthot demeurait une dame Lebègue, veuve d'un apothicaire, et dont la fille Agnès, douée d'une beauté un peu mâle, devait avoir quelque fortune de l'héritage de son père. Ruthot était assez bel homme et faisait la cour à la veuve Lebègue. Il invita Nicolas à quelques soupers où Agnès Lebègue déploya une foule de grâces et d'amabilités à l'adresse du jeune imprimeur. Ce dernier apprit plus tard que les frais de ces réunions avaient été faits par M. Parangon. Il en resta d'autant mieux convaincu, que le vin y était très-bon, M. Parangon étant un connaisseur. La séduction alla son train, et l'on parla bientôt de mariage. Nicolas écrivit à ses parents, qui, renseignés par M. Parangon, donnèrent facilement leur approbation Tout conspirait à perdre le malheureux Nicolas. Son ancien ami le cordelier Gaudet d'Arras, qui eût pu l'éclairer cette fois de son expérience, comme il l'avait perdu moralement par son impiété, s'était depuis longtemps éloigné d'Auxerre. De plus, M. Parangon prenait peu à peu une grande influence sur Nicolas, qu'il avait tiré de la misère par quelques prêts d'argent. « Quand Jupiter réduit un homme en esclavage, il lui ôte la moitié de sa vertu, » comme disait le bon Homère. Une circonstance bizarre fut qu'au dernier moment, Nicolas reçut une lettre anonyme qui lui donnait un grand nombre de détails sur la vie antérieure de sa future. La fatalité le poursuivit encore à cette occasion : il reconnut l'écriture de cette lettre pour celle d'une maîtresse qu'il avait eue à Auxerre, à l'époque de son apprentissage, et l'attribua au dépit d'une jalousie impuissante. Le mariage se fit donc sans autre difficulté. Au sortir de l'église seulement, un sourire railleur commença à s'épanouir sur la figure couperosée de M. Parangon. Nicolas avait épousé l'une des filles les plus décriées de la ville. Les biens qu'elle apportait en mariage étaient grevés d'une quantité de dettes sourdes qui en réduisirent la valeur à fort peu de chose. Il devint bientôt clair pour le pauvre jeune homme que M. Parangon avait été instruit de ce qui s'était passé longtemps auparavant dans sa maison. Nicolas n'en eut la parfaite conviction que plus tard ; mais il avait fini par fuir le séjour abhorré d'Auxerre. Agnès Lebègue s'était déjà enfuie avec un de ses cousins.

Nicolas revint à Paris, où il entra chez l'imprimeur André Knapen. « L'ouvrage donnait beaucoup dans ce moment-là, » et un bon compositeur gagnait vingt-huit livres par semaine à imprimer des factums. Cette prospérité relative releva le courage de Nicolas Restif, qui bientôt écrivit ses premiers romans, parmi lesquels on distingua *la Femme infidèle*, où il dévoilait toute la conduite de sa femme ; plus tard, il publia *le Paysan perverti*, dans lequel il introduisit sous une forme romanesque la plupart des événements dé sa vie.

X

SEPTIMANIE

Le goût des autobiographies, des mémoires et des confessions ou confidences, — qui, comme une maladie périodique, se rencontre de temps à autre dans notre siècle, — était devenu une fureur dans les dernières années du siècle précédent. L'exemple de Rousseau n'eut pas toutefois d'imitateur plus hardi que Restif. Il ne se borna pas à faire de ses aventures et de celles de personnes qu'il avait connues le plus grand nombre de ses nouvelles et de ses romans: il en publia le journal exact et minutieux dans les seize volumes de *M. Nicolas, ou le Cœur humain dévoilé*, et, non content de ce récit, il en répéta les principaux épisodes sous la forme dramatique. De là une douzaine de pièces en trois et cinq actes remplissant cinq volumes, et dont il est, sous divers noms, le héros éternel.

Si loin que nos auteurs modernes poussent le sentiment de la personnalité, ils restent encore bien en arrière de l'amour-propre d'un tel écrivain. Nous l'avons vu déjà lisant, dans les salons des grands seigneurs et des financiers du temps, les aventures scabreuses de sa vie, dévoilant ses amours comme ses turpitudes et les secrets de sa famille comme ceux de son ménage. Une audace plus grande encore fut d'écrire la série de pièces qu'il intitule *le Drame de la Vie*, et de les faire représenter dans diverses maisons, tantôt par des acteurs de la Comédie-Italienne qu'on engageait à cet effet, tantôt à l'aide d'ombres chinoises qu'un artiste italien faisait mouvoir, tandis que lui-même se chargeait du dialogue. Il est impossible de mieux s'exposer en sujet de pathologie et d'anatomie morale. Et malheur à ceux-là mêmes qui assistaient complaisamment à ce dangereux spectacle! Ils ne songeaient guère qu'ils prendraient place un jour dans ce cadre éclairé d'un reflet de la

vie réelle, avec leur profil hardiment découpé, leurs ridicules
et leurs vices; qu'un baladin les ferait mouvoir, les ferait
parler avec les intonations mêmes de leur voix, se servant des
paroles qu'ils avaient dites tel jour, dans telle rue, dans tel
salon, dans telle société plus ou moins avouable, en présence
de l'impitoyable observateur. Qui n'eût fui la société d'un tel
homme, si l'on avait prévu qu'après s'être publiquement avili,
il s'en vengerait sur les railleurs, sur les admirateurs, sur les
simples curieux même! — A chacun de vous il répétera : *Quid
rides?... De te fabula narratur!* Il pénétrera dans vos hôtels
princiers, dans vos alcôves, dans le secret de ces petites maisons si bien fermées, dont il aura su toute l'histoire en sédui-
sant votre femme de chambre, ou en se rencontrant au cabaret
avec votre suisse ou votre grison. Tel était l'homme, — soutenu jusqu'au bout, il est vrai, par cette étrange illusion qui
ne lui montrait que le devoir d'un moraliste dans ce métier
d'espion romanesque et sentencieux.

Ce qui manqua toujours à Restif de la Bretonne, ce fut le sens
moral dans sa conduite, l'ordre et le goût dans son imagination. Un orgueil démesuré l'empêcha même de ne jamais s'en
apercevoir. Toujours il attribua ses vices, soit au tempérament,
soit à la misère, soit à une certaine fatalité qui, ne laissant
jamais ses fautes impunies, lui en garantissait par cela même
l'absolution. Ceci faisait partie d'une sorte de religion qu'il
s'était faite, et qui supposait dans toutes les souffrances de cette
vie l'expiation de toutes les fautes. Un tel système conduisait à
tout se permettre, si l'on voulait se résigner à tout souffrir. Ce
n'est qu'à titre d'épisodes entre les amours de jeunesse de Nicolas et celui qui clôtura bien tristement sa carrière amoureuse,
que nous allons citer encore deux aventures dont le contraste
est remarquable. Il est nécessaire, pour les admettre, de se reporter en idée à cette étrange dépravation de la société du
xviiie siècle, dont certains romans, tels que *Manon Lescaut* et
les Liaisons dangereuses, offrent un tableau qui paraît ne pas
trop s'éloigner de la réalité.

XI

ÉPISODE

A l'époque où Nicolas travaillait encore chez Knapen, il lait souvent se promener le soir le long des quais de l'île int-Louis, lieu qu'il affectionnait à cause de la vue, dont on jouissait alors, des deux rives de la Seine, couvertes à cette)oque de cultures verdoyantes et de jardins. Il y restait d'or- naire jusqu'au coucher du soleil. Revenant un soir par le tai Saint-Michel, il remarqua en passant une femme enve- ppée dans un capuchon de satin noir, et accompagnée d'un)mme mûr coiffé d'une perruque carrée à trois marteaux, quel pouvait être son mari ou son intendant. Le pied de cette ame, chaussé d'une mule verte, le ravit en admiration, — on iit que c'était là son faible, — et il ne pouvait en son esprit : comparer qu'à celui de Mme Parangon ou à celui de la du- nesse de Choiseul. La figure était cachée ; il se borna à con- ure du pied au reste de la personne, selon le système que uffon a appliqué à l'étude des races.

Il eut l'idée de suivre ce couple mystérieux ; il vit bientôt homme mûr et la dame descendre le pont et s'enfoncer dans i rue Saint-Jacques jusqu'à l'embranchement qu'elle forme vec la rue Saint-Séverin. Arrivé là, l'homme indiqua à la ame une porte d'allée, la regarda entrer, s'assura qu'elle était eçue dans la maison, puis il s'éloigna. Ce qui intriguait le plus `icolas de cette séparation du couple qu'il avait suivi, c'est jue la maison où était entrée la dame lui était connue pour un ogis assez suspect ; c'était un de ces tripots où joueurs et emmes parées de toute sorte s'assemblaient autour d'un tapis le pharaon. Il entra résolûment, prit place à la table sans iffectation, et examina toutes les mules des dames attablées, jui de temps en temps se levaient et parcouraient la salle. Au- :une n'avait de mule verte ; aucune surtout n'avait ni le pied de Mme Parangon ni celui de Mme de Choiseul. Qu'était donc devenue la femme voilée ?... Il finit par se décider à le demander à la dame qui présidait à la table de jeu ; mais, en approchant d'elle, Nicolas reconnut sous la parure étincelante, sous les ajustements hasardés de cette personne, une compatriote, une femme de Nitri, — autrefois fort belle, — alors tombée dans la classe des baronnes de lansquenet. La reconnaissance fut touchante. La *baronne* se souvint d'avoir fait, lorsqu'elle n'était que paysanne, danser sur ses genoux le jeune Nicolas.

— Que viens-tu faire ici ? lui dit-elle. Quoi que je puisse être aujourd'hui, j'ai peine à voir que le fils d'honnêtes gens se trouve dans un pareil lieu.

Nicolas lui raconta son amour subit pour la mule verte et surtout pour le pied délicat qu'elle supportait sur son talon évidé, haut de trois pouces.

— Comment se fait-il que je l'aie vue entrer, dit-il, et qu'elle ne soit pas ici ?

— Elle est ici, dit la baronne ; elle est dans la chambre voisine qui donne sur ce salon par une porte vitrée... Tiens-toi bien, elle te regarde peut-être.

— Moi ? dit Nicolas.

— Ainsi que ces messieurs... C'est une grande dame, curieuse de connaître ce qui se passe dans ces maisons qui leur sont interdites, et, si...

— Si... ?

— Enfin, je te l'ai dit, pose-toi bien... sois gracieux !

Nicolas n'y comprenait rien. L'heure du souper était venue. Le jeu fut interrompu, et toute la société prit part à ce banquet, qui est d'usage dans ces sortes de maisons vers une heure du matin. Cependant, la dame à la mule verte ne paraissait pas ; tout à coup la maîtresse de la maison, qui était sortie un instant de la salle, revient près de Nicolas et lui dit à l'oreille :

— Vous avez plu... Je suis contente de voir ce bonheur arriver à un garçon de notre pays. Seulement, résignez-vous,

y a une condition... Vous ne la verrez pas! C'est bien assez
'avoir vu déjà sa mule verte.

Le lendemain matin, Nicolas se réveilla dans une des cham-
res de la maison. Le rêve avait disparu. C'était l'histoire de
Amour et Psyché retournée : Psyché s'était envolée avant l'au-
ore, l'Amour restait seul. Nicolas, un peu confus, encore plus
narmé, essaya d'interroger l'hôtesse; mais c'était une femme
iscrète et certainement payée pour l'être. Elle voulut même
ersuader à Nicolas qu'il était venu dans la maison un peu animé
ar quelque boisson généreuse... et qu'enfin il avait rêvé. Nico-
is, qui ne buvait que de l'eau, n'admit pas cette supposition.

— Eh bien, lui dit la Massé (elle s'appelait ainsi), mainte-
ant, tremble. Tu ignores quelle est cette dame *à la mule
erte*... Tu ne le sauras jamais.

— Quoi ! je ne pourrai la revoir?

— Tu ne l'as pas vue.

— La retrouver?...

— Prends garde d'essayer seulement de suivre sa trace.
)'ailleurs, elle ne portera plus de mules vertes, sois-en assuré.
!u ne la rencontreras plus à pied, comme hier au soir. Oublie
out cela.

Et, pour appuyer ce conseil, elle lui remit une bourse
)leine de pistoles que Nicolas jeta à terre avec indignation.
!e fut seulement quelque temps plus tard, dans quelques salons
ittéraires où il raconta cette aventure, qu'il entrevit là-des-
ous un mystère relatif à quelque grande dame ; mais à peine
i cette époque osait-on appuyer sur de telles suppositions. On
)'étonnera également aujourd'hui, d'après les allures des héros
le romans modernes, qu'il n'eût pas fait l'impossible pour re-
rouver la dame inconnue; mais un pauvre imprimeur presque
,ans ressource avait trop à risquer dans une telle recherche [1].
)on cœur, du reste, changeait facilement d'objet.

[1]. Restif de la Bretonne prétend, dans un des récits qu'il a faits de cette
venture, qu'un homme était aposté pour le suivre et le tuer à l'écart, s'il avait
enté de suivre la dame mystérieuse. Le fait lui aurait été assuré depuis.

Quinze ans plus tard (1771), Nicolas s'éloigne de Paris pour remplir un triste devoir. Il est sur le coche de Sens triste et pensif, il regarde avec désespoir une compagnie de dames élégamment vêtues, qui causent et rient sur l'arrière du bateau :

— Que de gens, s'écrie-t-il, moins malheureux que moi!. Infortuné! je vais voir mourir ma mère !

Deux dames se détachent de la foule et causent en passant sans le voir, près du coin obscur où il s'est blotti.

— Quel nom, dit l'une, des deux, donnerons-nous ici à l jeune demoiselle, afin qu'on ignore le sien?

— Appelons-la *Reine*, dit l'autre; c'est presque une reine en effet, mais qui s'en doutera?

— Reine, oui, reprit la première en riant, si c'était vrai ment la fille du prince de Courtenay, le plus vieux nom d France; mais c'est sa mère seule qui le dit.

— N'a-t-elle pas eu raison, dit l'autre dame, de vouloi revivifier cette branche antique, la plus noble qui so dans la chrétienté? Songe donc, ma chère, qu'il n'y aura plu de Courtenay qu'en Angleterre. Qui osera désormais por ter l'écusson aux cinq besants d'or, plus éclatant que celu des lis ?

— Après tout, ce n'est qu'une fille, dit l'autre dame, pa conséquent *elle* a eu tort. Il fallait un garçon pour ne poin laisser périr le titre et pour hériter des positions !

— Elle a fait ce qu'elle a pu. Les légitimités ne sont pa toujours heureuses. — Et le jeune homme était-il bien?

— Elle l'a vu, sans qu'il la pût voir; il avait vingt ans en viron...

En ce moment, les dames s'aperçurent de la présence d Nicolas, qui, dans l'ombre, la tête dans ses mains, ne sembla pas avoir pu les entendre.

— Pauvre homme! dit l'une des dames, il paraît bien souf frir : il ne fait que pleurer depuis Paris. Il n'est plus jeune, mais ses yeux ont une vivacité pénétrante... Vois avec que

ttendrissement il regarde Septimanette... Il pleure encore.
l a peut-être perdu une fille de son âge !

La jeune fille s'était, en effet, rapprochée de ses deux gou-
ernantes ; Nicolas se leva comme ayant entendu les derniers
ıots.

— Oui, précisément de son âge ! dit-il avec une émotion
rofonde qui toucha les deux dames et la jeune fille. Per-
ıettez-moi de l'embrasser.

La jeune fille s'y prêta avec une grâce enfantine.

— Et..., dit Nicolas en relevant la tête, une de vous, mesda-
ıes, est sans doute sa mère ?

— Ni l'une ni l'autre... Elle est d'un sang...

L'une des dames fit signe à l'autre de ne pas achever.

— Oh ! d'un beau sang ! dit Nicolas après avoir attendu
ainement la fin de la phrase. Que son père doit être heu-
eux !

— Son père ne l'aime pas, parce que c'est une fille... et
u'il espérait...

Un second coup d'œil de l'une des dames réprima l'indis-
rétion de l'autre. En ce moment, le coche s'arrêta devant une
ırairie au fond de laquelle on apercevait un château. Une
arque vint chercher les dames et la jeune fille, qu'une voi-
ıre armoriée attendait sur la berge.

— Que je l'embrasse une seconde fois ! dit Nicolas.

On le lui accorda par pitié pour son chagrin, bien que cela
ıarût, cette fois, quelque peu indiscret. En embrassant la
eune fille, Nicolas tira une fleur du bouquet qu'elle portait, et
ı mit dans un livre. Le coche avait repris sa marche vers Sens.

— Quel est ce château ? dit Nicolas à un marinier.

— C'est Courtenay.

Il était donc vrai : la dame inconnue était la célèbre Septi-
ıanie, comtesse d'Egmont, la fille de Richelieu, l'épouse d'un
ırince qui n'avait pas su se donner d'héritier. Tout s'expli-
[uait dès lors, et il regretta les récits imprudents qu'il avait
aits de cette aventure ; car s'en déclarer le héros, ce ne pouvait

être ni très-honorable ni très-prudent. Ce ne fut qu'en 1793 que Nicolas osa raconter le dernier épisode; le premier avait paru en 1746, mais déguisé de telle manière, qu'on ne pouvait en reconnaître les personnages. De telles aventures étaient fréquentes à cette époque, où elles eurent lieu quelquefois même du consentement des maris, soit dans l'idée de conserver des titres ou des priviléges dans une famille, soit pour empêcher de grands biens d'aller à des collatéraux par suite d'unions stériles.

XII

ZÉFIRE

Après l'histoire de ce caprice de grande dame, il faudra descendre bien bas dans la foule, il faudra monter bien haut dans les sentiments pour s'expliquer les circonstances bizarres du récit que nous avons à faire. Depuis la mort de Mme Parangon, nul épisode ne fut plus douloureux dans l'existence de l'écrivain, et il l'a reproduit lui-même sous la triple forme du roman, du drame et de mémoires. Ceci se rapporte encore à l'époque où, toujours ouvrier compositeur, il n'avait encore publié aucun livre. Il dut sans doute à cette aventure l'idée de l'un de ses premiers ouvrages.

Nicolas passait un dimanche près de l'Opéra, qui se trouvait alors faire partie du Palais-Royal. — Il remarqua à une fenêtre de la rue Saint-Honoré une jeune fille qui chantait en pinçant de la harpe. Elle paraissait n'avoir que quatorze ans; son sourire était divin, son air vif et doux, le son de sa voix pénétrait le cœur; elle se leva, et sa taille *guêpée*, comme on disait alors, se mouvait avec une désinvolture adorable. Un instant, Mme Parangon fut oubliée; — un instant après, son souvenir plus vif rendit à Nicolas la force de fuir la sirène.

En retournant le soir chez lui, rue Sainte-Anne, il revint par le même chemin. La jeune fille n'était plus à la fenêtre; elle marchait le long des boutiques, sur le pavé boueux, avec des mules roses et une robe à falbalas. Nicolas, jeune encore et le cœur plein d'un cher souvenir, n'éprouva qu'un sentiment de pitié. Il interrogea la pauvre enfant, qui lui répondit qu'elle se nommait Zéfire, et qu'elle demeurait dans la maison avec sa mère, sa sœur et leurs amies. Il y avait tant d'innocence apparente dans ses réponses, ou plutôt tant d'ignorance de ce qui était mal ou bien, vice ou vertu, que Nicolas crut qu'elle jouait un rôle appris d'avance. Il s'éloigna et rentra tout pensif à son logement, qu'il partageait avec un ouvrier imprimeur, nommé Loiseau. Le jour suivant, comme ils revenaient ensemble après leur journée, Nicolas montra la jeune fille à son compagnon, plaignant le sort d'une pauvre enfant, — perdue sans savoir même qu'elle l'était, — et voulut s'arrêter pour l'interroger encore; mais Loiseau, homme de mœurs sévères, et qui était près de se marier, entraîna Nicolas en lui parlant du danger qu'il y avait seulement à se pencher sur un abîme.

— Et s'il fallait sauver quelqu'un?... dit Nicolas.

Loiseau hocha la tête, et Nicolas entama une longue dissertation philosophique sur la corruption des grandes villes, sur la nécessité de moraliser la police, le tout mêlé de considération touchant l'antique institution des *hétaïres*, sur des règlements à établir dans le goût de ceux qu'avait institués Jeanne de Naples dans sa bonne ville d'Avignon. Il n'était jamais à bout ni d'arguments ni de science. Le bon Loiseau se borna à dire quelques mots de Mme Parangon. Nicolas se tut; cependant, il ne put s'empêcher de passer le soir du côté gauche de la rue Saint-Honoré, en regardant toujours avec intérêt la pauvre enfant et lui adressant quelques paroles. Loiseau lui en fit encore la guerre. Il prit dès lors un autre chemin pour se rendre de l'imprimerie du Louvre à la rue Sainte-Anne.

Depuis quelque temps, Nicolas se sentait malade; il lui survenait des étouffements périodiques qui duraient plusieurs

5

heures. Le travail lui devenait impossible, il lui fallut rester au lit. Loiseau travaillait pour tous deux; mais leurs ressources ne tardèrent pas à s'épuiser. L'infortuné demeurait au cinquième, chez un fruitier, qui, en même temps, était afficheur. Un grabat, deux chaises, une table boiteuse, un vieux coffre, tel était son mobilier. Il recevait le jour par une chatière garnie de deux carreaux de papier huilé. Les planches de la cloison qui séparait son réduit de celui de Loiseau était couvertes d'affiches de théâtre posées par le fruitier pour en clore les interstices, et le malade n'avait d'autre distraction que de lire là *Mérope*, là *Alcyone*, là cette *Bohémienne* où il avait admiré Mme Favart, ailleurs *la Gouvernante*, où Mlle Hus était si médiocre, mais si jolie; puis encore *les Dehors trompeurs*, qui lui rappelaient la belle Guéant, ou *Arlequin sauvage*, drame singulier où brillait une certaine Coraline dont les traits avaient quelque rapport avec ceux de... Zéfire. Tout à coup la porte s'ouvre, le fruitier avance la tête, et dit à Nicolas :

— C'est votre cousine qui demande à vous voir.

— Je n'ai pas de cousine à Paris, dit Nicolas.

— Vous voyez bien, mademoiselle, dit le fruitier en se retournant, que c'est un prétexte... On ne reçoit pas de femmes mises comme vous dans la maison.

— Mais je vous dis que c'est mon cousin Nicolas, répondit une voix flûtée, puisque j'arrive du pays.

— Oh! c'est que vous êtes bien pimpante, et lui ne l'est guère...

Enfin l'interlocutrice se glissa sous le bras du fruitier et pénétra dans la chambre.

— Oh! quelle misère!... Mais, monsieur, il se meurt! dit-elle vivement au fruitier.

En effet, l'étouffement avait repris depuis un instant.

— Quel est le plus pressé? dit la jeune fille d'un ton résolu. Voilà de l'argent.

Et elle donna des pièces d'or.

— Le plus pressé, dit le fruitier, adouci, serait un bouillon.

— Apportez-en sur-le-champ du vôtre.

Nicolas, en revenant à lui, sentit une main d'enfant qui soulevait sa tête, tandis que l'autre main approchait une cuiller de a bouche. Il ne pouvait plus en douter, cette beauté compatissante était Zéfire. Elle avait vu passer Loiseau lorsqu'il se endait à l'imprimerie, l'avait poursuivi, et lui avait dit :

— Pourquoi donc ne voit-on plus votre ami passer par ici ?

— Il est bien malade, avait répondu Loiseau.

Et, interrogé sur l'adresse, il l'avait donnée indifféremment.

Pendant que Nicolas soulagé retrouvait des forces pour se ever à demi sur son grabat, Zéfire, en robe de taffetas rose, alayait le galetas, rangeait les chaises et la table ; puis elle evint au lit du malade, lui mit dans la bouche des bonbons mprégnés de gouttes d'Angleterre, et, tirant de sa poche un nouchoir, lui essuya le front ; elle le coiffa de son fichu, qu'elle ssujettit avec un ruban ; puis elle dit tout à coup :

— Je ne suis pas en costume décent pour soigner un malade, je vais revenir d'ici à un quart d'heure.

Le fruitier rentra dans l'intervalle, apportant un second ouillon.

Il faut croire, dit-il, que votre cousine est une femme de hambre de grande maison ; elle m'a payé pour un mois, et lle a donné une croix d'or à ma petite.

Nicolas, affaibli par la maladie, ne voyait plus qu'une fée ienfaisante dans cette pauvre fille qui montait à lui de l'abîme, omme les autres viennent du ciel.

Zéfire revint bientôt en robe d'indienne, et resta près de icolas jusqu'à la nuit ; le fruitier lui monta à dîner, et, enhanté de la bonté et de la gentillesse de la prétendue cousine, oulut même ajouter à ses frais *un petit dessert* que Zéfire paragea avec le malade. Cependant, la nuit était venue ; elle se eva avec un sentiment pénible.

— Où allez-vous ? dit Nicolas.

— A la maison ; c'est l'heure où l'on m'attend, dit Zéfire.

Et elle s'enfuit pour cacher ses larmes. Nicolas avait eu à

peine le temps de songer aux derniers mots de Zéfire, que les
pas de son ami Loiseau se firent entendre dans l'escalier.

Loiseau n'était pas de bonne humeur; ses compagnons de
l'imprimerie n'avaient pu lui prêter que fort peu de chose : il
apportait seulement du sucre pour le malade et du pain pour
lui-même. Une odeur de pot-au-feu le surprit tout d'abord.
C'était le dîner que le fruitier avait monté pour Zéfire, laquelle
y avait à peine touché.

— A la bonne heure, dit Loiseau, ce brave homme a pitié
de nous !

Et il tira la table pour profiter de cette aubaine. Un sac
d'écus roula à terre.

— Qu'est-ce que cela ? dit Loiseau.

Nicolas n'était pas moins étonné que lui.

— T'aurait-on envoyé de l'argent de ton pays ?

— Eh ! qui donc songe à moi..., excepté toi et...? Mais c'est
elle !

— Qui, elle ?

— Zéfire, que tu as rencontrée ce matin, et qui est venue
me soigner en ton absence.

— Comment ? une *fille du monde ?*...

Toutes les idées de l'honnête Loiseau étaient renversées;
tantôt il admirait la bonté et le dévouement de la jeune fille,
tantôt il voulait aller reporter l'argent impur déposé par elle.
Enfin, sachant qu'elle devait revenir le lendemain, il mit l'argent dans la malle pour le lui rendre.

Le lendemain matin, Zéfire reparut; elle était si jolie, si
naïve, si touchante dans sa pitié, que Loiseau fut attendri.

— Qu'importe où soit la vertu? s'écria-t-il, je me prosterne
et je l'adore !... mais cet argent, nous ne pouvons l'accepter...

Zéfire comprit sa pensée.

— Cet argent vient de mon père, dit-elle ; c'est ma sœur
aînée qui me le gardait et qui me l'a donné en apprenant qu'il
y avait un pauvre malade à secourir.

Loiseau se laissa aller à ouvrir le sac et à compter les écus

n versant des larmes d'attendrissement. Les deux amis étaient
ccablés de tant de dettes criardes, qu'en y songeant, leurs
crupules s'affaiblissaient beaucoup. Le soir même, Zéfire
'oublia et resta jusqu'à la nuit close; Loiseau la trouva encore
n rentrant, elle le pria de la reconduire.

— Moi, dit-il, reconduire...?

— Sans cela, on m'arrêterait.

— Allons, dit Loiseau, je vais me faire une belle réputation
lans le quartier!

Quant à Zéfire, elle trouvait sa position fort simple. Sa mère
ui avait dit que les femmes se divisaient en deux classes,
outes deux utiles à leur manière, toutes deux honnêtes rela-
ivement; elle appartenait à la seconde classe, n'étant pas née
lans la première, voilà tout.

Le lendemain était un dimanche, elle resta avec les deux
imis, et leur dit :

— J'ai tout appris à ma mère; elle me permet de venir toute
a journée. Elle approuve mes sentiments; elle aime mieux
ne voir fréquenter un bon ouvrier qu'un sergent qui me
)attrait, ou qu'un joueur qui me prendrait tout. Elle est très-
)onne, ma mère...

Loiseau gardait le silence en fronçant le sourcil; Nicolas,
[ui reprenait des forces, se leva tout à coup avec son ancienne
:xaltation, et revêtit son unique habit.

— Allons chez sa mère, dit-il à Loiseau.

— Recouche-toi, répondit ce dernier.

— Non! aussi bien, je mourrais à me tordre de désespoir
;ur ce lit. Ceci est une crise qui me sauve!... Il ne faut pas
[ue cette jeune fille retourne ce soir dans cette maison... Mon
nal a changé de caractère; je n'ai plus d'oppression, j'ai la
[ièvre et la rage toutes les nuits, à partir de l'heure où elle
hous quitte : comprends-tu pourquoi?

Loiseau essaya en vain des représentations; Nicolas n'écoutait rien dans ses moments d'enthousiasme. Ils se rendirent rue
Saint-Honoré, chez la mère, qui se nommait Perci. C'était une

5.

ancienne revendeuse à la toilette et prêteuse sur gages, chez laquelle il s'était donné des rendez-vous de galants et de grandes dames qui avaient été surpris par les sergents; on l'avait condamnée à une forte amende, moins pour le délit même que pour n'avoir point payé les redevances d'usage à la police : depuis ce temps, elle avait pris patente, afin d'être tranquille. Interrogée par Nicolas et Loiseau, elle jura que sa fille était jusqu'ici demeurée honnête, mais qu'on n'attendait que l'âge convenable pour la lancer *dans le monde* avec l'autorisation du lieutenant de police. Les deux ouvriers frémissaient de ces détails, que la Perci énumérait avec la plus grande complaisance. Loiseau ne put s'empêcher de marquer son indignation.

— Que voulez-vous que je fasse? dit alors la mère; ne suis-je pas notée? Qui l'épouserait?... D'ailleurs, élevée comme elle est, jolie, avec des talents, se résignera-t-elle à gagner quelques sous par jour dans la couture, ou à faire de rudes travaux, à devenir servante? Qui voudrait d'elle?... et, dans tous les cas serait-elle moins perdue? Nous connaissons l'histoire des jolies filles dans le peuple...

— Eh bien, moi, je l'épouserai, dit Nicolas, si elle veut ne plus mettre les pieds chez vous, et apprendre à travailler.

La Perci se jeta à son cou :

— Dis-tu vrai, mon garçon? Tiens, tu me fais trembler, et j'en avais perdu l'habitude... Écoute bien : ne crois pas que ma fille n'aura point de dot... et de bon argent bien gagné encore. J'ai été revendeuse, j'ai prêté à intérêt : c'est honnête, cela!

— Ne parlons pas de ces choses, dit Nicolas; je me sens fort maintenant, et je gagne beaucoup quand je travaille... Ainsi vous consentez à ce que votre fille ne rentre plus ici? Vous êtes une bonne femme au fond.

— Mon Dieu! dit Loiseau, se peut-il qu'il y ait de la vertu même dans de telles âmes?... Je l'ignorais; cependant, j'aurais mieux aimé ne pas le savoir.

Loiseau avait raison; il vaut mieux, dans l'intérêt des mœurs, supposer que le vice déprave entièrement ses victimes, sauf la chance de l'expiation et du repentir, que de s'exposer au choix difficile qui résulte d'un mélange douteux de bien et de mal. C'était le raisonnement d'un homme vulgaire mais sage. Nicolas n'était ni l'un ni l'autre, malheureusement.

Zéfire accepta avec transport la proposition de vivre pour l'homme qu'elle préférait. L'amour seul assurait Nicolas de sa vertu. Il fallut encore que le bon Loiseau fît son éducation morale, et lui donnât des leçons de décence et de pudeur. On lui fit lire de bons livres, à elle qui n'avait lu encore que des romans de Crébillon fils ou de Voisenon. On lui apprit à tenir un autre langage que celui qu'elle avait entendu tenir jusque-là, et ce fut seulement lorsqu'on n'eut plus rien à craindre de ses manières délibérées ou de son caquet imprévoyant qu'on lui chercha une profession. La prétendue de Loiseau, qui se nommait Mlle Zoé, avait aidé beaucoup les deux amis dans l'éducation préliminaire de Zéfire. Elle la proposa pour demoiselle de boutique à une marchande de modes qui demeurait au coin de la rue des Grands-Augustins. Ses vêtements de grisette, sa coiffure sans poudre et son bonnet à tulle plat la changeaient tellement, qu'il eût été impossible de la reconnaître. La mère, avertie par Nicolas, approuva tous ces arrangements, et s'engagea à ne jamais rendre visite à sa fille tant qu'elle serait en apprentissage.

Nicolas ne pouvait voir Zéfire que le dimanche; Mlle Zoé allait la chercher ce jour-là, et l'on faisait des promenades hors barrière avec Loiseau. Nicolas, toujours impatient, ne pouvait s'empêcher de passer chaque soir devant la boutique; il regardait aux vitres, et était considéré comme le galant assidu de quelqu'une des jeunes filles, sans qu'on pût savoir de laquelle. Les boutiquières de Paris ne s'étonnent jamais de ces amours à distance, qui sont des plus fréquents. Un dimanche, Nicolas convint avec Zéfire qu'il lui écrirait tous les soirs. Comme elle était placée près du vitrage, il avait soin de

plier sa lettre *en pli d'éventail*, et la passait par l'un des trous
de *boulon*. Zéfire tirait adroitement le papier, et était heureuse
jusqu'au lendemain. Quelquefois, lorsque les demoiselles étaient
couchées, il venait dans la rue déserte avec son ami Loiseau,
qui jouait fort bien du luth, et ils exécutaient les airs d'opéra
les plus nouveaux, tels que *l'Amour m'a fait la peinture*, ou
bien *Dans ce charmant asile*, — choisissant de préférence les
couplets où se trouvait le mot *Zéphir*... L'amour fait de l'esprit
comme il peut.

Leurs promenades du dimanche avaient lieu le plus souvent
aux buttes Montmartre. Un jour, ils furent suivis par trois
mousquetaires jusque chez un traiteur où ils allaient dîner.

— L'un de ces derniers reconnut Zéfire pour l'avoir vue rue
Saint-Honoré. La trouvant en compagnie de simples ouvriers
endimanchés, ils voulurent la leur enlever. Heureusement, le
fruitier les avait accompagnés, ce qui rendait la partie égale,
sauf les épées, dont Nicolas et Loiseau étaient dépourvus. En
revanche, le fruitier, prévoyant l'attaque, avait saisi une longue
broche dans la cuisine du traiteur.

— Prends garde à toi, drôle! dit l'un des mousquetaires
menacé par cet instrument, nous sommes des gentilshommes,
et nous te ferons fourrer au Châtelet.

— Vous déshonorez votre famille et l'habit militaire! criait
Nicolas.

— Il s'agit bien d'honneur!... C'est *la Zéfire* qui est avec
vous : eh bien, demandez-lui si elle ne préfère pas un seigneur à un ouvrier?... Nous avons de l'or, la belle! ajoutait
le mousquetaire en faisant sonner sa poche.

La querelle tournait à la discussion, grâce à l'attitude des
trois défenseurs; mais ces dernières paroles mirent Loiseau
hors de lui.

— Infâme! s'écria-t-il, vous venez de commettre un grand
crime... Vous avez profané le *retour à la vertu!*

Quant à Nicolas, il s'était saisi d'une chaise.

— Qu'est-ce que c'est que cela? dit un des mousquetaires

lus aviné que les autres; une vertu qui sort.... du vice? Et
l'autre drôlesse, est-ce que c'est aussi une vertu?

Il cherchait en même temps à s'approcher de Zoé. Loiseau
le repoussa rudement.

— Respecte la fiancée d'un citoyen! cria-t-il (cela se passait
en 1758).

— Un citoyen! dit le mousquetaire en éclatant de rire, cela
ne se dit qu'à Genève... Tu m'as l'air d'un huguenot!

Loiseau prit un escabeau, et frappa le mousquetaire qui
avait parlé. La mêlée devint générale. En vain Zéfire et Zoé
s'interposaient entre les combattants; le fruitier faisait merveilles avec sa broche, et les mousquetaires étaient vaincus,
lorsque arriva la garde, appelée par le traiteur; Nicolas, exaspéré, voulait résister encore, mais Loiseau s'y opposa, et tout ce
qu'il put faire fut d'emporter hors de la salle Zéfire évanouie.
Quand le commissaire arriva, les mousquetaires, embarrassés
eux-mêmes de leur équipée, se servirent de leur conjecture
précédente pour affirmer que Loiseau, qui avait l'air grave, et
se trouvait vêtu de noir, était un ministre protestant qui tenait
un prêche, ajoutant qu'ils étaient arrivés à temps pour disper-
ser les hérétiques. Le commissaire donnait dans cette supposition, et faisait déjà mettre les menottes aux trois hommes,
en leur promettant qu'ils seraient pendus, lorsqu'enfin l'un
des mousquetaires, moins ivre que les autres, voulut bien
convenir que lui et ses compagnons étaient un peu dans leur
tort.

— Voilà un aveu généreux, observa le commissaire... On
reconnaît bien là les personnes de haute naissance.

— En vérité, dit le mousquetaire aux ouvriers, la platitude
des gens de plume me ferait renoncer à mes prérogatives de
gentilhomme!...

Puis, ne pouvant s'empêcher de reprendre un ton de hauteur :

— Au revoir! dit-il en s'éloignant, nous vous couperons
les oreilles quelque autre jour!

Le commissaire s'était retiré, mais après avoir pris les noms et les adresses des combattants. Malgré le désistement des mousquetaires, l'aventure pouvait avoir des suites fâcheuses pour de pauvres diables comme Nicolas et Loiseau ; de plus, l'instruction de l'affaire, si peu importante qu'elle fût devenue, attirait nécessairement les yeux sur la position particulière de Zéfire, cause innocente de la lutte. Cependant, la pauvre fille était moins préoccupée de cela que du danger que pouvaient courir ses amis : on la ramena au magasin en proie à un accès de fièvre. Malheureusement, les filles de modes étaient rentrées ; elles entendaient, ainsi que la maîtresse, ce qu'elle disait dans son délire : « J'irai trouver ma mère ! elle a des protecteurs puissants !... J'avais bien juré pourtant de ne plus mettre les pieds dans sa maison... mais il le faut... Ma mère est l'amie intime du lieutenant de police : c'est lui qui lui a fait une patente... et puis elle est riche... et puis elle connaît de grandes dames... Elle est si complaisante, ma mère !... Tous ces gens-là l'ont perdue... mais elle a bon cœur au fond !... Sans cela, Nicolas et Loiseau seraient pendus comme huguenots, et c'est moi qui en serais cause... Pourquoi ? Parce que je suis la fille... de ma mère !... »

Loiseau et Zoé frémissaient de ces aveux entrecoupés et de l'étonnement des personnes de la boutique. Il fallut leur tout avouer ; elles ne furent que profondément affectées du malheur et de la situation de leur compagne. Nicolas n'était pas présent à cette scène, car il n'allait pas à la boutique de modes, craignant de compromettre Zéfire. De plus, il ne s'était pas douté de la gravité du mal qui l'avait atteinte, et pensait, en s'en retournant seul, qu'elle était seulement indisposée des suites de son évanouissement. Loiseau, le retrouvant le soir, n'osa lui rapporter la scène dont il avait été témoin. Le lendemain matin, Nicolas étant plus calme que la veille, il crut pouvoir lui dire une partie de la vérité. Ce dernier ne ménagea plus rien, et courut chez la marchande de modes.

— Venez donc, lui dit cette femme, je sais bien qui vous

tes... Montez près d'elle : c'est vous qu'elle demande à
grands cris.

Zéfire était accablée et souffrante, mais calme ; elle affecta
de paraître seulement fatiguée des émotions de la veille; elle
dit à Nicolas qu'il devait se rendre à son imprimerie et la
laisser reposer, puis elle l'embrassa deux fois en lui disant :
« A ce soir. » Tous les ouvriers s'étonnèrent de la pâleur de
Nicolas. A huit heures, Loiseau lui dit :

— Mangeons un morceau, puis j'irai prendre Zoé pour
aller voir Zéfire. Tu ne te montreras pas tout d'abord, afin de
ne pas l'agiter; ta pâleur lui donnerait de l'inquiétude.

Il ne se montra pas en effet, mais il l'entendit de la chambre
voisine. Loiseau lui dit :

— Va te reposer, elle est mieux : c'est toi qui m'inquiè-
tes...

Nicolas, en s'éveillant, fut étonné de ne pas trouver son
ami; le fruitier lui dit qu'il avait passé la nuit dehors. Il courut
à l'imprimerie. Loiseau travaillait à sa casse.

— Et Zéfire?

— Zoé et moi, nous avons passé la nuit près d'elle.

— Oh! Dieu! sans moi!

— Ta vue aurait redoublé sa fièvre.

— Comment va-t-elle?

— Beaucoup mieux.

Loiseau rougissait en disant ces dernières paroles. Il essaya
d'amuser l'inquiétude de Nicolas en lui parlant d'un travail
pressé; mais, après quelques hésitations, ce dernier prit son
habit et courut au magasin. Loiseau le suivit et arriva sur ses
pas. Zéfire étouffait; cependant, elle prit la main de son
amant, essaya de sourire, et dit :

— Ce n'est rien.

Celui-ci ne voulut plus la quitter. Le soir, pendant que Zoé
se reposait sur un canapé, Zéfire fit signe à Nicolas qu'elle
voulait avoir la tête posée sur sa poitrine, qu'elle respirerait
mieux... Il s'étendit en arrière sur sa chaise, à moitié penché

sur le lit, et soutenant au bord cette tête blonde, si fraîche
encore l'avant-veille. Au bout de deux heures de cette position
fatigante, un grand soupir réveilla Zoé.

— Allez vous reposer à votre tour, dit-elle à Nicolas.

Et, relevant la tête de Zéfire, elle la posa sur l'oreiller.
Zéfire avait rendu le dernier souffle. Nicolas, trompé par ses
amis sur la gravité du mal, ne l'apprit que le lendemain.

— Et moi, je vais mourir aussi! dit-il avec calme.

Il était — selon son expression même — consolé par le désespoir.

Cependant, il ne fit qu'une grave maladie, mêlée de délire et
de léthargie; les premiers mots qu'il prononça furent : « J'ai
donc *achevé* de perdre Mme Parangon. » C'est que les traits de
Zéfire lui avaient rappelé ceux de cette femme adorée, comme
elle-même lui avait semblé avoir quelque ressemblance avec
Jeannette Rousseau, son premier amour.

Cette théorie des ressemblances est une des idées favorites
de Restif, qui a construit plusieurs de ses romans sur des suppositions analogues. Ceci est particulier à certains esprits et
indique un amour fondé plutôt sur la forme extérieure que sur
l'âme; c'est, pour ainsi dire, une idée païenne, et il n'est guère
possible d'admettre, comme Restif le prétend, qu'il n'a jamais
aimé que la même femme... en trois personnes. Les ressemblances tiennent presque toujours à une même origine de pays
ou de race, ce qui a pu se rencontrer sans doute pour Jeannette Rousseau et pour Mme Parangon. Aussi Restif suppose
que Zéfire était, par sa mère, issue des mêmes contrées. En
général, il y a un côté de ses systèmes philosophiques qui se
mêle toujours aux récits les plus véridiques de sa vie. — Il
croyait à la division des races comme un Indien, et repoussait
de par ce système, les doctrines d'égalité absolue; le croise-
ment même de familles étrangères ne lui semblait pas changer
ce résultat, car il établissait qu'en général une partie des enfants tenait plus du père, une autre davantage de la mère,
quoiqu'il admît bien en Europe un certain détritus de nature

tardes, et mélangées. Ces problèmes bizarres ont amusé
aucoup d'hommes distingués au xviiie siècle ; mais nul ne
rta plus loin que lui cet esprit de paradoxe, illuminé parfois
un éclair de vérité.

Si touchante qu'ait été la mort de Zéfire et la pensée d'ex-
ation qui s'y rapporte, on ne peut s'empêcher de déplorer
nfluence fatale qu'eut cette aventure sur les ouvrages et les
œurs de l'écrivain. Comme le sentait si justement Loiseau,
n ne touche pas impunément à la corruption. *Le Pornogra-*
he, ouvrage à prétentions morales, mais où l'auteur se com-
laît à exposer des raisonnements d'une moralité souvent con-
stable, fut le résultat des méditations de Nicolas sur le sort
'une certaine classe de femmes qu'il voulait relever à leurs
ropres yeux comme aux yeux du monde...

XIII

SARA

Nous arrivons à une époque féconde en enseignements pro-
nds et en souvenirs douloureux. Nicolas n'est plus le beau
anseur d'Auxerre, l'apprenti bien-aimé de Mme Parangon,
amoureux de ces onze milles vierges, tant soit peu martyres
a plupart, qui se nommaient Jeannette Rousseau, Marguerite
Paris, Manon Prudhot, Flipote, Tonton Laclos, Colombe,
Edmée Servigné, Delphine Baron ou Rose Lambelin ; ce n'est
lus même l'amant déjà formé de Mlle Prudhomme et de la
elle Mlle Guéant, ni le galant obscur que la blonde Septima-
ie, comtesse d'Egmont, avait pu choisir pour suppléer aux
roideurs de son noble époux. — Nous sommes, cette fois, en
1780 ; Nicolas a quarante-cinq ans. Il n'est pas vieux encore,
mais il n'est plus jeune déjà ; sa voix s'éraille, sa peau se ride,
et des fils d'argent se mêlent aux mèches de cheveux noirs qui
se laissent voir parfois sous sa perruque négligée. Le riche

6

garde longtemps la fraîcheur de ses illusions, comme ces
primeurs et ces fleurs rares qu'on obtient chèrement au milieu
de l'hiver; mais le pauvre est bien forcé de subir enfin la triste
réalite que l'imagination avait dissimulé longtemps. Alors, malheur à l'homme assez fou pour ouvrir son cœur aux promesses
menteuses des jeunes femmes! Jusqu'à trente ans, les chagrins
d'amour glissent sur le cœur qu'ils pressent sans le pénétrer;
après quarante ans, chaque douleur du moment réveille les
douleurs passées, l'homme arrivé au développement complet
de son être souffre doublement de ses affections brisées et de
sa dignité outragée.

A l'époque dont nous parlons, Nicolas demeurait rue de
Bièvre, chez Mme Debée-Léeman. Cette dame était une juive
d'Anvers de quarante ans, belle encore, veûve d'un mari pro-
blématique, et vivant avec un M. Florimond, galant émérite,
adorateur ruiné et réduit au rôle de souffre-donleur. A l'époque où Nicolas vint se loger chez Mme Léeman, il remarqua à
peine une jeune fille de quatorze ans, qui déjà reproduisait,
sous un type plus frais et plus pur, les attraits passés de la
mère. Pendant les quatre années suivantes, il ne songea même
à cette enfant que quand il entendait sa mère la gronder ou
la battre. Elle était cependant devenue à la fin une grande
blonde de dix-huit ans, à la peau blanche et transparente;
elle avait dans la taille, dans les poses, dans la démarche,
une nonchalance pleine de grâce, et dans le regard une mélancolie si touchante, que, rien qu'à la regarder, Nicolas
se sentait souvent les larmes aux yeux. C'était un avertissement
de son cœur, qu'il croyait mort, et qui n'était qu'endormi.

Depuis fort longtemps, Nicolas vivait seul, ne parlant à personne, travaillant le jour, et le soir errant à l'aventure le long
des rues désertes. Ses amis étaient morts ou dispersés, et il
était peu à peu tombé dans cet affaissement profond, dans cette
indifférence complète qui suit ordinairement une jeunesse trop
agitée. Enfin il était tranquille du moins dans son anéantissement, quand, un dimanche matin, une petite main blanche

frappa doucement à la porte de sa chambre. Il ouvrit. C'était Sara.

— Je viens, dit-elle, monsieur Nicolas, vous prier de me prêter quelque livre dont vous ne vous serviez pas; vous en avez beaucoup, et, moi, j'aime la lecture.

— Choisissez, mademoiselle, dit Nicolas; ensuite, vous êtes bien maîtresse de les lire tous, les uns après les autres.

Sara paraissait si timide, elle avait si grand'peur d'être importune, sa modestie, sa rougeur, son embarras, étaient si naturels, que Nicolas s'abandonna entièrement au charme. Elle resta peu, et, en sortant, elle présenta son front au baiser paternel de l'écrivain.

Toute la semaine, elle travaillait chez les demoiselles Amei, où sa mère l'avait placée pour apprendre à faire de la dentelle; mais, les dimanches, elle ne quittait pas la maison. Aussi renouvela-t-elle ses visites, toujours pour emprunter des livres que Nicolas finit par lui donner. Rien n'était pur et touchant comme ces premières entrevues. Nicolas avait bien appris certains bruits qui couraient sur le compte de la jeune fille, mais il les regardait comme des calomnies. Peut-être, cette jeune fille avait-elle été compromise par quelque cause provenant de l'avidité de sa mère; puis elle avait l'air si candide, qu'il se serait fait un scrupule d'altérer par un mot, par un geste, même par un regard, la pureté de son innocence; il lui témoignait du respect, de l'estime et un empressement dont il n'osait lui-même s'expliquer la nature. Sara le sentit, ou du moins sa mère le sentit pour elle, car, arrivées à ce point, les visites devinrent plus fréquentes, les conversations plus intimes; elle lui apporta d'abord quelques chansons très-bien choisies, de celles qu'on appelait *brunettes*, et lui chanta celle qui avait le plus de rapport avec la situation qu'elle voulait prendre vis-à-vis de lui.

Si les passions sont moins subites à quarante ans, le cœur est beaucoup plus tendre : l'homme a moins de fougue, de violence, d'emportement; mais, en revanche, il aime avec abné-

gation et dévouement. L'avenir l'épouvante, et il se cramponne
au passé pour tenter de ne pas mourir ; il veut recommencer
la vie, et plus la femme aimée est jeune, plus aussi les émotions deviennent vives et délicieuses. Qu'on juge avec quel ra-
vissement Nicolas écoutait les vers suivants chantés par la plus
jolie bouche avec une expression des plus tendres :

> Mon cœur soupire dès l'aurore.
> Le jour, un rien me fait rougir ;
> Le soir, mon cœur soupire encore ;
> Je sens du mal et du plaisir.

> Je rêve à toi quand je sommeille,
> Ton nom m'agite, il me saisit ;
> Je pense à toi quand je m'éveille,
> Ton image partout me suit...

— Vous chantez avec sentiment, dit Nicolas. Auriez-vous le
cœur aussi sensible que votre voix est touchante ?

— Ah ! monsieur, dit Sara, si vous me connaissiez mieux,
vous ne me feriez pas cette question ; mais vous m'apprécierez
un jour, et vous saurez si je suis constante dans mes sentiments.

— Voilà ce que votre jolie bouche pouvait me dire de plus
agréable.

— Mon Dieu, c'est tout naturel. Quand on a aimé une fois,
n'est-ce pas pour la vie ? et peut-on oublier jamais la personne
qu'on a aimée ?

— Voilà une bien douce morale !

— C'est celle de la nature.

— Vous avez de l'esprit et de la philosophie, mademoiselle.

— J'ai vu un peu de monde, c'est vrai !... Je vous conterai
cela quelque jour.

Nicolas fronça le sourcil ; mais il se rassura bien vite en entendant la jeune fille ajouter, avec un entraînement naïf, qu'elle
avait été invitée avec sa mère à de très-belles tables, notamment dans une maison de campagne à quelques lieues de Paris,

chez un magistrat de cour où il venait du beau monde. Peut-
être y eût-il plus réfléchi, si le babillage de l'enfant n'avait tout
à coup changé d'objet.

— Vous savez, dit-elle, que j'ai été au couvent?... Eh bien,
j'y ai reçu une éducation si soignée, qu'il m'est venu à l'esprit
de faire une pièce de théâtre. Oh! le théâtre, c'est ce qui m'a
formée. J'y serais allée plus souvent encore, si ce n'est que
maman n'aime pas les bons spectacles; elle s'ennuie à la comédie et elle n'aime que Nicolet et les Grands-Danseurs du roi.
Audinot même est trop sérieux pour elle, ou, si vous voulez,
trop...

Sara n'osa prononcer le mot qu'elle avait dans la pensée.
Nicolas, plus tard, jugea qu'elle avait voulu dire « trop
décent. »

— Eh bien, reprit-il après un silence, puisque vous aimez
le théâtre, il faut y essayer vos dispositions, vos grâces et votre
esprit.

— Non, dit-elle, je les réserve pour quelque chose de plus
important.

— D'important comme quoi?

— Je les garde pour mériter votre estime.

Le coup avait porté; Nicolas la regarda avec attendrissement et la serra dans ses bras.

Insensiblement les visites se multiplièrent. Mme Léeman y
mettait un aveuglement et une complaisance inexplicables chez
une mère. Quelques relations s'établirent entre les voisins. Le
jour des Rois étant arrivé, Nicolas offrit le gâteau à la famille,
— dans laquelle il fallait bien compter M. Florimond. Ce dernier, entièrement dans la dépendance de Mme Léeman, avait
une conversation superficielle où régnait une politesse recherchée qu'il affectait de tenir de ses souvenirs d'homme du
monde. Au dessert, la fève ne se trouva pas dans le gâteau, et
Florimond fut soupçonné par la jeune fille de l'avoir fait disparaître pour se dispenser de payer son avénement à la
royauté.

— Quelle apparence? dit Mme Léeman. On sait bien que c'est toujours mon argent qui aurait dansé.

M. Florimond repoussait ces insinuations avec la dignité de l'honneur outragé.

— Je crois plutôt, dit Nicolas, que c'est moi qui aurai avalé la fève par mégarde; je me regarde donc comme obligé de vous offrir du vin chaud.

La satisfaction de Florimond et l'admiration des deux femmes pour le procédé de Nicolas le payèrent avec usure de son sacrifice.

Le lendemain, Nicolas reçut la visite de Mme Léeman.

— J'ai à vous parler, dit-elle, au sujet de ma fille.

Et elle lui raconta qu'elle avait dû la marier à un M. Delarbre, jeune homme qui était venu fréquemment dans la maison, puis avait cessé tout à coup ses visites. Elle demanda à Nicolas si sa fille lui avait parlé de ces relations antérieures, innocentes du reste.

— Oui, dit-il, mais comme d'un souvenir entièrement effacé.

Là mère répondit que ce parti ne convenait nullement à sa fille ; puis, adoucissant sa voix, elle ajouta qu'une nouvelle proposition lui était faite. Un nommé M. de Vesgon, ancien ami de la famille, offrait d'assurer le sort de cette enfant moyennant une donation de vingt mille livres, et cela, par un sentiment tout paternel, résultant de l'amitié que cet homme respectable avait autrefois pour le père de Sara... Toutefois, cette dernière avait refusé la proposition, et Mme Léeman, sentant son autorité de mère impuissante à vaincre la prévention de la jeune fille, venait prier Nicolas d'agir à son tour par la persuasion que son esprit supérieur était sûr de produire.

Nicolas ne put retenir un mouvement de surprise. Mme Léeman fit valoir le mauvais état de sa santé.

— Si ma pauvre enfant venait à me perdre, qu'arriverait-il? ajouta la mère. J'ai de l'expérience, moi, mon bon monsieur Nicolas; le temps passe, la beauté s'en va ; Sara se procure-

ait avec cette somme une petite rente viagère qui, jointe au
eu que je lui laisserai, pourrait plus tard la faire vivre ho-
orablement...

Nicolas secoua la tête; la mère le pressa encore en raison
e l'amitié qu'il avait pour sa fille, et lui proposa même de le
aire dîner avec M. de Vesgon, afin qu'il pût s'assurer de la
ureté des intentions de ce vieillard.

Nicolas se sentit blessé au cœur et ne put dormir de la nuit.
e lendemain matin, Sara monta chez lui comme à l'ordinaire.
l aborda franchement la question des vingt mille francs, et demanda à la jeune fille si elle croyait pouvoir les accepter sans
ompromettre sa réputation. Sara baissa les yeux, rougit beau-
oup, s'assit sur les genoux de Nicolas et se mit à pleurer.
Nicolas la pressa de répondre.

— Ah! si j'osais parler! s'écria-t-elle entre deux soupirs.

— Confie moi tes peines, ma charmante enfant.

— Si vous saviez combien je suis malheureuse!

— Malheureuse! Pourquoi et depuis quand?

— Je l'ai toujours été... J'ai une mère...

— Je la connais.

Sara paraissait faire un violent effort pour parler.

— Ma mère, dit-elle enfin, a fait mourir ma sœur de chagrin. Moi, dans ce temps-là, je n'étais qu'une enfant folle,
étourdie et riant toujours... J'ai bien changé depuis! Aujour-
d'hui encore, ma mère me fait trembler; rien qu'à l'entendre
marcher, je frissonne de peur!

Et elle lui fit l'histoire d'une époque où elle demeurait avec
sa mère dans une petite rue du Marais, chez un menuisier.
C'étaient souvent de nouvelles figures qui se succédaient dans
l'amitié de la veuve, et la petite fille était reléguée presque
toujours dans un grenier, souffrant du froid, de la faim
même... Quand elle criait trop fort, sa mère arrivait furieuse,
la pinçait, lui tordait les mains ou lui laissait le visage ensan-
glanté. Un soir, un homme osa monter jusqu'à ce réduit... et...

— Pauvre enfant! s'écria Nicolas.

— Ah! mon ami! ah! mon père! reprit Sara en se jetan
tout en larmes dans les bras de l'écrivain, j'ai juré depui
longtemps que jamais je ne consentirais à me marier... et que
dans tous les cas, je n'épouserais jamais un jeune homme...

Nicolas la regarda avec attendrissement.

— Un jeune homme! Et cependant, ce jeune Delarbre qu
venait ici il y a quelques mois... si souvent?

— Celui-là, dit Sara en soupirant, oh! celui-là, je puis bie
l'avouer, je l'aimais... autant du moins que l'on peut aimer
l'âge où j'étais; mais il ne viendra plus... Je lui ai tout dit!

Nicolas pencha la tête dans sa main, réfléchit un instan
puis s'écria rempli de pitié :

— Et il t'a quittée! Il n'a pas compris que la pureté de to
âme... rachetait mille fois, pauvre victime, l'infâme lâchet
commise envers toi!

En s'arrêtant sur cette idée, Nicolas pensa involontairemer
à Mme Parangon. Cette fatalité de sa vie revenait encore un
fois, sous une forme nouvelle, retourner un fer vengeur dan
son éternelle blessure. Il se leva, parcourut la chambre avc
des gestes désespérés. Sara, qui ne comprenait pas toutes le
causes d'une douleur si vive, courut à lui, le fit rasseoir, e
tâchant de sourire à travers ses larmes, lui dit en l'embras
sant :

— Eh! pourquoi tant me plaindre? pourquoi tant de dése
poir? Cela empêchera-t-il l'amitié la plus tendre de durer enti
nous, mon protecteur, mon guide? Pensez-y donc; je ne su
pas coupable, hélas! et vous n'aurez rien à me pardonner.
Ensuite, si Delarbre ne m'avait pas quittée, est-ce que je se
rais ici, avec vous... dans vos bras... causant, pleurant.
riant?...

Elle s'était assise de nouveau sur ses genoux, et passait
bras autour de son cou, ce bras de juive déjà parfait, bie
qu'elle n'eût que quinze ans, cette petite main effilée dont le
doigts roses traversaient les boucles encore bien fournies de i
chevelure de Nicolas.

Le calme rentrait peu à peu dans le cœur de l'écrivain; l'agitation nerveuse se calmait; Nicolas reposait ses yeux avec charme sur les traits si réguliers de la pauvre enfant; il ne put retenir un aveu, longtemps arrêté sur ses lèvres.

— Qu'avez-vous? lui dit Sara en le voyant un instant rêveur.

— Je pense à toi, dit-il, charmante enfant! Il faut te le dire enfin, depuis longtemps je t'aime... et je te fuyais toujours, effrayé de ta jeunesse et de ta beauté!

— Toujours, jusqu'au matin où je suis venue te voir moi-même!

— Que voulais-tu que je t'offrisse? Un cœur flétri par la douleur... et par les regrets!

— Que regrettes-tu, maintenant? Ton cœur n'est-il point calmé?

— Il bat plus que jamais; tiens! touche ma poitrine.

— Ah! c'est qu'il y a là sans doute...

— Eh! quoi donc?

— De l'amour!... dit faiblement Sara.

Nicolas revint à lui-même; sa philosophie d'écrivain lui rendit un instant de force.

— Non, dit-il gravement; je n'ai pour toi, mon enfant, qu'une sincère et constante amitié.

— Et moi, si j'avais de l'amour?

— Il cesserait trop tôt.

Sara baissa les yeux.

— Il y a un an, reprit Nicolas, j'avais encore une fois cédé au charme...

— Et pour qui? dit Sara levant vivement la tête.

— Pour une image que je me créais en moi-même, pour une chimère, fugitive comme un rêve, et que je ne songeais même pas à réaliser, pour une de ces impossibilités que j'ai poursuivies toute ma vie, et que je ne sais quel destin a quelquefois rendues possibles.

— Mais quelle était cette image? quel était ce rêve?

6.

— C'était toi.

— Moi, grand Dieu !

— Toi que je voyais courir çà et là dans cette maison, toi qui passais à mes côtés dans l'escalier, dans la rue,... et qui grandissais de plus en plus, qui devenais toujours plus belle, et que je surprenais parfois à causer le soir sur le pas de la porte avec le jeune Delarbre...

Sara rougit et dit :

— Mais je vous jure...

— Eh ! qu'importe ? dit Nicolas avec résolution ; n'était-il pas jeune, n'était-il pas beau et digne alors de toi, sans doute ?... N'est-ce pas naturel, n'est-ce pas même un doux spectacle pour le cœur de l'homme que l'amour pur de deux êtres beaux et jeunes ?... Moi, je t'aimais d'une autre manière ; je t'aimais comme on aime ces étranges visions que l'on voit passer dans les songes, si bien qu'on se réveille épris d'une belle passion, faible souvenir des impressions de la jeunesse... dont on rit un instant après !

— Oh ! mon Dieu ! on le voit bien, vous êtes un poëte !

— Tu l'as dit. Nous ne vivons pas, nous ! nous analysons la vie !... Les autres créatures sont nos jouets éternels... et elles s'en vengent bien aussi ! Amitié, amour, qu'est cela ? Suis-je bien sûr moi-même d'avoir aimé ? Les images du jour sont pour moi comme les visions de la nuit ! Malheur à qui pénètre dans mon rêve éternel sans être une image impalpable !... Comme le peintre, froid à tout ce qui l'entoure, et qui trace avec calme le spectacle d'une bataille ou d'une tempête, nous ne voyons partout que des modèles à décrire, des passions à rendre, et tous ceux qui se mêlent à notre vie sont victimes de notre égoïsme, comme nous le sommes de notre imagination !

— Vous m'effrayez ! s'écria Sara.

— Non, je suis calme, dit Nicolas ; c'est de l'expérience, ma chère enfant ; j'ai appris à connaître et les autres et moi-même, et, si j'ai l'amertume au cœur, je n'ai plus du moins l'ironie sur les lèvres... Sais-tu ce que nous faisons, nous autres, de

os amours?... Nous en faisons des livres pour gagner notre
ie. C'est ce qu'a fait Rousseau le Génevois;... c'est ce que
ai fait moi-même dans mon *Paysan perverti*. J'ai raconté
histoire de mes amours avec une pauvre femme d'Auxerre
ui est morte; mais, plus discret que Rousseau, je n'ai pas
out dit... peut-être aussi parce qu'il aurait fallu raconter...

Il s'arrêta.

— Oh! faites-moi lire, ce livre, s'écria Sara.

— Pas encore!.. Mais tiens, tu vas voir maintenant com-
ien mon amitié est dangereuse... Je t'ai mise déjà dans mes
Contemporaines!

— Quel bonheur! s'écria la jeune fille en frappant des
mains; mais comment est-ce possible?

— Puisque tu veux bien me pardonner, charmante fille,
voici le livre. Tu vois bien le nom d'Adeline, c'est celui que je
t'ai donné.

— Oh! quel joli nom! Je n'en veux plus porter d'autre...
Et qui aime-t-elle?

— Chavigny.

— Chavigny?... C'est donc le nom que vous avez choisi pour
vous.

— Non... je l'ai choisi pour le jeune Delarbre, qui alors
venait ici tous les jours. En le voyant si empressé, si amoureux, si tendre, un souvenir de mes jeunes années me revint à
l'esprit... Je me figurai que j'étais à sa place, et que c'était
moi qui t'aimais. Oh! que j'eusse été plus tendre et plus enthousiaste encore!... Il n'était lui-même que l'image affaiblie
et vague de ma jeunesse, et cependant je ne pouvais le haïr...
Je n'espérais rien. Alors, j'exprimai en moi-même, j'exprimai
tout seul à sa place les sentiments que tu m'aurais inspirés. Ce
qui n'était pour lui que de l'amour était pour moi de l'adoration; j'eusse été jaloux pour lui au besoin... j'aurais tué son
rival!... Je t'aurais épousée, moi, à sa place...

Sara se cacha honteuse dans les bras de Nicolas, puis elle
leva vers lui son visage souriant à travers les pleurs.

— Oh! parle toujours, dit-elle; mais laisse-moi t'admirer dans ton enthousiasme, dans ta bonté, dans ton génie... Avant ce jour, j'aimais à t'écouter surtout... Maintenant, je te regarde et je te trouve jeune et beau; oh! que j'envie celles que tu as aimées!

— Une seule te valait, ma Sara! mais elle n'avait pour moi que de l'amitié... Elle n'est plus... Reparlons de cet amour bizarre où je me substituais en pensée à celui qui me paraissait plus digne de toi que moi-même; tu ne sais pas jusqu'où allait ma folie... Il y a un endroit où j'aime à me promener le soir; on y voit les plus beaux couchers de soleil du monde : c'est l'île Saint-Louis... Eh bien, en m'appuyant, à travers mes contemplations, sur les pierres grises du quai, j'y gravai furtivement les initiales du nom que je t'avais choisi : AD. AD. Cela signifiait pour moi : *Adeline adorée...*

— Oh! nous irons ensemble au premier beau jour, et tu me fera voir ces lettres, dit Sara, et tu me diras tout ce que tu pensais en les gravant!

— Oui, mon amie, puisque tu le veux... Mais, hélas! je suis plus vieux d'un an encore, et j'ai tant souffert!

Sara se jeta à son cou, riant et pleurant tour à tour, versant un baume divin sur les blessures du malheureux.

— Tes chagrins aussi seront les miens! dit-elle. Nous parlerons ensemble de cette femme d'Auxerre que tu aimais tant...

— Oh! dit Nicolas, tant de joie... tant de peines... tout cela me brise le cœur! Que Dieu te bénisse ma fille, mon enfant! Oui, je t'aime... j'ai encore la folie de t'aimer; pardonne-moi..

En ce moment, on entendit dans l'escalier la voix de la veuve Léeman appelant sa fille pour le déjeuner.

— Je suis forcée de descendre, dit Sara; j'ai seulement un mot à vous dire avant de vous quitter.

— Tu me dis *vous* maintenant?

— Non, c'est une distraction... Je voulais te parler d'une de mes amies que tu as pu voir avec moi, car elle travaille chez la même marchande de modes... Mlle Charpentier.

— Je l'ai vue; elle est charmante.

— Et elle si bonne !... mais, en vérité, je n'ose te dire...

— Quoi donc? Parle vite, ma charmante enfant!

— Je crains si fort d'être indiscrète... Mon amie a perdu sa mère, qui, après une longue maladie, ne lui a laissé que des dettes... Que je voudrais être riche pour la pouvoir obliger!... Il ne faudrait, quant à présent, qu'un louis pour la tirer du plus grand embarras!... Elle le rendrait dans six semaines.

— Un louis! rien qu'un louis? s'écria Nicolas.

Et il alla chercher un gros étui d'où il en tira deux, qu'il mit dans la main blanche de Sara en y ajoutant un baiser.

— Oh! qu'elle sera heureuse! dit Sara.

Et elle se précipita joyeuse dans l'escalier.

De ce jour, Nicolas renonça à tous ses projets de solitude. La répugnance qu'il avait conçue pour la veuve Léeman, d'après les aveux de sa fille, céda bientôt devant le désir de la voir plus souvent; il cultiva l'amitié de M. Florimond en flattant ses goûts aristocratiques, et celle de la veuve en s'invitant lui-même chez elle à des soupers qu'il faisait venir de chez le traiteur; il avait soin même d'y ajouter toujours quelque grosse volaille qui reparaissait pendant les jours suivants sur la table de l'avare Mme Léeman.

Nous avons dit que c'était seulement les dimanches que Sara pouvait venir rendre visite à Nicolas. Le reste de la semaine, elle demeurait dans la maison où elle faisait son apprentissage. Le lendemain lundi, on entendit un grand bruit dans l'escalier.

— Vous êtes une effrontée, criait Mme Léeman à sa fille.

— Si je ne le suis pas, ce n'est pas votre faute, répondait cette dernière.

— Attends, insolente, attends!...

Et Nicolas descendit aux cris de Sara.

— Une fille, monsieur, qui me répond des impertinences ! s'écria la mère.

— Ma chère Sara, calmez-vous ! dit Nicolas.

Mais la jeune fille le reçut assez mal, et cependant s'adoucit un peu en s'habillant pour aller chez ses maîtresses. Mme Léeman dit à Nicolas, quand elle fut partie :

— N'est-il pas malheureux de n'avoir qu'une enfant et de la voir aller chez les autres ?

— Pourquoi ne pas la garder chez vous ?

— Ah ! monsieur, je suis si pauvre... et puis je voudrais ne rien devoir à mes amis.

Nicolas était alors dans une assez bonne position ; ses premiers romans, surtout *le Paysan perverti* et *les Contemporaines*, lui rapportaient beaucoup plus que son travail d'imprimeur.

— Prenez votre fille chez vous, dit-il à Mme Léeman, et nous ferons ce que nous pourrons pour son entretien.

— Dans le fait, dit la mère, il y a au second un logement qui va être libre ; nous le meublerons à frais communs. Vous serez son père, et nous ne ferons qu'une seule famille.

A la fin de cette semaine, Sara cessa donc d'aller travailler chez les demoiselles Amei. Bientôt la liaison devint complète, indissoluble. C'étaient des causeries sans fin, des dîners délicieux, souvent à la campagne ou aux barrières, en compagnie de la mère et de Florimond... Toujours, pendant ces repas, le petit pied de Sara restait posé sur celui de Nicolas ; on allait aussi au spectacle avec les billets qu'obtenait l'écrivain par ses relations littéraires, et, là, toujours la jeune fille, indifférente à l'admiration qu'excitait sa ravissante beauté, laissait l'une de ses mains dans celle de son ami.

Cependant, Mme Léeman n'admettait pas qu'on se divertît sans elle, et, lorsque dans la journée il se présentait quelque occasion de sortir pour la jeune fille et pour Nicolas, elles les faisait toujours accompagner par Florimond. Ce dernier, usé par les excès de toute sorte, était d'une compagnie assez morne,

nais n'avait rien d'hostile à l'attachement des deux amants.
Il les suivait comme un chien de berger, sans interrompre
leurs tendres entretiens. Un jour, Nicolas s'était chargé d'a-
cheter pour la mère des graines et des oignons de fleurs. Elle
était, nous l'avons dit, du Brabant et curieuse de tulipes. Sara
et lui partirent pour le quai aux Fleurs et furent si longtemps
à fixer leur choix, que Florimond, fort ennuyé, se décida à
entrer dans un cabaret d'où il les suivait des yeux. Quand
il revint, il se tenait à peine sur ses jambes. Sara lui dit de
se charger du sac de graines, et, pendant qu'il cherchait à l'af-
fermir sur ses épaules, elle écrivit au crayon un billet pour sa
mère, dans lequel elle lui disait que Florimond était tellement
gris, que, voulant aller à la promenade, Nicolas et elle s'é-
taient fait conscience de l'y entraîner. Florimond partit avec
le billet, qu'il ne lut pas.

— Si nous allions au spectacle! dit gaiement Sara.

Nicolas jeta les yeux sur elle. Elle était fort joliment coiffée
d'un chapeau à l'anglaise et d'un casaquin de taffetas à reflets
changeants. L'heure du spectacle étant encore éloignée, ils
prirent par le plus long. Nicolas conduisit la jeune fille le long
des quais jusqu'à l'île Saint-Louis, qu'il affectionnait particulièrement, comme on sait, dans ses promenades solitaires. La
vue en était charmante alors, parce qu'on y découvrait, d'un
côté, la campagne, et, de l'autre, le magnifique aspect des
deux bras de la Seine, de la vieille cathédrale et de l'hôtel de
ville; le Mail et la Râpée, s'étendant à droite et à gauche, bordés au loin de guinguettes aux berceaux verdoyants, présentaient aussi un spectacle fort animé. Nicolas avait encore une
pensée : c'était de faire voir à Sara les pierres du quai sur lesquelles il avait gravé le chiffre mystique : AD. AD. (Adeline
dorée), à l'époque où il venait dans ces lieux mêmes exhaler
ses plaintes d'un amour sans espoir. Tout était changé. Les
deux amants gravèrent tour à tour sous ces chiffres à demi
effacés les initiales réelles de leurs noms, et ne quittèrent l'île
qu'après avoir vu le soleil descendu derrière les tours énormes

du petit Châtelet. Ils remontèrent par la place Maubert, la rue Saint-Séverin, la rue Saint-André-des-Arcs et celle de la Comédie [1], pour arriver à ce même théâtre eucore plein pour Nicolas des souvenirs de la belle Guéant. Chemin faisant, il racontait avec larmes cette histoire de sa jeunesse, et Sara s'unissait de tout son cœur au chagrin de son ami.

— Morte! elle est morte! s'écriait Nicolas. Morte comme cette autre si belle et plus aimante (Mme Parangon), et tout ce que j'aimais est ainsi dans le tombeau!...

— Et moi, est-ce que je ne t'aimerais pas comme elles? disait Sara attendrie.

— Quelque temps peut-être; mais après?

— Mon ami, ne parle plus ainsi.... Songe que je suis impressionnable à l'excès; ne mets jamais à l'épreuve cette sensibilité qui n'a fait encore que mon supplice.

— Oh! pardonne, ma fille! c'est que j'ai beaucoup vécu, beaucoup souffert, et toi...

— Moi, je n'ai que souffert, et je serais plus affectée de ce qui viendrait de ta part que de tout ce qui m'est arrivé.

Ils s'étaient placés dans la salle. On jouait justement la Pupille de Fagan, où Mlle Guéant avait été si ravissante de sentiment et de grâce. Nicolas, comme tous les esprits pleins d'orgueil, croyait toujours à quelque fatalité qui, relativement à lui seul, prenait la place du hasard. Il ne pouvait s'empêcher, cette fois, de trouver la pièce détestable, l'actrice déplaisante, et ne remarquait pas que, dans la loge voisine de la sienne, il venait d'entrer une très-jolie femme qui avait les plus beaux cheveux cendrés (on commençait alors à ne plus porter la poudre), un bel œil sous un sourcil noir, et des manières pleines de distinction. Sara la lui fit remarquer.

— Elle est bien, dit-il; mais comme vous êtes plus belle!

Cette femme, se voyant l'objet de l'admiration de Sara, saisit

---

1. Nicolas Restif a conservé ces détails minutieux pour marquer plus vivement son dernier jour de bonheur et d'illusions.

une occasion pour lui dire quelque chose d'obligeant. Celle-ci répondit avec froideur. Nicolas s'en étonnant, elle lui dit à l'oreille :

— Je suis très-jalouse. Si j'avais lié conversation avec elle, tu aurais pu lui parler; et tu as trop de mérite pour ne pas lui plaire...

Nicolas répondit plein de joie :

— Mais qui pourrait me plaire à moi, si ce n'est Sara ?

Après cette soirée délicieuse, la difficulté étant d'affronter la colère de Mme Léeman, Nicolas eût l'idée la plus triomphante en pareil cas : ce fut d'acheter une paire de pendeloques assez belles chez un bijoutier de la rue de Bussy. La précaution n'était pas inutile, car, en entrant, Nicolas et Sara trouvèrent devant la porte l'infortuné Florimond, que la veuve avait mis dehors en le voyant revenir seul. Dégrisé par la scène d'imprécations qu'il avait subie, il se livrait au désespoir. Nicolas affronta bravement l'orage, qu'il parvint à calmer en faisant briller entre ses doigts sa récente acquisition. Tout rentra dans l'ordre habituel.

La mère était toutefois décidée à ne point admettre qu'on prît du plaisir en son absence.

— Puisque Sara a besoin de distractions, dit-elle un jour, je la conduirai à la promenade sur les grands boulevards.

Elles partirent donc pour s'y rendre par une belle soirée de printemps. Nicolas, retenu jusqu'à sept heures à son imprimerie, devait les aller rejoindre. Il les retrouva assises sur des chaises dans une contre-allée, faisant partie de deux ou trois rangées de femmes élégantes et très-remarquées. Un homme mis avec soin, fort brun, et qui paraissait un créole, s'était assis près d'elles, et avait déjà noué une conversation assez soutenue avec la mère. Sara semblait sérieuse; elle sourit en apercevant Nicolas, et lui fit place près d'elle. Le cavalier ne tarda pas à saluer ses nouvelles connaissances, et reprit sa promenade.

Deux ou trois jours après, une affaire importante em-

pêcha Nicolas d'aller retrouver les dames à l'heure habituelle.
Mme Léeman lui dit en raillant que le cavalier brun leur avait
tenu compagnie. La même circonstance se reproduisit l'un des
jours suivants. Sara prit Nicolas à part en rentrant et lui
dit :

— Vous m'abandonnez à des vues que vous n'ignorez pas...
Ah ! mon ami !

Quelques jours plus tard, Mme Léeman parla d'une occasion
qui se présentait pour marier sa fille à un homme de condition. Ce fut un coup de poignard pour l'écrivain, qui, comme
on sait, était marié, bien que séparé depuis longtemps de l'indigne Agnès Lebègue. Il répondit en soupirant que le bonheur
de Sara était pour lui au-dessus de tout, mais qu'il espérait
que le prétendu serait digne d'elle. Le lendemain, comme
il était indisposé, il vit se glisser sous sa porte une lettre ainsi
conçue :

« On veut absolument que ta fille sorte aujourd'hui sans toi,
cher bon ami !... Il faut souffrir ce qu'on ne saurait empêcher.
Tâche de guérir ton rhume et de te bien porter... Si tu pouvais
me trouver une place près d'une dame ou seulement de l'ouvrage, j'aurais de la fermeté pour résister, et je vivrais satisfaite
comme on peut l'être dans ma position. Aime toujours ton amie.

» SARA. »

Dès ce jour, Nicolas alla rendre visite à une dame de condition qui habitait l'île Saint-Louis, et dont il a parlé souvent
dans ses *Nuits de Paris*. Cette dernière consentit à recevoir
Sara comme demoiselle de compagnie. En rentrant, il rencontra
la mère et la fille en voiture. Mme Léeman lui cria qu'elles
allaient au Palais-Royal, qu'il n'avait qu'à les venir rejoindre
comme à l'ordinaire. Rassuré sur les sentiments de Sara par sa
lettre, il eut l'imprudence de ne pas se presser. Quand il
arriva, elles étaient parties.

Nicolas retourne à la maison ; point de lumière... Le cadenas e la porte n'est point ôté. Il monte chez lui, se consume d'impatience, se promène à grands pas, et sort de temps en temps pour aller au-devant des deux femmes. Personne ne vient : minuit sonne; au dernier coup, ses yeux fondent en larmes... Il se rappelle ce que lui a dit Sara, ce qu'a insinué sa mère. A une heure du matin, n'y pouvant plus tenir, il se met à parcourir les rues. Le hasard le ramène sur les quais déserts de l'île Saint-Louis. Il cherche à la clarté de la lune les pierres où a inscrit les chiffres amoureux complétés par la main de Sara, et, en les retrouvant, il pousse des gémissements et des cris de désespoir. Un homme ouvre sa croisée et lui demande ce qu'il a.

— C'est un père, répond-il, qui a perdu sa fille !

Il rentre dans sa chambre, avec l'espoir qu'elles ont pu être invitées à un bal. Rien encore. A cinq heures du matin, Nicolas s'assoupit de fatigue; il voit dans un rêve apparaître Sara, ses belles tresses blondes éparses sur sa poitrine et criant : « Mon ami ! sauve-moi, sauve-moi ! » Il se réveille... le jour est avancé déjà; personne n'est rentré[1].

Le surlendemain seulement, Nicolas entendit une voiture s'arrêter à la porte. Jusqu'à ce moment, toutes les voitures qui passaient lui avaient fait bondir le cœur... Il se précipite dans l'escalier. Mme Léeman rentrait sans sa fille, accompagnée d'un inconnu, ou plutôt d'une connaissance bien nouvelle, le galant créole des boulevards.

— Où est votre fille ? s'écria brutalement Nicolas.

— Elle est restée à la campagne, chez M. de la Montette, que vous voyez, et qui a bien voulu me ramener ici.

— Et pourquoi laissez-vous votre fille seule chez un homme ?

— Et pourquoi me le demander ?... D'ailleurs, Sara n'est point seule, elle est là-bas avec la famille de monsieur... et monsieur est avec moi, comme vous voyez !

---

1. Quinze ans après, l'écrivain disait, en racontant cette nuit d'angoisses : « Et alors je n'étais pas encore jaloux ! »

M. de la Montette s'inclina en observant finement l'étrange expression du visage de Nicolas. Il était clair, du reste, que la veuve Léeman tenait à ménager ce dernier.

— Est-ce que ma fille ne vous avait pas prévenu de notre partie de campagne? dit-elle d'un ton radouci.

— Je n'en savais pas un mot !

— Ah! la pécore!... s'écria Mme Léeman.

Elle employa même un terme plus vif, en priant aussitôt M. de la Montette d'excuser la sévérité d'une mère comme appréciation de son enfant.

— Monsieur était devenu pour ma fille un second père, ajouta-t-elle en montrant Nicolas, et je comprends son inquiétude... Mais Sara avait mis un mot sous votre porte, lui dit-elle encore.

— C'est vrai, c'est vrai, madame, répondit-il en se retirant, je l'avais oublié.

Nicolas était confondu. S'il s'agissait d'un mariage avec un homme de considération, sa générosité l'empêchait de s'y opposer, son cœur même en eût été moins froissé sans doute; mais la lettre de Sara, qui, d'ailleurs, ne disait pas un mot de la partie de campagne, indiquait un danger d'une autre nature. Pendant qu'il réfléchissait, ballotté dans cette incertitude, la voiture était repartie, car Mme Léeman n'était revenue chez elle que pour prendre quelques effets. Courir après une voiture pour savoir où elle s'arrêterait, Nicolas l'avait tenté jadis avec succès; mais quelle apparence qu'à plus de quarante ans, on pût renouveler ce tour de force! Il fallut attendre toute la nuit et tout un jour encore.

Le surlendemain, Sara frappait à la porte de son ami d'une manière bien connue; il renverse tout pour ouvrir. Sara lui dit d'un air glacé :

— Eh bien, *qu'est-ce donc?* me voilà !

— Qu'est-ce donc?... Mais vous ai-je rien dit, ma pauvre enfant?

— Non, dit Sara embarrassée, mais votre air effaré...

— Mon air n'était pas un reproche.... Vous aviez *prévu* seu-
ment qu'après une absence de trois jours...

— Vous dîneriez avec nous, n'est-ce pas? reprit Sara, qui
était tenue près de la porte, et que sa mère rappelait dans
t instant.

Nicolas vit bien que tout était fini.

— Maintenant, se dit-il, soyons véritablement père, et sa-
ons si cet homme est capable de la rendre heureuse.

Il descendit pour le dîner et y trouva M. de la Montette.
était un homme de près de quarante ans, que les passions
: semblaient jamais avoir trop inquiété... Nicolas se sentit
ut inférieur à son rival, et crut encore qu'il ne s'agissait que
un mariage de raison ; la réserve de la jeune fille s'expliquait
ır là ; seulement, il eut le chagrin de ne plus sentir le petit
ed de Sara s'appuyer sur le sien.

Le dîner se serait terminé fort convenablement, si, vers la
ı, la mère, dans un moment d'expansion, ne se fût écriée ,
ı regardant M. de la Montette :

— Et dire que nous ne connaissions pas monsieur il y a
ıinze jours! Si M. Nicolas était venu nous rejoindre avant
pt heures, nous avions le projet d'aller au spectacle , et
ıus n'aurions pas eu le plaisir de rencontrer un cava-
ɛr si aimable,... qui est devenu pour nous un véritable
ni !

O supplice! pendant que Nicolas se disait : « Et il faut m'a-
ᵽuer encore que c'est ma faute! » Sara se penchait languis-
mment sur le bras du créole et ne semblait point choquée de
ɛxclamation triviale de sa mère. Il appela toute sa philo-
ıphie à son aide et ne marqua nul étonnement. Après le dî-
ɛr, on alla se promener au Jardin des Plantes. La politesse
ımmandait que l'invité prît le bras de Sara, ce qui obligeait
icolas d'offrir le sien à la mère; mais il songea aussitôt
ıe c'était la corvée habituelle de Florimond, lequel était parti
ıur un voyage relatif aux affaires de la veuve. Nicolas, déjà
ınnu comme écrivain, craignit les regards, et se contenta de

marcher près de Mme Léeman. Cette dernière, contrariée, dit à sa fille :

— Une jeune personne n'a pas besoin de s'appuyer sur un bras, je m'en passe bien !

M. de la Montette dut faire comme Nicolas ; mais son entretien avec Sara paraissait fort animé et même fort tendre. A la fin de la soirée, M. de la Montette invita les deux dames à dîner pour le lendemain et comprit Nicolas dans cette invitation. C'était d'un homme bien élevé. Pourtant, l'écrivain ressentit au cœur une douleur mortelle ; son rival avait l'avantage de ce moment, car, au dire de Sara elle-même, « M. Nicolas avait été bien maussade toute cette soirée-là. »

Le lendemain, M. de la Montette fit les honneurs de sa villa avec beaucoup de convenance ; sa conversation marquait de l'esprit, du moins il savait compenser par l'usage du monde ce que Nicolas avait de plus élevé par l'imagination. La journée fut terrible pour ce dernier ; partout éclatait la supériorité de l'homme de goût et du propriétaire. Plusieurs autres invités se trouvaient réunis dans la maison, principalement des gens de loi et de finance. Sara était mal à l'aise, parce que sa mère se livrait parfois à des observations qui trahissaient une éducation négligée ; elle sentit le besoin de soutenir presque continuellement la conversation, et le fit avec un certain esprit de liberté et de saillie qui prouvait moins de naïveté qu'elle n'en avait laissé supposer jusque-là. Lorsqu'on se leva, Nicolas s'alla mettre à une fenêtre et pleura à chaudes larmes, en disant :

— Tout est fini !

Sara, passant près de lui, le frappa en riant et lui dit :

— Que faites-vous là ? vous ne descendez pas au jardin ?

Il ne se retourna pas, n'osant montrer son visage décomposé. Sara s'écria brusquement :

— Eh bien, restez... Vous êtes bien ennuyeux !

L'orgueil révolté tarit les pleurs dans les yeux du malheureux. « Il te sied bien, se dit-il, d'aimer encore ! Souviens-toi

le celles qui ont été par toi malheureuses et perdues! » Il se
emit et descendit au jardin. Sara cueillait des roses avec une
oie enfantine et en formait des bouquets qu'elle distribuait
ux dames de la société. M. de la Montette, voyant venir Ni-
olas, l'emmena dans une allée et lui parla avec une telle
ffabilité, qu'il semblait n'avoir conçu aucune idée de rivalité
ossible entre eux deux. Ils parlèrent longtemps de la jeune
lle; Nicolas ne put s'empêcher de la louer avec enthousiasme.
oute l'imagination de l'écrivain se déploya dans ce panégy-
ique; le cœur y joignait aussi tout le feu dont il brûlait
ncore. M. de la Montette, étonné, dit à Nicolas :

— Mais vous l'aimez donc ?

— Je l'adore! répondit celui-ci.

— Pourtant sa mère m'avait dit que vous n'aviez pour cette
nfant qu'une amitié toute paternelle... J'aurais pensé plutôt,
'après les âges, qu'un sentiment assez tendre pour Mme Lée-
nan, qui est belle encore...

— Moi!... s'écria Nicolas vivement offensé.

Et, regardant en face M. de la Montette, il se dit : « Mais
et homme a presque mon âge!... Quoi ! pour cinq ou six ans
e différence, il me croit incapable d'être son rival près d'une
eune fille! » Toutefois, il se contint, mais l'aigreur de la je-
ousie et de l'amour-propre blessé changea entièrement le ton
e sa conversation. Tout son ressentiment éclata dans ce qu'il
it de la mère. Il raconta les amours du jeune Delarbre, la
roposition de vingt mille francs faite par M. de Vesgon, et
ui avait failli être acceptée... Il fit plus : il trahit sa position,
es sacrifices qu'il avait faits, l'amour de Sara tant de fois juré,
es rendez-vous, les parties de spectacle, les lettres écrites...
Maintenant, s'écria-t-il enfin, je vois que j'ai été joué, trom-
é... comme vous allez l'être !

— Trompé! dit M. de la Montette, pourquoi donc? J'ai
e l'expérience, et j'avais compris tout cela.

— Quoi! vous souffririez qu'une mère vous vendît sa fille?

— Mais non, mon cher, je n'achète pas l'amour.

— Vous voyez donc qu'il vous faut renoncer à elle?

— Pourquoi donc?... si je lui plais mieux que tout autre!

Au moment où Nicolas, étourdi de cette réponse, allait ras-
sembler toutes ses forces pour une provocation, le visage frais
et souriant de la jeune fille apparaissait entre les arbres. Insou-
ciante et folâtre, ignorante surtout de ce qui venait de se dire,
elle apportait un paquet de roses dont elle fit deux parts qu'elle
leur offrit. Il faisait déjà sombre dans cette allée, et elle ne
put apercevoir la figure attristée de Nicolas. Ce dernier avait
senti tomber toute sa colère. Sara leur dit à tous les deux des
choses obligeantes, puis disparut comme pour les laisser aux
charmes d'un sérieux entretien de politique ou de philosophie.

— Écoutez, dit la Montette, je ne suis plus à l'âge de l'enthousiasme, et le vôtre m'étonne. Il paraît que cela se conserve plus longtemps chez les écrivains... Puisque vous aimez
cette jeune fille à ce point, je renoncerai à mes vœux... Cependant, si elle ne vous aimait pas, vous m'en avez *dit tant de
bien*, que je chercherais d'autant plus à lui plaire...

Un moment auparavant, Nicolas eût provoqué en duel la
Montette, et maintenant il se sentait ridicule; le sang-froid de
son rival l'avait vaincu. Avec cette terreur profonde de la vérité qui est le propre des amants trahis, il n'osa pousser plus
loin les choses; seulement, il prétexta des affaires qui l'obli-
geaient de retourner le soir même à Paris. On parut vivement
regretter son départ, et tout le monde sortit pour le reconduire
sur la route. Sara marchait près de la Montette avec la même
gaieté qu'auparavant; ce dernier lui dit :

— Mais prenez donc le bras de M. Nicolas.

Cette générosité était le coup le plus sensible pour un rival
malheureux. Nicolas tenta de cacher son chagrin, mais il ne
put s'empêcher de dire à Sara qu'il avait instruit M. de la
Montette des intentions de Mme Léeman et autres particularités
peu édifiantes. Alors, la jeune fille entra dans une grande colère.

— En vérité, monsieur, dit-elle, je suis fâchée de vous avoir

:onnn et d'avoir été affectueuse et bonne avec vous. De quel droit vous mêlez-vous de ce qui me concerne? de quel droit révélez-vous des secrets et déshonorez-vous ma mère?... Au reste, ajouta-t-elle en élevant la voix, je ne sais pourquoi nous allons ainsi ensemble. C'est sans doute pour faire croire que nos relations n'ont pas toujours été innocentes. Osez le dire, monsieur!

Nicolas ne voulut même pas répondre. Le rouge sur le front, la mort dans le cœur, il n'eut pas la force d'être généreux en venant en aide au mensonge de la jeune fille. Il salua gauchement la société, et ce ne fut qu'en poursuivant sa route qu'il exhala tour à tour ses plaintes et ses imprécations. Une seule pensée venait tempérer sa douleur, c'était de reconnaître que a Providence l'avait justement frappé.

XIV

LES MARIAGES DE NICOLAS

Les mariages de Nicolas sont les côtés tristes de sa vie ; c'est le revers obscur de cette médaille éclatante où rayonnaient tant de beautés au profil gracieux. L'hymen devait faire expier durement à Nicolas les faveurs si multipliées de l'amour, et, d'après son système d'une providence qui faisait succéder toujours l'expiation à la faute commise, il n'avait nulle raison de se plaindre des douleurs morales qui l'accablèrent jusqu'aux derniers jours de sa vie. Il trouva, du reste, quelque adoucissement à ses maux dans cette pensée que l'enfer existait déjà pour lui sur la terre, et que la mort le renverrait pur et suffisamment éprouvé dans le sein de l'âme universelle. Cette doctrine, longuement développée dans sa *Morale*, a l'inconvénient de n'empêcher personne de se livrer au mal, en bravant dans une heure d'enivrement les conséquences fatales qui ne doivent se manifester que plus tard. N'est-ce pas là une singulière appli-

7

cation de cet épicuréisme superstitieux que Cyrano, l'un des élèves de Gassendi, prêtait à Séjan, menacé du tonnerre :

Il ne tombe jamais en hiver sur la terre :
J'ai pour six mois encore à me rire des cieux,
Ensuite je ferai ma paix avec les dieux !

Le premier mariage de Nicolas eut lieu à l'époque de son premier séjour à Paris, dans des circonstances singulières. Il se promenait au Jardin des Plantes, relevant depuis peu d'une maladie que lui avait causée le triste dénoûment de son aventure avec Zéfire. Deux dames anglaises vinrent s'asseoir sur un banc où il se reposait. L'une d'elles s'appelait Machell, — c'était la tante de l'autre, nommée Henriette Kircher, — une ravissante figure encadrée d'admirables grappes de cheveux dorés s'échappant de dessous un large chapeau à la Paméla. La conversation s'engage. La tante parle d'un procès qui intéresse toute la fortune de la jeune personne, et qu'elles vont perdre, attendu leur qualité d'étrangères. Un seul moyen se présente pour éviter ce malheur : il faudrait qu'Henriette Kircher épousât un Français, et cela, dans les vingt-quatre heures, car le procès se juge le surlendemain; mais comment trouver en si peu de temps un parti convenable ? Nicolas, l'homme des impressions et des résolutions subites, se déclare amoureux fou de la jeune miss; celle-ci le trouve à son gré, et, le lendemain même, devant quatre témoins, domestique de l'ambassade anglaise, le mariage se célèbre tour à tour à la paroisse de Nicolas et à la chapelle anglicane. Le procès fut gagné. De ce moment, Nicolas vécut avec sa nouvelle famille, épris de plus en plus des charmes de l'Anglaise, qui paraissait l'adorer. Un lord nommé Taaf était l'unique visiteur reçu dans la maison. Il avait de longs entretiens avec la tante, et paraissait contrarié des marques d'affection que se donnaient les époux.

Un matin, Nicolas se réveille; il s'étonne de ne plus trouver sa femme auprès de lui, il l'appelle, il se lève; l'appartement est en désordre, les armoires sont ouvertes, tout est vide, ses

labits même ont disparu. Voici la lettre qu'il trouve sur une
table :

« Cher époux, on m'enlève à ta tendresse. On me livre à ce
ord que tu as vu... Mais sois sûr que, si je puis m'échapper,
e reviendrai dans tes bras.

> » Ta tendre épouse, HENRIETTE. »

Il serait difficile de peindre la honte et le désespoir de Nicolas. On lui avait enlevé une forte somme qu'il avait en dépôt. Sa seule consolation fut de voir déclarer plus tard la nul-
ité de son mariage, attendu que, comme catholique, il n'avait
ou épouser légalement une protestante. Sa vengeance fut d'é-
crire, avec les éléments de cette aventure, une comédie intitu-
ée *la Prévention nationale*.

Nous avons vu qu'il ne fut pas moins dupe dans son mariage avec Agnès Lebègue. Malheureusement, il le fut plus
ongtemps. Bien qu'il n'eût pas conservé d'illusions sur le caractère et la conduite de sa femme, il vécut quelque temps
avec elle en assez bon accord, lui passant philosophiquement
quelques faiblesses, — dont il se vengeait en courtisant les
imies d'Agnès Lebègue ou les épouses de ses galants. Le cynisme de ces aveux indique une dépravation morale toute sys-
tématique. Un épisode extraordinaire des premières années
le son mariage pourrait bien avoir inspiré à Gœthe l'idée de
son roman des *Affinités électives*, dans lequel on trouve établi
une sorte de *chassé croisé* d'affections entre deux ménages mal
assortis, qui, s'isolant du monde, conviennent de réparer l'erreur de leur situation légale. Il est curieux, dans tous les cas,
le voir le poëte du panthéisme se rencontrer, dans cet immense paradoxe, avec un écrivain auquel il n'a manqué que le
génie pour élucider des inspirations où se trouvent tous les
éléments de la doctrine hégélienne.

Pour clore tout ce qui se rapporte à la vie amoureuse de
Nicolas, il est bon de parler de son dernier mariage, accompli

à soixante ans. — C'est par là que se termine cette longue série de pièces en trois et en cinq actes qu'il a intitulée *le
Drame de la Vie*. — Nicolas, fatigué des scènes révolutionnaires qui se sont déroulées à Paris sous ses yeux, — par un
beau jour de l'automne de 1794, retourne à Courgis, — ce village où il a passé ses premières années, où il a appris le latin
chez son frère le curé, où il a servi la messe, où il a aimé
Jeannette Rousseau. L'église est vide et dévastée; mais ce
n'est pas là ce qui le frappe : peu sympathique aux idées ré-
publicaines, il leur a pourtant emprunté la haine du principe
chrétien, — ou plutôt il l'a toujours eue. Il se promène rêvant
amèrement aux jours perdus de son printemps. Il pense à Jeannette Rousseau, la seule des femmes qu'il a aimées à laquelle
il n'a jamais osé dire un mot. « C'était là le bonheur peut-être !
Épouser Jeannette, passer sa vie à Courgis, en brave laboureur,
n'avoir point eu d'aventures, et n'avoir pas fait de romans,
telle pouvait être ma vie, telle avait été celle de mon père...
Mais qu'a pu devenir Jeannette Rousseau ? qui a-t-elle épousé ?
est-elle vivante encore ? »

Il s'informe, dans le village... Elle existe; elle est toujours
restée fille. Sa vie s'est écoulée d'abord dans le travail des
champs, puis à faire l'éducation des jeunes filles dans les châteaux voisins; heureuse ainsi, elle a refusé plusieurs mariages... Nicolas se dirige vers la maison du notaire; une vieille
fille est à la porte: c'est Jeannette; c'est bien cette figure de Minerve, à l'œil noir, souriant à travers les rides; sa taille, quoique légèrement courbée, a conservé la finesse et l'élégance
flexible qu'on admirait jadis. Quant à lui-même, il a toujours
l'expression tendre du regard se jouant au-dessus des pom-
mettes saillantes de ses joues, sa bouche gracieusement découpée, fraîche encore, empreinte de sensualisme, — comme
l'avait indiqué Lavater d'après son portrait de 1788, — et ce
nez busqué des Restif, qui l'avait fait à Paris surnommer *le
hibou;* au delà de ces sourcils bruns, épais et arqués, se dessine
un front osseux, vaste, mais rejeté en arrière, qu'agrandit la

)erte des cheveux supérieurs. Ce n'est plus le charmant petit
1omme d'autrefois, comme disaient ses amoureuses ; mais le
emps a respecté, en apparence au moins, dix ans de sa vie.

— Me reconnaissez-vous, dit-il, mademoiselle..., à soixante
ans ?

— Monsieur, dit Jeannette, je vous nommerais bien ;... mais
nes yeux ne vous auraient pas reconnu, car vous étiez enfant
orsque j'avais dix-neuf ans ; j'en ai aujourd'hui soixante-
rois.

— Je suis ce petit Nicolas Restif, l'enfant de chœur du curé
le Courgis...

Et les deux vieilles gens s'embrassèrent en versant des
armes.

Ce fut une effusion pleine de charme et de tristesse. Nicolas
racontait avec une mémoire soudainement ravivée son amour
rop discret, ses pleurs d'enfant, et ce souvenir immortel qui le
uivait au milieu de ses plus grands égarements, image virgi-
1ale et pure, impuissante, hélas ! à le préserver, fuyant tou-
ours, comme Eurydice, que le destin arrache au bras du poëte
)arjure !... Il songeait avec amertume que le sort l'avait juste-
nent puni d'avoir oublié son premier amour pour une passion
1dultère, — pour cette vertueuse et charmante Mme Parangon,
lont le mari s'était vengé en lui faisant épouser Agnès Lebègue,
jui, pendant quarante ans, l'avait abreuvé de chagrins. — La
éciprocité ! la réciprocité, cette doctrine fatale sortie du cerveau du sophiste, lui avait été appliquée bien durement, et cet
1omme, qui n'avait cru qu'au vieux destin des Grecs, se voyait
obligé de confesser la Providence !

— Oh ! n'importe ! il est temps encore, reprit-il ; je suis libre
1ujourd'hui, je sais que vous l'êtes restée ;... vous étiez l'é-
)ouse que la nature me destinait : quoique tard, voulez-vous la
levenir ?

Jeannette avait lu, dans un château où elle était gouver-
1ante, plusieurs des écrits de Restif ; elle savait qu'il avait
oujours pensé à elle. Ces pages éperdues d'admiration et de

7.

regret, qui se retrouvent, en effet, dans tous les livres de l'écrivain, — elle les avait amèrement méditées.

— Je crois, dit-elle enfin, que vous étiez réellement le seul époux que le ciel m'eût destiné; aussi je n'en ai pas voulu d'autre. Puisque nous ne pouvons plus nous marier pour être heureux, épousons-nous pour mourir ensemble[1].

Si l'on en croit l'auteur lui-même, qui a répété dans trois ouvrages différents la scène que nous venons de décrire, le mariage se serait accompli devant un curé, et en secret, à cause de l'époque, — ce qui indiquerait, ou une exigence de sa dernière épouse, ou un retour tardif aux idées chrétiennes.

XV

LE PREMIER ROMAN DE RESTIF

L'intérêt des mémoires, des confessions, des autobiographies, des voyages même, tient à ce que la vie de chaque homme devient ainsi un miroir où chacun peut s'étudier, dans une partie du moins de ses qualités ou de ses défauts. C'est pourquoi, dans ce cas, la personnalité n'a rien de choquant, pourvu que l'écrivain ne se drape pas plus qu'il ne convient dans le manteau de la gloire ou dans les haillons du vice. Chez saint Augustin, la confession est sincère. Elle ressemble à celle que les anciens chrétiens faisaient à la porte d'une église devant leurs frères assemblés, pour obtenir l'absolution de certaines fautes qui leur fermaient l'entrée du saint lieu. Chez le bon Laurent Sterne, cela devient une sorte de confidence bienveillante et presque ironique, qui semble dire au lecteur : « Vaux-tu mieux que moi? » Rousseau mêle ces deux sentiments si distincts, il les a fondus avec la flamme de la passion

---

1. *Le Drame de la Vie*, 5ᵉ volume, page 1251. (L'auteur suivait la pagination dans tous les volumes du même ouvrage.)

du génie; mais, s'il s'est abaissé en public par des confi-
ences qui n'appartenaient qu'à l'oreille de Dieu, s'il a ré-
andu, d'un autre côté, des flots d'ironie destructive sur ceux
ui se jugeaient meilleurs que lui-même, il voulait du moins
srvir la vérité, il croyait attaquer des vices, et ne s'apercevait
as que l'humaine nature s'appuierait de son exemple pour
xcuser de mauvaises inclinations, sans accepter, en revanche,
s remords, les privations, les tortures morales qu'il s'impo-
ait pour les expier. On peut dire surtout que Rousseau, s'il
présenté dans ses *Confessions* des tableaux séduisants, n'a
imais eu l'intention d'outrager les mœurs. Il écrivait dans une
poque dépravée et pour une société privilégiée à laquelle l'é-
isode des demoiselles Galley, celui de la courtisane de Ve-
ise et sa liaison avec Mme de Warens n'offraient même qu'un
agoût bien fade et bien faiblement épicé. Il emmiellait parfois
'un peu de cynisme les bords du vase qu'il croyait avoir rem-
li d'une généreuse boisson. Quant à Restif, son concurrent
ustique et vulgaire, comment chercherions-nous à l'excuser?
e n'était pas aux belles dames, aux grands seigneurs blasés,
ux financiers, aux gens de robe, aux coquettes que s'adres-
aient ses livres; c'était à ces classes bourgeoises qui, bien
u'étant encore du peuple, en différaient de plus en plus par
éducation et par l'oubli progressif de ce qu'on appelait alors
es préjugés. Si Rousseau disait quelquefois : « Jeune homme,
rends et lis! » d'autres fois, il s'écriait en tête d'un ouvrage
ui aujourd'hui passe pour fort peu dangereux : « Toute
eune fille qui lira ce livre est perdue! » La misère et l'or-
ueil ont empêché Restif d'en faire autant.

Ses livres s'adressaient sous toutes les formes à quiconque
avait lire. Les titres excitaient l'attention de tous; des gra-
ures nombreuses, attrayantes dans leur médiocrité même,
éduisaient les regards de la foule. Le roman moderne, dans
es combinaisons les plus violentes, n'offre rien de supérieur à
es images d'enlèvement, de viol, de suicide, de duel, d'orgie
octurne, de scènes contrastées, où la vie crapuleuse des

halles mêle ses exhalaisons malsaines aux parfums enivrants
des boudoirs. Par exemple, voici le vieux pont Neuf vu de
nuit, et, plus haut, la Samaritaine; des voleurs, cachés sous
l'arche Marion, évitent la clarté de la lune; un fiacre s'est arrêté sur le pont; une femme qui en sort est précipitée dans
l'eau noire; un gentilhomme se penche sur le parapet, un autre
s'élance de la portière ouverte. — Qui n'a vu partout cette
gravure? Qui ne s'est demandé : « Que signifie cela? » En faut-
il plus pour le succès? Les romans de Restif n'ont pas dû leur
vogue à ces seuls moyens, dont ses contemporains, d'ailleurs,
ne se faisaient point faute. Il peignait souvent avec feu, quelquefois avec grâce et avec esprit, les mœurs des classes bourgeoises et populaires. Le peu qu'il savait du monde lui venait
de ses fréquentations avec Beaumarchais, La Reynière et la
comtesse de Beauharnais, puis encore de certains salons mixtes
entre la robe et la noblesse, où il fut reçu quelquefois par
curiosité; mais ce sont les mœurs des classes bourgeoises et
populaires que peignent principalement ses romans, ses nouvelles, et ses longues séries de contes connus sous le titre des
Contemporaines, des *Parisiennes*, des *Provinciales*, qui firent
les délices de la province et de l'étranger longtemps après que
Paris les eut oubliés.

Nous avons jusqu'ici séparé, pour ainsi dire, dans Restif,
l'écrivain de l'homme. Il nous reste à montrer cette étrange
nature sous un dernier aspect, à raconter cette vie littéraire
qui, dans ses écarts et ses bizarreries, reflète le cynisme du
xviiie siècle et présage les excentricités du xixe. Ce qu'on connaît de l'homme nous aidera, d'ailleurs, à mieux apprécier le
procédé du conteur. On s'assurera sans peine que tous les romans que Restif a écrits ne sont, avec quelques modifications
et les noms changés, que des versions diverses des aventures
de sa vie. À l'en croire, toutes ces héroïnes auraient été ses
maîtresses; le nombre même en est tel, qu'il en a composé un
calendrier, et que les trois cent soixante-cinq notices consacrées aux principales remplissent tout un volume. Quelle fa-

lté d'attraction avait donc cet homme, qui s'est représenté
i-même comme la nature la plus fortement *électrisée* de son
ècle ! Nous devons croire qu'il s'est mêlé, dans les dernières
nnées de sa vie, beaucoup d'infatuation et quelque peu d'é-
tisme maniaque à ces énumérations : préoccupé du nombre
s bonnes fortunes de sa jeunesse, il croyait rencontrer parut quelqu'un de ses rejetons. De postérité légale, il n'eut
e les enfants d'Agnès Lebègue : deux filles, dont l'existence
vint un long sujet de procès, avec sa femme d'abord, et en-
ite avec son gendre, nommé Auger, qui paraît avoir été la
use des plus grands chagrins de sa vieillesse.

Ce sont tour à tour les *Mémoires de M. Nicolas*, le *Drame*
la *Vie* et les *Nuits de Paris* qui révèleront, sous toutes ses
ces, la vie littéraire de Restif. Lui-même nous apprend
mment il fut conduit à écrire son premier roman.

Le mariage de Restif avec Agnès Lebègue n'avait pas été
ureux, comme on sait. Après plusieurs infidélités récipro-
es, ils convinrent cependant de supporter de leur mieux la
e commune. Le travail assidu d'un simple ouvrier ne pou-
it suffire aux habitudes de dissipation d'une femme coquette.
estif, découragé, travaillait peu à l'imprimerie royale, où il
nait d'entrer, et se laissait souvent surprendre à lire en ca-
ette les chefs-d'œuvre des beaux esprits du temps ; il arri-
it alors que le directeur, Anisson Duperron, lui rabattait
e demi-journée de vingt-cinq sous. Sa misère et son avilisse-
ent devinrent tels, que, sans la crainte de déshonorer son
ère, il aurait, il l'avoue, pris quelque parti *vil* et *bas*. Cette
tte intérieure, qui rappelait sans cesse à sa pensée les vertus
'Edme Restif, que, dans son pays, on avait surnommé l'hon-
ête homme, lui fit dès lors concevoir l'idée d'écrire le livre
ntitulé la *Vie de mon père*, qui parut quelques années plus
rd, et qui est peut-être le seul irréprochable de ses écrits.

Cependant, pour écrire une œuvre de longue haleine, il
llait plus de force morale et plus de loisir que Restif n'en
vait alors. Une veine plus favorable s'ouvrit pour lui en

1764; un de ses amis lui fit avoir la place de prote chez Guil-
lau, rue du Fouarre. C'était une affaire de dix-huit livres par
semaine, outre une *copie* de tous les ouvrages, ce qui valait
trois cents livres en plus. Cette bonne chance dura trois années. Le goût du travail revint avec une telle amélioration
dans l'existence, et ce fut grâce aux loisirs de cette position
que Restif écrivit son premier ouvrage, *la Famille vertueuse.*
Avec une franchise que n'ont pas tous les écrivains, il avoue
qu'il n'a jamais rien pu imaginer, que ses romans n'ont jamais été, selon lui, que la mise en œuvre d'événements qui
lui étaient arrivés personnellement, ou qu'il avait entendu
raconter; c'est ce qu'il appelait la *base* de son récit. Lorsqu'il manquait de sujets, ou qu'il se trouvait embarrassé pour
quelque épisode, il se créait à lui-même une aventure romanesque, dont les diverses péripéties, amenées par les circonstances, lui fournissaient ensuite des ressorts plus ou moins
heureux. On ne peut pousser plus loin le *réalisme* littéraire.

Ainsi, passant un dimanche par la rue Contrescarpe, Restif
remarque une dame accompagnée de ses deux filles qui se
rendait au Palais-Royal. La beauté de l'une de ces personnes
le frappe d'admiration; il s'attache aux pas de cette famille,
et se fait remarquer à la promenade en s'asseyant sur le même
banc, et par divers moyens analogues. Il suit les dames à leur
retour; elles demeurent rue Traversière, dans un magasin de
soierie. A partir de ce jour, Restif vient tous les soirs admirer
à travers le vitrage la belle Rose Bourgeois, comme il faisait
autrefois pour Zéfire. Le souvenir chéri de cette pauvre fille
lui donne l'idée d'écrire des lettres amoureuses qu'il glissera
par un trou de boulon dans la boutique. Les jours suivants,
il parvient à en introduire une tous les soirs, et, après avoir
fait le coup, il repasse indifféremment; le père et la mère sont
en possession de la lettre, que l'on lit à haute voix comme une
plaisanterie, d'autant qu'on ne sait à laquelle des deux sœurs
s'adresse la déclaration. Cela dure douze jours; une telle in-
sistance paraît plus sérieuse; on poursuit en vain le coupable.

fin, un soir, les voisins le signalent; on l'arrête, et les gar-
ns de boutique se disposent à le conduire chez le commis-
re. La rue était pleine de monde. Le père, craignant le
ndale, fait entrer Restif dans l'arrière-boutique.

— Il ne faut pas lui faire de mal! disaient les deux sœurs.
On ferme la porte.

— Vous avez écrit ces lettres? dit le père. A laquelle de mes
es?...

— A l'aînée.

— Il fallait donc le dire... Et maintenant, de quel droit
erchez-vous à troubler le cœur d'une jeune personne et
ème de deux?

— Je l'ignore; un sentiment impérieux...

Il se défend avec chaleur, le père s'attendrit et dit enfin :

— Il y a de l'âme dans vos lettres... Faites-vous connaître;
ez parti de vos talents, et nous verrons.

Restif n'osa pas dire qu'il était marié, et garda cette scène
effet pour son roman, où il employa consciencieusement les
ttres écrites à deux fins, la jalousie innocente des deux sœurs,
rrestation, la scène du père, dont il fait un Anglais, parce
l'alors Richardson était en vogue; il y ajouta quelques épi-
des de ses propres aventures, et renforça le tout d'un carac-
re de jésuite qui, devenu père d'une fille, la marie en
lifornie, « pays, dit l'auteur, où l'on est plus ou moins aussi
upide qu'au Paraguay. » Le manuscrit fini, Restif voulut
nsulter un *aristarque*. Il choisit un certain Progrès, roman-
er et critique dont le chef-d'œuvre était la *Poétique de l'o-
ra bouffon. Progrès lui fit couper la moitié du livre. Il fallait
icore demander un censeur; on pouvait le choisir. Restif
tint M. Albaret, qui lui donna une approbation flatteuse.
Cette approbation, dit Restif m'éleva l'âme. » Il se hâta de
nvoyer à M. Bourgeois, le marchand de soieries, en le priant
: lui permettre de dédier l'ouvrage à Mlle Rose; le marchand
pondit en déclinant cet honneur dans une lettre fort polie.
Comment, dit l'auteur, pouvais-je alors imaginer qu'il me

serait permis de dédier un roman à une jeune personne aussi belle et d'une classe de citoyens qui doit rester dans une honorable obscurité!... » L'ouvrage fut vendu à la veuve Duchesne quinze livres la feuille, ce qui fit plus de sept cents francs. Jamais Restif n'avait eu dans les mains une si forte somme. Il quitta dès lors fort imprudemment sa place de prote : l'axe de sa vie était changé désormais.

Quant à Rose Bourgeois, il ne la revit plus; mais il aurait manqué quelque chose à l'aventure, si le hasard n'y avait ajouté un dernier élément romanesque pour couronner ceux que la volonté de Restif avait créés. Les deux sœurs étaient petites filles d'une nommée Rose Pombelins dont le père de Restif avait été amoureux. Supposez ce père moins vertueux qu'il ne l'était en réalité, et voilà tout un drame de famille d'où peut sortir un dénoûment terrible... En fait de combinaisons étranges, on n'en demanderait pas plus, même aujourd'hui.

XVI

LES ROMANS PHILOSOPHIQUES DE RESTIF

La vie littéraire de Restif ne commence réellement qu'en 1766. Nous avons vu que sa jeunesse s'était partagée entre l'amour et le travail peu lucratif d'ouvrier compositeur. En commençant à raconter dans ses *Mémoires* la phase nouvelle qui s'ouvrait dans son existence, il s'écrie : « Je termine ici l'époque honteuse de ma vie, celle de ma nullité, de ma misère et de mon avilissement. » Il attribue le peu de succès de *la Famille vertueuse* à l'audace de l'orthographe, entièrement conforme à la prononciation et réglée par un système qu'il modifia plusieurs fois depuis.

Lucile ou les Progrès de la vertu, qui parut peu de temps après, est le récit des escapades de Mlle Cadette Forterre, fille d'un commissionnaire en vins et l'une des plus charmantes Auxerroises dont Nicolas ait jamais rêvé. Il signa ce livre *un*

usquetaire, et voulut le délier à Mlle Hus de la Comédie-
nçaise, qui refusa cet honneur par une lettre fort polie, où
e marquait la crainte que la légèreté du livre ne nuisît à sa
)utation. Peut-être Restif espéra-t-il alors, mais en vain,
tre admis à cette fameuse table du financier Bouret, ouverte
a littérature par le goût et la bonne grâce de Mlle Hus, et
it Diderot a donné une si piquante description dans *le Neveu
Rameau.*

Le Pied de Fanchette contient cette préface curieuse : « Si
n'avais eu pour but que de plaire, le tissu de cet ouvrage
ait été différent. Fanchette, sa bonne, un oncle et son fils,
c un hypocrite, suffisaient pour l'intrigue ; le premier amant
Fanchette se fût trouvé fils de cet oncle, la marche aurait
plus naturelle et le dénoûment plus vif ; mais il fallait dire
vérité. » Ce roman n'est autre chose qu'une jolie femme
iée par un vieillard que la séduction d'un pied, le plus
irmant du monde, entraîne aux plus vertes folies. On re-
uve dans l'ouvrage et dans les notes qui l'accompagnent
té préoccupation constante du pied et de la chaussure des
imes qu'on remarque dans tous les écrits de l'auteur. Cette
nomanie ne l'a pas abandonné un seul jour. Dès qu'il avait
uvé un joli pied dans ses promenades, il s'empressait d'aller
rcher Binet. son dessinateur, afin qu'il en vînt prendre le
)quis. Selon lui, « les femmes qui se chaussent à plat, comme
infâmes petits-maîtres *pointus*, se *pataudent* et s'*hommas-
t* d'une manière horripilante, tandis qu'au contraire les sou-
rs à talons hauts *affinent* la jambe et *sylphisent* tout le
ps. » Les mots bizarres, quoique expressifs, qui émaillent
te phrase, donnent une idée de la singulière phraséologie
i se joint aux hardiesses de l'orthographe pour rendre dif-
le la lecture des premiers ouvrages de Restif. Toutefois, *le
ed de Fanchette* commença sa réputation. Il y a de l'origi-
lité et même du style dans ce roman, qui lui rapporta fort
u, à cause du grand nombre des coutrefaçons, c'est-à-dire à
ise même de son succès.

Le Pornographe, qui succéda au *Pied de Fanchette*, se compose d'un roman par léttres destiné à prouver l'utilité d'un
réforme de certains règlements de police, et d'un projet d
règlement appuyé d'appendices et de notes justificatives. L'au
teur admet comme nécessaire que, dans les grands centres d
population, quelques femmes soient dévoués à garantir et
préserver la moralité des autres. Dans l'Inde, c'étaient le
femmes des castes inférieures ; en Grèce, c'étaient les escla
ves auxquelles était assigné ce but social. L'âge moderne trou
verait des classifications analogues dans l'étude des tempéra
ments ou dans le malheur inné de certaines positions. — Que
que chose de la doctrine de Fourier se rencontre à l'avanc
dans cette hypothèse ; — la *papillonne* est, selon Restif, la l
dominante de certaines organisations. Il s'opère, toutefois, dan
ces natures abaissées des transformations amenées par l'âge o
par les idées morales, ou encore par quelque sentiment im
prévu qui épure l'esprit et le cœur. Dans ce cas, tout aid
tout encouragement doivent être donnés à qui veut rentr
dans l'ordre général, dans la société régulière. La tendanc
principale qui devait régner dans l'institution particulière d
parthénions — que Restif voudrait créer, à l'instar des Grecs —
serait même d'amener les esprits à ce résultat. Restif suppos
que les natures les plus vicieuses ne se dégradent entièremer
qu'en raison du mépris qui pèse sur leur passé, et d'après un
situation résultant du malheur de la naissance, des consé
quences d'une seule faute, ou d'une complication de misère
qu'il est difficile d'apprécier. Le plus grand mérite des règle
ments qu'il avait conçus était de soustraire, disait-il, les jeune
aux tentations extérieures, d'éloigner des familles le spectacl
du vice promenant insolemment son luxe d'un jour, de neu
traliser enfin pour l'homme un instant égaré la possibilité d
maux dont les races sont solidaires.

Cet ouvrage est un succès européen, et les idées qu'il ren
ferme frappèrent vivement l'esprit philosophique de Joseph II
qui appliqua dans ses États les projets de règlements contenu

dans la seconde partie du livre[1]. *Le Pornographe* fut suivi de plusieurs ouvrages du même genre, que l'auteur range sous le titre d'*Idées singulières*. Le second volume s'intitule *le Mimographe ou le Théâtre réformé*. Restif insiste dans ce livre sur la nécessité d'admettre la vérité absolue au théâtre, et de renoncer au système conventionnel de la tragédie et de la comédie, dont les règles académiques ont opprimé même des génies tels que Corneille et Molière. On croirait lire les préfaces de Diderot et de Beaumarchais, — qui, plus heureux ou plus habiles, parvinrent à réaliser leurs théories, — tandis que le théâtre de Restif fut toujours repoussé de la scène. On se convaincra de l'excès de réalité qu'il voulait introduire en sachant qu'il proposait, pour augmenter l'utilité, la moralité et la volupté du théâtre, de faire jouer les scènes d'amour par de véritables amants, la veille de leur mariage.

Jusqu'à son livre du *Paysan perverti*, Restif n'avait presque rien gagné en dehors de son travail d'imprimeur, qui représentait pour lui le gagne-pain, comme les copies de musique pour Jean-Jacques Rousseau. Les libraires payaient rarement leurs billets, la contrefaçon réduisait de beaucoup les bénéfices possibles, et les censeurs arrêtaient souvent des ouvrages tout imprimés, ou les grevaient de frais énormes en faisant substituer des cartons aux passages dangereux. « Au 18 auguste 1790, dit l'auteur, j'étais encore plus pauvre que pendant ma *proterie*. Je mangeais rapidement le profit de ma *Famille vertueuse*; mon *École de la Jeunesse* était refusée par le libraire, mon *Pornographe* par le censeur... Cependant, je ne me décourageai pas. Je fis *Lucile* en cinq jours. Je ne pus la vendre que trois louis à un libraire, qui en tira quinze cents exemplaires au lieu de mille, et qui communiqua les épreuves aux contrefacteurs. Cet homme, suppôt de police, a fait une for-

---

1. Quelques années plus tard, Restif, arrivé à une plus grande réputation, reçut de la part de Joseph II un brevet de baron enfermé dans une tabatière ornée d'un portrait de l'empereur. Il renvoya le brevet, et garda l'image du souverain philosophe.

tune; il est mort au moment d'en jouir. » On voit, par ce passage, à quel point en était alors la librairie française. *Le Pornographe* et *le Mimographe* avaient rapporté peu de chose à
Restif, par suite d'un système d'association peu productif que
l'écrivain tenta avec un ouvrier qui lui avançait quelques fonds.
La Fille naturelle et les *Lettres d'une fille à son père*, pu-
bliées par Lejay, n'avaient guère eu de plus brillants résultats.
Un roman imité de Quévédo, intitulé *le Fin Matois*, avait été
payé en billets dépourvus de toute valeur. On voit dans ce roman Restif osciller entre les diverses tendances étrangères qui
dominaient les écrivains de son temps, avant de prendre son
aplomb définitif dans *le Paysan perverti*.

Restif, ayant reçu quelque argent de son héritage paternel,
put faire les frais du *Paysan perverti*, que le libraire Delalain
avait refusé d'acheter. La première édition fut enlevée en six
semaines, et la deuxième en vingt jours. La troisième se ven-
dit plus lentement à cause des contrefaçons; mais le succès
hors de France fut tel, qu'il s'en publia jusqu'à quarante-deux
éditions en Angleterre seulement. La peinture des mœurs françaises a, de tout temps, intéressé les étrangers plus que la
France même. L'ouvrage fut d'abord attribué à Diderod, ce qui
fit naître une foule de réclamations. On suspendit la vente;
cependant, au moyen d'un présent au censeur Demaroles,
Restif obtint mainlevée, sous la condition de faire imprimer
quelques cartons aux endroits signalés comme dangereux.

La Paysanne pervertie parut trois ans après *le Paysan*, puis
les deux ouvrages furent fondus ensemble sous le titre du *Paysan-Paysanne.* Ici se développent nettement les idées du réformateur mêlées aux combinaisons dramatiques du romancier.
Il faut bien, à ce propos, parler du système général de philosophie et de morale qu'avait conçu l'auteur, et qu'il développa plus tard dans quelques livres spéciaux. Il en attribue
la conception première aux entretiens qu'il eut, du temps de
son apprentissage, avec le cordelier Gaudet d'Arras. La
science de ce dernier suppléait à ce qui manquait de ce côté

aux pensées aventureuses du jeune homme, et le système se
formait ainsi, comme l'antique Chimère, de deux natures bizarrement accouplées.

Il semble évident, d'après la vie de Restif de la Bretonne,
qu'il suivait dans ses idées philosophiques une sorte de patron
tracé, que brodait à plaisir son imagination fantasque. La logique de son système manque entièrement dans sa conduite
personnelle, et il ne peut que s'écrier à chaque instant : « Ah !
que je me suis trompé ! ah ! que j'ai été faible ! ah ! que j'ai
été lâche ! » Voilà le réformateur. — Pour Gaudet d'Arras,
dont il a longuement détaillé le type dans *le Paysan perverti*, il n'y a ni vertu, ni vice, ni lâcheté, ni faiblesse. Tout
ce que fait l'homme est bien, en tant qu'il agit selon son intérêt ou son plaisir, et ne s'expose ni à la vengeance des lois ni
à celle des hommes. Si le mal se produit ensuite, c'est la faute
de la société qui ne l'a pas prévu. Cependant, Gaudet d'Arras
n'est pas cruel, il est même affectueux pour ceux qu'il aime,
parce qu'il a besoin de compagnie ; sensible aux maux d'autrui
par suite d'une espèce de crispation nerveuse que lui fait
éprouver le spectacle de la souffrance ; mais il pourrait être
dur, égoïste, insensible, qu'il ne s'en estimerait pas moins, et
n'y verrait qu'un hasard de son organisation, ou plutôt qu'un
but mystérieux de cette immortelle nature qui a fait le vautour et la colombe, le loup et la brebis, la mouche et l'araignée. Rien n'est bien, rien n'est mal, mais tout n'est pas indifférent. Le vautour débarrasse la terre des chairs putréfiées,
le loup empêche la multiplication de races innombrables d'a-
nimaux rongeurs, l'araignée réduit le nombre des insectes nuisibles ; tout est ainsi : le fumier infect est un engrais, les poi-
sons sont des médicaments... L'homme, qui a le gouvernement
de la terre, doit savoir régler les rapports des êtres et des
choses relativement à son intérêt et à celui de sa race. Là,
et non dans les religions ou les formes de gouvernement, se
trouve le principe des générations futures. Avec une bonne organisation sociale, on se passera fort bien de la vertu : — la

bienfaisance et la pitié seront l'affaire des magistrats; — avec
une philosophie solide, on annulera de même les peines morales, lesquelles sont le résultat, soit de l'éducation religieuse,
soit des lectures romanesques.

Rien n'est bien neuf aujourd'hui dans cette doctrine de
1750, qui remonte aux illustres épicuriens du siècle de
Louis XIV directement, et que l'on retrouve tout entière dans
le *Système de la Nature*. Nous n'avons voulu que marquer la
base sur laquelle s'est fondé tout le système de l'auteur du
Pornographe. Quant à lui-même, il n'a accepté que sous bénéfice d'inventaire les idées de Gaudet d'Arras. Ce matérialisme absolu lui répugnait, et il s'applaudit d'avoir trouvé
dans un autre ami, son camarade d'imprimerie, le bon Loiseau, un caractère tout spiritualiste à opposer aux sentiments
épicuriens du cordelier. Toutefois, entre Gaudet et Loiseau,
il y avait une moyenne à prendre. Loiseau, quoique philosophe, croyait au Dieu rémunérateur, et même à des anges ou
esprits, *acolytes divins*, dont le célèbre Dupont (de Nemours)
a voulu depuis prouver l'existence, en dehors de toute tradition religieuse. L'aridité du naturalisme primitif se trouvait
ainsi corrigée par certaines tendances mystiques où tombèrent
plus tard Pernetty, d'Argens, Delille de Salles, d'Espréménil
et Saint-Martin. Si étranges que puissent sembler aujourd'hui
ces variations de l'esprit philosophique, elles suivent exactement la même marche que dans l'antiquité romaine, où le
néoplatonisme d'Alexandrie succéda à l'école des épicuriens et
des stoïciens du siècle d'Auguste.

Quelque faible que puisse être la valeur des idées philosophiques de *M. Nicolas*, il était impossible de ne pas les indiquer dans l'appréciation de ses œuvres littéraires; car Restif
est de ces auteurs qui n'écrivent pas une ligne, vers ou prose,
roman ou drame, sans la nouer par quelque fil à la synthèse
universelle. La prétention à l'analyse des caractères et à la critique des mœurs s'était manifestée déjà dans les trois ou quatre
romans obscurs qui précédèrent *le Pornographe;* à dater de

livre, les tendances réformatrices se multiplièrent chez l'au-
ur, grâce au succès qu'il avait obtenu ; après *le Mimographe*,
ici encore *l'Anthropographe* et *le Gynographe*, l'homme et la
mme réformés, puis *le Thesmographe* .et *le Glossographe*,
ncernant les lois et la langue. Les deux premiers s'éloignent
u des idées de Rousseau. A l'exemple du philosophe de Ge-
ve, Restif ne voit d'autre remède à la corruption que le sé-
ur des champs et les travaux de l'agriculture ; toutefois, il
abstient de blâmer les spectacles et les arts. Mais où est le
érite de la philosophie, si elle ne trouve d'autre moyen de
oralisation sociale que l'anéantissement des villes ? Faut-il
onc supprimer les merveilles de l'industrie, des arts et des
iences, et borner le rôle de l'homme à produire et à con-
ommer les fruits de la terre ? Il vaudrait mieux, sans doute,
iercher à établir des principes de morale pour tous les états
t pour toutes les situations.

XVII

LES ŒUVRES CONFIDENTIELLES DE RESTIF

A côté des romans à prétention philosophique viennent sans
esse se placer dans la collection de Restif d'autres romans
ue nous avons déjà caractérisés, et qui ne sont que des cha-
itres d'une même confession : on pourrait appeler ces récits
es *œuvres confidentielles* de Restif. C'est à ce groupe qu'ap-
artient le livre appelé les *Mémoires de M. Nicolas*, où il ra-
onte sa vie étrange sans détours et sans voiles ; c'est à ce
roupe aussi qu'il faut rattacher quelques parties d'un recueil
olumineux de récits et d'esquisses de mœurs, *les Contempo-
aines*.

Les *Mémoires de M. Nicolas*, c'est-à-dire la vie même de
'auteur, offrent à peu près tous les éléments du sujet déjà
raité dans *le Paysan perverti*. L'analyse du roman, fera

connaître les *Mémoires*. Dans le roman, il s'est représenté
lui-même sous le nom d'Edmond, et ses aventures d'Auxerre
en forment la première partie : on voit qu'il n'y a pas là de
grands frais d'imagination; l'art se montre dans l'agence-
ment des détails et dans la peinture des caractères. Celui
de Gaudet d'Arras est surtout fort saisissant et peut compter
comme le prototype de ces personnages sombres qui planent
sur une action romanesque et en dirigent fatalement les fils.
On a beaucoup abusé depuis de ces héros sataniques et railleurs; mais Restif a l'avantage d'avoir peint un type véritable,
compensé bien tristement par le malheur de l'avoir connu. À
voir ainsi la réalité servir à la fable du drame, on pense à ces
groupes que certains statuaires composent avec des figures qni
ne sont pas le produit de l'étude ou de l'imagination, mais qui
ont été moulées sur nature. D'après ce procédé, nous voyons
aussi paraître le type adorable de Mme Parangon; puis, en opposition, celui de Zéfire. Il est inutile de répéter toute cette
histoire; mais on peut remarquer que Mme Parangon et Gaudet d'Arras se rencontrent à Paris avec l'auteur, comme son
bon et son mauvais génie. C'est cette portion qui constitue en
réalité la force et le mérite de ce livre, qui autrement ne serait
qu'une ébanche de mémoires personnels. Gaudet d'Arras devient le Mentor *funeste* d'Edmond; il l'entraîne à travers tous
les désordres, toutes les corruptions, tous les crimes de la
capitale, et cela, sans intérêt, sans haine, et même avec une
sorte d'amitié compatissante pour un jeune homme dont la
société lui plaît. D'après sa philosophie longuement développée, il faut, pour être heureux, tout connaître, user de
tout, et satisfaire ses passions sans trouble et sans enthousiasme, puis se tarir le cœur progressivement, pour arriver à
cette insensibilité contemplative du sage, qui devient sa vraie
couronne et le prépare aux douceurs futures de la mort, son
unique récompense. En suivant ce système, Edmond, après
avoir mené vie joyeuse, déshonoré sa bienfaitrice, essayé jusqu'au plus honteux raffinement du vice, finit par épouser une

vieille de soixante ans, pour avoir sa fortune ; elle meurt au bout de trois mois, et l'on accuse Gaudet d'Arras de l'avoir empoisonnée. Cette action ultra-philosophique lui réservait l'échafaud ; mais Gaudet se tue. Edmond est condamné aux galères. Après de longues années de douleurs et de remords, il parvient à s'échapper et retourne dans son village ; il est si changé, si souffrant, que personne ne le reconnaît. Ses parents sont morts de douleur : il s'en va errer dans le cimetière cherchant leurs tombes ; il y rencontre son frère Pierrot, qui n'a point quitté le village, et qui a mené doucement son utile existence en cultivant son champ ; il y a là une scène fort touchante et une belle opposition. L'auteur est un peu retombé dans le roman banal en faisant retrouver ensuite à Edmond sa bienfaitrice, Mme Parangon qui lui pardonne, le console, et consent même à l'épouser ; mais, le jour même du mariage, il est renversé par une voiture qui lui passe sur le corps.

On voit que l'auteur ne s'est pas ménagé en se peignant sous le personnage d'Edmond. Il est certain qu'il a lui-même exagéré les traits du personnage pour le rendre plus saisissant, et qu'il ne se jugeait pas digne de la punition qu'il suppose. Toutefois, on reconnaît bien dans Edmond le fond même du caractère qui se trahit dans *M. Nicolas*, c'est-à-dire une sorte de faiblesse présomptueuse qui infirme singulièrement les prétentions philosophiques du disciple de Gaudet d'Arras. Jamais Edmond ne peut rencontrer la force morale nécessaire pour résister au malheur ou à l'abjection ; contraint à chaque instant d'avouer sa faiblesse, il ne s'adresse qu'à la pitié ou a ce sentiment qui lui fait mille fois répéter : « J'ai voulu peindre les événements d'une vie naturelle et la laisser à la postérité comme une anatomie morale ; » il se fait un mérite de sa hardiesse « à tout nommer, à compromettre les autres, à les immoler avec lui, comme lui, à l'utilité publique. » Jean-Jacques Rousseau, selon lui, a dit la vérité, mais il a trop écrit *en auteur*. Il ne le loue que d'avoir tiré de l'oubli et fait vivre éternellement Mme de Warens ; il fait remarquer, à ce propos,

8.

le rapport qui existe entre elle et Mme Parangon, s'applaudissant d'avoir célébré cette derniere et rapporté sous des noms supposés, ses aventures avec elle dans *le Paysan perverti*, publié en 1775, avant les *Confessions* de Rousseau. « Ne vous indignez pas contre moi, ajoute-t-il, de ce que je suis homme et faible; c'est par là qu'il faut me louer, car, si je n'avais eu que des vertus à vous exposer, où serait l'effort sur moi même? Mais j'ai eu le courage de me *dévêtir* devant vous, d'exposer toutes mes faiblesses, toutes mes imperfections, mes turpitudes, pour vous faire comparer vos semblables à vous-mêmes... On croit, dit-il encore, s'instruire par les fables : eh bien, moi, je suis un grand fabuliste qui instruit les autres à ses dépens; je suis un animal multiple, quelquefois rusé comme le renard, quelquefois bouché, lent et stupide comme le baudet, souvent fier et courageux comme le lion, parfois fugace et avide comme le loup... » L'aigle, le bouc ou le lièvre lui fournissent encore des assimilations plus ou moins modestes; mais quelle est donc cette singulière philosophie qui, sous prétexte de vivre selon la nature, abaisse l'homme au niveau de la brute, ou plutôt ne l'élève qu'à la qualité d'*animal multiple?*

Nous arrivons aux *Contemporaines*, un des ouvrages les plus connus de Restif. Beaucoup de ses premiers romans ont été reproduits dans cette immense collection qui comprend quarante-deux volumes de 1781 à 1785. *Les Contemporaines*, illustrées de cinq cents gravures fort soignées pour la plupart, resteront comme une reproduction curieuse, mais exagérée, des costumes et des mœurs de la fin du xviiie siècle. Elles eurent beaucoup de succès, surtout en province et à l'étranger. Ce fut cette compilation énorme, payée à quarante-huit livres la feuille, qui permit à l'auteur de faire graver les cent vingt figures du *Paysan-Paysanne pervertis.* Comme Dorat, il se ruinait à faire *illustrer* ses œuvres. Le succès de cette collection fit qu'il y ajouta un grand nombre de suites, telles que *les Françaises, les Parisiennes, les Provinciales*, et jusqu'à une lernière série aux descriptions scabreuses, intitulée *le Palais-Royal*.

A cette époque, Agnès Lebègue ne vivait plus avec lui. Retirée à la campagne, elle s'était consacrée à l'éducation de quelques jeunes personnes. Restif charma son isolement par des relations assez suivies avec la fille d'un boulanger, Virginie, qui lui coûta quelque argent et lui causa d'assez grands chagrins en dépensant avec des étudiants les produits de la vente de ses chefs-d'œuvre. De plus, elle le traitait d'avare et finit par l'abandonner pour un caissier de banque. La seule vengeance de l'auteur fut d'écrire *le Quadragénaire*, afin de regagner du moins avec sa triste aventure l'argent qu'elle lui avait coûté. Ce titre indique l'âge où commençait la décadence du séducteur, mieux prononcée encore cinq ans plus tard, lorsqu'il eut le malheur de connaître Sara. La tristesse qu'il éprouva lui donna l'idée de commencer *le Hibou ou le Spectateur nocturne*, se désignant lui-même sous cet aspect d'oiseau de nuit que lui donnaient de loin cet œil noir et ce nez aquilin qui, gracieux jadis, tournait déjà à la caricature. Ce livre est l'origine des *Nuits de Paris*.

Lorsque Restif composa *le Nouvel Abeilard*, il était épris d'une jolie charcutière appelée Mlle Londo, car il lui fallait toujours un modèle pour chacun de ses ouvrages. On trouve dans ce livre le germe de sa *Physique*. La charcutière, ignorante par état, était curieuse d'astronomie non moins que la belle marquise à laquelle Fontenelle adressait ses savants entretiens. De là tout un système cosmogonique à la portée... des jolies charcutières! A force de creuser ses idées transmondaines, Restif se vit conduit à écrire *l'Homme volant*, plaidoyer fort ingénieux en faveur de l'aérostation. La machine qui transporte Victorin dans les airs est décrite avec une scrupuleuse minutie. Il s'est inspiré là probablement du *Voyage de Cyrano*, qui prévoyait aussi longtemps à l'avance la découverte de Montgolfier.

Enfin parut l'ouvrage intitulé *la Vie de mon père*, qui, sans obtenir le succès matériel du *Paysan perverti*, fit grand honneur à Restif de la Bretonne auprès du public sérieux. Il décrit là avec simplicité et avec charme l'existence paisible et les vertus modestes d'un honnête homme dont il avoue qu'il aurait dû suivre l'exemple. Deux portraits de son père Edme Restif et de sa mère Barbe Bertrot illustrent cet ouvrage, où l'auteur manifeste pour la vertu et la pureté des mœurs les regrets que l'ange déchu put concevoir du paradis.

Un livre amer, douloureux, plein de rage et de désespoir succéda à cette idylle domestique; *la Malédiction paternelle*, livre où se révèle peut-être le triste souvenir de quelque drame de famille, contient l'histoire de *Zéfire*, premier échelon de la décadence morale de l'écrivain. *La Découverte australe* et *l'Andrographe*, ouvrage philosophique où l'utopie tient une grande place, se rattachent à cette dernière période de la vie littéraire de Restif, pendant laquelle il lui arriva d'écrire quatre-vingt-cinq volumes en six ans. Restif eut le malheur à cette époque de perdre un ami précieux qui l'avait souvent aidé de sa bourse, et qui, comme censeur, le protégeait dans la publication de ses ouvrages. Cet homme, qui s'appelait Mairobert, s'ennuyait de la vie. Résolu à mourir, il eut la bonne idée de *parafer* d'avance plusieurs des ouvrages de Restif. Ce dernier vint les retirer et lui conta ses chagrins de ménage et de fortune. En même temps, il enviait le sort de Mairobert, jeune, riche et en grand crédit.

— Que de gens, lui répondit ce dernier, que l'on croirait heureux et qui sont au désespoir!

Le surlendemain, Restif apprit que son protecteur s'était coupé les veines dans un bain et s'était achevé d'un coup de pistolet.

— Me voilà seul! s'écrie Restif dans *le Drame de la Vie*, après avoir rapporté cette fin douloureuse. O Dieu! comme le sort me poursuit! Cet homme allait me donner une existence... Retombons dans le néant!

Cependant, un autre ami riche, nommé Bultel-Dumont, rem-

laça pour lui Mairobert. Restif fut introduit par ce dernier
patron dans une sorte de société intermédiaire où se rencon-
raient la haute bourgeoisie, la robe, la littérature et quelque
peu de la noblesse. Robé, Rivarol, Goldoni, Caraccioli, — des
cteurs, des artistes, — le duc de Gèvres, Préval, Pelletier
le Mortefontaine, tel était le côté brillant de cette société, avide
le lectures, de philosophie, de paradoxes, de bons mots et d'a-
pcdotes piquantes. Les salons de Dumont, de Préval et de Peletier s'ouvraient tour à tour à ce public d'intimes. Une des
personnes qui produisirent le plus d'impression sur Restif, en-
ore un peu nouveau dans le monde, fut Mme de Montalembert,
ui l'accueillit avec sympathie.

— Que n'ai-je trente ans de moins! s'écria-t-il.

Et il s'inspira du type de cette aimable femme pour en faire
a *marquise* des *Nuits de Paris*, sorte de providence occulte
u'il chargeait du sort des malheureux et des souffrants ren-
ontrés dans ses expéditions nocturnes.

Vers la même époque, Restif fit la connaissance de Beaumarchais, qui, appréciant son double talent d'écrivain et
d'imprimeur, voulut le mettre à la tête de l'imprimerie de
Kehl, où se faisait la grande édition de Voltaire; il refusa et
s'en repentit plus tard.

Une autre maison s'ouvrit encore pour l'écrivain que si-
nalait alors une célébrité croissante, ce fut celle de Grimod
e la Reynière fils, jeune homme spirituel, à l'âme ardente,
la tête un peu faible, qui donnait alors des réunions litté-
aires de gens choisis tels que Chénier, les Trudaine, Mercier,
ontanes, le comte de Narbonne, le chevalier de Castellane,
uis Larive, Saint-Prix, etc. La bizarrerie de l'amphitryon
clatait toujours dans l'ordonnance de ses fêtes. Tout Paris
occupa de deux grandes fêtes philosophiques que donna la
.eynière, dans lesquelles il avait établi la cérémonie selon le
oût antique. L'élément moderne était représenté par une
bondance extraordinaire de café. Pour être admis, il fallait
engager à boire vingt-deux demi-tasses au déjeuner. L'après-

midi était occupé par des séances d'électricité. On dînait ensuite à une vaste table ronde dans une salle éclairée par troi
cent soixante-dix lampions. Un héraut, vêtu d'un costume d
Bayard, précédait, la lance à la main, les quatorze services
conduits par la Reynière lui-même en habit noir. Un cortég
de cuisiniers et de pages accompagnait les mets servis dan
d'énormes plats d'argent, et de jolies *servantes* en costume
romains, placées près des convives, leur présentaient de longues chevelures pour y essuyer leurs doigts.

XVIII

RESTIF COMMUNISTE — SA VIE PENDANT LA RÉVOLUTION

On sait maintenant sur la vie étrange de Restif tout c
qu'il faut pour le classer assurément parmi ces écrivains qu
les Anglais appellent *excentriques*. Aux éclats caractéristique
indiqués çà et là dans notre récit, il est bon d'ajouter quelque
traits particuliers. Restif était d'une petite taille, mais robust
et quelque peu replet. Dans ses dernières années, on parla
de lui comme d'une sorte de bourru, vêtu négligemment e
d'un abord difficile. Le chevalier de Cubières sortait un jou
de la Comédie-Française ; en chemin, il s'arrêta chez la veuv
Duchesne pour acheter la pièce à la mode. Un homme se te
nait debout au milieu de la boutique avec un grand chapea
rabattu qui lui couvrait la moitié de la figure. Un mantea
de très-gros drap noirâtre lui descendait jusqu'à mi-jambe
il était sanglé au milieu du corps, avec quelque prétentio
sans doute à diminuer son embonpoint. Le chevalier l'exami
nait curieusement. Cet homme tira de sa poche une petit
bougie, l'alluma au comptoir, la mit dans une lanterne, e
sortit sans regarder ni saluer personne. Il demeurait alor
dans la maison.

— Quel est cet original? demanda Cubières.

— Eh quoi! vous ne le connaissez pas? lui répondit-on. ᵗst Restif de la Bretonne.

Pénétré d'étonnement à ce nom célèbre, le chevalier revint lendemain, curieux d'engager des relations amicales avec un ᵗivain qu'il aimait à lire. Ce dernier ne répondit rien aux ᵐpliments que lui fit l'écrivain musqué si chéri dans les ᵒns du temps. Cubières se borna à rire de cette impolitesse. ᵃnt eu plus tard l'occasion de rencontrer Restif chez des ᵢs communs, il vit en lui un tout autre homme plein de verve ᵈe cordialité. Il lui rappela leur première entrevue.

— Que voulez-vous! dit Restif, je suis l'homme des im- ᵉssions du moment; j'écrivais alors *le Hibou nocturne*, et, ᵘlant être un hibou véritable, j'avais fait vœu de ne parler ᵃ personne.

Il y avait bien aussi quelque affectation dans ce rôle de ᵘrru, renouvelé de Jean-Jacques. Cela excitait la curiosité ᵈs gens du monde, et les femmes du plus haut rang se pi- ᵃient d'apprivoiser l'ours. Alors, il redevenait aimable; mais ᵈs galanteries à brûle-pourpoint, son audace, renouvelée de ᵖoque où il jouait le rôle d'un Faublas de bas étage, ᵗrayaient parfois les imprudentes forcées d'écouter tout à ᵘp quelque boutade cynique.

Un jour, il reçut une invitation à déjeuner chez M. Senac ᵈ Meillan, intendant de Valenciennes, avec quelques bour- ᵍois provinciaux qui désiraient voir l'auteur du *Paysan per- rti*. Il y avait là, en outre, des académiciens d'Amiens et le ᵈacteur de la *Feuille de Picardie*. Restif se trouva placé ᵗtre une Mme Denys, marchande de mousseline rayée, et une ᵗtre dame modestement vêtue qu'il prit pour une femme de ᵗambre de grande maison. En face de lui était un jeune pro- ᵛncial plaisant qu'on appelait Nicodème, puis un sourd qui ᵗnusait la société en parlant çà et là de choses qui n'avaient ᵘcun rapport avec la conversation. Un petit homme propret, ᵗublé d'un habit en camelot blanc, faisait l'important et trai-

tait de fariboles les idées politiques et philosophiques qu'éme
tait le romancier. Une Mme Laval, marchande de dentelles
Malines, le défendait au contraire et lui trouvait *du fonds*. (
était alors en 1789, de sorte qu'il fut question pendant le rep
de la nouvelle constitution du clergé, de l'extinction des priv
léges nobiliaires et des réformes législatives. Restif, se voya
au milieu de bonnes gens bien ronds, et qui l'écoutaient
général avec faveur, développa une foule de systèmes excen
triques. Le sourd les hachait de coq-à-l'âne d'une manié
fort incommode, l'homme en camelot blanc les perçait d'u
trait vif ou d'une apostrophe pleine de gravité. On finit, sélo
l'usage d'alors, par des lectures. Mercier lut un fragment
politique, Legrand d'Aussy une dissertation sur les montagn
d'Auvergne. Restif développa son système de physique, qu
proclamait plus raisonnable que celui de Buffon, plus vraisen
blable que celui de Newton. On se jeta à son cou, on proclan
le tout sublime. Le surlendemain, l'abbé Fontenai, qui s'éta
trouvé aussi au déjeuner, lui apprit qu'il avait été victin
d'un projet de mystification dont le résultat, du reste, ava
tourné à son honneur. La marchande de mousseline était
duchesse de Luynes, la marchande de dentelle etait la con
tesse de Laval, la femme de chambre était la duchesse
Mailly; le Nicodème, Matthieu de Montmorency; le sourd, l'é
vêque d'Autun; l'homme en camelot, l'abbé Sieyès, qui por
réparer la sévérité de ses observations, envoya à Restif la co
lection de ses écrits. On avait voulu voir le Jean-Jacques de
halles dans toute sa fougue et dans toute sa désinvolture cyn
que. On ne trouva en lui qu'un conteur amusant, un utopis
quelque peu téméraire, un convive assez peu fait aux usage
du monde pour s'écrier que c'était la première fois qu'il man
geait des huîtres, mais prévenant avec les dames et s'occupan
d'elles presque exclusivement. Si, en effet, quelque chose peu
atténuer les torts nombreux de l'écrivain, son incroyable per
sonnalité et l'inconséquence continuelle de sa conduite, c'es
qu'il a toujours aimé les femmes pour elle-mêmes avec dé

vouement, avec enthousiasme, avec folie. Ses livres seraient illisibles autrement.

Mais bientôt nous voici en pleine révolution. Le philosophe qui prétendait effacer Newton, le socialiste dont la hardiesse étonnait l'esprit compassé de Sieyès, n'était pas un républicain. Il lui arrivait, comme aux principaux créateurs d'utopies, depuis Fénelon et Saint-Pierre, jusqu'à Saint-Simon et Fourier, d'être entièrement indifférent à la forme politique de l'État. Le communisme même, qui formait le fond de sa doctrine, lui paraissait possible sous l'autorité d'un monarque, de même que toutes les réformes du *Pornographe* et du *Gynographe* lui semblaient praticables sous l'autorité paternelle d'un bon lieutenant de police. Pour lui comme pour les musulmans, le prince personnfiait l'État propriétaire universel. En tonnant contre l'*infâme* propriété (c'est le nom qu'il lui donne mille fois), il admettait la possession personnelle, transmissible à certaines conditions, et jusqu'à la noblesse, récompense des belles actions, mais qui devait s'éteindre dans les enfants, s'ils n'en renouvelaient la source par des traits de courage ou de vertu.

Dans le second volume des *Contemporaines*, Restif donne le plan d'une association d'ouvriers et de commerçants qui réduit à rien le capital : — c'est la banque d'échange dans toute sa pureté. — Voici un exemple : Vingt commerçants, ouvriers eux-mêmes, habitent une rue du quartier Saint-Martin. Chacun d'eux est le représentant d'une industrie utile. L'argent manque par suite des inquiétudes politiques, et cette rue, autrefois si prospère, est attristée de l'oisiveté forcée de ses habitants. Un bijoutier orfévre qui a voyagé en Allemagne, qui y a vu les *hernutes*, conçoit l'idèe d'une association analogue des habitants de la rue : on s'engagera à ne se servir d'aucune monnaie et à tout acheter ou vendre par échange, de sorte que le boulanger prenne sa viande chez le boucher, s'habille chez le tailleur et se chausse chez le cordonnier; tous les associés doivent agir de même. Chacun peut acquérir ou dépenser plus ou moins, mais les successions retournent à la masse, et les enfants naissent avec une part égale dans les biens de la société ; ils sont élevés à frais communs, dans la profession de leur père, mais avec la faculté d'en choisir une autre en cas d'aptitude différente ; ils recevront, du reste, une éducation semblable. Les associés se regarderont comme égaux, quoique quelques-uns puissent être de professions libérales, parce que l'éducation les mettra au même niveau. Les mariages auront lieu de préférence entre des personnes de l'association, à moins de cas extraordinaires. Les procès seront soutenus pour le compte de tous ; les acquisitions profiteront à la masse, et l'argent qui reviendra à la société par suite de ventes faites en dehors d'elle sera consacré à acheter les matières premières en raison de ce qui sera nécessaire pour chaque état. — Tel est ce plan, que l'auteur n'avait pas, du reste, l'idée d'appliquer à la société entière, car il donne à choisir entre différentes formes d'association, laissant à l'expérience les conditions de succès de la plus utile, qui absorberait naturellement les autres. Quant à la vieille société, elle ne serait point dépouillée ; seulement, elle subirait forcément les chances d'une lutte qu'il lui serait impossible de soutenir longtemps.

Cependant, l'écrivain vieillissait, toujours morose de plus en plus, accablé par les pertes d'argent, par les chagrins de son intérieur. Sa seule communication avec le monde était d'aller le soir au café Manoury, où il soutenait parfois à voix haute des discussions politiques et philosophiques. Quelques vieux habitués de ce café, situé sur le quai de l'École, ont encore présents à la mémoire sa vieille houppelande bleue et le manteau crotté dont il s'enveloppait en toute saison. Le plus souvent il s'asseyait dans un coin, et jouait aux échecs jusqu'à onze heures du soir. A ce moment, que la partie fût achevée ou non, il se levait silencieusement et sortait. Où allait-il ? *Les Nuits de Paris* nous l'apprennent : il allait errer, quelque temps qu'il fît, le long des quais, surtout autour de la Cité et de l'île Saint-

ais; il s'enfonçait dans les rues fangeuses des quartiers po-
eux, et ne rentrait qu'après avoir fait une bonne récolte
bservations sur les désordres et les scènes sanglantes dont
vait été le témoin. Souvent il intervenait dans ces drames
curs, et devenait le don Quichotte de l'innocence persécu-
ou de la faiblesse vaincue. Quelquefois il agissait par la
suasion; parfois aussi son autorité était due au soupçon
on avait qu'il était chargé d'une mission de police.

Il osait davantage encore en s'informant auprès des portiers
des valets de ce qui se passait dans chaque maison, en s'in-
duisant sous tel ou tel déguisement dans l'intérieur des fa-
les, en pénétrant le secret des alcôves, en surprenant les
délités de la femme, le secrets naissants de la fille, qu'il di-
guait dans ses écrits sous des fictions transparentes. De là
s procès et des divorces. Un jour, il faillit être assassiné par
certain E..., dont il avait fait figurer la femme dans ses *Con-*
iporaines. C'était habituellement le matin qu'il rédigeait ses
servations de la veille. Il ne faisait pas moins d'une nou-
le avant le déjeuner. Dans les derniers temps de sa vie, en
er, il travaillait dans son lit faute de bois, sa culotte par-
ssus son bonnet, de peur des courants d'air. Il avait aussi
s singularités qui variaient à chacun de ses ouvrages, et qui
ressemblaient guère aux singularités en manchettes d'Haydn
de M. de Buffon. Tantôt il se condamnait au silence comme
époque de sa rencontre avec Cubières, tantôt il laissait croî-
sa barbe, et disait à quelqu'un qui le plaisantait :

— Elle ne tombera que lorsque j'aurai achevé mon prochain
nan.

— Et s'il a plusieurs volumes?

— Il en aura quinze.

— Vous ne vous raserez donc que dans quinze ans?

— Rassurez-vous, jeune homme, j'écris un demi-volume par
ir.

Quelle fortune immense il eût faite de notre temps en luttant
vitesse avec nos plus intrépides coureurs du feuilleton, et

de fougue triviale avec les plus hardis explorateurs des misèr
de bas étage! Son écriture se ressent du désordre de son im
gination; elle est irrégulière, vagabonde, illisible; les idées
présentent en foule, pressent la plume, et l'empêchent de fo
mer les caractères. C'est ce qui le rendait ennemi des doubl
lettres et des longues syllabes, qu'il remplaçait par des abr
viations. Le plus souvent, comme on sait, il se bornait à cor
poser à la casse son manuscrit. Il avait fini par acquérir ur
petite imprimerie où il *casait* lui-même ses ouvrages, aidé sei
lement d'un apprenti.

La Révolution ne pouvait lui être chère d'aucune façor
car elle mettait en lumière des hommes politiques fort peu ser
sibles à ses plans philanthropiques, plus préoccupés de form
les grecques et romaines que de réformes fondamentales. Ba
beuf aurait pu seul réaliser son rêve; mais, découragé de s
propres plans à cette époque, Restif ne marqua aucune syn
pathie pour le parti du tribun communiste. Les assigna
avaient englouti toutes ses économies, qui ne se montaient p
à moins de soixante-quatorze mille francs, et la nation n'ava
guère songé à remplacer, pour ses ouvrages, les souscriptior
de la cour et des grands seigneurs dont il avait usé abondan
ment. Toutefois, Mercier, qui n'avait pas cessé d'être son am
fit obtenir à Restif une récompense de deux mille francs po
un ouvrage utile aux mœurs, et le proposa même comme car
didat à l'Institut national. Le président répondit dédaigner
sement :

— Restif de la Bretonne a du génie, mais il n'a point d
goût.

— Eh! messieurs, répliqua Mercier, quel est celui de nou
qui a du génie?

On rencontre dans les derniers livres de Restif plusieur
récits des événements de la Révolution. Il en rapporte quelque
scènes dialoguées dans le cinquième volume du *Drame de l
Vie*. Il est à regretter que ce procédé n'ait pas été suivi plu
complétement. Rien n'est saisissant comme cette réalité pris

le fait. Voici, par exemple, une scène qui se passe le
juillet devant le café Manoury :

« Un homme, des femmes. — Lambesc! Lambesc!... On tue
: Tuileries!

Une marchande de billets de loterie. — Où courez-vous
ic ?

Un fuyard. — Nous remmenons nos femmes.

La marchande. — Laissez-les s'enfuir seules, et faites volte-
e.

Son futur. — Allons! allons, rentrez. »

Il n'y a rien de plus que ces cinq lignes; on sent la vérité
itale : les dragons de Lambesc qui chargent au loin, les
'tes qui se ferment, une de ces scènes d'émeute si commu-
; à Paris.

Plus loin, Restif met en scène Collot d'Herbois, et le félicite
son *Paysan magistrat*; mais Collot n'est préoccupé que de
itique.

« — Je me suis fait jacobin, dit-il; pourquoi ne l'êtes- vous
;?

» — A cause de trois infirmités très-gênantes...

» — C'est une raison. Je vais me livrer tout entier à la
)se publique, et je ne perdrai ni mon temps ni mes peines.
ibord, je veux m'attacher à Robespierre; c'est un grand
mme.

» — Oui, invariable. »

Collot continue :

« — J'ai l'usage de la parole, j'ai le geste, la grâce dans la
)résentation... J'ai une motion à faire trembler les rois. Je
:ns de faire l'*Almanach du père Gérard*, — excellent titre.
tâcherai d'avoir le prix pour l'instruction des campagnes;
)n nom se répandra dans les départements; quelqu'un d'eux
: nommera... »

La silhouette de Collot d'Herbois n'est-elle pas là tout en-
:re? Mais l'auteur ne s'en est pas tenu toujours à ces portraits
pides, et, à côté de ces exquisses fugitives, on trouve des

pages qui s'élèvent presqu'à l'intérêt de l'histoire, comm
celles qu'il consacre à Mirabeau, et que cette grande figu
semble avoir illuminée de son immense reflet.

XIX

UNE VISITE A MIRABEAU

Le dialogue de Restif et de Mirabeau est un des plus curieu
chapitres des *Mémoires de Nicolas*. L'auteur, qui avait la rag
des pseudonymes, se déguise ici sous le nom de Pierre, qu
a employé déjà dans d'autres ouvrages. « En approchant d
Mirabeau, dit-il, je vis un homme qui était dans un resserr
ment de cœur et qui avait besoin de s'épancher. » Restif l
manifesta des doutes sur la pureté de cette révolution q
avait commencé par des meurtres :

« — Réfléchi par caractère, ajouta-t-il, et courageux par r
flexion, les têtes m'effrayèrent ; lorsque je rencontrai le cor
de Berthier traîné par vingt-quatre polissons, je frémis, —
me tâtai pour sentir *si ce n'était pas moi...* Cependant, à
vue de la Bastille prise et démolie, je sentis un mouvement d
joie... Je l'avais redoutée, cette terrible Bastille !

» Mirabeau en ce moment me serra la main avec transpor

» — Regarde-moi, dit-il ; toute l'énergie des Français réun
n'égale pas celle qui était dans cette tête ; mais, hélas ! elle d
minue !... C'est moi qui ai fait prendre la Bastille, tuer Delau
nay, Flesselles... C'est moi qui ai voulu que le roi vînt à Par
le 17 juillet : ce fut moi qui le fis garder, recevoir, applau
dir ; c'est moi qui, voyant les esprits se rasseoir, fis arrêté
Berthier à Compiègne par un des miens, qui le fis demander
Paris, qui, la veille de son arrivée, cherchai un vieux bou
émissaire dans Foulon, son beau-père, que je fis dévouer au
mânes du despotisme ministériel ; ce fut moi qui fis porter s
tête enfourchée au-devant de son gendre, non pas pour aug

menter l'horreur des derniers moments de cet infortuné, mais
pour *mettre de l'énergie* dans l'âme molle et vaudevillière des
Parisiens par cette atrocité... Tu sais que je réussis, que je fis
fuir d'Artois, Condé, tous les plats courtisans et les impuden-
tes courtisanes, c'est moi qui ai tout fait, et, si la Révolution
réussit jusqu'à un certain point, j'aurai un jour un temple et
des autels. N'oublie pas ce que je te dis là... Continue tes
questions ; j'y répondrai, quand il le faudra.

» — Et Versailles, les 5 et 6 octobre ?

» — Versailles !... s'écria Mirabeau. (Il se tut d'abord et
marcha vite.) Versailles ! c'est mon chef-d'œuvre... Mais,
va, va !

» — Je t'écoute, et je te jure un inviolable silence !

» — Je ne sais ce que tu veux dire par ton silence *inviolable*, car tu as des termes à toi : on ne viole pas le silence,
mais la grammaire !... Apprends que c'est moi qui ai fait
venir ici et l'Assemblée nationale, et le roi, et la cour. D'Orléans n'a seulement pas été consulté, quoiqu'il payât... Juge
combien étaient ridicules les informations de ce vil Châtelet,
que j'avais fait nommer juge des crimes de lèse-nation, et qui,
s'il n'avait pas été composé de têtes à perruque, aurait pu devenir quelque chose !... Mais l'horrible et nécessaire spectacle
de Foulon, de Berthier (c'est ceci qui a *creusé l'effroi ;* la Bastille, Delaunay, Flesselles, n'avaient effrayé que la cour) avait
bouleversé toute l'infâme oligarchie des prêtres, des robins,
des sous-robins, et même de l'officiaille, à la tête de laquelle
mon frère voulait se mettre ; malheureusement pour lui,
quand nos parents le firent, mon père était auteur et ma mère
ivre, de sorte qu'il n'a que la soif pour toute énergie... Je
sentais depuis longtemps que, tant que nous serions à Versailles, nous ne ferions rien qui vaille, environnés que nous
étions de gardes du corps et de gardes-suisses, qu'un souris,
une caresse pouvait mettre dans le parti de la cour; j'arran-
geai mâlement tout cela. Je n'en voulais aux jours de personne ; je voulais, après avoir soûlé le peuple d'anarchie,

comme pendant les cinq jours d'interrègne des anciens Perses,
rétablir le roi, et me faire... maire du palais... Mais, ayant
pris toute la canaille, jusqu'aux dévergondées de la rue Jean-
Saint-Denis, il arriva quelque désordre que je sus arrêter par
mes émissaires. Quelques-unes de ces malheureuses menacè-
rent la reine; je l'appris, et je les fis fusiller adroitement.
L'effervescence était telle, que tout Paris fut ébranlé, tout,
honnêtes, déshonnêtes, malhonnêtes, catins, femmes mariées,
jeunes filles, gens de courage et lâches; on vit, dans la ba-
garre, jusqu'au petit Rochelois Nougaret, qui talonnait le
chasseur Josse, récemment libraire... J'en ai ri de bon cœur;
je me croyais au spectacle de la Grand'Pinte, et qu'on y donnait la tragédie du *Peccata;* passe-moi cette idée bouffonne, la
dernière peut-être que j'aurai; elle me fut suggérée en voyant
dans la troupe une foule de bas auteurs, Camille Desmoulins
à côté de Durosoy, Royou en garçon tailleur, Geoffroy en cordonnier, l'abbé Poncelin en ramoneur, Mallet du Pan en
écrivain des Charniers, Dussieux et Sautereau en charcutiers,
l'abbé Noël et Rivarol en perruquiers... »

Ici, l'énumération devient satirique et attaque la plupart des
auteurs du temps; on cite même une certaine *auteuse*, à cheval
sur un canon, qui criait : « Ma rose au premier héros! — En
avez-vous un million? » lui répondit un enthousiaste. Mirabeau se compare lui-même au frère Jean des Entomures, et,
après le récit bouffon de cette expédition terrible, se plaint de
ses ennemis, qui ont gagné par de l'or une petite juive, sa
maîtresse, appelée Esther Nomit... « Mais je le sais, ajoute-
t-il, et je trompe Dalila et les Philistins. »

Puis la conversation se porte sur l'abolition de la noblesse,
sur la nouvelle constitution du clergé, avec des interruptions
et des apartés bizarres, qui rappellent le dialogue du *Neveu de
Rameau.* Mirabeau se livre à de longues tirades, qu'il interrompt de temps en temps pour reprendre haleine, en disant
à son interlocuteur : « Allons, parle, continue...; car, je le
sais, tu aimes à pérorer... » Puis, à la première objection,

il lui crie : « O buse !... pauvre homme ! je t'ai vu plus de verve autrefois. » Puis il entame une dissertation sur les biens du clergé, et se plaint du peu de talent que Maury a déployé à la tribune dans cette question. « Voilà ce que j'aurais dit à sa place, » s'écrie-t-il ; et, se promenant dans sa chambre comme un lion dans une cage, il prononce tout le discours qu'aurait dû tenir l'abbé Maury. De temps en temps il s'interrompt, s'étonnant de ne pas entendre les applaudissements de l'Assemblée, tant il est à son rôle. Il s'applaudit des mains, il pleure aux arguments qu'il arrache à l'éloquence supposée de son adversaire ; puis, quand l'émotion qu'il s'est produite à lui-même s'est dissipée, il essuie la sueur de son front, relève sa noire chevelure, et dit : « Et, si Maury avait eu le nerf de parler ainsi, voilà ce que j'aurais répondu... » Nouveau discours qui dure une heure et amène une péroraison qu'il commence par « Je me résume, messieurs... » Enfin il éclate de rire en s'apercevant qu'il vient d'épuiser ses poumons pour un seul auditeur.

Il revient à la discussion simple, et fait le portrait de Necker :

« ... Un grand homme, parce qu'il a eu par hasard une grande place... Du reste, plus petit en place que dehors, comme tous les hommes médiocres... Il était calqué pour être premier commis ; il aurait pu ne pas se déshonorer dans cette position, où l'on n'est jamais vu qu'à demi-jour. C'est aujourd'hui un piètre sire, incapable d'une résolution solide, et qui revient par pusillanimité à la noblesse, qui le hait et le méprise. Il est étonné de ce qu'il a fait, comme les sots et les petits scélérats... Juge combien de pareils hommes doivent m'inspirer de mépris, à moi qui marcherais seul contre un million ! Eh ! combien dans notre assemblée sont des Mirabeau en apparence, qui eussent été des Necker, s'ils n'avaient pas été soutenus par une assemblée !... Non, mon ami, je n'en vois pas un, pas un, qui eût fait seul ce que j'ai fait seul... Quand j'ai tenu le despotisme ministériel dans mes mains nerveuses,

9

je l'ai serré à la gorge ; je lui ai dit : *Combat à mort ! je t'é-touffe, ou tu m'étoufferas !* Je l'ai presque étouffé... Mais il me garde un croc-en-jambe....

» — En vérité, je crois, lui dis-je alors, mon cher Riquetti, que vous feriez un grand ministre !... Puissiez-vous réussir à mériter dans cette place la seule véritable gloire, celle de con-tribuer au bonheur des peuples !...

» — Te voilà donc aussi dans la triviale vertu de nos phi-losophistes ! Le peuple ! le peuple !... le peuple est fait pour les gens de mérite, qui sont le cerveau du genre humain : ce n'est que par et pour nous qu'il doit être heureux. Moïse a été le cerveau juif, Mahomet le cerveau arabe ; Louis XIV, tout petit qu'il était, a été le cerveau français pendant quarante ans... C'est moi qui le suis maintenant. »

Ici, Restif pose la question de savoir si la liberté est un bien pour les individus.

« — La liberté, dit Mirabeau, n'est pas un avantage réel pour les enfants, les imbéciles, les fous,... pour certains hommes qui ne sont pas fous, mais dont la judiciaire est fausse, — comme sont tous les scélérats, les timbrés, les méchants par caractère, — les *trop passionnés*, comme nous l'avons été quelquefois, ajoute-t-il, les joueurs, les débauchés, les ivrognes, en un mot les trois quarts des hommes !...

» Le *républicisme*, ajoute-t-il, comme le conçoivent Robes-pierre et quelques autres, est l'anarchisme, un gouvernement inétablissable ; mais les chefs qui sont dans l'Assemblée natio-nale sont soutenus par des subalternes, auxquels on ne fait pas assez d'attention : Camille Desmoulins, qui crie, clabaude, a la plus mauvaise tête, parle mal, écrit bien ; un homme plus obscur, Danton, est un fourbe, fripon, égoïste, scélérat dans toute la force du terme, comme certaines gens disent que je le suis ; un autre intrigant, qui se remue, s'agite, a une immense activité, l'ex-capucin Chabot ; un honnête homme, mais trop exalté, c'est Grangeneuve... Oh ! que je plains la nation, si ces fous sont mis en place ! Que je plains la nation, si l'on y met des *nullités*, comme nous en avons tant dans notré assemblée actuelle! Une foule de procureurs, d'avocats, des Chapelier, des Sumac, des... des... empestent l'Assemblée de l'esprit d'astuce et de chicane... Mon ami, si je cesse d'exister, que ces plumassiers feront de mal!... Si un homme méprisé, comme ce faquin de Robespierre, venait à acquérir quelque prépondérance, vous le verriez devenir grave, couvert, atroce... Moi seul, je pourrais l'arrêter... »

Peu de jours après cette conversation, Mirabeau mourut.

« Je ne pûs entrer, dit l'écrivain, pendant sa dernière maladie, parce que je n'étais pas connu de ses alentours, surtout du sieur Cabanis... Ah! si Préval avait vécu, Mirabeau vivrait encore! »

Préval était un médecin qui avait sauvé Restif de plusieurs maladies dangereuses.

Restif attribue à la mort de Mirabeau la chute suprême de la monarchie. C'est en se voyant privés de ce dernier appui, appui intéressé sans doute, puisque Mirabeau comptait devenir une sorte de *maire du palais*, que Louis XVI et Marie-Antoinette se décidèrent au voyage de Varennes... « Cet homme était, dit-il ailleurs, le dernier espoir de la patrie, que ses vices mêmes eussent sauvée..., tandis que les vertus des sots, tels que Chamillard et d'Ormesson, l'ont perdue. » Et, revenant sur ses propres misères, causées par la dépréciation des assignats, qui lui faisait perdre ses soixante-quatorze mille francs d'économies, il se rappelle avec amertume que Mirabeau lui avait dit : « Il faudrait déchirer à coups de nerf de bœuf tout marchand d'argent, et faire brûler vif ou piler dans un mortier tout dépréciateur des assignats. »

XX

LA VIEILLESSE DU ROMANCIER

A cette époque, Restif de la Bretonne passait une partie de
ses journées au Palais-Royal, où s'était établie une sorte de
bourse qui devenait le thermomètre de la valeur des assignats.
Tous les jours, il voyait sa fortune fondre et espérait en vain un
retour favorable : — les derniers volumes des *Nuits de Paris*
sont pleins d'imprécations contre les agioteurs qui faisaient
monter l'or à des prix fabuleux et anéantissaient les richesses
en papier de la République ; — puis il allait passer ses soirées
au Caveau, car ses ressources ne lui permettaient plus le café
Manoury. Lorsque, par une réaction rare, l'assignat avait
haussé dans la journée, il emmenait quelques femmes de
moyenne vertu souper à la *Grotte flamande*, où l'on se permettait encore quelques orgies à bon marché. Ses chagrins affaiblissaient parfois son esprit, toujours enthousiaste, et, dans
chaque jolie personne au pied fin et à la chaussure élégante, il
croyait retrouver une de ses filles, produit des bonnes fortunes
si nombreuses de sa jeunesse. Il est probable qu'on abusait
souvent de cette monomanie paternelle pour obtenir de lui des
cadeaux ou des soupers.

Peu communicatif ou très-prudent sur les matières politiques,
il ne courut pas de dangers pendant l'époque de la Terreur.
Les hommes lui importaient peu, et l'ambition des partis lui
répugnait. Ce qu'il voyait se passer à cette époque ne répondait nullement à ses rêves. Personne ne songeait au communisme ; parmi les jacobins tout au plus, on voulait le partage
des biens, c'est-à-dire une autre forme de la propriété, — la
propriété morcelée, populaire. — Quant au *panthéisme*, qui
donc y pensait, sinon un petit nombre d'illuminés?... On était
généralement athée. La fête donnée par Robespierre à l'Être

uprême lui parut une tendance bien faible vers une rénova-
ion philosophique ; toutefois, il eut quelque regret à voir Ro-
espierre renversé par des gens *qui ne le valaient pas*. A partir
le ce moment, son homme fut Bonaparte. Dans les écrits mys-
iques des derniers jours de sa vie, il le représente comme un
sprit médiateur, issu de la planète de Syrius, et qui a mission
le sauver la France. Pour comprendre cette supposition
trange, il faut se faire une idée du dernier livre de Restif,
ntitulé *Lettres du Tombeau ou les Posthumes*, qui parut sous le
iom de Cazotte.

Les deux premiers volumes de cet ouvrage furent inspirés
iar une idée charmante de la comtesse de Beauharnais et faits
in partie par Cazotte, ainsi que Restif le reconnaît dans ses
Mémoires. — Un jeune homme nommé Fontlèthe est amoureux
le la femme d'un magistrat ; ce personnage est fort âgé, et la
emme, victime d'un mariage de convenance, promet à Fon-
lèthe qu'il sera éventuellement son second époux. Le jeune
iomme se fatigue d'attendre ; dans un moment de décourage-
nent, il renonce à la vie et prend de l'opium. En ce moment,
in lui apporte un billet de faire part qui l'instruit de la mort
lu magistrat. Désespéré doublement, il court chez son méde-
:in, qui lui donne un contre-poison. Il se croit sauvé : il épouse
iientôt celle qu'il aimait ; mais, quelques jours après le mariage,
ine langueur inconnue le saisit : il consulte la Faculté. C'est le
ioison mal combattu qui cause son mal. On lui annonce, sur
ies instances réitérées, qu'il n'a plus guère qu'un an à vivre.
La mort l'épouvante moins que la pensée de quitter une femme
eune, honnête, il est vrai, mais qui ne peut manquer de se
remarier après lui. Il conçoit alors un projet singulier : c'est de
i'éloigner de sa femme et de faire en sorte qu'elle ignore le
moment où il mourra. Il demande au ministre une mission pour
'Italie et part pour Florence, sous prétexte de services impor-
ants à rendre à l'État. Il prolonge son séjour sous divers mo-
iifs, et, dans l'année qui lui reste, écrit une série de lettres qui
levront être adressées à sa femme de différents points de la

9.

terre et à diverses époques, comme si l'État l'eût envoyé de
pays en pays sans qu'il pût refuser ses services. Ces lettres,
confiées à des amis sûrs, se succédèrent, en effet, pendant plusieurs années, apportant la consolation à cette veuve *sans le
savoir*. Le correspondant posthume n'a eu qu'une pensée, c'est
de prouver à sa femme, un peu adonnée aux idées matérialistes
du temps, que l'âme survit au corps et retrouve dans d'autres
régions toutes les personnes aimées. Ce cadre est fort beau
sans doute ; seulement, Restif, qui, en réalité, est une sorte de
spiritualiste païen, tire de la doctrine des Indous et des Égyptiens la plupart de ses arguments. Tantôt l'âme repasse dans
un autre corps après mille ans, comme chez les anciens ; tantôt
elle s'élève dans les astres et y découvre des paradis innombrables, comme dans Swedenborg ; tantôt elle s'éthérise et
passe à l'état d'ange ailé, comme dans Dupont (de Nemours) ;
mais, après toutes ces hypothèses, le véritable système se dé-
masque, et on arrive à une cosmogonie complète, qui présente
la plupart des suppositions du système de Fourier. Un personnage nommé Multipliandre a trouvé le secret d'isoler son âme
de son corps et de visiter les astres sans perdre la possibilité
de rentrer à volonté dans sa *guenille* humaine. Il s'établit, sur
un sommet des Alpes, dans une grotte couverte par les neiges,
et, s'étant enduit de substances conservatrices et placé dans un
coffre bien défendu contre les ours, il arrive à cet état d'extase
et d'insensibilité où certains santons indiens se réduisent, dit-
on, pendant des mois entiers. Là commmence la description
des planètes, des soleils et des cométo-planètes, avec une hardiesse d'hypothèses qu'on ne nous a pas épargnée depuis. Il
est fort curieux de pénétrer dans cet univers formulé, après
tout, d'après quelques bases scientifiques, où nous trouvons la
lune sans atmosphère, Mars habité par des poissons à trompe
et le soleil par des hommes d'une telle taille que le voyageur ne
trouve à causer là qu'avec un ciron qui se promène sur l'habit
d'un individu *solaire :* cet insecte n'a qu'une lieue de haut et son
intelligence, quoique fort supérieure, se rapproche de celle

es hommes. Il explique que l'Être suprème n'est qu'un immense soleil central, cerveau du monde, duquel émanent tous
les soleils; chacun d'eux vivant et raisonnant et donnant le
jour à des cométo-planètes, c'est-à-dire les secouant dans l'espace, à peu près comme l'*aster* de nos jardins secoue ses graines. Quand les cométo-planètes sont ce qu'on appelle aujour-
d'hui des *nébuleuses*, elles nagent dans l'éther comme des
poissons dans l'eau, s'accouplent et produisent des astroïdes
plus petites. En mourant, elles se fixent et deviennent satellites ou planètes. Dans cet état, elles ne subsistent plus que
quelques milliards d'années, et c'est de leur décomposition
successive que naissent les végétaux, les animaux et les hommes. Les espèces dégénèrent à mesure que la corruption s'a-
vance; la planète se pourrit tout à fait ou se dessèche, et finit
par être la proie d'un soleil qui la consume pour en reproduire
les éléments sous des formes nouvelles. Le ciron solaire n'en
sait pas davantage, et l'auteur avoue qu'il peut s'être trompé
sur bien des points; mais combien ces données sont déjà supérieures à l'intelligence des hommes! Multipliandre finit par
trouver le secret de créer une race d'hommes ailés et d'en re-
peupler la terre. Du reste, la plupart des hypothèses de ce
livre sont présentées sous la forme caustique de *Micromégas*
et de *Gulliver* : c'est ce qui en fait supporter la lecture.

Jamais écrivain ne posséda peut-être à un aussi haut degré
que Restif les qualités précieuses de l'imagination. Cependant,
sa vie ne fut qu'un long duel contre l'indifférence. Un cœur
chaud, une plume pittoresque, une volonté de fer, tout cela
fut insuffisant à former un bon écrivain. — Il a vécu avec la
force de plusieurs hommes; il a écrit avec la patience et la
résolution de plusieurs auteurs. Diderot lui-même plus correct, Beaumarchais plus habile, ont-ils chacun la moitié de
cette verve emportée et frémissante, qui ne produit pas toujours des chefs-d'œuvre, mais sans laquelle les chefs-d'œuvre
n'existent pas? — Son style, chacun le connaît par l'une ou
l'autre de ces œuvres qu'on n'avoue guère avoir lues, mais

où l'on a parfois jeté les yeux. Une ligne qui serait digne des classiques apparaît tout à coup au milieu du fumier comme les joyaux d'Ennius. On connaît déjà celle-ci : « Les mœurs sont un collier de perles; ôtez le nœud, tout défile. » Veut-il peindre un homme d'un trait, le voici : « Mirabeau servait les patriotes comme Santeuil louait les saints, avec un mauvais cœur. » Quand le mot lui manque, il le crée, heureusement quelquefois. C'est ainsi qu'il parlera d'un sourire *cythéréique*, de la *mignonnesse* d'une femme.... « Je *chimérais*, dit-il, en attendant le bonheur. »

Pour trouver dans le passé un pendant à Restif de la Bretone, il faudrait remonter jusqu'à Cyrano de Bergerac pour l'extravagance des hypothèses, jusqu'à Furetière pour ces facéties d'analyse morale et de langage où il se complaît, jusqu'à d'Aubigné pour cette audace d'immoralité gauloise qu'il ne sut point supporter, — car, très-capable souvent d'afféterie et de recherche prétentieuse, il appliquait d'autres fois le mot propre à des détails qu'il eût mieux valu cacher. — Comme Voltaire, à l'école duquel il s'honorait d'appartenir, il haïssait les critiques, les *feuillistes*, et les attaquait souvent en termes peu mesurés. Il les appelle soit des malhonnêtes gens, soit des *polissons cruels;* Laharpe est pour lui un *stupide animal* qu'il faudrait traîner *dans le ruisseau;* Fréron, un faquin; Geoffroi, un pédant. De Marsy, éditeur de l'*Almanach des Muses,* est une simple *brute* qui a lu *le Paysan perverti* sans en être touché. — Ceci n'approche pas encore des *aménités littéraires* du vieillard de Ferney, mais Restif n'avait pas le crédit qu'il fallait pour hausser le ton à ce point. Toutefois, sa susceptibilité vis-à-vis de critiques qui avaient été même bienveillants pour quelques-uns de ses écrits finit par amener à son égard la *conspiration du silence.* Il demeura le seul à annoncer ses livres, comme depuis longtemps il était le seul à les imprimer, et comme il finit plus tard à être le seul à les vendre. Les libraires l'aimaient peu, parce qu'une fois introduit dans leurs maisons, il racontait l'histoire ga-

nte de leurs femmes, s'éprenait de leurs filles, en faisait le
rtrait minutieux et parlait de leurs aventures. Ce n'était pas
ujours un voile suffisant pour la curiosité que l'anagramme
s noms qu'il employait volontiers. Mérigot devenait Tori-
m; Vente, Etnev; Costard, Dratsoc, ainsi de suite;... si bien
l'il ne faut pas s'étonner de trouver sur ses derniers livres
tte simple désignation : « Imprimé à la maison, et se vend
ez Marion Restif, rue de la Bûcherie, n° 27. » Ceci explique
partie le peu de succès de ses derniers ouvrages et la réso-
tion qu'il prit de faire paraître le plus remarquable d'entre
x, les *Lettres du Tombeau*, sous le nom de Cazotte, qui, du
ste, avait coopéré au plan de cette œuvre toute empreinte
illuminisme.

On a dit à tort que Restif était mort dans la misère. La
ute des assignats lui avait fait perdre ses économies, le peu
l'il tirait de ses livres pendant la Révolution le réduisait sou-
nt à une gêne rendue plus pénible par ses charges de fa-
lle ; mais quelques amis, Mercier, Carnot et Mme de Beau-
rnais, le relevèrent dans ses moments les plus critiques, et,
rsque l'état devint plus tranquille, on lui procura une place
quatre mille francs, qu'il remplit jusqu'à sa mort, arrivée
1806.

Cubières-Palmezeaux publia, en 1811, un ouvrage posthume
Restif intitulé *Histoire des Compagnes de Maria.* Le pre-
ier volume est consacré en entier à une appréciation litté-
ire qui, dans beaucoup de points, est spirituelle et bien sen-
:. Cubières cite un trait qui prouvera que Restif, bien que
mmuniste, n'était pas un ennemi de la monarchie. Il avait à
Convention nationale un ami qu'il aimait et estimait depuis
ngtemps. Le jour de la condamnation de Louis XVI, Restif
la, avec un pistolet dans sa poche, attendre son ami sous
s portiques, et lui dit, quand il le vit sortir de l'Assem-
ée :

— Avez-vous voté la mort du roi?
— Non, je ne l'ai pas votée.

— Tant mieux pour vous, reprit l'écrivain ; car je vous au
rais brûlé la cervelle.

L'œuvre complète de Restif de la Bretonne s'élève à plus d
deux cents volumes. Nous n'avons pas compris dans notre énu
mération quelques romans-pamphlets tels que *la Femme infi
dèle* et *Ingénue Saxancourt*, dirigés l'un contre sa femme Agnè
Lebègue, l'autre contre son gendre Auger. Cette rage de vou
loir constamment prendre le public pour arbitre et pour jug
de ses dissensions domestiques était devenue, dans les der
niers temps de la vie du romancier, une véritable maladie, d
celles que les médecins rangent parmi les variétés de l'hypo
condrie. On conçoit qu'une injustice aveugle a pu résulter d
cette disposition. Du reste, sa femme elle-même le compri
ainsi, car, dans une lettre adressée à Palmezeaux, qui lui de
mandait des renseignements sur le caractère de son mari, o
ne trouve que des éloges sur sa bienfaisance et sur cette sym
pathie pour l'humanité en général, qui, ainsi que chez la plu
part des réformateurs, ne se répandait pas toujours sur se
amis et sur ses proches.

Nous avons donné, avec trop de développement peut-être
le récit d'une existence dont l'intérêt ne réside sans doute qu
dans l'appréciation des causes morales qui ont amené nos ré
volutions. Les grands bouleversements de la nature font mon
ter à la surface du sol des matières inconnues, des résidus obs
curs, des combinaisons monstrueuses ou avortées. La raiso
s'en étonne, la curiosité s'en repaît avidement l'hypothèse au
dacieuse y trouve les germes d'un monde. Il serait insensé d'é
tablir sur ce qui n'est que décomposition efflorescente et ma
ladive, ou mélange stérile de substances hétérogèmes, un
base trompeuse, où les générations croiraient pouvoir pose
un pied ferme. L'intelligence serait alors pareille à ces lumiè
res qui voltigent sur les marécages, et semblent éclairer l
surface verte d'une immense prairie, qui ne recouvre cepen
dant qu'une bourbe infecte et stagnante. Le génie véritabl

ne à s'appuyer sur un terrain plus solide, et ne contemple
instant les vagues images de la brume que pour les éclairer
sa lueur et les dissiper peu à peu des vifs rayons de son
at.

Notre siècle n'a pas encore rencontré l'homme supérieur
r l'esprit comme par le cœur, qui, saisissant les vrais rap-
rts des choses, rendrait le calme aux forces en lutte et ra-
merait l'harmonie dans les imaginations troublées. Nous
nmes toujours en proie aux sophistes vulgaires, qui ne font
e développer sous mille formes des idées dont il n'ont pas
me, on le voit, inventé les données premières. Il en est de
me de cette école si nombreuse aujourd'hui d'observateurs
d'analystes en sous-ordre qui n'étudient l'esprit humain que
r ses côtés infimes ou souffrants, et se complaisent aux re-
erches d'une pathologie suspecte, où les anomalies hideuses
la décomposition et de la maladie sont cultivées avec cet
iour et cette admiration qu'un naturaliste consacre aux va-
tés les plus séduisantes des créations régulières.

L'exemple de la vie privée et de la carrière littéraire de
stif démontrerait au besoin que le génie n'existe pas plus
as le goût que le caractère sans la moralité. Les aveux qu'il
t des regrets et des malheurs constants qui ont suivi ses fau-
nous ont paru compenser la légèreté de certains détails. Il
avait là une leçon qu'il fallait donner tout entière, et dont
e réserve plus grande aurait peut-être affaibli la portée.

CAZOTTE

I

L'auteur du *Diable amoureux* appartient à cette classe d'é
crivains qu'après l'Allemagne et l'Angleterre nous appel
humoristiques, et qui ne se sont guère produits dans notre
térature que sous un vernis d'imitation étrangère. L'esprit
et sensé du lecteur français se prête difficilement aux capri
d'une imagination rêveuse, à moins que cette dernière r
gisse dans les limites traditionnelles et convenues des con
de fées et des pantomimes d'opéra. L'allégorie nous pl
la fable nous amuse ; nos bibliothèques sont pleines de
jeux d'esprit destinés d'abord aux enfants, puis aux femm
et que les hommes ne dédaignent pas quand ils ont du l
sir. Ceux du xviiie siècle en avaient beaucoup, et jamais
fictions et les fables n'eurent plus de succès qu'alors. Les p
graves écrivains, Montesquieu, Diderot, Voltaire, berçai
et endormaient, par des contes charmants, cette société d
leurs principes allaient détruire de fond en comble. L'aute
de l'*Esprit des lois* écrivait *le Temple de Gnide ;* le fondate
de l'*Encyclopédie* charmait les ruelles avec *l'Oiseau blanc*
les Bijoux indiscrets ; l'auteur du *Dictionnaire philosophiq*
brodait *la Princesse de Babylone* et *Zadig* des merveilleu
fantaisies de l'Orient. Tout cela, c'était de l'invention, c'éta
de l'esprit, et rien de plus, sinon du plus fin et du plus cha
mant.

Mais le poëte qui croit à sa fable, le narrateur qui croit à sa
gende, l'inventeur qui prend au sérieux le rêve éclos de sa
ensée, voilà ce qu'on ne s'attendait guère à rencontrer en
lein xviiie siècle, à cette époque où les abbés poëtes s'inspiraient de la mythologie, et où certains poëtes laïques faisaient
e la fable avec les mystères chrétiens.

On eût bien étonné le public de ce temps-là en lui appre-
ant qu'il y avait en France un conteur spirituel et naïf à la
ois qui continuait *les Mille et une Nuits*, cette grande œu-
re non terminée que M. Galland s'était fatigué de traduire,
: cela, comme si les conteurs arabes eux-mêmes les lui avaient
ictées ; que ce n'était pas seulement un pastiche adroit, mais
ne œuvre originale et sérieuse écrite par un homme tout pé-
étré lui-même de l'esprit et des croyances de l'Orient. La plu-
art de ces récits, il est vrai, Cazotte les avait rêvés au pied des
almiers, le long des grands mornes de Saint-Pierre ; loin de
Asie sans doute, mais sous son éclatant soleil. Ainsi le plus
rand nombre des ouvrages de cet écrivain singulier a réussi
ans profit pour sa gloire, et c'est au *Diable amoureux* seul et
: quelques poëmes et chansons qu'il a dû la renommée dont
illustrèrent encore les malheurs de sa vieillesse. La fin de sa
ie a donné surtout le secret des idées mystérieuses qui prési-
èrent à l'invention de presque tous ses ouvrages, et qui leur
joutent une valeur singulière que nous essayerons d'ap-
récier.

Un certain vague règne sur les premières années de Jacques
azotte. Né à Dijon en 1720, il avait fait ses études chez les
ésuites, comme la plupart des beaux esprits de ce temps-là.
In de ses frères, grand vicaire de M. de Choiseul, évêque de
hâlons, le fit venir à Paris et le plaça dans l'administration
e la marine, où il obtint, vers 1747, le grade de commissaire.
ès cette époque, il s'occupait un peu de littérature, de poésie
artout. Le salon de Raucourt, son compatriote, réunissait des
ttérateurs et des artistes, et il s'en fit connaître en lisant quel-
ues fables et quelques chansons, premières ébauches d'un ta-

10

lent qui devait dans la suite faire plus d'honneur à la prose
qu'à la poésie.

De ce moment, une partie de sa vie dut se passer à la Martinique, où l'appelait un poste de contrôleur des Iles-sous-le-
Vent. Il y vécut plusieurs années obscur, mais considéré e
aimé de tous, et épousa Mademoiselle Élisabeth Roignan, fill
du premier juge de la Martinique. Un congé lui permit de revenir pour quelque temps à Paris, où il publia encore quelque
poésies. Deux chansons, qui devinrent bientôt célèbres, daten
de cette époque, et paraissent résulter du goût qui s'était ré
pandu de rajeunir l'ancienne romance ou ballade française,
l'imitation du sieur de la Monnoye. Ce fut un des premier
essais de cette couleur romantique ou romanesque dont notr
littérature devait user et abuser plus tard, et il est remarquable de voir s'y dessiner déjà, à travers mainte incorrection, l
talent aventureux de Cazotte.

La première est intitulée *la Veillée de la bonne femme*, e
commence ainsi :

> Tout au beau milieu des Ardennes,
> Est un château sur le haut d'un rocher,
> Où fantômes sont par centaines.
> Les voyageurs n'osent en approcher :
>   Dessus ses tours
>   Sont nichés les vautours,
>   Ces oiseaux de malheur.
> Hélas ! ma bonne, hélas ! que j'ai grand' peur !

On reconnaît déjà tout à fait le genre de la ballade, telle qu
la conçoivent les poëtes du Nord, et l'on voit surtout que c'es
là du fantastique sérieux ; nous voici bien loin de la poési
musquée de Bernis et de Dorat. La simplicité du style n'exclu
pas un certain ton de poésie ferme et colorée qui se montr
dans quelques vers.

> Tout à l'entour de ses murailles
> On croit ouïr les loups-garous hurler,

> On entend traîner des ferrailles,
> On voit des feux, on voit du sang couler,
> Tout à la fois,
> De très-sinistres voix
> Qui vous glacent le cœur.
> Hélas! ma bonne, hélas! que j'ai grand'peur!

Sire Enguerrand, brave chevalier qui revient d'Espagne, eut loger en passant dans ce terrible château. On lui fait de rands récits des esprits qui l'habitent; mais il en rit, se fait ébotter, servir à souper, et fait mettre des draps à un lit. A inuit commence le tapage annoncé par les bonnes gens. Des ruits terribles font trembler les murailles, une nuée infernale ambe sur les lambris; en même temps, un grand vent souffle t les battants des portes s'ouvrent *avec rumeur*.

Un damné, en proie aux démons, traverse la salle en jetant es cris de désespoir.

> Sa bouche était toute écumeuse,
> Le plomb fondu lui découlait des yeux...

> Une ombre toute échevelée
> Va lui plongeant un poignard dans le cœur;
> Avec une épaisse fumée
> Le sang en sort si noir qu'il fait horreur.
> Hélas! ma bonne, hélas! que j'ai grand'peur!

Enguerrand demande à ces tristes personnages le motif de eurs tourments.

— Seigneur, répond la femme armée d'un poignard, je suis ée dans ce château; j'étais la fille du comte Anselme. Ce mons- re que vous voyez, et que le ciel m'oblige à torturer, était au- iônier de mon père et s'éprit de moi pour mon malheur. Il ublia les devoirs de son état, et, ne pouvant me séduire, il ivoqua le diable et se donna à lui pour en obtenir une faveur: ous les matins, j'allais au bois prendre le frais et me baigner ans l'eau pure d'un ruisseau.

> Là, tout auprès de la fontaine,
> Certaine rose aux yeux faisait plaisir;

> Fraîche, brillante, éclose à peine,
> Tout paraissait induire à la cueillir :
>   Il vous semblait,
>   Las ! qu'elle répandait
>   La plus aimable odeur.
> Hélas ! ma bonne, hélas ! que j'ai grand' peur !

> J'en veux orner ma chevelure
> Pour ajouter plus d'éclat à mon teint ;
>   Je ne sais quoi contre nature
> Me repoussait quand j'y portais la main.
>   Mon cœur battait
>   Et en battant disait :
>   « Le diable est sous la fleur !... »
> Hélas ! ma bonne, hélas ! que j'ai grand' peur !

Cette rose, enchantée par le diable, livre la belle aux mauvais desseins de l'aumônier. Mais bientôt, reprenant ses sens, elle le menace de le dénoncer à son père, et le malheureux la fait taire d'un coup de poignard.

Cependant, on entend de loin la voix du comte qui cherche sa fille. Le diable alors s'approche du coupable sous la forme d'un bouc et lui dit :

— Monte, mon cher ami ; ne crains rien, mon fidèle serviteur.

> Il monte, et, sans qu'il s'en étonne,
> Il sent sous lui le diable détaler ;
>   Sur son chemin l'air s'empoisonne,
> Et le terrain sous lui semble brûler.
>   En un instant
>   Il le plonge vivant
>   Au séjour de douleur !
> Hélas ! ma bonne, hélas ! que j'ai grand' peur !

Le dénoûment de l'aventure est que sire Enguerrand, témoin de cette scène infernale, fait par hasard un signe de croix, ce qui dissipe l'apparition. Quant à la moralité, elle se borne à engager les femmes à se défier de leur vanité, et les hommes à se défier du diable.

Cette imitation des vieilles légendes catholiques, qui serait
ort dédaignée aujourd'hui, était alors d'un effet assez neuf en
ttérature ; nos écrivains avaient longtemps obéi à ce précepte
e Boileau, qui dit que la foi des chrétiens ne doit pas emprun-
er d'ornements à la poésie ; et, en effet, toute religion qui
ombe dans le domaine des poëtes se dénature bientôt, et perd
on pouvoir sur les âmes. Mais Cazotte, plus superstitieux que
royant, se préoccupait fort peu d'orthodoxie. D'ailleurs, le
etit poëme dont nous venons de parler n'avait nulle préten-
ion, et ne peut nous servir qu'à signaler les premières tendan-
es de l'auteur du *Diable amoureux* vers une sorte de poésie
antastique, devenue vulgaire après lui.

On prétend que cette romance fut composée par Cazotte
our Madame Poissonnier, son amie d'enfance, nourrice du duc
le Bourgogne, et qui lui avait demandé des chansons qu'elle
ût chanter pour endormir l'enfant royal. Sans doute, il aurait
u choisir quelque sujet moins triste et moins chargé de visions
nortuaires ; mais on verra que cet écrivain avait la triste des-
inée de pressentir tous les malheurs.

Une autre romance du même temps, intitulée *les Prouesses
nimitables d'Ollivier, marquis d'Édesse*, obtint aussi une grande
rogue. C'est une imitation des anciens fabliaux chevaleresques,
raitée encore dans le style populaire.

> La fille du comte de Tours,
> Hélas ! des maux d'enfant l'ont pris ;
> Le comte, qui sait ses amours,
> Sa fureur ne peut retenir :
> — Qu'on cherche mon page Ollivier,
> Qu'on le mette en quatre quartiers...
> — Commère, il faut chauffer le lit ;
> N'entends-tu pas sonner minuit ?

Plus de trente couplets sont consacrés ensuite aux exploits
du page Ollivier, qui, poursuivi par le comte sur terre et sur
mer, lui sauve la vie plusieurs fois, lui disant à chaque rencontre :

— C'est moi qui suis votre page ! et maintenant, me ferez-vous mettre en quartiers ?

— Ote-toi de devant mes yeux ! lui répond toujours l'obstiné vieillard, que rien ne peut fléchir.

Et Ollivier se décide enfin à s'exiler de la France pour faire la guerre en terre sainte.

Un jour, ayant perdu tout espoir, il veut mettre fin à ses peines ; un ermite du Liban le recueille chez lui, le console, et lui fait voir dans un verre d'eau, sorte de miroir magique, tout ce qui se passe dans le château de Tours ; comment sa maîtresse languit dans un cachot, « parmi la fange et les crapauds ; » comment son enfant a été perdu dans les bois, où il est allaité par une biche, et comment encore Richard, le duc des Bretons, a déclaré la guerre au comte de Tours et l'assiége dans son château. Ollivier repasse généreusement en Europe pour aller secourir le père de sa maîtresse, et arrive à l'instant où la place va capituler.

> Voyez quels coups ils vont donnant
> Par la fureur trop animés,
> Les assiégés aux assiégeants,
> Les assiégeants aux assiégés ;
> Las ! la famine est au château,
> Il le faudra rendre bientôt.
> — Commère, il faut chauffer le lit ;
> N'entends-tu pas sonner minuit ?
>
> Tout à coup, comme un tourbillon,
> Voici venir mon Ollivier ;
> De sa lance il fait deux tronçons
> Pour pouvoir à deux mains frapper.
> A ces coups-ci, mes chers Bretons,
> Vous faut marcher à reculons !...
> — Commère, il faut chauffer le lit ;
> N'entends-tu pas sonner minuit ?

On voit que cette poésie simple ne manque pas d'un certain éclat ; mais ce qui frappa le plus alors les connaisseurs, ce fut

fond romanesque du sujet, où Moncrif, le célèbre historio-
raphe des chats, crut voir l'étoffe d'un poëme.

Cazotte n'était encore que l'auteur modeste de quelques fables
; chansons; le suffrage de l'académicien Moncrif fit travailler
n imagination, et, à son retour à la Martinique, il traita le
ijet d'*Ollivier* sous la forme du poëme en prose, entremêlant
;s récits chevaleresques de situations comiques et d'aventures
e féerie à la manière des Italiens. Cet ouvrage n'a pas une
rande valeur littéraire, mais la lecture en est amusante et le
.yle fort soutenu.

On peut rapporter au même temps la composition du *Lord
npromptu*, nouvelle anglaise écrite dans le genre intime, et
ui présente des détails pleins d'intérêt.

Il ne faut pas croire, du reste, que l'auteur de ces fantaisies
e prît point au sérieux sa position administrative; nous avons
ius les yeux un travail manuscrit qu'il adressa à M. de Choi-
;ul pendant son ministère, et dans lequel il trace noblement
;s devoirs du commissaire de marine, et propose certaines
méliorations dans le service avec une sollicitude qui fut sans
oute appréciée. On peut ajouter qu'à l'époque où les Anglais
ttaquèrent la colonie, en 1749, Cazotte déploya une grande
ctivité et même des connaissances stratégiques dans l'arme-
ent du fort Saint-Pierre. L'attaque fut repoussée, malgré la
escente qu'opérèrent les Anglais.

Cependant, la mort du frère de Cazotte le rappela une se-
onde fois en France comme héritier de tous ses biens, et il ne
irda pas à solliciter sa retraite : elle lui fut accordée dans les
ermes les plus honorables et avec le titre de commissaire gé-
éral de la marine.

II

Il ramenait en France sa femme Élisabeth, et commença
iar s'établir dans la maison de son frère à Pierry, près d'Éper-
iay. Décidés à ne point retourner à la Martinique, Cazotte et

sa femme avaient vendu tous leurs biens au père Lavalette, supérieur de la mission des jésuites, homme instruit avec lequel
il avait entretenu, pendant son séjour aux colonies, des relations agréables. Celui-ci s'était acquitté en lettres de change
sur la compagnie des jésuites à Paris.

Il y en avait pour cinquante mille écus ; il les présente, la
Compagnie les laisse protester. Les supérieurs prétendirent
que le père Lavalette s'était livré à des spéculations dangereuses et qu'ils ne pouvaient reconnaître. Cazotte, qui avait engagé là tout le plus clair de son avoir, se vit réduit à plaider
contre ses anciens professeurs, et ce procès, dont souffrit son
cœur religieux et monarchique, fut l'origine de tous ceux qui
fondirent ensuite sur la société de Jésus et en amenèrent la
ruine.

Ainsi commençaient les fatalités de cette existence singulière.
Il n'est pas douteux que, dès lors, ses convictions religieuses
plièrent de certains côtés. Le succès du poëme d'*Ollivier* l'en-
courageait à continuer d'écrire, il fit paraître *le Diable amoureux*.

Cet ouvrage est célèbre à divers titres ; il brille entre ceux
de Cazotte par le charme et la perfection des détails ; mais il
les surpasse tous par l'originalité de la conception. En France,
à l'étranger surtout, ce livre a fait école et a inspiré bien des
productions analogues.

Nous allons donner une idée de ce singulier roman, qui
fonda presque seul la réputation de son auteur, et dont l'invention fut par lui plus sérieuse qu'on ne croirait.

Dans *le Diable amoureux*, nous rencontrons d'abord un
jeune homme naïf et plein d'audace, qui, dînant avec des
étourdis de son âge, fait le pari d'aller évoquer le diable dans
un lieu qu'on lui dit être propre à cette entreprise.

La scène se passe à Portici, près de Naples. Le lieu désigné
est une de ces grandes ruines romaines que Piranèse a dessi-
nées et que Winkelmann a décrites. Le jeune homme s'y rend
seul, accomplit les formules d'évocation qu'on lui a indiquées.

t tout à coup, par une des ouvertures de la vieille coupole
uinée, une énorme tête de chameau s'allonge et lui dit : *Che
uoi?* Le jeune homme prie le diable de paraître sous une
orme plus agréable. Alors, un page charmant et élégamment
êtu se présente à la place du chameau, et lui demande ce
u'il veut. Il veut un souper pour lui et pour ses amis, qui
'attendent près de là. Le souper sort de terre. Les amis pré-
enus arrivent, et la ruine antique se rebâtit en un instant.

Il manque des musiciens, des danseuses : chacun choisit les
lus grands musiciens du monde. Ils arrivent. Le héros de la
ête souhaite d'avoir près de lui la plus illustre danseuse de
'Italie : elle entre un instant après avec un doux bruit de cas-
agnettes frissonnantes, s'assied à la table et demande, étonnée,
ourquoi on l'a enlevée au milieu d'un pas qu'elle dansait sur
e théâtre de la Fenice, au grand ébahissement des spectateurs.

Puis, le banquet terminé, des équipages magnifiques recon-
luisent les convives chez eux. Le page reste toujours à la suite
le son maître; ce dernier veut le renvoyer, mais le page se
ette à ses pieds et lui avoue qu'il est une femme et non un
omme. « Mais alors tu es une femme et le diable tout à la
ois? » Cela n'a rien de fort surprenant. Pourtant le charmant
utin femelle ne convient pas de cette identité. Il tente de per-
uader au jeune homme que sa magie est toute céleste. Celui-ci
onsent alors à la laisser vivre près de lui; mais le souvenir
le l'affreuse tête de chameau le poursuit toujours au milieu
les plus charmantes illusions.

La danseuse du théâtre de la Fenice est devenue aussi amou-
euse du héros. Jalouse du page qui l'accompagne partout,
levinant enfin son sexe, elle le frappe d'un coup de poignard
u moment où il va monter en gondole pour accompagner son
naître. C'est alors que l'épreuve devient dangereuse pour ce
lernier. Le page, blessé au sein, est vraiment une femme; bien
lus, cette femme souffre comme un être mortel et va mourir.
A force de soins, on la sauve au bout de quelques semaines, et
on maître, persuadé enfin que c'est une pauvre sylphide

amoureuse, que son séjour sur la terre soumet à toutes les douleurs de l'humanité, se met en route avec elle pour aller demander le consentement de sa mère à leur mariage.

Mais le voyage traîne en longueur pour toute sorte de raisons. La séduction continue sous plusieurs formes, car le jeune homme est craintif et pudique comme une jeune fille ; enfin, un certain soir, la voiture se brise près d'un village inconnu. On cherche un asile, une seule chambre est vacante dans une ferme où une noce se célèbre. Vous comprenez que cette nuit sera fatale à la vertu du héros. En effet, à peine s'est-il abandonné à l'amour de sa séductrice, qu'un vaste éclat de rire remplit la chambre, et l'énorme tête de chameau reparaît sur le corps d'un de ces démons terribles que rêva Salvator Rosa.

— Qu'es-tu donc, à la fin ?

— Mon pauvre ami, je suis le diable.

— Quoi ! pas même une diablesse ?

— Hélas ! non, excepté en prenant telle forme qu'il me plaît de choisir...

Alors, le jeune homme fait un signe de croix, et se trouve sur la route inondée par l'orage, couché dans sa voiture brisée. Il est si honteux de son aventure, qu'il finit, je crois, par se faire capucin.

Trente ans après cette publication, ayant passé toute sa vie entre ses travaux littéraires et ses rêveries d'illuminé, Cazotte eut à lutter avec l'esprit révolutionnaire, qu'il avait combattu déjà d'avance par ses prophéties et ses révélations mystiques. C'est en Picardie, au milieu de sa famille, près de sa fille et de sa femme, qu'il vécut retiré alors, confiant seulement à quelques lettres particulières le secret de ses sympathies et de son dévouement à la cause royale ; mais n'anticipons pas.

Le phénomène d'une œuvre littéraire telle que *le Diable amoureux* n'est pas indépendant du milieu social où il se produit ; *l'Ane d'or*, d'Apulée, livre également empreint de mysticisme et de poésie, nous donne dans l'antiquité le modèle de ces sortes de créations. Apulée, l'initié du culte d'Isis, l'illu-

niné païen, à moitié sceptique, à moitié crédule, cherchant
ous les débris des mythologies qui s'écroulent les traces de
uperstitions antérieures ou persistantes, expliquant la fable
iar le symbole, et le prodige par une vague définition des for-
es occultes de la nature ; puis, un instant après, se raillant lui-
nême de sa crédulité, ou jetant çà et là quelque trait ironique
jui déconcerte le lecteur prêt à le prendre au sérieux, c'est
iien le chef de cette famille d'écrivains, qui, parmi nous, peut
:ncore compter glorieusement l'auteur de *Smarra*, ce rêve de
'antiquité, cette poétique réalisation des phénomènes les plus
rappants du cauchemar.

Beaucoup de personnes n'ont vu dans *le Diable amoureux*
ju'une sorte de conte bleu, pareil à beaucoup d'autres du
nême temps et digne de prendre place dans le *Cabinet des fées*.
Tout au plus l'eussent-elles rangé dans la classe des contes al-
égoriques de Voltaire ; c'est justement comme si l'on compa-
:ait l'œuvre mystique d'Apulée aux facéties mythologiques de
Lucien. *L'Ane d'or* servit longtemps de thème aux théories
symboliques des philosophes alexandrins ; les chrétiens eux-
nêmes respectaient ce livre, et saint Augustin le cite avec dé-
'érence comme l'expression poétisée d'un symbole religieux ; *le
Diable amoureux* aurait quelque droit aux mêmes éloges, et
narque un progrès singulier dans le talent et la manière de
l'auteur.

Ainsi cet homme, qui fut d'abord un poëte gracieux de
l'école de Marot et de la Fontaine, puis un conteur naïf épris
tantôt de la couleur des vieux fabliaux français, tantôt du vif
chatoiement de la fable orientale mise à la mode par le succès
des *Mille et une Nuits* ; suivant, après tout, les goûts de son
siecle plus que sa propre fantaisie, le voilà qui s'est laissé aller
au plus terrible danger de la vie littéraire, celui de prendre au
sérieux ses propres inventions. Ce fut, il est vrai, le malheur
et la gloire des plus grands auteurs de cette époque ; ils écri-
vaient avec leur sang, avec leurs larmes ; ils trahissaient sans
pitié, au profit d'un public vulgaire, les mystères de leur esprit

et de leur cœur; ils jouaient leur rôle au sérieux, comme ces comédiens antiques qui tachaient la scène d'un sang véritable pour les plaisirs du peuple-roi. Mais qui se serait attendu, dans ce siècle d'incrédulité où le clergé lui-même a si peu défendu ses croyances, à rencontrer un poëte que l'amour du merveilleux purement allégorique entraîne peu à peu au mysticisme le plus sincère et le plus ardent?

Les livres traitant de la cabale et des sciences occultes inondaient alors les bibliothèques; les plus bizarres spéculations du moyen âge ressuscitaient sous une forme spirituelle et légère, propre à concilier à ces idées rajeunies la faveur d'un public frivole, à demi impie, à demi crédule, comme celui des derniers âges de la Grèce et de Rome. L'abbé de Villars, dom Pernetty, le marquis d'Argens, popularisaient les mystères de l'*OEdipus Ægyptiacus* et les savantes rêveries des néoplatoniciens de Florence. Pic de la Mirandole et Marsile Ficin renaissaient tout empreints de l'esprit musqué du xviiiᵉ siècle, dans *le Comte de Gabalis*, les *Lettres cabalistiques* et autres productions de philosophie transcendante à la portée des salons.

A l'époque où parut *le Diable amoureux*, le surnaturel, ou, comme disent les Allemands, le *supernaturalisme* était à la mode; on ne parlait dans la société que d'esprits élémentaires, de sympathies occultes, de charmes, de migration des âmes, d'alchimie et de magnétisme surtout. Le nouveau roman répondait à toutes ces idées, que l'on a essayé de renouveler depuis quelque temps. L'héroïne de ce livre n'est autre qu'un de ces lutins bizarres que l'on peut voir décrits à l'article *Incube* ou *Succube*, dans *le Monde enchanté*, de Bekker.

Le rôle un peu noir que l'auteur y fait jouer en définitive à la charmante Biondetta, suffirait à indiquer qu'il n'était pas encore initié, à cette époque, aux mystères des cabalistes ou des illuminés, lesquels ont toujours soigneusement distingué les esprits élémentaires, sylphes, gnomes, ondins ou salamandres, des noirs suppôts de Belzébuth. *Le Diable amoureux*, un des meilleurs ouvrages de la langue française, illustré de dessins

bizarres, est une œuvre qui restera toujours le modèle et l'idéal
du roman fantastique écrit à une époque où ce genre n'avait
pas encore été essayé. On lut partout avec avidité ces pages
brillantes et colorées, fruit des loisirs d'un long séjour aux
colonies, d'où l'auteur, comme Bernardin de Saint-Pierre revenu avec *Paul et Virginie*, avait rapporté aussi un véritable
chef-d'œuvre d'imagination et de style; production originale
et isolée parmi les autres de ce temps-là. Une aventure singulière vint troubler la légitime satisfaction que lui procurait son
succès. On raconte que, peu de temps après la publication du
Diable amoureux, Cazotte reçut la visite d'un mystérieux personnage au maintien grave, aux traits amaigris par l'étude, et
dont un manteau brun drapait la stature imposante.

Il demanda à lui parler en particulier, et, quand on les eut
laissés seuls, l'étranger aborda Cazotte avec quelques signes
bizarres, tels que les initiés en emploient pour se reconnaître
entre eux.

Cazotte, étonné, lui demanda s'il était muet, et le pria d'expliquer mieux ce qu'il avait à dire. Mais l'autre changea seulement la direction de ses signes et se livra à des démonstrations
plus énigmatiques encore.

Cazotte ne put cacher son impatience.

— Pardon, monsieur, lui dit l'étranger, mais je vous croyais
des nôtres et dans les plus hauts grades.

— Je ne sais ce que vous voulez dire, répondit Cazotte.

— Et, sans cela, où donc auriez-vous puisé les pensées qui
dominent dans votre *Diable amoureux* ?

— Dans mon esprit, s'il vous plaît.

— Quoi! ces évocations dans les ruines, ces mystères de la
cabale, ce pouvoir occulte d'un homme sur les esprits de l'air,
ces théories si frappantes sur le pouvoir des nombres, sur la
volonté, sur les fatalités de l'existence, vous auriez imaginé
toutes ces choses?

— J'ai lu beaucoup, mais sans doctrine, sans méthode particulière.

— Et vous n'êtes pas même franc-maçon?

— Pas même cela.

— Eh bien, monsieur, soit par pénétration, soit par hasard, vous avez pénétré des secrets qui ne sont accessibles qu'aux initiés de premier ordre, et peut-être serait-il prudent désormais de vous abstenir de pareilles révélations.

— Quoi! j'aurais fait cela! s'écria Cazotte effrayé; moi qui ne songeais qu'à divertir le public et à prouver seulement qu'il fallait prendre garde au diable!

— Et qui vous dit que notre science ait quelque rapport avec cet esprit des ténèbres? Telle est pourtant la conclusion de votre dangereux ouvrage. Je vous ai pris pour un frère infidèle qui trahissait nos secrets par un motif que j'étais curieux de connaître... Et, puisque vous n'êtes, en effet, qu'un profane ignorant de notre but suprême, je vous instruirai, je vous ferai pénétrer plus avant dans les mystères de ce monde des esprits qui nous presse de toutes parts, et qui, par l'intuition seule, s'est déjà révélé à vous.

Cette conversation se prolongea longtemps; les biographes varient sur les termes, mais tous s'accordent à signaler la subite révolution qui se fit dès lors dans les idées de Cazotte, adepte sans le savoir d'une doctrine dont il ignorait qu'il existât encore des représentants. Il avoua qu'il s'était montré sévère, dans son *Diable amoureux*, pour les cabalistes, dont il ne concevait qu'une idée fort vague, et que leurs pratiques n'étaient peut-être pas aussi condamnables qu'il l'avait supposé. Il s'accusa même d'avoir un peu calomnié ces innocents esprits qui peuplent et animent la région moyenne de l'air, en leur assimilant la personnalité douteuse d'un lutin femelle qui répond au nom de Belzébuth.

— Songez, lui dit l'initié, que le père Kircher, l'abbé de Villars et bien d'autres casuistes ont démontré depuis longtemps la parfaite innocence de ces esprits au point de vue chrétien. Les *Capitulaires* de Charlemagne en faisaient mention comme d'êtres appartenant à la hiérarchie céleste; Platon et

ocrate, les plus sages des Grecs, Origène, Eusèbe et saint Au-
ustin, ces flambeaux de l'Église, s'accordaient à distinguer le
iouvoir des esprits élémentaires de celui des fils de l'abîme...

Il n'en fallait pas tant pour convaincre Cazotte, qui, comme
m le verra, devait, plus tard, appliquer ces idées, non plus à
es livres, mais à sa vie, et qui s'en montra convaincu jusqu'à
es derniers moments.

Cazotte dut être d'autant plus porté à réparer la faute qui lui
tait signalée, que ce n'était pas peu de chose alors que d'en-
ourir la haine des illuminés, nombreux, puissants, et divisés
m une foule de sectes, sociétés et loges maçonniques, qui
orrespondaient entre elles d'un bout à l'autre du royaume. Ca-
iotte, accusé d'avoir révélé aux profanes les mystères de l'ini-
iation, s'exposait au même sort qu'avait subi l'abbé de Vil-
ars, qui, dans *le Comte de Gabalis*, s'était permis de livrer à la
uriosité publique, sous une forme à demi sérieuse, toute la
doctrine des *rose-croix* sur le monde des esprits. Cet ecclésiasti-
jue fut trouvé un jour assassiné sur la route de Lyon, et l'on
ne put accuser que les sylphes ou les gnomes de cette expédition. Cazotte opposa, d'ailleurs, d'autant moins de résistance
aux conseils de l'initié qu'il était naturellement très-porté à
ces sortes d'idées. Le vague que des études faites sans méthode
répandaient dans sa pensée, le fatiguait lui-même, et il avait
besoin de se rattacher à une doctrine complète. Il fut curieux
de connaître en détail tout ce qu'il n'avait que pressenti dans
son livre, et, grâce aux instructions de son mystérieux visiteur,
il ne tarda pas à être reçu membre de la loge des illuminés
martinistes, qui, à cette époque, résidait à Lyon. Cette doctrine
avait été introduite en France par Martinez Pasqualis, et re-
nouvelait simplement l'institution des rites cabalistiques du
xie siècle, dernier écho de la formule des gnostiques, où quelque chose de la métaphysique juive se mêle aux théories obs-
cures des philosophes alexandrins.

Cazotte était jeune encore à cette époque; il pénétra dans
ces mystères avec la foi la plus ardente; soumis à des épreuves

qui se rapprochaient de celles des initiations antiques, il les subit avec courage et en sortit pour ainsi dire transformé : ce
n'était plus l'auteur spirituel et frivole de tant de charmants
contes, de tant de jolis vers qui lui avaient valu l'applaudisse-
ment des salons ; c'était dès lors un penseur sombre et sérieux,
un écrivain morose et inquiet, plein de pressentiments funè-
bres. Il savait désormais sa destinée et celle de la France, il
avait lu dans l'avenir.

Le présent, à cette époque, c'était la folle insouciance des
dernières années de la monarchie ; l'avenir, c'était la Révolution et le règne de la Terreur.

L'école de Lyon, à laquelle appartenait dès lors Cazotte, pro-
fessait d'après Martinez, que l'intelligence et la volonté sont les
seules forces actives de la nature, d'où il suit que, pour en mo-
difier les phénomènes, il suffit de commander fortement et de
vouloir. Elle ajoutait que, par la contemplation de ses propres
idées et l'abstraction de tout ce qui tient au monde extérieur
et au corps, l'homme pouvait s'élever à la notion parfaite de
l'essence universelle et à cette domination des *esprits* dont le
secret était contenu dans la *Triple contrainte de l'enfer*, conju-
ration toute-puissante à l'usage des cabalistes du moyen âge.

Martinez, qui avait couvert la France de loges maçonniques
selon son rite, était allé mourir à Saint-Domingue ; la doctrine
ne put se conserver pure, et se modifia bientôt en admettant
les idées de Swedenborg et de Jacob Boehm, qu'on eut de la
peine à réunir dans le même symbole. Le célèbre Saint-Martin,
l'un des néophytes les plus ardents et les plus jeunes, se rattacha
particulièrement aux principes de ce dernier. A cette époque, l'école de Lyon s'était fondue déjà dans la société des philalèthes, où Saint-Martin refusa d'entrer, disant qu'ils s'occupaient plus de la science des *âmes*, d'après Swedenborg, que
de celle des *esprits*, d'après Martinez. Cazotte s'en retira à son
tour, parce que leurs opérations prenaient une tendance politique contraire à ses sympathies religieuses et monarchiques.

Plus tard, l'illustre théosophe Saint-Martin, parlant de son éjour parmi les illuminés de Lyon, disait : « Dans l'école où ai passé il y a vingt-cinq ans, les *communications* de tout enre étaient fréquentes ; j'en ai eu ma part comme beaucoup 'autres. Les manifestations du signe du *Réparateur* y étaient isibles : j'y avais été préparé par des initiations. Mais, ajoute--il, le danger de ces initiations est de livrer l'homme à des *esrits violents ;* et je ne puis répondre que les formes qui se comnuniquaient à moi ne fussent pas des formes d'emprunt. »

Le danger que redoutait Saint-Martin fut précisément celui à se livra Cazotte, et qui causa peut-être les plus grands malieurs de sa vie. Longtemps encore ses croyances furent doues et tolérantes, ses visions riantes et claires ; ce fut dans ces quelques années qu'il composa de nouveaux contes arabes qui, ongtemps confondus avec *les Mille et une Nuits,* dont ils fornaient la suite, n'ont pas valu à leur auteur toute la gloire qu'il n devait retirer. Les principaux sont *la Dame inconnue, le Chevalier, l'Ingrat puni, le Pouvoir du Destin, Simoustapha, e Calife voleur,* qui a fourni le sujet du *Calife de Bagdad, 'Amant des étoiles* et *le Magicien ou Maugraby,* ouvrage plein le charme descriptif et d'intérêt.

Ce qui domine dans ces compositions, c'est la grâce et l'esrit des détails ; quant à la richesse de l'invention, elle ne le ède pas aux contes orientaux eux-mêmes ; ce qui s'explique n partie, d'ailleurs, par le fait que plusieurs sujets originaux waient été communiqués à l'auteur par un moine arabe nommé lom Chavis.

La théorie des esprits élémentaires, si chère à toute imagination mystique, s'applique également, comme on sait, aux :royances de l'Orient, et les pâles fantômes, perçus dans les)rumes du Nord au prix de l'hallucination et du vertige, sem-)lent se teindre là-bas des feux et des couleurs d'une atmo-)phère splendide et d'une nature enchantée. Dans son conte du *Chevalier,* qui est un véritable poëme, Cazotte réalise surtout e mélange de l'invention romanesque et d'une distinction des)ons ou des mauvais esprits, savamment renouvelée des cabalistes de l'Orient. Les génies lumineux, soumis à Salomon, livrent force combats à ceux de la suite d'*Eblis*; les talismans, les conjurations, les anneaux constellés, les miroirs magiques, tout cet enchevêtrement merveilleux des fatalistes arabes s'y noue et s'y dénoue avec ordre et clarté. Le héros a quelques traits de l'initié égyptien du roman de *Séthos*, qui, alors, obtenait un succès prodigieux. Le passage où il franchit, à travers mille dangers, la montagne de Caf, palais éternel de Salomon, roi des génies, est la version asiatique des épreuves d'Isis; ainsi, la préoccupation des mêmes idées apparaît encore sous les formes les plus diverses.

Ce n'est pas à dire qu'un grand nombre des ouvrages de Cazotte n'appartienne à la littérature ordinaire. Il eut quelque réputation comme fabuliste, et, dans la dédicace qu'il fit de son volume de fables à l'Académie de Dijon, il eut soin de rappeler le souvenir d'un de ses aïeux, qui, du temps de Marot et de Ronsard, avait contribué aux progrès de la poésie française. A l'époque où Voltaire publiait son poëme intitulé *la Guerre de Genève*, Cazotte eut l'idée plaisante d'ajouter aux premiers chants du poëme inachevé un septième chant écrit dans le même style, et que l'on crut de Voltaire lui-même.

Nous n'avons pas parlé de ses chansons, qui portent l'empreinte d'un esprit tout particulier. Rappellerons-nous la plus connue, intitulée *O mai! joli mois de mai:*

> Pour le premier jour de mai,
>   Soyez bien réveillée!
> Je vous apporte un bouquet,
>   Tout de giroflée;
> Un bouquet cueilli tout frais,
>   Tout plein de rosée.

Tout continue sur ce ton. C'est une délicieuse peinture d'éventail, qui se déploie avec les grâces naïves et maniérées tout à la fois du bon vieux temps.

Pourquoi ne citerions-nous pas encore la charmante ronde

oujours vous aimer ; et surtout la villanelle si gaie dont voici
uelques couplets .

Que de maux soufferts,
Vivant dans vos fers, Thérèse !
Que de maux soufferts,
· Vivant dans vos fers !

Si vers les genoux
Mes bas ont des trous, Thérèse,
A vos pieds, je les fis tous,
Ainsi qu'on se prenne à vous !
Si vers les genoux, etc.

Et mes cinq cents francs
Que j'avais comptant, Thérèse ?
Il n'en reste pas six blancs ;
Et qui me rendra mon temps ?
Et mes cinq cents francs, etc.

Vous avez vingt ans,
Et mille agréments, Thérèse ;
Mais aucun de vos amans
Ne vous dira dans vingt ans :
« Vous avez vingt ans, etc. »

Nous avons dit que l'Opéra-Comique devait à Cazotte le su-
t du *Calife de Bagdad ;* son *Diable amoureux* fut représenté
ussi sous cette forme, avec le titre de *l'Infante de Zamora.*
e fut à ce sujet sans doute qu'un de ses beaux-frères, qui
ait venu passer quelques jours à sa campagne de Pierry,
i reprochait de ne point tenter le théâtre, et lui vantait les
péras bouffons comme des ouvrages d'une grande difficulté.

— Donnez-moi un mot, dit Cazotte, et, demain, j'aurai fait
ne pièce de ce genre à laquelle il ne manquera rien.

Le beau-frère voit entrer un paysan avec des sabots :

— Eh bien, *sabots,* s'écria-t-il, faites une pièce sur ce mot-

Cazotte demanda à rester seul ; mais un personnage sin-

gulier, qui justement faisait partie ce soir-là de la réunion
s'offrit à faire la musique à mesure que Cazotte écrirait l'opéra
C'était Rameau, le neveu du grand musicien dont Diderot
raconté la vie fantastique dans ce dialogue qui est un chef
d'œuvre, et la seule satire moderne qu'on puisse opposer
celles de Pétrone.

L'opéra fut fait dans la nuit, adressé à Paris, et représent
bientôt à la Comédie-Italienne, après avoir été retouché pa
Marsollier et Duni, qui y daignèrent mettre leur nom. Cazott
n'obtint pour droits d'auteur que ses entrées, et le neveu d
Rameau, ce génie incompris, demeura obscur comme par l
passé. C'était bien, d'ailleurs, le musicien qu'il fallait à Ca
zotte, qui a dû sans doute bien des idées étranges à ce bi
zarre compagnon.

Le portrait qu'il en fait dans sa préface de la seconde *Ra
méide*, poëme héroï-comique, composé en l'honneur de so
ami, mérite d'être conservé, autant comme morceau de styl
que comme note utile à compléter la piquante analyse moral
et littéraire de Diderot :

« C'est l'homme le plus plaisant par nature que j'aie connu
il s'appelait Rameau, était neveu du célèbre musicien, avai
été mon camarade au collége, et avait pris pour moi une ami
tié qui ne s'est jamais démentie, ni de sa part, ni de la mienne
Ce personnage, l'homme le plus extraordinaire de notre temps
était né avec un talent naturel de plus d'un genre, que le dé
faut d'assiette de son esprit ne lui permit jamais de cultiver
Je ne puis comparer son genre de plaisanterie qu'à celui que
déploie le docteur Sterne dans son *Voyage sentimental*. Le
saillies de Rameau étaient des saillies d'instinct d'un genre s
particulier, qu'il est nécessaire de les peindre pour essayer de
les rendre. Ce n'étaient point des bons mots, c'étaient des trait
qui semblaient partir de la plus profonde connaissance du
cœur humain. Sa physionomie, qui était vraiment burlesque,
ajoutait un piquant extraordinaire à ses saillies, d'autant moins
attendues de sa part, que, d'habitude, il ne faisait que dérai-

nner. Ce personnage, né musicien, autant et plus peut-être
ue son oncle, ne put jamais s'enfoncer dans les profondeurs
e l'art; mais il était né plein de chant et avait l'étrange faci-
té d'en trouver, impromptu, de l'agréable et de l'expressif,
ir quelques paroles qu'on voulût lui donner; seulement, il
it fallu qu'un véritable artiste eût arrangé et corrigé ses
brases et composé ses partitions. Il était de figure aussi
orriblement que plaisamment laid, très-souvent ennuyeux,
arce que son génie l'inspirait rarement; mais, si sa verve le
ervait, il faisait rire jusqu'aux larmes. Il vécut pauvre, ne
ouvant suivre aucune profession. Sa pauvreté absolue lui fai-
iit honneur dans mon esprit. Il n'était pas absolument sans
rtune, mais il eût fallu dépouiller son père du bien de sa
ière, et il se refusa à l'idée de réduire à la misère l'auteur de
es jours, qui s'était remarié et avait des enfants. Il a donné,
ans plusieurs autres occasions, des preuves de la bonté de
on cœur. Cet homme singulier vécut passionné pour la gloire,
u'il ne pouvait acquérir dans aucun genre... Il est mort dans
ne maison religieuse, où sa famille l'avait placé, après quatre
ns de retraite qu'il avait prise en gré, et ayant gagné le cœur
e tous ceux qui d'abord n'avaient été que ses geôliers. »

Les lettres de Cazotte sur la musique, dont plusieurs sont
es réponses à la Lettre de J.-J. Rousseau sur l'Opéra, se rap-
ortent à cette légère incursion dans le domaine lyrique. La
lupart de ses écrits sont anonymes, et ont été recueillis de-
uis comme pièces diplomatiques de la guerre de l'Opéra.
)uelques-unes sont certaines, d'autres douteuses. Nous serions
ien étonné s'il fallait ranger parmi ces dernières le Petit
'rophète de Bœmischbroda, fantaisie attribuée à Grimm, qui
ompléterait au besoin l'analogie marquée de Cazotte et d'Hoff-
nann.

C'était encore la belle époque de la vie de Cazotte; voici
e portrait qu'a donné Charles Nodier de cet homme célèbre,
[u'il avait vu dans sa jeunesse :

« A une extrême bienveillance, qui se peignait dans sa belle

et heureuse physionomie, à une douceur tendre que ses yeux
bleus encore fort animés exprimaient de la manière la plus
séduisante, M. Cazotte joignait le précieux talent de raconter
mieux qu'homme du monde des histoires, tout à la fois étranges
et naïves, qui tenaient de la réalité la plus commune par
l'exactitude des circonstances et de la féerie par le merveilleux. Il avait reçu de la nature un don particulier pour voir
les choses sous leur aspect fantastique, et l'on sait si j'étais
organisé de manière à jouir avec délices de ce genre d'illusion.
Aussi, quand un pas grave se faisait entendre à intervalles
égaux sur les dalles de l'autre chambre; quand sa porte s'ouvrait avec une lenteur méthodique, et laissait percer la lumière
d'un falot porté par un vieux domestique moins ingambe que
le maître, et que M. Cazotte appelait gaiement son *pays*,
quand M Cazotte paraissait lui-même avec son chapeau trian-
gulaire, sa longue redingote de camelot vert brodé d'un petit
galon, ses souliers à bouts carrés fermés très-avant sur le
pied par une forte agrafe d'argent, et sa haute canne à pomme
d'or, je ne manquais jamais de courir à lui avec les témoi-
gnages d'une joie folle, qui était encore augmentée par ses
caresses. »

Charles Nodier met ensuite dans sa bouche un de ces récits mystérieux qu'il se plaisait à faire dans le monde, et qu'on
écoutait avidement. Il s'agit de la longévité de Marion Delorme, qu'il disait avoir vue quelques jours avant sa mort,
âgée de près d'un siècle et demi, ainsi que semblent le constater, d'ailleurs, son acte de baptême et son acte mortuaire
conservés à Besançon. En admettant cette question fort con-
troversée de l'âge de Marion Delorme, Cazotte pouvait l'avoir
vue étant âgé de vingt et un ans. C'est ainsi qu'il disait pouvoir transmettre des détails inconnus sur la mort de Henri IV,
à laquelle Marion Delorme avait pu assister.

Mais le monde était plein alors de ces causeurs amis du
merveilleux; le comte de Saint-Germain et Cagliostro tour-
naient toutes les cervelles, et Cazotte n'avait peut-être de plus

ıe son génie littéraire et la réserve d'une honnête sincérité.

pourtant nous devons ajouter foi à la prophétie célèbre rap-
ɔrtée dans les mémoires de La Harpe, il aurait joué seule-
ent le rôle fatal de Cassandre, et n'aurait pas eu tort, comme
ı le lui reprochait, *d'être toujours sur le trépied.*

III

« Il me semble, dit La Harpe, que c'était hier, et c'était ce-
:ndant au commencement de 1788. Nous étions à table chez
ı de nos confrères à l'Académie, grand seigneur et homme
esprit ; la compagnie était nombreuse et de tout état, gens
: robe, gens de cour, gens de lettres, académiciens, etc. On
ait fait grande chère comme de coutume. Au dessert, les
ns de Malvoisie et de Constance ajoutaient à la gaieté de la
ɔnne compagnie cette sorte de liberté qui n'en gardait pas
ujours le ton : on en était venu alors dans le monde au
ɔint où tout est permis pour faire rire.

Chamfort nous avait lu de ses contes impies et libertins, et
s grandes dames avaient écouté sans avoir même recours
l'éventail. De là un déluge de plaisanteries sur la religion,
d'applaudir. Un convive se lève, et, tenant son verre plein :

— Oui, messieurs, s'écrie-t-il, je suis aussi *sûr qu'il n'y a*
ıs *de Dieu*, que je suis sûr qu'Homère est un sot.

En effet, il était sûr de l'un comme de l'autre ; et l'on avait
ırlé d'Homère et de Dieu, et il y avait là des convives qui
aient dit du bien de l'un et de l'autre.

La conversation devient plus sérieuse ; on se répand en ad-
iration sur la *révolution qu'avait faite Voltaire*, et l'on con-
ent que c'est là le premier titre de sa gloire : « Il a donné le
n à son siècle, et s'est fait lire dans l'antichambre comme
ıns le salon. »

Un des convives nous raconta, en pouffant de rire, que son
iffeur lui avait dit, tout en le poudrant :

— Voyez-vous, monsieur, quoique je ne sois qu'un misérable carabin, je n'ai pas plus de religion qu'un autre.

On en conclut que la révolution ne tardera pas à se consommer ; il faut absolument que la *superstition et le fanatisme fassent place à la philosophie*, et l'on en est à calculer la probabilité de l'époque, et quels seront ceux de la société qui verront le *règne de la raison*. Les plus vieux se plaignent de ne pouvoir s'en flatter ; les jeunes se réjouissent d'en avoir une espérance très-vraisemblable ; et l'on félicitait surtout l'Académie d'avoir préparé le grand œuvre, et d'avoir été le chef-lieu, le centre le *mobile de la liberté de penser.*

Un seul des convives n'avait point pris part à toute la joie de cette conversation, et avait même laissé tomber tout doucement quelques plaisanteries sur notre bel enthousiasme : c'était Gazotte, homme aimable et original, mais malheureusement infatué des rêveries des *illuminés.* Son héroïsme l'a depuis rendu à jamais illustre.

Il prend la parole, et, du ton le plus sérieux :

— Messieurs, dit-il, soyez satisfaits ; vous verrez tous *cette grande et sublime révolution* que vous désirez tant. Vous savez que je suis un peu prophète ; je vous répète, *vous la verrez.*

On lui répond par le refrain connu :

— Faut pas être grand sorcier pour ça !

— Soit ; mais peut-être faut-il l'être un peu plus pour ce qui me reste à vous dire. Savez-vous ce qui arrivera de cette *révolution*, ce qui en arrivera pour vous, tant que vous êtes ici, et ce qui en sera la suite immédiate, l'effet bien prouvé, la conséquence bien reconnue ?

— Ah ! voyons, dit Condorcet avec son air sournois et niais ; un philosophe n'est pas fâché de rencontrer un prophète.

— *Vous, monsieur de Condorcet, vous expirerez étendu sur le pavé d'un cachot*; vous mourrez du poison que vous aurez pris pour vous dérober au bourreau, du poison que le bonheur de ce temps-là vous forcera de porter toujours sur vous.

Grand étonnement d'abord ; mais on se rappelle que le bon

Cazotte est sujet à rêver tout éveillé, et l'on rit de plus belle.

— Monsieur Cazotte, le conte que vous faites ici n'est pas si plaisant que votre *Diable amoureux;* mais quel diable vous a mis dans la tête ce *cachot,* ce *poison* et ces *bourreaux?* Qu'est-ce que tout cela peut avoir de commun avec la *philosophie et le règne de la raison?*

— C'est précisément ce que je vous dis : c'est au nom de la philosophie, de l'humanité, de la liberté, c'est sous le règne de la raison qu'il vous arrivera de finir ainsi; et ce sera bien le règne de la raison, car alors *elle aura des temples,* et même il n'y aura plus dans toute la France, en ce temps-là, que des *temples de la Raison.*

— Par ma foi, dit Chamfort avec le rire du sarcasme, vous ne serez pas un des prêtres de ces temples-là.

— Je l'espère; mais vous, monsieur de Chamfort, qui en serez un, et très-digne de l'être, *vous vous couperez les veines de vingt-deux coups de rasoir,* et pourtant vous n'en mourrez que quelques mois après.

On se regarde et on rit encore.

— Vous, monsieur Vicq-d'Azir, vous ne vous ouvrirez pas les veines vous-même; mais, après vous les avoir fait ouvrir six fois dans un jour, après un accès de goutte, pour être plus sûr de votre fait, vous mourrez dans la nuit. — Vous, monsieur de Nicolaï, vous mourrez sur l'échafaud. — Vous, monsieur Bailly, sur l'échafaud...

— Ah! Dieu soit béni! dit Roucher, il paraît que monsieur n'en veut qu'à l'Académie; il vient d'en faire une terrible exécution; et moi, grâce au ciel...

— Vous! vous mourrez aussi sur l'échafaud.

— Oh! c'est une gageure, s'écrie-t-on de toute part, il a juré de tout exterminer.

— Non, ce n'est pas moi qui l'ai juré.

— Mais nous serons donc subjugués par les Turcs et les Tartares? et encore!...

11

— Point du tout, je vous l'ai dit : vous serez alors gouvernés par la seule *philosophie*, par la seule *raison*. Ceux qui vous traiteront ainsi seront tous des *philosophes*, auront à tout moment dans la bouche toutes les mêmes phrases que vous débitez depuis une heure, répéteront toutes vos maximes, citeront tout comme vous les vers de Diderot et de *la Pucelle*...

On se disait à l'oreille :

— Vous voyez bien qu'*il est fou* (car il gardait le plus grand sérieux). Est-ce que vous ne voyez pas qu'il plaisante ? et vous savez qu'il entre toujours du merveilleux dans ses plaisanteries.

— Oui, reprit Chamfort ; mais son merveilleux n'est pas gai ; il est trop patibulaire. — Et quand tout cela se passera-t-il ?

— *Six ans ne se passeront pas que tout ce que je vous dis ne soit accompli*...

— Voilà bien des miracles (et, cette fois, c'était moi-même qui parlais, dit La Harpe) ; et vous ne m'y mettez pour rien ?

— Vous y serez pour un miracle tout au moins aussi extraordinaire : vous serez alors chrétien.

Grandes exclamations.

— Ah ! reprit Chamfort, je suis rassuré ; si nous ne devons périr que quand La Harpe sera chrétien, nous sommes immortels.

— Pour ça, dit alors madame la duchesse de Grammont, nous sommes bien heureuses, nous autres femmes, de n'être pour rien dans les révolutions. Quand je dis pour rien, ce n'est pas que nous ne nous en mêlions toujours un peu ; mais il est reçu qu'on ne s'en prend pas à nous, et notre sexe...

— *Votre sexe, mesdames, ne vous en défendra pas, cette fois ;* et vous aurez beau ne vous mêler de rien, vous serez traitées tout comme les hommes, sans aucune différence quelconque.

— Mais qu'est-ce que vous nous dites donc là, monsieur Cazotte ? C'est la fin du monde que vous nous prêchez.

— Je n'en sais rien ; mais ce que je sais, c'est que vous,

madame la duchesse, *vous serez conduite à l'échafaud,* vous et beaucoup d'autres dames avec vous, dans la charrette du bourreau, et les mains derrière le dos.

— Ah ! j'espère que, dans ce cas-là, j'aurai du moins un carrosse drapé de noir.

— Non, madame, de plus grandes dames que vous iront comme vous en charrette, et les mains liées comme vous.

— De plus grandes dames ! quoi ! *les princesses du sang ?*

— *De plus grandes dames encore...*

Ici un mouvement très-sensible se fit dans toute la compagnie, et la figure du maître se rembrunit. On commençait à trouver que la plaisanterie était forte.

Madame de Grammont, pour dissiper le nuage, n'insista pas sur cette dernière réponse, et se contenta de dire, du ton le plus léger :

— *Vous verrez qu'il ne me laissera pas seulement un confesseur !*

— *Non, madame, vous n'en aurez pas, ni personne. Le dernier supplicié, qui en aura un par grâce, sera...*

Il s'arrêta un moment.

— Eh bien, quel est donc l'heureux mortel qui aura cette prérogative ?

— C'est la seule qui lui restera : et ce sera *le roi de France.*

Le maître de la maison se leva brusquement, et tout le monde avec lui. Il alla vers M. Cazotte, et lui dit, avec un ton pénétré :

— Mon cher monsieur Cazotte, c'est assez faire durer cette facétie lugubre ; vous la poussez trop loin, et jusqu'à compromettre la société où vous êtes, et vous-même.

Cazotte ne répondit rien, et se disposait à se retirer, quand madame de Grammont, qui voulait toujours éviter le sérieux et ramener la gaieté, s'avança vers lui.

— Monsieur le prophète, qui nous dites à tous notre bonne aventure, vous ne dites rien de la vôtre.

Il fut quelque temps en silence et les yeux baissés :

— Madame, avez-vous lu le siége de Jérusalem, dans *Josèphe?*

— Oh! sans doute ; qu'est-ce qui n'a pas lu ça? Mais faites comme si je ne l'avais pas lu.

— Eh bien, madame, pendant ce siége, un homme fit sept jours de suite le tour des remparts, à la vue des assiégeants et des assiégés, criant incessamment d'une voix sinistre et tonnante : *Malheur à Jérusalem ! Malheur à moi-même* ! Et dans le moment une pierre énorme, lancée par les machines ennemies, l'atteignit et le mit en pièces.

Après cette réponse, M. Cazotte fit sa révérence et sortit. »

L'authenticité de cette pièce a été tour à tour affirmée et démentie ; beaucoup n'y ont vu qu'une scène d'esprit de La Harpe, et pourtant le ton en est sérieux, et bien des écrits de Cazotte le signalent comme un mystique convaincu et sincère.

Tout en n'accordant à ce document qu'une confiance relative, et en nous rapportant à la sage opinion de Charles Nodier, qui dit qu'à l'époque où a eu lieu cette scène, il n'était peut-être pas difficile de prévoir que la révolution qui venait choisirait ses victimes dans la plus haute société d'alors, et dévorerait ensuite ceux-là mêmes qui l'auraient créée, nous allons rapporter un singulier passage qui se trouve dans le poëme d'*Ollivier*, publié justement trente ans avant 93, et dans lequel on remarqua une préoccupation de têtes coupées qui peut bien passer, mais plus vaguement, pour une hallucination prophétique.

« Il y a environ quatre ans que nous fûmes attirés l'un et l'autre par des enchantements dans le palais de la fée Bagasse. Cette dangereuse sorcière, voyant avec chagrin le progrès des armes chrétiennes en Asie, voulut les arrêter en tendant des piéges aux chevaliers défenseurs de la foi. Elle construisit non loin d'ici un palais superbe. Nous mîmes malheureusement le pied sur les avenues : alors, entraînés par un charme, quand nous croyions ne l'être que par la beauté des lieux, nous parvînmes jusque dans un péristyle qui était à l'entrée du palais ; mais nous y étions à peine, que le marbre sur lequel nous marchions, solide en apparence, s'écarte et fond sous nos pas : une chute imprévue nous précipite sous le mouvement d'une roue armée de fers tranchants qui séparent en un clin d'œil toutes les parties de notre corps les unes des autres, et ce qu'il y eut de plus étonnant, c'est que la mort ne suivit pas une aussi étrange dissolution.

» Entraînées par leur propre poids, les parties de notre corps tombèrent dans une fosse profonde, et s'y confondirent dans une multitude de membres entassés. Nos têtes roulèrent comme des boules. Ce mouvement extraordinaire ayant achevé d'étourdir le peu de raison qu'une aventure aussi surnaturelle m'avait laissée, je n'ouvris les yeux qu'au bout de quelque temps, et je vis que ma tête était rangée sur des gradins à côté et vis-à-vis de huit cents autres têtes des deux sexes, de tout âge et de tout coloris. Elles avaient conservé l'action des yeux et de la langue, et surtout un mouvement dans les mâchoires qui les faisait bâiller presque continuellement. Je n'entendais que ces mots, assez mal articulés :

» — Ah ! quels ennuis ! cela est désespérant.

» — Je ne pus résister à l'impression que faisait sur moi la condition générale, et me mis à bâiller comme les autres.

» — Encore une bâilleuse de plus, dit une grosse tête de femme, placée vis-à-vis de la mienne ; on n'y saurait tenir, j'en mourrais.

» Et elle se mit à bâiller de plus belle.

» — Au moins cette bouche-ci a de la fraîcheur, dit une autre tête, et voilà des dents d'émail.

» Puis, m'adressant la parole :

» — Madame, peut-on savoir le nom de l'aimable compagne d'infortune que nous a donnée la fée Bagasse ?

» J'envisageai la tête qui m'adressait la parole : c'était celle

11.

d'un homme. Elle n'avait point de traits, mais un air de vivacité et d'assurance, et quelque chose d'affecté dans la prononciation.

» Je voulus répondre : « Seigneur, j'ai un frère:... » Je
n'eus pas le temps d'en dire davantage.

» — Ah! ciel! s'écria la tête femelle qui m'avait apostrophée
la première, voici encore une conteuse et une histoire; nous
n'avons pas été assez assommés de récits. Bâillez, madame, et
laissez là votre frère. Qui est-ce qui n'a pas de frère? Sans
ceux que j'ai, je régnerais paisiblement et ne serais pas où
je me trouve.

» — Seigneur, dit la grosse tête apostrophée, vous vous
faites connaître bien tôt pour ce que vous êtes, pour la plus
mauvaise tête...

» — Ah! interrompit l'autre, si j'avais seulement mes membres!...

» — Et moi, dit l'adversaire, si j'avais seulement mes
mains!... Et, d'ailleurs, me disait-il; vous pouvez vous apercevoir que ce qu'il dit ne saurait passer le nœud de la gorge.

» — Mais, disais-je, ces disputes-ci vont trop loin.

» — Eh! non, laissez-nous faire; ne vaut-il pas mieux se
quereller que de bâiller? A quoi peuvent s'occuper des gens
qui n'ont que des oreilles et des yeux, qui vivent ensemble
face à face depuis un siècle, qui n'ont nulle relation ni n'en
peuvent former d'agréables, à qui la médisance même est in-
terdite, faute de savoir de qui parler pour se faire entendre,
qui...

» Il en eût dit davantage; mais voilà que tout à coup il
nous prend une violente envie d'éternuer tous ensemble; un
instant après, une voix rauque, partant on ne sait d'où, nous
ordonne de chercher nos membres épars; en même temps, nos
têtes roulent vers l'endroit où ils étaient entassés. »

N'est-il pas singulier de rencontrer dans un poëme héroï-
comique de la jeunesse de l'auteur, cette sanglante rêverie de
têtes coupées, de membres séparés du corps, étrange asso-

ation d'idées qui réunit des courtisans, des guerriers, des
mmes, des petits-maîtres, dissertant et plaisantant sur des
tails de supplice comme le feront plus tard à la Conciergerie
s seigneurs, ces femmes, ces poëtes, contemporains de Ca-
tte, dans le cercle desquels il viendra à son tour apporter sa
e, en tâchant de sourire et de plaisanter comme les autres
s fantaisies de cette fée sanglante, qu'il n'avait pas prévu
voir s'appeler un jour la Révolution !

IV

Nous venons d'anticiper sur les événements : parvenu aux
ux tiers à peine de la vie de notre écrivain, nous avons laissé
trevoir une scène de ses derniers jours ; à l'exemple de l'il-
miné lui-même, nous avons uni d'un trait l'avenir et le
ssé.

Il entrait dans notre plan, du reste, d'apprécier tour à tour
azotte comme littérateur et comme philosophe mystique ;
ais, si la plupart de ses livres portent l'empreinte de ses pré-
cupations relatives à la science des cabalistes, il faut dire
e l'intention dogmatique y manque généralement ; Cazotte
paraît pas avoir pris part aux travaux collectifs des illu-
inés martinistes, mais s'être fait seulement, d'après leurs
ées, une règle de conduite particulière et personnelle. On
rait tort, d'ailleurs, de confondre cette secte avec les insti-
tions maçonniques de l'époque, bien qu'il y eût entre elles
rtains rapports de forme extérieure ; les martinistes admet-
ient la chute des anges, le péché originel, le Verbe répara-
ur, et ne s'éloignaient sur aucun point essentiel des dogmes
e l'Eglise.

Saint-Martin, le plus illustre d'entre eux, est un spiritualiste
rétien à la manière de Malebranche. Nous avons dit plus
aut qu'il avait déploré l'intervention d'*esprits violents* dans
sein de la secte lyonnaise. De quelque manière qu'il faille

entendre cette expression, il est évident que la Société prit dè
lors une tendance politique qui éloigna d'elle plusieurs de se
membres. Peut-être a-t-on exagéré l'influence des illumin
tant en Allemagne qu'en France, mais on ne peut nier qu'i
n'aient eu une grande action sur la révolution française
dans le sens de son mouvement. Les sympathies monarchiqu
de Cazotte l'écartèrent de cette direction et l'empêchèrent ç
soutenir de son talent une doctrine qui tournait autreme
qu'il n'avait pensé.

Il est triste de voir cet homme, si bien doué comme écri
vain et comme philosophe, se séparer du mouvement qui pou
vait donner un but quelconque à son génie, passer les de
nières années de sa vie dans le dégoût de la vie littéraire
dans le pressentiment d'orages politiques qu'il se sentait im
puissant à conjurer. Les fleurs de son imagination se sont flé
tries ; cet esprit d'un tour si clair et si français, qui donna
une forme heureuse à ses inventions les plus singulières, n'ap
paraît que rarement dans la correspondance politique qui fu
la cause de son procès et de sa mort. S'il est vrai qu'il ait ét
donné à quelques âmes de prévoir les événements sinistres,
faut y reconnaître plutôt une faculté malheureuse qu'un do
céleste, puisque, pareille à la Cassandre antique, elles ne peu
vent ni persuader les autres ni se préserver elles-mêmes.

Les dernières années de Cazotte dans sa terre de Pierry e
Champagne présentent cependant encore quelques tableaux d
bonheur et de tranquillité dans la vie de famille. Retiré d
monde littéraire, qu'il ne fréquentait plus que pendant d
courts voyages à Paris, échappé au tourbillon plus animé qu
jamais des sectes philosophiques et mystiques de toute sorte
père d'une fille charmante et de deux fils pleins d'enthousiasm
et de cœur comme lui, le bon Cazotte semblait avoir réun
autour de lui toutes les conditions d'un avenir tranquille ; mai
les récits des personnes qui l'ont connu à cette époque le mon
trent toujours assombri des nuages qu'il pressent au delà d'u
horizon tranquille.

Un gentilhomme, nommé de Plas, lui avait demandé la
main de sa fille Élisabeth; ces deux jeunes gens s'aimaient
depuis longtemps, mais Cazotte retardait sa réponse définitive
et leur permettait seulement d'espérer. Un auteur gracieux et
plein de charme, Anna-Marie, a raconté quelques détails d'une
visite faite à Pierry par madame d'Argèle, amie de cette famille. Elle peint l'élégant salon au rez-de-chaussée, embaumé
des parfums d'une plante des colonies rapportée par madame
Cazotte, et qui recevait du séjour de cette excellente personne
un caractère particulier d'élégance et d'étrangeté. Une femme
de couleur travaillant près d'elle, des oiseaux d'Amérique, des
curiosités rangées sur les meubles, témoignaient, ainsi que sa
mise et sa coiffure, d'un tendre souvenir pour sa première
patrie. « Elle avait été parfaitement jolie et l'était encore,
quoiqu'elle eût alors de grands enfants. Il y avait en elle cette
grâce négligée et un peu nonchalante des créoles, avec un léger
accent donnant à son langage un ton tout à la fois d'enfance
et de caresse qui la rendait très-attrayante. Un petit chien bi-
chon était couché sur un carreau près d'elle; on l'appelait
Biondetta, comme la petite épagneule du *Diable amoureux*. »
Une femme âgée, grande et majestueuse, la marquise de la
Croix, veuve d'un grand seigneur espagnol, faisait partie de
la famille et y exerçait une influence due au rapport de ses
idées et de ses convictions avec celles de Cazotte. C'était depuis longues années l'une des adeptes de Saint-Martin, et l'illuminisme l'unissait aussi à Cazotte de ces liens tout intellectuels que la doctrine regardait comme une sorte d'anticipation
de la vie future. Ce second mariage mystique, dont l'âge de
ces deux personnes écartait toute idée d'inconvenance, était
moins pour madame Cazotte un sujet de chagrin, que d'inquiétude conçue au point de vue d'une raison tout humaine,
touchant l'agitation de ces nobles esprits. Les trois enfants,
au contraire, partageaient sincèrement les idées de leur père
et de sa vieille amie.

Nous nous sommes déjà prononcé sur cette question; mais,

pourtant, faudrait-il accepter toujours les leçons de ce bo
sens vulgaire qui marche dans la vie sans s'inquiéter des som
bres mystères de l'avenir et de la mort? La destinée la plu
heureuse tient-elle à cette imprévoyance qui reste surprise e
désarmée devant l'événement funeste, et qui n'a plus que de
pleurs et des cris à opposer aux coups tardifs du malheur
Madame Cazotte est, de toutes ces personnes, celle qui devait l
plus souffrir; pour les autres, la vie ne pouvait plus être qu'u
combat, dont les chances étaient douteuses, mais la récom
pense assurée.

Il n'est pas inutile, pour compléter l'analyse des théorie
que l'on retrouvera plus loin dans quelques fragments de l
correspondance qui fut le sujet du procès de Cazotte, d'em
prunter encore quelques opinions de ce dernier au réci
d'Anna-Marie :

« Nous vivons tous, disait-il, parmi les esprits de nos pères
le monde invisible nous presse de tous côtés...; il y a là san
cesse des amis de notre pensée qui s'approchent familièremen
de nous. Ma fille a ses anges gardiens; nous avons tous le
nôtres. Chacune de nos idées, bonnes ou mauvaises, met e
mouvement quelque esprit qui leur correspond, comme cha
cun des mouvements de notre corps ébranle la colonne d'ai
que nous supportons. Tout est plein, tout est vivant dans c
monde, où, depuis le péché, des voiles obscurcissent la ma
tière... Et moi, par une initiation que je n'ai point cherché
et que souvent je déplore, je les ai soulevées comme le ven
soulève d'épais brouillards. Je vois le bien, le mal, les bon
et les mauvais; quelquefois, la confusion des êtres est telle
mes regards, que je ne sais pas toujours distinguer au premie
moment ceux qui vivent dans leur chair de ceux qui en on
dépouillé les apparences grossières...

» Oui, ajoutait-il, il y a des âmes qui sont restées si maté
rielles, leur forme leur a été si chère, si adhérente, qu'elle
ont emporté dans l'autre monde une sorte d'opacité. Celles-l
ressemblent longtemps à des vivants.

» Enfin, que vous dirai-je? soit infirmité de mes yeux, ou
nilitude réelle, il y a des moments où je m'y trompe tout à
t. Ce matin, pendant la prière où nous étions réunis tous
semble sous les regards du Tout-Puissant, la chambre était
pleine de vivants et de morts de tous les temps et de tous
i pays, que je ne pouvais plus distinguer entre la vie et la
ort; c'était une étrange confusion, et pourtant un magnifique
ectacle ! »

Madame d'Argèle fut témoin du départ du jeune Scévole
zotte, qui allait prendre du service dans les gardes du roi;
i temps difficiles approchaient, et son père n'ignorait pas
'il le dévouait à un danger.

La marquise de la Croix se joignit à Cazotte pour lui donner
qu'ils appelaient *leurs pouvoirs mystiques*, et l'on verra plus
rd comment il leur rendit compte de cette mission. Cette
nme enthousiaste fit sur le front du jeune homme, sur ses
vres et sur son cœur, trois signes mystérieux accompagnés
ine invocation secrète, et consacra ainsi l'avenir de celui
'elle appelait *le fils de son intelligence.*

Scévole Cazotte, non moins exalté dans ses convictions mo-
rchiques que dans son mysticisme, fut du nombre de ceux
i, au retour de Varennes, réussirent à protéger du moins la
e de la famille royale contre la fureur des républicains. Un
stant même, au milieu de la foule, le dauphin fut enlevé à
s parents, et Scévole Cazotte parvint à le reprendre et le
pporta à la reine, qui le remercia en pleurant. La lettre sui-
nte, qu'il écrivit à son père, est postérieure à cet événe-
ent :

« Mon cher papa, le 14 juillet est passé, le roi est rentré
ez lui sain et sauf. Je me suis acquitté de mon mieux de là
ssion dont vous m'aviez chargé. Vous saurez peut-être si elle
eu tout l'effet que vous en attendiez. Vendredi, je me suis
proché de la sainte table; et, en sortant de l'église, je me
is rendu à l'autel de la patrie, où j'ai fait, vers les quatre

côtés, les commandements nécessaires pour mettre le Cham
de Mars entier sous la protection des anges du Seigneur.

» J'ai gagné la voiture, contre laquelle j'étais appuyé quan
le roi est remonté; madame Élisabeth m'a même alors jeté u
coup d'œil qui a reporté toutes mes pensées vers le ciel; sou
la protection d'un de mes camarades, j'ai accompagné la voi
ture en dedans de la ligne; et le roi m'a appelé et m'a dit :

» — Cazotte, c'est vous que j'ai trouvé à Épernay, et à qu
j'ai parlé?

» Et je lui ai répondu :

» — Oui, sire; à la descente de la voiture, j'y étais...

» Et je me suis retiré quand je les ai vus dans leurs appar
tements.

» Le Champ de Mars était couvert d'hommes. Si j'étai
digne que mes commandements et mes prières fussent exécu
tés, il y aurait furieusement de pervers de liés. Au retour, tou
criaient : « Vive le roi! » sur le passage. Les gardes nationau
s'en donnaient de tout leur cœur, et la marche était un trion
phe. Le jour a été beau, et le commandeur a dit que, pou
le dernier jour que Dieu laissait au diable, il le lui avait laiss
couleur de rose.

» Adieu; joignez vos prières pour donner de l'efficacité au
miennes. Ne lâchons pas prise. J'embrasse maman Zabet
(Élisabeth). Mon respect à madame la marquise (la marquis
de la Croix). »

A quelque opinion qu'on appartienne, on doit être touch
du dévouement de cette famille, dût-on sourire des faible
moyens sur lesquels se reposaient des convictions si ardentes
Les illusions des belles âmes sont respectables, sous quelqu
forme qu'elles se présentent; mais qui oserait déclarer qu'il
ait pure illusion dans cette pensée que le monde serait gou
verné par des influences supérieures et mystérieuses sur les
quelles la foi de l'homme peut agir? La philosophie a le droi
de dédaigner cette hypothèse, mais toute religion est forcée

admettre, et les sectes publiques en ont fait une arme de tous
les partis. Ceci explique l'isolement de Cazotte de ses anciens
frères les illuminés. On sait combien l'esprit républicain avait
usé du mysticisme dans la révolution d'Angleterre; la tendance des martinistes était pareille; mais, entraînés dans le
mouvement opéré par les philosophes, ils dissimulèrent avec
soin le côté religieux de leur doctrine, qui, à cette époque,
n'avait aucune chance de popularité.

Personne n'ignore l'importance que prirent les illuminés
dans les mouvements révolutionnaires. Leurs sectes, organi-
sées sous la loi du secret et se correspondant en France, en
Allemagne et en Italie, influaient particulièrement sur de
grands personnages plus ou moins instruits de leur but réel.
Joseph II et Frédéric-Guillaume agirent maintes fois sous leur
inspiration. On sait que ce dernier, s'étant mis à la tête de la
coalition des souverains, avait pénétré en France et n'était
plus qu'à trente lieues de Paris, lorsque les illuminés, dans
une de leurs séances secrètes, évoquèrent l'esprit du grand
Frédéric son oncle, qui lui défendit d'aller plus loin. C'est,
lit-on, par suite de cette apparition (qui fut expliquée depuis
de diverses manières) que ce monarque se retira subitement
du territoire français, et conclut plus tard un traité de paix
avec la République, qui, dans tous les cas, a pu devoir son
salut à l'accord des illuminés français et allemands.

V

La correspondance de Cazotte, saisie aux Tuileries le 10 août,
le présente souvent comme luttant pour la cause monarchique, avec les armes de la volonté et de la foi, contre les esprits violents qu'il croyait voir attachés au parti de la Révolution et prêts à la faire triompher. Selon lui, l'Antéchrist,
l'Apollyon de la Bible, déchaînait ses armées sur l'Europe, et
le règne du Seigneur allait être interrompu pour un temps;

12

il espérait pourtant, lui et quelques croyants, pouvoir opposer une digue à cet effort des puissances fatales.

Cette correspondance nous montre tour à tour ses regrets de la marche qu'avaient suivie ses anciens frères, et le tableau de ses tentatives isolées contre une ère politique dans laquelle il croyait voir le règne fatal de l'*Antéchrist*, tandis que les illuminés saluaient l'arrivée du *Réparateur* invisible. Les démons de l'un étaient pour les autres des esprits divins et des vengeurs. En se rendant compte de cette situation, on comprendra mieux certains passages des lettres de Cazotte, et la singulière circonstance qui fit prononcer plus tard sa sentence par la bouche même d'un illuminé martiniste.

La correspondance dont nous allons citer de courts fragments était adressée, en 1791, à son ami Ponteau, secrétaire de la Liste civile :

« Si Dieu ne suscite pas un homme qui fasse finir tout cela merveilleusement, nous sommes exposés aux plus grands malheurs. Vous connaissez mon système : *Le bien et le mal sur la terre ont toujours été l'ouvrage des hommes, à qui ce globe a été abandonné par les lois éternelles.* Ainsi nous n'aurons jamais à nous prendre qu'à nous-mêmes de tout le mal qui aura été fait. Le soleil darde continuellement ses rayons plus ou moins obliques sur la terre, voilà l'image de la Providence à notre égard ; de temps en temps, nous accusons cet astre de manquer de chaleur, quand notre position, les amas de vapeurs ou l'effet des vents nous mettent dans le cas de ne pas éprouver la continuelle influence de ses rayons. Or donc, si quelque thaumaturge ne vient à notre secours, voici tout ce qu'il nous est permis d'espérer.

» Je souhaite que vous puissiez entendre mon commentaire sur le grimoire de Cagliostro. Vous pouvez, du reste, me demander des éclaircissements ; je les enverrai les moins obscurs qu'il me sera possible. »

La doctrine des théosophes apparaît dans le passage sou-

gné; en voici un autre qui se rapporte à ses anciennes rela-.
ons avec les illuminés :

« Je reçois deux lettres de connaissances intimes que j'avais
armi mes confrères les martinistes; ils sont démagogues
omme Bret; gens de nom, braves gens jusqu'ici; le démon
st maître d'eux. A l'égard de Bret en son acharnement au
magnétisme, je lui ai attiré là maladie; les jansénistes affiliés
ux convulsionnaires par état sont dans le même cas; c'est
ien celui de leur appliquer à tous la phrase : « Hors de l'É-
glise point de *salut*, » pas même de sens commun.

» Je vous ai prévenu que nous étions huit en tout dans la
rance, absolument inconnus les uns des autres, qui élevions,
ais sans cesse, comme Moïse, les yeux, la voix, les bras vers
: ciel, pour la décision d'un combat dans lequel les éléments
ux-mêmes sont mis en jeu. Nous croyons voir arriver un évé-
ement figuré dans l'Apocalypse et faisant une grande époque.
ranquillisez-vous, ce n'est pas la fin du monde : cela la re-
tte à mille ans par delà. Il n'est pas encore temps de dire
ux montagnes : *Tombez sur nous;* mais, en attendant le mieux
ossible, ce va être le cri des jacobins; car il y a des coupables
e plus d'une robe. »

Son système sur la nécessité de l'action humaine pour éta-
lir la communication entre le ciel et la terre est clairement
noncé ici. Aussi en appelle-t-il souvent, dans sa correspon-
ance, au courage du roi Louis XVI, qui lui paraît toujours se
eposer trop sur la Providence. Ses recommandations à ce su-
t ont souvent quelque chose du sectaire protestant plutôt que
u catholique pur :

« Il faut que le roi vienne au secours de la garde nationale,
u'il se montre, qu'il dise : « Je veux, j'ordonne, » et d'un
on ferme. Il est assuré d'être obéi, et de n'être pas pris pour
: poule mouillée que les démocrates dépeignent à me faire
ouffrir dans toutes les parties de mon corps.

» Qu'il se porte rapidement avec vingt-cinq gardes, à cheval comme lui, au lieu de la fermentation : tout sera forcé de plier et de se prosterner devant lui. Le plus fort du travail est fait, mon ami; le roi s'est résigné et mis entre les mains de son Créateur; jugez à quel degré de puissance cela le porte, puisque Achab, pourri de vices, pour s'être humilié devant Dieu par un seul acte d'un moment, obtint la victoire sur ses ennemis. Achab avait le cœur faux, l'âme dépravée; et mon roi a l'âme la plus franche qui soit sortie des mains de Dieu; et l'auguste, la céleste Élisabeth a sur le front l'égide qui pend au bras de la véritable sagesse... Ne craignez rien de la Fayette : il est lié comme ses complices. Il est, comme sa cabale, livré aux esprits de terreur et de confusion; il ne saurait prendre un parti qui lui réussisse, *et le mieux pour lui est d'être mis aux mains de ses ennemis par ceux en qui il croit pouvoir placer sa confiance.* Ne discontinuons pas cependant d'élever les bras vers le ciel; songeons à l'attitude du prophète tandis qu'Israël combattait.

» Il faut que l'homme agisse ici, puisque c'est le lieu de son action; le bien et le mal ne peuvent y être faits que par lui. Puisque presque toutes les églises sont fermées, ou par l'interdiction ou par la profanation, que toutes nos maisons deviennent des oratoires. Le moment est bien décisif pour nous : ou Satan continuera de régner sur la terre comme il fait, jusqu'à ce qu'il se présente des hommes pour lui faire tête comme David à Goliath; ou le règne de Jésus-Christ, si avantageux pour nous, et tant prédit par les prophètes, s'y établira. Voilà la crise dans laquelle nous sommes, mon ami, et dont je dois vous avoir parlé confusément. Nous pouvons, faute de foi, d'amour et de zèle, laisser échapper l'occasion, mais nous la tenons. Au reste, Dieu ne fait rien sans nous, qui sommes les rois de la terre; c'est à nous à amener le moment prescrit par ses décrets. Ne souffrons pas que notre ennemi, qui, sans nous, ne peut rien, continue de tout faire, et par nous. »

En général, il se fait peu d'illusions sur le triomphe de sa muse; ses lettres sont remplies de conseils qu'il eût peut-être été bon de suivre; mais le découragement finit par le gagner a présence de tant de faiblesse, et il en arrive à douter de lui-même et de sa science :

« Je suis bien aise que ma dernière lettre ait pu vous faire quelque plaisir. Vous n'êtes pas *initiés!* applaudissez-vous-en. Rappelez-vous le mot : *Et scientia eorum perdet eos.* Si je ne vis pas sans danger, moi que la grâce divine a retiré du piége, jugez du risque de ceux qui restent... La connaissance des choses occultes est une mer orageuse d'où l'on n'aperçoit pas le rivage. »

Est-ce à dire qu'il eût abandonné alors les pratiques qui lui semblaient pouvoir agir sur les esprits funestes? On a vu seulement qu'il espérait les vaincre avec leurs armes. Dans un passage de sa correspondance, il parle d'une prophétesse Broussole, qui, ainsi que la célèbre Catherine Théot, obtenait des communications des puissances rebelles en faveur des jacobins; il espère avoir agi contre elle avec quelque succès. Au nombre de ces prêtresses de la propagande, il cite encore ailleurs la marquise Durfé, « la doyenne des Médées françaises, dont le salon regorgeait d'empiriques et de gens qui gapaient après les sciences occultes... » Il lui reproche particulièrement d'avoir élevé et disposé au mal le ministre Duchatelet.

On ne peut croire que ces lettres, surprises aux Tuileries dans la journée sanglante du 10 août, eussent suffi pour faire condamner un vieillard en proie à d'innocentes rêveries mystiques, si quelques passages de la correspondance n'eussent fait soupçonner des conjurations plus matérielles. Fouquier-Tinville, dans son acte d'accusation, signala certaines expressions des lettres comme indiquant une coopération au complot dit des *chevaliers du poignard*, déconcerté dans les journées du 10 et du 12 août; une lettre plus explicite encore indiquait

les moyens de faire évader le roi, prisonnier depuis le retour
de Varennes, et traçait l'itinéraire de sa fuite; Cazotte offrait
sa propre maison comme asile momentané :

« Le roi s'avancera jusqu'à la plaine d'Aï; là, il sera à
vingt-huit lieues de Givet; à quarante lieues de Metz. Il peut
se loger lui-même à Aï, où il y a trente maisons pour ses
gardes et ses équipages. Je voudrais qu'il préférât Pierry, où
il trouverait également vingt-cinq à trente maisons, dans l'une
desquelles il y a vingt lits de maîtres et de l'espace, chez moi
seul, pour coucher une garde de deux cents hommes, écurie
pour trente à quarante chevaux, un vide pour établir un petit
camp dans les murs. Mais il faut qu'un plus habile et plus
désintéressé que moi calcule l'avantage de ces deux positions. »

Pourquoi faut-il que l'esprit de parti ait empêché d'apprécier, dans ce passage, la touchante sollicitude d'un homme
presque octogénaire qui s'estime *peu désintéressé* d'offrir au
roi proscrit le sang de sa famille, sa maison pour asile, et son
jardin pour champ de bataille? N'aurait-on pas dû ranger de
tels complots parmi les autres illusions d'un esprit affaibli par
l'âge? La lettre qu'il écrivit à son beau-père, M. Roignan
greffier du conseil de la Martinique, pour l'engager à organi-
ser une résistance contre six mille républicains envoyés pour
s'emparer de la colonie, est comme un ressouvenir du bel enthousiasme qu'il avait déployé dans sa jeunesse pour la défense de l'île contre les Anglais : il indique les moyens à
prendre, les points à fortifier, les ressources que lui inspirait
sa vieille expérience maritime. On comprend après tout qu'une
pièce pareille ait été jugée fort coupable par le gouvernement
révolutionnaire; mais il est fâcheux que l'on ne l'ait pas rapprochée de l'écrit suivant daté de la même époque, et qui
aurait montré qu'il ne fallait guère tenir plus de compte des
rêveries que des rêves de l'infortuné vieillard.

MON SONGE DE LA NUIT DU SAMEDI AU DIMANCHE
DE DEVANT LA SAINT-JEAN

1791

J'étais dans un capharnaum depuis longtemps et sans m'en
douter, quoiqu'un petit chien que j'ai vu courir sur un toit,
et sauter d'une distance d'une poutre couverte en ardoises sur
une autre, eût dû me donner du soupçon.

J'entre dans un appartement; j'y trouve une jeune demoiselle seule; on me la donne intérieurement pour une parente
du comte de Dampierre; elle paraît me reconnaître et me sa-
lue. Je m'aperçois bientôt qu'elle a des vertiges; elle semble
dire des douceurs à un objet qui est vis-à-vis d'elle; je vois
qu'elle est en vision avec un esprit, et soudain j'ordonne, en
faisant le signe de la croix sur le front de la demoiselle, à l'esprit de paraître.

Je vois une figure de quatorze à quinze ans, point laide,
mais dans la parure, la mine et l'attitude d'un polisson; je le
lie, et il se récrie sur ce que je fais. Paraît une autre femme
pareillement obsédée; je fais pour elle la même chose. Les
deux esprits quittent leurs effets, me font face et faisaient les
insolents, quand, d'une porte qui s'ouvre, sort un homme gros
et court, de l'habillement et de la figure d'un guichetier : il
tire de sa poche deux petites menottes qui s'attachent comme
d'elles-mêmes aux mains des deux captifs que j'ai faits. Je les
mets sous la puissance de Jésus-Christ. Je ne sais quelle raison
me fait passer pour un moment de cette pièce dans une autre,
mais j'y rentre bien vite pour demander mes prisonniers; ils
sont assis sur un banc dans une espèce d'alcôve; ils se lèvent à
mon approche, et six personnages vêtus en archers des pauvres
s'en emparent. Je sors après eux; une espèce d'aumônier marchait à côté de moi.

— Je vais, disait-il, chez M. le marquis tel; c'est un bon
homme; j'emploie mes moments libres à le visiter.

Je crois que je prenais la détermination de le suivre, quand
je me suis aperçu que mes deux souliers étaient en pantoufles
je voulais m'arrêter et poser les pieds quelque part pour rele
ver les quartiers de ma chaussure, quand un gros homme es
venu m'attaquer au milieu d'une grande cour remplie d
monde; je lui mis la main sur le front, et l'ai lié au nom de l
sainte Trinité et par celui de Jésus, sous l'appui duquel j
l'ai mis.

— De Jésus-Christ? s'est écriée la foule qui m'entourait.

— Oui, ai-je dit, et je vous y mets tous après vous avoir liés

On faisait de grands murmures sur ce propos.

Arrive une voiture comme un coche; un homme m'appell
par mon nom, de la portière :

— Mais, sire Cazotte, vous parlez de Jésus-Christ; pou
vons-nous tomber sous la puissance de Jésus-Christ?

Alors, j'ai repris la parole, et j'ai parlé avec assez d'étendu
de Jésus-Christ et de sa miséricorde sur les pécheurs.

— Que vous êtes heureux ! ai-je ajouté : vous allez change
de fers.

— De fers ! s'est écrié un homme enfermé dans la voiture
sur la bosse de laquelle j'étais monté; est-ce qu'on ne pouvai
nous donner un moment de relâche?

— Allez, a dit quelqu'un, vous êtes heureux, vous alle
changer de maître, et quel maître !

Le premier homme qui m'avait parlé, disait :

— J'avais quelque idée comme cela.

Je tournais le dos au coche et avançais dans cette cou
d'une prodigieuse étendue; on n'y était éclairé que par de
étoiles. J'ai observé le ciel, il était d'un bel azur pâle et très
étoilé; pendant que je le comparais dans ma mémoire à d'au
tres cieux que j'avais vus dans le capharnaum, il a été troubl
par une horrible tempête; un affreux coup de tonnerre l'a mi
tout en feu; le carreau, tombé à cent pas de moi, est venu s
roulant vers moi; il en est sorti un esprit sous la forme d'u
oiseau de la grosseur d'un coq blanc, et la forme du corps plu

allongée, plus bas sur pattes, le bec plus émoussé. J'ai couru
sur l'oiseau en faisant des signes de croix ; et, me sentant rempli d'une force plus qu'ordinaire, il est venu tomber à mes
pieds. Je voulais lui mettre sur la tête... Un homme de la
taille du baron de Loi, aussi joli qu'il était jeune, vêtu en gris
et argent, m'a fait face, et dit de ne pas le fouler aux pieds.
Il a tiré de sa poche une paire de ciseaux enfermée dans un
étui garni de diamants, en me faisant entendre que je devais
m'en servir pour couper le cou de la bête. Je prenais les ciseaux quand j'ai été éveillé par le chant en chœur de la foule
qui était dans le capharnaum : c'était un chant plein, sans
accord, dont les paroles non rimées étaient :

> Chantons notre heureuse délivrance.

Réveillé, je me suis mis en prière ; mais, me tenant en dé-
fiance contre ce songe-ci, comme contre tant d'autres par
lesquels je puis soupçonner Satan de vouloir me remplir d'orgueil, je continuai mes prières à Dieu par l'intercession de la
sainte Vierge, et sans relâche, pour obtenir de lui de connaître
sa volonté sur moi, et cependant, je lierai sur la terre ce qu'il
me paraîtra à propos de lier pour la plus grande gloire de
Dieu et le besoin de ses créatures.

Quelque jugement que puissent porter les esprits sérieux sur
cette trop fidèle peinture de certaines hallucinations du rêve,
si décousues que soient forcément les impressions d'un pareil
récit, il y a, dans cette série de visions bizarres, quelque chose
de terrible et de mystérieux. Il ne faut voir aussi, dans ce soin
de recueillir un songe en partie dépourvu de sens, que les
préoccupations d'un mystique qui lie à l'action du monde extérieur les phénomènes du sommeil. Rien dans la masse d'écrits
qu'on a conservés de cette époque de la vie de Cazotte n'indique un affaiblissement quelconque dans ses facultés intellec-
uelles. Ses révélations, toujours empreintes de ses opinions

12.

monárchiques, tendent à présenter dans tout ce qui se passe alors des rapports avec les vagues prédictions de l'Apocalypse C'est ce que l'école de Swedenborg appelle la science des correspondances. Quelques phrases de l'introduction méritent d'être remarquées :

« Je voulais, en offrant ce tableau fidèle, donner une grande leçon à ces milliers d'individus dont la pusillanimité doute toujours, parce qu'il leur faudrait un effort pour croire. Ils ne marquent dans le cercle de la vie quelques instants plus ou moins rapides que comme le cadran, qui ne sait pas quel ressort lui fait indiquer l'espace des heures ou le système planétaire.

» Quel homme, au milieu d'une anxiété douloureuse, fatigué d'interroger tous les êtres qui vivent ou végètent autour de lui, sans pouvoir en trouver un seul qui lui réponde de manière à lui rendre, sinon le bonheur, au moins le repos, n'a pas levé ses yeux mouillés de larmes vers la voûte des cieux ?

» Il semble qu'alors la douce espérance vient remplir pour lui l'espace immense qui sépare ce globe sublunaire du séjour où repose sur sa base inébranlable le trône de l'Éternel. Ce n'est plus seulement à ses yeux que luisent les feux parsemés sur ce voile d'azur, qui embrase l'horizon d'un pôle à l'autre : ces feux célestes passent dans son âme; le don de la pensée devient celui du génie. Il entre en conversation avec l'Éternel lui-même; la nature semble se taire pour ne point troubler cet entretien sublime.

» Dieu révélant à l'homme les secrets de sa sagesse suprême et les mystères auxquels il soumet la créature trop souvent ingrate, pour la forcer à se rejeter dans son sein paternel, quelle idée majestueuse, consolante surtout ! Car pour l'homme vraiment sensible, une affection tendre vaut mieux que l'élan même du génie; pour lui, les jouissances de la gloire, celles même de l'orgueil finissent toujours où commencent les douleurs de ce qu'il aime. »

Le journée du 10 août vint mettre fin aux illusions des amis

le la monarchie. Le peuple pénétra dans les Tuileries, après
avoir mis à mort les Suisses et un assez grand nombre de
gentilshommes dévoués au roi ; l'un des fils de Cazotte combattait parmi ces derniers, l'autre servait dans les armées de
l'émigration. On cherchait partout des preuves de la conspiration royaliste dite des *chevaliers du poignard ;* en saisissant
les papiers de Laporte, intendant de la Liste civile, on y découvrit toute la correspondance de Cazotte avec son ami Pon-
eau ; aussitôt il fut décrété d'accusation et arrêté dans sa
maison de Pierry. .

— Reconnaissez-vous ces lettres ? lui dit le commissaire de
l'Assemblée législative.

— Elles sont de moi, en effet.

— Et c'est moi qui les ai écrites sous la dictée de mon père,
s'écria sa fille Élisabeth, jalouse de partager ses dangers et
sa prison.

Elle fut arrêtée avec son père, et tous deux, conduits à
Paris dans la voiture de Cazotte, furent enfermés à l'Abbaye
dans les derniers jours du mois d'août. Madame Cazotte im-
plora en vain, de son côté, la faveur d'accompagner son mari
et sa fille.

Les malheureux réunis dans cette prison jouissaient encore
de quelque liberté intérieure. Il leur était permis de se réunir
à certaines heures, et souvent l'ancienne chapelle où se ras-
semblaient les prisonniers présentait le tableau des brillantes
réunions du monde. Ces illusions réveillées amenèrent des imprudences ; on faisait des discours, on chantait, on paraissait
aux fenêtres, et des rumeurs populaires accusaient les prisonniers du 10 août de se réjouir des progrès de l'armée du duc
de Brunswick et d'en attendre leur délivrance. On se plaignait
des lenteurs du tribunal extraordinaire, créé à regret par l'Assemblée législative sur les menaces de la Commune ; on croyait
à un complot formé dans les prisons pour en enfoncer les
portes à l'approche des étrangers, se répandre dans la ville et
faire une Saint-Barthélemy des républicains.

La nouvelle de la prise de Longwy et le bruit prématuré de celle de Verdun, achevèrent d'exaspérer les masses. Le danger de la patrie fut proclamé, et les sections se réunirent au Champ de Mars. Cependant, des bandes furieuses se portaient aux prisons et établissaient aux guichets extérieurs une sorte de tribunal de sang destiné à suppléer à l'autre.

A l'Abbaye, les prisonniers étaient réunis dans la chapelle, livrés à leurs conservations ordinaires, quand le cri des guichetiers : « Faites remonter les femmes! » retentit inopinément. Trois coups de canon et un roulement de tambour ajoutèrent à l'épouvante, et les hommes étant restés seuls, deux prêtres, d'entre les prisonniers, parurent dans une tribune de la chapelle et annoncèrent à tous le sort qui leur était réservé.

Un silence funèbre régna dans cette triste assemblée; dix hommes du peuple, précédés par les guichetiers, entrèrent dans la chapelle, firent ranger les prisonniers le long du mur, et en comptèrent cinquante-trois.

De ce moment, on fit l'appel des noms de quart d'heure en quart d'heure : ce temps suffisant à peu près aux jugements du tribunal improvisé à l'entrée de la prison.

Quelques-uns furent épargnés, parmi eux le vénérable abbé Sicard ; la plupart étaient frappés au sortir du guichet par les meurtriers fanatiques qui avaient accepté cette triste tâche. Vers minuit, on cria le nom de Jacques Cazotte.

Le vieillard se présenta avec fermeté devant le sanglant tribunal, qui siégeait dans une petite salle précédant le guichet, et que présidait le terrible Maillard. En ce moment, quelques forcenés demandaient qu'on fît aussi comparaître les femmes, et on les fit, en effet, descendre une à une dans la chapelle ; mais les membres du tribunal repoussèrent cet horrible vœu, et Maillard, ayant donné l'ordre au guichetier Lavaquerie de les faire remonter, feuilleta l'écrou de la prison et appela Cazotte à haute voix. A ce nom, la fille du prisonnier qui remontait avec les autres femmes, se précipita au bas de l'esca-

er et traversa la foule au moment où Maillard prononçait
e mot terrible : « A la Force! » qui voulait dire : « A la
mort! »

La porte extérieure s'ouvrait, la cour entourée de longs
cloîtres, où l'on continuait à égorger, était pleine de monde
et retentissait encore du cri des mourants ; la courageuse Éli-
abeth s'élança entre les deux tueurs qui avaient déjà mis la
main sur son père, et qui s'appelaient, dit-on, Michel et Sauvage, et leur demanda, ainsi qu'au peuple, la grâce de son
père.

Son apparition inattendue, ses paroles touchantes, l'âge du
condamné, presque octogénaire, et dont le crime politique
n'était pas facile à définir et à constater, l'effet sublime de ces
deux nobles figures, touchante image de l'héroïsme filial,
émurent des instincts généreux dans une partie de la foule.
On cria grâce de toutes parts. Maillard hésitait encore. Michel
versa un verre de vin et dit à Élisabeth :

— Écoutez, citoyenne, pour prouver au citoyen Maillard
que vous n'êtes pas une aristocrate, buvez cela au salut de la
nation et au triomphe de la République.

La courageuse fille but sans hésiter ; les Marseillais lui
firent place, et la foule, applaudissant, s'ouvrit pour laisser
passer le père et la fille ; on les reconduisit jusqu'à leur demeure.

On a cherché dans le songe de Cazotte cité plus haut, et
dans l'heureuse délivrance chantée par la foule au dénoûment
de la scène, quelques rapports vagues de lieux et de détails
avec la scène que nous venons de décrire ; il serait puéril de
les relever ; un pressentiment plus évident lui apprit que le
beau dévouement de sa fille ne pouvait le soustraire à sa
destinée.

Le lendemain du jour où il avait été ramené en triomphe
par le peuple, plusieurs de ses amis vinrent le féliciter. Un
d'eux, M. de Saint-Charles, lui dit en l'abordant :

— Vous voilà sauvé !

— Pas pour longtemps, répondit Cazotte en souriant tristement... Un moment avant votre arrivée, j'ai eu une vision.
J'ai cru voir un gendarme qui venait me chercher de la part
de Pétion; j'ai été obligé de le suivre; j'ai paru devant le
maire de Paris, qui m'a fait conduire à la Conciergerie, et,
de là, au tribunal révolutionnaire. Mon heure est venue.

M. de Saint-Charles le quitta, croyant que sa raison avait
souffert des terribles épreuves par lesquelles il avait passé. Un
avocat, nommé Julienne, offrit à Cazotte sa maison pour asile
et les moyens d'échapper aux recherches; mais le vieillard était
résolu à ne point combattre la destinée. Le 11 septembre, il
vit entrer chez lui l'homme de sa vision, un gendarme portant
un ordre signé Pétion, Panis et Sergent; on le conduisit à la
mairie; et, de là, à la Conciergerie, où ses amis ne purent le
voir. Élisabeth obtint, à force de prières, la permission de servir son père, et demeura dans sa prison jusqu'au dernier jour.
Mais ses efforts pour intéresser les juges n'eurent pas le même
succès qu'auprès du peuple, et Cazotte, sur le réquisitoire de
Fouquier-Tinville, fut condamné à mort après vingt-sept heures d'interrogatoire.

Avant le prononcé de l'arrêt, l'on fit mettre au secret sa
fille, dont on craignait les derniers efforts et l'influence sur
l'auditoire; le plaidoyer du citoyen Julienne fit sentir en vain
ce qu'avait de sacré cette victime échappée à la justice du
peuple; le tribunal paraissait obéir à une conviction inébranlable.

La plus étrange circonstance de ce procès fut le discours du
président Lavau, ancien membre, comme Cazotte, de la société des illuminés.

« Faible jouet de la vieillesse! dit-il, toi dont le cœur ne
fut pas assez grand pour sentir le prix d'une liberté sainte,
mais qui as prouvé, par ta sécurité dans les débats, que tu
savais sacrifier jusqu'à ton existence pour le soutien de ton
opinion, écoute les dernières paroles de tes juges! puissent-
elles verser dans ton âme le baume précieux des consolations!

nissent-elles, en te déterminant-à plaindre le sort de ceux qui viennent de te condamner, t'inspirer ce stoïcisme qui doit présider à tes derniers instants, et te pénétrer du respect que a loi nous impose à nous-mêmes !... Tes pairs t'ont entendu, es pairs t'ont condamné ; mais, au moins, leur jugement fut pur comme leur conscience ; au moins, aucun intérêt personnel ne vint troubler leur décision. Va, reprends ton courage, ras-semble tes forces ; envisage sans crainte le trépas ; songe qu'il n'a pas droit de t'étonner : ce n'est pas un instant qui doit effrayer un homme tel que toi. Mais, avant de te séparer de a vie, regarde l'attitude imposante de la France, dans le sein de laquelle tu ne craignais pas d'appeler à grands cris l'en-nemi ; vois ton ancienne patrie opposer aux attaques de ses vils détracteurs autant de courage que tu lui as supposé de âcheté. Si la loi eût pu prévoir qu'elle aurait à prononcer contre un coupable de ta sorte, par considération pour tes vieux ans, elle ne l'eût pas imposé d'autre peine ; mais ras-sure-toi ; si elle est sévère quand elle poursuit, quand elle a prononcé, le glaive tombe bientôt de ses mains ; elle gémit sur la perte même de ceux qui voulaient la déchirer. Regarde-la verser des larmes sur ces cheveux blancs qu'elle a cru devoir respecter jusqu'au moment de ta condamnation ; que ce spec-tacle porte en toi le repentir ; qu'il t'engage, vieillard malheu-reux, à profiter du moment qui te sépare encore de la mort, pour effacer jusqu'aux moindres traces de tes complots, par un regret justement senti ! Encore un mot : tu fus homme, chrétien, philosophe, *initié*, sache mourir en homme, sache mourir en chrétien ; c'est tout ce que ton pays peut encore attendre de toi. »

Ce discours, dont le fond inusité et mystérieux frappa de stupeur l'assemblée, ne fit aucune impression sur Cazotte, qui, au passage où le président tentait de recourir à la persuasion, leva les yeux au ciel et fit un signe d'inébranlable foi dans ses convictions. Il dit ensuite à ceux qui l'entouraient « qu'il sa-vait qu'il méritait la mort ; que la loi était sévère, mais qu'il

la trouvait juste[1]. » Lorsqu'on lui coupa les cheveux, il recommanda de les couper le plus près possible, et chargea son
confesseur de les remettre à sa fille, encore consignée dans une
des chambres de la prison.

Avant de marcher au supplice, il écrivit quelques mots à sa
femme et à ses enfants; puis, monté sur l'échafaud, il s'écria
d'une voix très-haute :

— Je meurs comme j'ai vécu, fidèle à Dieu et à mon roi.

L'exécution eut lieu le 25 septembre, à sept heures du soir,
sur la place du Carrousel.

Élisabeth Cazotte, fiancée depuis longtemps par son père au
chevalier de Plas, officier au régiment de Poitou, épousa, huit
ans après, ce jeune homme, qui avait suivi le parti de l'émigration. La destinée de cette héroïne ne devait pas être plus
heureuse qu'auparavant : elle périt de l'opération césarienne
en donnant le jour à un enfant et en s'écriant qu'on la coupât
en morceaux s'il le fallait pour le sauver. L'enfant ne vécut
que peu d'instants. Il reste encore cependant plusieurs personnes de la famille de Cazotte. Son fils Scévole, échappé
comme par miracle au massacre du 10 août, existe à Paris, et
conserve pieusement la tradition des croyances et des vertus
paternelles.

---

1. M. Scévole Cazotte nous écrit pour protester contre cette phrase, qui fait
partie d'un récit du temps. Il affirme que son père n'a pu prononcer de telles
paroles.

CAGLIOSTRO

I

Lorsque le catholicisme triompha décidément du paganisme dans toute l'Europe, et construisit dès lors l'édifice féodal qu subsista jusqu'au xv⁰ siècle, — c'est-à-dire pendant l'espace de mille ans, — il ne put comprimer et détruire partout l'esprit des coutumes anciennes, ni les idées philosophiques qui avaient transformé le principe païen à l'époque de la réaction poly-théiste opérée par l'empereur Julien.

Ce n'était pas assez d'avoir renversé le dernier asile de la philosophie grecque et des croyances antérieures, — en dé-truisant le *Sérapéon* d'Alexandrie, en dispersant et en persé-cutant les néoplatoniciens, qui avaient remplacé le culte exté-rieur des dieux par une doctrine spiritualiste dérivée des mystères d'Éleusis et des initiations égyptiennes, — il fallait encore que l'Église poursuivît sa victoire dans toutes les loca-lités imprégnées des superstitions antiques; et la persécution ne fut pas si puissante que le temps et l'oubli pour ce résultat difficile.

A ne nous occuper que de la France seulement, nous recon-naîtrons que le culte païen survécut longtemps aux conversions officielles opérées par le changement de religion des rois mé-rovingiens. Le respect des peuples pour certains endroits con-

sacrés, pour les ruines des temples et pour es débris même
des statues, obligea les prêtres chrétiens à bâtir la plupart de
églises sur l'emplacement des anciens édifices païens. Partou
où l'on négligea cette précaution, et notamment dans les lieu
solitaires, le culte ancien continua, — comme au mont Saint
Bernard, où, au siècle dernier, on honorait encore le dieu *Jo*
sur la place de l'ancien temple de Jupiter. Bien que l'ancienn
déesse des Parisiens, Isis, eût été remplacée par sainte Gene
viève, comme protectrice et patronne, — on vit encore, a
XIe siècle, une image d'Isis, conservée par mégarde sous l
porche de Saint-Germain des Prés, honorée pieusement pa
des femmes de mariniers ; ce qui obligea l'archevêque d
Paris à la faire réduire en poudre et jeter dans la Seine. Ur
statue de la même divinité se voyait encore à Quenpilly, e
Bretagne, il y a quelques années, et recevait les hommages d
la population. Dans une partie de l'Alsace et de la Franche
Comté, on a conservé un culte pour les *Mères*, dont le
figures en bas-reliefs se trouvent sur plusieurs monuments, e
qui ne sont autres que les *grandes déesses* Cybèle, Cérès e
Vesta.

Il serait trop long de relever les diverses superstitions qi
ont pris mille formes, selon les temps. Il s'est trouvé, a
XVIIIe siècle, des ecclésiastiques, tels que l'abbé de Villar:
le père Bougeant, dom Pernetty et autres, qui ont souten
que les dieux de l'antiquité n'étaient pas des démons, comm
l'avaient prétendu des casuistes trop sévères, et n'étaient pa
même damnés. Ils les rangeaient dans la classe des *espri:*
élémentaires, lesquels n'ayant pas pris part à la grande lutt
qui eut lieu primitivement entre les anges et les démons n'a
vaient dû être ni maudits ni anéantis par la justice divine, e
avaient pu jouir d'un certain pouvoir sur les éléments et su
les hommes jusqu'à l'arrivée du Christ. L'abbé de Villars e
donnait pour preuves les miracles que la Bible elle-même re
connaît avoir été produits par les dieux ammonéens, philistin
ou autres en faveur de leurs peuples, et les prophéties souver

accomplies des *esprits de Typhon.* Il rangeait parmi ces dernières les oracles des sibylles favorables au Christ et les derniers oracles de l'Apollon de Delphes, qui furent cités par les Pères de l'Église comme preuves de la mission du Fils de l'homme.

D'après ce système, toute l'antique hiérarchie des divinités païennes aurait trouvé sa place dans les mille attributions que le catholicisme attribuait aux fonctions inférieures à accomplir dans la matière et dans l'espace, et seraient devenues ce qu'on a appelé les esprits ou les génies, lesquels se divisent en quatre classes, d'après le nombre des éléments : les sylphes pour l'air, les salamandres pour le feu, les ondins pour l'eau et les gnomes pour la terre.

Sur cette question de détail seule, il s'est élevé entre l'abbé de Villars et le père Bougeant, jésuite, une scission qui a occupé longtemps les beaux esprits du siècle dernier. Le dernier niait vivement la transformation des dieux antiques en génies élémentaires, et prétendait que, n'ayant pu être détruits, en qualité de purs esprits, ils avaient été destinés à fournir des âmes aux animaux, lesquelles se renouvelaient en passant d'un corps à l'autre, selon les affinités. Dans ce système, les dieux animaient les bêtes utiles et bienfaisantes, et les démons les bêtes féroces ou impures. Là-dessus, le bon père Bougeant citait l'opinion des Égyptiens quant aux dieux, et celle de l'Évangile quant aux démons. Ces raisonnements purent être exposés en plein xviiie siècle sans être taxés d'hérésie.

Il est bien clair qu'il ne s'agissait là que de divinités inférieures, telles que les faunes, les zéphirs, les néréides, les oréades, les satyres, les cyclopes, etc. Quant aux dieux et demi-dieux, ils étaient supposés avoir quitté la terre, comme trop dangereux, après l'établissement du règne absolu du Christ, et avoir été relégués dans les astres, qui leur furent de tout temps consacrés, de même qu'au moyen âge on reléguait un prince rebelle, mais ayant fait sa soumission, soit dans sa ville, soit dans un lieu d'exil.

Cette opinion avait régné particulièrement, pendant tout le moyen âge, chez les cabalistes les plus célèbres, et particulièrement chez les astrologues, les alchimistes et les médecins. Elle explique la plupart des conjurations fondées sur les invocations astrales, les horoscopes, les talismans et les médications, soit de substances consacrées, soit d'opérations en rapport avec la marche ou la conjonction des planètes. Il suffit d'ouvrir un livre de sciences occultes pour en avoir la preuve évidente.

II

LES PRÉCURSEURS

Si l'on s'est bien expliqué les doctrines exposées plus haut, on aura pu comprendre par quelles raisons, à côté de l'Église orthodoxe, il s'est développé sans interruption une école moitié religieuse et moitié philosophique qui, féconde en hérésies sans doute, mais souvent acceptée ou tolérée par le clergé catholique, a entretenu un certain esprit de mysticisme ou de supernaturalisme nécessaire aux imaginations rêveuses et délicates, comme à quelques populations plus disposées que d'autres aux idées spiritualistes.

Des Israélites convertis furent les premiers qui essayèrent, vers le xie siècle, d'infuser dans le catholicisme quelques hypothèses fondées sur l'interprétation de la Bible et remontant aux doctrines des esséniens et des gnostiques.

C'est à partir de cette époque que le mot *cabale* résonne souvent dans les discussions théologiques. Il s'y mêle naturellement quelque chose des formules platoniciennes de l'école d'Alexandrie, dont beaucoup s'étaient reproduites déjà dans les doctrines des Pères de l'Église.

Le contact prolongé de la chrétienté avec l'Orient, pendant les croisades, amena encore une grande somme d'idées analogues qui, du reste, trouvèrent à s'appuyer aisément sur les

raditions et les superstitions locales des nations de l'Eu-
·ope.

Les templiers furent, entre les croisés, ceux qui essayèrent
le réaliser l'alliance la plus large entre les idées orientales et
:elles du christianisme romain.

Dans le désir d'établir un lien entre leur ordre et les popu-
ations syriennes qu'ils étaient chargés de gouverner, ils jetè-
·ent les fondements d'une sorte de dogme nouveau participant
le toutes les religions que pratiquent les Levantins, sans aban-
lonner au fond la synthèse catholique, mais en la faisant plier
ouvent aux nécessités de leur position.

Ce furent là les fondements de la franc-maçonnerie, qui se
·attachaient à des institutions analogues établies par les mu-
iulmans de diverses sectes et qui survivent encore aux persé-
:utions, surtout dans le Hauran, dans le Liban et ans le
Kurdistan.

Le phénomène le plus 'étrange et le plus exagéré de ces
issociations orientales fut l'ordre célèbre des *assassins*. La na-
:ion des Druses et celle des Ansariés sont aujourd'hui celles
qui en ont gardé les derniers vestiges.

Les templiers furent accusés bientôt d'avoir établi l'une des
hérésies les plus redoutables qu'eût encore vues la chrétienté.
Persécutés et enfin détruits dans tous les pays européens, par
les efforts réunis de la papauté et des monarchies, ils eurent
pour eux les classes intelligentes et un grand nombre d'esprits
distingués qui constituaient alors, contre les abus féodaux, ce
qu'on appellerait aujourd'hui l'*opposition*.

De leurs cendres jetées au vent naquit une institution
mystique et philosophique qui influa beaucoup sur cette première révolution morale et religieuse qui s'appela pour les
peuples du Nord la *réforme*, et pour ceux du Midi la *philosophie*.

La réforme était encore, à tout prendre, le salut du christianisme en tant que religion ; la philosophie, au contraire, devint
peu à peu son ennemie, et, agissant surtout chez les peuples

restés catholiques, y établit bientôt deux divisions tranchées d'incrédules et de croyants.

Il est cependant un grand nombre d'esprits que ne satisfait pas le matérialisme pur, mais qui, sans repousser la tradition religieuse, aiment à maintenir à son égard une certaine liberté de discussion et d'interprétation. Ceux-là fondèrent les premières associations maçonniques qui, bientôt, donnèrent leur forme aux corporations populaires et à ce qu'on appelle encore aujourd'hui le *compagnonnage*.

La maçonnerie établit ses institutions les plus élevées en Écosse, et ce fut par suite des relations de la France avec ce pays, depuis Marie Stuart jusqu'à Louis XIV, que l'on vit s'implanter chez nous fortement les institutions mystiques qui procédèrent des *rose-croix*.

Pendant ce temps, l'Italie avait vu s'établir, à dater du XIVe siècle, une longue série de penseurs hardis, parmi lesquels il faut ranger Marsile Ficin, Pic de la Mirandole, Meursius, Nicolas de Cusa, Jordano Bruno et autres grands esprits, favorisés par la tolérance des Médicis, et que l'on appelle quelquefois les *néoplatoniciens de Florence*.

La prise de Constantinople, en exilant tant de savants illustres qu'accueillit l'Italie, exerça aussi une grande influence sur ce mouvement philosophique qui ramena les idées des Alexandrins, et fit étudier de nouveau les Plotin, les Proclus, les Porphyre, les Ptolémée, premiers adversaires du catholicisme naissant.

Il faut observer ici que la plupart des savants médecins et naturalistes du moyen âge, tels que Paracelse, Albert le Grand, Jérôme Cardan, Roger Bacon et autres, s'étaient rattachés plus ou moins à ces doctrines, qui donnaient une formule nouvelle à ce qu'on appelait alors les sciences occultes, c'est-à-dire l'astrologie, la cabale, la chiromancie, l'alchimie, la physiognomonie, etc.

C'est de ces éléments divers et en partie aussi de la science hébraïque, qui se répandit plus librement à dater de la renaissance, que se formèrent les diverses écoles mystiques qu'on vit se développer à la fin du XVIIe siècle. Les rose-croix d'abord, dont l'abbé de Villars fut le disciple indiscret, et plus tard, à ce qu'on prétend, la victime.

Ensuite les *convulsionnaires* et certaines sectes du jansénisme; vers 1770, les *martinistes*, les *swedenborgiens*, et enfin les illuminés, dont la doctrine, fondée d'abord en Allemagne par Weisshaupt, se répandit bientôt en France, où elle se fondit dans l'institution maçonnique.

III

SAINT-GERMAIN. — CAGLIOSTRO

Ces deux personnages ont été les plus célèbres cabalistes de la fin du XVIIIe siècle. Le premier, qui parut à la cour de Louis XV et y jouit d'un certain crédit, grâce à la protection de madame de Pompadour, n'avait, disent les mémoires du temps, ni l'impudence qui convient à un charlatan, ni l'éloquence nécessaire à un fanatique, ni la séduction qui entraîne les demi-savants. Il s'occupait surtout d'alchimie, mais ne négligeait pas les diverses parties de la science. Il montra à Louis XV le sort de ses enfants dans un miroir magique, et le roi recula de terreur en voyant l'image du dauphin lui apparaître décapitée.

Saint-Germain et Cagliostro s'étaient rencontrés en Allemagne dans le Holstein, et ce fut, dit-on, le premier qui initia l'autre et lui donna les grades mystiques. A l'époque où il fut initié, il remarqua lui-même le célèbre miroir qui servait pour l'évocation des âmes.

Le comte de Saint-Germain prétendait avoir gardé le souvenir d'une foule d'existences antérieures, et racontait ses diverses aventures depuis le commencement du monde. On questionnait un jour son domestique sur un fait que le comte

venait de raconter à table, et qui se rapportait à l'époque de
César. Ce dernier répondit aux curieux :

— Vous m'excuserez, messieurs, je ne suis au service de
M. le comte que depuis trois cents ans.

C'est rue Plâtrière, à Paris, et aussi à Ermenonville, que
se tenaient les séances où ce personnage développait ses
théories.

Cagliostro, après avoir été initié par le comte de Saint-
Germain, se rendit à Saint-Pétersbourg, où il obtint de grands
succès. Plus tard, il vint à Strasbourg, où il acquit, dit-on,
une grande influence sur l'archevêque prince de Rohan.

Tout le monde connaît l'affaire du collier, où le célèbre
cabaliste se trouva impliqué, mais dont il sortit à son avantage, ramené en triomphe à son hôtel par le peuple de
Paris.

Sa femme, qui était fort belle et d'une intelligence élevée
l'avait suivi dans tous ses voyages. Elle présida à ce fameux
souper où assistèrent la plupart des philosophes du temps, e
dans lequel on fit apparaître plusieurs personnages morts depuis peu de temps : selon le système de Cagliostro, *il n'y a pa
de morts*. Aussi avait-on mis douze couverts, quoiqu'il n'y eu
que six invités : d'Alembert, Diderot, Voltaire, le duc de Choi
seul, l'abbé de Voisenon et on ne sait quel autre, vinrent s'asseoir, quoique morts, aux places qui leur avaient été desti
nées, et causèrent avec les conviés, *de omni re scibili e
quibusdam aliis*.

Vers cette époque, Cagliostro fonda la célèbre *loge égyp
tienne*, laissant à sa femme le soin d'en établir une autr
en faveur de son sexe, laquelle fut mise sous l'invocatio
d'Isis.

IV

MADAME CAGLIOSTRO

Les femmes, curieuses à l'excès, ne pouvant être admises aux secrets des hommes, sollicitaient madame de Cagliostro de les initier. Elle répondit avec beaucoup de sang-froid à la duchesse de T***, chargée de faire les premières ouvertures, que, dès qu'on aurait trouvé trente-six adeptes, elle commencerait son cours de magie; le même jour, la liste fut remplie.

Les conditions préliminaires furent telles : 1° que les associées mettraient dans une caisse chacune cent louis : comme les femmes de Paris n'ont jamais le sou, cette clause fut difficile à remplir; mais le Mont-de-Piété et quelques complaisances mirent à même d'y satisfaire; 2° qu'à dater de ce jour jusqu'au neuvième, elles s'abstiendraient de tout commerce humain; 3° qu'on ferait serment de se soumettre à tout ce qui serait ordonné, quoique l'ordre eût contre lui toutes les apparences.

Le 7 du mois d'août fut le grand jour. La scène se passa dans une vaste maison, rue Verte-Saint-Honoré. On s'y rendit à onze heures. En entrant dans la première salle, chaque femme était obligée de quitter sa bouffante, ses soutiens, son corps, son faux chignon, et de vêtir une lévite blanche avec une ceinture de couleur. Il y en avait six en noir, six en bleu, six en coquelicot, six en violet, six en couleur de rose, six en impossible. On leur remit à chacune un grand voile qu'elles placèrent en sautoir de gauche à droite.

Lorsqu'elles furent toutes préparées, on les fit entrer deux à deux dans un temple éclairé, garni de trente-six bergères couvertes de satin noir. Madame de Cagliostro, vêtue de blanc, était sur une espèce de trône, escortée de deux grandes figures habillées de façon qu'on ignorait si c'étaient des spectres, des hommes ou des femmes. La lumière qui éclairait cette salle

13

s'affaiblissait insensiblement, et, lorsqu'à peine on distinguait les objets, la grande prêtesse ordonna de découvrir la jambe gauche jusqu'à la naissance du genou. Après cet exercice, elle ordonna de nouveau d'élever le bras droit et de l'appuyer sur la colonne voisine. Alors, deux femmes tenant un glaive à la main entrèrent, et, ayant reçu des mains de madame Cagliostro des liens de soie, elles attachèrent les trente-six dames par les jambes et par les bras.

Cette cérémonie finie, celle-ci commença un discours en ces termes :

— L'état dans lequel vous vous trouvez est le symbole de celui où vous êtes dans la société. Si les hommes vous éloignent de leurs mystères, de leurs projets, c'est qu'ils veulent vous tenir à jamais dans la dépendance. Dans toutes les parties du monde la femme est leur première esclave, depuis le sérail où un despote enferme cinq cents d'entre nous, jusque dans ces climats sauvages où nous n'osons nous asseoir à côté d'un époux chasseur !... nous sommes des victimes sacrifiées dès l'enfance à des dieux cruels. Si, brisant ce joug honteux, nous concertions aussi nos projets, bientôt vous verriez ce sexe orgueilleux ramper et mendier vos faveurs. Laissons-les faire leurs guerres meurtrières ou débrouiller le chaos de leurs lois, mais chargeons-nous de gouverner l'opinion, d'épurer les mœurs, de cultiver l'esprit, d'entretenir la délicatesse, de diminuer le nombre des infortunes. Ces soins valent bien ceux de dresser des automates, ou de prononcer sur de ridicules querelles. Si l'une d'entre vous a quelque chose à opposer, qu'elle s'explique librement.

Une acclamation générale suivit ce discours.

Alors, la grande maîtresse fit détacher les liens et continua en ces termes :

— Sans doute, votre âme pleine de feu saisit avec ardeur le projet de recouvrer une liberté, le premier bien de toute créature ; mais plus d'une épreuve doit vous apprendre à quel point vous pouvez compter sur vous-mêmes, et ce sont ces épreuves qui m'enhardiront à vous confier des secrets dont dépend à jamais le bonheur de votre vie. Vous allez vous diviser en six groupes ; chaque couleur doit se mettre ensemble et se rendre à l'un des six appartements qui correspondent à ce temple. Celles qui auront succombé ne doivent y entrer jamais, la palme de la victoire attend celles qui triompheront.

Chaque groupe passa dans une salle proprement meublée où bientôt arriva une foule de cavaliers. Les uns commencèrent par des persiflages et demandèrent comment des femmes raisonnables pouvaient prendre confiance aux propos d'une aventurière, et ils appuyaient fortement sur le danger d'un ridicule public... Les autres se plaignaient de voir qu'on sacrifiât l'amour et l'amitié à d'antiques extravagances, sans utilité comme sans agrément.

A peine daignaient-elles écouter ces froides plaisanteries. Dans une chambre voisine, on voyait, dans des tableaux peints par les plus grands maîtres, Hercule filant aux pieds d'Omphale, Renaud étendu près d'Armide, Marc-Antoine servant Cléopâtre, la belle Agnès commandant à la cour de Charles VII, Catherine II que des hommes portaient sur des trophées. Un de ceux qui les accompagnaient dit :

— Voilà donc ce sexe qui traite le vôtre en esclave ! Pour qui sont les douceurs et les attentions de la société ? Est-ce vous nuire que de vous épargner des ennuis, des embarras ? Si nous bâtissons des palais, n'est-ce pas pour vous en consacrer la plus belle partie ? N'aimons-nous pas à parer nos idoles ? Adoptons-nous les mœurs des Asiatiques ? Un voile jaloux dérobe-t-il vos charmes ? et, loin de fermer les avenues de vos appartements par des eunuques repoussants, combien de fois avons-nous la complaisante adresse de nous éclipser pour laisser à la coquetterie le champ libre ?

C'était un homme aimable et modeste qui tenait ce discours.

— Toute votre éloquence, répondit l'une d'entre elles, ne détruira pas les grilles humiliantes des couvents, les compagnes que vous nous donnez, l'impuissance attachée à nos propres écrits, vos airs protecteurs et vos ordres sous l'apparence de conseils.

Non loin de cet appartement se passait une autre scène plus intéressante. Les dames aux rubans lilas s'y trouvèrent avec leurs soupirants ordinaires. Leur début fut de leur signifier le congé le plus absolu. Cette chambre avait trois portes qui donnaient dans des jardins qu'éclairait alors la douce lumière de la lune. Ils les invitèrent à y descendre. Elles accordèrent cette dernière faveur à des hommes désolés. Une d'entre elles, que nous nommerons Léonore, cachait mal le trouble de son âme et suivait le comte Gédéon, qu'elle avait aimé jusque-là.

— De grâce, daignez m'apprendre mes crimes! disait-il. Est-ce un perfide que vous abandonnez? Qu'ai-je fait depuis deux jours? Mes sentiments, mes pensées, mon existence, mon sang, tout n'est-il pas à vous? Vous ne pouvez être inconstante! Quelle espèce de fanatisme vient donc m'enlever un cœur qui m'a coûté tant de tourments?

— Ce n'est pas vous que je hais, répondit-elle, c'est votre sexe; ce sont vos lois tyranniques, cruelles!

— Hélas! de ce sexe proscrit aujourd'hui, vous n'avez encore connu que moi. Où donc est mon despotisme? quand ai-je eu le malheur d'affliger ce que j'aime?

Léonore soupirait et ne savait pas accuser celui qu'elle adorait. Il veut prendre une de ses mains.

— Si vous m'aimez, lui dit-elle, gardez-vous de souiller ma main par un baiser profane. Je crois bien que je ne pourrai jamais vous quitter. Mais, pour preuve de cette obéissance à laquelle vous voulez que je croie, restez neuf jours sans me voir, et croyez que ce sacrifice ne sera pas perdu pour mon cœur.

Gédéon s'éloigna; et, ne pouvant la soupçonner, ni n'osant se plaindre, il s'en alla réfléchir sur les causes de son malheur.

Il serait trop long de raconter tout ce qui se passa dans ces deux heures d'épreuves. Il est certain que ni les raisonnements, ni les sarcasmes, ni les prières, ni les larmes, ni le désespoir, ni les promesses, enfin tout ce que la séduction emploie, ne purent rien, tant la curiosité et l'espoir secret de dominer sont des ressorts puissants chez les femmes. Toutes rentrèrent dans le temple telles que la grande prêtresse l'avait ordonné.

Il était trois heures de la nuit. Chacun reprit sa place. On présenta différentes liqueurs pour soutenir les forces. Ensuite on ordonna de détacher les voiles et de s'en couvrir le visage. Après un quart d'heure de silence, une sorte de dôme s'ouvrit, et, sur une grosse boule d'or, descendit un homme drapé en génie, tenant dans sa main un serpent et portant sur sa tête une flamme brillante.

— C'est du génie même de la vérité, dit la grande maîtresse, que je veux que vous appreniez les secrets dérobés si longtemps à votre sexe. Celui que vous allez entendre est le célèbre, l'immortel, le divin Cagliostro, sorti du sein d'Abraham sans avoir été conçu, et dépositaire de tout ce qui a été, de tout ce qui est et de tout ce qui sera connu sur la terre.

— Filles de la terre, s'écria-t-il, si les hommes ne vous tenaient pas dans l'erreur, vous finiriez par vous lier ensemble d'une union invincible. Votre douceur, votre indulgence vous feraient adorer de ce peuple, auquel il faut commander pour avoir son respect. Vous ne connaissez ni ces vices qui troublent la raison, ni cette frénésie qui met tout un royaume en feu. La nature a tout fait pour vous. Jaloux, ils avilissent son ouvrage, dans l'espoir qu'il ne sera jamais connu. Si, repoussant un sexe trompeur, vous cherchiez dans le vôtre la vraie sympathie, vous n'auriez jamais à rougir de ces honteuses rivalités, de ces jalousies au-dessous de vous. Jetez vos regards sur vous-mêmes, sachez vous apprécier, ouvrez vos âmes à la tendresse pure, que le baiser de l'amitié annonce ce qui se passe dans vos cœurs.

Ici, l'orateur s'arrêta. Toutes les femmes s'embrassèrent. Au même instant, les ténèbres remplacent la lumière, et le génie de la vérité remonte par son dôme. La grande maîtresse par-

13.

court rapidement toutes les places ; ici, elle instruit ; là, elle
commente ; partout, elle enflamme l'imagination. La seule
Léonore laissait couler des larmes.

— Je vous devine, lui dit-elle à l'oreille ; n'est-ce donc pas
assez que le souvenir de ce qu'on aime ?

Ensuite, elle ordonna de reprendre la musique profane. Peu
à peu, la lumière revint, et, après quelques moments de calme,
on entendit un bruit comme si le parquet s'abîmait. Il s'abaissa
presqu'en entier et fut bientôt remplacé par une table somp-
tueusement servie. Les dames s'y placèrent. Alors entrèrent
trente-six génies de la vérité habillés en satin blanc : un masque dérobait leurs traits. Mais, à l'air leste et empressé avec
lequel ils servaient, on pouvait imaginer que les êtres spirituels
sont bien au-dessus des grossiers humains. Vers le milieu du
repas, la grande maîtresse leur fit signe de se démasquer : alors,
les dames reconnurent leurs amants. Quelques-unes, fidèles à
leur serment, allaient se lever. Elle leur conseille de modé-
rer ce zèle en observant que le temps des repas était consacré
à la joie et au plaisir. On leur demande par quel hasard ils se
trouvaient réunis. Alors, on leur expliqua que, de leur côté,
on les initiait à certains mystères ; que, s'ils avaient des habits
de génie, c'était pour montrer que l'égalité est la base de tout ;
qu'il n'était pas extraordinaire de voir trente-six cavaliers avec
trente-six dames ; que le but essentiel du grand Cagliostro était
de réparer les maux qu'avait causés la société, et que l'état de
nature rendait tout égal.

Les génies se mirent à souper. Vingt fois la mousse petil-
lante du vin de Sillery jaillit au plafond. La gaieté redouble, les
épigrammes arrivent ; les bons mots se succèdent, la folie se
mêle aux propos, l'ivresse du bonheur est peinte dans tous les
yeux, les chansons ingénues en sont l'interprète, d'innocentes
caresses sont permises ; il se glisse un peu de désordre dans
les toilettes ; on propose la danse, on valse plus qu'on ne saute ;
le punch délasse des contredanses répétées ; l'Amour, exilé
depuis quelque temps, secoue son flambeau ; on oublie les ser-

ments, le génie de la vérité, les torts des hommes, on abjure l'erreur de l'imagination.

Cependant, on évitait les regards de la grande prêtresse; elle rentra et sourit de se voir si mal obéie.

— L'Amour triomphe de tout, dit-elle, mais songez à nos conventions, et peu à peu vos âmes s'épureront. Ceci n'est qu'une séance encore, il dépend de vous de la renouveler.

Les jours suivants, on ne se permit point de parler des détails; mais l'enthousiasme pour le comte Cagliostro était porté à une ivresse qui étonnait même à Paris. Il saisit ce moment pour développer tous les principes de la franc-maçonnerie égyptienne. Il annonça aux lumières du grand Orient que l'on ne pouvait travailler que sous une triple voûte, qu'il ne pouvait y avoir ni plus ni moins de treize adeptes; qu'ils devaient être purs comme les rayons du soleil, et même respectés par la calomnie, n'avoir ni femmes, ni maîtresses, ni habitudes de dissipation, posséder une fortune au-dessus de cinquante-trois mille livres de rente; et surtout, cette espèce de connaissances qui se trouve si rarement avec les nombreux revenus.

V

LES PAÏENS DE LA RÉPUBLIQUE

L'épisode que nous venons de recueillir nous donne une idée du mouvement qui s'opérait alors dans les esprits et qui se dégageait peu à peu des dogmes catholiques. Déjà les illuminés d'Allemagne s'étaient montrés à peu près païens ; ceux de France, comme nous l'avons dit, s'étaient appelés *martinistes*, d'après le nom de Martinès, qui avait fondé plusieurs associations à Bordeaux et à Lyon ; ils se séparèrent en deux sectes, dont l'une continua à suivre les théories de Jacob Boehm, admirablement développées par le célèbre Saint-Martin, dit *le Philosophe inconnu*, et dont l'autre vint s'établir à Paris et y fonda la loge des *Philalèthes*, qui entra bientôt résolûment dans le mouvement révolutionnaire.

Nous avons cité déjà les divers auteurs qui unirent leurs efforts pour fonder en France une doctrine philosophique et religieuse empreintes de ces idées. On peut compter principalement parmi eux le marquis d'Argens, l'auteur des *Lettres cabalistiques*; dom Pernetty, l'auteur du *Dictionnaire mytho-hermétique*; d'Esprémenil, Lavater, Delille de Salle, l'abbé Terrasson, auteur de *Sethos*, Bergasse, Clootz, Court de Gebelin, Fabre d'Olivet, etc.

Il faut lire l'*Histoire du Jacobinisme* de l'abbé Barruel, les *Preuves de la conspiration des illuminés* de Robison, et aussi les observations de Mounier sur ces deux ouvrages, pour se former une idée du nombre de personnages célèbres de cette époque qui furent soupçonnés d'avoir fait partie des associations mystiques dont l'influence prépara la Révolution. La plupart des historiens de notre temps ont négligé d'approfondir ces détails, soit par ignorance, soit par crainte de mêler à la haute politique un élément qu'ils supposaient moins grave[1].

Le père de Robespierre avait, comme on sait, fondé une loge maçonnique à Arras d'après le rite écossais. On peut supposer que les premières impressions que reçut Robespierre lui-même eurent quelque influence sur plusieurs actions de sa vie. On le taxa souvent de mysticisme, surtout en raison de ses relations avec la célèbre Catherine Théot. Les matérialistes n'entendirent pas avec plaisir les opinions qu'il exprima à la Convention sur la nécessité d'un culte public.

— Vous vous garderez bien, disait-il, de briser le lien sacré qui unit les hommes à l'auteur de leur être : il suffit même que cette opinion ait régné chez un peuple pour qu'il soit dangereux de la détruire ; car les motifs des devoirs et les bases de la moralité s'étant nécessairement liés à cette idée, l'effacer, c'est démoraliser le peuple. Il résulte du même principe qu'on

---

1. M. Louis Blanc et M. Michelet s'en sont cependant occupés.

ne doit jamais attaquer un culte établi qu'avec prudence et avec une certaine délicatesse, de peur qu'un changement subit et violent ne paraisse une atteinte portée à la morale et une dispense de la probité même. Au reste, celui qui peut remplacer la Divinité dans le système de la vie sociale est à mes yeux un prodige de génie, celui qui, sans l'avoir remplacée, ne songe qu'à la bannir de l'esprit des hommes me paraît un prodige de stupidité ou de perversité.

Il faut reconnaître aussi, parmi les détails de la cérémonie qu'il institua en l'honneur de l'Être suprême, un ressouvenir des pratiques de l'illuminisme dans cette statue couverte d'un voile auquel il mit le feu, et qui représentait soit la Nature, soit Isis.

Robespierre une fois renversé, bien des philosophes cherchaient toujours à établir une formule religieuse en dehors des idées catholiques. Ce fut alors que Dupont (de Nemours), le célèbre économiste, l'ami de Lavoisier, publia sa *Philosophie de l'Univers*, où l'on trouve un système complet sur la hiérarchie des *esprits célestes*, lequel remonte évidemment à l'illuminisme et aux doctrines de Swedenborg. Aucler, dont nous allons parler, alla plus loin encore en proposant de rétablir le paganisme et l'adoration des astres.

Restif de la Bretonne a publié aussi, comme nous l'avons vu, un système de panthéisme qui surprenait l'immortalité de l'âme, mais qui la remplaçait par une sorte de métempsycose. — Le père devait renaître dans sa race au bout d'un certain nombre d'années. La morale de l'auteur était fondée sur la *réversibilité*, c'est-à-dire sur une fatalité qui amenait forcément dans cette vie même la récompense des vertus ou la punition des fautes. Il y a dans ce système quelque chose de la doctrine primitive des Hébreux.

QUINTUS AUCLER

RÉPUBLIQUE FRANÇAISE

LA THRÉICIE

> « Je croyais, dit Candide, qu'il n'y avait plu
> de manichéens. — Il y a moi, dit Martin. »
> VOLTAIRE.

I

SAINT-DENIS

Une visite à Saint-Denis par une brumeuse journée d'automne rentre dans le cercle oublié de ces promenades austères que faisaient jadis les rêveurs de l'école de Jean-Jacque
Rousseau.

Rousseau est le seul entre les maîtres de la philosophie d
XVIIIᵉ siècle qui se soit préoccupé sérieusement des grand
mystères de l'âme humaine, et qui ait manifesté un sentimen
religieux positif, qu'il entendait à sa manière, mais qui tranchai
fortement avec l'athéisme résolu de Lamettrie, de d'Holbach
d'Helvétius, de d'Alembert, comme avec le déisme mitigé d
Boulanger, de Diderot et de Voltaire. « Écrasons l'infâme ! »
était le mot commun de cette coalition philosophique ; mais tou
ne portèrent pas les mêmes rudes coups au sentiment religieux
considéré d'une manière générale. On ne s'étonne pas de cett

hésitation chez certains esprits plus disposés que d'autres à l'exaltation et à la rêverie.

Il y a, certes, quelque chose de plus effrayant dans l'histoire que la chute des empires, c'est la mort des religions. Volney, lui-même, éprouvait ce sentiment en visitant les ruines des édifices autrefois sacrés. Le croyant véritable peut échapper à cette impression; mais, avec le scepticisme de notre époque, on frémit parfois de rencontrer tant de portes sombres ouvertes sur le néant.

La dernière qui semble encore conduire à quelque chose, cette porte ogivale, dont on restaure avec piété les nervures et les figurines frustes ou brisées, laisse entrevoir toujours sa nef gracieuse, éclairée par les rosaces magiques des vitraux. Les fidèles se pressent sur les dalles de marbres et le long des piliers blanchis où vient se peindre le reflet colorié des saints et des anges. L'encens fume, les voix résonnent, l'hymne latine s'élance aux voûtes au bruit ronflant des instruments; seulement, prenons garde au souffle malsain qui sort des tombes féodales où tant de rois sont entassés! Un siècle mécréant les a dérangés de l'éternel repos, que le nôtre leur a pieusement rendu.

Qu'importent les tombes brisées et les ossements outragés de Saint-Denis! La haine leur rendait hommage; l'homme indifférent d'aujourd'hui les a replacées par l'amour de l'art et de la symétrie, comme il eût rangé les momies d'un musée égyptien.

Mais est-il un culte qui, triomphant des efforts de l'impiété, n'ait plutôt encore à redouter l'indifférence?

Quel est le catholique qui ne supporterait la folle bacchanale de Newstead-Abbey, et les compagnons d'orgie de Noël Byron parodiant le plain-chant sur des vers de chansons à boire, — affublés de robes monastiques et buvant le *claret* dans des crânes, — plus volontiers que de voir l'antique abbaye devenir fabrique ou théâtre? Le ricanement de Byron appartient encore au sentiment religieux, comme l'impiété matéria-

liste de Shelley. Mais qui donc aujourd'hui daignerait être impie? On n'y songe point !

Encore un regard dans cette basilique fraîchement restau
rée, dont l'aspect a provoqué ces réflexions. Sous les arceaux
gothiques des bas côtés, l'on ne peut se lasser d'admirer les
monuments des Médicis. Anges et saints! ne frémissiez-vous
pas dans les plis roides de vos robes et de vos dalmatiques en
voyant croître et fleurir, sous vos tutélaires ogives, ces pom-
pes d'art païen qu'on décore du nom de renaissance ? Quoi
le cintre roman, la colonne de marbre aux acanthes de bronze
le bas-relief étalant ses nudités voluptueuses et son dessin
correct, au pied de vos longues figures hiératiques que l'ironi
accueille désormais ! Rien n'est donc plus vrai que ce que di
sait un moine prophète de l'époque : « Je te vois entrer nu
dans la demeure sainte et poser un pied triomphant sur l'au
tel, impudique Vénus ! »

Ces trois Vertus sont assurément les trois Grâces, ces ange
sont les deux amours Éros et Antéros; cette femme si belle
qui repose à demi nue sur un lit exhaussé dont elle a rejet
les voiles, n'est-ce pas Cythérée elle-même? et ce jeune hom
me, qui près d'elle semble dormir d'un sommeil plus profond
n'est-il pas l'Adonis des mystères de Syrie ?

Elle repose affaissée dans sa douleur; sa taille se cambr
avec cette volupté dont elle ne peut oublier l'attitude, se
seins se dressent avec orgueil, sa figure sourit encore, et ce
pendant près d'elle le chasseur meurtri dort d'un sommeil d
marbre où ses membres se sont roidis.

Écoutons la légende que répète à tous l'homme de l'Église
« Voici la tombe de Catherine de Médicis. Elle a voulu de so
vivant se faire représenter endormie dans le même lit que so
époux Henri deuxième, mort d'un coup de lance de Mont
gomery. »

Qu'elle est noble et séduisante cette reine aux cheveu
épars, belle comme Vénus, et fidèle comme Arthémise, e
qu'elle eût bien fait de ne pas se réveiller de ce gracieux som

meil! elle était encore si jeune, si aimante et si pure! Mais elle frappait déjà la religion sans le vouloir, comme plus tard, au jour de la Saint-Barthélemy.

Oui, l'art de la renaissance avait porté un coup mortel à l'ancien dogme et à la sainte austérité de l'Église avant que la révolution française en balayât les débris. L'allégorie, succédant au mythe primitif, en a fait de même jadis des anciennes religions... Il finit toujours par se trouver un Lucien qui écrit les *Dialogues des dieux*, et, plus tard, un Voltaire, qui raille les dieux et Dieu lui-même.

S'il était vrai, selon l'expression d'un philosophe moderne, que la religion chrétienne n'eût guère plus d'un siècle à vivre encore, ne faudrait-il pas s'attacher avec larmes et avec prières aux pieds sanglants de ce Christ détaché de l'arbre mystique, à la robe immaculée de cette Vierge mère, — expression suprême de l'alliance antique du ciel et de la terre, — dernier baiser de l'esprit divin qui pleure et qui s'envole !

Il y a plus d'un demi-siècle déjà que cette situation fut faite aux hommes de haute intelligence et se trouva diversement résolue. Ceux de nos pères qui s'étaient dévoués avec sincérité et courage à l'émancipation de la pensée humaine se virent contraints, peut-être, à confondre la religion elle-même avec les institutions dont elle parait les ruines. On mit la hache au tronc de l'arbre, et le cœur pourri comme l'écorce vivace, comme les branchages touffus, refuge des oiseaux et des abeilles, comme la lambruche obstinée qui le couvrait de ses lianes, furent tranchés en même temps, — et le tout fut jeté aux ténèbres comme le figuier inutile; mais, l'objet détruit, il reste la place, encore sacrée pour beaucoup d'hommes. C'est ce qu'avait compris jadis l'Église victorieuse, quand elle bâtissait ses basiliques et ses chapelles sur l'emplacement même des temples abolis.

14

II

LA FÊTE DE L'ÊTRE SUPRÊME

Ces questions préoccupaient beaucoup, au moment le plus
ardent de la révolution française, le citoyen Quintus Aucler.
Ce n'était pas une âme à se contenter du mysticisme allégorique inventé par Chaumette, Hérault de Séchelles et la Re-
veillère-Lepaux. La montagne élevée dans la nef de Notre-
Dame, où était venue trôner la belle madame Momoro en
déesse de la Raison, n'imposait pas plus à son imagination que
ne le fit plus tard l'autel des théo-philanthropes, chargé de
fruits et de verdure. Il n'eut certes aucun respect pour l'exta-
tique Catherine Théot, ni pour dom Gerle, son compère, dont
Robespierre favorisait les pratiques. — Et, quand ce dernier
lui-même, soigneusement poudré, avec son profil en fer de
hache, portant le frac bleu de Werther, sur le dos duquel on-
dulait sa catacoua fraîchement enrubanée; avec son gilet de
piqué à pointes, sa culotte de basin et ses bas chinés, se mit en
tête d'offrir un gros bouquet à l'Être suprême, comme un enfant timide qui célèbre la fête de son père, les vieux jacobins
secouèrent la tête, la foule rit beaucoup de l'incendie manqué
qui, en brûlant le voile de la statue de la déesse, l'avait rendue
noire comme une Éthiopienne ; mais Quintus Aucler se sentit
plein d'indignation; il maudissait ce tribun ignorant qui ne
l'avait pas consulté; il lui aurait dit : « Quel égarement te
porte à t'adresser au ciel sous ces habits et sans avoir préala-
blement accompli aucun des rites sacrés ? Il serait simple encore
de cacher ton costume risible sous la robe des flamines; mais
as-tu seulement consulté les augures ? les victimes sont-elles
préparées ? les poulets sacrés ont-ils mangé l'orge ? a-t-on, du
moins, orienté avec le *lituus* la place où tu devais accomplir le sacrifice ? C'est ainsi qu'on s'adresse aux dieux, qui ne
dédaignent pas alors de répondre avec leur tonnerre; tandis

que, toi, tu menaces en invoquant, et tu sembles dire : « Être
» suprême, la nation veut bien t'offrir quelques fleurs pour ta
» fête. Nous avons tiré le canon : réponds par un coup de ton-
» nerre, ou sinon prends garde ! »

Mais assurément l'Être suprême, salué par Robespierre, et
en faveur duquel Delille de Salle avait composé un mémoire,
n'était encore qu'une vaine allégorie comme les autres aux
yeux de Quintus Aucler. Il soupçonnait même Robespierre
d'avoir gardé au fond du cœur un vieux levain de ce christianisme dans lequel il ne voyait, lui, qu'une mauvaise queue de
la Bible. Dans sa pensée intime, les chrétiens n'étaient que les
successeurs dégradés d'une secte juive expulsée, formée d'es-
claves et de bandits.

Combien de fois il maudissait la tolérance de Julien, qui les
avait trop méprisés pour les craindre.

— De là, disait-il, la chute de la grande civilisation grecque
et romaine, qui avait couvert le monde de merveilles. De là,
le triomphe des barbares et les ténèbres de l'ignorance répan-
dues sur la terre pendant quinze cents ans !

Pouvait-on douter, en effet, qu'une doctrine issue de la
négation divine formulée par un petit peuple d'usuriers et de
voleurs ne fût accueillie avec transport par ces hordes de barbares lointains dont elle favorisait les brigandages ? Longtemps
maintenus par la gloire romaine aux confins du monde civi-
lisé, il fallut qu'un empereur, coupable de crimes sans nom,
rompît pour eux cette digue morale qui maintenait au monde
romain la faveur des dieux tout-puissants ! La réponse des
hiérophantes à Constantin : *Sacrum commissum quod neque
expiare poterit, impie commissum est!* fut l'arrêt fatal du paganisme. La loi des dieux ne connaissait pas d'expiation pour
les crimes de l'empereur, et il fut exclu de la célébration des
mystères, comme l'avait été Néron. — L'Église nouvelle fut
moins sévère, et dès lors son triomphe fut assuré. Il devenait
clair, d'après cela, que tous les déprédateurs et tous les barbares embrasseraient à leur tour une religion qui tenait des

pardons tout prêts à qui saurait les payer en richesses et en puissance.

Voici quelques-unes des pages de *la Thréicie* publiée par Aucler :

« ... Et ces religions dont les chefs étaient des hommes de mauvaises mœurs, ces religions atroces qui ont employé de si horribles moyens pour se maintenir, prétendent avoir apporté aux hommes de nouvelles vertus inconnues jusqu'à elles, la charité universelle et le pardon des injures. « Nous ne sommes » pas nés pour nous seuls, » disait Platon, « nous sommes nés » pour la patrie, pour nos parents, pour nos amis et pour tout » le reste des hommes. » — « La nature elle-même a prescrit », disait Cicéron, « qu'un homme s'intéresse à un autre homme, » quel qu'il soit, et par cela seul qu'il est homme. » — « Nous » sommes tous les membres d'un même corps, » disait Sénèque ; « la nature ne nous a-t-elle pas faits tous alliés? C'est » elle qui nous donne cet amour mutuel que nous avons les » uns pour les autres; et cette maxime était même sur les » théâtres : *Je suis homme*, disait ce vieillard dans Térence, *et* » *rien de ce qui peut regarder un homme ne me doit être étran-* » *ger*. » Les Perses n'avaient-ils pas leur fameuse loi d'ingra-titude, selon laquelle ils punissaient tous les manques d'amour envers les dieux, les parents, la patrie, les amis? Les Égyptiens ne s'étaient pas non plus bornés à de simples préceptes, ils en avaient aussi fait une loi.

» Mais ne sait-on point, ou ce serait qu'on ne le voudrait pas savoir, que cette charité universelle était le premier point de la morale des mystères? « Quel est l'homme bon, » demande Juvénal, « digne du flambeau mystérieux, et tel que l'hiéro-» phante de Cérès veut que l'on soit, qui pense que les maux » d'autrui lui sont étrangers? »

« C'est sur nous seuls, » dit un chœur dans Aristophane, « que luit l'astre du jour, nous qui sommes initiés, et qui » exerçons envers le citoyen et envers l'étranger toute sorte » d'actes de justice et de piété. »

» Ont-ils enseigné aux hommes le pardon des injures? Mais les livres mêmes des Juifs, malgré leur horrible zélotipie, en ont des préceptes : « Vous ne chercherez point la vengeance, » dit le Lévitique; « vous ne verrez point le bœuf ou l'âne de » votre ennemi tomber dans un fossé sans le relever. » — « Quand bien même vous auriez souffert l'injure, » disait Platon, « il ne faut point se venger, parce que se venger, ce » serait faire injure, et qu'il n'en faut point faire. » — « Ce » mot de vengeance, » disait Sénèque, « n'est pas le mot d'un » homme, c'est celui d'une bête féroce. » — « C'est d'une bête » et non d'un homme, » disait Musonius, « de chercher com· » ment on rendra morsure pour morsure. » — « J'aime mieux » recevôir de vous injure que de vous en faire, » disait Phocion aux Athéniens. — « Tout ce que je demande aux dieux, » disait Aristide en sortant d'Athènes pour s'en aller en exil, « c'est que les Athéniens n'aient jamais besoin d'Aristide. »

» D'autres ont beaucoup estimé la morale de ces religions particulières, et n'ont pas su que tout ce qu'il y a de bon dans cette morale, le renoncement à soi-même, à la corruption de la chair, la rentrée de l'homme en son essence, le mépris des choses terrestres, la victoire de ses passions, la charité universelle se trouvent dans toutes les nations; mais cette morale, surtout dans la religion chrétienne, portée au point où les disciples de Jésus l'ont mise, a produit toutes les horreurs, tous les crimes, les mensonges et les calomnies que je viens de décrire.

» Vous n'avez pas plus la morale que la doctrine de Jésus. Jésus, semblable à ceux qui l'avaient instruit, ne voulait avoir qu'un petit nombre de disciples : il savait bien que les choses sublimes et hors du sens commun des hommes ne peuvent être goûtées que d'un petit nombre; il en avait même donné le précepte à ses disciples : « Ne semez pas vos perles devant les » pourceaux, » leur disait-il, « de peur que, n'en connaissant » pas le prix, ils ne les foulent aux pieds, et que, se tournant » contre vous, ils ne vous déchirent. » Mais ses disciples, brû-

lant d'être chefs de secte, voulaient avoir des disciples qui
propageassent leur doctrine : ainsi ils les voulaient outrés et
furieux, et ils les ont faits tels. Il y a tant de différence entre
de certaines choses et d'autres portées dans les discours de
Jésus, qu'il est impossible que la même personne les ait pro-
noncées toutes. Par exemple, Jésus commence son premier
discours suivi en disant : « Heureux les pauvres d'esprit! »
il n'entend pas ici ceux qui en manquent, ni les imbéciles;
mais ceux qui embrassent la pauvreté volontaire et le mépris
des choses terrestres, « parce que, » dit-il, « le règne des
» cieux est à eux, » et cela, dans la prédiction qu'il leur faisait
du renouvellement du monde. « Heureux ceux qui sont doux,
» parce qu'ils posséderont la terre (c'est-à-dire la terre qui
» allait être renouvelée). Heureux ceux qui pleurent, parce
» qu'ils seront consolés (dans le renouvellement de toutes
» choses). Heureux ceux qui ont faim et soif de la justice,
» parce qu'ils seront rassasiés (dans le jugement qui allait
» avoir lieu). »

» Ils y ont ajouté : « Heureux ceux qui souffrent la persécu-
» tion pour la justice, parce que le règne des cieux est à eux. »
Remarquez que la conséquence, ici, est la même que celle de
la première béatitude proposée, et, par conséquent, doit avoir
été ajoutée; mais cette maxime est outrée. L'homme de bien
doit souffrir courageusement la persécution pour la justice,
ne se relâcher en rien; mais pourquoi se réjouirait-il de cette
persécution? quelque cause qu'elle ait, elle est toujours un
mal. Il vaudrait bien mieux pouvoir pratiquer la vertu sans
souffrir la persécution.

» Ils ont ajouté encore : « Vous serez heureux, lorsqu'on
» vous persécutera, lorsqu'on vous maudira, lorsqu'on inven-
» tera des calomnies contre vous. » Il n'y a qu'un fou qui
puisse se réjouir et se trouver heureux qu'on le persécute,
qu'on le maudisse, qu'on invente contre lui des calomnies;
mais les chefs du christianisme avaient besoin de pareils
hommes.

» Jésus avait dit, que l'homme de bien essuierait des contradictions, mais que celui qui persévérerait jusqu'à la fin serait sauvé : cela est vrai; avec la persévérance, on vient à bout de tout, même de monter jusqu'au sommet du roc escarpé où est le temple de la vertu. Ils lui ont fait dire qu'il était venu mettre le feu sur la terre, diviser le père d'avec le fils, la fille d'avec la mère, la bru d'avec la belle-mère, les frères d'avec les frères; qu'il était venu apporter le glaive et la guerre sur la terre et non la paix; qu'où cinq personnes seraient dans une maison, trois seraient divisées contre deux, deux contre trois; que les pères livreraient à la mort leurs enfants, que les enfants y livreraient leurs pères; mais il leur fallait de pareils hommes. O fourberie! ô imposture! ô fanatisme abominable qui a fait le malheur du monde!

» Quant au précepte de ne point résister au mal, de tendre la joue gauche pour recevoir un soufflet quand on en a reçu un sur la droite, c'est un précepte fou, furieux, insensé, injuste, qui met le faible à la merci du violent et de l'injuste, qui soumet les bons à une servitude basse et indigne devant un brigand audacieux. C'est pervertir toutes les idées de morale et de justice. »

Ici arrive la partie dogmatique succédant à cette démolition passionnée du catholicisme :

« Je vais maintenant vous parler de la religion qui ne peut être autre; j'entreprends une grande tâche. Comment me ferai-je entendre? Cette religion est toute sublime, bien différente de la religion des Juifs; elle est toute aux cieux, et vous n'avez que des idées terrestres. Élevez donc vos esprits et vos cœurs; prenez des idées spirituelles, et défaites-vous des préjugés de l'éducation et de l'enfance, dans lesquels, qui que vous soyez, vous êtes enveloppés, je dis même les plus grands philosophes de nos jours.

» La première leçon qui doit vous être donnée en ce genre est de vous demander qui vous êtes; et, quand vous voyez que tout a un but, si vous pensez que c'est sans but que vous êtes

venus sur là terre? Le soleil est fait pour la lune, il darde sur
elle ses rayons, stimule par eux ce qu'il y a en elle de lumineux, et ainsi elle nous éclaire; la lune est faite pour le soleil,
elle ouvre son sein pour recevoir ses rayons et ses influences
qu'elle nous verse; tous les astres sont faits les uns pour les
autres, tous reçoivent les uns des autres, et, dans une contrariété de mouvements formant une harmonie universelle, ils
entretiennent partout le mouvement et la vie. Quand tout a un
but dans la nature, n'est-il pas insensé de penser que le séjour
de l'homme sur la terre est sans but?

» Puisque le mal n'est pas l'ouvrage du principe, qu'ainsi
il n'est inhérent à aucun être, et puisque nous sentons l'ardeur
du bien, toute notre tâche sur la terre doit être notre régénération, et, si le mal nous a éloignés du principe qui ne peut
l'admettre en lui, tout notre but doit être, par cette régénération, notre réunion à notre principe : telle est toute la tâche
religieuse que nous avons à remplir sur la terre. J'ai dit plus
haut comment les bêtes, n'ayant pas admis le mal, ressentent
les effets du mal; mais, pour que je pusse vous en parler, il
faudrait que je pusse parler la langue des dieux que je ne sais
point parler, et que vous sauriez moins entendre.

» Cherchons donc les moyens de cette régénération; ils sont
universels et les mêmes dans toutes les nations. Le consentement unanime de toutes les nations a été pour les plus grands
philosophes de l'antiquité une preuve certaine de vérité : en
effet, une idée générale de tous les hommes ne peut être une
erreur, ou leur principe les aurait faits pour l'erreur, ce qui
ne peut se supposer; d'où il suit que les moyens de cette régénération étant universels et les mêmes dans toutes les nations,
ou ont été enseignés à toutes les nations par la Divinité,
ou sont une production naturelle de l'esprit humain, et dans
l'un ou l'autre cas astreignent tous les hommes à les employer,
et qu'un particulier qui décline de cette instruction universelle,
ou de cette conception naturelle, se crée une solitude et se
creuse un précipice et un gouffre de perdition.

» Ce n'est point par l'esprit que nous avons admis le mal; l'esprit ne se trompe point sur la nature du mal, même dans ses plus grands écarts, et quand il tâche à se prouver que le mal n'est point mal, afin de pouvoir s'y livrer; mais c'est par le cœur : ainsi, le premier moyen de cette régénération doit être une vertu de cœur, qui est la piété. Mon opinion est que les dieux ont enseigné aux hommes ces moyens de régénération : mon malheureux siècle, qui ne peut choisir qu'entre cette opinion et celle que ces moyens de régénération sont une conception naturelle, choisira cette dernière opinion : il ne m'importe pour ce que j'ai à lui prouver et à lui proposer. La piété est donc la première vertu qui puisse nous régénérer; mais il faut savoir à qui l'adresser; il faut connaître les êtres à qui l'adresser.

» De quelle langue pourrai-je me servir maintenant; comment pourrai-je me faire entendre; quels arguments assez convaincants pourrai-je employer pour détruire l'effet des idées terrestres et des préjugés dans lesquels vous ont enveloppés vos religions particulières qui sont sorties de ces documents universels des dieux ou de cette conception naturelle? Et encore, de ces ineffables mystères, je ne dois vous produire qu'une partie de ce que je sais et de ce que je conçois. Ouvrez les yeux de vos cœurs; aplanissez votre entendement; qu'il soit comme une surface unie qui reçoive et qui conserve les formes de ce que je vais vous dire. Imposez silence un moment à la voix des préjugés de votre enfance et de vos religions, et songez qu'il n'y a rien de vrai que ce qui est général, et qu'il n'y a point de vérité dans le particulier : que la Divinité, qui a voulu, sans doute, que les hommes se régénérassent, se réunissent à elle, n'a pu donner à tous les hommes que les mêmes moyens de cette régénération.

» Puisque tous les êtres que nous connaissons ne font pas leur sort eux-mêmes, il faut bien qu'il y ait un Être unique, universel, qui tienne les sorts de tous les êtres en ses mains, et qui en soit le principe. Cet Être je ne dirai pas a produit d'abord, mais produit éternellement des êtres dans lesquels il

14.

puisse verser toutes ses productions ou plutôt les idées de ses productions. Cet Être est la Prothirée des hymnes d'Orphée : ô vénérable Mère et réceptacle de toutes les idées des choses, qui tiens sous ta protection tous les êtres qui enfantent, parce que tu as la première enfanté! grande Déesse! Mère ineffable! épouse du grand Dieu, qui, par analogie, s'il peut y en avoir, soulages les travaux de toutes les femmes qui enfantent, entends-moi; sois favorable à mon ouvrage; conduis ma plume, que je dise des choses dignes de toi : mais comment? du moins des choses qui ne contrarient pas ta nature, c'est assez; que je demeure victorieux dans cet ouvrage, et que le flambeau que je porte aux hommes dissipe l'erreur dans laquelle ils sont plongés : flambeau que la grande Pallas m'a montré; et que le palladium dont elle a revêtu devant moi les couleurs et les accoutrements me défende contre l'envie et contre l'ignorance, et fasse produire à mon ouvrage des fruits qui te soient agréables! Mais cet Être n'a pu recevoir dans son sein les productions du principe qu'avec un certain ordre et un certain arrangement, et il fallu une force pour les produire : c'est le *logos*, le Verbe ineffable; c'est la déesse Pallas; c'est, sous un autre rapport, Iacchus démembré par les géants; c'est le νοῦς; c'est le *mens*, le Primigène des hymnes d'Orphée; c'est la force de la nature et la production de tous les êtres; et cet ordre et cet arrangement sont la lumière qui illumine tout homme venant en ce monde.

Qui crederam extersti cæcis caliginem ocellis.

» Voilà le premier anneau de la chaîne, tous les autres doivent lui être semblables, hors la position; plus un anneau est prochain de ce premier anneau, de cet anneau principe, plus il lui est semblable; et la nature de ce premier anneau se continue dans toute la série de la chaîne, et un anneau admet d'autant plus de la nature de ce premier anneau, qu'il lui est plus près ou qu'il lui est plus semblable. De là tous les dieux et les différents ordres de génies, d'intelligences que toutes les nations, le monde universel a honorés avant qu'un particulier s'avisât de couper la chaîne et de n'en proposer que le premier anneau réduit dans son expansion ineffable. Eh! qui êtes-vous pour vous refuser à cette instruction universelle, vous qui avez été instruits par des hommes dans l'erreur, dont l'un vous a dit même que sa religion n'était point céleste, qu'elle était terrestre, qu'elle était à vos pieds, qu'elle avait sa cause dans la grossièreté de son peuple?

» Peut-on joindre des êtres divers de nature sans un moyen? C'est ainsi que la terre se joint à l'eau par sa frigidité, l'eau à l'air par son humidité, l'air au feu par sa chaleur, le feu à l'éther par sa subtilité et sa ténuité; l'ordre surélémentaire ne doit pas être autre. Le second anneau est semblable au premier, le troisième au second; ainsi jusqu'à l'infini : partout la production ressemble au producteur. Tout ce que le producteur produit est déjà en lui en puissance et en idée. Oh! la belle analogie qu'il y a entre nous, misérables mortels, et le producteur de tout, ce premier anneau de la chaîne, pour que nous puissions nous joindre à lui sans intermédiaire! Oh! la belle physique, qui, quand tout est plein, quand tout est rempli d'habitants, fait un désert immense depuis ce premier anneau de la chaîne jusqu'à nous! Tout pourrait-il subsister avec une pareille lacune dans l'univers? O malheureux que vous êtes! resserrés et contraints dans vos idées! élargissez-vous enfin, sortez des langes de vos religions qui ne sont point au ciel; montez-y, voyez-y une troupe innombrable, infinie, ineffable d'êtres, de dieux, de génies intermédiaires entre vous et le premier anneau de la chaîne, qui ont tous leurs vies, leurs occupations, leurs emplois, leurs affections, leurs natures, leurs manières d'exister selon leurs genres, et qu'ils sont plus ou moins éloignés du centre universel de tous les êtres.

» Comme j'ai dit que nous trouvions, dans ce centre des êtres, trois hypostases, l'Être, le Verbe et la grande Déesse, la grande Prothirée, qui reçoit, par les idées que lui transmet

le Verbe, les semences de tous les autres, ces personnes se
trouvent différentes du premier anneau de la chaîne : ainsi on
ne leur attribue pas l'être qui est l'apanage incommunicable
de l'Être qui existe par lui-même. Ainsi, dans les hymnes
attribuées à Orphée, qui contiennent toute cette doctrine,
après Prothirée et Primigène, on trouve Saturne et Rhéa,
ensuite Jupiter et Junon, Janus et la Terre, ainsi de suite
jusqu'au dernier anneau de la chaîne des êtres spirituels, qui
est l'Homme dont la femme est tirée de sa substance.

« Ces hymnes, » dit Pausanias, « sont les plus religieuses
» et les plus saintes de toutes : on s'en servait dans les mystè-
» res ; elles sont encore plus que cela, et vous y trouverez
» toute la doctrine que je veux ici vous montrer. Jupiter est
» aussi pris quelquefois, comme vous l'avez vu, pour le père
» des dieux et des hommes, parce qu'alors il est le sacré
» quaternaire par qui tout existe et qui meut toute la nature.
» Ainsi soit dit des dieux intellectuels et invisibles. »

Vous avez des idées bien grossières : vous pensez que ces
globes lumineux qui gardent toujours leurs places dans un
fluide qui ne peut les soutenir, qui, dans des oppositions et
divers aspects, ont des marches toujours régulières, ont été
placés sur vos têtes pour amuser vos yeux et les calculs de
vos astronomes ! Il n'y a dans la nature que des corps morts
ou vivants ; tout ce qui est mort n'est pas vivant, tout ce qui
est vivant n'est pas mort. Il y a un ferment universel qui est
l'esprit qui joint l'âme au monde : son action est continuelle,
il change tout ; c'est le grand Protée ; il dissout tous les êtres
morts, et il les prépare en les dissolvant à être le lieu où de
nouveaux êtres, d'une manière que vous ne pouvez pas même
maintenant soupçonner, viennent du grand abîme de la nuit
se corporifier. Si vous savez interpréter l'hymne à la Nuit,
d'Orphée, vous aurez un des premiers points de la doctrine,
vous saurez comment tout se forme, vous pourrez voir vos
yeux sans miroir, et ébranler les cornes du taureau. Ce ferment n'agit pas sur les corps vivants, parce que l'*animus* qui

es informe, les maintient, est plus fort que le ferment qui
tend à les dissoudre, étant d'une nature supérieure. Si le ferment pouvait quelque chose sur les êtres, il les disposerait à
recevoir de nouveaux *animus*, qui, de l'abîme de la nuit, vien-
draient s'y corporifier; ainsi il les dissoudrait. Il faut donc
qu'ils aient quelque chose en eux qui repousse les atteintes du
ferment, et qui soit supérieur à cet esprit; il faut donc qu'ils
tient en eux chacun un *animus* qui les informe, qui maintient
leur forme et qui repousse l'action du ferment; ainsi ils vivent
donc. Si la terre n'était pas animée, le ferment aussi la dissoudrait, et la disposerait à recevoir de nouveaux êtres qui ron-
geraient les récoltes, tourmenteraient les espèces primitives,
leur nuiraient, les détruiraient, et elles ne seraient plus alors
une simple altération; mais ne ressembleraient plus aux idées
archétypes.

» Le propre du cadavre est de tomber : c'est là l'étymologie
primitive de ce mot; le propre de l'être vivant est de se dresser et de se soutenir, parce qu'il a le principe de son mouvement et de sa vie en lui. C'est ainsi que je soutiens mon bras,
que je dresse ma tête : si les astres n'étaient que des cadavres,
ils tomberaient, c'est-à-dire qu'ils se rassembleraient dans un
même lieu selon les lois de la pesanteur.

» Voyons maintenant s'ils sont intelligents. Il n'y a dans
l'univers que deux sortes d'êtres : ceux qui sont abandonnés
à eux-mêmes, et ceux qui sont inhérents à un autre être : de
cette dernière espèce sont les plantes, les arbres, les minéraux,
qui suivent le sort du sol auquel ils sont attachés; ceux qui
sont abandonnés à eux-mêmes, sont les animaux, les hommes,
les dieux; ils ont un *moi* particulier qu'ils doivent conserver : pour en mettre en œuvre les moyens, les choisir, les
conserver, il leur faut une ratiocination; ainsi, les astres ont
donc cette ratiocination. Les bêtes sont à elles-mêmes leur
propre règle, parce qu'elles ne sont dirigées que par l'instinct;
l'homme peut négliger sa règle, parce qu'il a sa conduite et
qu'il peut choisir ses actions; les astres suivent toujours leur

règle par l'excellence de leur intelligence, parce que les êtr
purs ne peuvent en dévier : il n'y a rien en eux d'hétérogè
qui puisse faire varier leurs actions ; ils sont toujours tout
qu'ils sont, hors qu'ayant leurs pensées à eux, ils peuvent
concevoir de mauvaises ; ce qui n'arrive pas, parce qu'ils so
dans l'unité, parce qu'ils lisent dans l'universalité des être
parce qu'ils voient dans le Verbe tout ce qui est beau et to
ce qui est bon ; que, si quelques-uns d'entre eux ont pu
détériorer dans un temps que nous ne pouvons guère conc
voir, ils ne le peuvent plus maintenant, par l'habitude où
sont du beau et du bon, par l'identité qu'ils ont en quelq
sorte avec lui : ainsi, la régularité des marches des astr
parmi leurs oppositions, les différents aspects attestent l'exce
lence de leur intelligence ; qu'ils sont dans l'unité ; qu'i
voient le beau et le bon ; qu'ils sont initiés aux causes
destin qu'ils font ; enfin, qu'ils sont des dieux.

» C'est ce qu'exprime en deux mots Orphée dans l'indig
tation à Ouranos : *Calice terrestris* (ô ciel céleste et terrestre
et, dans son indigitation aux astres : *Cœlica terrestris gens !*
c'est ainsi que l'hymne à tous les dieux commence ainsi : *Ma*
Jovi, tellus... (grand Jupiter, et toi, terre) ! En effet, qu
voyez-vous ? vous voyez au ciel les plus grands objets de
nature, et, comme dit encore fort bien Proclus, nous avo
aussi un soleil et une lune terrestres, mais selon la quali
terrestre ; nous avons au ciel toutes les plantes, toutes le
pierres, tous les animaux, mais selon la nature céleste,
ayant une vie intellectuelle.

» Sans doute que les dieux ont appris ce dogme aux hon
mes ; mais je dis que, quand ils ne le leur auraient pas appri
ces derniers auraient pu le concevoir d'eux-mêmes. Voya
que la lune recevait sa lumière du soleil, ils purent concevo
comment tous les êtres avaient été produits, et, voyant qu
ces deux principaux moyens de production n'étaient pas seu
au ciel, qu'il y avait une multitude d'autres êtres qui leu
étaient semblables, ils purent concevoir qu'ils étaient aussi de

oyens de production ; que tous entre eux se répartissaient
es moyens selon la conscience qu'ils avaient, *numina conscia
eri*, de l'unité de l'œuvre qu'ils avaient à remplir. Si Mars
ersait sur la terre tout ce qu'il y a de torride et d'igné, il
brûlerait tout ; si Saturne y versait tout ce qu'il y a de froid,
glacerait tout. Ce n'est pas l'éloignement du soleil qui donne
aux astres leurs différentes qualités. Mars est plus torride et
plus igné que Mercure et Vénus, qui sont moins éloignés de
e centre de feu. Saturne est bien plus près de ce foyer, de
e cœur du monde, que l'astre embrasé de la canicule. Mais,
e la température de ces différentes influences, émises avec
intelligence, se forme une influence générale, que le ciel verse
ur la terre. Ainsi, dans le monde sensible, le ciel est le premier agent des dieux ; mais, si la terre émettait des influences
ontraires à celles qu'elle reçoit, rien ne se ferait dans la
ature ; ainsi le monde supérieur crée continuellement le
monde inférieur, et cela ne peut être autrement. Toute production doit présenter l'idée de son producteur ; tout être
onne ce qu'il a ; et plus reçoivent des influences de chaque
etre les êtres qui sont plus propres à les recevoir. Ainsi l'or,
ar sa couleur, par sa splendeur, par sa solidité, appartient
u soleil ; l'argent, par sa couleur douce, par sa splendeur
moins éclatante, par sa mollesse et sa ductilité, appartient à la
une ; ainsi les deux premiers métaux en beauté appartiennent
aux deux luminaires de ce monde. Car, comme dit fort bien
Ptolémée, quand il y aurait d'autres astres plus lumineux,
ces deux astres n'en seraient pas moins, par leur influence et
par leur beauté, les deux luminaires de la terre. C'est ainsi
que la plante nommée héliotrope par sa figure, par son disque
composé de corps à quatre pans, dont émanent des globules,
d'où s'échappent des fleurs à cinq pointes, qui tous expriment
es différentes générations du feu et émanations de la lumière ;
qui, par les diverses teintes de sa couleur d'or, par les pointes
de sa corolle, qui s'échappent de son disque en flammes, ou
en pyramides torses, formes que l'on sait être celles du feu,

par ses feuilles en cœur, et par la faculté qu'a cette plante d
se tourner vers son astre, de manière que sa tige en est sou
vent torse, par ses nombres quatre et cinq, qui sont les nom
bres de toutes générations dans les divers mondes, se fai
connaître être solaire ; et cette plante est le soleil terrestre su
la terre ; il en est de même de plusieurs autres arbres e
plantes. »

On a besoin sans doute aujourd'hui, pour supporter de tel
raisonnements, de songer toujours à l'époque où ils furer
posés. Au temps où Quintus Aucler écrivait, il y avait tabl
rase en fait de religion, et attaquer le christianisme éta
devenu un lieu commun ; aussi n'est-ce là qu'une introductio
historique à la thèse qu'il veut soutenir. Pour Aucler, il y
deux sortes de religions : celles qui organisent la civilisation e
le progrès, et celles qui, nées de la haine, de la barbarie o
de l'égoïsme d'une race, désorganisent pour un temps plus o
moins long l'effort constant et bienfaisant des autres. — C'es
Typhon, c'est Arimane, c'est Siva, ce sont tous les espri
maudits et titaniques qui inspirent ces religions du néant
« Qu'adorez-vous ? dit-il aux croyants des cultes unitaire
Vous adorez la Mort ! Où sont les civilisations régulières
Chez tous les peuples polythéistes : l'Inde, la Chine, l'Égypt
la Grèce et Rome. Les peuples monothéistes sont tous bar
bares et destructeurs ; puissants pour anéantir, ils ne peuve
rien constituer de durable pour eux-mêmes... Que sont le
Hébreux ? Dispersés. Qu'est devenu l'empire de Constanti
une fois converti ?... Qu'ont su fonder les Turcs, vainqueu
de la moitié du monde ? Et qu'est-il advenu du grand édifi
féodal ? Des ruines partout. Et, si la civilisation commence
rayonner en Europe depuis le xvᵉ siècle, c'est que la foi a
monothéisme s'y est à peu près perdue. En voulez-vous
preuve ? Comparez l'Espagne et l'Italie croyantes à l'Allema
gne, à l'Angleterre hérétiques et à la France indifférente. »

III

LES MOIS

Le paradoxe de Quintus Aucler finit ainsi :

« Français et Belges, races gauloises et celtiques, vous vous êtes débarrassés enfin du culte où s'étaient rattachés les barbares ; cependant, tout peuple a besoin d'une religion positive. Qu'étiez-vous donc avant l'apostasie de Clovis ? Vous apparteniez à ce grand empire romain dont vous êtes les démembrements et qui était venu répandre parmi vous la civilisation et les lumières de la pensée et des arts, qui vous avait donné l'organisation communale et vous avait faits citoyens de la grande unité romaine. Votre langue, votre éducation et vos mœurs l'attestent encore aujourd'hui : par conséquent, délivrés désormais de l'obstacle, vous devez songer à vous régénérer pour être dignes de rappeler sur vos provinces la faveur des douze grands dieux. Cette chaîne éternelle qui lie notre monde au pied de Jupiter n'est point rompue, mais obscurcie à vos regards par les nuées de l'ignorance. Les dieux trônent toujours dans leurs astres étincelants, ils président à vos destinées et, les ayant rendues fatales, ils les rendront bienheureuses lorsque vos prières auront rétabli l'accord des cieux et de la terre. Adressez-vous aux dieux d'abord, comme ont fait les Codrus et les Décius, par la formule du dévouement. Les poëtes en ont écrit l'hymne sacré :

> *Cui dabit partes scelus expiandi*
> *Jupiter? Tandem venias precamur*
> *Nube candentes humeros amictus*
> *Augur Apollo* [1].

» Apollon vous pardonnera d'avoir méconnu sa lumière spi-

---

[1]. A qui Jupiter donnera-t-il l'emploi d'expier le crime ? Venez, divin augure Apollon, les épaules revêtues d'une nuée brillante.

rituelle, car elle n'a cessé de verser sur votre sol ses rayons bienfaisants... Mais que ferez-vous pour désarmer les astres-dieux que vous ne voyez que la nuit, et dont les influences président à vos destinées, ainsi qu'à la formation et à la santé des animaux et des plantes qui vous sont utiles? Comment apaiser Mars, dieu violent et terrible, « marqué du sceau de la raison » double, *insensé, furieux*, comme l'exprime l'indignation d'Or-» phée, par qui toutes les espèces se dévorent les unes les au-» tres? » C'est Mars qui domine le premier mois de l'année sa-crée. Comme Janus, il a la clef du temple de la paix et de la guerre, que l'un ouvre et que l'autre ferme... et vous voyez assez que c'est lui qui règne en ce moment.

» Heureusement, déjà votre calendrier lui a rendu sa place; mais que ferez-vous ensuite pour la grande Vesta, divinité non moins terrible, meilleure pourtant; commencement et prin-cipe des choses, qui produit et vivifie tout, toujours pure, tou-jours chaste, se mêlant aux choses terrestres sans en contrac-ter la souillure, présidant aux portes et aux vestibules des mai-sons, protégeant les pénates et les génies tutélaires des familles?

» C'est dans ce mois, consacré à Mars et à Vesta, qu'il faut renouveler les lauriers des flamines et adresser à Mars une dernière invocation, pour qu'il ne nuise pas à la fécondité des femmes. Puis on pense à Saturne, dont le règne heureux suc-céda jadis à ceux de Mars et de Janus, et qui vous bénira mieux qu'aux *saturnales*, en voyant revenir la véritable et sincère égalité.

» Ensuite, et seulement à la veille des nones, vous ferez le sacrifice à Vesta. Puis viendra la fête de Liber, qui enseigna aux hommes le culte et les lois : à lui les libations et les pré-mices des fruits. C'est sous ses auspices que vos enfants pren-dront la robe virile. Deux jours après le 11 des calendes, arrive la fête de Minerve, à qui tous les arts doivent leurs hommages. Puis les *hilaries*, fêtes de joie dédiées à la grande Mère des dieux. Alors, les jours deviennent plus longs que les nuits, et le ciel donne à la terre le signal de cette fête.

» Avril est consacré à Vénus, mais c'est encore la Mère des dieux qui préside aux fêtes célébrées la veille des Nones. On promène la pompe de son cortége au milieu des danses formées par les curètes et les corybantes, accompagnés des flûtes, des cymbales et des tambours. — C'est le jour des calendes que l'on sacrifie à Vénus, que l'on invoque sous le nom de *Verti-ordia*, afin qu'elle détourne nos esprits des amours illégitimes : « Belle Uranie, écartez de nos cœurs les désirs terrestres qui brûlent et consument sans vivifier ! » Le mois se termine par les fêtes à Cérès et par les *floralies* qui couronneront ce doux mois de floréal.

» Les calendes en mai sont dédiées aux lares. C'est alors que les femmes célébreront dans les maisons les fêtes de la bonne Déesse, dont tous les mâles sont exclus, même les animaux ; on en couvre même les portraits. Tout homme doit sortir alors de sa maison, même le grand pontife. Le lendemain, les lares sont honorés dans les carrefours; on leur offre les têtes de pavots, ainsi qu'à leur mère Amanie. A leurs fêtes succèdent les lemurales, qui durent trois nuits. On invoque les ombres heureuses, et l'on jette aux autres des fèves, — dont la fleur exprime les portes de l'enfer, — en répétant neuf fois : « Par ces fèves, je rachète mon âme. » Les âmes aiment le nombre neuf, qui est celui de la génération, parce qu'elles espèrent toujours rentrer dans le monde [1].

» Ensuite viennent les argées et les agonales. Ce mois est consacré au *Corybante*, génie de la terre.

» Puis vient le mois dédié à Mercure. On fait des sacrifices à Mars et à la déesse Carnéa, qui préside aux parties vitales du corps. On mange des fèves et du lard. Le 3 des ides, arrivent les matralies, ou fêtes de Leucothoé, déesse de la mer, — mystères spéciaux aux femmes, qui les célèbrent en secret. Le

---

1. Le nombre 9 est particulièrement générateur et mystique; multipliez-le par lui-même, vous trouvez toujours : 9 — 18, par exemple : (1 et 8 : 9), — 3 fois 9 : 27 (2 et 7 : 9); 4 fois 9 : 36 (3 et 6 : 9); 5 fois 9 : 45; ainsi de suite. Le nombre 9 est le nombre de la matière.

cinq, les vestalies, jour de purification. On dîne en famille et l'on envoie une partie des mets au temple de Vesta.

» Le mois de Jupiter vient ensuite. Le jour des nones, les femmes sacrifient à Junon sous des figuiers sauvages, dans une intention de fécondité.

» Le mois de Cérès amène des sacrifices à Hercule et à Diane. Pour ces derniers, les dames sortent en habits blancs avec des flambeaux allumés, et font des processions dans les bois.

» Le septième mois est dédié à Vulcain. C'est aux ides de ce mois que le premier consul doit planter un clou sacré dans le temple de Minerve.

» Les autres mois présentent moins de fêtes obligées. On fait des sacrifices à Mars furieux; on lui sacrifie un cheval, puis on couronne de fleurs les puits et les fontaines. Ensuite vient le mois de Diane victorieuse des géants. Aux ides, on célèbre le *lectisterne*, jour où Jupiter invite à sa table les dieux et les héros... (Qui de nous, s'écrie ici Quintus Aucler, sera digne de s'y asseoir?)

» Le dixième mois appartient à Vesta; il contient les fêtes de faunes, les agonales, puis les saturnales, qui durent sept jours. Le jour des sigillaires, les amis s'envoient des cierges allumés.

» Le onzième mois, dédié à Janus, voit se fêter les *carmentales*, fêtes où l'on prie pour la santé des enfants, et qui ne peuvent être célébrées que par les femmes chastes. (De quel front, s'écrie Quintus Aucler, les adultères et les débauchées oseraient-elles, ce jour-là, se présenter aux temples des dieux et prier pour des enfants illégitimes!)

» Le dernier mois, qui correspond en partie à février, est dédié à Neptune. Le 15 des calendes, on fête les *lupercales*, dédiées à Pan. C'est alors que des jeunes gens se répandent dans la ville et frappent les femmes avec des lanières tirées de la peau des victimes, afin de leur donner de la fécondité. Les *terminales* finissent l'année. On visite les bornes des champs, les voisins prennent Hermès à témoin de leur bonne intelligence. »

On voit que, dans l'année païenne, dont Quintus Aucler proposait le rétablissement, les jours de fête ne manquaient pas. À ces *féries* obligées, il venait encore s'en joindre d'autres, dites *conceptives*, et dont les *points* devaient varier selon que les saisons étaient plus ou moins hâtives. Telles étaient les ambarvales, les amburbiales, le *grand lustre*, qui ne revient que tous les cinq ans, fête de purification générale, où l'on se prépare à la célébration des dionysiaques, — les féries sémentives, les paganales, la naissance d'Iacchus, la délivrance des ouches de Minerve, ainsi que les fêtes du solstice et de l'équinoxe.

Les familles devaient aussi avoir leurs fêtes. Chacun, à l'anniversaire de sa naissance, devait sacrifier un porc à son génie. Les pauvres pouvaient se contenter de lui offrir du vin et des fleurs. Il y avait aussi des sacrifices de bout de l'an pour les âmes des parents morts et pour les dieux mânes; puis des novembdiales, quand on se croyait menacé de quelque malheur; et des lectisternes, pendant lesquelles on se réconciliait avec ses ennemis. Les jours de jeûne devaient avoir lieu la veille des grandes solennités et pendant tout le mois qui correspond à février. Aux ides de novembre se trouvait la fête des morts. C'est le jour où les mânes se répandent sur la terre. — Ce jour-là, le *monde est ouvert*; les ombres viennent juger les actions des vivants et s'inquiètent de la mémoire qu'on leur a gardée.

En examinant tout ce système de restauration païenne, on ne serait pas étonné de le voir s'accorder avec les principales fêtes de l'Église, qui, dans le principe, s'accommoda sur bien des points au calendrier romain.

L'observation du jeûne et l'abstinence de certains aliments préoccupent beaucoup l'hiérophante nouveau. Il lance l'anathème contre les impies qui se nourrissent de la viande des solipèdes, des oiseaux de proie et des animaux carnassiers. —

Manger de la viande de cheval lui paraît une abomination qu
ne peuvent excuser les plus grandes extrémités. « Des liber
tins, par vaillantise, dit-il, ont mis leur gloire dans le vice jus
qu'à manger de la *chair* de chat, et le peuple s'est relâché par
fois à mettre un corbeau dans son potage... De ces excé
résultent un déplorable abrutissement et les crimes les plu
atroces. Ainsi, le peuple doit éviter de se nourrir de solipèdes
d'unguicules et de polysulques... » Mais les hiérophantes et le
véritables initiés doivent faire plus encore, afin de se rendr
propres à la contemplation. Ils n'useront donc ni du pourcea
qui, quoique bisulque, est entièrement privé de défenses, n
entre les poissons, de ceux qui n'ont ni nageoires ni écailles
« Certes, il n'y a pas au monde de spectacle plus hideux qu
celui d'une âme bestiale vieillie dans le corps d'un pourceau
— quant aux poissons cités plus haut, ils se trouvent privés d
bouclier de Mars, et ont ce rapport avec l'homme de n'avoi
ni arme ni vêtement naturels. » — Entre les plantes, il e
bon de s'abstenir des fèves, qui sont consacrées aux morts.

« C'est ainsi, ajoute Quintus Aucler, que nous en avons tou
jours usé dans notre famille, dont l'origine remonte aux race
hiérophantiques. » Il ne doute pas de la pureté de sa généalo
gie romaine, dont les rejetons ont traversé les siècles sans s
mêler aux familles profanes, parce que les dieux, dans leur
desseins, le gardaient lui-même pour renouveler un culte op
primé si longtemps. Il profite de cette digression pour louer s
femme de sa fidélité aux observances du culte, et même so
fils, qui doit un jour transmettre au monde le dépôt confié
ses ancêtres depuis l'époque où la civilisation gallo-romain
céda aux armes de Clovis.

A dater de ce moment, nous commençons à comprendr
l'existence de cette famille hiérophantique, conservée à traver
les siècles. « Les secrets de l'astrologie, dit Quintus Aucler
sont les mêmes que ceux de la religion; ainsi, les dieux qu
président aux mois de l'année correspondent également au
signes du zodiaque. Les dieux celtiques, traduits de la langu

e nos aïeux gaulois, se trouvent être, en réalité, les mêmes-
ie ceux du calendrier romain. La semaine en est composée :
Moontag (lundi) est le jour de la Lune ; *Tues-Tag* (mardi) est
e jour de Mars ; *Wednes-Tag*, le jour de Mercure ; *Theuus-*
Tag, le jour de Jupiter ; *Frey-Tag*, le jour de Vénus ; *Saders-*
Tag, celui de Saturne, et *Sun-Tag* est le jour du Soleil. — Ceci
n langage indien, particulier aux primitives tribus celtiques
migrées des hauts plateaux de l'Asie, se rend par : *Tinguel,*
Chervai, Boudda, Viagam, Velli, Sani, Nair, qui expriment
es divinités correspondantes. »

C'est donc un culte vieux comme le monde que l'apostasie
le Clovis est venue renverser pendant une misérable quinzaine
le siècles. « Et encore, s'écrie-t-il, si les barbares avaient
compris que le dieu nouveau qu'ils imposaient par l'épée n'é-
tait autre que *Chris-nà,* le Bacchus indien, — c'est-à-dire le
troisième Bacchus des Mystères d'Éleusis, qu'on appelait Iac-
hus, pour le distinguer de Dionysius et de Zagréus, ses frères !
— Mais ils n'ont pas su reconnaître dans leur dieu le favori de
Cérès, le Ιησους couronné de pampres, et, sans se préoccuper
du symbole, ils en ont seulement gardé le rite consécratif du
pain et du vin; ignorants tous, — les barbares comme les Pères de l'Église, — autres barbares, dont les œuvres naïves ont
été refaites par des sophistes gagés ! »

C'est à ce point de vue que Quintus Aucler recommande aux
néo-païens une certaine tolérance pour les croyants spéciaux
d'Iacchus-Iésus, plus connu en France sous le nom de Christ.
Imbu des principes de Rome, il ne fermait son panthéon à aucun dieu. En effet, selon lui, ce n'est pas comme chrétienne
que l'ancienne Église avait été persécutée, mais comme intolé-
rante et profanatrice des autres cultes.

IV

LES RITES

On peut s'étonner aujourd'hui de la nouveauté rétrospectiv(
de ces idées ; mais il fallait certainement qu'un tel livre parû
pendant le cours de l'ancienne révolution. Du reste, on doi
peut-être savoir gré à Quintus Aucler d'avoir, dans une épo
que où le matérialisme dominait les idées, ramené les esprit
au sentiment religieux, et aussi à ces pratiques spéciales d(
culte qu'il croyait nécessaires à combattre les mauvais instinct
ou à assouplir l'ignorante grossièreté de certaines natures.

Les jeûnes, les vigiles, l'abstinence de certains aliments, le
mœurs de la famille et les actes générateurs soumis à des pres
criptions pour lesquelles le paganisme n'a pas été moins pré
voyant que la Bible, ce n'était certes pas de quoi plaire au
sceptiques et aux athées de l'époque, et il y avait quelque cou
rage à proposer la restauration de ces pratiques.

Quant au choix même de la religion païenne, il était donn
par la situation ; les fêtes civiques, les cérémonies privées, l
culte des déesses, allégorique, il est vrai, comme dans les der
niers temps de Rome, ne se refusaient nullement à l'assimila
tion du dogme mystique, qui n'était après tout qu'une renais
sance de la doctrine épurée des néo-platoniciens. Il s'agissa
simplement de ressouder le XVIIIe siècle au Ve et de rappele
aux bons Parisiens le fanatisme de leurs pères pour cet empe
reur Julien, qu'ils accompagnèrent jusqu'au centre de l'Asie
« Tu m'as vaincu, Nazaréen ! » s'était écrié Julien, frappé de l
flèche du Parthe. Et Paris aurait proclamé de nouveau, dan
le palais restauré de Julien et dans le Panthéon qui l'avoisine
le retour cyclique des destinées qui rendaient la victoire a
divin empereur. — Les vers sibyllins avaient prédit mille foi
ces évolutions rénovatrices, depuis le *Redeunt Saturnia regn(*

jusqu'au dernier oracle de Delphes, qui, constatant le règne millénaire de Iacchus-Iésus, annonçait aux siècles postérieurs le retour vainqueur d'Apollon.

La réforme toute romaine du calendrier, de la numération, des idées politiques, des costumes, tout cela voulait-il dire autre chose? et l'aspiration nouvelle aux dieux, après les mille ans d'interruption de leur culte, n'avait-elle pas commencé à se montrer au xvᵉ siècle, avant même que, sous le nom de renaissance, l'art, la science et la philosophie se fussent renouvelés au souffle inspirateur des exilés de Byzance? Le *palladium mystique*, qui avait jusque-là protégé la ville de Constantin, allait se rompre, et déjà la semence nouvelle faisait sortir de terre les génies emprisonnés du vieux monde. Les Médicis, accueillant les philosophes accusés de platonisme par l'inquisition de Rome, ne firent-ils pas de Florence une nouvelle Alexandrie?

Le mouvement s'étendait déjà à l'Europe, semait en Allemagne les germes du panthéisme à travers les transitions de la Réforme; l'Angleterre, à son tour, se détachait du pape; et dans la France, où l'hérésie triomphe moins que l'indifférence et l'impiété, voilà toute une école de savants, d'artistes et de poëtes qui, aux yeux, comme à l'esprit, ravivent sous toutes les formes la splendeur des olympiens. — C'est par un caprice joyeux, peut-être, que les poëtes de la *Pléiade* sacrifient un bouc à Bacchus; mais ne vont-ils pas transmettre leur âme et leur pensée intime aux épicuriens du grand siècle, aux spinosistes et aux gassendistes, qui auront aussi leurs poëtes, jusqu'à ce qu'on voie apparaître, au-dessus de ces couches fécondées par l'esprit ancien, l'*Encyclopédie* tout armée, achevant en moins d'un siècle la démolition du moyen âge politique et religieux?

Et même dans l'éducation, comme dans les livres offerts à ces générations nouvelles, la mythologie ne tenait-elle pas plus de place que l'Évangile? Quintus Aucler ne fait donc, dans sa pensée, que compléter et régulariser un mouvement irrésistible.

15

Voilà seulement comment on peut s'expliquer une pensée qui semble aujourd'hui toucher à la folie, et qu'on ne peut saisir tout entière que dans les minutieuses déductions d'un livre qui impose le respect par l'honnêteté des intentions et par la sincérité des croyances ; c'est comme un dernier traité des apologies platoniciennes de Porphyre ou de Plotin égaré à travers les siècles, et qui, à l'époque où il a reparu, ne put rencontrer un dernier père de l'Église pour lui répondre, du sein des ruines abandonnées de l'édifice chrétien.

Il ne faut pas croire, du reste, que la doctrine de Quintus Aucler fût la manifestation isolée d'un esprit exalté qui cherchait sa foi à travers les ténèbres. Ceux qu'on appelait alors les théosophes n'étaient pas éloignés d'une semblable formule. — Les martinistes, les philalètes, les illuminés et beaucoup d'affiliés aux sociétés maçonniques professaient une philosophie analogue, dont les définitions et les pratiques ne variaient que par les noms. On peut donc considérer le néo-paganisme d'Aucler comme une des expressions de l'idée panthéiste, qui se développait d'autre part, grâce aux progrès des sciences naturelles. — Les vieux croyants de l'alchimie, de l'astrologie et des autres sciences occultes du moyen âge avaient laissé dans les sociétés d'alors de nombreux adeptes raffermis dans leurs croyances par les étonnantes nouveautés que Mesmer, Lavater, Saint-Germain, Cagliostro venaient d'annoncer au monde avec plus ou moins de sincérité. — Paracelse, Cardan, Bacon, Agrippa, ces vieux maîtres des sciences cabalistiques et spagyriques, étaient encore étudiés avec ferveur.

Si l'on avait cru aux influences des planètes, — signalées encore par les noms et par les attributs des dieux antiques, — même pendant le règne du christianisme, — il était naturel qu'à défaut de religion positive, on retournât à leur culte. Aussi Aucler consacre-t-il bien des pages à la description du pouvoir matériel des astres. Il ne craint pas moins le furieux Mars que le froid Saturne. Mercure l'inquiète parfois. Vénus n'a pas une très-bonne influence sur le globe, depuis que ses autels sont négligés... Quant à Jupiter, il est trop grand pour se souvenir des outrages. Il suffit de lui consacrer les plantes et les pierres qui lui appartiennent : le chêne et le peuplier, le lis et la jusquiame, l'hyacinthe et le béril. Saturne aime le plomb et l'aimant, et, parmi les herbes, l'asphodèle. Vénus a la violette, la verveine et le polithricon ; son métal est le cuivre ; ses animaux sont le lièvre, le pigeon et le passereau. Quant à Apollon, il a toujours eu, comme on sait, une influence particulière sur le coq, sur l'héliotrope et sur l'or. — Tout se suit ainsi ; il n'est rien dans les trois règnes de la nature qui échappe à l'influence des dieux ; les libations, les consécrations et sacrifices se composent donc d'éléments analogues à l'influence de chaque divinité.

Les divinités placées dans les astres n'agissent pas seulement sur les diverses séries de la création, elles président en outre aux destinées par les conjonctions de leurs astres, qui influent sur le sort des hommes et des peuples. — Il serait trop long de suivre l'auteur dans l'explication des triplicités et des cycles millénaires qui minent les grandes révolutions d'empires. Toute cette doctrine platonicienne est connue, d'ailleurs, depuis longtemps.

Plusieurs philosophes de cette époque suivirent Quintus Aucler dans cette rénovation des idées de l'école d'Alexandrie. C'est vers la même époque que Dupont (de Nemours) publia sa *Philosophie de l'univers*, fondée sur les mêmes éléments d'adoration envers les intelligences planétaires.

Il établit de la même manière, entre l'homme et Dieu, une chaîne d'esprits immortels qu'il appelle *optimates* et avec lesquels tout *illuminé* peut avoir des communications. C'est toujours la doctrine des *dieux ammonéens*, des *éons* ou des *éloïms* de l'antiquité. L'homme, les bêtes et les plantes ont une *monade* immortelle, animant tour à tour des corps plus ou moins perfectionnés, d'après une échelle ascendante et descendante, qui matérialise ou déifie les êtres selon leurs mérites. Haller, Bonnet, Leibnitz, Lavater avaient précédé l'auteur dans ces vagues suppositions. Elles semblaient, du reste, si naturelles alors, que Dupont (de Nemours), président du Conseil des Anciens, en entretenait parfois l'assemblée, ou en faisait l'objet des séances de l'Institut.

Le premier livre de Senancourt, qui depuis se réfugia dans le scepticisme de Lucrèce, contenait un système tout pareil, qu'il fit disparaître avec soin des éditions suivantes.

Nous n'avons plus à citer que Devisme parmi ceux qui méritent quelque attention. Ses idées se rapprochent beaucoup plus du christianisme et reproduisent presque entièrement la doctrine de Swedenborg, qui a conservé en France des adeptes fidèles ; ces derniers forment une petite Église à la tête de laquelle on a vu quelque temps Casimir Broussais.

L'école particulière de Quintus Aucler survivait encore en l'an 1821, si l'on s'en rapporte à un ouvrage intitulé *Doctrine céleste*, d'un nommé Lenain, qui paraît avoir obscurément continué le culte des dieux dans la ville d'Amiens.

Quant à l'hiérophante lui-même, il n'a publié que ce seul livre intitulé *la Thréicie*, titre qu'il avait emprunté au surnom donné par Virgile à Orphée : *Threïcius vates*. C'est, en effet, la doctrine des mystères de Thrace que Quintus Aucler propose aux initiés. Ce théosophe était né à Argenton (Indre) ; il est mort à Bourges, en 1814, repentant de ses erreurs, si l'on en croit les vers très-faibles d'une brochure intitulée *l'Ascendant de la religion, ou Récit des crimes et fureurs d'un grand coupable*, qu'il publia en 1813.

Ainsi se termina la vie du dernier païen. Il abjura ces dieux qui, sans doute, ne lui avaient pas apporté au lit de mort les consolations attendues. — Le Nazaréen triompha encore de ses ennemis ressuscités après treize siècles. *La Thréicie* n'en est pas moins un appendice curieux au *Misopogon* de l'empereur Julien.

LES SUCCESSEURS D'ICARE

Dædalus interea Creten, longumque perosus
Exilium, tactusque soli natalis amore,
Clausus erat pelago. — Terras licet, inquit, et undas
Obstruat; at certe cælum patet : ibimus illac...

C'est en ces termes qu'Ovide commençait l'histoire de la première tentative qui, selon lui, avait été faite pour s'élever dans les airs. Dédale et son fils, après avoir bâti le labyrinthe, s'ennuyèrent dans l'île de Crète, dont le roi voulait les retenir, et, se voyant séparés par la mer de la Sicile, leur pays natal, se dirent : « La terre et les ondes s'opposent à notre passage... mais le ciel est ouvert : nous irons par ce chemin ! »

Est-ce bien là l'origine véritable de l'aérostation? La Bible nous apprend qu'Élie s'éleva au ciel sur un char de feu; mais ceci doit être considéré comme un miracle. Remontons au déluge. On sait que, dans les derniers temps qui le précédèrent, les enfants de Tubal-Caïn avaient fait tant de découvertes prodigieuses, qu'ils étaient devenus pareils à des dieux (*éloïm*). M. de Lamartine, d'après une légende du Talmud, consacre de beaux vers à une certaine invention qui se rapproche beaucoup de celle qui nous occupe.

Il est inutile de citer le passage. M. de Lamartine a décrit en vingt alexandrins un appareil composé d'un vaste soufflet soutenu par un aérostat, et qui, par un mécanisme d'aspiration et d'expiration, souffle dans une voile qui fait marcher le tout contre le

15.

vent même, par une force plus grande imprimée par le soufflet. L'homme qu'il peint dirigeant cet aérostat est assis sur
ce *double poumon*. La forme poétique a peut-être ôté quelque
chose à la précision descriptive d'un tel appareil; cependant,
on en comprend l'idée.

Quelques auteurs aventureux ont supposé que les olympiens, qui habitaient les cimes de l'Ida, de l'Olympe et du
Parnasse, — à peu près comme les seigneurs féodaux du
moyen âge bâtissant des tours sur les montagnes; — avaient
trouvé le moyen de descendre de ces hauteurs et d'étonner les
populations ignorantes au moyen d'appareils aériens. Les poëtes
grecs et latins en ont donné même des descriptions matérielles,
et parlent soit d'ailes, soit de chars légers attelés d'oiseaux.

Il y a des textes précis qu'il serait trop long de rapporter,
mais qui indiquent que les femmes de Thessalie, inculpées de
magie généralement, descendaient du haut des monts sur un
appareil formé de deux ballons gonflés par la fumée, qui les
soutenaient par les épaules à peu près comme ceux qu'on
gonfle d'air pour maintenir sur l'eau les faibles nageurs.

Simon le Magicien trouva aussi un moyen de voler dans
l'air; mais saint Pierre, dit-on, détruisit l'effet de ce prodige,
et Simon se cassa le cou en tombant.

Le cheval Pégase volait peut-être à la manière du cheval de
M. Poitevin.

Tout le monde a lu, dans *les Mille et un Jours*, la description d'une sorte de caisse inventée par un musulman, qui, à
l'aide de cet appareil, s'en va visiter la fille d'un roi de Perse.
Elle le prend pour Mahomet, et finit par le présenter à son
père, qui est flatté d'un tel mariage pour sa fille.

Le jour des noces, le musulman veut faire aux yeux de
tout le peuple une apparition flamboyante; malheureusement,
un des pétards met le feu à la caisse, qui se consume et prive
le malheureux inventeur du bénéfice de sa conception.

On a cité, 563 ans avant notre ère, le Scythe Abaris, qui
parcourait les airs sur une flèche d'or, présent d'Apollon;

manière de voyageur qui ressemble assez à celle des sorcières allant au sabbat.

Les Capnobates, peuple de l'Asie Mineure, dont le nom signifie *marcheurs par la fumée*, avaient trouvé le moyen de s'enlever à l'aide de l'air raréfié par le feu.

Les sauvages de la Caroline ont une tradition qui semble impliquer la connaissance des aérostats ; ils croient à l'existence d'esprits célestes, bienfaisants et malfaisants ; un de ces esprits femelles, étant descendu sur la terre pour accoucher, donna le jour à trois enfants : « Elle trouva la terre aride et infertile ; elle la couvrit d'herbes, de fleurs, d'arbres fruitiers, et la peupla d'hommes raisonnables. Au commencement, les hommes ne connaissaient pas la mort, mais un mauvais esprit qui se faisait un supplice de leur bonheur la leur procura. Un des esprits bienfaisants eut un fils. *Oulefat* (c'était son nom) apprit que son origine était céleste ; il fut impatient de voir son père, et il prit son vol vers le ciel. Mais à peine élevé dans les airs, il retomba sur la terre. Cette chute le désola : il pleura amèrement sa mauvaise destinée, toutefois sans se désister de son premier dessein. Il alluma un grand feu, et, à l'aide de la fumée, il fut porté une seconde fois en l'air, et parvint à jouir des embrassements de son père céleste. » Ceci ressemble plus aux montgolfières que le javelot d'Abaris.

On arrive encore à la fameuse colombe d'Archytas, philosophe pythagoricien qui vivait à Tarente 360 ans avant l'ère chrétienne. Il avait inventé le cerf-volant pour les plaisirs des jeunes Tarentins, dont il trouvait les divertissements ordinaires trop brutaux et trop dangereux ; puis, continuant ses travaux, il avait construit une colombe qui volait seule, mais qui, une fois à terre, ne pouvait plus se relever. Nous la plaçons parmi les aérostats à cause de cette phrase d'Aulu-Gelle : *Ita erat libramentis suspensum et aura spiritus inclusa atque occulta concitum.* Elle était suspendue par des poids qui la tenaient en équilibre, et mue par le souffle de l'air (du gaz) renfermé et caché. — Ce qui fortifie notre assertion, c'est l'o-

pinion de Scaliger, discutant contre Cardan, et conseillant de
construire une colombe pareille à celle d'Archytas. *Vesicu-
lis amicta aut pelliculibus quibus auri bracteatores aut foliato-
res utuntur :* Avec de la membrane de vessie ou avec cette peau
très-fine dont usent les batteurs d'or. — Le père Laurette
Laure, qui a beaucoup disserté sur la colombe d'Archytas, a
écrit ces paroles, qui sont bien près de la découverte de Montgolfier : « Si l'on expose aux rayons du soleil des œufs vides
et contenant de la rosée du matin bien renfermée, ils s'élèvent
en l'air et ils s'y soutiennent pendant quelque temps. Si donc
on choisissait des œufs des plus grands cygnes, ou que l'on fît
des sacs d'une peau très-mince, bien cousus, et qu'on les remplît
de nitre, de pur soufre, de vif-argent ou de quelque autre matière semblable qui se raréfie par la chaleur, il faudrait les
revêtir extérieurement, *conformément à la figure des colombes*, et, en les exposant au soleil, ces colombes artificielles
imiteraient peut-être le vol des naturelles. Si l'on veut que la
colombe soit grande et pesante, employons le feu, *adhibeamus
ignem.* » Mais comment et pourquoi? Le père Laurette ne
le dit pas.

Archytas eut, dit-on, un émule, au xv*e* siècle, dans Jean
Muller, astronome franconien, surnommé *Regiomontanus*,
parce qu'il était né à Kœnigsberg (*montagne du roi*). Il avait fabriqué, au dire de Gassendi son biographe, une mouche de fer
volante et un aigle qui plana sur la tête de l'empereur.

Il y eut ensuite à Constantinople, du temps de l'empereur
Manuel Comnène, c'est-à-dire au xii*e* siècle, « un Sarrasin
qui passait d'abord pour magicien, mais qui ensuite fut reconnu
pour fou. Ce Sarrasin, dit l'*Histoire de Constantinople* par
M. Cousin, monta de lui-même sur la tour de l'Hippodrome.
Cet imposteur se vanta qu'il traverserait, en volant, toute la
carrière. Il était debout, vêtu d'une robe blanche fort longue
et fort large, dont les pans retroussés avec de l'osier lui devaient servir de voile pour recevoir le vent. Il n'y avait personne qui n'eût les yeux fixés sur lui et qui ne lui criât sou-

vent : « Vole, vole, Sarrasin, et ne nous tiens pas si longtemps » en suspens tandis que tu pèses le vent. » L'empereur, qui était présent, le détournait de cette entreprise vaine et dangereuse. » Le sultan des Turcs, qui se trouvait en ce moment à Constantinople, et qui était aussi présent à cette expérience, se trouvait partagé entre la crainte et l'espérance ; souhaitant d'un côté qu'il réussît, il appréhendait de l'autre qu'il ne pérît honteusement. « Le Sarrasin étendait quelquefois les bras pour recevoir le vent ; enfin, quand il crut l'avoir favorable, il s'éleva comme un oiseau ; mais son vol fut aussi infortuné que celui d'Icare, car, le poids de son corps ayant plus de force pour l'entraîner en bas que ses ailes artificielles n'en avaient pour le soutenir, il se brisa les os, et son malheur fut tel, que l'on ne le plaignit pas. »

« Au xv⁰ siècle, un nommé Jean-Baptiste Dante trouva le secret de voler dans les airs à une hauteur prodigieuse. Il est vrai qu'une fois le fer avec lequel il dirigeait une de ses ailes s'étant cassé, il tomba sur l'église de Notre-Dame de Pérouse, mais il en fut quitte pour avoir la cuisse cassée. Cet accident lui valut la chaire de mathématiques de Venise, où il mourut à l'âge de quarante ans. » (*Dictionn. de physique* du P. Paulian, art. DANTE.)

Cyrano de Bergerac, cet *humoriste* si spirituel et si inventif, aimant les conceptions de la physique, dans un *Voyage à la Lune* écrit dans le style dit *macaronique*, à l'imitation des Italiens, décrit ainsi la machine dont il a l'idée :

« Voici comment je me donnai au ciel. J'avais attaché autour de moi quantité de fioles pleines de rosée, sur lesquelles le soleil dardait ses rayons si violemment, que la chaleur qui les attirait, comme elle fait les plus grosses nuées, m'éleva si haut, qu'enfin je me trouvai au-dessus de la moyenne région ; mais, comme cette attraction me faisait monter avec trop de rapidité, et qu'au lieu de m'approcher de la lune, comme je le prétendais, elle me paraissait plus éloignée qu'à mon partement, je cassai plusieurs de mes fioles, jusqu'à ce que je sentisse que ma pesanteur surmontait l'attraction et que je redescendais vers la terre : mon opinion ne fut pas fausse, car j'y retombai quelque temps après. »

Dans sa *Relation des États du Soleil*, etc., il décrit une autre machine qu'il appelle *un oiseau de bois*.

Swift, esprit de la même trempe, a décrit aussi une sorte d'île qu'il appelle *Laputa*, et qui plane par des procédés électriques.

Le livre des *Hommes volants* a été encore conçu par un Anglais nommé Pierre Wilkins. Restif de la Bretonne l'a imité, et tout le monde a vu les gravures qui représentent un homme nommé Victorin s'élevant sur deux ailes de chauve-souris s'ouvrant et se fermant à la faveur d'un mécanisme et guidant l'inventeur dans les contrées les plus éloignées de nous.

Une tradition rapporte que, sous Louis XIV, un nommé Allard, dont la profession était de danser sur la corde, se vanta de pouvoir voler. La cour était à Saint-Germain en Laye. Ce fut le théâtre qu'il choisit pour son expérience. Il se mit des ailes dont j'ignore la structure, et s'élança devant le roi et la cour de dessus la terrasse de Saint-Germain ; son dessein était de s'abattre dans un endroit de la forêt qu'il avait désigné, mais il tomba auparavant et se blessa très-grièvement.

« Olivier de Malmesbury, savant bénédictin anglais et bon mécanicien, entreprit de voler en s'élevant du haut d'une tour ; mais les ailes qu'il avait attachées à ses bras et à ses pieds n'ayant pu le porter qu'environ cent vingt pas, il se cassa les jambes en tombant, et mourut à Malmesbury en 1060. »

Le jésuite Pierre Lana, dans son *Prodromo d'ell arte maestra*, publié en 1670 à Brescia, donne la description d'une barque volante, suspendue à quatre globes composés de légères lames métalliques, et dont on pomperait l'air pour les rendre plus légers qu'un égal volume d'air atmosphérique. Un Français, nommé Besnier, fit paraître dans le *Journal des savants* de 1676 la description d'une *machine pour voler*. Borelli, médecin napolitain, dans son livre *De motu animalium*, soutint, anatomiquement, que les mouvements complexes, nécessités par le saut, par la course, attestent dans l'homme assez de puissance musculaire pour qu'il puisse s'élever comme les oiseaux.

Là n'était pas la véritable théorie de la locomotion aérienne. Un certain de Gusman, physicien portugais, la découvrit et même l'appliqua. Dans une expérience publique, faite à Lisbonne, en 1736, en présence du roi Jean V, il s'éleva dans un *panier d'osier* recouvert de papier. *Un brasier était allumé sous la machine ;* mais, arrivée à la hauteur des toits, elle se heurta contre la corniche du palais royal, se brisa et tomba. Toutefois, la chute eut lieu assez doucement pour que Gusman demeurât sain et sauf. Les spectateurs, enthousiasmés, lui décernèrent le titre de *ovoador* (l'homme volant). Encouragé par un demi-succès, il s'apprêtait à réitérer l'épreuve lorsque l'inquisition le fit arrêter comme sorcier. Le malheureux aéronaute fut jeté dans un *in pace*, d'où il serait sorti pour monter sur le bûcher sans l'intervention toute-puissante du roi. Il a toujours été confondu avec le père Barthélemy Lourenço, dont l'invention, complétement impraticable, avait cependant obtenu du roi de Portugal une pension de 3750 livres.

De ce précurseur à Montgolfier, on ne trouve que de ridicules essais, qui eurent cependant plus de retentissement que celui du pauvre moine de Lisbonne. Un dominicain d'Avignon, Joseph Galien, donna, en 1757, *l'Art de naviguer dans les airs*. Il suppose que l'air se partage en deux couches superposées, de plus en plus légères, à mesure qu'on s'éloigne de la terre. « Or, dit-il, un bateau se maintient sur l'eau, parce qu'il est plein d'air, et que l'air est plus léger que l'eau ; supposons donc qu'il y ait la même différence de poids entre les couches supérieures de l'air et les inférieures qu'entre l'air et l'eau ; supposons aussi un bateau qui aurait sa quille dans l'air inférieur, et ses fonds dans une autre couche plus légère, il arrivera à ce bateau la même chose qu'à celui qui plonge dans l'eau. »

Le père Joseph Galien ajoute qu'à la région de la grêle il y a une séparation en deux couches, dont l'une pèse 1 quand l'autre pèse 2. Donc, en mettant un vaisseau dans la région de la grêle, et en élevant ses bords de *quatre-vingt-trois toises* (*sic*) au-dessus, dans la région supérieure, qui est moitié plus légère, on naviguerait parfaitement. Mais il est bien important que les flancs du bâtiment dépassent de quatre-vingt-trois toises le niveau de la couche de la grêle ; sans quoi, dans les mouvements du navire, l'air lourd y pénétrerait, et le bâtiment sombrerait !

Comment arrivera-t-on à transporter le vaisseau dans la région de la grêle ? Le père Joseph Galien ne s'explique pas sur cette question subsidiaire ; mais, en revanche, il nous donne des détails très-circonstanciés quant à la taille et à la construction du navire.

« Ainsi, nous voici donc arrivés, dit le père Galien, au moment de la construction de notre vaisseau pour naviguer dans les airs, et transporter, si nous le voulons, une nombreuse armée avec tous ses attirails de guerre et ses provisions de bouche jusqu'au milieu de l'Afrique ou dans d'autres pays non moins inconnus : pour cela, il faut lui donner une vaste capacité.

» Nous construirons ce vaisseau de bonne et forte toile doublée, cirée et goudronnée, couverte de peau et fortifiée de distance en distance de bonnes cordes, ou même de câbles dans les endroits qui en auront besoin, soit en dedans, soit en dehors, en telle sorte qu'à évaluer le corps de ce vaisseau, indépendamment de sa charge, ce soit environ deux quintaux par toise carrée. »

Quant à la forme, il hésite : sera-ce une sphère, un cube, etc. ? Enfin, le cube l'emporte de mille toises de côté : « Le vaisseau serait plus long et plus large que la ville d'Avignon, et sa hauteur ressemblerait à celle d'une montagne *bien considérable.* » Environ dix fois la taille de l'arche de Noé ! Le père Galien calcule parfaitement et avec la plus grande précision. Quant à la cargaison, il resterait cinquante-huit millions de quintaux, ce qui irait facilement à cinquante-quatre fois et plus de ce que pouvait peser l'arche avec tout ce qu'elle contenait d'animaux et de provisions pour un an.

On comprend qu'un pareil navire puisse emmener un grand nombre de passagers; aussi le père Galien compte sur environ quatre millions de personnes, auxquelles il accorde environ neuf quintaux de bagages.

Parmi les expériences malheureuses, on peut citer celle du sire marquis de Bacqueville, dont l'hôtel était situé au coin de la rue des Saints-Pères, sur le quai des Théatins. Il annonça qu'il traverserait la Seine, et qu'il irait s'abattre dans le milieu des Tuileries. Le jour marqué, il y eut un monde considérable, tant sur le quai des Théatins et du Louvre que sur le pont Neuf et le pont Royal; il y en avait même dans les Tuileries qui l'attendait avec la plus grande impatience. A l'instant qu'il ayait marqué, il se montra avec ses ailes; il paraît que c'étaient des ailes véritables, semblables à celles qu'on donne aux anges, et dont la grandeur était en proportion avec la masse qu'elles avaient à soutenir. L'un des côtés de son hôtel se terminait en terrasse; ce fut de là qu'il s'abandonna à l'air. On prétend que son vol parut heureux jusque vers le milieu de la rivière, mais qu'alors on ne vit plus chez lui que des mouvements incertains, et qu'enfin il tomba sur un bateau de blanchisseuses.

Il dut à la grandeur de ses ailes de ne s'y pas tuer, mais il eut la cuisse cassée.

Vient enfin l'abbé Desforges, chanoine de Sainte-Croix, qui n'eut pas grand succès. C'était dans l'été de 1772. L'expérience devait se faire à Étampes; on y courut de toutes parts. Le chanoine se plaça effectivement dans sa voiture volante et fit mouvoir les ailes. Mais il parut aux spectateurs que, plus il les agitait, plus sa machine semblait presser la terre et vouloir s'identifier avec elle. Cette remarque sur la pression indique que la mécanique du chanoine avait un mouvement contraire

16

à celui qu'il avait voulu lui donner, et que peut-être elle aurait eu quelque effet s'il en avait changé la direction.

Blanchard est le dernier, mais son histoire est connue.

Espérons maintenant que la découverte dont les expériences ont réussi à l'Hippodrome nous ouvrira enfin l'empire des airs.

LES FAUX SAULNIERS

I

ANGÉLIQUE.[1]

Au Directeur du *National*

1850

LETTRE PREMIÈRE

Voyage à la recherche d'un livre unique. — Francfort et Paris. — L'abbé de Bucquoy. — Pilat à Vienne. — La bibliothèque Richelieu. — Personnalités. — La bibliothèque d'Alexandrie.

Je crains d'avoir pris envers vous un engagement téméraire en vous promettant quelques détails sur un personnage curieux qui vivait dans les dernières années du règne de Louis XIV.

Je sais qu'au *National*, la rédaction est soumise à une exac-

[1]. *Les Faux Saulniers*, publiés pour la première fois dans *le National*, en 1850, comprennent deux récits, *Angélique* et l'*Abbé de Bucquoy*, que Gérard de Nerval détacha et fit paraître séparément, l'un dans *les Illuminés* en 1852, l'autre dans *les Filles du feu* en 1854 ; nous avons cru devoir les réunir ici en rétablissant le texte dans son intégralité première.

(*Note des Éditeurs.*)

titude toute militaire; c'est pourquoi je n'hésite pas un instant à accomplir ma promesse; cependant, elle se trouve un peu subordonnée à des circonstances imprévues.

Il y a un mois environ, je passais à Francfort. Obligé de rester deux jours dans cette ville, que je connaissais déjà, je n'eus d'autre ressource que de parcourir les rues principales, encombrées alors par les marchands forains. La place du Rœmer, surtout, resplendissait d'un luxe inouï d'étalages; et, près de là, le marché aux fourrures étalait des dépouilles d'animaux sans nombre, venues soit de la haute Sibérie, soit des bords de la mer Caspienne. L'ours blanc, le renard bleu, l'hermine, étaient les moindres curiosités de cette incomparable exhibition; plus loin, les verres de Bohême aux mille couleurs éclatantes, montés, festonnés, gravés, incrustés d'or, s'étalaient sur des rayons de planches de cèdre, comme les fleurs coupées d'un paradis inconnu.

Une plus modeste série d'étalages régnait le long de sombres boutiques, entourant les parties les moins luxeuses du bazar, consacrées à la mercerie, à la cordonnerie et aux divers objets d'habillement. C'étaient des libraires, venus de divers points de l'Allemagne, et dont la vente la plus productive paraissait être celle des almanachs, des images peintes et des lithographies : le *Volks-Kalender* (almanach du peuple), avec ses gravures sur bois, représentant les luttes populaires de Francfort et de Bade; les portraits de *Hecker*, des principaux membres de l'assemblée nationale allemande; les chansons politiques; les lithographies de Robert Blum et des héros de la guerre de Hongrie, voilà ce qui attirait les yeux et les *kreutzers* de la foule. Un grand nombre de vieux livres, étalés sous ces nouveautés, ne se recommandaient que par leur prix modique, et je fus étonné d'y trouver beaucoup de livres français.

C'est que Francfort, ville libre, a servi longtemps de refuge aux protestants; et, comme les principales villes des Pays-Bas, elle fut longtemps le siége d'imprimeries qui commen-

cèrent par répandre en Europe les œuvres hardies des philosophes et des mécontents français, et qui sont restées, sur
certains points, des ateliers de contrefaçon pure et simple,
qu'on aura bien de la peine à détruire.

Il est impossible, pour un Parisien, de résister au désir de
feuilleter de vieux ouvrages étalés par un bouquiniste. Cette
partie de la foire de Francfort me rappelait les quais, souvenirs pleins d'émotion et de charme. J'achetai quelques vieux
livres ; ce qui me donnait le droit de parcourir longuement les
autres. Dans le nombre, j'en rencontrai un, imprimé moitié
en français, moitié en allemand, et dont voici le titre, que j'ai
pu vérifier depuis dans le *Manuel du libraire* de Brunet :

« Événements des plus rares, ou Histoire du *sieur abbé comte
de Bucquoy*, singulièrement son évasion du fort l'Évêque et de
la Bastille, avec plusieurs ouvrages vers et prose, et, particulièrement, la *game* des femmes ; *se vend chéz Jean de la France*,
rue de la Réforme, à l'Espérance, à Bonnefoy. — 1719. »

Le libraire m'en demanda un florin et six kreutzers (on prononce *cruches*). Cela me parut cher pour l'endroit, et je me
bornai à feuilleter le livre, ce qui, grâce à la dépense que j'a-
vais déjà faite, m'était gratuitement permis. Le récit des évasions de l'abbé de Bucquoy était plein d'intérêt ; mais je me
dis enfin : « Je trouverai ce livre à Paris, aux bibliothèques,
ou dans ces mille collections où sont réunis tous les mémoires
possibles relatifs à l'histoire de France. » Je pris seulement le
titre exact, et j'allai me promener au *Meinlust*, sur le quai du
Mein, en feuilletant les pages du *Volks-Kalender*.

A mon retour à Paris, je trouvai la littérature dans un état
de terreur inexprimable. Par suite de l'amendement Riancey
à la loi sur la presse, il était défendu aux journaux d'insérer ce
que l'Assemblée s'est plue à appeler le *feuilleton-roman*. J'ai
vu bien des écrivains, étrangers à toute couleur politique,
désespérés de cette résolution qui les frappait cruellement dans
leurs moyens d'existence.

Moi-même, qui ne suis pas un romancier, je tremblais en

songeant à l'interprétation vague, qu'il serait possible de donner à ces deux mots bizarrement accouplés : feuilleton-roman. Je m'étais engagé, depuis longtemps, à faire pour vous un travail littéraire, tel que ceux que j'ai pu faire insérer dans plusieurs revues ou journaux ; et, lorsque vous m'avez rappelé ma promesse, je vous ai donné ce titre : *l'Abbé de Bucquoy*, pensant bien que je trouverais très-vite à Paris les documents nécessaires pour parler de ce personnage d'une façon historique et non romanesque ; car il faut bien s'entendre sur les mots.

Le double intérêt scientifique et littéraire qui devait s'attacher à l'appréciation de la vie et des écrits de l'abbé de Bucquoy vous décida en faveur de ce travail, lequel rentre dans une série d'études dont j'ai publié déjà quelques parties.

Voici maintenant ce qui m'est arrivé depuis que l'abbé de Bucquoy a été annoncé dans *le National*.

Je m'étais assuré de l'existence du livre en France, et je l'avais vu classé non-seulement dans le *Manuel* de Brunet, mais aussi dans *la France littéraire* de Quérard. Il paraît certain que cet ouvrage, noté il est vrai comme rare, se rencontrerait facilement soit dans quelque bibliothèque publique, soit encore chez un amateur, soit chez les libraires spéciaux.

Du reste, ayant parcouru le livre, ayant même rencontré un second récit des aventures de l'abbé de Bucquoy dans les lettres si spirituelles et si curieuses de madame Dunoyer, je ne me sentais pas embarrassé pour donner le portrait de l'homme et pour écrire sa biographie selon des données irréprochables.

Mais je commence à m'effrayer aujourd'hui des condamnations suspendues sur les journaux pour la moindre infraction au texte de la loi nouvelle. Cinquante francs d'amende par exemplaire saisi, c'est de quoi faire reculer les plus intrépides ; car, pour les journaux qui tirent seulement à vingt-cinq mille, et il y en a plusieurs, cela représenterait plus d'un million. On comprend alors combien une *large* interprétation de la loi donnerait au pouvoir de moyens pour éteindre toute opposition. Le régime de la censure serait de beaucoup préférable. Sous l'ancien régime, avec l'approbation d'un censeur, qu'il était permis de choisir, on était sûr de pouvoir sans danger produire ses idées, et la liberté dont on jouissait était extraordinaire quelquefois. J'ai lu des livres contre-signés Louis et Phélippeaux qui seraient saisis aujourd'hui incontestablement.

Le hasard m'a fait vivre à Vienne sous le régime de la censure. Me trouvant quelque peu gêné par suite de frais de voyage imprévus, et en raison de la difficulté de faire venir de l'argent de France, j'avais recouru au moyen bien simple d'écrire dans les journaux du pays. On payait cent cinquante francs la feuille de seize colonnes très-courtes. Je donnai deux séries d'articles, qu'il fallut soumettre aux censeurs.

J'attendis d'abord plusieurs jours. On ne me rendait rien. Je me vis forcé d'aller trouver M. Pilat, le directeur de cette institution, en lui exposant qu'on me faisait attendre trop longtemps le *visa*. Il fut pour moi d'une complaisance rare, et il ne voulut pas, comme son quasi-homonyme, se laver les mains de l'injustice que je lui signalais. J'étais privé, en outre, de la lecture des journaux français, car on ne recevait dans les cafés que le *Journal des Débats* et *la Quotidienne*. M. Pilat me dit :

— Vous êtes ici dans l'endroit le plus libre de l'empire (les bureaux de la censure), et vous pouvez venir y lire, tous les jours, même *le National* et *le Charivari*.

Voilà des façons spirituelles et généreuses qu'on ne rencontre que chez les fonctionnaires allemands, et qui n'ont que cela de fâcheux qu'elles font supporter plus longtemps l'arbitraire.

Je n'ai jamais eu tant de bonheur avec la censure française, — je veux parler de celle des théâtres, — et je doute que, si l'on rétablissait celle des livres et des journaux, nous eussions plus à nous en louer. Dans le caractère de notre nation, il y a toujours une tendance à exagérer la force, quand on la possède,

ou les prétentions du pouvoir, quand on le tient en main.
Qu'attendre donc d'une situation qui attaque si gravement les
intérêts et la sécurité même des écrivains non politiques ?

Je parlais dernièrement de mon embarras à un savant, qu'il
est inutile de désigner autrement qu'en l'appelant *bibliophile*.

Il me dit :

— Ne vous servez pas des *Lettres galantes* de madame Dunoyer pour écrire l'histoire de l'abbé de Bucquoy. Le titre seul
du livre empêchera qu'on ne le considère comme sérieux ; attendez la réouverture de la Bibliothèque (elle était alors en vacances), et vous ne pouvez manquer d'y trouver l'ouvrage que
vous avez lu à Francfort.

Je ne fis pas attention au malin sourire qui, probablement,
pinçait alors la lèvre du bibliophile, et, le 1er octobre, je me
présentais l'un des premiers à la Bibliothèque nationale.

M. Pilon est un homme plein de savoir et de complaisance.
Il fit faire des recherches qui, au bout d'une demi-heure, n'a-
menèrent aucun résultat. Il feuilleta Brunet et Quérard, y
trouva le livre parfaitement désigné, et me pria de revenir au
bout de trois jours : — on n'avait pas pu le trouver.

— Peut-être, cependant, me dit M. Pilon avec l'obligeante
patience qu'on lui connaît, peut-être se trouve-t-il classé parmi les romans.

Je frémis.

— *Parmi les romans ?*... Mais c'est un livre historique !... cela
doit se trouver dans la collection des Mémoires relatifs au
siècle de Louis XIV. Ce livre se rapporte à l'histoire spéciale
de la Bastille : il donne des détails sur la révolte des camisards, sur l'exil des protestants, sur cette célèbre ligue des
faux saulniers de Lorraine, dont Mandrin se servit plus tard
pour lever des troupes régulières qui furent capables de lutter
contre des corps d'armée et de prendre d'assaut des villes
telles que Beaune et Dijon !...

— Je le sais, me dit M. Pilon ; mais le classement des livres,
fait à divers époques, est souvent fautif. On ne peut en réparer

les erreurs qu'à mesure que le public fait la demande des ouvrages. Il n'y a ici que M. Ravenel qui puisse vous tirer d'embarras... Malheureusement, il n'est pas *de semaine*.

J'attendis la semaine de M. Ravenel. Par bonheur, je rencontrai, le lundi suivant, dans la salle de lecture, quelqu'un qui le connaissait, et qui m'offrit de me présenter à lui. M. Ravenel m'accueillit avec beaucoup de politesse, et me dit ensuite :

—Monsieur, je suis charmé du hasard qui me procure votre connaissance, et je vous prie seulement de m'accorder quelques jours. Cette semaine, j'appartiens au public. La semaine prochaine, je serai tout à votre service.

Comme j'avais été présenté à M. Ravenel, je ne faisais plus partie du public ! Je devenais une connaissance privée — pour laquelle on ne pouvait se déranger du service ordinaire.

Cela était parfaitement juste d'ailleurs ; mais admirez ma mauvaise chance !... et je n'ai eu qu'elle à accuser.

On a souvent parlé des abus de la Bibliothèque. Ils tiennent en partie à l'insuffisance du personnel, en partie aussi à de vieilles traditions qui se perpétuent. Ce qui a été dit de plus juste, c'est qu'une grande partie du temps et de la fatigue des savants distingués qui remplissent là les fonctions peu lucratives de bibliothécaires, est dépensée à donner aux six cents lecteurs quotidiens, des livres usuels qu'on trouverait dans tous les cabinets de lecture ; ce qui ne fait pas moins de tort à ces derniers qu'aux éditeurs et aux auteurs, dont il devient inutile dès lors d'acheter ou de louer les livres.

On l'a dit encore avec raison, un établissement unique au monde comme celui-là ne devrait pas être un chauffoir public, une salle d'asile, dont les hôtes sont, en majorité, dangereux pour l'existence et la conservation des livres. Cette quantité de désœuvrés vulgaires, de bourgeois retirés, d'hommes veufs, de solliciteurs sans place, d'écoliers qui viennent copier leur version, de vieillards maniaques, — comme l'était ce pauvre *Carnaval*, qui venait tous les jours avec un habit rouge, bleu

16.

clair ou vert-pomme et un chapeau orné de fleurs, — mérite sans
doute considération ; mais n'existe-t-il pas d'autres bibliothèques, et même des bibliothèques spéciales à leur ouvrir ?...

Il y avait aux imprimés dix-neuf éditions de *Don Quichotte*.
Aucune n'est restée complète. Les voyages, les comédies, les
histoires amusantes, comme celles de M. Thiers et de M. Ca-
pefigue, l'Almanach des adresses, sont ce que le public demande invariablement, depuis que les bibliothèques ne donnent plus de romans en lecture.

Puis, de temps en temps, une édition se dépareille, un livre
curieux disparaît, grâce au système trop large qui consiste à
ne pas même demander les noms des lecteurs.

La République des lettres est la seule qui doive être quelque
peu imprégnée d'aristocratie, car on ne contestera jamais celle
de la science et du talent.

La bibliothèque d'Alexandrie n'était ouverte qu'aux savants
ou poëtes connus par des ouvrages d'un mérite quelconque...

Mais aussi l'hospitalité y était complète, et ceux qui venaient
y consulter les auteurs étaient logés et nourris gratuitement
pendant tout le temps qu'il leur plaisait d'y séjourner.

Et, à ce propos, permettez à un voyageur qui en a foulé les
débris et interrogé les souvenirs, de venger la mémoire de
l'illustre calife Omar de cet éternel incendie de la bibliothèque d'Alexandrie, qu'on lui reproche communément. Omar n'a
jamais mis le pied à Alexandrie, quoi qu'en aient dit bien des
académiciens. Il n'a pas même eu d'ordres à envoyer sur ce
point à son lieutenant Amrou. La bibliothèque d'Alexandrie
et le *Sérapéon*, ou maison de secours, qui en faisait partie,
avaient été brûlés et détruits au IVe siècle par les chrétiens, —
qui, en outre, massacrèrent dans les rues la célèbre Hypathie,
philosophe pythagoricienne. — Ce sont là, sans doute, des
excès qu'on ne peut reprocher à la religion ; mais il est bon
de laver du reproche d'ignorance ces malheureux Arabes, dont
les traductions nous ont conservé les merveilles de la philosophie, de la médecine et des sciences grecques, en y ajoutant

[leurs propres travaux, qui sans cesse perçaient de vifs rayons
[la brume obstinée des époques féodales.

Pardonnez-moi ces digressions; — et je vous tiendrai au
courant du voyage que j'entreprends *à la recherche* de l'abbé
de Bucquoy. Ce personnage excentrique et éternellement fugitif, ne peut échapper toujours à une investigation rigoureuse.

LETTRE DEUXIÈME

Un paléographe. — Rapports de police en 1709. — Affaire Le Pileur. — Un
drame domestique.

Il est certain que la plus grande complaisance règne à la
Bibliothèque nationale. Aucun savant sérieux ne se plaindra de
l'organisation actuelle; mais, quand un feuilletoniste ou un
romancier se présente, « tout le dedans des rayons tremble. »
Un bibliographe, un homme appartenant à la science régulière savent juste ce qu'ils ont à demander. Mais l'écrivain
fantaisiste, exposé à perpétrer un roman-feuilleton, fait tout
déranger, et dérange tout le monde pour une idée biscornue
qui lui passe par la tête.

C'est ici qu'il faut admirer la patience d'un conservateur;
l'employé secondaire est souvent trop jeune encore pour s'être
fait à cette paternelle abnégation. Il vient souvent des gens
grossiers qui se font une idée exagérée des droits que leur
confère cet avantage de faire partie du *public*, et qui parlent à
un bibliothécaire avec le ton qu'on emploie pour se faire servir dans un café. Eh bien, un savant illustre, un académicien,
répondra à cet homme avec la résignation bienveillante d'un
moine. Il supportera tout de lui, de dix heures à deux heures
et demie, inclusivement.

Prenant pitié de mon embarras, on avait feuilleté les catalogues, remué jusqu'à la *réserve*, jusqu'à l'amas indigeste des romans, parmi lesquels avait pu se trouver classé par erreur l'abbé de Bucquoy.

Tout à coup, un employé s'écria :

— Nous l'avons en hollandais !

Il me lut ce titre : « Jacques de Bucquoy : *Événements remarquables...* »

— Pardon, fis-je observer, le livre que je cherche commence par *Événements des plus rares...*

— Voyons encore, il peut y avoir une erreur de traduction : « ... *d'un voyage de seize années fait aux Indes.* — Harlem, 1744. »

— Ce n'est pas cela... Et cependant, le livre se rapporte à une époque où vivait l'abbé de Bucquoy ; le prénom Jacques est bien le sien. Mais qu'est-ce que cet abbé fantastique a pu aller faire dans les Indes ?

Un autre employé arrive :

— On s'est trompé dans l'orthographe du nom ; ce n'est pas de Bucquoy, c'est du Bucquoy, et, comme il peut avoir été écrit Dubucquoy, il faut recommencer toutes les recherches à la lettre D.

Il y avait véritablement de quoi maudire les particules des noms de famille !

— Dubucquoy, disais-je, serait un roturier..., et le titre du livre le qualifie comte de Bucquoy.

Un *paléographe* qui travaillait à la table voisine leva la tête et me dit :

— La particule n'a jamais été une preuve de noblesse ; au contraire, le plus souvent, elle indique la bourgeoisie propriétaire, qui a commencé par ceux que l'on appelait les gens de *franc-alleu*. On les désignait par le nom de leur terre, et l'on distinguait même les *branches diverses* par la désinence variée des noms d'une famille. Les grandes familles historiques s'appellent Bouchard (Montmorency), Bozon (Périgord),

Beaupoil (Saint-Aulaire), Capet (Bourbon). Les *de* et les *du*
sont pleins d'irrégularités et d'usurpations. Il y a plus : dans
toute la Flandre et la Belgique, *de* est le même article que le
der allemand, et signifie *le*. Ainsi, de Muller veut dire : le
meunier, etc. Voilà un quart de la France rempli de faux
gentilshommes. Béranger s'est raillé lui-même très-gaiement
sur le *de* qui précède son nom, et qui indique l'origine flamande.

On ne discute pas avec un paléographe ; on le laisse parler.

Cependant, l'examen de la lettre *D* dans les diverses séries
de catalogues n'avait pas produit de résultat.

— D'après quoi supposez-vous que c'est du Bucquoy ? dis-je
à l'obligeant bibliothécaire qui était venu en dernier lieu.

— C'est que je viens de chercher ce nom aux manuscrits
dans le catalogue des archives de la police : 1709, est-ce l'é-
poque ?

— Sans doute ; c'est l'époque de la troisième évasion du
comte de Bucquoy.

— Du Bucquoy !... c'est ainsi qu'il est porté au catalogue
des manuscrits. Montez avec moi, vous consulterez le livre
même.

Je me suis vu bientôt maître de feuilleter un gros in-folio
relié en maroquin rouge, et réunissant plusieurs dossiers de
rapports de police de l'année 1709. Le second du volume portait ces noms : « Le Pileur, François Bouchard, dame de Bou-
lanvilliers, Jeanne Massé, *comte du Buquoy*. »

Nous tenons le loup par les oreilles, car il s'agit bien là
d'une évasion de la Bastille, et voici ce qu'écrit M. d'Argenson dans un rapport à M. de Pontchartrain :

« Je continue à faire chercher le *prétendu* comte du Buquoy
dans tous les endroits qu'il vous a pleu de m'indiquer, mais
on n'a peu en rien apprendre, et je ne pense pas qu'il soit à
Paris. »

Il y a dans ce peu de lignes quelque chose de rassurant et
quelque chose de désolant pour moi. Le comte de Buquoy ou

de Bucquoy, sur lequel je n'avais que des données vagues ou contestables, prend, grâce à cette pièce, une existence historique certaine.

Aucun tribunal n'a plus le droit de le classer parmi les héros du roman-feuilleton.

D'un autre côté, pourquoi M. d'Argenson écrit-il : « Le *prétendu* comte de Bucquoy? »

Serait-ce un faux Bucquoy, qui se serait fait passer pour l'autre... dans un but qu'il est bien difficile aujourd'hui d'apprécier?

Serait-ce le véritable, qui aurait caché son nom sous un pseudonyme?

Réduit à cette seule preuve, la vérité m'échappe, et il n'y a pas un légiste qui ne fût fondé à contester même l'existence matérielle de l'individu!

Que répondre à un procureur de la République qui s'écrierait devant le tribunal : « Le comte de Bucquoy est un personnage fictif, créé par la *romanesque* imagination de l'auteur!... » et qui réclamerait l'application de la loi, c'est-à-dire peut-être un million d'amende! ce qui se multiplierait encore par la série quotidienne de numéros saisis, si on les laissait s'accumuler?

Sans avoir droit au beau nom de savant, tout écrivain est forcé parfois d'employer la méthode scientifique; je me mis donc à examiner curieusement l'écriture jaunie sur papier de Hollande du rapport signé d'Argenson. A la hauteur de cette ligne : « Je continue de faire chercher le prétendu comte... » il y avait sur la marge ces trois mots écrits au crayon, et tracés d'une main rapide et ferme : « L'on ne peut trop. » Qu'est-ce que l'on ne peut trop? — Chercher l'abbé de Bucquoy, sans doute...

C'était aussi mon avis.

Toutefois, pour acquérir la certitude, en matière d'écritures, il faut comparer. Cette note se reproduisait sur une autre page à propos des lignes suivantes du même rapport :

« Les lanternes ont été posées sous les guichets du Louvre suivant votre intention, et je tiendrai la main à ce qu'elles soient allumées tous les soirs. »

La phrase était terminée ainsi dans l'écriture du secrétaire, qui avait copié le rapport. Une autre main moins exercée avait ajouté à ces mots : « allumées tous les soirs, » ceux-ci : « *fort exactement.* »

A la marge se retrouvaient ces mots, de l'écriture évidemment du ministre Pontchartrain : « L'on ne peut trop. »

La même note que pour l'abbé de Bucqoy.

Cependant, il est probable que M. de Pontchartrain variait ses formules.

Voici autre chose :

« J'ai fait dire aux marchands de la foire Saint-Germain qu'ils aient à se conformer aux ordres du roy, qui défendent de donner à manger durant les heures qui conviennent à l'observation du jeusne, suivant les règles de l'Église. »

Il y a seulement à la marge ce mot au crayon : « Bon. »

Plus loin, il est question d'un *particulier*, arrêté pour avoir assassiné une religieuse d'Évreux. On a trouvé sur lui une tasse, un cachet d'argent, des linges ensanglantés et un *gand*. Il se trouve que cet homme est un abbé (encore un abbé!); mais les charges se sont dissipées selon M. d'Argenson, qui dit que cet abbé est venu à Versailles pour y solliciter des affaires qui ne lui réussissent pas, puisqu'il est toujours dans le besoin.

« Aincy, ajoute-t-il, je crois qu'on peut le regarder comme un visionnaire plus propre à renvoyer dans sa province qu'à tolérer à Paris, où il ne peut être qu'à charge au public. »

Le ministre écrit au crayon : « Qu'il luy parle auparavant. » Terribles mots, qui ont peut-être changé la face de l'affaire du pauvre abbé.

Et si c'était l'abbé de Bucqoy lui-même! — Pas de nom; seulement ce mot : *Un particulier.* — Il est question plus loin

de la nommée Lebeau, femme du nommé Cardinal, connue
pour une prostituée... Le sieur Pasquier s'intéresse à elle...

Au crayon, en marge : « A la maison de Force. Bon pour
six mois. »

Je ne sais si tout le monde prendrait le même intérêt que
moi à dérouler ces pages terribles intitulées : *Pièces diverses
de police*. Ce petit nombre de faits peint le point historique où
se déroulera la vie de l'abbé fugitif. Et, moi qui le connais, ce
pauvre abbé, — mieux peut-être que ne pourront le connaître
mes lecteurs, — j'ai frémi en tournant les pages de ces rapports impitoyables qui avaient passé sous la main de ces deux
hommes, — d'Argenson et Pontchartrain[1].

Il y a un endroit où le premier écrit après quelques protes-
tations de dévouement :

« Je saurois même comme je le dois recevoir les reproches
et les réprimandes qu'il vous plaira de me faire... »

Le ministre répond, à la troisième personne, et, cette fois,
en se servant d'une plume : « Il ne les méritera pas quand il
voudra; et je serois bien fâché de douter de son dévouement,
ne pouvant douter de sa capacité. »

Il restait une pièce dans ce dossier. « Affaire Le Pileur. »
Tout un drame effrayant se déroula sous mes yeux.

Ne craignez rien, — ce n'est pas un *roman*.

Un drame domestique. — Affaire Le Pileur.

L'action représente une de ces terribles scènes de famille
qui se passent au chevet des morts, ou quand ils viennent de
rendre le souffle. Dans ce moment, si bien rendu jadis sur une
scène des boulevards, où l'héritier, quittant son masque de

---

1. Voici à quoi rimait dans ce temps-là le nom de Pontchartrain :

C'est un *pont* de planches pourries,
Un *char* traîné par les furies
Dont le diable emporte le *train*.

componction et de tristesse, se lève fièrement et dit aux gens de la maison : « Les clefs? »

Ici, nous avons deux héritiers après la mort de Binet de Villiers : son frère Binet de Basse-Maison, légataire universel, et son beau-frère Le Pileur.

Deux procureurs, celui du défunt et celui de Le Pileur, travaillaient à l'inventaire, assistés d'un notaire et d'un clerc. Le Pileur se plaignit de ce qu'on n'avait pas inventorié un certain nombre de papiers que Binet de Basse-Maison déclarait de peu d'importance. Ce dernier dit à Le Pileur qu'il ne devait pas soulever de mauvais incidents et pouvait s'en rapporter à ce que dirait Châtelain, son procureur.

Mais Le Pileur répondit qu'il n'avait que faire de consulter son procureur; qu'il savait ce qui était à faire, et que, s'il formait de mauvais incidents, il était *assez gros seigneur* pour les soutenir.

Basse-Maison, irrité de ce discours, s'approcha de Le Pileur et lui dit, en le prenant par les deux boutonnières du haut de son justaucorps, qu'il l'en empêcherait bien; Le Pileur mit l'épée à la main, Basse-Maison en fit autant...

Ils se portèrent quelques coups d'épée sans beaucoup s'approcher. La dame Le Pileur se jeta entre son mari et son frère; les assistants s'en mêlèrent et l'on parvint à les pousser chacun dans une chambre différente, que l'on ferma à clef.

Un moment après, l'on entendit s'ouvrir une fenêtre; c'était Le Pileur qui criait à ses gens restés dans la cour « d'aller querir ses deux neveux. »

Les hommes de loi commençaient un procès-verbal sur le désordre survenu, quand les deux neveux entrèrent le sabre à la main. C'étaient deux officiers de la maison du roi; ils repoussèrent les valets, présentèrent la pointe aux procureurs et au notaire, demandant où était Basse-Maison.

On refusait de le leur dire, quand Le Pileur cria de sa chambre :

— A moi, mes neveux!

Les neveux avaient déjà enfoncé la porte de la chambre de gauche, et accablaient de coups de plat de sabre l'infortuné Binet de Basse-Maison, lequel était, selon le rapport, « *asth*-matique. » Le notaire, qui s'appelait Dionis, crut alors que la colère de Le Pileur serait satisfaite et qu'il arrêterait ses neveux; il ouvrit donc la porte et lui fit ses remontrances. A peine dehors, Le Pileur s'écria :

— On va voir beau jeu !

Et, arrivant derrière ses neveux, qui battaient toujours Basse-Maison, il lui porta un coup d'épée dans le ventre.

La pièce qui relate ces faits est suivie d'une autre plus détaillée, avec les dépositions de treize témoins, dont *les plus considérables* étaient les deux procureurs et le notaire.

Il est juste de dire que ces treize témoins avaient lâché pied au moment critique. Aussi, aucun ne rapporte qu'il soit absolument certain que Le Pileur ait donné le coup d'épée.

Le premier procureur dit qu'il n'est sûr que d'avoir entendu de loin les coups de plat de sabre.

Le second dépose comme son confrère.

Un laquais nommé Barry s'avance davantage. Il a vu le meurtre de loin par une fenêtre; mais il ne sait si c'était Le Pileur ou *un habillé de gris blanc* qui a donné à Basse-Maison un coup d'épée dans le ventre. Louis Calot, autre laquais, dépose à peu près de même.

Le dernier de ces treize braves, qui est le moins considérable, le clerc du notaire, a *veu* la dame Le Pileur faire main-basse sur plusieurs des papiers du défunt. Il a ajouté qu'après la scène, Le Pileur est venu tranquillement chercher sa femme dans la salle où elle était, et « qu'il s'en alla dans son carrosse avec elle et les deux hommes qui avaient fait la violence. »

La moralité manquerait à ce récit instructif, touchant les mœurs du temps, si l'on ne lisait à la fin du rapport cette conclusion remarquable :

« Il y a peu d'exemples d'une violence aussi odieuse et

ssi criminelle... Cependant, comme les héritiers des deux
ères morts se trouvent aussi beaux-frères du meurtrier, on
ut craindre avec beaucoup d'apparence que cet assassinat ne
meure impuni et ne produise d'autre effet que de rendre le
eur Le Pileur beaucoup plus traitable sur des propositions
accommoder qui lui seront faites de la part de ses cohéritiers
r rapport à leurs intérêts communs. »

On a dit que, dans le grand siècle, le plus petit commis
rivait aussi pompeusement que Bossuet. Il est impossible de
e pas admirer ce beau détachement du *rapport* qui fait espé-
r que le meurtrier deviendra plus traitable sur le règlement
e ses intérêts... Quant au meurtre, à l'enlèvement des pa-
iers, aux coups même, distribués probablement aux hommes
e loi, ils ne peuvent être punis, parce que ni les parents ni
autres n'en porteront plainte : M. Le Pileur étant *trop gros
igneur* pour ne pas *soutenir* même ses *mauvais incidents...*
Voilà un noble reste de mœurs féodales qui traîne comme
ne queue dans les dernières années du grand siècle, sous le
gne de madame de Maintenon.

Il n'est plus question ensuite de cette histoire, — qui m'a fait
blier un instant le pauvre abbé; — mais, à défaut d'enjoli-
ments romanesques, on peut du moins découper des sil-
ouettes historiques pour le fond du tableau. Tout déjà, pour
oi, vit et se recompose. Je vois d'Argenson dans son bureau,
ontchartrain dans son cabinet, le Pontchartrain de Saint-
imon, qui se rendit si plaisant en se faisant appeler de Pont-
hartrain, et qui, comme bien d'autres, se vengeait du ridicule
ar la terreur.

Mais à quoi bon ces préparations? Me sera-t-il permis seule-
ent de mettre en scène les faits, à la manière de Froissard
n de Monstrelet? On me dirait que c'est le procédé de Walter
cott, un romancier, et je crains bien qu'il ne faille me borner
une analyse pure et simple de l'histoire de l'abbé de Buc-
oy..., quand je l'aurai trouvée.

LETTRE TROISIÈME

Un conservateur de la bibliothèque Mazarine. — La souris d'Athènes. — L[
Sonnette enchantée. — Le canari.

J'avais bon espoir : M. Ravenel devait s'en occuper : ce
n'était plus que huit jours à attendre. Et, du reste, je pouvais,
dans l'intervalle, trouver encore le livre dans quelque autre
bibliothèque publique.

Malheureusement, toutes étaient fermées, hors la bibliothèque Mazarine. J'allai donc troubler le silence de ces magnifiques et froides galeries. Il y a là un catalogue fort complet
que l'on peut consulter soi-même, et qui, en dix minutes, vous
signale clairement le oui ou le non de toute question. Les
garçons eux-mêmes sont si instruits, qu'il est presque toujours
inutile de déranger les employés et de feuilleter le catalogue.
Je m'adressai à l'un d'eux, qui fut étonné, chercha dans sa
tête et me dit :

— Nous n'avons pas le livre...; pourtant, j'en ai une vague
idée.

Le conservateur est un homme plein d'esprit, que tout le
monde connaît, et de science sérieuse. Il me reconnut.

— Qu'avez-vous donc à faire de l'abbé de Bucquoy? est-ce
pour un livret d'opéra? J'en ai vu un charmant de vous il y a
dix ans[1], la musique était ravissante. Le second est plus gran-
diose. Vous aviez là une actrice admirable... Mais la censure,
aujourd'hui, ne vous laissera pas mettre au théâtre *un abbé.*

— C'est pour un travail historique que j'ai besoin du livre,
répondis-je.

Il me regarda avec attention, comme on regarde ceux qui
demandent des livres d'alchimie.

1. *Piquillo,* musique de Monpou, en collaboration avec Alexandre Dumas.

— Je comprends, dit-il enfin ; c'est pour un roman histo-
que, genre Dumas.

— Je n'en ai jamais fait ; je n'en veux pas faire : je ne veux
s grever les journaux où j'écris de quatre ou cinq cents
ancs par jour de timbre... Si je ne sais pas faire de l'his-
ire, j'imprimerai le livre tel qu'il est !

Il hocha la tête et me dit :

— Nous l'avons.

— Ah !

— Je sais où il est. Il fait partie du fonds de livres qui nous
t venu de Saint-Germain des Prés. C'est pourquoi il n'est
s encore catalogué... Il est dans les caves.

— Ah ! si vous étiez assez bon...

— Je vous chercherai cela : donnez-moi seulement quelques
urs.

— Je commence le travail après-demain.

— Ah ! c'est que tout cela est l'un sur l'autre : c'est une
aison à remuer. Mais le livre y est : je l'ai vu.

— Ah ! faites bien attention, dis-je, à ces livres du fonds de
int-Germain des Prés, à cause des rats !... On en a signalé
nt d'espèces nouvelles sans compter le rat gris de Russie
nu à la suite des Cosaques ! Il est vrai qu'il a servi à détruire
rat anglais ; mais on parle à présent d'un nouveau *rongeur*
rivé depuis peu. C'est la *souris d'Athènes*. Il paraît qu'elle
uple énormément, et que la race a été apportée dans des
sses envoyées ici par l'Université que la France entretient
Athènes...

Le conservateur sourit de ma crainte et me congédia en me
romettant tous ses soins.

Il m'est venu encore une idée : la bibliothèque de l'Arsenal
st en vacances ; mais j'y connais un conservateur. Il est à
aris : il a les clefs. Il a été autrefois très-bienveillant pour
oi, et voudra bien me communiquer exceptionnellement ce
vre, qui est de ceux que sa bibliothèque possède en grand
ombre.

Je m'étais mis en route. Une pensée terrible m'arrêta. C'é
tait le souvenir d'un récit fantastique qui m'avait été fait il y a
longtemps.

Le conservateur que je connais avait succédé à un vieillard
célèbre[1], qui avait la passion des livres, et qui ne quitta que
fort tard et avec grand regret ses chères éditions du xviie siè
cle ; il mourut, cependant, et le nouveau conservateur prit
possession de son appartement.

Il venait de se marier, et reposait en paix près de sa jeune
épouse, lorsque tout à coup il se sent réveillé, à une heure du
matin, par de violents coups de sonnette.

La bonne couchait à un autre étage. Le conservateur se lève
et va ouvrir.

Personne.

Il s'informe dans la maison : tout le monde dormait ; le
concierge n'avait rien vu.

Le lendemain, à la même heure, la sonnette retentit de la
même manière avec une longue série de carillons.

Pas plus de visiteur que la veille. Le conservateur, qui
avait été professeur quelque temps auparavant, suppose que
c'est quelque écolier rancuneux, affligé de trop de *pensums*
qui se sera caché dans la maison, ou qui aura même attaché
un chat par la queue à un nœud coulant qui se sera relâché
par l'effet de la traction...

Enfin, le troisième jour, il charge le concierge de se tenir
sur le palier, avec une lumière, jusqu'au delà de l'heure fa
tale, et lui promet une récompense si la sonnerie n'a pas lieu

A une heure du matin, le concierge voit avec consternation
le cordon de sonnette se mettre en branle de lui-même, le
gland rouge danse avec frénésie le long du mur. Le conser
vateur ouvre, de son côté, et ne voit devant lui que le con
cierge faisant des signes de croix.

— C'est l'âme de votre prédécesseur qui revient !

1. M. de Saint-Martin.

— L'avez-vous vu ?

— Non ; mais, des fantômes, cela ne se voit pas à la chandelle.

— Eh bien, nous essayerons demain sans lumière.

— Monsieur, vous pourrez bien essayer tout seul...

Après mûre réflexion, le conservateur se décide à ne pas
essayer de voir le fantôme, et probablement on fit dire une
messe pour le vieux bibliophile, car le fait ne se renouvela plus.

Et j'irais, moi, tirer cette même sonnette !... Qui sait si ce
n'est pas le fantôme *qui m'ouvrira ?*

Cette bibliothèque est, d'ailleurs, pleine pour moi de tristes
souvenirs ; j'y ai connu trois conservateurs, dont le premier
était l'original du fantôme supposé ; le second, si spirituel et
si bon... qui fut un de mes tuteurs littéraires[1] ; le dernier, qui
me révélait si complaisamment ses belles collections de gravures, et à qui j'ai fait présent d'un *Faust* illustré de planches
allemandes !... Non, je ne me déciderai pas facilement à
retourner à l'Arsenal.

D'ailleurs, nous avons encore à visiter les vieux libraires. Il
y a France ; il y a Merlin ; il y a Techener...

M. France m'a dit :

— Je connais bien le livre ; je l'ai eu dans les mains dix
fois... Vous pouvez le trouver par hasard sur les quais : je l'y
ai trouvé pour dix sous.

Courir les quais plusieurs jours pour un livre noté comme
rare... J'ai mieux aimé aller chez Merlin.

— Le Bucquoy ? me dit son successeur. Nous ne connaissons
que cela ; j'en ai même un sur ce rayon...

Il est inutile d'exprimer ma joie. Le libraire m'apporta un
livre in-12, du format indiqué ; seulement, il était un peu gros
(649 pages).

Je trouvai, en l'ouvrant, ce titre, en regard d'un portrait :
« Éloge du comte de Bucquoy. » Autour du portrait, on retrouvait en latin : *COMES. A. BVCQVOY.*

1. Charles Nodier.

Mon illusion ne dura pas longtemps ; c'était une histoire de la rebellion de Bohême, avec le portrait d'un Bucquoy en cuirasse, ayant la barbe coupée à la mode de Louis XIII. C'est probablement l'aïeul du pauvre abbé. Mais il n'était pas sans intérêt de posséder ce livre ; car souvent les goûts et les traits de famille se reproduisent. Voilà un Bucquoy né dans l'Artois qui fait la guerre de Bohême ; sa figure révèle l'imagination et l'énergie avec un grain de tendance au fantasque. L'abbé de Bucquoy a dû lui succéder comme les rêveurs succèdent aux hommes d'action.

En me rendant chez Techener pour tenter une dernière chance, je m'arrêtai à la porte d'un oiselier. Une femme d'un certain âge, en chapeau, vêtue avec ce soin à demi luxueux qui révèle qu'on a vu de meilleurs jours, offrait au marchand de lui vendre un canari avec sa cage.

Le marchand répondit qu'il était bien embarrassé seulement de nourrir les siens. La vieille dame insistait d'une voix oppressée. L'oiselier lui dit que son oiseau n'avait pas de valeur. La dame s'éloigna en soupirant.

J'avais donné tout mon argent pour les exploits en Bohême du comte de Bucquoy ; sans cela, j'aurais dit au marchand : « Rappelez cette dame, et dites-lui que vous vous décidez à acheter l'oiseau... »

La fatalité qui me poursuit à propos des Bucquoy m'a laissé le remords de n'avoir pu le faire.

M. Techener m'a dit :

— Je n'ai plus d'exemplaires du livre que vous cherchez ; mais je sais qu'il s'en vendra un prochainement dans la bibliothèque d'un amateur.

— Quel amateur ?...

— X, si vous voulez, le nom ne sera pas sur le catalogue.

— Mais, si je veux acheter l'exemplaire dès aujourd'hui...?

— On ne vend jamais d'avance les livres catalogués et classés dans les lots. La vente aura lieu le 11 novembre.

Le 11 novembre !

Hier, j'ai reçu une note de M. Ravenel, conservateur de la Bibliothèque, à qui j'avais été présenté. Il ne m'avait pas oublié, et m'instruisait du même détail. Seulement, il paraît que la vente a été remise au 20 novembre.

Que faire d'ici là ? — Et encore, à présent, le livre montera peut-être à un prix fabuleux...

LETTRE QUATRIÈME

Digression obligée. — Voyage à Versailles. — Le Phoque parlant. — Visite au parquet.

Je crains vraiment de fatiguer l'attention du public avec mes malheureuses pérégrinations à la recherche de l'abbé Bucquoy. Toutefois, les lecteurs de feuilletons ne doivent plus s'attendre à l'intérêt certain qui résultait naguère des aventures attachantes, dues à la liberté qui nous était laissée de peindre des scènes d'amour.

J'apprends qu'on menace en ce moment un journal pour avoir dépeint une passion — réelle pourtant — qui se développe dans les récits d'un voyage au Groenland.

Ceci m'empêcherait peut-être de vous entretenir d'un détail curieux que je viens d'observer à Versailles, où je m'étais rendu pour voir si la bibliothèque de cette ville contenait l'ouvrage que je cherche.

La bibliothèque est située dans les bâtiments du château. Je me suis assuré de ce fait, qu'elle est encore, comme la plupart des nôtres, en vacances.

En revenant du château par l'allée de Saint-Cloud, je me suis trouvé au milieu d'une fête foraine, qui a lieu tous les ans à cette même époque.

17

Mes yeux se sont trouvés invinciblement attirés par l'immense tableau qui indique les exercices du Phoque savant.

Je l'avais vu à Paris l'an dernier, et j'avais admiré la grâce avec laquelle il disait *papa-maman* et embrassait une jeune personne, dont il exécutait tous les commandements.

J'ai toujours eu de la sympathie pour les phoques, depuis que j'ai entendu raconter en Hollande l'anecdote suivante ; — ce n'est pas un roman.

Si l'on en croit les Hollandais, ces animaux servent de *chiens* aux pêcheurs ; ils ont la tête du dogue, l'œil du veau et les fanons du chat. Dans la saison de la pêche, ils suivent les barques, et rapportent le poisson, quand le pêcheur le manque ou le laisse échapper.

En hiver, ils sont très-frileux, et chaque pêcheur en a un, qu'il laisse se traîner dans sa cabane, et qui, le plus souvent, garde le coin du feu, en attendant quelque chose de ce qui cuit dans la marmite.

Histoire d'un Phoque.

Un pêcheur et sa femme se trouvaient très-pauvres. L'année avait été mauvaise, et, les subsistances manquant pour la famille, le pêcheur dit à sa femme :

— Ce poisson mange la nourriture de nos enfants. J'ai envie de l'aller jeter au loin dans la mer ; il ira retrouver ses pareils, qui se retirent l'hiver dans des trous, sur des lits d'algues, et qui trouvent encore des poissons à manger dans des parages qu'ils connaissent.

La femme du pêcheur supplia en vain son mari en faveur du phoque. La pensée de ses enfants mourant de faim arrêta bientôt ses plaintes.

Au point du jour, le pêcheur plaça le phoque au fond de sa barque, et, arrivé à quelques lieues en mer, il le déposa dans une île. Le phoque se mit à folâtrer avec d'autres, sans s'apercevoir que la barque s'éloignait.

En rentrant dans sa cabine le pêcheur soupirait de la perte de son compagnon. Le phoque, revenu plus vite, l'attendait en se séchant devant le feu!

On supporta encore la misère quelques jours; puis, troublé par les cris de détresse de ses enfants, le pêcheur prit une plus forte résolution.

Il alla fort loin, cette fois, et précipita le phoque dans la haute mer, loin des côtes.

Le phoque essaya, à plusieurs reprises, avec ses nageoires, qui ont la forme d'une main, de s'accrocher au bordage. Le pêcheur, exaspéré, lui appliqua un coup de rame qui lui cassa une nageoire. Le phoque poussa un cri plaintif presque humain, et disparut dans l'eau teinte de son sang.

Le pêcheur revint chez lui le cœur navré. — Le phoque n'était plus au coin de la cheminée, cette fois.

Seulement, la nuit même, le pêcheur entendit des cris dans la rue. Il crut qu'on assassinait quelqu'un et sortit pour porter secours.

Sur le pas de la porte, il trouva le phoque qui s'était traîné jusqu'à la maison, et qui criait lamentablement, en levant au ciel sa nageoire saignante.

On le recueillit, on le pansa, et l'on ne songea plus à l'exiler de la famille; car, de ce moment, la pêche était devenue meilleure.

••

Cette légende ne vous paraîtra sans doute pas dangereuse: il ne s'y trouve pas un mot d'amour.

Mais je suis embarrassé pour vous raconter ce que j'ai entendu dans l'établissement où l'on montre le phoque, à Versailles. Vous jugerez du danger que ce récit peut présenter.

Je fus étonné, au premier abord, de ne pas retrouver celui que j'avais vu l'année passée. Celui que l'on montre aujourd'hui est d'une autre couleur, et plus gros.

Il y avait là deux militaires du camp de Satory, un sergent et un fusilier, qui exprimaient leur admiration dans ce langage mélangé d'alsacien et de charabia, qui est commun à certains régiments.

Excité par un coup de baguette du maître, le phoque avait déjà fait plusieurs tours dans l'eau. Le sergent n'avait jeté dans la cuve que le coup d'œil dédaigneux d'un homme qui a vu beaucoup de poissons savants.

LE SERGENT. — Ça n'est pas toi que tu te tournerais comme cela dans l'eau de la merrr.

LE FUSILIER. — Je m'y retournerais tout de même si l'eau n'était pas si froide ou si j'avais un paletot en poil comme le poisson.

LE SERGENT. — Qu'est-ce que tu dis d'un paletot en poil qu'il a, le poisson ?

LE FUSILIER. — Tâtez, sergent.

Le sergent s'apprête à tâter.

— N'y touchez pas ! dit le maître du phoque... Il est féroce quand il n'a pas mangé...

LE SERGENT, avec dédain. — J'en ai vu en Algerrr des poissons, qu'ils étaient deux et trois fois plus longs ; il est vrai de dire qu'ils n'avaient pas de poils, mais des écailles... Je ne crois pas même qu'il y en ait de ceux-là en Afrique !

LE MAÎTRE. — Faites excuse, sergent ; celui-ci a été pris au cap Vert.

LE SERGENT. — Alors, s'il a été pris au cap Verrrt... c'est différent... Mais je crois que les hommes qui ont retiré ce poisson de la merrr... ont dû avoir du mal !..

LE MAÎTRE. — Oh ! sergent, je vous en réponds. C'était moi et mon frère... Il n'y faisait pas bon à le toucher.

LE SERGENT, au fusilier. — Tu vois que c'était bien véritable, ce que je t'avais dit [1].

LE FUSILIER, étourdi par le raisonnement, mais avec résignation : — C'est vrai tout de même, sergent.

---

1. Ici, le sergent parle en vertu du principe qui veut que le supérieur ait toujours le dernier mot.

Le sergent, flatté, donna un sou pour voir le déjeuner du phoque, soumis aux chances de la libéralité des visiteurs.

Bientôt, grâce à la cotisation des autres spectateurs, on fut à la tête d'un assez grand nombre de harengs pour que le phoque commençât ses exercices dans son baquet peint en vert.

— Il s'approche du bord, dit le maître. Il faut qu'il sente si les harengs sont bien frais... Autrement, si on le trompe, il refuse d'amuser la société.

Le phoque parut satisfait et dit : *Papa* et *maman*, avec un accent du Nord qui laissait cependant percevoir les syllabes annoncées.

— Il parle en hollandais, dit le sergent, et vous disiez que vous l'aviez pris au cap Vert !

— C'est vrai. Mais il ne peut perdre son accent même en s'approchant du Midi... Ce sont des voyages qu'ils font dans la belle saison, pour leur santé. Ensuite, ils retournent au Nord, — à moins qu'on ne les pêche, comme on a fait de celui-ci, pour leur faire visiter Versailles.

Après les exercices phonétiques, récompensés chacun par l'ingurgitation d'un hareng, on commença la gymnastique ; le poisson se dressa debout sur sa queue, dont les phalanges régulières représentent presque des pieds humains ; puis il fit encore diverses évolutions dans l'eau, guidé par l'aspect de la badine et moyennant d'autres harengs.

J'admirais combien l'esprit des pays du Nord agissait, même sur ces êtres mixtes. Le pouvoir ne peut rien obtenir d'eux sans de fortes garanties.

Les exercices terminés, le maître nous montra étendue sur la muraille la peau du phoque qu'il avait fait voir à Paris l'année dernière. Le soldat triompha en ce moment de son supérieur, dont les regards avaient été peut-être éblouis précédemment par le champagne de Satory.

Ce que le soldat avait appelé le paletot de ces sortes de poissons était véritablement une bonne peau couverte de poils tache-

17.

tés de la longueur de ceux d'un jeune veau. Le sergent ne songea plus à maintenir les priviléges de l'autorité.

En sortant, j'écoutai le dialogue suivant entre la directrice et une dame de Versailles:

— Et cela mange beaucoup de harengs, ces animaux-là ?

— Ne m'en parlez pas, madame, celui-ci nous coûte vingt-cinq francs par jour (comme un représentant). Chaque hareng vaut trois sous, n'est-ce pas?

— C'est vrai, dit la dame en soupirant..., le poisson est si cher à Versailles !

Je m'informai des causes de la mort du phoque précédent.

— J'ai marié ma fille, dit la directrice, et c'est ce qui en est cause, le phoque en a pris du chagrin, et il est mort. On l'avait cependant mis dans des couvertures et soigné comme une personne... mais il était trop attaché à ma fille. Alors, j'ai dit à mon fils : « Va-t'en en chercher un autre..., et que ce ne soit plus un mâle, parce que les femelles s'attachent moins. » Celle-ci a des caprices; mais, avec des harengs frais, on en fait tout ce que l'on veut!

Que cela est instructif, l'observation des animaux ! et combien cela se lie étroitement aux hypothèses soulevées par des milliers de livres du siècle dernier! En parcourant à Versailles les étalages des bouquinistes, j'ai rencontré un in-12 intitulé *Différence entre l'homme et la bête*. Il y est dit que, pendant l'hiver, les Groenlandais enterrent sous la neige des phoques, « pour les manger ensuite crus et gelés, tels qu'ils les en retirent. »

Ici, le phoque me paraît supérieur à l'homme, puisqu'il n'aime que le poisson frais.

A la page 93, j'ai trouvé cette pensée délicate: « Dans l'amour, on se connaît parce qu'on s'aime; dans l'amitié, on s'aime parce qu'on se connaît. »

Et cette autre ensuite : « Deux amants se cachent mutuellement leurs défauts et se trahissent; deux amis, au contraire, se les avouent et se les pardonnent. »

J'ai laissé sur l'étalage ce moraliste qui aime les bêtes, et qui m'aime pas l'amour !

Nous venons de voir pourtant que le phoque est capable et d'amour et d'amitié.

Qu'arriverait-il cependant si l'on saisissait ce feuilleton pour avoir parlé un instant de l'amour d'un phoque pour sa maîtresse : heureusement, je n'ai fait qu'effleurer le sujet.

L'affaire du journal inculpé pour avoir parlé d'amour dans un voyage chez les Esquimaux est sérieuse, si l'on en croit cette réponse d'un substitut auquel on a demandé ce qui distinguait le feuilleton de critique, de voyages ou d'études historiques, du *feuilleton-roman*, et qui aurait dit :

— Ce qui constitue le feuilleton-roman, c'est la peinture de l'amour. Le mot *roman* vient de *romance*. Tirez la conclusion.

La conclusion me paraît fausse ; si elle devait prévaloir, le public répéterait ces vers des *Rêveries renouvelées des Grecs* :

Sans un petit brin d'amour
Finit la tragédie...
Ah ! quant à moi, je suis pour
Un petit brin d'amour.

Je suis honteux véritablement d'entretenir vos lecteurs de pareilles balivernes. Après avoir terminé cette lettre, je demanderai une audience au procureur de la République. La justice chez nous est sévère, dure souvent comme la loi latine (*dura lex, sed lex*), mais elle est française, c'est-à-dire capable de comprendre plus que toute autre ce qui est du ressort de l'esprit...

Admirez, s'il vous plaît, ma fermeté ; — je viens de me rendre au Palais de Justice.

On a souvent peur, en pareil cas, de ne sortir du parquet du procureur de la République que pour être guillotiné. Je dois à la vérité de dire que je n'ai trouvé là que des façons gracieuses et des visages bienveillants.

Je me suis entièrement trompé en rapportant la réponse d'un substitut à la question qui lui était faite touchant le roman-feuilleton. C'était sans doute un substitut de province en vacances, qui n'exposait qu'une opinion privée dans un salon quelconque, où, certes, il n'a pu conquérir l'assentiment des dames.

Par bonheur, j'ai pu m'adresser au substitut officiel chargé des questions relatives aux journaux, et il m'a été dit que « l'appréciation des délits relatifs au roman-feuilleton ne concernait nullement le parquet. »

Le parquet n'agit que d'après les déclarations de contraventions qui lui sont faites par la direction du Timbre, — lequel a des agents chargés d'apprécier le cas où un simple feuilleton pourrait mériter le titre de *roman* et se trouver soumis aux exigences du timbre.

Rassurons-nous donc pour le présent, — sans oublier qu'il nous faut encore aller consulter la direction du Timbre, laquelle ressort de l'administration de l'enregistrement et des domaines.

LETTRE CINQUIÈME

Autre digression forcée. — Aménités littéraires. — Réponse au *Corsaire*. — La Censure. — Le Théâtre. — Les Masques d'Arlequin.

Je suis encore obligé de parler de moi-même et non de l'abbé de Bucquoy. La compensation est mince. Il faut cependant que le public admette que l'impossibilité où nous sommes d'écrire du *roman* nous oblige à devenir les héros des aventures qui nous arrivent journellement, comme à tout homme, et dont l'intérêt est sans doute fort contestable le plus souvent.

Enfin, nous nous essayons sur un terrain mobile et glissant, il faut donc nous guider ou nous avertir...

Dé plus, il est certaines observations personnelles qui se rattachent à bien des idées et à bien des choses auxquelles tout le monde est intéressé plus ou moins, et d'où il est bon de faire sortir des observations utiles.

La polémique fait la puissance de la presse et détermine son utilité. Un journal dans lequel j'ai travaillé autrefois, lorsqu'il était sous la direction de M. Lepage, — *le Corsaire*, — me reproche aujourd'hui d'avoir changé de couleur. Je sais que, dans tous les journaux, ces variations apparentes tiennent surtout aux changements de propriétaires ou de directeurs, qui donnent à la feuille une marche quelconque, selon leurs convictions ou leurs intérêts. Pour un écrivain, le reproche est plus grave.

On argue quelquefois du changement de conviction : ce que les gens religieux et monarchiques admettent surtout volontiers, d'après le Nouveau Testament et d'après l'histoire ; mais celui qui écrit ces lignes se trouve, par hasard peut-être, dans une autre situation.

Il y a eu, dans les renseignements qu'a pu prendre le rédacteur du *Corsaire*, confusion entre deux noms. Je ne suis pas le même que M. Gérard qui faisait partie du bureau de *l'esprit public*, et qui, sans doute, écrivait d'après ses opinions personnelles. Étranger toujours aux luttes des partis, je dois même dire que j'ai connu cet homonyme, auquel mon nom a pu faire du tort dans son parti, comme le sien risquerait de m'en faire aujourd'hui, — si j'appartenais à un parti.

Je n'ai jamais reçu de mission d'aucun ministère. J'en aurais sollicité même ou accepté quelqu'une que je ne m'en sentirais pas embarrassé, — l'argent consacré à ces travaux souvent utiles, étant voté par les Chambres ou les Assemblées, et ne venant nullement des souverains.

Il est des gens qui crient très-haut qu'ils n'ont jamais voulu se vendre ; c'est peut-être qu'on ne se serait jamais soucié de les acheter.

Pour tout écrivain arrivé à cette notoriété que, même sans

grand talent, on acquiert avec le travail et l'étude, il y a quelquefois du mérite à ne rien solliciter des monarques, bien que
l'argent même qui vient de ce côté appartienne encore à la
nation. Seulement, cela devient une faveur; dans les autres
cas, c'est souvent un droit.

Je n'ai jamais fait de politique, sauf quelques articles sur
des nouvelles étrangères, écrits récemment. Les ouvrages littéraires que j'ai publiés depuis longtemps ont toujours porté
l'empreinte du libéralisme avant la République comme depuis.
Je pense qu'à moins de fortes convictions dans un sens donné,
tout écrivain doit avertir le pouvoir s'il se trompe, — et le
peuple s'il est trompé.

En 1839, revenant d'Allemagne, j'avais écrit *Leo Burckart*
pour la Porte-Saint-Martin. Jamais, avant cette époque, je
n'avais eu de rapport avec un ministre; la pièce, reçue par
Harel, était en répétition depuis un mois, lorsqu'il fallut, selon
l'usage, envoyer deux manuscrits à la censure. C'était une dépense de soixante francs pour cinq actes et un prologue. Il est
vrai qu'on rendait l'un des deux manuscrits. Mais il faut toujours remarquer ici que les écrivains sont grevés en tout plus
que les autres producteurs. Exemplaires de livres pour les bibliothèques, exemplaires de manuscrits pour la censure.

Pardon, je m'amuse en répondant au *Corsaire*, et je le re-
mercie de m'avoir fourni ce moyen de ne pas chercher aujour-
d'hui l'abbé de Bucquoy.

Je dis donc que, grevés déjà dans la publication de nos travaux par les priviléges d'imprimerie, qui prélèvent sur notre
profession une sorte d'impôt représenté par ce qu'on appelle
les étoffes, c'est-à-dire le tiers du prix de main-d'œuvre, — en
doutez-vous? — nous le sommes encore par l'existence des
priviléges de théâtre, donnés assez souvent à des gens bien
pensants, mais ignorants des choses de théâtre, lesquels prélèvent encore un bénéfice sur le talent des auteurs et des artistes;
nous le sommes encore par suite du cautionnement et du timbre
des journaux, qui souvent imposent à l'écrivain un directeur

ou un rédacteur en chef entièrement illettré. Cela est devenu rare aujourd'hui..., mais cela s'est vu.

Me voilà donc, ayant éprouvé, comme nous tous, le malheur qui résulte d'une profession qui n'en est pas une, et d'une propriété que, selon le mot d'Alphonse Karr, on a toujours négligé de déclarer *propriété;* me voilà donc forcé, pendant six mois, de solliciter le visa du ministère de l'intérieur, et, par conséquent, de me mettre en rapport avec ses hôtes.

Il y avait là beaucoup d'anciens, gens d'esprit, que cela amusait fort de faire promener un écrivain *non sérieux.* M. Véron, dont j'avais fait la connaissance dans un restaurant, me dit un jour :

— Vous vous y prenez mal. Je vais vous donner une lettre pour la censure.

Et il me remit un billet où se trouvaient ces mots : « Je vous recommande un jeune auteur qui travaille dans *nos journaux d'opposition constitutionnelle*, et qui sollicite de vous un visa, etc. » M. Véron, dans le journal duquel j'ai, en effet, écrit quelques colonnes, en l'honneur des grands philosophes du XVIIIe siècle, ne m'en voudra pas de révéler ce détail, qui lui fait honneur.

De ce jour, toutes les portes s'ouvrirent pour moi, et l'on voulut bien me dire le motif qu'on avait pour arrêter ma pièce et pour me priver, pendant tout un rude hiver, de son produit.

On en jugeait le spectacle dangereux, à cause surtout d'un quatrième acte qui représentait avec trop de réalité, et sous des couleurs trop purement historiques, le tableau d'une *vente de charbonnerie.* On m'eût loué de rendre les conspirateurs ridicules; on ne voulait pas supporter l'équitable point de vue que m'avait donné l'étude de Shakspeare et de Gœthe, — si faible que pût être mon imitation.

La pièce, il est vrai, concluait contre l'assassinat politique, mais en montrant l'impossibilité, pour un homme de cœur, de soutenir les idées arriérées d'une cour.

M. de Montalivet était ministre alors. Je ne pus pénétrer jusqu'à lui. Cependant, c'était sur ses décisions que les bureaux, très-polis du reste et très-bienveillants pour moi, rejetaient la responsabilité.

Les répétitions étaient suspendues toujours; Bocage, appelé par un engagement de province, avait laissé là le rôle, dans lequel son talent eût été une fortune pour ce pauvre Harel et pour moi. Le printemps, saison peu avantageuse pour le théâtre, commençait à s'avancer. Je parlais de ma déconvenue à un écrivain politique, dans un de ces bureaux de journaux où la ligne qui sépare le premier Paris du feuilleton est souvent oubliée pour ne laisser subsister que les relations d'hommes qui se voient habituellement.

— Vous êtes bien bon, me dit-il, de vous donner tant de peine. La censure n'existe pas en ce moment.

— J'ai des raisons de penser le contraire.

— Elle existe de fait et non de droit..., comprenez-vous?

— Comment?

— Il y a trois ans, le ministre a obtenu un vote provisoire des Chambres pour le rétablissement de la censure, mais sous la condition de présenter une loi définitive au bout de deux ans.

— Eh bien?

— Eh bien, il y a trois ans de cela.

Sans être un homme *processif*, je sentis qu'il y avait là nécessité de soutenir, non pas mes intérêts; les écrivains y songent rarement, mais ceux de ma production littéraire.

J'allai trouver M. Lefèvre, le défenseur *agréé* et attitré de l'association des auteurs dramatiques. M. Lefèvre me dit fort poliment :

— Vous pouvez avoir raison... Mais notre association évite prudemment de s'engager dans les questions politiques. De plus, mes opinions me font un devoir de m'abstenir. Vous trouverez d'autres agréés qui soutiendront votre affaire avec plaisir.

J'allai trouver M. Schayé, qui me dit :

— Vous avez raison : ils sont dans une position fausse. Nous allons leur envoyer du papier timbré.

Le lendemain, je reçus une lettre qui m'accordait une audience du ministre de l'intérieur..., à cinq heures du soir.

Le ministre me reçut entre deux portes et me dit :

— Je n'ai pu encore lire votre manuscrit; je l'emporte à la campagne. Revenez, je vous prie, après-demain, à la même heure.

Je fus obligé de prendre mon tour pour l'audience. J'attendis longtemps, et il était tard lorsque je fus introduit. Mais que ne ferait pas un auteur pour sauver sa pièce et la tirer des griffes du ministre?

Le ministre m'adressa un salut froid et chercha mon manuscrit dans ses papiers. N'ayant alors jamais vu de près un ministre, j'examinai la figure belle mais un peu fatiguée de M. de Montalivet. Il appartenait à cette école politique qu'affectionnait le vieux monarque et que l'on pourrait appeler le parti des hommes gras. Abandonné à ses instincts, Louis-Philippe aurait tout sacrifié pour ces hommes qui lui donnaient une idée flatteuse de la prospérité publique. Comme César, qui n'aimait pas les maigres, il se méfiait des tempéraments nerveux comme celui de M. Thiers, ou bilieux comme celui de M. Guizot. On les lui imposa, — et ils le perdirent... soit en le voulant, soit sans le vouloir. M. de Montalivet avait retrouvé le manuscrit énorme qui contenait mon avenir dramatique. Il me le tendit par-dessus une table, et, se privant avec bon sens de ces phrases banales que l'on prodigue trop légèrement aux auteurs, il me dit :

— Reprenez votre pièce, faites la jouer, et, si elle cause quelque désordre, on la suspendra.

Je saluai et je sortis.

Si je ne savais pas, par des récits divers, que M. de Montalivet est un homme fort aimable dans les sociétés, je croirais

18

avoir eu une entrevue avec ce même M. de Pontchartrain dont il sera question dans la *Vie de l'abbé de Bucquoy*.

La difficulté était de faire *remonter* la pièce, qui avait perdu une partie de ses acteurs primitifs. Il fallut attendre la fin d'un succès qui se soutenait au théâtre. L'été s'avançait; Harel me dit :

— J'attends un éléphant pour l'automne; la pièce n'aura donc qu'un nombre limité de représentations.

On la monta cependant avec les meilleurs acteurs de la troupe : Madame Mélingue, Raucourt, Mélingue, Tournan et le bon Moessard. Ils furent tous pleins de bienveillance et de sympathie pour moi, et surent tirer grand parti d'une pièce un peu excentrique pour le boulevard.

Seulement, les répétitions se prolongèrent encore beaucoup. Un directeur n'est pas dans une très-belle position pécuniaire quand il attend *un éléphant*. Au cœur de la belle saison, Harel comptait peu sur les recettes qu'il aurait pu recueillir si l'on eût joué la pièce à l'entrée de l'hiver. Une seule décoration nouvelle était indispensable, celle d'un tableau représentant des ruines éclairées par la lune, à Elsenach, près du château de la Wartburg.

J'avais rêvé cette décoration, je l'ai vue en nature, il y a un mois, en quittant l'électorat de Hesse-Cassel pour me rendre à Leipsick.

Harel disait continuellement :

— J'ai commandé le décor à Cicéri. On le posera aux répétitions générales.

On le posa l'avant-veille de la représentation.

C'était un souterrain, fermé avec des statues de chevaliers, pareil à celui dans lequel on jouait *le Tribunal secret*, à l'Ambigu.

Peut-être encore était-ce le même, qu'on avait racheté et fait repeindre.

Je m'étais mis dans la tête de faire exécuter dans la pièce les chants de Kœrner, rendus admirablement en musique par

Weber. Je les avais entendus ; je les avais répétés en traversant à pied les routes de la forêt Noire, avec des étudiants et
des compagnons allemands. Celui de *la Chasse de Lutzow* avait
été originairement dirigé contre la France ; mais ma traduction
lui faisait perdre ce caractère, et je n'y voyais plus que le chant
de l'indépendance d'un peuple qui lutte contre l'étranger. Celui
de *l'Épée* était reproduit dans ce couplet :

> Amour des nobles âmes,
> Sur nous répands tes flammes :
> Au nom du Dieu vivant qu'ici nous implorons,
> Jurons ! jurons ! jurons !
> Et pour la liberté, qu'un jour nous espérons,
> Mourons ! mourons ! mourons !...

J'avais consulté Auguste Morel sur des possibilités d'exécution de ces morceaux. Il voulut bien arranger une partition
convenant aux exigences du théâtre, et pour laquelle il fallait
nécessairement seize choristes.

Nous pensâmes aux ouvriers de Mainzer et à ceux de l'Or-
phéon. J'étais allé trouver les chefs de chœur dans leurs ateliers et dans leurs pauvres mansardes, et ils m'avaient donné
libéralement leur concours, moyennant seulement le prix de
leurs journées que les répétitions leur faisaient ordinairement
perdre. Ils perdirent un mois.

Harel, un peu gêné pour le payement des figurants ordinaires, les réduisit au nombre qui était indispensable, et les ouvriers se trouvaient forcés relativement de *figurer*, et de faire
les évolutions ordinaires des comparses. Ils ne représentaient,
du reste, que des étudiants et avaient peu à faire. Toutefois,
l'inexpérience nuisait souvent aux effets de la mise en scène.

Ils étaient ravis des deux chants populaires, qui sont restés
dans les concerts orphéonistes.

Le soir de la première représentation, j'étais inquiet des accessoires, qui, comme la marée de Vatel, n'arrivaient pas...

Si les *accessoires* n'arrivaient pas, c'est qu'en général, il en

est ainsi dans tous les théâtres ; — ce n'est qu'au dernier moment qu'on s'occupe des détails. Souvent aussi le directeur ne
peut payer d'avance le costumier, le peintre ou le décorateur,
qui ne rendent leur travail, ou celui de leurs ouvriers, que
moyennant une délégation sur la *recette*, dont il est impossible,
avant le soir même, de prévoir le total.

Le pauvre Harel, qui était un homme après tout remarquable, qui avait été directeur du *Nain jaune*, et qui a été couronné par l'Académie, pour un éloge de Voltaire, pliait dans
ce moment-là sous le poids des obligations que lui avait créées
sa lutte obstinée avec la mauvaise fortune de la Porte-Saint-
Martin.

Le privilége était grevé de quinze mille francs, qu'il fallait
donner annuellement à un directeur très-spirituel, qui avait
trouvé le moyen de se faire *conférer* deux théâtres : l'un pos-
sédé directement, l'autre, qui n'était qu'un *fief*, dont le produit médiocre faisait sourire le possesseur, et cependant ruinait
peu à peu le possédant.

Ceci est déjà de l'ancien régime ; bornons-nous à constater
que, si Harel eût eu dans sa caisse les cent cinquante mille
francs qu'il avait donnés en dix ans à son suzerain, il n'aurait
peut-être pas été gêné à l'époque où il attendait l'éléphant.

Harel était forcé souvent d'engager les costumes les plus
brillants du théâtre. Alors, il ne fallait pas lui parler de pièces
moyen âge ou *Louis XV ;* encore moins de celles qui pouvaient concerner des époques luxueuses, grecques, bibliques
ou orientales.

On lui offrit un jour une pièce de la Régence qui promettait
un succès par l'effet serré des combinaisons. Harel fit appeler
M. Dumas — costumier — et lui dit :

— Comment sommes-nous en costumes de la Régence ?

— Monsieur, bien mal ; il n'y a plus d'habits !... Nous
avons un peu de gilets et des *trousses* (ce sont les culottes du
temps).

— Eh bien, Dumas, avec des gilets et des trousses, il suffit d'ajouter des habits de serge en couleurs éclatantes. L'éclat des gilets suffira, à la rampe, pour satisfaire le public.

C'est ainsi que fut montée *la Duchesse de la Vaubalière*, où les gilets de la Régence éblouirent longtemps les amateurs instruits qui formaient des queues mirifiques avec des billets à cinquante et à soixante-quinze centimes.

— Ce succès-là m'a ruiné, me disait plus tard Harel.

Et il me montrait les *livres* qui constataient une moyenne de recettes de huit cents francs pour les vingt premières représentations.

Ensuite, cela baissait sensiblement. Alors, je me suis dit :

— Ne croyons plus aux grands succès dramatiques.

Je continuai à m'inquiéter des accessoires. Il s'agissait de seize casquettes d'étudiants et de seize masques pour la scène de la *Sainte-Wehmé*, — masques en velours noir, nécessairement, — qui avaient été bien connus par les représentations du *Bravo*, de *Lucrèce Borgia* et d'une foule d'autres drames.

Les casquettes n'arrivèrent qu'au premier entr'acte ; mais on me dit :

— Les masques ne peuvent tarder d'arriver.

On juge mal, dans les coulisses ; c'est le sort des hommes d'État. Le public écoutait avec un silence merveilleux. Le troisième acte ayant fini, je conçus une inquiétude touchant les seize masques qui devaient servir au quatrième acte.

Je montai jusque dans les combles du théâtre. Quelques figurants revêtaient des costumes de gardes nobles allemands, bleus avec des torsades jaunes ; d'autres, des costumes de sicaires et de trabans, qui les humiliaient beaucoup.

Quant aux *étudiants*, ils s'habillaient sans crainte, étant assurés de leurs casquettes, et ne songeaient pas qu'il fallait avoir des masques pour la scène de *vente* du quatrième acte.

— Où sont les masques ? dis-je.

— Le chef des accessoires ne les a pas encore distribués.

J'allai trouver Harel.

— Les masques ?

— Ils vont arriver.

L'entr'acte semblait déjà long au public ; on avait épuisé les ressources ordinaires d'Harel, qui consistaient, pour faire attendre un lever de rideau tardif, en une pluie de petits papiers au premier entr'acte ; au second, en une casquette qui, tombée du paradis, passait de mains en mains sur le parterre ; au troisième entr'acte, en une scène de loges qui provoquait au parterre ce dialogue obligé : « Il l'embrassera !... il ne l'embrassera pas !... »

L'usage était, entre le troisième et le quatrième acte, lorsque l'intervalle se prolongeait trop, de faire aboyer un chien, ou crier un enfant. Des gamins, payés, s'écriaient alors : « Assoyez-vous sur le moutard ! » Et tout était dit. L'orchestre entonnait, au besoin, *la Parisienne,* — permise alors.

Harel me dit, après dix minutes d'entr'acte :

— Les étudiants ont leurs casquettes... Mais ont-ils bien besoin de masques ?

— Comment ! pour la scène du tribunal secret !... Vous le demandez ?

— C'est que l'on s'est trompé : l'on ne nous a envoyé que des masques d'arlequin... Ils ont cru qu'il s'agissait d'un bal ; parce que, dans les drames modernes, il y a toujours un bal au quatrième acte.

— Où sont les masques ? dis-je, en soupirant, à Harel.

— Chez le costumier.

J'entrai là, au milieu des imprécations de tous les ouvriers-étudiants qui, sur ma parole, s'étaient engagés à jouer des rôles sérieux.

— Masques d'arlequins !... me disait-on ; cela ne va pas trop avec notre costume.

Mélingue et Raucourt, qui avaient des masques à eux, en velours noir, se prélassaient dans le foyer, sûrs de n'être pas ridicules. Mais les affreux masques des étudiants, avec leur nez de carlin et leurs moustaches frisées, m'inquiétaient beaucoup.

Raucourt dit :

— Il n'y a qu'un moyen, c'est de couper les moustaches. Le nez est un peu écrasé, mais, pour des conspirateurs, cela ne fait rien. On dira qu'ils n'ont pas eu de nez.

Enfin, pour sauver l'acte, nous nous mîmes tous, madame Mélingue, Raucourt, Mélingue et Tournan, à couper les barbes des masques d'arlequin, qui, à la rampe, faisaient scintiller leur surface luisante et ôtaient un peu de sérieux à la scène de la Sainte-Wehmé.

Quelqu'un me dit :

— Harel vous trahit.

Je n'ai jamais voulu le croire.

Quant à la décoration dite de Cicéri, elle nous avait forcés de supprimer un tiers de l'acte; attendu qu'il était impossible, dans un caveau, de faire les évolutions qu'auraient permises une scène ouverte à plusieurs plans.

Le quatrième acte, réduit à ces proportions, ne justifia pas les craintes qu'avait manifestées la direction des Beaux-Arts.

Heureusement, le talent des acteurs *enleva* le cinquième acte, qui présentait des difficultés. Le mot le plus applaudi de la pièce fut celui-ci, qui était prononcé par un étudiant : « Les rois s'en vont... je les pousse! » Le tonnerre d'applaudissements qui suivit ces mots, bien simples pourtant, provoqua cette phrase de Harel :

— La pièce sera arrêtée demain;... mais nous aurons eu une belle soirée.

L'effet froid du quatrième acte rajusta les choses. Harel, qui espérait peut-être une persécution, ne l'obtint pas.

Toutefois, il réclama au ministère une indemnité pour le retard que les exigences de la censure avaient apporté aux représentations et les pertes qu'il avait faites, faiblement compensées par l'avenir qu'offrait *l'éléphant* attendu par lui.

Au bout de trente représentations d'été, je vis avec intérêt cet animal succéder aux effets du drame. Les seize ouvriers, qui coûtaient cher, furent congédiés, et je résolus d'aller me retremper en Allemagne aux vignes du Danube, des ennuis que m'avaient causés les vignes du Rhin.

Le Rhin est perfide; il a trop de *lorelys* qui chantent le soir dans les ruines des vieux châteaux! Quant au Danube, quel bon fleuve! Il me semble aujourd'hui qu'il roule dans ses flots des saucisses (*wurchell*) et des gâteaux glacés de sel.

Ceci est un souvenir de Vienne. Il ne faut pas anticiper.

Harel avait été dédommagé des pertes qu'il avait subies par le retard apporté aux représentations de la pièce. Sa réclamation me donnait aussi les mêmes droits.

C'était un ministère amené par les efforts de l'opposition qui avait succédé au ministère de cour dont j'ai parlé. Je fis valoir mes droits. Mais je ne voulus pas que l'argent de l'État fût même dépensé sans compensation. Je promis six cents francs de copie pour les six cents francs qu'on me *rendait*.

J'ai envoyé des articles sur des questions de commerce et de contrefaçon pour le double de ce que j'ai pu recevoir.

Voilà ma réponse au *Corsaire*.

Reparlons de l'abbé de Bucquoy. On m'a communiqué sa généalogie aux Archives. — Son nom patronymique est *Longueval*. Et, par cette particularité qui fait sans cesse en France l'étonnement des personnes simples, ce nom ne se trouve pas une seule fois dans les récits et les actes qui le signalent à l'attention publique.

Les Archives possèdent sur cette famille une histoire charmante d'amour que je puis vous adresser sans crainte, puisqu'elle est complétement historique.

C'est un manuscrit d'environ cent pages, au papier jauni, à l'encre déteinte, dont les feuilles sont réunies avec des faveurs d'un rose passé, et qui contient l'histoire d'*Angélique de Longueval;* j'en ai pris quelques extraits que je tâcherai de lier par une analyse fidèle.

LETTRE SIXIÈME

Vie d'Angélique de Longueval, de la famille de Bucquoy.

Angélique de Longueval était fille d'un des plus grands seigneurs de Picardie. Jacques de Longueval, comte de Haraucourt, son père, conseiller du roi en ses conseils, maréchal de ses camps et armées, avait le gouvernement du Câtelet et de Clermont en Beauvoisis. C'était dans le voisinage de cette dernière ville, au château de Saint-Rimbaud, qu'il laissait sa femme et sa fille, lorsque le devoir de ses charges l'appelait à la cour ou à l'armée.

Dès l'âge de treize ans, Angélique de Longueval, d'un caractère triste et rêveur, n'ayant goût, comme elle le disait, *ni aux belles pierres, ni aux belles tapisseries, ni aux beaux habits, ne respirait que la mort pour guérir son esprit.* Un gentilhomme de la maison de son père en devint amoureux. Il jetait continuellement les yeux sur elle, l'entourait de ses soins, et, bien qu'Angélique ne sût pas encore ce que c'était qu'amour, elle trouvait un certain charme à la poursuite dont elle était l'objet.

La déclaration d'amour que lui fit ce gentilhomme resta même tellement gravée dans sa mémoire, que, six ans plus tard, après avoir traversé les orages d'un autre amour, des malheurs de toute sorte, elle se rappelait encore cette première lettre et la retraçait mot pour mot. Qu'on nous permette de citer ici ce curieux échantillon du style d'un amoureux de province au temps de Louis XIII.

Voici la lettre du premier amoureux de mademoiselle Angélique de Longueval :

« Je ne m'étonne plus de ce que les simples, sans la force des rayons du soleil, n'ont nulle vertu, puisque, aujourd'hui, j'ai été si malheureux que de sortir sans avoir vu cette belle

18.

aurore, laquelle m'a toujours mis en pleine lumière, et dans l'absence de laquelle je suis perpétuellement accompagné d'un cercle de ténèbres, dont le désir d'en sortir, et celui de vous revoir, ma belle, m'a obligé, comme né pouvant vivre sans vous voir, de retourner avec tant de promptitude, afin de me ranger à l'ombre de vos belles perfections, l'aimant desquelles m'a entièrement dérobé le cœur et l'âme ; larcin toutefois que je révère. en ce qu'il m'a élevé en un lieu si saint et si redoutable, et lequel je veux adorer toute ma vie avec tant de zèle et de fidélité que vous êtes parfaite. »

Cette lettre ne porta pas bonheur au pauvre jeune homme qui l'avait écrite. En essayant de la glisser à Angélique, il fut surpris par le père, et mourait, à quatre jours de là, tué l'on ne dit pas comment.

Le déchirement que cette mort fit éprouver à Angélique lui révéla l'amour. Deux ans entiers, elle pleura. Au bout de ce temps, ne voyant, dit-elle, d'autre remède à sa douleur que la mort ou une autre affection, elle supplia son père de la mener dans le monde. Parmi tant de seigneurs qu'elle y rencontrerait, elle trouverait bien, pensait-elle, quelqu'un à mettre en son esprit à la place de ce mort éternel.

Le comte d'Haraucourt ne se rendit pas, selon toute apparence, aux prières de sa fille ; car, parmi les personnes qui s'éprirent d'amour pour elle, nous ne voyons que des officiers domestiques de la maison paternelle. Deux, entre autres, M. de Saint-Georges, gentilhomme du comte, et Fargue, son valet de chambre, trouvèrent, dans cette passion commune pour la fille de leur maître, une occasion de rivalité qui eut un dénoûment tragique. Fargue, jaloux de la supériorité de son rival, avait tenu quelques discours sur son compte. M. de Saint-Georges l'apprend, appelle Fargue, lui remontre sa faute, et lui donne, en fin de compte, tant de coups de plat d'épée, que son arme en reste tordue. Plein de fureur, Fargue parcourt l'hôtel, cherchant une épée. Il rencontre le baron d'Ha-

raucourt, frère d'Angélique : lui arrachant son épée, il court
la plonger dans la gorge de son rival, que l'on relève expirant.
Le chirurgien n'arrive que pour dire à Saint-Georges :

— Criez merci à Dieu, car vous êtes mort.

Pendant ce temps, Fargue s'était enfui.

Tels étaient les tragiques préambules de la grande passion
qui devait précipiter la pauvre Angélique dans une série de
malheurs.

Compiègne. — Du jour de la Toussaint.

Je me suis interrompu dans la lecture de la vie d'Angélique
de Longueval, cette belle aventurière, en m'apercevant qu'une
foule de pièces et de renseignements y relatifs étaient indiqués
comme existant dans les bibliothèques de Compiègne. Car
Compiègne est le centre littéraire de la province où vivait cette
ancienne famille, dont il serait certes curieux de recomposer
le souvenir à la manière de Walter-Scott, — si l'on pouvait !

La vieille France provinciale est à peine connue, de ces côtés surtout, qui cependant font partie des environs de Paris.
Au point où l'Ile-de-France, le Valois et la Picardie se rencontrent, divisés par l'Oise et l'Aisne, au cours si lent et si
paisible, il est permis de rêver les plus belles bergeries du
monde.

La langue des paysans eux-mêmes est du plus pur français,
à peine modifié par une prononciation où les désinences des
mots montent au ciel à la manière du chant de l'alouette...
Chez les enfants, cela forme comme un ramage. Il y a aussi
dans les tournures de phrases quelque chose d'italien; ce qui
tient sans doute au long séjour qu'ont fait les Médicis et leur
suite florentine dans ces contrées, divisées autrefois en apanages royaux et princiers.

Je suis arrivé hier au soir à Compiègne, poursuivant *les
Bucquoy* sous toutes les formes, avec cette obstination lente
qui m'est naturelle. Aussi bien les archives de Paris, où je

n'avais pu prendre encore que quelques notes, eussent été fermées aujourd'hui, jour de la Toussaint.

A l'hôtel de la *Cloche*, célébré déjà par Alexandre Dumas, on menait grand bruit, ce matin. Les chiens aboyaient, les chasseurs préparaient leurs armes; j'ai entendu un piqueur qui disait à son maître :

— Voici le fusil de M. le marquis.

Il y a donc encore des marquis !

J'étais préoccupé d'une tout autre chasse... Je m'informai de l'heure à laquelle ouvrait la Bibliothèque.

— Le jour de la Toussaint, me dit-on, elle est naturellement fermée.

— Et les autres jours ?

— Elle ouvre de sept heures du soir à onze heures.

Je crains de me faire ici plus malheureux que je n'étais. J'avais une recommandation pour l'un des bibliothécaires, qui est en même temps un de nos bibliophiles les plus éminents. Non-seulement il a bien voulu me montrer les livres de la ville, mais encore les siens, parmi lesquels se trouvent de précieux autographes, tels que ceux d'une correspondance *inédite* de Voltaire, et un recueil de chansons, mises en musique par Rousseau et écrites de sa main, dont je n'ai pu voir sans attendrissement la belle et nette exécution, — avec ce titre : *Anciennes Chansons sur de nouveaux airs*. — Voici la première dans le style marotique :

> Celui plus je ne suis que j'ai jadis été,
>   Et plus ne saurais jamais l'être :
>   Mon doux printemps et mon été
>   Ont fait le saut par la fenêtre, etc.

Cela m'a donné l'idée de revenir à Paris par Ermenonville, ce qui est la route la plus courte comme distance et la plus longue comme temps, bien que le chemin de fer fasse un coude énorme pour atteindre Compiègne.

On ne peut parvenir à Ermenonville, ni s'en éloigner, sans

faire au moins trois lieues à pied. Pas une voiture directe. Mais, demain, jour des Morts, c'est un pèlerinage que j'accomplirai respectueusement, tout en pensant à la belle Angélique de Longueval.

Je vous adresse tout ce que j'ai recueilli sur elle aux Archives et à Compiègne, rédigé sans trop de préparation d'après les documents manuscrits et surtout d'après ce cahier jauni, entièrement écrit de sa main, qui est peut-être plus hardi, étant d'une fille de grande maison, que les confessions mêmes de Rousseau. Cela fera patienter vos lecteurs encore touchant les aventures de son neveu l'abbé, auquel elle semble avoir communiqué son esprit d'indépendance et d'aventure.

Histoire de la grand'tante de l'abbé de Bucquoy.

Voici les premières lignes du manuscrit :

« Lorsque ma mauvaise fortune jura de continuer à ne plus me laisser en repos, ce fut un soir à Saint-Rimbaud, par un homme que j'avais connu il y avait plus de sept ans, et pratiqué deux ans entiers sans l'aimer. Le garçon, étant entré dans ma chambre sous prétexte du bien qu'il voulait à la demoiselle de ma mère nommée Beauregard, s'approcha de mon lit en me disant :

» — Vous plaît-il, madame ?

» Et, en s'approchant de plus près, me dit ces paroles :

» — Ah ! que je vous aime, il y a longtemps !

» Auxquelles paroles je répondis :

» — Je ne vous aime point, je ne vous hais point aussi ; seulement, allez-vous-en, de peur que mon papa ne sache que vous êtes ici à ces heures.

» Le jour étant venu, je cherchai incontinent l'occasion de voir celui qui m'avait fait la nuit sa déclaration d'amour ; et, le considérant, je ne le trouvai haïssable que de sa condition, laquelle lui donna, tout ce jour-là, une grande retenue, et il me regardait continuellement. Tous les jours ensuivants se passèrent avec de grands soins qu'il prenait de s'ajuster bien pour me plaire. Il est vrai aussi qu'il était fort aimable, et que ses actions ne procédaient pas du lieu d'où il était sorti, car il avait le cœur très-haut et très-courageux. »

Ce jeune homme, comme nous l'apprend le récit d'un père célestin, cousin d'Angélique, se nommait La Corbinière et n'était autre que le fils d'un charcutier de Clermont-sur-Oise, engagé au service du comte d'Haraucourt. Il est vrai que le comte, maréchal des camps et armées du roi, avait monté sa maison sur un pied militaire, et, chez lui, les serviteurs, portant moustaches et éperons, n'avaient pour livrée que l'uniforme. Ceci explique jusqu'à un certain point l'illusion d'Angélique.

Elle vit avec chagrin partir La Corbinière, qui s'en allait, à la suite de son maître, retrouver, à Charleville, monseigneur de Longueville, malade d'une dyssenterie. Triste maladie, pensait naïvement la jeune fille, triste maladie, qui l'empêchait de voir celui « dont l'affection ne lui déplaisait pas. » Elle le revit plus tard à Verneuil. Cette rencontre se fit à l'église. Le jeune homme avait gagné de belles manières à la cour du duc de Longueville. Il était vêtu de drap d'Espagne gris de perle, avec un collet de point coupé et un chapeau gris orné de plumes gris de perle et jaunes. Il s'approcha d'elle un moment sans que personne le remarquât et lui dit :

— Prenez, madame, ces bracelets de senteur que j'ai apportés de Charleville, où *il m'a grandement ennuyé.*

Senlis, le soir de la Toussaint [1].

La Corbinière reprit ses fonctions au château. Il feignait toujours d'aimer la chambrière Beauregard, et lui faisait accroire qu'il ne venait chez sa maîtresse que pour elle.

[1]. *Avis à la poste.* — Cette lettre, mise à la poste de Senlis à dix heures du soir, n'est arrivée au *National* qu'aujourd'hui à sept heures du soir.

« Cette simple fille, dit Angélique, le croyait fermement...
Ainsi, nous passions deux ou trois heures à rire tous trois
ensemble tous les soirs, dans le donjon de Verneuil, en la
chambre tendue de blanc. »

La surveillance et les soupçons d'un valet de chambre nommé Dourdillie interrompit ces rendez-vous. Les amoureux
ne purent plus correspondre que par lettres. Cependant, le
père d'Angélique étant allé à Rouen pour retrouver le duc
de Longueville, dont il était le lieutenant, La Corbinière
s'échappa la nuit, monta sur une muraille par une brèche,
et, arrivé près de la fenêtre d'Angélique, jeta une pierre à la
vitre.

La demoiselle le reconnut et dit, en dissimulant encore, à sa
chambrière Beauregard :

— Je crois que votre amoureux est fou. Allez vitement lui
ouvrir la porte de la salle basse qui donne dans le parterre,
car il y est entré. Cependant, je vais m'habiller et allumer de
la chandelle.

Il fut question de donner à souper au jeune homme, « lequel ne fut que de confitures liquides. »

« Toute cette nuit, ajoute la demoiselle, nous la passâmes
tous trois à rire. »

Mais ce qu'il y a de malheureux pour la pauvre Beauregard,
c'est que la demoiselle et La Corbinière *se riaient* surtout en
secret de la confiance qu'elle avait d'être aimée de lui.

Le jour venu, on cacha le jeune homme dans la chambre
dite *du Roy*, où jamais personne n'entrait; puis, à la nuit, on
l'allait querir. « Son manger, dit Angélique, fut, ces trois
jours, de poulet frais que je lui portais entre ma chemise et
ma cotte. »

La Corbinière fut forcé enfin d'aller rejoindre le comte, qui
alors séjournait à Paris. Un an se passa, pour Angélique, dans
une mélancolie distraite seulement par les lettres qu'elle écrivait à son amant. « Je n'avais pas d'autre divertissement, dit-
elle, car ni les belles pierres, ni les belles tapisseries et beaux

habits, sans la conversation des honnêtes gens, ne me pouvaient plaire... Notre *revue* fut à Saint-Rimbaud, avec des contentements si grands, que personne ne peut le savoir que ceux qui ont aimé. Je le trouvai encore plus aimable dans cet habit, qu'il avait d'écarlate... »

Les rendez-vous du soir recommencèrent. Le valet Dourdillie n'était plus au château et sa chambre était occupée par un fauconnier nommé Lavigne, qui faisait semblant de ne s'apercevoir de rien.

Les relations se continuèrent ainsi, toujours chastement, du reste, et ne laissant regretter que les mois d'absence de La Corbinière, forcé souvent de suivre le comte aux lieux où l'appelait son service militaire. « Dire, écrit Angélique, tous les contentements que nous eûmes en trois ans de temps *en France*[1], il serait impossible. »

Un jour, La Corbinière devint plus hardi. Peut-être les compagnies de Paris l'avaient-elles un peu gâté. Il entra dans la chambre d'Angélique fort tard. Sa suivante était couchée à terre, elle dans son lit. Il commença par embrasser la suivante d'après la supposition habituelle, puis il lui dit :

— Il faut que je fasse peur à madame.

« Alors, ajoute Angélique, comme je dormais, il se glissa tout d'un temps en mon lit, avec seulement un caleçon. Moi, plus effrayée que contente, je le suppliai, par la passion qu'il avait pour moi, de s'en aller bien vite, parce qu'il était impossible de marcher ni de parler dans ma chambre que mon papa ne l'entendît. J'eus beaucoup de peine à le faire sortir. »

L'amoureux, un peu confus, retourna à Paris. Mais, à son retour, l'affection mutuelle s'était encore augmentée ; et les parents en avaient quelque soupçon vague. La Corbinière se

---

[1]. On disait alors ces mots : *en France*, de tous les lieux compris dans l'Ile-de-France. Plus loin commençait la Picardie et le Soissonnais. Cela se dit encore pour distinguer certaines localités.

cacha sous un grand tapis de Turquie recouvrant une table, un jour que la demoiselle était couchée dans la chambre dite du Roi, « et vint se mettre près d'elle. » Cinquante fois, elle le supplia, craignant toujours de voir son père entrer. Du reste, même endormis l'un près de l'autre, leurs caresses étaient pures...

C'était l'esprit du temps, où la lecture des poëtes italiens faisait régner encore, dans les provinces surtout, un platonisme digne de celui de Pétrarque. On voit des traces de ce genre d'esprit dans le style de la belle pénitente à qui nous devons ces confessions.

Cependant, le jour étant venu, La Corbinière sortit un peu tard par la grande salle. Le comte, qui s'était levé de bonne heure, l'aperçut, sans pouvoir être sûr au juste qu'il sortît de chez sa fille, mais le soupçonnant très-fort.

« Ce pourquoi, ajoute la demoiselle, mon très-cher papa resta ce jour-là très-mélancolique et ne faisait autre que de parler avec maman; pourtant, l'on ne me dit rien du tout. »

Le troisième jour, le comte était obligé de se rendre aux funérailles de son beau-frère Manicamp. Il se fit suivre de La Corbinière, ainsi que de son fils, d'un palefrenier et de deux laquais, et, se trouvant au milieu de la forêt de Compiègne, il s'approcha tout à coup de l'amoureux, lui tira par surprise l'épée du baudrier, et, lui mettant le pistolet sur la gorge, dit au laquais :

— Otez les éperons à ce traître, et vous en allez un peu devant...

———

Je ne sais si cette simple histoire d'une petite demoiselle et du fils d'un charcutier amusera beaucoup les lecteurs. Son principal mérite est d'être vraie incontestablement. Tout ce que j'ai analysé aujourd'hui peut être vérifié aux archives nationales. Je vous réserve d'autres pièces non moins authentiques qui compléteront ce récit.

Je parcours en ce moment le pays où tout cela s'est passé, et vous ne pouvez douter de mon exactitude.

LETTRE SEPTIÈME

Interruption. — Réponse à *la Presse*. — Une fable. — Compiègne. — Senlis.

Je lis dans *la Presse* une nouvelle attaque bienveillante à laquelle je suis heureux de pouvoir répondre *en passant*, pour me servir d'un mot de l'auteur.

On me reproche d'avoir, dans un article signalé comme *spirituel* (triste compensation : nous avons tous de l'esprit, en France); on me reproche, dis-je, d'avoir écrit des *fables*, en parlant de la découverte de l'imprimerie[1]. L'article est signé par un homme que je dois considérer comme maître, ayant été moi-même, quelque temps, apprenti compositeur. Mais ceci me fait courir un nouveau danger. Ainsi, je tenterais de faire de l'histoire sur des récits vagues; je me livrerais à des fables; je serais capable d'écrire des *romans !* — Allez plus loin; dénoncez-moi à la commission chargée de qualifier nos feuilletons et d'y découvrir le vrai ou le faux, selon les termes de l'amendement Riancey; cela ne serait pas bien de la part d'un typographe séparé de moi par l'épaisseur de deux degrés hiérarchiques, et, certes, vous ne vous êtes pas douté de l'embarras qui résulte pour moi d'une telle allégation.

Vous discutez sur Gutenberg, Faust, Schœffer en faisant de l'un un inventeur, de l'autre un simple capitaliste, et du troi-

---

[1] L'article dont il s'agit n'est autre que le premier chapitre de *la Thuringe*, dans les *Souvenirs d'Allemagne* (voir tome II du *Voyage en Orient*).

sième le domestique du second, qui aurait seul découvert l'i-
dée de la lettre mobile. Je tâcherai de vous dire, historique-
ment, ce que c'est que la lettre mobile.

Il existe à Upsal une Bible du IVᵉ siècle en latin, entièrement imprimée avec des caractères mobiles. Voici comment :

On avait fabriqué des poinçons représentant toutes les lettres de l'alphabet. On les faisait rougir, et on les appliquait,
tour à tour, avec beaucoup de perte de temps sans doute, sur
des feuillets de parchemin où ils laissaient une empreinte
noire. C'est un abbé du midi de la France, qui, avec l'aide de
ses moines, a pu réaliser cette étrange entreprise. Seulement,
l'idée n'était pas nouvelle.

Les Romains depuis longtemps connaissaient l'art d'imprimer de cette manière des noms et des légendes sur les fres-
ques peintes des coupoles de temples. Le poinçon rougi
marquait les lettres sur la peinture. On a conservé des fragments de ces essais.

En visitant dernièrement le musée de Naples, j'ai remarqué
des poinçons en bronze, trouvés dans les ruines de Pompéi, et
qui portaient en relief des inscriptions de plusieurs lignes
destinées à marquer les étoffes. Parlez-moi maintenant de la
découverte de l'impression xylographique !

Personne n'a jamais inventé rien; on a retrouvé. Si vous
passiez à Harlem, le pays des tulipes, vous verriez sur la
grande place la statue de Laurent Coster, devant laquelle je
me suis arrêté respectueusement, et sur laquelle j'ai fait un
sonnet, dont je ne veux pas affliger le public, mais où l'on
trouve ce vers à propos des trois inventeurs dont les profils en
médaillon ornent le titre de nos éditions stéréotypées :

Laurent Coster! leur maître... ou leur rival, salut !

Tous les Hollandais pensent que Laurent Coster, imagier,
est le véritable inventeur, au moins de l'impression xylographique, attendu qu'il avait imaginé de graver sur bois les

noms d'*Alexander*, de *Cœsar*, de *Pallas* ou d'*Hector*, sur les blocs qui lui servaient à imprimer des cartes.

Les Hollandais se trompent eux-mêmes, et je ne crains pas de le dire, dussent-ils venir le 20 novembre à la vente de Techener, dans le but de faire monter à des prix impossibles l'exemplaire, que l'on y doit mettre à l'enchère, de l'*Histoire des Évasions de l'abbé de Bucquoy !*

Un simple tyran de Sparte, nommé Agis, avait l'usage de consulter les entrailles des victimes avant de donner un combat. Il ne sentait en lui-même qu'une foi médiocre dans ces pratiques, mais il fallait s'accommoder à l'esprit de l'époque.

Plusieurs fois, les présages avaient été malheureux, ce qui tenait peut être à des combinaisons sacerdotales... Le tyran fut frappé d'une idée : ce fut d'écrire de sa main gauche le mot ΝΙΚΗ (victoire) avec une substance grasse et noire. Il l'écrivit même à l'envers. Il me semble que voici bien la conception typographique.

Comme prince, il était chargé de déchirer cette partie de la peau des victimes qui mettait à jour une membrane blanche recouvrant les entrailles. Il eut soin, en y posant sa main gauche, d'y imprimer le mot ΝΙΚΗ. Les Spartiates, confiants alors dans cette réponse des dieux, livrèrent la bataille et la gagnèrent.

Ce tyran-là avait de l'esprit, et, sans relire son histoire, je juge qu'il a dû se maintenir longtemps au trône de Sparte, ville qui n'était alors républicaine que de nom ; — une république gouvernée par des princes !...

Vous voyez qu'il n'y a rien de nouveau sous le soleil.

J'ai négligé à dessein de parler des Chinois, parce qu'un peuple qui fait remonter l'antiquité de sa race à 72 000 ans, n'a pour nous qu'une bien faible valeur en histoire. J'ai pu voir quelques-uns de leurs essais typographiques qui ne remontent qu'à mille ans avant notre ère. Il est juste de dire qu'ils ne semblent pas avoir découvert la *lettre mobile :* ce sont des planches en bois qui s'impriment par le procédé de la gravure.

Revenons par une transition facile à l'abbé de Bucquoy, dont le livre fugitif risque d'avoir été produit par une impri-merie fantastique. Cependant, Techener le vendra le 20 ; — tâchons de remplir jusque-là le feuilleton publié sous ses auspices.

Il y avait près de Sparte une autre ville dont le peuple a été qualifié par la Fontaine *d'animal aux têtes frivoles*. Un certain orateur y parlait sévèrement et fortement des dangers qui me-naçaient la République. On ne l'écoutait pas :

> Que fit le harangueur?... Il prit un autre ton :
> « Cérès, commença-t-il, faisait voyage un jour
> Avec l'anguille et l'hirondelle... »

Il s'interrompit après avoir peint l'anguille nageant et l'hi-rondelle volant pour traverser une rivière.

L'assemblée s'écria tout d'une voix :

> « Et Cérès que fit-elle ?
> — Ce qu'elle fit : un prompt courroux
> L'anima d'abord contre vous
> « Quoi! de contes d'enfant mon peuple s'embarrasse,
> « Et du péril qui le menace
> « Lui seul entre les Grecs il néglige l'effet...
> « Que ne demandez-vous ce que Philippe a fait? »

Le bonhomme (un faux bonhomme !) ajoute :

> Nous sommes tous d'Athènes en ce point...

Cette fable, si *vraie*, me rappelle une scène dont j'ai été té-moin autrefois sur une place publique.

Un vendeur d'orviétan venait s'établir, tous les jours, sur la place Saint-Germain-l'Auxerrois ; je crains qu'aujourd-d'hui cela ne leur soit défendu ; il élevait d'abord sa table sur des X, puis il tirait d'une boîte trois oiseaux, avec la plus grande précaution, en les pressant dans ses mains l'un après l'autre, sous prétexte de les endormir.

Quand ils semblaient être arrivés à une immobilité complète, il disait au public réuni, au moyen d'un gazouillement
joyeux produit à l'aide d'une *pratique* cachée dans sa
bouche :

— Maintenant, messieurs, vous le voyez tous, je viens d'endormir ces oiseaux, qui peuvent rester plusieurs heures dans
un état complet d'immobilité, résultat de leur éducation. Afin
que le public puisse apprécier leur tranquillité, je vais les
laisser dans cet état, dont je ne les tirerai qu'après avoir
vendu vingt bouteilles d'une eau... également bonne pour détruire les insectes et généralement toutes les maladies.

Ce *boniment*, bien connu, surprenait toujours néanmoins un
certain nombre d'assistants.

La vente de vingt flacons à 50 centimes était le maximun de
la recette possible. De sorte qu'après quelques flaçons vendus,
le public s'éclaircissait peu à peu, et finissait par se réduire
aux simples habitués, gens curieux toujours, mais qui connaissaient trop le monde pour se laisser aller à ce versement
d'un demi-franc. Le vendeur n'arrivant pas à placer le nombre voulu de ses fioles, reprenait avec humeur les trois oiseaux endormis, et les replaçait dans sa boîte en se plaignant
du malheur des temps.

On disait dans le cercle :

— Ils ne sont pas endormis, ses oiseaux : ils sont morts!

Ou bien :

— Ils sont empaillés!

Ou encore :

— Il leur a fait boire quelque chose!...

Un jour, le cercle avait fini par se réduire à un enfant de
cette race parisienne obstinée de sa nature et qui veut toujours savoir le fond des choses. Les oiseaux allaient rentrer
dans la boîte lorsqu'il passa par hasard un groupe de gens de
la banlieue, qui achetèrent en masse plus de fioles qu'il n'en
fallait pour compléter le nombre de vingt.

Comme ils n'avaient pas entendu la première annonce, ils

s'éloignèrent sans réclamer le spectacle promis des oiseaux, qui devaient se réveiller devant le public.

L'enfant de Paris attentif, et ayant soigneusement compté les bouteilles vendues, s'avança vers la table et dit :

— Et les oiseaux ?

L'opérateur le regarda avec un dédain mêlé de compassion, referma sa boîte et répondit à l'enfant par un mot d'argot usuel que je supprime par respect pour les dames, et qui voulait à peu près dire :

— Vous êtes jeune !

Ne me reprochez pas le peu de sérieux d'un tel récit : il peut rencontrer quelques analogies dans le travail des partis politiques. Que de fois on a pipé les assistances crédules avec des oiseaux morts, — ou empaillés !

Ce n'est pas un pareil rôle que je voudrais jouer vis-à-vis des lecteurs. Je n'imiterai pas même le procédé des conteurs du Caire, qui, par un artifice vieux comme le monde, suspendent une narration à l'endroit le plus intéressant, afin que la foule revienne le lendemain au même café. L'histoire de l'abbé de Bucquoy existe ; je finirai par la trouver. Seulement, je m'étonne que, dans une ville comme Paris, centre des lumières, et dont les bibliothèques publiques contiennent deux millions de livres, on ne puisse rencontrer un livre français, que j'ai pu lire à Francfort, et que j'avais négligé d'acheter.

Tout disparaît peu à peu, grâce au système de prêt des livres, et aussi parce que la race des collectionneurs littéraires et artistiques ne s'est pas renouvelée depuis la Révolution. Tous les livres curieux volés, achetés ou perdus, se retrouvent en Hollande, en Allemagne et en Russie. Je crains un long voyage dans cette saison, et je me contente de faire encore des recherches dans un rayon de quarante kilomètres autour de Paris.

J'ai appris que la poste de Senlis avait mis dix-sept heures pour vous transmettre une lettre qui, en trois heures, pouvait être rendue à Paris. Je pense que cela ne tient pas à ce que je sois mal vu dans ce pays où j'ai été élevé ; mais voici un détail curieux.

Il y a quelques semaines, je commençais déjà à faire le plan du travail que vous voulez bien publier, et je faisais quelques recherches préparatoires sur les Bucquoy, dont le nom a toujours résonné dans mon esprit comme un souvenir d'enfance. Je me trouvais à Senlis avec un ami, un ami breton, très-grand et à la barbe noire. Arrivés de bonne heure par le chemin de fer, qui s'arrête à Saint-Maixent, et ensuite par un omnibus, qui traverse les bois, en suivant la vieille route de Flandre, nous eûmes l'imprudence d'entrer au café le plus apparent de la ville, pour nous y réconforter.

Ce café était plein de gendarmes, dans l'état gracieux qui, après le service, leur permet de prendre quelque divertissement. Les uns jouaient aux dominos, les autres au billard.

Ces militaires s'étonnèrent sans doute de nos façons et de nos barbes parisiennes. Mais ils n'en manifestèrent rien ce soir-là.

Le lendemain, nous déjeunions à l'hôtel excellent de la *Truie qui file* (je vous prie de croire que je n'invente rien) lorsqu'un brigadier vint nous demander très-poliment nos passe-ports.

Pardon de ces minces détails, mais cela peut intéresser tout le monde...

Nous lui répondîmes à la manière dont un certain soldat répondit à la maréchaussée, — selon une chanson de ce pays-là même (j'ai été bercé avec cette chanson) :

> On lui a demandé :
> — Où est votre congé ?
> — Le congé que j'ai pris,
> Il est sous mes souliers !

La réponse est jolie, mais le refrain est terrible :

> *Spiritus sanctus,*
> *Quoniam bonus !*

Ce qui indique suffisamment que le soldat n'a pas bien fini... Notre affaire a eu un dénoûment moins grave. Aussi, avions-nous répondu très-honnêtement qu'on ne prenait pas d'ordinaire de passe-port pour visiter la grande banlieue de Paris. Le brigadier avait salué sans faire d'observation.

Nous avions parlé à l'hôtel d'un dessein vague d'aller à Ermenonville. Puis, le temps étant devenu mauvais, l'idée a changé, et nous sommes allés retenir nos places à la voiture de Chantilly, qui nous rapprochait de Paris.

Au moment de partir, nous voyons arriver un commissaire orné de deux gendarmes qui nous dit :

— Vos papiers?

Nous répétons ce que nous avions déjà dit.

— Eh bien, messieurs, dit ce fonctionnaire, vous êtes en état d'arrestation.

Mon ami le Breton fronçait le sourcil, ce qui aggravait notre situation.

Je lui ai dit :

— Calme-toi. Je suis presque un diplomate... J'ai vu de près, à l'étranger, des rois, des pachas et même des padischas, et je sais comment on parle aux autorités. — Monsieur le commissaire, dis-je alors (parce qu'il faut toujours donner leurs titres aux personnes), j'ai fait trois voyages en Angleterre, et l'on ne m'a jamais demandé de passe-port que pour obtenir le droit de sortir de France... Je reviens d'Allemagne, où j'ai traversé dix pays souverains, y compris la Hesse; on ne m'a pas même demandé mon passe-port en Prusse.

— Eh bien, je vous le demande en France.

— Vous savez que les malfaiteurs ont toujours des papiers en règle...

— Pas toujours...

Je m'inclinai.

— J'ai vécu sept ans dans ce pays; j'y ai même quelques restes de propriétés...

— Mais vous n'avez pas de papiers?

19

— C'est juste…. Croyez-vous maintenant que des gens suspects iraient prendre un bol de punch dans une café où les gendarmes font leur partie le soir?

— Cela pourrait être un moyen de se déguiser mieux.

Je vis que j'avais affaire à un homme d'esprit.

— Eh bien, monsieur le commissaire, ajoutai-je, je suis tout bonnement un écrivain; je fais des recherches sur la famille des Bucquoy, et je veux préciser la place, ou retrouver les ruines des châteaux qu'ils possédaient dans la province.

Le front du commissaire s'éclaircit tout à coup :

— Ah! vous vous occupez de littérature?… Et moi aussi, monsieur! J'ai fait des vers dans ma jeunesse… une tragédie…

Un péril succédait à un autre; M. le commissaire paraissait disposé à nous inviter à dîner pour nous lire sa tragédie. Il fallut prétexter des affaires à Paris pour être autorisés à monter dans la voiture de Chantilly, dont le départ était suspendu par notre arrestation.

Je n'ai pas besoin de vous dire que je continue à ne vous donner que des détails exacts sur ce qui m'arrive dans ma recherche assidue.

P.-S. — Est-ce que vous craindriez d'insérer la suite de l'histoire de la grand'tante de l'abbé Bucquoy? On m'a assuré, que dans les circonstances actuelles, cela pouvait présenter des dangers. — Cependant, c'est de l'histoire.

LETTRE HUITIÈME

Le jour des Morts. — Senlis. — Les jeunes filles. — Delphine. — Suite de l'histoire de la grand'tante de l'abbé de Bucquoy.

Ceux qui ne sont pas chasseurs ne comprennent point assez la beauté des paysages d'automne. En ce moment, malgré la brume du matin, nous apercevons des tableaux dignes des grands maîtres flamands. Dans les châteaux et dans les musées, on retrouve encore l'esprit des peintres du Nord. Toujours des points de vue aux teintes roses ou bleuâtres dans le ciel, aux arbres à demi effeuillés, avec des champs dans le lointain ou sur le premier plan des scènes champêtres.

Le *Voyage à Cythère* de Watteau a été conçu dans les brumes transparentes et colorées de ce pays. C'est une Cythère calquée sur un îlot de ces étangs créés par les débordements de l'Oise et de l'Aisne, ces rivières si calmes et si paisibles en été.

Le lyrisme de ces observations ne doit pas vous étonner; fatigué des querelles vaines et des stériles agitations de Paris, je me repose en revoyant ces campagnes si vertes et si fécondes; je reprends des forces sur cette terre maternelle.

Quoi qu'on en puisse dire philosophiquement, nous tenons au sol par bien des liens. On n'emporte pas les cendres de ses pères à la semelle de ses souliers, et le plus pauvre garde quelque part un souvenir sacré qui lui rappelle ceux qui l'ont aimé. Religion ou philosophie, tout indique à l'homme ce culte éternel des souvenirs.

C'est le jour des Morts que je vous écris; — pardon de ces idées mélancoliques. Arrivé à Senlis la veille, j'ai passé par les paysages les plus beaux et les plus tristes qu'on puisse voir dans cette saison. La teinte rougeâtre des chênes et des trembles sur le vert foncé des gazons, les troncs blancs des bouleaux se détachant du milieu des bruyères et des broussailles, et surtout la majestueuse longueur de cette route de Flandre, qui s'élève parfois de façon à vous faire admirer un vaste horizon de forêts brumeuses, — tout cela m'avait porté à la rêverie. En arrivant à Senlis, j'ai vu la ville en fête. Les cloches, dont Rousseau aimait tant le son lointain, résonnaient de tous côtés; les jeunes filles se promenaient par compagnies dans la ville, ou se tenaient devant les portes des maisons en souriant et caquetant. Je ne sais si je suis victime d'une illu-

sion : je n'ai pu rencontrer encore une fille laide à Senlis...
celles-là peut-être ne se montrent pas !

Non ; le sang est beau généralement, ce qui tient sans doute
à l'air pur, à la nourriture abondante, à la qualité des eaux.
Senlis est une ville isolée de ce grand mouvement du chemin
de fer du Nord qui entraîne les populations vers l'Allemagne.
— Je n'ai jamais su pourquoi le chemin de fer du Nord ne
passait pas par nos pays, et faisait un coude énorme qui en-
cadre en partie Montmorency, Luzarches, Gonesse et autres
localités, privées du privilége qui leur aurait assuré un trajet
direct. Il est probable que les personnes qui ont institué ce
chemin auront tenu à le faire passer par leurs propriétés. Il
suffit de consulter la carte pour apprécier la justesse de cette
observation.

Il est naturel, un jour de fête à Senlis, d'aller voir la cathédrale. Elle est fort belle, et nouvellement restaurée, avec l'é-
cusson semé de fleurs de lis qui représente les armes de la
ville, et qu'on a eu soin de replacer sur la porte latérale.
L'évêque officiait en personne, et la nef était remplie des nota-
bilités châtelaines et bourgeoises qui se rencontrent encore
dans cette localité.

En sortant, j'ai pu admirer, sous un rayon de soleil cou-
chant, les vieilles tours des fortifications romaines, à demi démolies et revêtues de lierre.

En passant près du prieuré, j'ai remarqué un groupe de
petites filles qui s'étaient assises sur les marches de la porte.

Elles chantaient sous la direction de la plus grande, qui,
debout devant elles, frappait des mains en réglant la mesure.

— Voyons, mesdemoiselles, recommençons ; les petites ne
vont pas !... Je veux entendre cette petite-là qui est à gauche,
la première sur la seconde marche. — Allons, chante toute
seule.

Et la petite se mit à chanter avec une voix faible, mais bien
timbrée :

      Les canards dans la rivière,... etc.

Encore un air avec lequel j'ai été bercé. Les souvenirs d'enfance se ravivent quand on a atteint la moitié de la vie. C'est comme un manuscrit palympseste dont on fait reparaître les lignes par des procédés chimiques.

Les petites filles réprirent ensemble une autre chanson, — encore un souvenir :

> Trois filles dedans un pré...
> —Mon cœur vole ! (*Bis.*)
> Mon cœur vole à votre gré !

— Scélérats d'enfants ! dit un brave paysan qui s'était arrêté près de moi à les écouter... Mais vous êtes trop gentilles !... Il faut danser à présent.

Les petites filles se levèrent de l'escalier et dansèrent une danse singulière qui m'a rappelé celle des filles grecques dans les îles.

Elles se mettent toutes — comme on dit chez nous — *à la queue leuleu ;* puis un jeune garçon prend les mains de la première et la conduit en reculant, pendant que les autres se tiennent les bras, que chacune saisit derrière sa compagne. Cela forme un serpent qui se meut d'abord en spirale, et ensuite en cercle, et qui se resserre de plus en plus autour de l'auditeur, obligé d'écouter le chant, et, quand la ronde se resserre, d'embrasser les pauvres enfants, qui font cette gracieuseté à l'étranger qui passe.

Je n'étais pas un étranger, mais j'étais ému jusqu'aux larmes en reconnaissant, dans ces petites voix, des intonations, des roulades, des finesses d'accent, autrefois entendues, et qui, des mères aux filles, se conservent les mêmes...

La musique, dans cette contrée, n'a pas été gâtée par l'imitation des opéras parisiens, des romances de salon ou des mélodies exécutées par les orgues. On en est encore, à Senlis, à la musique du xvie siècle, conservée traditionnellement depuis les Médicis. L'époque de Louis XIV a aussi laissé des traces. Il y a, dans les souvenirs des filles de la campagne, des com-

plaintes d'un mauvais goût ravissant. On trouve là des restes
de morceaux d'opéras, du xvie siècle, peut-être, ou d'oratorios du xviie.

J'ai assisté autrefois à une représentation donnée à Senlis
dans une pension de demoiselles.

On jouait un mystère, comme aux temps passés. La vie du
Christ avait été représentée dans tous ses détails, et la scène
dont je me souviens était celle où l'on attendait la descente
du Christ dans les enfers.

Une très-belle fille blonde parut avec une robe blanche, une
coiffure de perles, une auréole et une épée dorée, sur un
demi-globe, qui figurait un astre éteint.

Elle chantait :

> Anges ! descendez promptement,
> Au fond du purgatoire !...

Et elle parlait de la gloire du Messie, qui allait visiter ces
sombres lieux. Elle ajoutait :

> Vous le verrez distinctement
> Avec une couronne....
> Assis *dessus* un trône !

Ceci se passait dans une époque monarchique. La demoiselle
blonde était d'une des plus grandes familles du pays et s'appelait Delphine. — Je n'oublierai jamais ce nom !

Suite de l'histoire de la grand'tante de l'abbé de Bucquoy.

.... Le sire de Longueval dit à ses gens :
— Fouillez ce traître, car il a des lettres de ma fille !
Et il ajoutait en lui parlant :
— Dis, perfide, d'où venais-tu quand tu sortais de si bonne
heure de la grand'salle ?

— Je venais, disait-il, de la chambre de M. de la Porte, et ne sais ce que vous voulez me dire de lettres.

Heureusement, La Corbinière avait brûlé les lettres précédemment reçues, de sorte qu'on ne trouva rien. Cependant, le comte de Longueval dit à son fils, en tenant toujours le pistolet à la main :

— Coupe-lui la moustache et les cheveux !

Le comte s'imaginait qu'après cette opération, La Corbinière ne plairait plus à sa fille.

Voici ce qu'elle a écrit à ce sujet :

« Ce garçon, se voyant de cette sorte, voulait mourir, car il croyait, en effet, que je ne l'aimerais plus ; mais, au contraire, lorsque je le vis en cet état pour l'amour de moi, mon affection redoubla de telle sorte, que j'avais juré, si mon père le traitait plus mal, de me tuer devant lui ; lequel usa de prudence, comme homme d'esprit qu'il était, car, sans éclater davantage, il l'envoya avec un bon cheval en Beauvoisis, avertir ces messieurs les gendarmes de se tenir prêts à venir en garnison à Orbaix. »

Commentaire.

Encore les gendarmes !... c'est-à-dire déjà les gendarmes !... — Eh bien, il n'y en a plus à Senlis. Je les avais trouvés polis, mais un peu susceptibles... Aujourd'hui, ce sont des cuirassiers qui les ont remplacés. Ils brillent au bal de la ville, se répandent dans les lieux publics, et ôtent à un simple piéton toute chance d'attirer les regards des demoiselles de Senlis.

Je n'ai, cette fois, éprouvé aucun désagrément : — j'avais un passe-port criblé de cachets germaniques ; et, de plus, j'ai demandé une voiture *à volonté* pour me rendre à Ermenonville. Tout, dès lors, m'a souri, et je me suis rappelé cette phrase d'un hôtelier dans un ouvrage de Balzac :

« Ils seront traités comme des princes, — qui ont de l'argent. »

La demoiselle ajoute :

« Le mauvais traitement que lui avait fait mon père, et le commandement qu'il lui avait enjoint de se tenir dans les bornes de son devoir, ne purent empêcher qu'il ne passât toute cette nuit-là avec moi, par cette invention : mon père lui ayant commandé de s'en aller en Beauvoisis, il monta à cheval, et, au lieu de s'en aller vivement, il s'arrêta dans le bois de Guny jusqu'à ce qu'il fût nuit, et alors il s'en vint chez Tancar, à Coucy-la-Ville, et, lorsqu'il eut soupé, il prit ses deux pistolets et s'en vint à Verneuil, grimper par le petit jardin, où je l'attendais avec assurance et sans peur, sachant qu'on croyait qu'il fût bien loin. Je le menai dans ma chambre; alors, il me dit :

» — Il ne faut pas perdre cette bonne occasion sans nous embrasser : c'est pourquoi il faut nous déshabiller... Il n'y a nul danger... »

La Corbinière fit une maladie, ce qui rendit le comte moins sévère envers lui ; mais, pour l'éloigner de sa fille, il lui dit :

— Il vous en faut aller en garnison à Orbaix, car déjà les autres gendarmes y sont.

Ce qu'il fit avec grand déplaisir.

A Orbaix, le fauconnier du comte ayant envoyé à Verneuil son valet, nommé Toquette, La Corbinière lui donna une lettre pour Angélique de Longueval. Mais, craignant qu'elle ne fût vue, il lui recommanda de la mettre sous une pierre avant d'entrer au château, afin que, si on le fouillait, on ne trouvât rien.

Une fois admis, il devenait très-simple d'aller querir la lettre sous la pierre, et de la remettre à la demoiselle. Le petit garçon fit bien son message, et, s'approchant d'Angélique de Longueval, lui dit :

— J'ai quelque chose pour vous.

Elle eut un grand contentement de cette lettre. Il témoignait qu'il avait quitté de grands avantages en Allemagne pour venir la voir, et qu'il lui était impossible de vivre sans qu'elle lui donnât commodité de la voir.

Ayant été menée par son frère au château de la Neuville, Angélique dit à un laquais qui était à sa mère et qui s'appelait *Court-Toujours* :

— Oblige-moi d'aller trouver La Corbinière, lequel est revenu d'Allemagne, et lui porte cette lettre de ma part bien secrètement.

LETTRE NEUVIÈME

Légende française. — Suite de l'histoire d'Angélique de Longueval.

Avant de parler des grandes résolutions d'Angélique de Longueval, je demande la permission de placer encore un mot. Ensuite, je n'interromprai plus que rarement le récit. Puisqu'il nous est défendu de faire du *roman historique*, nous sommes forcé de servir la sauce sur un autre plat que le poisson ; — c'est-à-dire les descriptions locales, le sentiment de de l'époque, l'analyse des caractères, — en dehors du récit matériellement vrai.

Vous me pardonnerez ensuite de copier simplement certains passages du manuscrit que j'ai trouvé aux Archives, et que j'ai complétés par d'autres recherches. Brisé depuis quinze ans au style rapide des journaux, je mets plus de temps à copier intelligemment et à choisir qu'à imaginer.

Je me rends compte difficilement du voyage qu'a fait La Corbinière en Allemagne. La demoiselle de Longueval n'en dit qu'un mot. A cette époque, on appelait Allemagne les pays situés dans la haute Bourgogne, — où nous avons vu que M. de Longueville avait été malade de la dyssenterie. Probablement, La Corbinière était allé quelque temps près de lui.

Quant au caractère des pères de la province que je parcours, il a été éternellement le même si j'en crois les légendes que j'ai entendu chanter dans ma jeunesse. C'est un mélange de rudesse et de bonhomie tout patriarcal. Voici une des chansons que j'ai pu recueillir dans ce vieux pays de l'Ile-de-France, qui, du Parisis, s'étend jusqu'aux confins de la Picardie.

> Le duc Loys est sur *son pont* [1]
> Tenant sa fille en son giron.
> Elle lui demande un cavalier...
> Qui n'a pas vaillant six deniers !
> ....
> — Oh ! oui, mon père, je l'aurai
> Malgré ma mère qui m'a porté.
> Aussi malgré tous mes parents
> Et vous, mon père... que j'aime tant !

C'est le caractère des filles, dans cette contrée ; — le père, qui n'a pas moins de résolution, répond :

> — Ma fille, il faut changer d'amour,
> Ou vous entrerez dans la tour...

Réplique de la demoiselle :

> — J'aime mieux rester dans la tour,
> Mon père, que de changer d'amour !

Le père reprend :

> — Vite !... où sont mes estafiers,
> Aussi bien que mes gens de pied ?
> Qu'on mène ma fille à la tour ;
> Elle n'y verra jamais le jour !

L'auteur de la romance ajoute :

> Elle y resta sept ans passés
> Sans que personne pût la trouver :

[1]. Je ne comprends pas ce vers, et je le renvoie aux paléographes.

> Au bout de la septième année,
> Son père vint la visiter.
> — Bonjour, ma fille!... comme vous en va?
> — Ma foi, mon père,... ça va bien mal ;
> J'ai les pieds pourris dans la terre,
> Et les côtés mangés des vers.
> — Ma fille, il faut changer d'amour...
> Ou vous resterez dans la tour.
> — J'aime mieux rester dans la tour,
> Mon père, que de changer d'amour.

Nous venons de voir le père féroce : voici maintenant le père indulgent.

Il est malheureux de ne pouvoir vous faire entendre les airs, qui sont aussi poétiques que ces vers, mêlés d'assonances, dans le goût espagnol, sont musicalement rhythmés :

> Dessous le rosier blanc
> La belle se promène...

On a gâté depuis cette légende en y refaisant des vers, et en prétendant qu'elle était du Bourbonnais. On l'a même dédiée, avec de jolies illustrations, à l'ex-reine des Français... Je ne puis vous la donner entière ; voici encore les détails dont je me souviens :

Trois capitaines passent à cheval près du rosier blanc.

> Le plus jeune des trois
> La prit par sa main blanche :
> — Montez, montez, la belle,
> Dessus mon cheval blanc...

On voit encore, par ces quatre vers, qu'il est possible de ne pas rimer en poésie ; c'est ce que savent les Allemands, qui, dans certaines pièces, emploient seulement les longues et les brèves, à la manière antique.

Les trois cavaliers et la jeune fille, montée en croupe derrière le plus jeune, arrivent à Senlis. « Aussitôt arrivés, l'hôtesse la regarde » :

> — Entrez, entrez, la belle :
> Entrez sans plus de bruit,

> Avec trois capitaines
> Vous passerez la nuit !

Quand la belle comprend qu'elle a fait une démarche un peu légère, — après avoir présidé au souper, elle *fait la morte*, et les trois cavaliers sont assez naïfs pour se prendre à cette feinte. Ils se disent :

— Quoi ! notre mie est morte !

Et se demandent où il faut la reporter :

> — Au jardin de son père !

dit le plus jeune ; et c'est sous le rosier blanc qu'ils s'en vont déposer le corps.

Le narrateur continue :

> Et, au bout des trois jours,
> La belle ressuscite !
>
> ....
> — Ouvrez, ouvrez, mon père,
> Ouvrez, sans plus tarder ;
> Trois jours j'ai fait la morte
> Pour mon honneur garder.

Le père est en train de souper avec toute la famille. On accueille avec joie la jeune fille, dont l'absence avait beaucoup inquiété ses parents depuis trois jours, et il est probable qu'elle se maria plus tard fort honorablement.

Mais nous trouverons d'autres chansons encore en allant réveiller les souvenirs des vieilles paysannes, des bûcherons et des vanneurs.

Revenons à Angélique de Longueval.

« Mais, pour parler de la résolution que je fis de quitter ma patrie, elle fut en cette sorte : lorsque celui[1] qui était allé au Maine fut revenu à Verneuil, mon père lui demanda avant le souper :

---

1. Elle ne nomme jamais La Corbinière, dont n'avons appris le nom que par le récit du moine célestin, cousin d'Angélique.

» — Avez-vous force d'argent ?

» A quoi il répondit :

» — J'ai tant.

» Mon père, non content, prit un couteau sur la table, parce que le couvert était mis, et, se jetant sur lui pour le blesser, ma mère et moi y accourûmes ; mais déjà celui qui devait être cause de tant de peine s'était blessé lui-même au doigt en voulant ôter le couteau à mon père... Et encore qu'il eût reçu ce mauvais traitement, l'amour qu'il avait pour moi l'empêchait de s'en aller, comme était son devoir.

» Huit jours se passèrent que mon père ne lui disait ni bien ni mal, pendant lequel temps il me sollicitait par lettres de prendre résolution de nous en aller ensemble, à quoi je n'étais encore résolue ; mais, les huit jours étant passés, mon père lui dit dans le jardin :

» — Je m'étonne de votre effronterie, que vous restiez encore dans ma maison après ce qui s'est passé ; allez-vous-en vitement, et ne venez jamais à pas une de mes maisons, car vous ne serez jamais le bienvenu.

» Il s'en vint donc vitement faire seller un cheval qu'il avait et monta à sa chambre pour y prendre ses hardes ; il m'avait fait signe de monter à la chambre d'Haraucourt, où, dans l'antichambre, il y avait une porte fermée, où l'on pouvait néanmoins parler. Je m'y en allai vitement et il me dit ces paroles :

» — C'est cette fois qu'il faut prendre résolution, ou bien vous ne me reverrez jamais.

» Je lui demandai trois jours pour y penser ; il s'en alla donc à Paris et revint au bout de trois jours à Verneuil, pendant lequel temps je fis tout ce que je pus pour me pouvoir résoudre à laisser cette affection ; mais il me fut impossible, encore que toutes les misères que j'ai souffertes se présentèrent devant mes yeux avant de partir. L'amour et le désespoir passèrent sur toutes ces considérations ; me voilà donc résolue. »

Au bout de trois jours (on compte toujours par trois ou par sept dans ce pays légendaire), La Corbinière vint au château et entra par le petit jardin. Angélique de Longueval l'attendait dans le petit jardin et entra par la chambre basse, où il fut *ravi de joie* en apprenant la résolution de la demoiselle.

Le départ fut fixé au premier dimanche de carême, et elle lui dit, sur l'observation qu'il fit, « qu'il fallait avoir de l'argent et un cheval », et qu'elle ferait ce qu'elle pourrait.

Angélique chercha dans son esprit le moyen d'avoir de la vaisselle d'argent, — car, pour de la monnaie, il n'y fallait pas songer, le père ayant tout son argent avec lui à Paris.

Le jour venu, elle dit à un palefrenier nommé Breton :

— Je voudrais bien que tu me prêtasses un cheval pour envoyer à Soissons, cette nuit, quérir du taffetas pour me faire un corps de cotte, te promettant que le cheval sera ici avant que maman se lève ; et ne t'étonne pas si je te le demande pour la nuit, car c'est afin qu'elle ne te crie.

Le palefrenier consentit *à la volonté* de sa demoiselle. Il s'agissait encore d'avoir la clef de la première porte du château. Elle dit au portier qu'elle voulait faire sortir quelqu'un de nuit pour aller chercher quelque chose à la ville et qu'il ne fallait pas que madame le sût...; qu'ainsi il ôtât du trousseau de clefs celle de la première porte, et qu'elle ne s'en apercevrait pas.

Le principal était d'avoir l'argenterie. La comtesse, qui, ainsi que le dit sa fille, semblait en ce moment « inspirée de Dieu, » dit au souper à celle qui l'*avait en garde* :

— Huberde, à cette heure que M. d'Haraucourt n'est point ici, serrez presque toute la vaisselle d'argent dans ce coffre et m'apportez la clef.

La demoiselle changea de couleur, et il fallut remettre le jour du départ. Cependant, sa mère étant allée se promener dans la campagne le dimanche suivant, elle eut l'idée de faire venir un maréchal du village pour lever la serrure du coffre, sous prétexte que la clef était perdue.

« Mais, dit-elle, ce ne fut pas tout, car mon frère le chevalier, qui était resté seul avec moi, et qui était petit, me dit, lorsqu'il vit que j'avais donné des commissions à tous, et que j'avais fermé moi-même la première porte du château :

» — Ma sœur, si vous voulez voler papa et maman, pour moi, je ne le veux pas faire; je m'en vais trouver vitement maman.

» — Va, lui dis-je, petit impudent, car aussi bien le saura-t-elle de ma bouche; et, si elle ne me fait raison, je me la ferai bien moi-même.

» Mais c'était au plus loin de ma pensée que je disais ces paroles. Cet enfant s'en courait pour aller dire ce que je voulais tenir caché; mais, se retournant toujours pour voir si je ne le regardais pas, il s'imagina que je ne m'en souciais guère, ce qui le fit revenir. Je le faisais exprès, sachant qu'aux enfants tant plus on leur montre de crainte, et plus ils ont d'ardeur à dire ce qu'on les prie de taire. »

La nuit étant venue, et l'heure du coucher approchant, Angélique donna le bonsoir à sa mère avec un grand sentiment de douleur en elle-même, et, rentrant chez elle, dit à sa fille de chambre :

— Jeanne, couchez-vous; j'ai quelque chose qui me travaille l'esprit; je ne puis me déshabiller encore...

Elle se jeta toute vêtue sur son lit en attendant minuit.

La Corbinière fut exact.

« Oh Dieu! quelle heure! écrit Angélique; je tressaillis toute lorsque j'entendis qu'il jetait une petite pierre à ma fenêtre... car il était entré dans le petit jardin. »

P.-S. — On m'écrit aujourd'hui d'une bibliothèque publique de Paris qu'il a existé deux abbés de Bucquoy, un vrai et un faux.

Je m'en étais douté d'après le rapport de d'Argenson à
Pontchartrain, qui contient cette phrase : « Le *prétendu* abbé
de Bucquoy, etc. »

Nous tenterons plus tard de démasquer l'intrigant qui se
serait subsistué au descendant du seigneur comte de Bucquoy, généralissime des armées d'Autriche dans la guerre de
Bohéme.

LETTRE DIXIÈME

Le départ. — Le coffre à l'argenterie. — Arrivée à Charenton. — Descente
du Rhône. — Gênes. — Venise.

Quand la Corbinière fût entré dans la salle, Angélique lui
dit :

« — Notre affaire va bien mal, car madame a pris la clef
de la vaisselle d'argent, ce qu'elle n'avait jamais fait ; mais
pourtant j'ai la clef de la dépense où est le coffre.

» Sur ces paroles, il me dit :

» — Il faut commercer à t'habiller, et puis nous regarde-
rons comment nous ferons.

» Je commençai donc à mettre les chausses, et les bottes
et éperons, lesquels il m'aidait à mettre. Sur cela, le palefrenier vint à la porte de la salle avec le cheval ; moi, tout éper-
due, je mis vivement ma cotte de ratine pour couvrir mes
habits d'homme que j'avais jusques à la ceinture, et m'en vins
prendre le cheval des mains de Breton, et le menai hors de la
première porte du château, à un ormeau sous lequel dansaient
aux fêtes les filles du village, et m'en retournai à la salle, où
je trouvai *mon cousin* qui m'attendait avec impatience (tel était
le nom que je le devais appeler pour le voyage), lequel me
dit :

» — Allons donc voir si nous pourrons avoir quelque

chose, ou, sinon, nous ne laisserons de nous en·aller avec rien.

» A ces paroles, je m'en allai dans la cuisine, qui était près de la dépense, et, ayant découvert le feu pour voir clair, j'aperçus une grande pelle à feu, de fer, laquelle je pris, et puis lui dis :

» — Allons à la dépense !

» Et, étant proches du coffre, nous mîmes la main au couvercle, lequel *ne serrait tout près*. Alors, je lui dis :

» — Mets un peu la pelle entre le couvercle et ce coffre.

» Alors, haussant tous deux les bras, nous n'y fîmes rien ; mais, la seconde fois, les deux ressorts de serrure se rompirent, et soudain je mis la main dedans. »

Elle trouva une pile de plats d'argent qu'elle donna à La Corbinière, et, comme elle voulait en prendre d'autres, il lui dit :

— N'en tirez plus dehors, car le sac de moquette est plein.

Elle en voulait prendre d'avantage, comme bassins, chandeliers, aiguières ; mais il dit :

— Cela est trop embarrassant.

Et il l'engagea à s'aller vêtir en homme avec un pourpoint et une casaque, afin qu'il ne fussent pas reconnus.

Ils allèrent droit à Compiègne, où le cheval d'Angélique de Longueval fut vendu quarante écus. Puis ils prirent la poste, et arrivèrent le soir à Charenton.

La rivière était débordée, de sorte qu'il fallut attendre jusqu'au jour. Là, Angélique, dans son costume d'homme, put faire illusion à l'hôtesse, qui dit, comme le postillon lui tirait les bottes :

— *Messieurs*, que vous plaît-il de souper ?

— Tout ce que vous aurez de bon, madame, fut la réponse.

Cependant, Angéliqne se mit au lit, si lasse qu'il lui fut impossible de manger. Elle craignait surtout le comte de Longueval, son père, qui alors se trouvait à Paris.

Le jour venu, ils se mirent dans le bateau jusqu'à Essonne, où la demoiselle se trouva tellement lasse, qu'elle dit à La Corbinière :

— Allez, vous, toujours devant m'attendre à Lyon, avec la vaisselle.

Ils restèrent trois jours à Essonne, d'abord pour attendre le coche, puis pour guérir les écorchures que la demoiselle s'était faites aux cuisses en courant à franc étrier.

Passé Moulins, un homme qui était dans le coche et qui se disait gentilhomme, commença à dire ces paroles :

— N'y a-t-il pas une demoiselle vêtue en homme ?

A quoi La Corbinière répondit :

— Oui-da, monsieur... Pourquoi avez-vous quelque chose à dire là-dessus ? Ne suis-je pas maître de faire habiller ma femme comme il me plaît ?

Le soir, ils arrivèrent à Lyon, au *Chapeau rouge*, où ils vendirent la vaisselle pour trois cents écus ; sur quoi, La Corbinière se fit faire, « encore qu'il n'en eût du tout besoin, un fort bel habit d'écarlate, avec les aiguillettes d'or et d'argent. »

Ils descendirent sur le Rhône, et, s'étant arrêtés le soir à une hôtellerie, La Corbinière voulut essayer ses pistolets. Il le fit si maladroitement, qu'il adressa une balle dans le pied droit d'Angélique de Longueval, et il dit seulement à ceux qui le blâmaient de son imprudence :

— C'est un malheur qui m'est arrivé... *je puis dire à moi-même*, puisque c'est ma femme.

Angélique resta trois jours au lit ; puis ils se remirent dans la barque du Rhône, et purent atteindre Avignon, où Angélique se fit traiter pour sa blessure, et, ayant pris une nouvelle barque lorsqu'elle se sentit mieux, ils arrivèrent enfin à Toulon le jour de Pâques.

Une tempête les accueillit en sortant du port pour aller à Gênes ; ils s'arrêtèrent dans un havre, au château dit de *Saint-Soupir*, dont la dame, les voyant sauvés, fit chanter le *Salve*

Regina. Puis elle leur fit faire collation à la mode du pays, avec olives et câpres, et commanda que l'on donnât à leur valets des artichauts.

« Voyez, dit Angélique, ce que c'est *de l'amour;* encore que nous étions à un lieu qui n'était habité par personne, il fallut y jeûner les trois jours que nous attendîmes le bon vent. Néanmoins, les heures me semblaient des minutes, encore que j'étais bien affamée. Car, à Villefranche, peur de la peste, ils ne voulurent nous laisser prendre des vivres. Ainsi, tous bien affamés, nous fîmes voiles ; mais, auparavant, de crainte de faire naufrage, je me voulus confesser à un bon père cordelier qui était en notre compagnie, et lequel venait à Gênes aussi.

» Car mon mari (elle l'appelle toujours ainsi depuis ce moment), voyant entrer dans notre chambre un gentilhomme gênois, lequel écorchait un peu le français, lui demanda :

» — Monsieur, vous plaît-il quelque chose ?

» — Monsieur, dit ce Génois, je voudrais bien parler à madame.

» Mon mari, tout d'un temps, mettant l'épée à la main, lui dit :

» — La connaissez-vous ? Sortez d'ici ! car, autrement, je vous tuerai.

» Incontinent, M. Audiffret nous vint voir, lequel lui conseilla de nous en aller le plus promptement qu'il se pourrait, parce que ce Génois, très-assurément, lui ferait faire du déplaisir.

» Nous arrivâmes à Civita-Vecchia ; puis à Rome, où nous descendîmes à la meilleure hôtellerie, attendant de trouver la commodité de se mettre en chambre garnie, laquelle on nous fit trouver en la rue des Bourguignons, chez un Piémontais, duquel la femme était Romaine. Et, un jour, étant à sa fenêtre un neveu de Sa Sainteté, passant avec dix-neuf estafiers, en envoya un qui me dit ces paroles en italien :

» — Mademoiselle, Son Éminence m'a commandé de venir savoir si vous aurez agréable qu'il vous vienne voir.

» Toute tremblante, je lui répondis :

» — Si mon mari était ici, j'accepterais cet honneur ; mais, n'y étant pas, je supplie très-humblement votre maître de m'excuser.

» Il avait fait arrêter son carrosse à trois maisons de la nôtre, attendant la réponse, laquelle soudain qu'il l'eût entendue, il fit marcher son carrosse, et, depuis, je n'entendis plus parler de lui. »

La Corbinière lui raconta peu après qu'il avait rencontré un fauconnier de son père qui s'appelait La Roirie. Elle eut un grand désir de le voir ; et, quand elle le vit, « il resta sans parler ; » puis, s'étant rassuré, il lui dit que madame l'ambassadrice avait entendu parler d'elle et désirait la voir.

Angélique de Longueval fut bien reçue par l'ambassadrice. Toutefois, elle craignit, d'après certains détails, que le fauconnier n'eût dit quelque chose et craignit qu'on n'arrêtât La Corbinière et elle.

Ils furent fâchés d'être restés vingt-neuf jours à Rome, et d'avoir fait toutes les diligences pour s'épouser sans pouvoir y parvenir. « Ainsi, dit Angélique, je partis sans voir le pape... »

C'est à Ancône qu'ils s'embarquèrent pour aller à Venise. Une tempête les accueillit dans l'Adriatique ; puis ils arrivèrent et allèrent se loger sur le grand canal.

« Cette ville, quoique admirable, dit Angélique de Longueval, ne pouvait me plaire à cause de la mer, et il m'était impossible d'y boire et d'y manger que pour m'empêcher de mourir. »

Cependant, l'argent se dépensait, et Angélique dit à La Corbinière :

— Mais, que ferons-nous ? Il n'y a tantôt plus d'argent !

Il répondit :

— Lorsque nous serons eu terre ferme, Dieu y pourvoira... Habillez-vous, et nous irons à la messe de Saint-Marc.

Arrivés à Saint-Marc, les époux s'assirent au banc des sénateurs; et, là, quoique étrangers, personne n'eut l'idée de leur contester cette place; car La Corbinière avait des chausses de petit velours noir, avec le pourpoint de toile d'argent blanc, le manteau pareil..., et la petite oie d'argent.

Angélique était bien ajustée, et elle fut ravie, car son habit à la française faisait que les sénateurs avaient toujours l'œil sur elle.

L'ambassadeur de France, qui marchait dans la procession avec le doge, la salua.

A l'heure du dîner, Angélique ne voulut plus sortir de son hôtel, aimant mieux reposer que d'aller en mer en gondole.

Quant à La Corbinière, il alla se promener sur la place Saint-Marc, et y rencontra M. de la Motte, qui lui fit des offres de service, et qui, sur ce qu'il lui parla de la difficulté que lui et Angélique avaient à s'épouser, lui dit qu'il serait bon de se rendre à sa garnison de Palma-Nova, où l'on pourrait en conférer, et où La Corbinière pourrait se mettre au service.

Là, M. de la Motte présenta les futurs époux à *Son Excellence le général*, qui ne voulut pas croire qu'une homme *si bien couvert* s'offrît de *prendre une pique* dans une compagnie. Celle qu'il avait choisie était commandée par M. Ripert de Montélimart.

Son Excellence le général consentit cependant à servir de témoin au mariage..., après lequel on fit un petit festin où s'écoulèrent les *dernières vingt pistoles* dont les conjoints étaient encore chargés.

Au bout de huit jours, le Sénat donna ordre au général d'envoyer la compagnie à Vérone; ce qui mit Angélique de Longueval au désespoir, car elle se plaisait à Palma-Nova, où les vivres étaient à bon marché.

En repassant à Venise, ils achetèrent du ménage, « deux paires de draps pour deux pistoles, sans compter une couverte, un matelas, six plats de faïence et six assiettes. »

20.

En arrivant à Vérone, ils trouvèrent plusieurs officiers français. M. de Breunel, enseigne, les recommanda à M. de Beaupuis, qui les logea sans s'incommoder, les maisons étant à un grand bon marché. Vis-à-vis de la maison, il y avait un couvent de religieuses qui prièrent Angélique de Longueval d'aller les voir, et lui firent tant de caresses, qu'elle en était confuse.

A cette époque, elle accoucha de son premier enfant, qui fut tenu au baptême par Son Excellence Alluisi Georges et par la comtesse Bevilacqua. Son Excellence, après qu'Angélique de Longueval fut relevée de couches, lui envoyait son carrosse assez souvent.

A un bal donné plus tard, elle étonna toutes les dames de Vérone en dansant avec le général Alluisi, en costume français. Elle ajoute :

« Tous les Français officiers de la République étaient ravis de voir que ce grand général, craint et redouté partout, me faisait tant d'honneur. »

Le général, tout en dansant, ne manquait pas de parler à Angélique de Longueval « à part de son mari. » Il lui disait :

— Qu'attendez-vous en Italie?... La misère avec lui pour le reste de vos jours. Si vous dites qu'il vous aime, vous ne pouvez croire que je ne fasse plus encore..., moi qui vous achèterai les plus belles perles qui seront ici, et d'abord des cottes de brocart telles qu'il vous plaira. Pensez, mademoiselle, à laisser votre amour pour une personne qui parle pour votre bien et pour vous remettre en bonne grâce de messieurs vos parents.

Cependant, ce général conseillait à La Corbinière de s'engager dans les guerres de l'Allemagne, lui disant qu'il trouverait *beaucoup d'avantage* à Inspruck, qui n'était qu'à sept journées de Vérone, et que, là, il *attraperait* une compagnie...

LETTRE ONZIÈME

Réflexions. — Souvenirs de la Ligue. — Les Sylvanectes et les Francs.

Senlis.

Malgré les digressions qui sont naturelles à ma façon d'écrire, je n'abandonne jamais mon idée, et, quoi qu'on puisse penser, l'abbé Bucquoy finira par se retrouver...

Revenu à Senlis, je me demande seulement pourquoi la poste a mis *vingt et une heures*, il y a huit jours, pour transmettre à Paris une lettre jetée par moi-même dans la boîte le jour de la Toussaint, à dix heures du soir. Il y a d'abord un départ à minuit; puis les lettres partent encore à sept heures du matin... Je m'y perds!

Serais-je encore suspect à Senlis[1]?... Mais le gendarme est devenu mon ami! Je me suis fait encore recommander à un substitut de la ville, qui s'occupe accessoirement de science et d'histoire. Je connais des substituts que j'estime fort, comme je fais de tous les hommes qui veulent bien oublier un instant leurs opinions, leur position, ou leurs intérêts, pour devenir ce qu'ils peuvent être au fond, des hommes aimables.

J'ai vu, en me promenant, sur une affiche bleue une représentation de *Charles VII* annoncée, par Beauvallet et mademoiselle Rimblot. Le spectacle était bien choisi. Dans ce pays-ci, on aime le souvenir des princes du moyen âge et de la renaissance, qui ont créé les cathédrales merveilleuses que nous y voyons, et de magnifiques châteaux, — moins épargnés cependant par le temps et les guerres civiles. — Les gens ignorent ici pourquoi ils aiment peu les Bourbons, avec un

---

1. Cette lettre, mise à la poste à onze heures du soir, est encore arrivée le lendemain à sept heures de l'après-midi. Il n'y a donc eu rien de particulier cette fois ni l'autre, que la lenteur de la poste pour un trajet de cinquante kilomètres où les diligences mettent quatre heures.

mélange pourtant de goûts semi-populaires et semi-princiers.
Je les soupçonne d'être un peu, comme bien d'autres, républicains sans le savoir.

C'est qu'il y a eu ici des luttes graves à l'époque de la Ligue... Un vieux noyau de protestants qu'on ne pouvait dissoudre, et, plus tard, un autre noyau de catholiques non
moins fervents pour repousser le *parpaillot* dit *Henri IV*.

L'animation allait jusqu'à l'extrême, comme dans toutes les
grandes luttes politiques. Dans ces contrées qui faisaient partie des anciens apanages de Marguerite de Valois et des Médicis, qui y avaient fait du bien, on avait contracté une haine
constitutionnelle contre la race qui les avait remplacés. Que
de fois j'ai entendu ma grand'mère, parlant d'après ce qui lui
avait été transmis, me dire de l'épouse de Henri II :

— Cette grande madame Catherine de Médicis..., à qui on
a tué ses pauvres enfants !

Plus tard, ayant lu le *Charles IX* de Chénier, et regardé,
le premier jour de la révolution de juillet, la fenêtre d'où l'on
suppose que ce roi aurait tiré sur le peuple, pensant aussi à la
fièvre de sang qui l'a fait périr, je me suis dit :

— Il est impossible que ma grand'mère n'ait pas été trom-
pée par une tradition du pays.

Cependant, des mœurs se sont conservées dans cette province à part, qui indiquent et caractérisent les vieilles luttes
du passé. La fête principale, dans certaines localités, est la
Saint-Barthélemy. C'est pour ce jour que sont fondés surtout
de grands prix pour le tir de l'arc. L'arc, aujourd'hui, est
une arme assez légère. Eh bien, elle symbolise et rappelle
d'abord l'époque où ces rudes tribus des *Sylvanectes* formaient
une branche redoutable des races celtiques.

Les pierres druidiques d'Ermenonville, les haches de pierre
et les tombeaux où les squelettes ont toujours le visage tourné
vers l'Orient, ne témoignent pas moins des origines du peuple
qui habite ces régions entrecoupées de forêts et couvertes de
marécages, devenus des lacs aujourd'hui.

Le *Valois* et l'ancien petit pays nommé *la France* semblent établir par leur division l'existence de deux races distinctes. La France, division spéciale de l'Ile-de-France, a, dit-on, été peuplée par les Francs primitifs, venus de Germanie, dont ce fut, comme disent les chroniques, le premier *arrêt*. Il est reconnu aujourd'hui que les Francs n'ont nullement subjugé la Gaule, et n'ont pu que se trouver mêlés aux luttes de certaines provinces entre elles. Les Romains les avaient fait venir pour peupler certains points, et surtout pour défricher les grandes forêts ou assainir les pays de marécages. Telles étaient alors les contrées situées au nord de Paris. Issus généralement de la race caucasienne, ces hommes vivaient sur un pied d'égalité, d'après les mœurs patriarcales. Plus tard, on créa des fiefs, quand il fallut défendre le pays contre les invasions du Nord. Toutefois, les cultivateurs conservaient libres les terres qui leur avaient été concédées et qu'on appelait terres de franc-alleu.

La lutte de deux races différentes est évidente surtout dans les guerres de la Ligue. On peut penser que les descendants des Gallo-Romains favoriseraient le Béarnais, tandis que l'autre race, plus indépendante de sa nature, se tournait vers Mayenne, d'Épernon, le cardinal de Lorraine et les Parisiens. On retrouve encore, dans certains coins, des amas de cadavres, résultat des massacres ou des combats de cette époque dont le principal fut la bataille de Senlis.

Et même ce grand comte Longueval de Bucquoy, qui a fait les guerres de Bohême, aurait-il gagné l'illustration qui causa bien des peines à son descendant, l'abbé de Bucquoy, s'il n'eût, à la tête des ligueurs, protégé longtemps Soissons, Arras et Calais contre les armées de Henri IV? Repoussé jusque dans la Frise après avoir tenu trois ans dans les pays de Flandre, il obtint cependant un traité d'armistice de dix ans en faveur de ces provinces, que Louis XIV dévasta plus tard.

Étonnez-vous maintenant des persécutions qu'eut à subir l'abbé de Bucquoy, sous le ministère de Pontchartrain!

Quant à Angélique de Longueval, c'est l'opposition même
en cotte hardie. Cependant, elle aimait son père, et ne l'avait
abandonné qu'à regret. Mais, du moment qu'elle avait choisi
l'homme qui semblait lui convenir, comme la fille du duc
Loys choisissant Lautrec pour cavalier, elle n'a pas reculé
devant la fuite et le malheur, et même, ayant aidé à soustraire
l'argenterie de son père, elle s'écriait :

— Ce que c'est de l'amour !

Les gens du moyen âge croyaient aux charmes. Il semble
qu'un charme l'ait, en effet, attachée à ce fils de charcutier,
qui était beau, s'il faut l'en croire, mais qui ne semble pas
l'avoir rendue très-heureuse. Cependant, en constatant quelques malheureuses dispositions de *celui* qu'elle ne nomme jamais, elle n'en dit pas de mal un instant. Elle se borne à constater les faits, et l'aime toujours, en épouse platonicienne et
soumise à son sort par le raisonnement.

Le discours du lieutenant-colonel, qui voulait éloigner La
Corbinière de Venise, avait *donné dans la vue* de ce dernier.
Il vend tout à coup son enseigne pour se rendre à Inspruck et
chercher fortune en laissant sa femme à Venise.

« Voilà donc, dit Angélique, l'enseigne vendue à cet homme
qui m'aimait, content (le lieutenant-colonel), en croyant que
je ne m'en pouvais plus dédire ; mais l'amour, qui est la
reine [1] de toutes les passions, se moqua bien de la charge,
car, lorsque je vis que mon mari faisait son préparatif pour
s'en aller, il me fut impossible de penser seulement de vivre
sans lui. »

Au dernier moment, pendant que le lieutenant-colonel se
réjouissait déjà du succès de cette ruse, qui lui livrait une
femme isolée de son mari, Angélique se décida à suivre La
Corbinière à Inspruck. « Ainsi, dit-elle, l'amour nous ruina en
Italie aussi bien qu'en France, quoiqu'en *celle* d'Italie je n'y
avais point de coulpe (faute). »

---

1. L'amour se disait au féminin à cette époque.

Les voilà partis de Vérone avec un nommé Boyer, auquel La Corbinière avait promis de faire sa dépense jusqu'en Allemagne, parce qu'il n'avait point d'argent. (Ici, La Corbinière se relève un peu.) A vingt-cinq milles de Vérone, à un lieu où, par le lac, on va à la rive de Trente, Angélique faiblit un instant, et pria son mari de revenir vers quelque ville du bon pays vénitien, comme Brescia. Cette admiratrice de Pétrarque quittait avec peine ce doux pays d'Italie pour les montagnes brumeuses qui cernent l'Allemagne. « Je pensais bien, dit-elle, que les cinquante pistoles qui nous restaient ne nous dureraient guère; mais mon amour était plus grand que toutes ces considérations. »

Ils restèrent huit jours à Inspruck, où le duc de Feria passa, et dit à La Corbinière qu'il fallait aller plus loin pour trouver de l'emploi, dans une ville nommé *Fisch*. Là, Angélique eut une grand flux de sang, et l'on appela une femme, qui lui fit comprendre « qu'elle s'était gâtée d'un enfant. ». C'est une locution bien chrétienne, qu'il faut pardonner au langage du temps et du pays.

On a toujours considéré comme une souillure, dans la manière de voir des hommes d'Église, le fait, légitime pourtant, puisque Angélique s'était mariée, de produire au monde un nouveau pécheur. Ce n'est pourtant pas là l'esprit de l'Évangile. Mais passons.

La pauvre Angélique, un peu rétablie, fut forcée de se remettre à cheval sur l'unique haquenée que possédait le ménage. « Toute débile que j'étais, dit-elle, ou, pour dire la vérité, demi-morte, je montai à cheval pour aller avec mon mari rejoindre l'armée, où je fus si étonnée de voir autant de femmes que d'hommes, entre beaucoup de celles de colonels et capitaines. »

Son mari alla faire la révérence au grand colonel nommé Gildase, lequel, comme Wallon, avait entendu parler du comte de Longueval de Bucquoy, qui avait défendu la Frise contre Henri IV. Il fit *grande caresse* au mari d'Angélique, et

lui dit qu'en attendant une compagnie, il lui donnerait une
lieutenance, et qu'il allait mettre mademoiselle de Longueval
dans le carrosse de sa sœur, qui était mariée au premier capitaine de son régiment.

Le malheur ne se lassait pas de frapper les nouveaux époux.
La Corbinière prit la fièvre, et il fallut le soigner. Il y a de
bonnes gens partout : Angélique ne se plaint que d'avoir été
promenée, « tantôt à un lieu, tantôt à un autre, » par le malheur de la guerre, à la façon des Égyptiennes; ce qui ne
pouvait lui plaire, encore qu'elle eût plus de sujets de se contenter que pas une femme, puisqu'elle était la seule qui man-
geât à la table du colonel avec seulement sa sœur. « Et le
colonel encore montrait trop de bonté à La Corbinière, — en
ce qu'il lui donnait les meilleurs morceaux de la table... à
cause qu'il le voyait malade. »

Une nuit, les troupes étant en marche, le meilleur logement
qu'on put offrir aux dames fut une écurie, où il ne fallait coucher qu'habillé, à cause de la crainte de l'ennemi. « En me
réveillant au milieu de la nuit, dit Angélique, je ressentis un
si grand frais, que je ne pus m'empêcher de dire tout haut :
« Mon Dieu! je meurs de frais! » Le colonel allemand lui jeta
alors sa casaque, se découvrant lui-même, car il n'avait pas
autre chose sur son uniforme.

Ici arrive une observation bien profonde :

« Tous ces honneurs, dit-elle, pouvaient bien arrêter une
Allemande, mais non pas les Françaises, à qui la guerre ne
peut plaire. »

Rien n'est plus vrai que cette observation. Les femmes allemandes sont encore celles de l'époque des Romains. Trusnelda
combattait avec Hermann. A la bataille des Cimbres, où vain-
quit Marius, il y avait autant de femmes que d'hommes.

Les femmes sont courageuses dans les événements de famille, devant la souffrance, devant la mort. Dans nos troubles civils, elles portent des drapeaux sur les barricades;
elles portent vaillamment leur tête à l'échafaud. Dans les pro-

vinces qui se rapprochent du nord ou de l'Allemagne, on a
pu trouver des Jeanne Darc et des Jeanne Hachette. Mais la
masse des femmes françaises redoute la guerre, à cause de
l'amour qu'elles ont pour leurs enfants.

Les femmes guerrières sont de la race franque. Chez cette
population originairement venue d'Asie, il existe une tradition
qui consiste à exposer des femmes dans les batailles, pour ani-
mer le courage des combattants par la récompense offerte.
Chez les Arabes, on retrouve la même coutume. La vierge
qui se dévoue s'appelle la *kadra* et s'avance au premier rang,
entourée de ceux qui sont résolus à se faire tuer pour elle.
Mais, chez les Francs, on en exposait plusieurs.

Le courage et souvent même la cruauté de ces femmes
étaient tels, qu'ils ont été causes de l'adoption de la loi sali-
que. Et cependant, les femmes, guerrières ou non, ne perdirent jamais leur empire en France, soit comme reines, soit
comme favorites.

La maladie de La Corbinière fut cause qu'il se résolut à retourner en Italie. Seulement, il oublia de prendre un passe-
port. « Nous fûmes bien confus, dit Angélique, lorsque nous
fûmes à une forteresse nommée *Reistre*, où l'on ne voulut
plus nous laisser passer, et où l'on retint mon mari malgré sa
maladie. » Comme elle avait conservé sa liberté, elle put aller
à Inspruck se jeter aux pieds de l'archiduchesse Léopold pour
obtenir la grâce de La Corbinière, — qu'on peut supposer avoir
un peu déserté, quoique sa femme ne l'avoue pas.

Munie de la grâce signée par l'archiduchesse, Angélique retourna au lieu où était détenu son mari. Elle demanda aux
gens de ce bourg de Reitz s'ils n'avaient rien entendu dire
d'un gentilhomme français prisonnier. On lui enseigna le lieu
où il était, où elle le trouva contre un poêle, demi-mort, et le
ramena à Vérone.

Là, elle retrouva M. de la Tour (de Périgord) et lui repro-
cha d'avoir fait vendre à son mari son enseigne, ce qui était
cause de son malheur. « Je ne sais, ajoute-t-elle, s'il avait en-

core de l'amour pour moi, ou si ce fut de la pitié, tant il y a
qu'il m'envoya vingt pistoles et tout un ameublement de maison où mon mari se gouverna si mal, qu'en peu de temps il
mangea entièrement tout. »

Il avait repris un peu de santé et vivait continuellement en
débauche avec deux de ses camarades, M. de la Perle et M. Es-
cutte. Cependant, l'affection de sa femme ne s'affaiblit pas. Elle
se résolut, « pour ne pas vivre tout à fait dans l'incommodité,
à prendre *des gens en pension*, » ce qui lui réussit; seulement,
La Corbinière dépensait tout le *gagnage* hors du logis, « ce
qui, dit-elle, m'affligeait jusqu'à la mort; il finit par vendre les
meubles, de sorte que la maison ne pouvait plus aller... Cependant, ajoute la pauvre femme, je sentais toujours mon
affection aussi grande que lorsque nous partîmes de France. Il
est vrai qu'après avoir reçu la première lettre de ma mère,
cette affection se partagea en deux... Mais j'avoue que l'a-
mour que j'avais pour cet homme surpassait l'affection que je
portais à mes parents... »

LETTRE DOUZIÈME

Nouveaux détails inédits. — Manuscrit du célestin Goussencourt. — Dernières
aventures d'Angélique. — Mort de La Corbinière. — Lettres.

Le manuscrit que les Archives nationales conservent écrit
de la main d'Angélique s'arrête là.

Mais nous trouvons, annexées au même dossier, les observations suivantes, écrites par son cousin, le moine célestin
Goussencourt. Elles n'ont point la même grâce que le récit
d'Angélique de Longueval, mais elles ont aussi la marque
d'une honnête naïveté.

Voici un passage des observations du moine célestin Gous-encourt :

« La nécessité les contraignit d'être taverniers : où les sol-ats français allaient boire et manger, avec un tel respect, u'ils ne voulaient point être servis d'elle. Elle cousait des ollets de toile où elle ne gagnait tous les jours que huit sous, t avec cela descendait à toute heure à la cave, et lui, se don-ait à boire avec ses hôtes, de telle façon qu'il devint tout ouperosé.

» Un jour, elle étant à la porte, un capitaine vint à passer t lui fit une grande révérence, et elle à lui ; ce qui fut aperçu e son mari jaloux. Il l'appelle et la prend par la gorge. Elle arvient à jeter un cri. Les buveurs arrivent et la trouvent à emi-morte couchée par terre, à laquelle il avait donné des oups de pied aux côtes qui lui avaient ôté la parole, et dit, our s'excuser, qu'il lui avait défendu de parler à celui-là, et ue, si elle lui eût parlé, il l'eût enfilée de son épée. »

Il devint étique par ses débauches. A cette époque. elle écri-it à sa mère pour lui demander pardon. Sa mère lui répondit u'elle lui pardonnait et lui conseillait de revenir et qu'elle ne oublierait pas dans son testament.

Ce testament était gardé à l'église de la Neuville-en-Hez, et ontient un legs de huit mille livres.

Pendant l'absence d'Angélique de Longueval, il y eut une lemoiselle en Picardie qui voulut usurper sa place, et se donna our elle. Elle eut même la hardiesse de se présenter à ma-lame de Haraucourt, mère d'Angélique, laquelle dit qu'elle n'était pas sa fille. Elle racontait tant de choses, que plusieurs les parents finirent par la prendre pour ce qu'elle se don-nait...

Le célestin, son cousin, lui écrivit de revenir. Mais La Cor-binière n'en voulait pas entendre parler, craignant d'être pris et exécuté s'il rentrait en France. Il n'y faisait pas bon pour lui non plus ; car la faute d'Angélique fut cause que M. d'Ha-raucourt chassa des faubourgs de Clermont-sur-Oise sa mère

et ses frères, « qui vivaient de leur boutique, étant charcutiers. »

Madame d'Haraucourt, enfin, étant morte en décembre 1636,
à la Neuville-en-Hez, où elle repose (M. d'Haraucourt était
mort en 1632), leur fille fit tant près de son mari, qu'il consentit à revenir en France.

Arrivés à Ferrare, ils tombent malades tous deux ; — ils
restent là douze jours ; — s'embarquent à Livourne, arrivent à
Avignon, où ils sont toujours malades. — La Corbinière y
meurt, le 5 août 1642; il repose à Sainte-Madeleine; il meurt
avec des repentances très-grandes de l'avoir si mal traitée, et
lui dit :

— Pour votre consolation et ôter votre tristesse, souvenez-
vous comme je vous ai traitée.

« Là, continue le moine célestin, elle a été en si grande
nécessité, qu'elle m'a dit, par écrit et de bouche, qu'elle fût
morte de faim n'eût été les célestins qui l'ont aidée.

» Elle arriva à Paris le dimanche 19 octobre, par le coche,
et manda à madame Boulogne, sa grande amie, de la venir
querir. N'y estant pas, son hostellier y fut. Le lendemain après
dîner, elle vint me trouver avec ladite Boulogne et sa belle-
mère, la mère de La Corbinière, servante de cuisine chez
M. Ferrant, estat qu'elle a été contrainte de faire depuis qu'elle
a été bannie de Clermont, à cause de son fils.

» La première chose qu'elle fit, elle vint se jeter à mes
pieds, les mains jointes, me demandant pardon, ce qui fit pleurer les femmes. Je lui dis que je ne lui pardonnerais pas (ce
qui la fit soupirer et respirer, ayant entendu le reste), car elle
ne m'avait pas offensé. Et, la prenant par la main, lui dis-je :
Levez-vous; et la fis asseoir près de moi, où elle me répéta ce
qu'elle m'avait souvent écrit : qu'après Dieu et sa mère, elle
tenait la vie de moi. »

Quatre ans après, elle était retirée à Nivillers, et très-mal-
heureuse, n'ayant chemise au dos, comme il paraît par la lettre
ci-contre.

Lettre qu'elle écrit au célestin son cousin, quatre ans après son retour de Nivillers.

« Le 2 janvier 1646.

» Monsieur mon bon papa (elle appelait ainsi le célestin),
» Je vous supplie, très-humblement, de n'attribuer mon silence à manque du ressentiment que j'aurai toute ma vie de vos bontés, mais bien de honte de n'avoir encore que des paroles pour vous le témoigner. Vous protestant que la mauvaise fortune me persécute au point de n'avoir de chemise au dos. Ces misères m'ont empêché jusqu'ici de vous écrire et à madame Boulogne, car il me semble que vous deviez recevoir autant de satisfaction de moi comme vous en avez été travaillés tous deux. Accusez donc mon malheur et non ma volonté, et me faites l'honneur, mon cher papa, de me mander de vos nouvelles.

Votre très-humble servante.   A. DE LONGUEVAL.

(*A M. de Goussencourt, aux Célestins, à Paris.*)

On ne sait rien de plus. — Voici une réflexion générale du célestin Goussencourt sur l'histoire de cet amour, dans lequel l'imagination simple du moine, ne pouvant admettre, du reste, l'amour de sa cousine pour un petit *charcutier*, rapportait tout à la magie; — voici sa méditation :

« La nuit du premier dimanche de carême 1632 fut leur départ; — retour en 1642, en carême. — Leurs affections commencèrent trois ans avant leur fuite. — Pour se faire aimer, il lui donna des coiffures qu'il avait fait faire à Clermont, et où il y avait des mouches cantharides, qui ne firent qu'échauffer la fille, mais non aimer; puis il lui donna d'un coing cuit, et, depuis, elle fut grandement affectionnée. »

Rien ne prouve que le frère Goussencourt ait donné une chemise à sa cousine. Angélique n'était pas en odeur de sainteté dans sa famille, et cela paraît en ce fait qu'elle n'a pas

même été nommée dans la généalogie de sa famille, qui énonce
les noms de Jacques-Annibal de Longueval, gouverneur de
Clermont-en-Beauvoisis, et de Suzanne d'Arquenvillers, dame
de Saint-Rimbaud. Ils ont laissé deux Annibal, dont le dernier,
qui a le prénom d'Alexandre, est le même enfant qui ne voulait
pas que sa sœur *voldt papa et maman*, puis encore deux autres
garçons. — On ne parle pas de la fille.

Croyez pourtant que je ne m'acharnerais pas ainsi sur les
différents héros de cette famille, dont les diverses branches —
de Longueval, d'Haraucourt et de Bucquoy, — donnent la
torture à mon imagination, si je ne me trouvais au milieu
des sources historiques et si je ne m'appliquais à l'analyse historique, depuis qu'il nous est défendu de faire des romans.

Tout peuple est curieux de remonter, par la pensée, à ses
origines et à ses souvenirs; c'est ce qui a fait le succès de
Walter Scott en Angleterre, et, en France, celui d'Augustin
Thierry, de Monteil et de quelques autres. L'histoire de France
a été cruellement défigurée depuis plus de deux siècles, grâce
à l'influence de ce principe de monarchie absolue qu'ont tenté
d'établir les descendants du Béarnais. Il fallait, pour les écrivains, se soumettre à cette convention, ou s'en aller écrire hors
de France. Les écrivains ont fini par rester, et les rois absolus
sont partis.

L'Académie a couronné dernièrement l'auteur qui avait eu
l'idée de peindre « une province sous Louis XIV... » Mon
ambition est moins vaste. Je n'aurais voulu peindre qu'une
des familles provinciales qui forment dans l'unité historique
d'une nation une individualité collective curieuse à étudier,
comme jetant des reflets de clarté sur les autres.

Malheureusement, si je m'éloignais un instant de la ligne
correcte de l'histoire, je retomberais dans le roman historique,
et les gens sévères considéreraient tout ce que je viens d'écrire
comme imité d'une de ces longues préfaces où l'auteur de
Waverley fait dialoguer ensemble le capitaine Clutterbuck et
le révérend Jedédiath Cleisbotham.

Je comprends ce système, si favorable aux préparations d'un récit... Aussi, je ne voyage jamais dans ces contrées sans me faire accompagner d'un ami, que j'appellerai, de son petit nom, Sylvain.

C'est un nom très-commun dans cette province, le féminin est le gracieux nom de Sylvie, illustré par un bouquet du bois de Chantilly, dans lequel allait rêver si souvent le poëte Théophile de Viau.

C'est un garçon — je veux dire un homme, car il ne faut pas trop nous rajeunir ! — qui a toujours mené une vie assez sauvage, comme son nom. Il vit de je ne sais quoi dans des maisons qu'il se bâtit lui-même, à la manière des cyclopes, avec ces grès de la contrée qui apparaissent à fleur de sol entre les pins et les bruyères. L'été, sa maison de grès lui semble trop chaude, et il se construit des huttes en feuillage au milieu des bois. Un petit revenu qu'il a de quelques morceaux de terre lui procure une certaine considération près des gardes, auxquels il paye quelquefois à boire. On l'a souvent suspecté de braconnage ; mais le fait n'a jamais pu être démontré. C'est donc un homme que l'on peut voir. Du reste, s'il n'a pas de profession bien définie, il a des idées sur tout comme plusieurs gens de ce pays, où l'on a, dit-on, inventé jadis les tournebroches. — Lui, s'est essayé plusieurs fois à composer des montres ou des boussoles. Ce qui le gêne dans la montre, c'est la chaîne qui ne peut se prolonger assez... Ce qui le gêne dans la boussole, c'est que cela fait seulement reconnaître que l'aimant polaire du globe attire forcément les aiguilles ; mais que, sur le reste, sur la cause et les moyens de s'en servir, les documents sont imparfaits.

J'ai dit à Sylvain :

— Allons-nous à Chantilly?

Il m'a répondu :

— Non... Tu as dit toi-même hier qu'il fallait aller à Ermenonville pour gagner de là Soissons, visiter ensuite les ruines du château de Longueval en Soissonnais, sur la limite de Champagne.

— Oui, répondis-je, hier au soir, je m'étais monté la tête à propos de cette belle Angélique de Longueval, et je voulais voir le château d'où elle a été enlevée par La Corbinière, en habits d'homme, sur un cheval.

— Es-tu sûr, du moins, que ce soit là le Longueval véritable, car il y a des Longueval et des Longueville partout... de même que des Bucquoy...

— Je n'en suis pas convaincu quant à ces derniers ; mais lis seulement ce passage du manuscrit d'Angélique :

« Le jour étant venu duquel il me devait quérir la nuit, je dis à un palefrenier qui avait nom Breton :

» — Je voudrais bien que tu me prêtasses un cheval pour envoyer à Soissons cette nuit quérir pour me faire un corps de cotte ; te promettant que le cheval sera ici avant que maman se lève... »

— Il semblerait alors prouvé, me dit Sylvain, que le château de Longueval était situé aux environs de Soissons ; donc, ce ne serait pas le moment de revenir vers Chantilly. Ce changement de direction a déjà risqué de te faire arrêter une fois, parce que des gens qui changent d'idée tout à coup paraissent toujours des gens suspects...

En effet, un gendarme était venu à mon hôtel au dernier voyage que j'ai fait à Senlis, — je vous ai mandé ce détail, — et, apprenant que, sans passe-port, j'avais dit d'abord que j'irais du côté d'Ermenonville, et qu'ensuite j'avais pris ma place aux voitures de Chantilly, il menaça l'hôtesse d'une amende de vingt-cinq francs... Mais que tout cela soit oublié.

Cette aventure bien naturelle, puisque j'étais alors sans papiers, ne m'avait été gravée profondément dans l'esprit que parce que je me souvenais d'une exigence pareille qui a eu un résultat plus grave pour une personne que je connais :

C'était un simple archéologue, qui, passant à L***, et attendant la voiture de Senlis pour revenir à Paris s'était arrêté à contempler une église du xiiie siècle, dont le peu d'apparence est compensé par l'antiquité curieuse du monument.

Uu gendarme — ceci se passait, il y a plusieurs mois — le suivait des yeux dans ses observations, et remarquait surtout qu'il prenait des notes sur un calepin. Pendant une demi-heure, il hésita à manifester ses soupçons ; mais enfin, ne trouvant pas naturel qu'on restât une demi-heure à regarder une église, il se décida à lui frapper sur l'épaule et à lui demander ses papiers.

— Des papiers à L*** ? à trois lieues de Paris ? dit l'archéologue avec douceur.

— Vous n'en avez pas ?... Suivez-moi chez le maire.

Ce n'était pas le maire de Meaux, — qui passe pour un homme lettré ; — le maire de L*** dit à l'archéologue :

— Que faisiez-vous devant cette église ?

— J'en constatais l'antiquité.

— Et vous preniez des notes ?

— Les voici.

— Je n'ai pas besoin de regarder vos notes ; ce ne sont pas là des papiers, et, puisque vous n'en avez pas d'autres, ces messieurs vont vous conduire devant le substitut de P***.

Il fut forcé de marcher jusque-là entre deux gendarmes.

Le substitut de P*** dit à l'archéologue, qui se plaignait d'un tel traitement :

— Ce que vous me dites de ce qu'a fait le maire à votre égard est tellement incroyable, que je n'en crois pas un seul mot. Il est impossible qu'un fonctionnaire municipal du département de l'Oise ait pu prendre sur lui de faire arrêter un homme qui regardait une église !

— Un chien regarde bien un évêque ! dit le savant Parisien.

— Par conséquent, je vous considère comme encore plus suspect. On va vous conduire à Paris, puisque vous prétendez que vous y habitez, et, là, on avisera.

21

L'archéologue demanda une voiture, ayant déjà fait deux lieues à pied, ce qui est déjà désagréable à cause de l'accompagnement obligé des gendarmes; on est exposé à rencontrer des dames. Heureusement, il était arrivé dans la localité une voiture qui devait contenir *d'autres* malfaiteurs, et qui se dirigeait sur Paris.

On y plaça l'archéologue. Cette voiture n'était pas encore construite d'après le système cellulaire, mais on avait les poucettes. Un seul voleur se trouvait déjà dans la voiture. Il était parfaitement assis sur les débris d'une botte de paille..., et dit *au nouveau* pendant qu'on attelait :

— Bonjour, *vieux zigue!*... Eh bien, on ne vous donne donc pas de paille?... Vous avez droit à la paille, pour vous asseoir, comme moi : il faut demander ça au conducteur !

L'archéologue ne répondit que par un rugissement, et voulut, au contraire, souffrir davantage, pour faire plus de honte au maire de L***.

A Paris, il reproduisit ses lettres et fut relâché.

Cette anecdote, complétement historique, n'indique que la sottise d'un maire de village, mais peut faire comprendre combien il est dans le caractère du fonctionnaire français d'abuser de l'autorité; c'est ce qui amène peut-être des réactions en sens contraire.

Correspondance.

Vous m'envoyez deux lettres concernant mes premiers articles sur l'abbé de Bucquoy. La première, d'après une biographie abrégée, établit que Bucquoy et Bucquoi ne représentent pas le même nom. A quoi je répondrai que les noms anciens n'ont pas d'orthographe. L'identité des familles ne s'établit que d'après les armoiries, et nous avons déjà donné celles de cette famille (l'écusson bandé de vair et de gueules de six pièces). Cela se retrouve dans toutes les branches, soit de Picardie, soit de l'Ile-de-France, soit de Champagne, d'où était l'abbé de Bucquoy. Longueval touche à la Champagne, comme on le sait déjà. — Il est inutile de prolonger cette discussion héraldique.

Je reçois de vous une seconde lettre qui vient de Belgique :

« Lecteur sympathique de M. Gérard de Nerval et désirant lui être agréable, je lui communique le document ci-joint, qui lui sera peut-être de quelque utilité pour la suite de ses humoristiques pérégrinations à la recherche de l'abbé de Bucquoy, cet insaisissable moucheron issu de l'amendement Riancey.

» *Un abonné du* NATIONAL. »

« 156. Oliver de Wree, de vermoerde oorlogh-stucken van den woonderdadighen velt-heer Carel de Longueval, grave van Busquoy, baron de Vaux. Brugge, 1625. — Ej. mengheldichten : fyghes noeper : Bacchus-Cortryck. *Ibid.*, 1625. — Ej. Venus-Ban. *Ibid.*, 1625, in-12, oblong, vel.

« Livre rare et curieux. L'exemplaire est taché d'eau[1]. »

Je ne chercherai pas à traduire cet article de bibliographie flamande ; seulement, je remarque qu'il fait partie du prospectus d'une bibliothèque qui doit être vendue le 5 décembre et jours suivants, sous la direction de M. Héberlé, 5, rue des Paroissiens, à Bruxelles.

Et la lettre m'arrive le 15 !

J'aime mieux attendre la vente de Techener, qui, je l'espère, aura toujours lieu le 20.

---

[1]. La note imprimée est extraite d'un catalogue. Ainsi nous avons déjà cinq manières d'orthographier le nom de Bucquoy : voici la sixième : *Busquoy*.

LETTRE TREIZIEME

Les Ruines. — Les Promenades. — L'abbaye de Châalis.

Je réfléchis à des fautes nombreuses que j'ai commises dans les lettres que je viens de vous adresser : une erreur de vingt kilomètres, ce n'était rien ; j'ai peine à me familiariser avec ces nouvelles mesures... et je sais pourtant qu'il est défendu de se servir du mot *lieues* dans les papiers publics. L'influence du milieu où je vis momentanément me fait retourner aux locutions anciennes.

Ma crainte de vous compromettre est telle, qu'en vous renvoyant la lettre qui m'a été adressée de Belgique pour me donner avis d'une vente où se trouvait un livre relatif à la famille de Bucquoy, j'ai ajouté un mot... J'ai déshonoré l'autographe d'un ami inconnu avec ce terme : *issu.* On avait voulu dire que l'abbé de Bucquoy était le *moucheron insaisissable* destiné à piquer l'amendement Riancey ; je ne me consolerais pas d'avoir fait lever ce moucheron ; car je respecte toujours la loi. J'ai cru affaiblir cette critique, en disant que le *moucheron* était *issu* de l'amendement.

J'ai eu tort ; m'étant imposé cette loi de ne dire que la vérité, — à l'exemple du philosophe dont je vais voir la tombe, et qui avait pris pour devise: *Vitam impendere vero;* — je devais pouvoir représenter, au besoin, la lettre que vous m'avez envoyée vierge de toute addition. Il suffit de faire remarquer que je n'attaque pas la loi, mais seulement la fausse interprétation qu'on pourrait lui donner, si elle était appliquée sérieusement.

Quant à moi, vous le savez, je ne risque rien ; mais vous, vous risquez de subir une amende, qui peut s'élever à plus d'un million... Ne rions pas !

Si vous avez inséré ce que je vous ai écrit touchant l'arres-

tation d'un archéologue, croyez que cela est entièrement véritable et que je suis en mesure d'en donner les preuves et de
citer encore un autre fait analogue•arrivé dans une autre partie de l'Oise. Si ma géographie n'est pas toujours irréprochable, c'est que je crains avant tout de compromettre les personnes.

Il y a encore, dans ce que je vous ai écrit, un mot qui m'a
causé une heure d'insomnie. On pouvait considérer que les voitures de la cour avaient été payées avec l'argent de la nation ;
mais il était inutile de détruire des voitures qui avaient coûté
cher. J'ai fait, peut-être, une faute de français, — c'est-à-dire
contre le français, — en parlant « d'*abus de l'autorité*, qui
amènent des réactions en *sens contraire*. »

La faute paraît simple au premier abord ; mais il y a plusieurs sortes de réactions ; les unes prennent des *biais*, les autres sont des réactions qui consistent à s'arrêter. J'ai voulu dire
qu'un excès amenait d'autres excès. Ainsi il est impossible de
ne point blâmer les incendies, et les dévastations privées, rares pourtant de nos jours. Il se mêle toujours à la foule en rumeur un élément hostile ou étranger qui conduit les choses au
delà des limites que le bon sens général aurait imposées, et
qu'il finit toujours par tracer.

Je n'en veux pour preuve qu'une anecdote qui m'a été ra-
contée par un bibliophile fort connu, et dont un autre bibliophile a été le héros.

Le jour de la révolution de février, on brûla quelques voitures, dites de la liste civile ; ce fut, certes, un grand tort, qu'on
reproche durement aujourd'hui à cette foule mélangée, qui,
derrière les combattants, entraînait aussi des traîtres.

Le bibliophile dont je parle se rendit ce soir-là au Palais-
National. Sa préoccupation ne s'adressait pas aux voitures ; il
était inquiet d'un ouvrage en quatre volumes in-folio intitulé
Perceforest.

C'était un de ces *roumans* du cycle d'Artus, ou du cycle de

21.

Charlemagne, où sont contenues les épopées de nos plus anciennes guerres chevaleresques.

Il entra dans la cour du palais, se frayant un passage au milieu du tumulte. C'était un homme grêle, d'une figure sèche, mais ridée parfois d'un sourire bienveillant, correctement vêtu d'un habit noir, et à qui l'on ouvrit passage avec curiosité.

— Mes amis, dit-il, a-t-on brûlé le *Perceforest ?*

— On ne brûle que les voitures.

— Très-bien ! continuez. Mais la bibliothèque ?

— On n'y a pas touché... Ensuite, qu'est-ce que vous demandez ?

— Je demande que l'on respecte l'édition en quatre volumes du *Perceforest*, un héros d'autrefois... ; édition unique, avec deux pages transposées et une énorme tache d'encre au troisième volume.

On lui répondit :

— Montez au premier.

Au premier, il trouva des gens qui lui dirent :

— Nous déplorons ce qui s'est fait dans le premier moment... On a, dans le tumulte, abîmé quelques tableaux...

— Oui, je sais, un Horace Vernet... Tout cela n'est rien. — Le *Perceforest ?*...

On le prit pour un fou. Il se retira et parvint à découvrir la concierge du palais, qui s'était retirée chez elle.

— Madame, si l'on n'a pas pénétré dans la bibliothèque, assurez-vous d'une chose : c'est de l'existence du *Perceforest*, édition du xvie siècle, reliure blanche en parchemin de Gaume. Le reste de la bibliothèque, ce n'est rien... mal choisi ! — des gens qui ne lisent pas ! — Mais le *Perceforest* vaut quarante mille francs sur les tables.

La concierge ouvrit de grands yeux.

— Moi, j'en donnerais, aujourd'hui, vingt mille..., malgré la dépréciation des fonds que doit amener nécessairement une révolution.

— Vingt mille francs !

— Je les ai chez moi ! Seulement, ce ne serait que pour rendre le livre à la nation. C'est un monument.

La concierge, étonnée, éblouie, consentit avec courage à se rendre à la bibliothèque et à y pénétrer par un petit escalier. L'enthousiasme du savant l'avait gagnée.

Elle revint, après avoir vu le livre sur le rayon où le bibliophile savait qu'il était placé.

— Monsieur, le livre est en place. Mais il n'y a que trois volumes... Vous vous êtes trompé.

— Trois volumes !... Quelle perte !... Je m'en vais trouver le gouvernement provisoire, — il y en a toujours un... — Le *Perceforest* incomplet ! Les révolutions sont épouvantables !

Le bibliophile courut à l'hôtel de ville. — On avait autre chose à faire que de s'occuper de bibliographie. Pourtant, il parvint à prendre à part M. Arago, qui comprit l'importance de sa réclamation, et des ordres furent donnés immédiatement.

Le *Perceforest* n'était incomplet que parce qu'on en avait prêté précédemment un volume.

Nous sommes heureux de penser que cet ouvrage a pu rester en France.

Celui des *Aventures de l'abbé de Bucquoy*, qui doit être vendu le 20, n'aura peut-être pas le même sort !

Et, maintenant, tenez compte, je vous prie, des fautes qui peuvent être commises, dans une tournée rapide, souvent interrompue par la pluie ou par le brouillard...

Je quitte Senlis à regret; mais mon ami le veut pour me faire obéir à une pensée que j'avais manifestée imprudemment; les amis sont comme les enfants: *ce sont des tourments*, c'est encore une locution du pays.

Je me plaisais tant dans cette ville, où la renaissance, le moyen âge et l'époque romaine se retrouvent çà et là au détour d'une rue, dans un jardin, dans une écurie, dans une cave!

— Je vous parlais « de ces tours des Romains recouvertes de lierre. » L'éternelle verdure dont elles sont vêtues fait honte à la nature inconstante de nos pays froids. En Orient, les bois sont toujours verts ; chaque arbre a sa saison de mue; mais cette saison varie selon la nature de l'arbre. C'est ainsi que j'ai vu, au Caire, les sycomores perdre leurs feuilles en été. En revanche, ils étaient verts au mois de janvier.

Les allées qui entourent Senlis et qui remplacent les antiques fortifications romaines, restaurées plus tard, par suite du long séjour des rois carlovingiens, n'offrent plus aux regards que des feuilles rouillées d'ormes et de tilleuls. Cependant, la vue est encore belle, aux alentours, par un beau coucher de soleil. Les forêts de Chantilly, de Compiègne et d'Ermenonville ; les bois de Châalis et de Pont-Armé se dessinent avec leurs masses rougeâtres sur le vert clair des prairies qui les séparent. Des châteaux lointains élèvent encore leurs tours, — solidement bâties en pierres *de Senlis*, et qui, généralement, ne servent plus que de pigeonniers.

Les clochers aigus, hérissés de saillies régulières, qu'on appelle dans le pays des *ossements* (je ne sais pourquoi), retentissent encore de ce bruit de cloches qui portait une douce mélancolie dans l'âme de Rousseau...

Accomplissous le pèlerinage que nous nous sommes promis de faire, non pas près de ses cendres, qui reposent au Panthéon, mais près de son tombeau, situé à Ermenonville, dans l'île dite des Peupliers.

La cathédrale de Senlis ; l'église Saint-Pierre, qui sert aujourd'hui de caserne aux cuirassiers ; le château de Henri IV, adossé aux vieilles fortifications de la ville ; les cloîtres bysantins de Charles le Gros et de ses successeurs, n'ont rien qui doive nous arrêter...

C'est encore le moment de parcourir les bois malgré la brume obstinée du matin.

Nous sommes partis de Senlis, à pied, à travers les bois, aspirant avec bonheur la brume d'automne. En regardant les grands arbres qui ne conservaient au sommet qu'un bouquet de feuilles jaunies, mon ami Sylvain me dit :

— Te souviens-tu du temps où nous parcourions ces bois, quand tes parents te laissaient venir chez nous, où tu avais d'autres parents?... Quand nous allions tirer les écrevisses des pierres, sous les ponts de la Nonette et de l'Oise..., tu avais soin d'ôter tes bas et tes souliers, et on t'appelait *petit Parisien?*

— Je me souviens, lui dis-je, que tu m'as abandonné une fois dans le danger. C'était à un remou de l'Oise, vers Neufmoulin ; je voulais absolument passer l'eau pour revenir par un chemin plus court chez ma nourrice. Tu me dis : « On peut passer. » Les longues herbes et cette écume verte qui surnage dans les coudes de nos rivières me donnèrent l'idée que l'endroit n'était pas profond. Je descendis le premier. Puis je fis un plongeon dans sept pieds d'eau. Alors, tu t'enfuis, craignant d'être accusé d'avoir laissé se *nayer* le *petit Parisien*, et résolu à dire, si l'on t'en demandait des nouvelles, qu'il était allé *où il avait voulu*. — Voilà les amis.

Sylvain rougit et ne répondit pas.

— Mais ta sœur, ta sœur qui nous suivait, — pauvre petite fille ! — pendant que je m'abîmais les mains en me retenant, après mon plongeon, aux feuilles coupantes des iris, se mit à plat ventre sur la rive et me tira par les cheveux de toute sa force.

— Pauvre Sylvie ! dit en pleurant mon ami.

— Tu comprends, répondis-je, que je ne te dois rien...

— Si ; je t'ai appris à monter aux arbres. Vois ces nids de pies qui se balancent encore sur les peupliers et sur les châtaigniers, je t'ai appris à les aller chercher, ainsi que ceux des piverts, situés plus haut au printemps. Comme Parisien, tu étais obligé d'attacher à tes souliers des *griffes* en fer, tandis que, moi, je montais avec mes pieds nus !

— Sylvain, dis-je, ne nous livrons pas à des récriminations. Nous allons voir la tombe où manquent les cendres de Rousseau. Soyons calmes. Les souvenirs qu'il a laissés ici valent bien ses restes.

Nous avions parcouru une route qui aboutit aux bois et au château de Mont-l'Évêque. Des étangs brillaient çà et là à travers les feuilles rouges relevées par la verdure sombre des pins. Sylvain me chanta ce vieil air du pays :

> Courage ! mon ami, courage !
> Nous voici près du village.
> A la première maison,
> Nous nous rafraîchirons !

On buvait dans le village un petit vin qui n'était pas désagréable pour des voyageurs. L'hôtesse nous dit, voyant nos barbes :

— Vous êtes des artistes... Vous venez donc pour voir Châalis ?

Châalis ! à ce nom, je me ressouvins d'une époque bien éloignée... celle où l'on me conduisait à l'abbaye, une fois par an, pour entendre la messe, et pour voir la foire qui avait lieu près de là.

— Châalis ! dis-je. Est-ce que cela existe encore ?

— Mais, mon enfant, on a vendu le château, l'abbaye, les ruines, tout ! Seulement, ce n'est pas à des personnes qui voudraient les détruire... Ce sont des gens de Paris qui ont acheté le domaine, et qui veulent faire des réparations. La dame a déclaré qu'elle dépenserait quatre cent mille francs !

— Ma foi, dit Sylvain, ceux qui dépensent ainsi ont le droit de conserver leur fortune.

— C'est un grand bien pour le pays, dit l'hôtesse.

— A Senlis, dit Sylvain, la révolution a causé d'abord de grandes craintes. Beaucoup ont vendu à vil prix leurs voitures et leurs chevaux. Il y a eu une personne qui, ne voulant pas conserver sa voiture de peur de se compromettre, l'a donnée pour rien !... On a vendu des couples de chevaux de cent mille francs pour six cents francs !

— J'aurais bien voulu les avoir !

— Les chevaux ?

— Non.

— Seulement, il faut le dire, ajouta Sylvain, à l'honneur de notre pays, d'autres n'eurent que l'idée de se résoudre à faire plus de dépense. Des gens que leurs habitudes ou leur âge invitaient à la tranquillité et au repos donnèrent des fêtes, firent travailler les ouvriers, commandèrent des équipages, et *achetèrent des chevaux*, autres que ceux que les peureux faisaient vendre,... et qui tombèrent dans les mains des maquignons.

— Sylvain !. dis-je, je t'estime ; tu as nuancé parfaitement ton récit.

La Chapelle en Serval, ce 20 novembre.

De même qu'il est bon dans une symphonie même pastorale de faire revenir de temps en temps le motif principal, gracieux, tendre ou terrible, pour enfin le faire tonner au finale avec la tempête graduée de tous les instruments, — je crois utile de vous parler encore de l'abbé de Bucquoy, sans m'interrompre dans la course que je fais en ce moment vers le château de ses pères, avec cette intention de mise en scène exacte et descriptive sans laquelle ses aventures n'auraient qu'un faible intérêt.

Le finale se recule encore, et vous allez voir que c'est encore malgré moi...

Et d'abord, réparons une injustice à l'égard de ce bon M. Parceval de la Bibliothèque nationale, qui, loin de s'occuper légèrement de la recherche du livre, a remué tous les *fonds* des huit cent mille volumes que nous y possédons : je l'ai appris depuis. Mais, ne pouvant trouver la chose absente, il m'a donné officieusement avis de la vente de Techener, ce qui est le procédé d'un véritable savant.

Sachant bien que toute vente de grande bibliothèque se continue pendant plusieurs jours, j'avais demandé avis du jour désigné pour la vente du livre, voulant, si c'était justement le 20, me trouver à la vacation du soir.

Mais ce ne sera que le 30 !

Le livre est bien classé sous la rubrique : *Histoire*, et sous le n° 3584. — *Événements des plus rares*, etc..., l'intitulé que vous savez.

La note suivante y est annexée.

« *Rare.* — Tel est le titre de ce livre bizarre, en tête duquel se trouve une gravure représentant l'*Enfer des vivants* ou la Bastille. Le reste du volume est composé des choses les plus singulières.

» Catalogue de la Bibliothèque de M. M***, etc. »

Je puis encore vous donner un avant-goût de l'intérêt de cette histoire, dont quelques personnes semblaient douter, en reproduisant des notes que j'ai prises dans la biographie Michaud.

Après la biographie de Charles Bonaventure, comte de Bucquoy, généralissime et membre de l'ordre de la Toison d'or, célèbre par ses guerres en France, en Bohême et en Hongrie, et dont le petit-fils, Charles, fut créé prince de l'empire, — on trouve l'article sur l'*abbé de Bucquoy*, indiqué comme *étant de la même famille* que le précédent. Sa vie politique commença par cinq années de services militaires. Échappé comme par miracle à un grand danger, il fit vœu de quitter le monde et se retira à la Trappe. L'abbé de Rancé — sur lequel Chateaubriand a écrit son dernier livre — le renvoya, comme peu croyant. Il reprit son habit galonné, qu'il troqua bientôt contre les haillons d'un mendiant.

A l'exemple des faquirs et des derviches, il parcourait le monde, pensant donner des exemples d'humilité et d'austérité.

Il se faisait appeler *le Mort*, et tint même à Rouen, sous ce nom, une école gratuite.

Je m'arrête de peur de déflorer le sujet. Je ne veux que faire remarquer encore, pour prouver que cette histoire a du sérieux, qu'il proposa plus tard aux états unis de Hollande, en guerre avec Louis XIV, « un projet pour *faire de la France une république*, et y détruire, disait-il, le *pouvoir* arbitraire. » Il mourut à Hanovre, à quatre-vingt-dix ans, laissant son mobi-

lier et ses livres à l'Église catholique, dont il n'était jamais
sorti. Quant à ses seize années de voyage dans l'Inde, je n'ai
encore là-dessus de données que par le livre en hollandais de
la Bibliothèque nationale. — Nous en parlerons plus tard.

Tout ceci est donc sérieux ; voici ce qui ne l'est pas moins :

Je reçois, avec les renseignements que j'attendais, un congé
du logement que j'occupais depuis longtemps à Paris. Pardon
de vous parler encore de moi. Mais, de même que la vie de
l'abbé de Bucquoy me semble pouvoir éclairer toute une époque, d'après le procédé bien connu d'analyse qui va du simple
au composé, il me semble que, l'existence d'un écrivain étant
publique plus que celle des autres, qui cachent toujours des
recoins obscurs, c'est sur lui-même qu'il doit au besoin donner exemple des faits ordinaires qui se passent dans une
société.

Voici le document tout à fait féodal dont vous pourrez n'insérer que les passages qui vous sembleront utiles pour démontrer encore plus combien les formes vieillies de nos adminis-
trations sont blessantes pour les particuliers. Ceci s'adresse
aux habitudes et non aux hommes, qui ne font que remplir un
patron tracé :

« Le requérant ès noms (le préfet de la Seine), poursuivant
l'expropriation, pour cause d'utilité publique, des immeubles
nécessaires à la formation des abords du Louvre et au prolon-
gement de la rue de Rivoli, parmi lesquels se trouve compris
celui qu'habite le susnommé, entend lui donner, comme de
fait il lui donne par ces présentes congé de toutes les localités
qu'il occupe dans ladite maison, et ce, pour le premier janvier
mil huit cent cinquante et un, entendant qu'à ladite époque il
quitte les lieux et fasse place nette en satisfaisant à toutes les
charges imposées à un locataire sortant ;

» Que cependant, ne voulant pas que les frais occasionnés
par cette éviction pour cause d'utilité publique restent à la
charge du locataire susnommé, mondit requérant lui fait offres
par ces présentes d'une somme de vingt francs qui lui sera

22

payée à la caisse municipale de Paris, sur le vu de son acceptation, qui devra être donnée dans la quinzaine de ce jour.

» Lui déclarant qu'en cas de non acceptation d'ici à cette époque, le requérant entend retirer, comme de fait par ces présentes, il retire positivement, lesdites offres par lui faites, pour s'en tenir purement et simplement au congé précédemment donné, qui devra recevoir son exécution dans les termes de droit.

» A ce que le susnommé n'en ignore, je lui en ai, en parlant comme dessus, laissé la présente copie.

» Coût, trois francs.

» BRIZARD. »

Je ne voudrais pas ici faire de la politique. Je n'ai jamais voulu faire que de l'opposition. L'expropriation est parfaitement juste, mais les termes en sont impropres. Je remarque que l'administration prend toujours, en France, un ton sévère. De même que, dans la justice, l'homme soupçonné est toujours, de prime abord, regardé comme coupable. Si même il est reconnu innocent, il demeure toujours suspect.

Ceci est une des grandes causes de nos troubles civils. Si nous voulons examiner seulement l'intérieur des familles, nous verrons que, quand le maître gronde, du supérieur à l'inférieur par étages, tout le monde gronde. Le chien lui-même devient hargneux. Quand le maître est nerveux, tout le monde devient nerveux et souffre. On se rend compte de cela, surtout quand on a habité la province, où les divisions d'état à état sont plus tranchées.

Issu, par ma mère, de paysans des premières communes franches, situées au nord de Paris, j'ai retenu, des impressions d'enfance, le vif sentiment du droit qui règne dans la Flandre française, comme en Angleterre et dans les Pays-Bas. C'est pourquoi, me retrouvant dans ce milieu, je vous écris ces lignes, qu'on trouvera peut-être singulières à Paris, mais dont on comprendra sans doute le sentiment; car Paris comprend tout.

Nous sommes allés à Châalis pour voir en détail le domaine, avant qu'il soit restauré. Il y a d'abord une vaste enceinte entourée d'ormes; puis on voit à gauche un bâtiment dans le style du xvie siècle, restauré sans doute plus tard selon l'architecture lourde du petit château de Chantilly.

Quand on a vu les offices et les cuisines, l'escalier suspendu du temps d'Henri IV vous conduit aux vastes appartements des premières galeries, grands appartements et petits appartements donnant dans les bois. Quelques peintures enchâssées, le grand Condé à cheval et des vues de la forêt, voilà tout ce que j'ai remarqué. Dans une salle basse, on voit un portrait d'Henri IV à trente-cinq ans.

C'est l'époque de Gabrielle, et probablement ce château a été témoin de leurs amours. Ce prince, qui, au fond, m'est peu sympathique, demeura longtemps à Senlis, surtout dans la première époque du siége, et l'on y voit, au-dessus de la porte de la mairie et des trois mots : *Liberté, égalité, fraternité*, son portrait en bronze avec une devise gravée, dans laquelle il est dit que son premier bonheur fut à Senlis, en 1590. Ce n'est pourtant pas là que Voltaire a placé la scène principale, imitée de l'Arioste, de ses amours avec Gabrielle d'Estrées.

Ne trouvez-vous pas étrange que *les d'Estrées* se trouvent être encore des parents de l'abbé de Bucquoy. C'est cependant ce que révèle encore la généalogie de sa famille... Je n'invente rien.

C'était le fils du garde qui nous faisait voir le château, abandonné depuis longtemps. C'est un homme qui, sans être lettré, comprend le respect que l'on doit aux antiquités. Il nous fit voir dans une des salles *un moine* qu'il avait découvert dans les ruines. A voir ce squelette couché dans une auge de pierre, j'imaginai que ce n'était pas un moine, mais un guerrier celte ou franc couché selon l'usage, avec le visage tourné vers l'Orient dans cette localité, où les noms d'Erman ou

d'Armen[1] sont communs dans le voisinage, sans parler même
d'Ermenonville, située près de là, et qu'on appelle dans le
pays Arme-Nonville ou Nonval, qui est le terme ancien.

Pendant que j'en faisais l'observation à Sylvain, nous nous
dirigions vers les ruines. Un passant vint dire au fils du garde
qu'un cygne venait de se laisser tomber dans un fossé.

— Va le chercher.

— Merci !... pour qu'il me donne un mauvais coup.

Sylvain fit cette observation qu'un cygne n'était pas bien
redoutable.

— Messieurs, dit le fils du garde, j'ai vu un cygne casser la
jambe à un homme d'un coup d'aile.

Sylvain réfléchit et ne répondit pas.

Le pâté des ruines principales forme les restes de l'ancienne
abbaye, bâtie probablement vers l'époque de Charles VII, dans
le style du gothique fleuri, sur des voûtes carlovingiennes aux
piliers lourds, qui recouvrent les tombeaux. Le cloître n'a
laissé qu'une longue galerie d'ogives qui relie l'abbaye à un
premier monument, où l'on distingue encore des colonnes
bysantines taillées à l'époque de Charles le Gros, et engagées
dans de lourdes murailles du xvie siècle.

— On veut, dit le fils du garde, abattre le mur du cloître
pour que, du château, l'on puisse avoir une vue sur les étangs.
C'est un conseil qui a été donné à madame.

— Il faut conseiller, dis-je, à votre dame de faire ouvrir
seulement les arcs des ogives qu'on a remplis de maçonnerie,
et alors la galerie se découpera sur les étangs, ce qui sera
beaucoup plus gracieux.

Il a promis de s'en souvenir.

La suite des ruines amenait encore une tour et une chapelle.
Nous montâmes à la tour. De là, on distinguait toute la vallée,
coupée d'étangs et de rivières, avec les longs espaces dénudés
qu'on appelle le désert d'Ermenonville, et qui n'offrent que

1. Hermann, Arminius, ou peut-être Hermès.

des grès de teinte grise, entremêlés de pins maigres et de bruyères.

Des carrières rougeâtres se dessinaient encore çà et là à travers les bois effeuillés, et ravivaient la teinte verdâtre des plaines et des forêts, où les bouleaux blancs, les troncs tapissés de lierre et les dernières feuilles d'automne se détachaient encore sur les masses rougeâtres des bois encadrés des teintes bleuâtres de l'horizon.

Nous redescendîmes pour voir la chapelle; c'est une merveille d'architecture. L'élancement des piliers et des nervures, l'ornement sobre et fin des détails, révélaient l'époque intermédiaire entre·le gothique fleuri et la renaissance. Mais, une fois entrés, nous admirâmes les peintures, qui m'ont semblé être de cette dernière époque.

— Vous allez voir des saintes un peu décolletées, nous dit le fils du garde.

En effet, on distinguait une sorte de Gloire peinte en fresque du côté de la porte, parfaitement conservée, malgré ses couleurs palies, sauf la partie inférieure couverte de peintures à la détrempe, mais qu'il ne sera pas difficile de restaurer.

Les bons moines de Châalis auraient voulu supprimer quelques nudités trop voyantes du *style Médicis*. En effet, tous ces anges et toutes ces saintes faisaient l'effet d'amours et de nymphes aux gorges et aux cuisses nues. L'abside de la chapelle offre dans les intervalles de ses nervures d'autres figures mieux conservées encore et du style allégorique usité postérieurement à Louis XII. En nous retournant pour sortir, nous remarquâmes au-dessus de la porte des armoiries qui devaient indiquer l'époque des dernières ornementations.

Il nous fut difficile de distinguer les détails de l'écusson écartelé qui avait été repeint postérieurement en bleu et en blanc. Au 1 et au 4, c'étaient d'abord des oiseaux que le fils du garde appelait des cygnes, — disposés par 2 et 1 ; — mais ce n'étaient pas des cygnes.

Sont-ce des aigles éployés, des merlettes ou des alérions, ou des ailettes attachées à des foudres?

Au 2 et au 3, ce sont des fers de lance, ou des fleurs de lis, ce qui est la même chose. Un chapeau de cardinal recouvrait l'écusson et laissait tomber des deux côtés ses résilles triangulaires ornées de glands; mais, n'en pouvant compter les rangées, parce que la pierre était fruste, nous ignorions si ce n'était pas un chapeau d'abbé.

Je n'ai pas de livres ici. Mais il me semble que ce sont là les armes de Lorraine, écartelées de celles de France. Seraient-ce les armes du cardinal de Lorraine, qui fut proclamé roi dans ce pays, sous le nom de Charles X, ou celles de l'autre cardinal, qui aussi était soutenu par la Ligue?... Je m'y perds, n'étant encore, je le reconnais, qu'un bien faible historien...

LETTRE QUATORZIÈME

Le château d'Ermenonville. — Les illuminés. — Le roi de Prusse. — Gabrielle et Rousseau. — Les tombes. — Les abbés de Châalis.

Ermenonville.

En quittant Châalis, il y a encore à traverser quelques bouquets de bois, puis nous entrons dans le désert. Il y a là assez de désert pour que, du centre, on ne voie point d'autre horizon, pas assez pour qu'en une demi-heure de marche on n'arrive au paysage le plus calme, le plus charmant du monde... Une nature suisse découpée au milieu du bois, par suite de l'idée qu'a eue René de Girardin d'y transplanter l'image du pays dont sa famille était originaire.

Quelques années avant la Révolution, le château d'Ermenonville était le rendez-vous des illuminés qui préparaient silencieusement l'avenir. Dans les *soupers* célèbres d'Ermenonville, on a vu successivement le comte de Saint-Germain, Mesmer et Cagliostro, développant, dans des causeries inspirées, des idées et des paradoxes, dont l'école dite de Genève hérita plus tard. Je crois bien que M. de Robespierre, le fils du fondateur de la loge écossaise d'Arras, tout jeune encore, peut-être encore plus tard Senancourt, Saint-Martin, Dupont (de Nemours) et Cazotte, vinrent exposer, soit dans ce château, soit dans celui de le Peletier de Mortfontaine, les idées bizarres qui se proposaient les réformes d'une société vieillie, laquelle dans ses modes mêmes, avec cette poudre qui donnait aux plus jeunes fronts un faux air de la vieillesse, indiquait la nécessité d'une complète transformation.

Saint-Germain appartient à une époque antérieure, mais il est venu là. C'est lui qui avait fait voir à Louis XV dans un miroir d'acier son petit-fils sans tête, — comme Nostradamus avait fait voir à Marie de Médicis les rois de sa race, dont le quatrième était également décapité.

Ceci est de l'enfantillage. Ce qui relève les mystiques, c'est le détail rapporté par Beaumarchais (le village de *Beaumarschais* est situé à une lieue d'Ermenonville, pays de légendes), que les Prussiens, arrivés jusqu'à trente lieues de Paris, se replièrent tout à coup d'une manière inattendue d'après l'effet d'une apparition dont leur roi fut surpris, et qui lui fit dire : « N'allons pas outre! » comme en certains cas disaient les chevaliers.

Les illuminés français et allemands s'entendaient par des rapports d'affiliation. Les doctrines de Weisshaupt et de Jacob Bœhm avaient pénétré, chez nous, dans les anciens pays francs et bourguignons, par l'antique sympathie et les relations séculaires des races de même origine. Le premier ministre du neveu de Frédéric II était lui-même un illuminé. Beaumarchais suppose qu'à Verdun, sous couleur d'une séance de magnétisme, on fit apparaître devant Frédéric-Guillaume son oncle qui lui aurait dit : « Retourne ! » comme le fit un fantôme à Charles VI.

Ces données bizarres confondent l'imagination ; seulement, Beaumarchais, qui était un sceptique, a prétendu que, pour cette scène de fantasmagorie, on fit venir de Paris l'acteur Fleury, qui avait joué précédemment aux Français le rôle de Frédéric II, et qui aurait ainsi fait illusion au roi de Prusse, lequel, depuis, se retira, comme on sait, de la confédération des rois ligués contre la France.

Les souvenirs des lieux où je suis m'oppressent moi-même ; de sorte que je vous envoie tout cela au hasard, mais d'après des données sûres ; un détail plus important à recueillir, c'est que le général prussien qui, dans nos désastres de la Restauration, prit possession du pays, ayant appris que la tombe de Jean-Jacques Rousseau se trouvait à Ermenonville, exempta toute la contrée, depuis Compiègne, des charges de l'occupation militaire. C'était, je crois, le prince d'Anhalt : souvenons-nous, au besoin, de ce trait.

Rousseau n'a séjourné que peu de temps à Ermenonville. S'il y a accepté un asile, c'est que, depuis longtemps, dans les promenades qu'il faisait en partant de *l'Ermitage* de Montmorency, il avait reconnu que cette contrée présentait à un herboriseur des variétés de plantes remarquables dues à la variété des terrains.

Nous sommes allés descendre à l'auberge de la *Croix blanche*, où il demeura lui-même quelque temps à son arrivée. Ensuite il logea encore de l'autre côté du château, dans une maison occupée aujourd'hui par un épicier. M. René de Girardin lui offrit un pavillon inoccupé, faisant face à un autre pavillon qu'occupait le concierge du château. Ce fut là qu'il mourut.

En nous levant, nous allâmes parcourir les bois encore enveloppés des brouillards d'automne, que peu à peu nous vîmes se dissoudre en laissant reparaître le miroir azuré des lacs. J'ai vu de pareils effets de perspective sur des tabatières du temps... : l'île des Peupliers, au delà des bassins qui surmontent une grotte factice, sur laquelle l'eau tombe, —

quand elle tombe... — Sa description pourrait se lire dans les idylles de Gessner.

Les rochers qu'on rencontre en parcourant les bois sont couverts d'inscriptions poétiques. Ici :

> Sa masse indestructible a fatigué le temps.

Ailleurs :

> Ce lieu sert de théâtre aux courses valeureuses
> Qui signalent du cerf les fureurs amoureuses.

Ou encore, avec un bas-relief représentant des druides qui coupent le *gui* :

> Tels furent nos aïeux dans leurs bois solitaires !

Ces vers ronflants me semblent être de Roucher... — Delille les aurait faits moins solides.

M. René de Girardin faisait aussi des vers. C'était, en outre, un homme de bien. Je pense qu'on lui doit les vers suivants sculptés sur une fontaine d'un endroit voisin, que surmontaient un Neptune et une Amphytrite, légèrement *décolletés*, comme les anges et les saints de Châalis :

> Des bords fleuris où j'aimais à répandre
> Le plus pur cristal de mes eaux,
> Passant, je viens ici me rendre
> Aux désirs, aux besoins de l'homme et des troupeaux.
> En puisant les trésors de mon urne féconde,
> Songe que tu les dois à des soins bienfaisants.
> Puissé-je n'abreuver du tribut de mes ondes
> Que des mortels paisibles et contents !

Je ne m'arrête pas à la force des vers ; c'est la pensée d'un honnête homme que j'admire. L'influence de son séjour est profondément sentie dans le pays. Là, ce sont des salles de danse, où l'on remarque encore *le banc des vieillards* ; là, des tirs à l'arc, avec la tribune d'où l'on distribuait les prix... Au bord des eaux, des temples ronds, à colonnes de marbre, consacrés soit à Vénus génitrice, soit à Hermès consolateur. Toute cette mythologie avait alors un sens philosophique et profond.

La tombe de Rousseau est restée telle qu'elle était avec sa forme antique et simple, et les peupliers, effeuillés, accompagnent encore d'une manière pittoresque le monument, qui se reflète dans les eaux dormantes de l'étang. Seulement, la barque qui y conduisait les visiteurs est aujourd'hui submergée... Les cygnes, je ne sais pourquoi, au lieu de nager gracieusement autour de l'île, préfèrent se baigner dans une ruisseau d'eau vive, qui coule, dans un rebord, entre des saules aux branches rougeâtres, et qui aboutit à un lavoir, situé devant le château.

Nous sommes revenus au château. C'est encore un bâtiment de l'époque d'Henri IV, refait vers Louis XIV, et construit probablement sur des ruines antérieures; car on a conservé une tour crénelée qui jure avec le reste, et les fondements massifs sont entourés d'eau, avec des poternes et des restes de ponts-levis.

Le concierge ne nous a pas permis de visiter les appartements, parce que les maîtres y résidaient. Les artistes ont plus de bonheur dans les châteaux princiers, dont les hôtes sentent qu'après tout, ils doivent quelque chose à la nation.

On nous laissa seulement parcourir les bords du grand lac, dont la vue, à gauche, est dominée par la tour dite de Gabrielle, reste d'un ancien château. Un paysan qui nous accompagnait nous dit :

— Voici la tour où était enfermée la belle Gabrielle... Tous les soirs, Rousseau venait pincer de la guitare sous sa fenêtre, et le roi, qui était jaloux, le guettait souvent, et a fini par le faire mourir.

Voilà pourtant comment se forment les légendes. Dans quelques centaines d'années, on croira cela. Henri IV, Gabrielle et Rousseau sont les grands souvenirs du pays. On a confondu déjà, à deux cents ans d'intervalle, les deux souvenirs, et Rousseau devient peu à peu le contemporain d'Henri IV. Comme la population l'aime, elle suppose que le roi a été jaloux de lui, et trahi par sa maîtresse en faveur de l'homme sympathique aux races souffrantes. Le sentiment qui a dicté cette pensée est peut-être plus vrai qu'on ne croit. Rousseau, qui a refusé cent louis de madame de Pompadour, a ruiné profondément l'édifice royal fondé par Henri. Tout a croulé. Son image immortelle demeure debout sur les ruines.

Quant à ses chansons, dont nous avons vu les dernières à Compiègne, elles célébraient d'autres que Gabrielle. Mais le type de la beauté n'est-il pas éternel comme le génie?

En sortant du parc, nous nous sommes dirigés vers l'église, située sur la hauteur. Elle est fort ancienne, mais moins remarquable que la plupart de celles du pays. Le cimetière était ouvert; nous y avons vu principalement le tombeau de De Vic, ancien compagnon d'armes de Henri IV, qui lui avait fait présent du domaine d'Ermenonville. C'est un tombeau de famille, dont la légende s'arrête à un abbé. Il reste ensuite des filles qui s'unissent à des bourgeois. Tel a été le sort de la plupart des anciennes maisons. Deux tombes plates d'abbés, très-vieilles, dont il est difficile de déchiffrer les légendes, se voient encore près de la terrasse. Puis, près d'une allée, une pierre simple sur laquelle on trouve inscrit : « Ci-gît *Almazor*. » Est-ce un fou? est-ce un laquais? est-ce un chien? La pierre ne dit rien de plus.

Du haut de la terrasse du cimetière, la vue s'étend sur la plus belle partie de la contrée; les eaux miroitent à travers les grands arbres roux, les pins et les chênes verts. Les grès du désert prennent à gauche un aspect druidique. La tombe de Rousseau se dessine à droite, et, plus loin, sur le bord, le temple de marbre d'une déesse absente, qui doit être la Vérité.

Ce dut être un beau jour que celui où une députation, envoyée par l'Assemblé nationale, vint chercher les cendres du philosophe pour les transporter au Panthéon. Lorsqu'on parcourt le village, on est étonné de la fraîcheur et de la grâce des petites filles; avec leurs grands chapeaux de paille, elles ont l'air de Suissesses .. Les idées sur l'éducation de l'auteur d'*Émile* semblent avoir été suivies; les exercices de force et d'adresse, la danse, les travaux de précision encouragés par des fondations diverses ont donné sans doute à cette jeunesse, la santé, la vigueur et l'intelligence des choses utiles.

Ver.

J'aime beaucoup cette chaussée, dont j'avais conservé un souvenir d'enfance, et qui, passant devant le château, rejoint les deux parties du village, ayant quatre tours basses à ses deux extrémités.

Sylvain me dit :

— Nous avons vu la tombe de Rousseau : il faudrait maintenant gagner Dammartin, où nous trouverons des voitures pour nous mener à Soissons, et, de là, à Longueval. Nous allons nous informer du chemin aux laveuses qui travaillent devant le château.

— Allez tout droit par la route à gauche, nous dirent-elles, ou, également, par la droite... Vous arriverez, soit à *Ver*, soit à *Ève;* vous passerez par *Othis*, et, en deux heures de marche, vous gagnerez Dammartin.

Ces jeunes filles fallacieuses nous firent faire une route bien étrange; il faut ajouter qu'il pleuvait.

— Les premiers que nous rencontrerons dans le bois, dit Sylvain (avec plus de raison que de français), nous les consulterons encore...

Les *premiers* furent trois hommes qui se suivaient et remontaient, d'une *sente*, sur le chemin.

C'était le régisseur de M. Ernest de Girardin, suivi d'un

architecte, qu'on reconnaissait au mètre qui lui tenait lieu de canne, et d'un paysan en blouse bleue, qui venait ensuite. Nous étions disposés à leur demander de nouveaux renseignements.

— Faut-il saluer le régisseur? dis-je à Sylvain. Il a un habit noir.

Sylvain répondit :

— Non : les gens qui sont dans leur pays doivent saluer les premiers.

Le régisseur passa, étonné de ne pas recevoir le coup de casquette..., qui sans doute lui avait été adressé déjà dans plusieurs occasions.

L'architecte passa derrière le régisseur, comme s'il ne voyait personne. Le paysan seul ôta son bonnet. Nous saluâmes le paysan.

— Vois-tu, me dit Sylvain, nous n'avons pas fait de bassesses..., et nous rencontrerons plus loin quelque bûcheron qui nous renseignera.

La route était fort dégradée, avec des ornières pleines d'eau, qu'il fallait éviter en marchant sur les gazons. D'énormes chardons, qui nous venaient à la poitrine, — chardons à demi gelés, mais encore vivaces, — nous arrêtaient quelquefois.

Ayant fait une lieue, nous comprîmes que ne voyant ni *Ver*, ni *Ève*, ni *Othys*, ni seulement la plaine, nous pouvions nous être fourvoyés.

Une éclaircie se manifesta tout à coup à notre droite, — quelqu'une de ces coupes sombres qui éclaircissent singulièrement les forêts...

Nous aperçûmes une hutte fortement construite en branches réchampies de terre, avec un toit de chaume tout à fait primitif. Un bûcheron fumait sa pipe devant la porte.

— Pour aller à Ver?...

— Vous en êtes bien loin... En suivant la route, vous arriverez à Montaby.

— Nous demandons Ver, ou Ève...

— Eh bien, vous allez retourner... Vous ferez une demi-lieue (on peut traduire cela si l'on veut en mètres, à cause de la loi); puis, arrivés à la place où l'on tire l'arc, vous prendrez à droite. Vous sortirez du bois, vous trouverez la plaine, et ensuite *tout le monde* vous indiquera Ver.

Une politesse en vaut une autre. Cependant, le bûcheron ne voulut pas accepter un cigare, — en quoi je le blâme.

Nous avons retrouvé la place du tir, avec sa tribune et son hémicycle destiné aux sept vieillards. Puis nous nous sommes engagés dans un sentier qui doit être fort beau quand les arbres sont verts. Nous chantions encore, pour aider la marche et peupler la solitude, une chanson du pays qui a dû bien des fois réjouir les compagnons :

> Après ma journée faite... — Je m'en fus promener! (*Bis.*)
> En mon chemin rencontre — Une fille à mon gré.
> Je la pris par sa main blanche... — Dans les bois je l'ai menée.
> Quand elle fut dans les bois, — Elle se mit à pleurer.
> « Ah! qu'avez-vous, la belle?... — Qu'avez-vous à pleurer?
> — Je pleure mon innocence... — Que vous m'allez ôter!
> — Ne pleurez pas tant, la belle... — Je vous la laisserai.
> Je la pris par sa main blanche. — Dans les champs je l'ai menée.
> Quand elle fut dans les champs... — Elle se mit à chanter.
> — Ah! qu'avez-vous, la belle? — Qu'avez-vous à chanter?
> Je chante votre bêtise — De me laisser aller :
> Quand on tenait la poule, — Il fallait la plumer, etc. »

Ces chansons-là ne finissent jamais; cependant, ici le sens est complet. Je remarque seulement ce mélange de vers blancs et d'assonnances, qui ne nuit nullement à l'expression musicale.

L'exemple est plus beau, certes, dans la chanson dont j'ai cité les premiers vers, et dont l'air est tendre et d'une mélancolie sublime :

> Dessous les rosiers blancs,
> La belle se promène :

Blanche comme la neige...
Belle comme le jour !

Au jardin de son père,
Trois cavaliers l'ont pris !...

Il faudrait *prise*, selon notre langue actuelle[1], que la mode et l'Académie arrangent à leur manière ; je ne veux que marquer la possibilité de faire de la musique sur des *vers blancs*. C'est ainsi que les Allemands, à l'époque de Klopstock, et par imitation depuis, faisaient des vers rhythmés dans le système des brèves et des longues, — comme les Latins.

On dira que nous ne savons écrire qu'en prose. Mais où est le vers ?... dans la mesure, dans la rime ou dans l'idée ?

La route se prolongeait *comme le diable* ; je ne sais trop jusqu'à quel point le diable se prolonge, — ceci est la réflexion d'un Parisien. — Sylvain, avant de quitter le bois, fit entendre encore ces vers de l'époque de Louis XIV :

C'était un cavalier
Qui revenait de Flandre...

Le reste est difficile à raconter. — Le refrain s'adresse au tambour, et il lui dit :

Battez la générale
Jusqu'au point du jour !

Sylvain m'apprit encore une fort jolie chanson, qui remonte évidemment à l'époque de la Régence :

Y avait dix filles dans un pré, — Toutes les dix à marier ; — Y avait Dine, — Y avait Chine, — Y avait Suzette et Martine. — Ah ! ah ! Catherinette et Catherina !
Y avait la jeune Lison, — La comtesse de Montbazon, — Y avait Madeleine, — Et puis la Dumaine !

1. Madame de Sévigné, cette *reine des caillettes*, comme disait Annèe (ancien directeur du *Constitutionnel*), a discuté là-dessus. Elle avait peut-être raison dans son temps.

Vous voyez, mon ami, que c'est là une chanson qu'il est bien difficile de faire rentrer dans les règles de la prosodie.

> Toutes les dix à marier. — Le fils du roi vint à passer. — R'garda Dine, — R'garda Chine, — R'garda Suzette et Martine. — Ah! ah! Catherinette et Catherina!
> R'garda la jeune Lison, — La comtesse de Montbazon, — R'garda Madeleine, — Sourit à la Dumaine.

La suite est la répétition de tous ces noms et l'augmentation progressive des galanteries de la fin.

> Puis il nous a saluées. — Salut, Dine, — Salut, Chine, etc. — Sourire à la Dumaine.
> Et puis il nous a donné, — Bague à Dine, — Bague à Chine, etc., — Diamant à la Dumaine.
> Puis il nous mena souper. — Pomme à Dine, etc., — Diamant à la Dumaine.
> Puis il nous fallut coucher. — Paille à Dine, — Paille à Chine, — Bon lit à la Dumaine.
> Puis il nous a renvoyées. — Renvoya Dine, etc., — Garda la Dumaine!

Quelle folie galante que cette ronde, et qu'il est impossible d'en rendre la grâce à la fois aristocratique et populaire! Heureuse Dumaine! heureux fils du roi! — Louis XV enfant, peut-être.

Quand Sylvain, homme taciturne, se met à chanter, on n'en est pas quitte facilement. Il m'a chanté je ne sais quelle chanson des *Moines rouges* qui habitaient primitivement Châalis. Quels moines! C'étaient des templiers! Le roi et le pape se sont entendus pour les brûler.

Ne parlons plus de ces moines rouges.

Au sortir de la forêt, nous nous sommes trouvés dans les terres labourées. Nous emportions beaucoup de terre à la semelle de nos souliers; mais nous finissions par la rendre plus loin dans les prairies... Enfin, nous sommes arrivés à Ver. C'est un gros bourg.

L'hôtesse était aimable et sa fille fort avenante, ayant de beaux cheveux châtains, une figure régulière et douce, et ce *parler* si charmant des pays de brouillard, qui donne aux plus jeunes filles des intonations de *contralto*, par moments!

— Vous voilà, mes enfants, dit l'hôtesse... Eh bien, on va mettre un fagot dans le feu!

— Nous vous demandons à souper, sans indiscrétion.

— Voulez-vous, dit l'hôtesse, qu'on vous fasse d'abord une soupe à l'oignon?

— Cela ne peut pas faire de mal; et ensuite?

— Ensuite, il y a aussi *de la chasse.*

Nous vîmes là que nous étions bien tombés.

L'auberge, un peu isolée, mais solidement bâtie, où nous avons pu trouver asile, offre à l'intérieur une cour à galeries d'un système entièrement valaque... Sylvain a embrassé la fille, qui est assez bien découplée, et nous prenons plaisir à nous chauffer les pieds en caressant deux chiens de chasse, attentifs au tournebroche, — qui est l'espoir d'un souper prochain...

Le souper terminé, nous avons erré un peu dans le hameau. Tout était sombre, hors une seule maison, ou plutôt une grange, où des éclats de rire bruyants nous appelèrent. Sylvain fut reconnu, et l'on nous invita à prendre place sur un tas de chènevottes. Les uns faisaient du filet, les autres des nasses ou des paniers. C'est que nous sommes dans un pays de petites rivières et d'étangs. J'entendis là cette chanson :

> La belle était assise, — Près du ruisseau coulant, — Et dans l'eau qui frétille, — Baignait ses beaux pieds blancs. — Allons, ma mie, légèrement.

Voilà encore un couplet en assonances, et vous voyez qu'il est charmant, mais je ne puis vous faire entendre l'air. On dirait un de ceux de Charles d'Orléans, que Perne et Choron nous ont traduits en notation moderne. Il s'agit dans cette ballade d'un jeune seigneur qui rencontre une paysanne, et qui est parvenu à la séduire. Sur le bord du ruisseau, tous deux raisonnent sur le sort de l'enfant probable qui sera le résultat de leur amour. — Le seigneur dit :

> En ferons-nous un prêtre, — Ou bien un président ?

On sent bien ici qu'il est impossible de faire autre chose d'un enfant produit, à cette époque, dans de telles conditions. Mais la jeune fille a du cœur, malgré son imprudence, et, renonçant pour son fils aux avantages d'une position mixte, elle répond :

> Nous n'en ferons un prêtre, — Non plus un président. — Nous lui mettrons la hotte, — Et trois oignons dedans.
> Il s'en ira criant : « Qui veut mes oignons blancs ? » — Allons, ma mie, légèrement ! — Légèrement, légèrement !

En voilà encore une qui ne sera pas recueillie par le comité des chants nationaux, et cependant qu'elle est jolie ! Elle peint même les mœurs d'une époque. — Il n'en est pas de même de celle-ci, qui ne décrit que des mœurs générales :

> Ah ! qu'y fait donc bon ! — Qu'y fait donc bon — Garder les vaches — Dans l'paquis aux bœufs, — Quand on est deux. — Quand on est quatre, — On s'embarrasse. — Quand on est deux, — Ça vaut bien mieux !

Qu'elle est nature, celle-là, et que c'est bien la chanson d'un berger !... Mais on la connaît par les *Mémoires* de Dumas ; — c'est, en effet, une chanson des environs de Villers-Cotterets, où il a été élevé.

Citons pourtant les vers que dit le berger à la jeune Isabeau :

> Ton p'tit mollet rond — Passe sous ton jupon... — T'as quinze ans passés. — On le voit bien assez !

C'est de l'idylle antique, et l'air est charmant.

— Je vais, dit Sylvain, te dire le sujet d'une pièce que je voudrais faire sur la mort de Rousseau.

— Malheureux! lui dis-je, tu médites des drames?

— Que veux-tu! la nature indique à chacun sa voie.

Je le regardai d'un œil sévère. — Il lut :

A LA CHEVRETTE

« Grimm apprend de sa maîtresse, madame d'Épinay, qu'elle est enceinte illégalement, et qu'il faut qu'elle présente une raison de santé pour s'aller cacher à Genève. Elle désire que Rousseau l'accompagne. Madame d'Houdetot, que Rousseau aime, se refuse à aider sa sœur dans l'exécution de ce projet. Rousseau refuse aussi. Aigreur, reproches, jalousie, etc. On le menace de dénoncer ses amours à Saint-Lambert, — de le chasser de l'Ermitage. Rousseau répond, et les accable. Il sort, les laissant conspirer sa ruine. »

A MONTMORENCY

« La neige couvre le sol. Rousseau, dans un pavillon ouvert, « *sans autre feu* que celui de son cœur », écrit sa lettre à d'Alembert. Il est plein de verve. Parfois, il chantonne la chanson des *Spartiates*, et apostrophe ses ennemis. Thérèse apporte son déjeuner, composé d'un peu de vin, de pain et d'eau. — Tandis qu'elle donne à un inconnu, qui l'embrasse à une fenêtre, du poulet et du vin de Bordeaux, Grimm vient réclamer Rousseau, expose comiquement tous les griefs de sa société, et finit par lui demander de la copie de musique. Rousseau se calme, et vante son talent dans ce genre. On apporte un paquet pour Thérèse de la part de la maréchale. Grimm félicite ironiquement le stoïcien des cadeaux qu'il reçoit. — Celui-ci se fâche, et proteste de son ignorance. Grimm se retire incrédule. Rousseau appelle Thérèse, l'accable de reproches : « Vous me déshonorez, etc. » Le libraire Duchesne entre, lui disant qu'il n'ose pas publier l'*Émile*, sans supprimer le *vicaire*. Rousseau s'y refuse, se retranchant derrière le libraire de Hollande. Duchesne lui répond que cette édition sera falsifiée. Rousseau, que cette nouvelle trouble jusqu'au délire, voit entrer Saint-Lambert, qui, averti par madame d'Épinay, vient l'accuser de déloyauté. Rousseau reste confondu. »

A AUBONNE

« Rousseau a voulu revoir madame d'Houdetot. Elle est dans les larmes à cause de la jalousie de Saint-Lambert. Rousseau s'élève jusqu'à l'offre de sa vie. « Mais non, » reprend-il, « le parlement me poursuit. Dis un mot, et je vais, malgré » toutes les instances, me livrer au bourreau qui a déjà lacéré » mon livre. » Saint-Lambert entre. Il a tout entendu, ouvre ses bras et pardonne, — et lui annonce qu'il est chargé par MM. de Luxembourg et Malesherbes de réclamer leurs lettres compromettantes et de hâter sa fuite. — Ici, Rousseau lâche une tartine contre les grands, les magistrats et les prêtres, dit qu'il répondra et écrasera l'archevêque Beaumont, qui a la lâcheté de le calomnier en pleine chaire, et qu'il emportera dans son exil la joie d'avoir ébranlé jusqu'à la ruine cette société inique, prédit les horreurs d'une catastrophe révolutionnaire. (Il part.) »

A MOTIERS-TRAVERS

« Thérèse et l'inconnu se concertent pour obliger Rousseau à quitter la Suisse; ils rappellent ce qu'ils ont déjà fait pour cela : la scène des enfants ameutés pour le lapider, leur dénonciation au consistoire, etc.; enfin, ils arrêtent que l'inconnu fera une réclamation scandaleuse. Tout cela pour arriver à vivre dans une grande ville où ils puissent être à l'abri de l'opinion, et plus à portée de certaines ressources. Rousseau entre; il est malade et en costume d'Arménien; — il vient d'herboriser; il tient de la ciguë et de la pervenche; il parle tout seul de madame de Warens, du suicide, de l'injustice des hommes, de ses souffrances, de son amour de la pa-

trie. Thérèse lui remet un paquet, qui, dit-elle, vient d'arriver on ne sait d'où; il l'ouvre, et n'y trouve que des libelles
contre lui. Pendant l'irritation que lui cause la lecture de ces
écrits, on introduit une députation du consistoire, qui vient
l'engager à renoncer au projet de s'approcher de la table de
la communion, parce que, disent-ils, le scandale serait trop
grand... Rousseau s'irrite de nouveau contre tant de misérables persécutions, — Au milieu de cette scène se glisse l'inconnu, qui vient réclamer neuf francs que Rousseau lui aurait
empruntés autrefois dans sa misère..., sans avoir voulu, dit-il,
les rendre à celui qui est maintenant misérable. Rousseau, sur
ce fait, le chasse, et veut le conduire devant la police de Neu-
chatel; mais il est épuisé et tombe accablé en disant : « Par-
» tons, Thérèse! — Et où irons-nous? — Où vous voudrez. »

A ERMENONVILLE

« Rousseau, assis devant une petite cabane, cause avec un
jeune enfant. L'enfant va, vient, apporte des plantes. « Quelle
» est celle-ci? — C'est de la ciguë. — Apporte-moi toutes
» celles que tu rencontreras. » Thérèse vient déposer le café
de Rousseau près de lui, et aperçoit dans ses mains un pistolet : « Qu'allez-vous faire? — Mettre fin à une existence dont
» vous avez fait un long martyre. » Il sait tout et dit tout.
« Ce père de vos enfants, que l'on m'accuse d'avoir abandon-
» nés, est ici palefrenier dans cette maison, etc. » Thérèse
s'agenouille. « Il est trop tard!... Souvenez-vous seulement
» qu'aux yeux du monde, je vous ai permis de porter un nom
» qui sera désormais glorieux. » L'enfant revient; Rousseau
dit à Thérèse de sortir : celle-ci, sans bouger, lui montre le
pistolet. Rousseau le lui donne : elle sort. Puis, en causant
avec l'enfant, il exprime le jus des ciguës dans son café, qu'il
boit tranquillement en caressant l'enfant. « Viendrez-vous ce
» soir à la fête du château? — Non. — Pourquoi donc? Il y
» aura M. Diderot, M. Saint-Lambert, madame d'Houde-

» tot, etc. » Ses tortures effrayent l'enfant, qui fuit. Rousseau s'achève avec un autre pistolet qu'il tire de sa poche. Le bruit fait accourir tous les invités. Madame d'Houdetot se précipite la première pour le relever. — Rousseau est mort... »

Voilà le travail, incroyablement formulé, qui résume les idées de Sylvain, et dont il croit pouvoir faire un drame. Il a eu le malheur de trouver un exemplaire dépareillé des derniers volumes des *Confessions*, et son imagination a fait le reste...

Plaignons-le de n'avoir pas reçu l'éducation classique...

LETTRE QUINZIÈME

M. Toulouse. — Les deux bibliophiles. — Saint-Médard de Soissons. — Le château des Longueval de Bucquoy. — Réflexions.

Je n'ai pas à me reprocher d'avoir suspendu pendant dix jours le cours du récit historique que vous m'aviez demandé. L'ouvrage qui devait en être la base, c'est-à-dire l'histoire *officielle* de l'abbé de Bucquoy, devait être vendu le 20 novembre, et ne l'a été que le 30, soit qu'il ait été retiré d'abord (comme on me l'a dit); soit que l'ordre même de la vente, énoncé dans le catalogue, n'ait pas permis de le présenter plus tôt aux enchères.

L'ouvrage pouvait, comme tant d'autres, prendre le chemin de l'étranger, et les renseignements qu'on m'avait adressés des pays du Nord indiquaient seulement des traductions hollandaises du livre, sans donner aucune indication sur l'édition originale, imprimée à Francfort, avec l'allemand en regard.

J'avais vainement, vous le savez, cherché le livre à Paris. Les bibliothèques publiques ne le possédaient pas. Les libraires spéciaux ne l'avaient point vu depuis longtemps. Un seul, M. Toulouse, m'avait été indiqué comme pouvant le posséder.

M. Toulouse a la spécialité des livres de controverse religieuse. Il m'a interrogé sur la nature de l'ouvrage; puis il m'a dit :

— Monsieur, je ne l'ai point... Mais, si je l'avais, peut-être ne vous le vendrais-je pas.

J'ai compris que, vendant des livres à des ecclésiastiques, il ne se souciait pas d'avoir affaire à un *fils de Voltaire*.

Je lui ai répondu que je m'en passerais bien, ayant déjà des notions générales sur le personnage dont il s'agissait.

— Voilà pourtant comme on écrit l'histoire! m'a-t-il répondu [1].

Vous me direz que j'aurais pu me faire communiquer l'*Histoire de l'abbé de Bucquoy* par quelques-uns de ces bibliophiles qni subsistent encore, tels M. de Montmerqué et autres. A quoi je répondrai qu'un bibliophile sérieux ne communique pas ses livres. Lui-même ne les lit pas, de crainte de les fatiguer.

Un bibliophile connu avait un ami; cet ami était devenu amoureux d'un *Anacréon* in-16, édition lyonnaise du XVIᵉ siècle, augmentée des poésies de Bion, de Moschus et de Sapho. Le possesseur du livre n'eût pas défendu sa femme aussi fortement que son in-16. Presque toujours son ami, venant déjeuner chez lui, traversait indifféremment la bibliothèque; mais il jetait à la dérobée un regard sur l'*Anacréon*.

Un jour, il dit à son ami :

— Qu'est-ce que tu fais de cet in-16 mal relié... et coupé? Je te donnerai volontiers le *Voyage de Polyphile* en ita-

1. M. Toulouse, rue du Foin-Saint-Jacques, en face la caserne des gendarmes.

lien, *édition princeps* des Aldes, avec les gravures de Belin, pour cet in-16... Franchement, c'est pour compléter ma collection des poëtes grecs.

Le possesseur se borna à sourire.

— Que te faut-il encore ?

— Rien ; je n'aime pas à échanger mes livres.

— Si je t'offrais encore mon *Roman de la Rose*, grandes marges, avec des annotations de Marguerite de Valois ?

— Non..., ne parlons plus de cela.

— Comme argent, je suis pauvre, tu le sais ; mais j'offrirais bien mille francs.

— N'en parlons plus...

— Allons, quinze cents livres.

— Je n'aime pas les questions d'argent entre amis.

La résistance ne faisait qu'accroître les désirs de l'ami du bibliophile. Après plusieurs offres, encore repoussées, il lui dit, arrivé au dernier paroxysme de la passion :

— Eh bien, j'aurai le livre à *ta vente* !

— A ma vente ?... Mais je suis plus jeune que toi...

— Oui, mais tu as une mauvaise toux.

— Et toi..., ta sciatique ?

— On vit quatre-vingts ans avec cela !...

Je m'arrête, monsieur. Cette discussion serait une scène de Molière ou une de ces analyses tristes de folie humaine, qui n'ont été traitées gaiement que par Érasme... En résultat, le bibliophile mourut quelques mois après, et son ami eut le livre pour six cents francs.

— Et il m'a refusé de me le laisser pour quinze cents francs ! disait-il plus tard, toutes les fois qu'il le faisait voir.

Cependant, quand il n'était plus question de ce volume, qui avait projeté un seul nuage sur une amitié de cinquante ans, son œil se mouillait au souvenir de l'homme excellent qu'il avait aimé.

Cette anecdote est bonne à rappeler dans une époque où le goût des collections de livres, d'autographes et d'objets d'art, n'est plus généralement compris en France. Elle pourra, néanmoins, vous expliquer les difficultés que j'ai éprouvées à me procurer l'*Histoire de l'abbé de Bucquoy*.

Samedi dernier, à sept heures, je revenais de Soissons, — où j'avais cru pouvoir trouver des renseignements sur les Bucquoy, — afin d'assister à la vente, faite par M. Techener, de la bibliothèque de M. Motteley, qui dure encore, et sur laquelle on a publié, avant-hier, un article dans *l'Indépendance belge*.

Une vente de livres ou de curiosités a, pour les amateurs, l'attrait d'un tapis vert. Le râteau du commissaire, qui pousse les livres et ramène l'argent, rend cette comparaison fort exacte.

Les enchères étaient vives. Un volume isolé parvint jusqu'à six cents francs. A dix heures moins un quart, l'*Histoire de l'abbé de Bucquoy* fut mise sur table à vingt-cinq francs... A cinquante-cinq francs, les habitués et M. Techener lui-même abandonnèrent le livre : une seule personne poussait contre moi.

A soixante-cinq francs, l'amateur a manqué d'haleine.

Le marteau du commissaire-priseur m'a adjugé le livre pour soixante-six francs.

On m'a demandé ensuite trois francs vingt centimes pour les frais de la vente.

J'ai appris, depuis, que c'était un délégué de la Bibliothèque nationale qui m'avait fait concurrence jusqu'au dernier moment.

Je possède donc le livre et je me trouve en mesure de continuer mon travail.

> Votre, etc.

De Ver à Dammartin, il n'y a guère qu'une heure et demie de marche. J'ai eu le plaisir d'admirer, par une belle matinée, l'horizon de dix lieues qui s'étend autour du vieux château, si redoutable autrefois, et dominant toute la con-

trée. Les hautes tours sont démolies, mais l'emplacement se
dessine encore sur ce point élevé, où l'on a planté des allées
de tilleuls servant de promenade, au point même où se trouvaient les entrées et les cours. Des charmilles d'épine-vinette
et de belladone empêchent toute chute dans l'abîme que forment encore les fossés. Un tir a été établi pour les archers
dans un des fossés qui se rapprochent de la ville.

Sylvain est retourné dans son pays ; j'ai continué ma route
vers Soissons à travers la forêt de Villers-Cotterets, entièrement dépouillée de feuilles, mais reverdie çà et là par des
plantations de pins qui occupent aujourd'hui les vastes espaces des *coupes sombres* pratiquées na guère. Le soir, j'arrivai
à Soissons, la vieille *Augusta Suessonium*, où se décida le sort
de la nation française au vi⁰ siècle.

On sait que c'est après la bataille de Soissons, gagnée par
Clovis, que ce chef des Francs subit l'humiliation de ne pouvoir garder un vase d'or, produit du pillage de Reims. Peut-
être songeait-il déjà à faire sa paix avec l'Église, en lui rendant un objet saint et précieux. Ce fut alors qu'un de ses
guerriers voulut que ce vase entrât dans le partage, car l'é-
galité était le principe fondamental de ces tribus franques,
originaires d'Asie. — Le vase d'or fut brisé, et, plus tard, la
tête du Franc égalitaire eut le même sort, sous la *francisque*
de son chef. Telle fut l'origine de nos monarchies.

Soissons, ville forte de seconde classe, renferme de curieuses antiquités. La cathédrale a sa haute tour, d'où l'on découvre sept lieues de pays ; un beau tableau de Rubens, derrière son maître-autel. L'ancienne cathédrale est beaucoup plus
curieuse, avec ses clochers festonnés et découpés en guipure.
Il n'en reste que la façade et les tours, malheureusement. Il y
a encore une autre église qu'on restaure avec cette belle pierre
et ce béton romain, qui font l'orgueil de la contrée. Je me
suis entretenu là avec les tailleurs de pierre, qui déjeunaient
autour d'un feu de bruyère et qui m'ont paru très-forts sur
l'histoire de l'art. Ils regrettaient, comme moi, qu'on ne res-

taurât point l'ancienne cathédrale., Saint-Jean des Vignes, plutôt que l'église lourde où on les occupait. Mais cette dernière est, dit-on, plus *logeable*. Dans nos époques de foi restreinte, on n'attire plus les fidèles qu'avec l'élégance et le confort.

Les compagnons m'ont indiqué comme chose à voir Saint-Médard, situé à une portée de fusil de la ville, au delà du pont et de la gare de l'Aisne. Les constructions les plus modernes forment l'établissement des sourds-muets. Une surprise m'attendait là. C'était d'abord la tour en partie démolie où Abailard fut prisonnier quelque temps. On montre encore sur les murs des inscriptions latines de sa main; puis de vastes caveaux déblayés depuis peu, où l'on a retrouvé la tombe de Louis le Débonnaire, formée d'une vaste cuve de pierre qui m'a rappelé les tombeaux égyptiens.

Près de ces caveaux, composés de cellules souterraines avec des niches çà et là comme dans les tombeaux romains, on voit la prison même où cet empereur fut retenu par ses enfants, l'enfoncement où il dormait sur une natte, et autres détails parfaitement conservés, parce que la terre calcaire et les débris de pierres fossiles qui remplissaient ces souterrains les ont préservés de toute humidité On n'a eu qu'à déblayer, et ce travail dure encore, amenant chaque jour de nouvelles découvertes. C'est un Pompéi carlovingien.

En sortant de Saint-Médard, je me suis un peu égaré sur les bords de l'Aisne, qui coule entre les oseraies rougeâtres et les peupliers dépouillés de feuilles. Il faisait beau, les gazons étaient verts, et, au bout de deux kilomètres, je me suis trouvé dans un village nommé Cuffy, d'où l'on découvrait parfaitement les tours dentelées de la ville et ses toits flamands bordés d'escaliers de pierre.

On se rafraîchit dans ce village avec un petit vin blanc mousseux qui ressemble beaucoup à la tisane de Champagne.

En effet, le terrain est presque le même qu'à Épernay. C'est un filon de la Champagne voisine qui, sur ce coteau exposé au midi, produit des vins rouges et blancs qui ont

encore assez de feu. Toutes les maisons sont bâties en pierres
meulières trouées comme des éponges par les vrilles et les li-
maçons marins. L'église est vieille mais rustique. Une ver-
rerie est établie sur la hauteur.

Il n'était plus possible de ne pas retrouver Soissons. J'y
suis retourné pour continuer mes recherches, en visitant la
bibliothèque et les archives. A la bibliothèque, je n'ai rien
trouvé que l'on ne pût avoir à Paris. Les archives sont à la
sous-préfecture et doivent être curieuses, à cause de l'antiquité de la ville. Le secrétaire m'a dit :

— Monsieur, nos archives sont là-haut, dans les greniers ;
mais elles ne sont pas classées.

— Pourquoi ?

— Parce qu'il n'y a pas de fonds attribués à ce travail par
la ville. La plupart des pièces sont en gothique et en latin...
Il faudrait qu'on nous envoyât quelqu'un de Paris.

Il est évident que je ne pouvais espérer de trouver facilement là des renseignements sur les Bucquoy. Quant à la situation actuelle des archives de Soissons, je me borne à la dénoncer aux paléographes ; si la France est assez riche pour
payer l'examen des souvenirs de son histoire, je serai heureux
d'avoir donné cette indication.

Je vous parlerais bien encore de la grande foire qui avait
lieu en ce moment-là dans la ville ; du théâtre, où l'on jouait
Lucrèce Borgia ; des mœurs locales, assez bien conservées
dans ce pays situé hors du mouvement des chemins de fer, —
et même de la contrariété qu'éprouvent les habitants par suite
de cette situation. Ils ont espéré quelque temps être rattachés à la ligne du Nord, ce qui eût produit de fortes économies... Un personnage puissant aurait obtenu de faire passer la ligne de Strasbourg par ces bois, auxquels elle offre des
débouchés ; mais ce sont là de ces exigences locales et de ces
suppositions intéressées qui peuvent ne pas être de toute justice.

Le but de ma tournée est atteint maintenant. La diligence

de Soissons à Reims m'a conduit à Braine. Une heure après, j'ai pu gagner Longueval, le berceau des Bucquoy. Voilà donc le séjour de la belle Angélique et le *château chef* de son père, qui paraît en avoir eu autant que son aïeul, le grand comte de Bucquoy, a pu en conquérir dans les guerres de Bohême. — Les tours sont rasées, comme à Dammartin. Cependant, les souterrains existent encore. L'emplacement, qui domine le village, situé dans une gorge allongée, a été couvert de constructions depuis sept ou huit ans, époque ou les ruines ont été vendues. Empreint suffisamment de ces souvenirs de localité qui peuvent donner de l'attrait à une composition romanesque, et qui ne sont pas inutiles au point de vue positif de l'histoire, j'ai gagné Château-Thierry, où l'on aime à saluer la statue rêveuse du bon la Fontaine, placée au bord de la Marne et en vue du chemin de fer de Strasbourg.

Réflexions.

Et puis... (C'est ainsi que Diderot commençait un conte, me dira-t-on.)
— Allez toujours !
— Vous avez imité Diderot lui-même.
— Qui avait imité Sterne.
— Lequel avait imité Swift.
— Qui avait imité Rabelais.
— Lequel avait imité Merlin Coccaïe.
— Qui avait imité Pétrone.
— Lequel avait imité Lucien. Et Lucien en avait imité bien d'autres. Quand ce ne serait que l'auteur de l'*Odyssée*, qui fait promener son héros pendant dix ans autour de la Méditerranée, pour l'amener enfin à cette fabuleuse Ithaque, dont la reine, entourée d'une cinquantaine de prétendants, défaisait chaque nuit ce qu'elle avait tissé le jour.
— Mais Ulysse a fini par retrouver Ithaque.

— Et j'ai retrouvé l'abbé de Bucquoy.

— Parlez-en.

Je ne fais pas autre chose depuis un mois. Les lecteurs doivent être déjà fatigués du comte du Bucquoy le ligueur, plus tard généralisisme des armées d'Autriche ; — de M. de Longueval de Bucquoy et de sa fille Angélique, enlevée par La Corbinière ; — du château de cette famille, dont je viens de fouler les ruines...

Et enfin de l'abbé comte de Bucquoy lui-même, dont j'ai rapporté une courte biographie, — et que M. d'Argenson, dans sa correspondance, appelle *le prétendu* abbé de Bucquoy.

Il est en ainsi peut-être des faux saulniers. On n'y croit plus ! Les faux saulniers ne pouvaient pas être de vrais *saulniers*. Les mémoires du temps orthographient ainsi leur nom : *fauxçonniers*. C'étaient simplement les gens qui faisaient la contrebande du sel non-seulement en Franche-Comté, en Lorraine, en Bourgogne, mais en Champagne, en Picardie, en Bretagne, partout. Saint-Simon raconte à plusieurs reprises leurs exploits, et cite même de certains régiments qui faisaient *le faux saunage* lorsque la paye devenait trop irrégulière, soit sous Louis XIV, soit sous la Régence. Mandrin fut, plus tard encore, un capitaine de faux saulniers. Un simple brigand eût-il pu prendre des villes et livrer des batailles rangées ?... Mais, par l'histoire qui se faisait alors, on devait avoir intérêt à embrouiller cette question immense de la résistance aux gabelles, qui fut une des principales causes de mécontentement populaire. Les paysans ont toujours considéré l'impôt du sel comme une question de subsistances et une des plus lourdes charges du cultivateur.

Le livre que je viens d'acheter à la vente Motteley vaudrait beaucoup plus de soixante-neuf francs vingt centimes, s'il n'était cruellement rogné. La reliure, toute neuve, porte en lettres d'or ce titre attrayant : *Histoire du sieur abbé comte de Bucquoy*, etc. La valeur de l'in-12 vient peut-être de trois maigres brochures en vers et en prose, composées par l'auteur, et qui, étant d'un plus grand format, ont les marges coupées jusqu'au texte, qui, cependant, reste lisible.

Le livre a tous les titres cités déjà qui se trouvent énoncés dans Brunet, dans Quérard et dans la Biographie de Michaud. En regard du titre est une gravure représentant la Bastille, avec ce titre au-dessus : *l'Enfer des vivants*, et cette citation : *Facilis descensus Averni*.

Heureusement, nous avons eu, depuis, ces beaux vers de Chénier :

> L'enfer de la Bastille à tous les vents jeté,
> Vole, poussière infâme et cendre inanimée ;
> Et, de ce noir tombeau la sainte Liberté,
>   Altière, étincelante, armée,
> Sort !

Le français répond au latin.

Je me suis peut-être trompé dans l'examen de l'écusson du fondateur de la chapelle de Châalis.

On m'a communiqué des notes sur les abbés de Châalis. « Robert de la Tourette, notamment, qui fut abbé là, de 1501 à 1522, fit de grandes restaurations... » On voit sa tombe devant le maître-autel.

« Ici arrivent les Médicis : Hippolyte d'Este, cardinal de Ferrare, 1554 ; — Aloys d'Este, 1587. » Ensuite : « Louis, cardinal de Guise, 1501 ; Charles-Louis de Lorraine, 1630. »

Il faut remarquer que les d'Este n'ont qu'un alérion au 2 et au 3, et que j'en ai vu trois au 1 et au 4 dans l'écusson écartelé.

« Charles II, cardinal de Bourbon (depuis Charles X — l'ancien) lieutenant général de l'Ile-de-France depuis 1551, eut un fils appelé Poullain. »

Je veux bien croire que ce cardinal-roi eut un fils naturel; mais je ne comprends pas les trois alérions posés 2 et 1. Ceux de Lorraine sont sur une bande. Pardon de ces détails, mais la connaissance du blason est la clef de l'histoire de France... Les pauvres auteurs n'y peuvent rien !

II

HISTOIRE DE L'ABBÉ DE BUCQUOY

I

UN CABARET EN BOURGOGNE

Le grand siècle n'était plus : il s'était en allé où vont les vieilles lunes et les vieux soleils. Louis XIV avait usé l'ère brillante des victoires. On lui reprenait ce qu'il avait gagné en Flandre, en Franche-Comté, aux bords du Rhin, en Italie. Le prince Eugène triomphait en Allemagne, Marlborough dans le Nord... Le peuple français, ne pouvant mieux faire, se vengeait par une chanson.

La France s'était épuisée à servir les ambitions familiales et le système obstiné du vieux roi. Notre nation a toujours adopté facilement les souverains belliqueux, et, dans la race des Bourbons, Henri IV et Louis XIV ont répondu à cet esprit, quoique le dernier ait eu à se plaindre de « sa grandeur qui l'attachait au rivage. » Au besoin, ces souverains se sauvaient par leurs vices. Leurs amours faisaient l'entretien des châteaux et des chaumières, et réalisaient de loin cet idéal galant et chevaleresque qui a toujours été le rêve généreux des Français.

Toutefois, il existait des provinces moins sujettes à l'admiration, et qui protestèrent toujours sous diverses formes, soit sous le voile des idées religieuses, soit sous la forme évidente des jacqueries, des ligues et des frondes.

La révocation de l'édit de Nantes avait été le grand coup frappé contre les dernières résistances. Villars venait de triompher du soulèvement des Cévennes, et ceux des Camisards qui avaient échappé aux massacres s'en allaient par bandes rejoindre en Allemagne le million d'exilés qui avaient été contraints de porter à l'étranger les débris de leur fortune et les diverses industries où excellaient beaucoup des protestants.

On avait brûlé le Palatinat, leur principal refuge : « Ce sont là jeux de princes. » Le soleil du grand siècle pouvait encore se mirer à l'aise dans les bassins de Versailles; mais il pâlissait sensiblement. Madame de Maintenon elle-même ne luttait plus contre le temps : elle s'appliquait seulement à infuser la dévotion dans l'âme d'un roi sceptique, qui lui répondait par des chiffres apportés chaque jour par Chamillard :

— Trois milliards de dettes !... que peut faire à cela la Providence ?

Louis XIV n'était pas un homme ordinaire; on peut croire même qu'il aimait la France et voulait sa grandeur. Sa personnalité, doublée de l'esprit de famille, l'a perdu à l'époque où l'âge affaiblissait ses forces, et où son entourage arrivait à dominer sa volonté.

Quelque temps après la perte de la bataille d'Hochstett, qui nous enlevait cent lieues de pays dans les Flandres, Archambault de Bucquoy passait à Morchandgy, petit village de la Bourgogne, situé à deux lieues de Sens.

D'où venait-il? On ne le sait pas trop...

Où allait-il? Nous le verrons plus tard ..

Une roue de sa voiture s'étant cassée, le charron du village demandait une heure pour en poser une nouvelle. Le comte dit à son domestique :

— Je ne vois que ce cabaret d'ouvert... Tu viendras m'avertir quand le charron aura fini.

—M. le comte ferait mieux de rester dans la voiture, qu'on a étayée.

— Allons donc !... J'entre au cabaret, je suis sûr que je n'y trouverai que de bonnes gens...

Archambault de Bucquoy entra dans la cuisine et demanda de la soupe...

Il voulait premièrement goûter le bouillon.

L'hôtesse se prêta à cette exigence. Mais Archambault, l'ayant trouvé trop salé, dit :

— On voit bien que le sel est à bon marché ici.

— Pas trop, dit l'hôtesse.

— Je suppose que les *faux saulniers* en ont amené ici l'abondance.

— Je ne connais pas ces gens-là... Du moins, ils n'oseraient venir ici..., Les troupes de Sa Majesté viennent de les défaire, et toutes leurs bandes ont été taillées en pièces, à l'exception d'une trentaine de charretiers, qui ont été menés, chargés de fers, dans les prisons.

— Ah ! dit Archambault de Bucquoy, voilà des pauvres diables bien attrapés... S'ils avaient eu un homme comme moi à leur tête, leurs affaires seraient en meilleure posture !

Il se rendit de la cuisine dans le cabaret, où l'on vidait des bouteilles d'un certain petit cru qui ne se serait pas conservé ailleurs ni plus tard.

Archambault de Bucquoy prit place à une table, où l'on ne tarda pas à lui apporter sa soupe, et il continua à la trouver trop salée. On sait la haine des Bourguignons contre ce terme, qui se renouvelle depuis le xve siècle, où la plus grosse injure était de les appeler : *Bourguignons salés.*

L'inconnu dut s'expliquer.

— Je veux dire, répondit-il, que l'on ne ménage pas le sel dans les mets que l'on sert ici... Ce qui prouve que le sel n'est pas rare dans la province...

— Vous avez raison, dit un homme d'une force colossale, qui se leva du milieu des buveurs, et qui lui frappa sur l'é-

paule ; mais il faut des braves... pour que l'on ait ici le sel à
bon marché !

— Comment vous appelez-vous ?

L'homme ne répondit pas ; mais un voisin dit à Archambault de Bucquoy :

— C'est le capitaine...

— Ma foi, répondit-il, je me trouve ici dans la société
d'honnêtes gens... Je puis parler !... Vous êtes évidemment
ici des hommes qui faites la contrebande du sel... Vous faites
bien.

— On a du mal, dit le capitaine.

— Eh ! mes enfants, Dieu récompense ceux qui agissent
pour le bien de tous.

— C'est un huguenot, se dirent à voix basse quelques-uns
des assistants.

— Tout est fini ! reprit Archambault ; le vieux roi s'éteint,
sa vieille maîtresse n'a plus de souffle... Il a épuisé la France,
dans son génie et dans sa force ; si bien que les dernières
batailles les plus émouvantes ont eu lieu entre Fénelon et
Bossuet ! Le premier soutenait que « l'amour de Dieu et du
prochain peut être pur et désintéressé. » L'autre, que « la
charité, en tant que charité, doit toujours être fondée sur
l'espérance de la béatitude éternelle. » Grave question, messieurs !

Un immense éclat de rire, parti de tous les points du cabaret, accueillit cette observation. Archambault baissa la tête
et mangea sa soupe sans dire un mot de plus.

Le capitaine lui frappa sur l'épaule :

— Qu'est-ce que vous pensez des extases de madame
Guyon ?

— Fénelon l'a jugée sainte, et Bossuet, qui l'avait attaquée
d'abord, n'est pas éloigné de la croire au moins inspirée.

— Mon cavalier, dit le capitaine, je vous soupçonne de vous
occuper quelque peu de théologie.

— J'y ai renoncé... Je suis devenu un simple quiétiste,

depuis surtout que j'ai lu dans un livre intitulé *le Mépris du monde* : « Il est plus profitable pour l'homme de se cultiver lui-même en vue de Dieu que de cultiver la terre, qui ne nous est de rien. »

— Mais, dit le capitaine, cette maxime est assez suivie dans ces temps-ci... Qui est-ce qui cultive ?... On se bat, on chasse, on fait un peu de faux saulnage... ; on introduit des marchandises d'Allemagne et d'Angleterre, on vend des livres prohibés. Ceux qui ont de l'argent spéculent sur les bons des fermes ; mais la culture, c'est un travail de fainéants !

Archambault comprenait l'ironie de ce discours :

— Messieurs, dit-il, je suis entré ici par hasard ; mais je ne sais pourquoi je me sens l'un des vôtres... Je suis un de ces fils de grandes familles militaires qui ont lutté contre les rois, et qui sont toujours soupçonnés de rébellion. Je n'appartiens pas aux protestants, mais je suis pour ceux qui protestent contre la monarchie absolue et contre les abus qu'elle entraîne... Ma famille avait fait de moi un prêtre ; j'ai jeté le froc aux orties et je me suis rendu libre. Combien êtes-vous ?

— Six mille, dit le capitaine.

— J'ai servi déjà quelque temps... J'ai cherché même à lever un régiment depuis que j'ai abandonné la vie religieuse... Mais les dépenses qu'avait faites feu mon oncle m'ont gêné dans certaines ressources que j'attendais de ma famille... M. de Louvois nous a causé de grands chagrins !

— Cher seigneur, dit le capitaine, vous me paraissez être un brave... Tout peut se réparer encore. — Votre demeure à Paris ?

— Je compte descendre chez ma tante, la comtesse douairière de Bucquoy.

Un des assistants se leva, et dit à des gens qui se trouvaient à la même table :

— C'est celui que nous cherchons.

Cet homme était connu pour un recors ; il sortit et alla querir un exempt de la maréchaussée.

24

Au moment où Archambault de Bucquoy, averti par son domestique, regagnait sa voiture, l'exempt, accompagné de six gendarmes, voulut l'arrêter. Les gens du cabaret sortirent et cherchèrent à s'y opposer. Il voulut se servir de ses pistolets, mais la maréchaussée avait reçu des renforts.

On fit remonter le voyageur dans sa voiture entre deux exempts; les gendarmes suivaient. On arriva bientôt à Sens. Le prévôt interrogea d'abord tout le monde avec impartialité, puis il dit au voyageur :

— Vous êtes l'abbé de la Bourlie ?

— Non, monsieur.

— Vous venez des Cévennes ?

— Non, monsieur.

— Vous êtes un perturbateur du repos public ?

— Non, monsieur.

— Je sais que, dans le cabaret, vous avez prétendu vous appeler de Bucquoy; mais, si vous êtes l'abbé de la Bourlie, se disant marquis de Guiscard..., vous pouvez l'avouer, le traitement sera le même : il s'est mêlé aux affaires des Cévennes : vous vous êtes compromis avec les faux saulniers... Qui que vous soyez, je suis obligé de vous faire conduire dans les prisons de Sens.

Archambault de Bucquoy se trouva là avec une trentaine de faux saulniers dont le présidial de Sens faisait le procès; le prévôt de Melun, envoyé pour cette affaire, regarda son arrestation comme imprudente et légère. Toutefois, plusieurs charges pesaient déjà sur lui.

Il avait été d'abord militaire pendant cinq ans, puis il était devenu ce qu'on appelait alors *petit-maître*... et ensuite, « sans s'inquiéter de la religion chrétienne, » s'était mis de celle « que certains prétendent être celle des honnêtes gens, » ce qu'on appelait alors *déiste*.

Une aventure dont on ne connaît pas bien les détails, mais qui semble se rapporter à l'amour, jeta le comte de Bucquoy dans une sorte de dévotion trop exagérée pour avoir paru solide. Il se rendit à la Trappe, et chercha à observer cette loi du silence, si difficile à observer... Un jour, il se lassa de cette discipline, reprit son habit d'officier, et sortit de la Trappe sans dire adieu.

En route, il eut une querelle et fit une blessure à un homme qui l'avait insulté. Ce hasard malheureux le fit rentrer dans la religion. Il se crut obligé de se dépouiller de ses habits en faveur d'un pauvre, et ce fut alors qu'épris des doctrines de saint Paul, il fonda à Rouen une communauté ou séminaire, qu'il dirigea sous le nom de *le Mort*. Ce nom symbolisait pour lui l'oubli d'une douleur de la vie et le désir du repos éternel.

Cependant, il parlait dans sa classe avec une grande facilité, ce qui provenait peut-être d'une longue abstinence de paroles, éprouvée à la Trappe : de sorte que les jésuites voulurent l'attirer parmi eux ; mais il craignit alors que cela ne le mît trop en rapport avec le monde. »

II

LE FOR-L'ÉVÊQUE

Tels sont les antécédents qui, à Sens, auraient fait déjà quelque tort à l'abbé comte de Bucquoy, si le hasard ne l'eût fait confondre avec l'abbé de la Bourlie, fortement compromis dans les révoltes des Cévennes.

Ce qui aggravait surtout la position de l'abbé de Bucquoy, c'est que, dans sa voiture, on avait trouvé « des livres qui ne traitaient que de révolutions, un masque et quantité *de petits bonnets*, » et, de plus encore, des tablettes toutes chiffrées.

Interrogé sur ces objets, il se justifia, et son affaire prenait *un assez bon train*, lorsque, ennuyé du séjour de la prison, il eut l'idée de s'évader en mettant *dans son parti* les trente faux saulniers qui se trouvaient avec lui dans la prison de Sens, ainsi que certains particuliers arrêtés par divers motifs assez légers, et que l'on voulait forcer à s'engager dans le régiment du comte de *Tonnerre*. C'était alors une sorte de *presse* qui s'exerçait sur les grands chemins pour fournir des soldats aux guerres de Louis XIV.

Ces projets d'évasion ne réussirent pas, et l'abbé de Bucquoy fut convaincu d'avoir engagé la fille du concierge à en faciliter les moyens. A deux heures après minuit, on entra dans sa chambre, on lui mit *fort civilement* les fers aux mains et aux pieds, puis on le *fourra* dans une *chaise*, escorté d'une douzaine d'archers.

A Montereau, il invita les archers à dîner avec lui, et, bien qu'ils fissent une grande surveillance, il parvint à se débarrasser de certains papiers compromettants. Ces archers ne firent pas grande attention à ce détail; mais, en *badinant*, le soir, au souper, ils lui dirent qu'ils le défiaient bien de s'échapper.

On le mit au lit, en l'enchaînant par un pied à l'une des colonnes. Les archers se couchèrent dans la chambre d'entrée. L'abbé de Bucquoy, lorsqu'il les jugea suffisamment endormis, parvint à soulever le ciel du lit et fit passer sa chaîne par le haut de la colonne, où on l'avait attaché. Puis il cherchait à gagner la fenêtre, lorsqu'un des gardes, dont il avait heurté les souliers, s'éveilla en sursaut et cria à l'aide.

On le lia plus étroitement, il fut amené à Paris par le coche de Sens, à l'hôtel de la *Clef d'argent*, rue de la Mortellerie. N'ayant pas de rancune, il donna encore à goûter aux archers.

Parfaitement surveillé, à cet endroit, il fut conduit par deux hoquetons, au *For-l'Évêque*, qui était situé sur le quai du Louvre.

Au For-l'Évêque, l'abbé de Bucquoy resta huit jours sans être interrogé. Il avait la liberté de se promener dans le préau, et réfléchissait au moyen qu'on pourrait prendre pour s'évader.

Il avait remarqué, en entrant, que la façade du For-l'Évêque présentait une série de fenêtres grillées étagées jusqu'aux combles, et que les grilles formaient naturellement des échelles, sauf les solutions de continuité dues aux intervalles des étages.

Après son interrogatoire, dans lequel il prouva qu'il était non pas l'abbé de la Bourlie, mais l'abbé de Bucquoy, et qu'ayant mis quelque imprudence dans ses conversations, « il était néanmoins en état de se faire appuyer par des gens considérables, » on le surveilla moins et on lui permit de se promener dans les corridors de la prison.

Comme il avait encore quelques louis, le geôlier lui permettait le soir d'aller respirer l'air dans les combles, ce qu'il disait indispensable à sa santé. Dans la journée, il s'amusait à tresser des cordes avec la toile de ses draps et de ses serviettes, et il parvint enfin, sous prétexte de rêverie, à se faire oublier le soir dans le plus haut corridor de la prison.

La porte d'un grenier à forcer, la mansarde à ouvrir, ce n'était rien. Lorsqu'il jeta les yeux sur le quai, il fut effrayé, aux clartés de la lune, de cette quantité de *branches* garnies de pointes, de chevaux de frise et autres ingrédients qui, dit-il, « formaient un spectacle des plus affreux... car on croyait voir une forêt toute hérissée de fer. »

Cependant, au milieu de la nuit, lorsqu'il n'entendit plus le bruit de la ville ni le passage des patrouilles, l'abbé de Bucquoy, s'aidant des cordes qu'il avait tordues, parvint, en dépit des pointes hérissées sur les grilles, à gagner le quai, qui correspondait à un vaste emplacement qu'on appelait alors la Vallée de Misère.

III

AUTRES ÉVASIONS

Nous n'avons pas donné plus haut tous les détails de l'évasion de l'abbé de Bucquoy du For-l'Évêque, de peur d'interrompre le principal récit. Quand il eut imaginé de s'échapper par une lucarne des combles, il trouva une difficulté dans la porte cadenassée qui fermait le cabinet où il fallait entrer d'abord. Les outils lui manquaient ; il eut alors l'idée de brûler la porte. Le concierge lui avait permis de faire sa cuisine dans sa chambre et lui avait vendu des œufs,... du charbon et un briquet.

C'est avec ces moyens qu'il put mettre le feu à la porte du cabinet, ne voulant y faire qu'une ouverture par laquelle il pût passer. Les flammes allant trop haut et risquant d'incendier le toit, il trouva à propos un pot à eau pour les éteindre ; mais il faillit être asphyxié par la fumée et brûla une partie de ses vêtements.

Il était bon d'expliquer ceci pour faire comprendre ce qui lui arriva après qu'il eut pris pied sur le quai du Louvre. Sa descente à travers les grilles hérissées de fer et les chevaux de frise avait ajouté maints accrocs aux brûlures de ses vêtements ; de sorte que plusieurs marchands qui, au point du jour, ouvraient leurs boutiques, s'aperçurent bien de son désordre. Mais personne ne souffla mot ; seulement, quelques polissons le suivirent *en faisant des huées.* Une grosse pluie qui survint les dispersa.

L'abbé, grâce à cette diversion qui retenait en outre les sentinelles dans leur guérite, prit par la rue des Bourdonnais, gagna le quartier Saint-Eustache et arriva enfin près de la halle, où il trouva un cabaret ouvert.

L'état de ses vêtements, auquel il n'avait pas encore fait grande attention, lui attira des railleries ; il ne répondit rien, paya l'hôte et chercha un asile sûr. Il n'eût pas fait bon pour lui de se rendre chez sa tante, la comtesse douairière de Bucquoy ; mais il se souvint de la demeure d'une parente d'un de ses domestiques qui logeait à l'*Enfant-Jésus,* près des Madelonnettes.

L'abbé arriva de bonne heure chez cette femme et lui dit qu'il venait de province et que, passant par la forêt de Bondy, des voleurs l'avaient mis dans cet état. Elle le garda toute la journée et lui fit à manger. Vers le soir, il s'aperçut d'un certain air de soupçon qui lui fit penser à chercher un asile plus sûr... Il s'était rencontré déjà avec quelques-uns de ces beaux-esprits du Marais qui fréquentaient l'hôtel de Ninon de Lenclos, alors âgée de près de quatre-vingts ans, et qui faisait encore des passions, en dépit des lettres de madame de Sévigné. Les hôtels du Marais étaient le dernier asile de l'opposition bourgeoise et parlementaire. Quelques personnes de la noblesse, derniers débris de la Fronde, se faisaient voir parfois dans ces vieilles maisons, dont les hôtels déserts regrettaient encore les jours où les conseillers de la grande chambre et des Tournelles traversaient la foule en robe rouge, salués et applaudis comme des sénateurs romains du parti populaire.

Il y avait, dans l'île Saint-Louis, un petit établissement qu'on appelait le café Laurent. Là se réunissaient les modernes *épicuriens* qui, sous le voile du scepticisme et de la gaieté, cachaient les débris d'une opposition sourde et patiente, comme Harmodius et Aristogiton cachaient leurs épées sous des roses.

Et ce n'était pas peu de chose alors que ces pointes philosophiques aiguisées par les disciples de Descartes et de Gassendi. Ce parti était fortement surveillé; mais, grâce à la protection de quelques grands seigneurs, tels que d'Orléans, Conti et Vendôme; grâce aussi à ces formes spirituelles et galantes qui séduisent même la police ou qui l'abusent aisément, les néo-frondeurs étaient généralement laissés en paix; seulement, la cour pensait les flétrir en les appelant *la cabale*.

Fontenelle, Jean-Baptiste Rousseau, Lafare, Chaulieu s'étaient montrés par moments au café Laurent. Molière y avait paru antérieurement; Boileau était trop vieux. Les anciens habitués parlaient là de Molière, de Chapelle et de ces soupers d'Auteuil, qui avaient été le centre des premières réunions.

La plupart des habitués du café étaient encore les commensaux de cette belle Ninon, qui habitait rue des Tournelles et qui mourut à quatre-vingt-six ans, laissant une pension de deux

mille livres au jeune Arouet, lequel lui avait été présenté par
l'abbé de Châteauneuf, son dernier amoureux.

L'abbé de Bucquoy avait depuis longtemps quelques amis
parmi les gens de la cabale. Il attendit leur sortie ; et, feignant
d'être un pauvre, il s'adressa à l'un d'eux, le prit à part et lui
dépeignit sa position... L'autre l'emmena chez lui, l'habilla et
le cacha dans un asile sûr, d'où l'abbé put avertir sa tante et
recevoir l'aide nécessaire. Du fond de sa retraite, il adressa
plusieurs suppliques au Parlement, afin que son affaire y fût
renvoyée. Sa tante elle-même remit des placets au roi. Mais
aucune décision ne fut prise, bien que l'abbé de Bucquoy offrît
de se remettre dans les prisons de la Conciergerie, s'il pouvait
être assuré que son affaire serait traitée juridiquement.

L'abbé de Bucquoy, voyant toutes ses sollicitations restées
sans effet, dut se résoudre à sortir de France. Il prit la route
de Champagne, déguisé en marchand forain. Malheureusement,
il arriva à la Fère au moment où un parti des alliés qui avait
enlevé M. le Premier, s'était vu coupé du côté de Ham et forcé
de se dissoudre. L'abbé fut considéré comme un des fugitifs,
et, bien qu'il protestât de sa qualité de marchand, on le déposa
à la prison de la Fère en attendant qu'on eût reçu des renseignements de Paris... Ce coup d'œil ingénieux, qui lui avait
fait trouver les moyens de s'échapper du For-l'Évêque, lui
avait fait découvrir un certain tas de pierres qui pouvait servir
à arriver sur la rampe du mur.

Avant d'entrer dans la cellule, il pria le concierge de lui
aller chercher à boire, et, en son absence, se mit à grimper
jusqu'à un bastion d'où il se précipita dans un fossé plein d'eau
qui entourait la prison. Il le traversait à la nage, lorsque la
femme du concierge qui l'avait aperçu par une fenêtre, mit
l'alarme dans la prison ; ce qui fit qu'on le ressaisit au bord et
qu'on le ramena épuisé et tout couvert de boue. On prit soin
cette fois de le mettre au cachot.

On avait eu de la peine à faire revenir le pauvre abbé de
Bucquoy d'un long évanouissement, suite de son plongeon dans

l'eau, et les paroles qu'il prononça sur la Providence qui l'avait abandonné dans son dessein, donnèrent à penser que c'était un ministre calviniste échappé des Cévennes : on l'envoya donc à Soissons, dont la prison était plus sûre que celle de la Fère.

Soissons est une ville très-intéressante pour qui la voit en liberté. La prison était alors située entre l'évêché et l'église Saint-Jean ; elle s'adossait, du côté du nord, aux fortifications de la ville.

L'abbé de Bucquoy fut mis dans une tour avec un Anglais fait prisonnier dans l'expédition de Ham. Le porte-clefs qui faisait leur cuisine, permettait à l'abbé, qui toujours feignait d'être malade, comme il avait fait au For-l'Evêque, de prendre l'air le soir au sommet de la tour où il était enfermé. Cet homme avait un accent bourguignon, que l'abbé reconnut pour l'avoir entendu près de Sens.

Un soir, ce porte-clefs lui dit :

— Monsieur l'abbé, il fera beau ce soir sur le donjon à voir les étoiles.

L'abbé le regarda, mais ne vit qu'une figure indifférente.

Sur le donjon, il faisait du brouillard.

L'abbé redescendit et trouva ouverte la porte du mur de ronde. Une sentinelle le parcourait à pas égaux. Il se retirait, lorsque le soldat, passant près de lui, dit à voix basse :

— L'abbé, il fait bien beau ce soir... Promenez-vous ici un peu : qui est-ce qui vous apercevrait dans le brouillard ?

L'abbé de Bucquoy ne vit là que la complaisance d'un brave militaire qui suspend la consigne en faveur d'un pauvre prisonnier.

Au bout de la terrasse, il sentit une corde, et sa main, en la soulevant, trouva un crochet et des nœuds.

La sentinelle avait le dos tourné ; l'abbé, qui savait tous les exercices, descendit en s'aidant de la sellette à la manière des peintres en bâtiment.

Il se trouva dans le fossé, qui était à sec et plein d'herbes.

24.

Le mur du dehors était trop haut pour qu'il pût songer à remonter. Seulement, en cherchant quelque point dégradé qui permît l'ascension, il se trouva près d'une ouverture d'égout dont les gravois semés çà et là, et les pierres fraîchement taillées indiquaient qu'on était en train de le réparer.

Un inconnu leva la tête tout à coup par l'ouverture du puisard, et dit à voix basse :

— Est-ce que c'est vous, l'abbé?

— Pourquoi?

— C'est qu'il fait beau ce soir ici; mais il fait meilleur là-dessous.

L'abbé comprit ce qu'on voulait lui dire et se mit à descendre par une échelle dans ce réduit assez fétide. L'homme le conduisit silencieusement jusqu'à un escalier en limaçon, et lui dit :

— Montez maintenant jusqu'à ce que vous trouviez une résistance... Frappez, et l'on vous ouvrira.

L'abbé monta bien trois cents marches, puis sa tête heurta contre une trappe qui paraissait lourde, et qui ne céda pas même à la pression de ses épaules.

Un instant après, il sentit qu'on la levait, et qu'on lui adressait ces mots :

— Est-ce vous, l'abbé?

L'abbé dit :

— Ma foi, oui, c'est moi; mais vous?...

L'inconnu répondit par un *chut*, et l'abbé se trouva sur un plancher solide, mais dans la plus profonde nuit.

IV

LE CAPITAINE ROLAND

En tâtant à droite et à gauche, l'abbé de Bucquoy sentit des tables qui se prolongeaient, et ne comprit pas davantage dans quel lieu il se trouvait. Mais l'homme qui lui avait parlé fit briller bientôt une lanterne sourde qui éclaira toute la salle. L'argenterie étincelait dans les montres, et mille bijoux d'or et de pierres précieuses ruisselaient sur les tables..., qui décidément étaient des comptoirs... Il n'y avait plus à s'y tromper. On se trouvait dans une boutique d'orfévre.

L'abbé réfléchit un instant, puis il se dit en voyant la mine de l'homme qui tenait la lanterne sourde :

— Il est évident que c'est un voleur ; quelle que soit son intention à mon égard, ma conscience m'oblige à réveiller le marchand que l'on va dévaliser.

En effet, un second individu était sorti de dessous l'autre comptoir et faisait rafle des effets les plus précieux. L'abbé cria :

— Au secours ! à l'aide ! au voleur !

En vain lui mit-on la main sur la bouche en le menaçant. Au bruit qu'il fit, un homme effaré, en chemise, arriva du fond, une chandelle à la main.

— On vous vole, monsieur ! s'écria l'abbé.

— Au voleur ! à la garde ! cria à son tour le marchand.

— Vous tairez-vous ? dit l'homme à la lanterne sourde en montrant un pistolet.

Le marchand ne dit plus rien ; mais l'abbé se mit à frapper violemment à la porte extérieure en continuant ses cris.

Un pas cadencé se faisait entendre au dehors. C'était évidemment une patrouille ; les deux voleurs se cachèrent de nouveau sous les comptoirs. Un bruit de crosses de fusil se fit entendre sur le pas de la porte.

— Ouvrez, au nom du roi ! dit une voix rude.

Le marchand alla chercher ses clefs et ouvrit la porte. La patrouille entra.

— Qu'est-ce qui se passe ici ? dit le sergent.

— On me vole, s'écria le joaillier ; ils sont cachés sous les comptoirs...

— Monsieur le sergent, dit l'abbé de Bucquoy, des gens que

je ne connais pas et dont je ne puis comprendre les intentions
m'ont, par un accord secret, fait échapper de la prison de Soissons. Je me suis aperçu que ces gens étaient des malfaiteurs,
et, étant moi-même un honnête homme, je ne puis consentir à
me faire leur complice... Je sais que la Bastille m'attend; ar-
rètez-moi... et reconduisez-moi en prison.

Le sergent, qui était un homme d'une forte stature, se tourna
du côté de ses soldats et dit:

— Commencez par vous saisir du joaillier, et appliquez-lui
la poire d'angoisse afin qu'il se taise. Ensuite, faites-en autant
pour l'abbé..., car il m'étourdit.

La poire d'angoisse était une sorte de bâillon dont le centre
était composé d'une poche de cuir remplie de son, qu'on pouvait mâcher à loisir sans pouvoir rendre au dehors aucune ar-
ticulation sensible.

L'abbé de Bucquoy, réduit au silence par le bâillon et la
poire d'angoisse, ne comprenait pas que l'orfévre volé eût reçu
le même traitement. Sa surprise augmenta en voyant que les
soldats de la patrouille aidaient les deux voleurs à dévaliser la
boutique. Quelques termes d'argot échangés entre eux le mirent enfin au courant. La patrouille était une fausse patrouille.

Le sergent, de taille herculéenne, fut reconnu par l'abbé
pour ce même chef de faux saulniers avec lequel il avait
causé déjà à Morchandgy, près de Sens, et qu'on appelait là
le capitaine.

Les paquets étaient faits lorsqu'une grande rumeur, mêlée
de coups de fusil, se fit entendre au dehors.

— Chargeons tout, dit le capitaine.

On enleva lestement les ballots, et l'abbé lui-même, qui
était fortement lié, se trouva sur le dos d'un des voleurs. Ils
sortirent tous par la porte de la boutique qui donnait sur la
rue de l'Intendance.

La lueur d'un grand incendie se faisait voir du côté de la
porte de Compiègne... Au point opposé, l'on se battait. La
petite troupe força la porte du jardin de l'évêché, et s'y ren-

contra, à travers les arbres, avec un grand nombre d'autres gens chargés de ballots, qui entrèrent dans la ville pendant que les autres, en échangeant çà et là des signes de reconnaissance, descendaient le rempart à l'aide d'échelles, et gravissaient ensuite la contrescarpe dégradée sur ce point. Il fallait ensuite passer l'Aisne pour atteindre les hauteurs de Guffy et la limite des forêts.

Observations.

L'auteur de ce travail historique, et véridique autant que possible, croit devoir s'arrêter ici pour réfléchir. Ce qui l'inquiète, c'est que des personnes mal disposées pourraient lui contester le droit, — toujours d'après une explication étroite de l'amendement Riancey, — le droit *de mettre en scène* et même en dialogue certaines parties de sa narration, dont toutefois les faits généraux ne peuvent être contestés.

Ce qui le rassure par instants, c'est que le journal d'hier n'a pas encore été saisi, — ce qui démontrerait l'intelligence des *lecteurs* de l'administration du timbre. Mais ne serait-il pas possible que l'on laissât s'accumuler les numéros pour obtenir une amende plus forte? Voilà l'épée de Damoclès qu'il lui a semblé voir en rêve.

D'un autre côté, l'écrivain se rassure encore en songeant qu'il y a plusieurs manières de traiter l'histoire. Froissard et Monstrelet ont rempli leurs récits de dialogues dont ils eussent été bien embarrassés de démontrer l'authenticité. Le père Daniel et Mézeray, suivant les procédés de Tite-Live, de Tacite et d'autres, se sont plu même à composer des harangues très-développées, dans la forme latine, et Péréfixe ne s'est pas privé de cribler de *mots d'esprit* son histoire de Henri IV.

De nos jours, Alexis Monteil a mis en dialogue son *Histoire des Français*. M. de Lamartine a pris parfois de certaines allures romanesques dans son *Histoire des Girondins*. Quant à

MM. de Barante, Guizot, Thiers, etc., ils nous rassurent par bien des points.

Une seule pensée nous alarme encore. C'est une rectification qui nous a été adressée hier — avec beaucoup de bienveillance, d'ailleurs, — mais qui n'en détruit pas moins un détail important de notre récit touchant l'évasion de l'abbé de Bucquoy du *fort* l'Évêque. Nos matériaux indiquent qu'il s'était dirigé du côté du Temple, nous avions cru pouvoir le faire passer par le pont Neuf. — Il aurait pu tout aussi bien, dans cette donnée, prendre quelque autre pont...; mais il fallait *lier* le récit, en indiquant sa marche supposée.

Il se trouve prouvé maintenant que le Fort ou le For-l'Évêque était situé sur la rive droite de la Seine; par conséquent, notre abbé n'a pas pu prendre les ponts pour gagner le quartier du Temple. Avouer cette faute, c'est montrer la sincérité de tout notre travail.

Un scrupule encore nous a interrompu dans les derniers événements que nous venons de peindre. Nous ne sommes pas sûrs que la prison de Soissons d'où les faux saulniers tentèrent de faire échapper l'abbé de Bucquoy fût située près de l'église Saint-Jean. Ayant fait exprès, il y a peu de jours, un voyage à Soissons, nous ne pouvons nous disculper de cette négligence impardonnable de n'avoir point noté le nom de l'église.

Si, maintenant, non content d'avoir parfois dramatisé l'action, — en n'ajoutant toutefois que des *raccords* à certains dialogues rapportés dans les écrits du temps, — nous voulions pousser une pointe dans le roman historique, personne probablement ne pourrait nous prouver à nous, possesseur d'un livre qui paraît être unique en France, que nous trompons sciemment l'administration du timbre et le public.

Reprenons les faits :

...Des gens dont les intentions sont inconnues tentent de faire échapper l'abbé de Bucquoy de la prison de Soissons : c'est évidemment un parti de ces mêmes faux saulniers qu'il avait rencontrés en Bourgogne, et à qui il avait offert de se mettre à leur tête... Un seigneur riche, aventureux et puissant comme lui par ses relations en France et au dehors était bien ce qu'il leur fallait.

Qu'était-ce que le capitaine Roland, déguisé plus tard en sergent d'une fausse patrouille?

Un ancien chef de partisans des Cévennes, qui s'était échappé par les pays de l'Est après la capitulation de Cavalier. Pendant que ce chef, qui avait obtenu son pardon au prix du sang de ses frères, paradait à Versailles comme un chef de tribus vaincues, Roland, aidé par les bandes de faux saulniers mélangés, comme on le sait, de protestants, de déserteurs et de paysans réduits à la misère, — tentait de gagner le Nord pour s'y réfugier au besoin. En attendant, ses gens faisaient du faux saulnage, aidés en secret par la population et les soldats mal payés des troupes royales. On mettait le feu à une maison, toute la ville se portait là. Pendant ce temps, les faux saulniers, nombreux et bien armés, faisaient entrer des sacs de sel par quelque rempart mal surveillé. Puis, au besoin, ils se battaient en fuyant et se rejetaient dans le bois. Si les archives de Soissons étaient classées, nous pourrions savoir au juste pourquoi ces faux saulniers, qui étaient surtout des *partisans,* avaient dévalisé la boutique d'un orfévre de la rue de l'Intendance. Voici, toutefois, ce que nous avons appris par des récits du temps.

A l'époque où les protestants quittaient la France sans avoir le loisir de mettre ordre à leurs affaires, des bijoux d'un grand prix avaient été déposés chez ce marchand, qui faisait un peu d'usure, et il avait prêté sur ces nantissements quelques sommes très-inférieures à leur valeur. Depuis, des personnes envoyées par les réfugiés étaient venues réclamer leurs bijoux en payant ce qui était dû. L'orfévre avait trouvé fort simple de s'acquitter en dénonçant les réclamants à la justice. De là le motif de l'expédition à laquelle concourait le capitaine Roland.

Quel beau roman cependant on eût pu faire avec ces don-

nées. L'abbé de Bucquoy et le capitaine sont des rôles de première force. Supposons que l'on donnât un léger croc en
jambe à l'histoire : L'abbé, au pouvoir des faux saulniers, qui
fuient chargés de butin à travers les bois, est emmené dans un
château, le château de Longueval, berceau de sa famille, si
l'on veut, ou le château d'Orbaix, autre demeure de son grand
oncle. — Il retrouve là, comme un héros de Walter Scott, les
souvenirs de son enfance, les voûtes gothiques, les trèfles per-
cés de vitraux, la salle d'armes, la chambre du roi, tendue de
blanc, et jusqu'à la chambre basse, où la belle Angélique recevait La Corbinière. Amours éteintes du passé, fleurs du vieux
temps, fanées mais encore odorantes, comme ces tiroirs de
grand'mère, où sont conservés mille souvenirs chéris !

Des portraits majestueux portant la moustache et la bar-
biche de Louis XIII ou la barbe ronde du temps d'Henri IV,
ou la barbe effilée des Médicis, le jettent dans une rêverie mélancolique, quand surtout il reconnaît cet œil fin où brille parfois un feu sombre, ce front haut ridé de bonne heure par les
soucis de la guerre ou des aventures, ces joues pâlies et creu-
sées par la fatigue, et cette lèvre mince qui détend par moments la rêverie, — signe constant chez ceux dont les images
nous ont été conservées, et qui se retrouvaient en lui même.

Et cette autre série de portraits vêtus en Diane ou en Vénus, plus tard embarrassés de coiffures à résille d'or et à torsades de perles ou de larges chapeaux à la cavalière et de
robes à taille longue et à tonnelets...

Supposez maintenant un certain portrait de jeune fille aux
cheveux cendrés s'échappant en grappes sous leur fontange. Ce
sera là, si vous voulez, le portrait d'une cousine, qui aurait
été perdue pour lui, soit par un mariage, soit comme appartenant à une branche protestante de sa famille, et forcée de
suivre ses parents dans l'exil [1].

---

1. Une branche protestante de la famille de Bucquoy existait, en effet,
dans le Quercy.

Et ne serait-ce pas là un moyen d'expliquer ce grand désespoir d'amour qui, à l'exemple de l'abbé de Rancé, son supérieur, l'aurait conduit à se jeter à la Trappe ; car, après
tout, les motifs de cette résolution ont toujours été fort obscurs.

Comment, illuminé tout à coup d'un éclair, s'était-il écrié :
« J'adore le Dieu de saint Paul ! » faut-il l'attribuer à la
seule conviction ? Mais il avait d'abord quitté les Chartreux,
puis la Trappe, où il ne se trouvait pas assez solitaire, et ne
renonça à vivre comme un saint que parce que, malgré mille
efforts de contemplation, il n'avait pu *réussir à faire des miracles*. Ceci était d'un homme qui voit juste, car, dans ce cas,
à quoi bon être saint ?

On dira : « Mais cet amour, ce désespoir, ces divers changements d'état, tout cela est trop vague pour devenir un sujet
de roman ; là, la passion doit dominer. » Et si dans ce vieux
château où les faux saulniers se cachent, en effrayant le voisinage par des récits et apparitions fantastiques, — car c'était
assez leur coutume, comme on le voit par l'histoire de Mandrin ; — si, dans ce vieux château, on lui fait retrouver la
jeune fille qu'il avait aimée et qui, fugitive avec sa famille,
traquée de retraite en retraite, se trouvait là, sous l'abri de
bandes révoltées, attendant une occasion pour passer en Allemagne ; si les convictions catholiques de l'abbé se trouvaient
en lutte avec son amour pour une protestante ; si le château,
cerné par les archers de Louis XIV, était sommé de se rendre ;
si l'on ajoutait à cela une rivalité ; si l'on voyait se dessiner
au centre de l'action l'ironique et majestueuse figure du capitaine Roland, soit comme protecteur, soit comme ennemi,
douterait-on encore de la possibilité d'un tel roman ?

Malheureusement, ce genre nous est interdit ; retombons
dans la froide réalité.

Les faux saulniers, qui avaient tenté, par un motif quelconque, de faire évader le comte abbé de Bucquoy, trouvèrent le
chemin barré au delà de l'Aisne. On en prit un grand nombre,

qui furent pendus ou rompus vifs, selon leur rang. L'histoire
ne parle plus du capitaine Roland, et l'abbé de Bucquoy, plus
fortement soupçonné que jamais, prit le chemin de la Bastille.

Lorsqu'on le descendit de sa chaise, il eut le temps de jeter
un coup d'œil à droite et à gauche, « soit sur le pont-levis,
soit sur la contrescarpe...; mais on ne le laissa pas rêver longtemps à cela », car il fut bien vite conduit à la tour dite de la
Bretignière.

Il est triste, cependant, pour un écrivain qui avait songé à
s'essayer dans la carrière du roman, plus avantageuse jusqu'ici que toute autre, de ne pouvoir que difficilement accomplir un travail promis depuis trois mois en dehors de toute
prévision de l'amendement Riancey. L'action romanesque n'é-
tait pas seulement trouvée; l'auteur avait lu une foule d'ouvrages sur le siècle de Louis XIV; il avait conçu des descriptions de fêtes données en l'honneur de la duchesse de Bourgogne, cette figure pâlie déjà par le sentiment d'une mort
prochaine..., et, toutefois, égayant la pompe et la sévérité des
dernières années de Louis XIV. Il aurait eu, comme contraste,
l'arrivée à la cour de la douairière de Bucquoy, figure sévère,
comme celle des ligueurs ses aïeux, venant au milieu des
fêtes réclamer l'élargissement de son neveu, qu'on ne voulait
pas juger selon les formes légales. — Nous citerons plus loin
le placet mémorable de cette dame, dont le ton fut tel, qu'on
pensa la mettre à la Bastille elle-même.

Puis quel tableau encore que les malheurs de la cour à
partir de là. Les victoires se sont changées en défaites. Tous
les enfants du vieux roi meurent en peu d'années, jusqu'à ce
brillant duc de Bourgogne dont on avait voulu faire un héros,
et qui n'avait que le courage de tous les Français et la dignité
de sa position, ce qui ne l'empêchait pas de perdre des batailles. De tous ces princes morts autour du roi, il n'en resta
qu'un seul, le fils du duc de Bourgogne, Louis XV. — On

avait entendu déjà cette parole dans ce siècle : « Dieu seul est grand, mes frères ! »

Nous perdons aussi le fruit d'une tournée dans le pays de Bade, où nous pouvions indiquer la délicieuse figure de la grande margrave Sibylle, qui, pendant que son fils guerroyait contre les Turcs, était devenue une seconde Marguerite de Navarre. Son château de la Favorite rappelle aussi les souvenirs de la renaissance, et l'on y admire surtout dans son boudoir cent cinquante figures découpées ou plutôt peintes sur les glaces, qui la représentent sous autant de travestissements de carnaval.

Quelle suite de tableaux variés, de paysages et de descriptions, on eût pu trouver en peignant l'accueil que la grande margrave aurait fait à l'abbé de Bucquoy et à sa cousine. Puis on eût entrevu Villars menaçant au loin, brûlant les châteaux, reportant la guerre sur le Danube et ramenant enfin à la Bastille le malheureux comte de Bucquoy, forcé de redevenir un simple abbé.

Voilà ce que perdent les lecteurs. L'histoire pure et simple d'un pauvre prisonnier pourra-t-elle compenser de tels éléments d'intérêt?... Il nous a semblé curieux néanmoins de démontrer la machine que nous n'avons pu donner entière, d'en montrer les ressorts et les rouages, l'anatomie si l'on veut. Quelquefois, on prend plaisir à visiter les coulisses, les foyers et les *trucs* d'un théâtre... Les secrets de la composition d'un roman historique prémédité et devenu impossible viennent d'apparaître à tous les yeux !

V

L'ENFER DES VIVANTS

Il y avait huit tours à la Bastille, dont chacune avait son nom et se composait de six étages éclairés chacun d'une seule fenêtre. Une grille au dehors, une grille au dedans laissaient voir seulement, de la salle, une chambre carrée, formée par l'épaisseur du mur, et du fond de laquelle on pouvait puiser l'air respirable.

L'abbé avait été placé dans la tour de la *Bretignière.*

Les autres s'appelaient tour de la *Bretaudière*, de la *Comté*, du *Puits*, du *Trésor*, du *Coin*, de la *Liberté*. La huitième s'appelait la tour de la *Chapelle*. On n'en sortait généralement que pour mourir, à moins qu'on n'y descendit obscurément dans ces *oubliettes* fameuses dont les traces furent retrouvées à l'époque de la démolition.

L'abbé de Bucquoy resta pendant quelques jours dans les salles basses de la tour de la Bretignière, ce qui prouvait que son affaire paraissait grave, car autrement les prisonniers étaient mieux traités d'abord. Son premier interrogatoire, auquel présida d'Argenson[1], détruisit la pensée qu'il fût absolument le complice des faux saulniers de Soissons. De plus, il s'appuya des hautes relations qu'avait sa famille; de sorte que le gouverneur Bernaville lui fit une visite et l'invita à déjeuner, ce qui était d'usage, à l'arrivée, pour les prisonniers d'un certain rang.

On mit l'abbé de Bucquoy dans une chambre plus élevée et plus aérée où se trouvaient d'autres prisonniers. C'était à la tour du Coin : lieu privilégié placé sous la surveillance d'un porte-clefs nommé Ru, qui passait pour un homme plein de douceur et d'attentions pour les prisonniers.

En entrant dans la salle commune, l'abbé fut frappé d'étonnement, en regardant les murs peints à fresque, d'y trouver une image du Christ singulièrement défigurée.

On avait dessiné des cornes rouges sur sa tête, et sur sa poitrine était une large inscription qui portait ce mot : *Mystère.*

---

1. La bibliothèque de l'Arsenal possède en grande partie les archives de la Bastille, qui y furent transportées après la prise de cette forteresse. Nous espérions y trouver quelques traces de cet interrogatoire; mais, depuis 89, ces papiers n'ont pu encore être classés. Toutefois, on s'en occupe activement. Ils ne seront communiqués au public que lorsqu'on aura terminé ce travail.

Une inscription charbonnée se lisait au-dessous : « La grande Babylone, mère des impudicités et des abominations de la terre. »

Il est évident que cette inscription avait été formulée par un protestant précédemment captif dans ce lieu. Mais personne depuis ne l'avait effacée.

Sur la cheminée, on distinguait une peinture ovale, représentant la figure de Louis XIV. Une autre main de prisonnier avait inscrit autour de sa tête : *Crachoir*, et l'on distinguait à peine les traits du souverain effacés par mille outrages.

L'abbé de Bucquoy dit au porte-clefs :

— Ru, pourquoi permet-on ici de pareilles dégradations sur des images respectées?

Le porte-clefs se prit à rire et répondit que, s'il fallait châtier les *crimes* des prisonniers, il faudrait *rompre et brûler* tout le jour, et qu'il valait mieux que des gens d'esprit vissent à quel point l'exagération d'idées pouvait porter des fanatiques.

Les habitants de cette tour jouissaient d'une liberté relative; ils pouvaient, à certaines heures, se promener dans le jardin du gouverneur, situé dans un des bastions de la forteresse et planté de tilleuls, avec des jeux de boules et des tables où ceux qui avaient de l'argent pouvaient jouer aux cartes et consommer des rafraîchissements. Le gouverneur Bernaville cédait à un cuisinier, moyennant un droit, les bénéfices de cette exploitation.

L'abbé de Bucquoy, qu'on était assuré cette fois de retenir et qui avait fait agir des amis puissants, se trouvait faire partie de ce cercle favorisé. On lui avait fait passer de l'or, ce qui n'est jamais mal reçu dans une prison, et il était parvenu, en perdant quelques louis aux cartes, à se faire un ami de Corbé, le neveu du précédent gouverneur (M. de Saint-Mars), qui conservait encore une haute position sous Bernaville.

Il n'est pas indifférent, peut-être, de dépeindre ce dernier d'après la description physique qu'en a donnée un des prisonniers de la Bastille, plus tard réfugié en Hollande.

« Il a deux yeux verts enfoncés sous deux sourcils épais, et qui semblent, de là, lancer le regard du basilic. Son front est ridé comme une écorce d'arbre sur laquelle quelque mophti a gravé l'Alcoran... C'est sur son teint que l'envie cueille ses soucis les plus jaunes. La maigreur semble avoir travaillé sur son visage à faire le portrait de la lésine. Ses joues plissées comme des bourses à jetons ressemblent aux *gifles* d'un singe ; son poil est d'un roux alezan brûlé.

« Quand il était *chevalier de la mandille* (laquais), il portait ses cheveux plats frisés comme des chandelles. Il a renoncé à cette coquetterie.

« Quoiqu'il parle rarement, il doit bien s'écouter parler, car il a la bouche fendue jusqu'aux oreilles. Pourtant, elle ne s'ouvre que pour prononcer des arrêts monosyllabiques, exécutés ponctuellement par les satellites qu'il a su se créer... »

Bernaville avait réellement fait partie de la maison du maréchal Bellefonds, et porté la *mandille*, c'est-à-dire la livrée ; mais, à la mort du maréchal, il avait su se mettre dans les bonnes grâces de sa veuve, dont les enfants étaient encore jeunes, et c'est par sa haute protection qu'il avait obtenu la direction des chasses de Vincennes, ce qui impliquait une foule de profits, et l'intendance des pavillons et rendez-vous de chasse, où les gens de la cour faisaient de grosses dépenses. Ceci explique le terme de mépris dont on se servait envers lui en l'appelant *gargotier*... C'était, disait-on encore, — dans les libres conversations des prisonniers, — un laquais qui, à force de monter derrière les carrosses, s'était avisé de se planter dedans... Mais nous ne pouvons nous prononcer encore avant d'avoir apprécié les actes dudit Bernaville, et il serait injuste de s'en tenir aux récits exagérés des prisonniers.

Quant au nommé Corbé, son assesseur, voici encore son portrait, tracé d'une main qui sent un peu l'école de Cyrano :

« Il avait un petit habit gris de ras de Nîmes si pelé, qu'il faisait peur aux voleurs en leur montrant la corde; une méchante culotte bleue, tout usée, rapiécée par les genoux; un chapeau déteint, ombragé d'un vieux plumet noir tout plumé, et une perruque qui rougissait d'être si antique. Sa mine basse, encore au-dessous de son équipage, l'aurait plutôt fait prendre pour un *poussecu* que pour un officier. »

L'abbé de Bucquoy, jouant au piquet avec Renneville, l'un des prisonniers, sous un berceau en treillage, lui dit :

— Mais on est très-bien ici, et, avec la perspective d'en sortir prochainement, qui voudrait tenter de s'en échapper?

— La chose serait impossible, dit Renneville. Mais, quant à juger du traitement que l'on reçoit dans ce château, attendez encore.

— Ne vous y trouvez-vous pas bien ?

— Très-bien pour le moment... J'en suis revenu à la lune de miel, où vous êtes encore...

— Comment vous a-t-on mis ici?

— Bien simplement; comme beaucoup d'autres... Je ne sais pourquoi.

— Mais vous avez bien fait quelque chose pour entrer à la Bastille?

— Un madrigal.

— Dites-le-moi... Je vous en donnerai franchement mon avis.

— C'est que ce madrigal est suivi d'un autre, *parodié* sur les mêmes rimes, et qui m'a été attribué à tort...

— C'est plus grave.

En ce moment-là, Corbé passa d'un air souriant, en disant :

— Ah! vous parlez encore de votre madrigal, monsieur de Renneville... Mais ce n'est rien : il est charmant.

— Il est cause qu'on me retient ici, dit Renneville.

— Et vous plaignez-vous du traitement?

— Le moyen, quand on a affaire à d'honnêtes gens !

Corbé, satisfait, alla vers une autre table avec son *impla-
cable* sourire... On lui offrait des rafraîchissements qu'il ne
voulait jamais accepter. De temps en temps, il lançait des regards aux fenêtres de la prison, où l'on pouvait entrevoir les
formes vagues des prisonnières, et il paraissait trouver que
rien n'était plus charmant que l'intérieur de cette prison
d'État.

— Et comment, dit l'abbé de Bucquoy à Renneville, en faisant les cartes, était construit ce madrigal ?

— Dans les règles du genre. Je l'avais adressé à M. le marquis de Torcy, afin qu'il le fît voir au roi. Il faisait allusion à
la puissance réunie de l'Espagne et de la France combattant
les alliés... et se rapportait en même temps aux principes du
jeu de piquet.

Ici, Renneville récita son madrigal, qui se terminait par ces
mots, adressés aux *alliés* du Nord :

> Combattant l'Espagne et la France,
> Vous trouverez capot... Quinte et Quatorze en main !

Cela voulait dire Philippe V (quinte) et Louis XIV.

— C'est bien innocent !... dit l'abbé de Bucquoy.

— Mais non, répondit Renneville ; cette chute en octave et
en alexandrin a été admirée de tout le monde. Mais des mal-
veillants ont parodié ces vers en faveur des ennemis, et voici
leur version :

> Nous ferons un repic... et l'Espagne et la France
> Se trouveront *capots*... Quinte et Quatorze en main.

Or, monsieur le comte, comment est-il possible que j'aie écrit
moi-même la contre-partie de mon madrigal... et encore, en
ne conservant pas la mesure de l'avant-dernier vers?

— Cela me paraît invraisemblable, dit l'abbé, je m'en as-
sure, étant moi-même un poëte aussi.

— Eh bien, M. de Torcy m'a envoyé à la Bastille sur un si

petit soupçon[1]... Cependant, j'étais appuyé par M. de Chamillard, auquel j'ai dédié des livres, et qui n'a cessé de me
faire des offres de service.

— Quoi ! dit l'abbé, pensif, un madrigal peut conduire un
homme à la Bastille ?

— Un madrigal ?... Mais un distique seulement peut en ouvrir les portes. Nous avons ici un jeune homme... dont les
cheveux commencent à blanchir, il est vrai..., qui, pour un
distique latin, s'est vu retenir longtemps aux îles Sainte-Mar-
guerite ; ensuite, lorsque M. de Saint-Mars, qui avait gardé
Fouquet et Lauzun, fut nommé gouverneur ici, il l'amena avec
lui pour le faire changer d'air. Ce jeune homme, ou, si vous voulez, cet homme, avait été un des meilleurs élèves des jésuites.

— Et ils ne l'ont pas soutenu ?

— Voici ce qui est arrivé. Les jésuites avaient inscrit sur
leur maison de Paris un distique latin en l'honneur du Christ.
Voulant plus tard s'assurer l'appui de la cour contre les attaques de certains robins ou *cabalistes* assez puissants, ils se résolurent à donner une grande représentation de tragédie avec
chœurs, dans le genre de celles qu'autrefois on donnait à Saint-
Cyr. Le roi et madame de Maintenon accueillirent avec bienveillance leur invitation. Tout, dans cette fête, était conçu de
manière à leur rappeler leur jeunesse. Faute de jeunes filles,
que ne pouvait fournir la maison, on avait fait habiller en
femmes les plus jeunes élèves, et les chœurs et ballets étaient
exécutés par les sujets de l'Opéra. Le succès fut tel, que le
roi, ébloui, charmé, permit aux révérends pères d'inscrire son
nom sur la porte de leur maison. Elle portait cette inscription :
Collegium Claromontanum societatis Jesu ; on remplaça ces mots
par ceux-ci : *Collegium Ludovici Magni.* — Le jeune homme
dont nous parlons inscrivit sur le mur un distique dans lequel il
fit remarquer que le nom de Jésus avait été remplacé par celui de Louis le Grand... C'est ce crime qu'il expie encore ici.

---

1. Historique.

25

— Après tout, dit l'abbé de Bucquoy, il nous est impossible de nous plaindre beaucoup des rigueurs de cette prison d'État. J'ai souffert un peu dans le cachot..., Mais, maintenant, sous cette tonnelle, appréciant la chaleur d'un vin de Bourgogne assez généreux, je me sens disposé à prendre patience.

— Je prends patience depuis quatre ans, dit Renneville ; et, si je vous racontais ce qui m'est arrivé...

— Je veux savoir ce qu'on a pu faire contre un homme coupable d'un madrigal.

— Je ne me plaindrais de rien si je n'avais laissé mon épouse en Hollande... Mais passons. Arrêté à Versailles, je fus conduit en chaise à Paris. En passant devant la Samaritaine, je tirai ma montre et je constatai par la comparaison qu'il était huit heures du matin. L'exempt me dit :

» — Votre montre va bien.

» Cet homme ne manquait pas d'une certaine instruction.

» — Il est fâcheux, me dit-il, que je me sois vu forcé de vous arrêter, et cela est entièrement contre mon inclination... Mais il fallait remplir les derniers devoirs de la place que j'occupais avant de devenir ce que je suis dès à présent, c'est-à-dire écuyer de la duchesse de Lude. Je m'appelle *De Bourbon*... Mon emploi d'exempt cesse à dater d'aujourd'hui, et désormais réclamez-vous de moi en cas de besoin...

» Cet exempt me parut un honnête homme, et, passant au bas du pont Neuf, je lui offris à boire, ainsi qu'aux trois *hoquetons* qui nous accompagnaient et qui portaient, brodée sur leur cotte d'armes, la représentation d'une masse hérissée de pointes avec cette devise : *Monstrorum terror*. Je ne pus m'empêcher de dire, pendant que je buvais avec eux :

» — Vous êtes la terreur... et je suis le monstre !

» Ils se prirent à rire et nous arrivâmes tous à la Bastille, en belle humeur.

» Le gouverneur me reçut dans une chambre tendue de damas jaune avec une crépine d'argent assez propre... Il me donna la main et m'invita à déjeuner... Sa main était froide, ce qui me donna un mauvais augure... Corbé, son neveu, arriva en papillonnant, et me parla de ses prouesses en Hollande... et des succès qu'il avait eus plus tard dans les courses de taureaux à Madrid, où les dames, admirant sa bravoure, lui jetaient des œufs remplis d'eau de senteur. Le déjeuner fini, le gouverneur me dit :

» — Usez de moi comme vous voudrez.

» Et il ajouta, parlant à son neveu :

» — Il faut conduire notre hôte au pavillon des princes...

— Vous étiez en grande estime près du gouverneur ! dit en soupirant l'abbé de Bucquoy.

— Le pavillon des princes, vous pouvez le voir d'ici... c'est au rez-de-chaussée. Les fenêtres sont garnies de contrevents verts. Seulement, il y a cinq portes à traverser pour arriver à la chambre. Je l'ai trouvée triste, quoiqu'il y eût une paillasse sur le lit, un matelas, et autour de l'alcôve une pente en brocatelle assez fraîche; plus encore, trois fauteuils recouverts en bougran.

— Je ne suis pas si bien logé ! dit l'abbé de Bucquoy.

— Aussi je ne me plaignais que de manquer de serviettes et de draps, lorsque je vis arriver le porte-clefs Ru avec du linge, des couvertures, des vases, des chandeliers et tout ce qu'il fallait pour que je pusse m'établir honnêtement dans ce pavillon.

» Le soir était venu. On m'envoya encore deux garçons de la cantine guidés par Corbé, qui m'apportait le dîner.

» Il se composait : d'une soupe aux pois verts garnie de laitues et bien mitonnée, avec un quartier de volaille au-dessus, une tranche de bœuf, un godiveau et une langue de mouton... Pour le dessert, un biscuit et des pommes de reinette... Vin de Bourgogne.

— Mais je me contenterais de cet ordinaire, dit l'abbé.

— Corbé me salua et me dit :

» — Payez-vous votre nourriture, ou en serez-vous redevable au roi?

» Je répondis que je payerais.

» N'ayant pas grand'faim après le déjeuner que m'avait offert le gouverneur, j'avais prié Corbé de s'asseoir et de m'aider à tirer parti du plat;.mais il me répondit qu'il n'avait pas faim, et ne voulut même pas accepter un verre de bourgogne.

— C'est son usage! dit l'abbé de Bucquoy.

Une cloche avertit les prisonniers qu'il fallait rentrer dans leurs chambres.

— Savez-vous, dit Renneville en rentrant à l'abbé de Bucquoy, que ce Corbé est un homme *à femmes*.

— Comment, ce monstre?

— Un séducteur... un peu pressant seulement envers les dames prisonnières... Nous avons eu hier une scène fort désagréable dans notre escalier. On entendait un bruit énorme dans les cachots qui sont à la base de la tour. Ce bruit finit par s'apaiser...

» Nous vîmes remonter le porte-clefs Ru avec ses culottes teintes de sang. Il nous dit :

» — Je viens de sauver cette pauvre Irlandaise, à laquelle M. Corbé voulait plaire... Il l'avait envoyée au cachot, sur le refus qu'elle avait fait de recevoir ses visites; et, comme elle refusa, là encore, de le recevoir, on résolut de la placer à un étage inférieur. Elle résista, lorsqu'on voulut l'y conduire, et les gens qui l'emportèrent la traînèrent si maladroitement, que sa tête rebondissait sur les marches des escaliers... J'ai été taché de son sang. On l'avait prise dans son lit à demi nue... et Corbé, qui dirigeait cette expédition, ne lui fit pas grâce d'une seule de ces tortures.

— Est-elle morte? dit l'abbé de Bucquoy.

— Elle s'est étranglée cette nuit.

VI

LA TOUR DU COIN

La société était assez choisie au troisième étage de la tour du Coin. C'était là qu'on plaçait les *favoris du gouverneur*. Il y avait, outre Renneville et l'abbé, un gentilhomme allemand nommé le baron de Peken, arrêté pour avoir dit « que le roi ne voyait qu'au travers des lunettes de madame de Maintenon; » puis un nommé de Falourdet, compromis dans une affaire relative à de faux titres de noblesse; ensuite un ancien soldat nommé Jacob le Berthon, accusé d'avoir chanté des chansons grivoises où le nom de la maîtresse du roi n'était pas respecté.

Renneville le plaignait beaucoup d'être détenu pour un si petit sujet, et disait que la Maintenon aurait dû suivre l'exemple de la reine Catherine de Médicis, qui, ouvrant un jour sa fenêtre du Louvre, vit au bord de la Seine des soldats qui faisaient rôtir une oie, et en charmaient l'attente en répétant une chanson dirigée contre elle-même. Elle se borna à leur crier : « Pourquoi dites-vous du mal de cette pauvre reine Catherine, qui ne vous en fait aucun? C'est pourtant grâce à son argent que vous rôtissez cette oie! » Le roi de Navarre, qui était en ce moment près d'elle, voulait descendre pour châtier ces bélitres, et elle lui dit : « Restez ici; cela se passe trop au-dessous de nous. »

Il y avait encore là un abbé italien nommé Papasaredo.

Quand on apporta le souper, Corbé, selon l'usage, accompagna le service, et demanda si quelqu'un avait à se plaindre.

— Je me plains, s'écria l'abbé Papasaredo, de ce que la compagnie devient trop nombreuse, et s'est accrue d'un second abbé... J'aimerais mieux des femmes! et il n'en manque pas ici que l'on peut faire venir.

— C'est entièrement contre les règlements, dit **Corbé.**

25.

— Allons, mon petit Corbé, mettez-moi en cellule avec une prisonnière...

Corbé haussa les épaules.

— Voyons, donnez-moi la Marton, la Fleury, la Bondy ou la Dubois, enfin un de vos restes... Pourquoi pas même cette jolie Marguerite Filandrier, la marchande de cheveux du cloître Sainte-Opportune, que nous entendons d'ici chanter toute la journée?

— Est-ce là le discours que doit tenir un prêtre? dit Corbé. J'en appelle à ces messieurs! Quant à la Filandrier, nous l'avons mise au cachot pour avoir adressé la parole à un officier de garde.

— Oh! dit l'abbé Papasaredo, il y a quelque autre raison aussi... Vous aurez voulu la punir d'avoir parlé à cet officier... Vous êtes cruel dans vos jalousies, Corbé!

— Mais non, dit Corbé flatté du reste de cette observation. Cette fille a la manie d'élever des oiseaux et de les instruire. On lui avait permis de conserver quelques pierrots. Sa fenêtre donne sur le jardin. Un de ses oiseaux s'échappe et se voit saisi par un chat. Elle crie alors à cet officier : « Oh! sauvez mon oiseau! c'est le plus joli, celui qui danse le rigodon! » L'officier a eu la faiblesse de courir après le chat, et n'a pu même sauver l'oiseau; il est aux arrêts et elle au cachot, voilà tout.

Corbé tourna sur ses talons et sortit, échappant aux invectives sardoniques de l'abbé italien. Il était, du reste, de belle humeur, parce que l'un des prisonniers lui avait donné une bague à chaton de saphir, et que l'abbé de Bucquoy, mécontent de son ordinaire, y renonçait pour faire venir ses repas du dehors. M. de Falourdet raconta là-dessus qu'il avait vu son sort adouci par les mêmes moyens. Toutefois, l'écot était cher et le service médiocre; on lui comptait du vin à six sous pour du vin de Champagne d'une livre, et le reste était à l'avenant.

Il avait dit alors à Corbé :

— Je payerai double, mais je veux du meilleur.

Corbé avait répondu :

— Vous parlez bien, les fournisseurs nous trompent... Je m'occuperai moi-même du choix des vins et des victuailles.

Depuis ce temps, en effet, tout était de bonne qualité et de premier choix.

L'entretien s'anima après le départ de Corbé; seul, le baron de Peken restait pensif devant son assiette, avec une colère concentrée qui finit par s'abattre sur le porte-clefs Ru.

— Saperment! dit le baron, pourquoi n'ai-je devant moi qu'une bouteille d'un demi-setier, tandis que *le nouveau* a une bouteille entière?

— Parce que, dit Ru, vous êtes à cinq livres, tandis que M. le comte de Bucquoy a la pistole.

— Comment! on ne peut pas avoir un ordinaire d'une bouteille avec cinq livres? s'écria le baron. Faites revenir cet infâme *sous-gargotier* de Corbé, et demandez-lui si un honnête homme peut se contenter à dîner d'un demi-setier de mauvais vin! Si je vois reparaître cette bouteille, je vous la casse sur la tête!

— Monsieur le baron, dit Ru, calmez-vous, et gardez-vous de désirer le retour de M. Corbé, qui vous ferait mettre immédiatement au cachot... Or, c'est son intérêt, car la nourriture d'un prisonnier au cachot ne représente qu'un sou par jour, le logement n'étant pas compté parce que c'est le roi qui le fournit... Quant à l'économie sur la nourriture, elle entre dans la poche de M. Corbé pour un tiers, et pour le reste dans celle de M. Bernaville!

Ru, comme on le voit, étant un homme conciliant, les prisonniers ne lui reprochaient que de faire disparaître quelquefois certains accessoires du service, notamment les petits pâtés, dont il était friand. — Il avait pour lui la desserte, ce qui eût dû le rendre plus modéré à cet égard.

Renneville et l'abbé de Bucquoy déclarèrent qu'ils buvaient très-peu de vin et en versèrent au baron de Peken, qui finit par dîner tranquillement. Renneville raconta les ennuis qu'il avait subis dans une chambre isolée, où un emportement du même genre l'avait fait reléguer, et l'invention piquante qu'il avait eue pour correspondre avec des prisonniers placés au-dessus et au-dessous de lui.

C'était un alphabet des plus simples qu'il avait créé, et qui consistait à frapper, avec un bâton de chaise, en comptant un coup pour *a*, deux pour *b*..., ainsi de suite. Les voisins finissaient par comprendre et répondaient de la même manière; seulement, c'était long. Voici comment, par exemple, on rendait le mot *monsieur :*

M (13 coups), o (15), n (14), s (19), i (9), e (5) u (21), r (18).

Il avait pu ainsi connaître les noms de tous ses compagnons de la même tour, à l'exception de celui d'un abbé qui n'avait jamais voulu se faire connaître.

En prison, l'on ne parle que de prison, ou des moyens d'en tromper les douleurs. De Falourdet raconta comment il était parvenu à communiquer avec un prisonnier de ses amis, d'une façon non moins ingénieuse que celle de l'alphabet inventé par Renneville. Il avait été logé dans une de ces chambres supérieures des tours qu'on appelait *calottes*, et qui avaient l'inconvénient d'être aussi chaudes en été que froides en hiver. Par exemple, on y jouissait d'une belle vue. Avant d'être séparé de son ami, M. de la Baldonnière (retenu à la Bastille pour avoir trouvé le secret de faire de l'or et ne l'avoir pas voulu communiquer aux ministres), il avait appris que ce dernier demeurait au rez-de-chaussée de la même tour, donnant sur le petit jardin pratiqué dans un bastion. Il s'était fabriqué des plumes avec des os de pigeon, de l'encre avec du noir de fumée délayé, et il écrivait des lettres qu'il jetait par sa fenêtre et qui tombaient au pied de la tour, à l'aide du poids d'une petite pierre.

La Baldonnière, de son côté, avait dressé une chienne du gouverneur qui se promenait souvent dans le jardin, à lui rapporter aux grilles de sa fenêtre les papiers qui pouvaient s'y trouver. En lui jetant d'abord, roulés, des débris de son déjeuner, il s'était fait de cet animal une connaissance utile... Alors, il l'envoyait chercher les petits paquets que lui jetait Falourdet et qu'elle lui rapportait fidèlement. On finit par s'apercevoir de ce manége. La correspondance des deux amis fut saisie, et ils reçurent un certain nombre de coups de nerfs de bœuf administrés par *des soldats*. Falourdet, comme le plus coupable, fut mis ensuite dans un cachot où se trouvait un mort qu'on ne vint chercher que le troisième jour. Plus tard, ayant reçu de l'argent, il rentra dans les bonnes grâces du gouverneur.

Lorsqu'il demeurait encore dans la *calotte*, il avait aussi trouvé un moyen de correspondre avec sa femme, qui avait loué une chambre dans les premières maisons du faubourg Saint-Antoine. Il écrivait des lettres très-grosses sur une planche avec du charbon, qu'il plaçait derrière sa fenêtre ; puis il parvenait, en les effaçant successivement et en en formant d'autres, à faire parvenir des phrases entières au dehors.

Un des assistants raconta là-dessus qu'il avait trouvé un système supérieur encore en dressant des pigeonneaux attrapés au sommet des tours, et en leur attachant sous les ailes des lettres qu'ils allaient porter à des maisons au dehors.

Tels étaient les principaux entretiens des prisonniers de cette tour du Coin, où avaient séjourné précédemment Marie de Mancini, nièce de Mazarin, — qui créa, comme on sait, l'*Académie des humoristes*, — et, plus tard, la célèbre madame Guyon, qui ne fit que passer à la Bastille, mais dont le confesseur y habitait encore à quatre-vingts ans, à l'époque où s'y trouvait l'abbé de Bucquoy, notre héros, lequel ne s'occupait guère, comme ses compagnons, à chercher des moyens de correspondance. Ne voyant pas son affaire prendre une meilleure tournure, il songeait même franchement à une évasion. Lorsqu'il eut assez médité son plan, il sonda ses voisins qui, dès l'abord, jugèrent la chose impossible ; mais l'esprit ingénieux de l'abbé résolvait peu à peu toutes les difficultés. Falourdet déclara que ces moyens proposés avaient beaucoup d'apparence de pouvoir réussir, mais qu'il fallait de l'argent pour endormir la surveillance de Ru et de Corbé.

Sur quoi, l'abbé de Bucquoy tira, on ne sait d'où, de l'or et des pierreries, ce qui donna à penser que l'entreprise devenait possible. Il fut résolu que l'on fabriquerait des cordes avec une portion des draps, et des crampons avec le fer qui maintenait les X des lits de sangle et quelques clous tirés de la cheminée.

La besogne avançait, lorque Corbé entra tout à coup avec des soldats, et se déclara instruit de tout. Un des prisonniers avait trahi ses compagnons... C'était l'abbé italien Papasaredo. Il avait eu l'espoir d'obtenir sa grâce au moyen de cette trahison ; il n'eut que l'avantage d'être mieux traité pendant quelque temps.

Tous les autres furent mis au cachot ; l'abbé de Bucquoy à l'étage le plus profond.

VII

AUTRES PROJETS

Il est inutile de dire que l'abbé comte de Bucquoy se plaisait peu dans son cachot. Après quelques jours de pénitence, il eut recours à un moyen qui lui avait déjà réussi en d'autres occasions : ce fut de faire le malade. Le porte-clefs qui le servait fut effrayé de son état, qui se partageait entre une sorte d'exaltation fiévreuse et un abattement qui le prenait ensuite et qui le faisait ressembler à un mort ; il contrefit même cette situation au point que les médecins de la Bastille eurent peine à lui faire donner quelques signes de vie, et déclarèrent que son mal dégénérait en paralysie. A dater de cette consultation, il feignit d'être pris de la moitié du corps et ne bougeait que d'un côté.

Corbé vint le voir, et lui dit :

— On va vous transporter ailleurs. Mais vous voyez ce qu'ont amené vos desseins d'évasion.

— D'évasion ! s'écria l'abbé. Mais qui pourrait espérer de se tirer de la Bastille ? Cela est-il arrivé déjà ?

— Jamais ! Hugues Aubriot, qui avait fait terminer cette forteresse et qui y fut plus tard enfermé, n'en sortit que par suite d'une révolution faite par les maillotins. C'est le seul qui en soit sorti contre le vouloir du gouvernement.

— Mon Dieu ! dit l'abbé, sans la maladie qui m'a frappé, je ne me plaindrais de rien..., sinon des crapauds qui laissent leur bave sur mon visage quand ils passent sur moi pendant mon sommeil.

— Vous voyez ce qu'on gagne à la rébellion.

— D'un autre côté, je me fais une consolation en instruisant des rats auxquels je livre le pain du roi, que ma maladie m'empêche de manger... Vous allez voir comme ils sont intelligents.

Et il appela :

— Moricaud !

Un rat sortit d'une fente de pierre et se présenta près du lit de l'abbé.

Corbé ne put s'empêcher de rire aux éclats, et dit :

— On va vous mettre dans un lieu plus convenable.

— Je voudrais bien, dit l'abbé, me trouver de nouveau avec le baron de Peken. J'avais entrepris la conversion de ce luthérien, et, mon esprit se tournant vers les choses saintes à cause de la maladie dont Dieu m'a frappé, je serais heureux d'accomplir cette œuvre.

Corbé donna des ordres, et l'abbé se vit transporté à une chambre du second étage dans la tour de la Bretaudière, où le baron de Peken se trouvait depuis quelques jours en compagnie d'un Irlandais.

L'abbé continua à faire le paralytique, même devant ses compagnons, car ce qui était arrivé à la tour du Coin l'avait

instruit du danger de trop de franchise. L'Allemand vivait en
mauvaise intelligence avec l'Irlandais. Ce compagnon ne tarda
pas à déplaire aussi à l'abbé. Mais le baron de Peken, plus
irritable, insulta l'Irlandais de telle sorte qu'un duel fut résolu.

On sépara une paire de ciseaux, dont les deux parties, bien
aiguisées, furent adaptées à des bâtons, et le duel commença
dans les règles. L'abbé de Bucquoy, qui croyait d'abord que
ce ne serait qu'une plaisanterie, voyant l'affaire s'engager
chaudement et le sang couler, se mit à frapper contre la porte,
ce qui était le moyen de faire venir le porte-clefs.

Interrogé sur cette affaire, il donna tort à l'Irlandais, qui
fut mis à part, et resta seul avec le baron. Alors, il lui fit confidence d'un projet d'évasion mieux conçu que l'autre, et qui
consistait à trouer une muraille communiquant à un lieu assez
fétide, mais d'où, par une longue percée, on descendait naturellement dans les fossés du côté de la rue Saint-Antoine.

Il se mirent à travailler tous deux avec ardeur, et le mur
était déjà entièrement troué... Malheureusement, le baron de
Peken était vantard et indiscret. Il avait trouvé le moyen de
communiquer par des trous faits à la cheminée avec des prisonniers placés dans la chambre supérieure. Chacun des deux
reclus montait à son tour dans la cheminée et s'entretenait
d'assez loin avec ces amis inconnus.

Le baron, en causant, leur parla de l'espoir qu'il avait de
s'échapper avec son ami, et, soit par jalousie, soit par le désir
de se faire gracier, un nommé Joyeuse, fils d'un magistrat de
Cologne, qui faisait partie de cette chambrée, dénonça le projet à Corbé, qui en instruisit le gouverneur.

Bernaville fit venir l'abbé de Bucquoy, qui se fit porter à
bras en qualité de paralytique et attaqua gaiement la position.
Il prétendit que le baron de Peken, ayant bu quelques verres
de vin de trop, s'était avisé de faire mille contes ridicules à
ce Joyeuse, qui n'était véritablement qu'un *nigaud*, et qu'il serait malheureux que, pour une si sotte dénonciation, on le sé-

parât lui-même du baron, dont la conversion avançait beaucoup.

Le baron parla dans le même sens, et l'on ne tint plus compte de ce qu'avait dit Joyeuse. Du reste, les deux amis, avertis à temps par le porte-clefs, que l'argent dont l'abbé était toujours garni avait mis dans leurs intérêts, avaient pu réparer à temps les dégradations faites au mur, de sorte qu'on ne s'aperçut de rien.

L'abbé de Bucquoy fut remis dans une autre chambre qui faisait partie de la tour de la *Liberté*. Il continuait à travailler à la conversion du luthérien baron de Peken, et, toutefois, il n'abandonnait pas ses projets d'évasion.

Le porte-clefs l'avait beaucoup humilié en lui contant la facilité avec laquelle un nommé Du Puits avait pu s'évader de Vincennes au moyen de fausses clefs.

Ce Du Puits avait été secrétaire de M. de Chamillard, et on l'appelait la *plume d'or*, à cause de son adresse calligraphique. Il n'était pas moins exercé à contrefaire les clefs des portes, qu'il fondait et forgeait avec les couverts d'étain qui lui étaient prêtés pour ses repas.

Avec les fausses clefs qu'il s'était procurées ainsi, ce Du Puits sortait la nuit de sa chambre, et s'en allait visiter des prisonniers et même des prisonnières, dont plusieurs l'accueillirent avec autant d'étonnement que de politesse.

Il avait fini par s'échapper de Vincennes, et se réfugier à Lyon avec un nommé Pigeon, son camarade de chambrée. « Jamais a dit depuis Renneville dans ses Mémoires, jamais le docteur Faust n'a passé pour un si grand magicien que ce Du Puits. »

Toutefois, il fut arrêté de nouveau à Lyon, où, pour se procurer de l'argent, il avait contrefait les ordonnances du roi sur les bons du Trésor.

A la Bastille, Du Puits avait eu moins de bonheur qu'à Vincennes. Il était parvenu à descendre dans un fossé où les faucheurs travaillaient tout le jour, et il avait remarqué,

26

d'avance, que ces gens se retiraient le soir par une porte
souterraine qu'ils ne fermaient pas. De sorte qu'il se dirigea
de ce côté; mais il était encore jour, et un factionnaire lui tira
un coup d'arquebuse; après quoi, on le ramena dans la Bastille, où, après une longue maladie, on ne le vit plus marcher
qu'avec une *potence* sous le bras.

La fin de cette histoire n'était pas rassurante. Cependant,
l'abbé de Bucquoy n'abandonna pas ses projets. Il avait toujours l'attention de dépouiller les bouteilles qu'on lui servait
de leur garniture d'osier, prétendant devant le porte-clefs que
cela lui servait à allumer le feu le matin. Pendant toute la
journée, il tressait cet osier avec le fil emprunté à une partie
de ses draps, de ses serviettes et de la toile de ses matelas,
ayant soin, du reste, de refaire les ourlets des uns et de re-
coudre les autres de manière que l'on ne pût rien soupçonner.

Le baron de Peken travaillait, de son côté, à faire des outils avec des morceaux de fer dérobés çà et là, des débris de
casseroles et de clous. On aiguisait ensuite toute cette ferraille, passée au feu, aux cruches de grès qui contenaient l'eau.

Les cordes d'osier et de fil étaient les plus embarrassantes.
L'abbé de Bucquoy souleva quelques carreaux de la chambre,
et parvint à établir une cachette imperceptible pour y garder
ces matériaux. Un jour seulement, à force de creuser, il fit
enfoncer le plancher, dont les solives étaient pourries, de sorte
qu'il tomba, avec le baron de Peken, dans la chambre inférieure, qui était habitée par un jésuite..., dont l'esprit
était troublé précédemment, et que cette aventure acheva
de rendre fou.

L'abbé de Bucquoy et son compagnon n'avaient reçu que
de faibles contusions. Le jésuite criait si haut : « Au secours !
à l'aide ! » que l'abbé l'engagea, en latin, à se tenir tranquille,
lui promettant de l'associer à ses projets d'évasion. Le jésuite,
faible d'esprit comme il était, crut qu'on en voulait à sa vie,
et cria encore plus fort.

Les porte-clefs arrivèrent, et l'abbé de Bucquoy et son compagnon jetèrent à leur tour les hauts cris sur leur chute, due au peu de solidité du plafond.

On les remit dans leur chambre, et ils purent à temps faire disparaître les échelles de cordes cachées sous les carreaux, ainsi que la ferraille nécessaire à l'évasion; seulement, un jour, ils virent venir un menuisier qui devait faire un guichet à la porte... L'abbé demanda les raisons de ce travail, et on lui répondit que l'on pratiquait ce guichet pour pouvoir donner à manger au jésuite fou que l'on mettrait là. Quant à eux, ils devaient être transportés dans une chambre plus belle... Ce n'était pas là le compte des deux amis, qui étaient parvenus à scier leurs barreaux et que leurs préparatifs assuraient d'un succès prochain.

L'abbé demanda à voir le gouverneur, et lui dit qu'il se plaisait dans sa chambre, et qu'en outre, si l'on voulait le séparer du baron de Peken, la conversion de ce dernier deviendrait impossible, attendu qu'il n'avait confiance qu'en ses exhortations amicales. Le gouverneur fut inflexible : et l'abbé, en rentrant, avertit l'Allemand de ce qui s'était passé.

Il lui conseilla alors de feindre une grande mélancolie de quitter le logement, et de faire semblant de se tuer. Le baron fit si bien semblant, qu'au lieu de se tirer un peu de sang, il se coupa les veines des bras, de sorte que l'abbé, effrayé de voir couler tant de sang, appela au secours. Les sentinelles avertirent le corps de garde, et le gouverneur vint lui-même, manifestant beaucoup de pitié.

La raison principale de cette conduite était que, depuis quelque temps déjà, il avait reçu l'ordre de mettre le baron en liberté... Mais, pour gagner encore sur sa pension, il prolongeait le plus possible sa captivité.

Après cette aventure, l'abbé de Bucquoy fut transporté non au cachot, mais dans un de ces étages des tours qu'on appelait *calottes*. Des prisonniers précédents s'étaient avisés de peindre les murs de cette chambre en y traçant des figures effrayantes, et des sentences de la Bible « propres à préparer à la mort. »

D'autres prisonniers, moins religieux que politiques, avaient inscrit cette épigramme sur le mur :

> Sous Fouquet, qu'on regrette encor,
> L'on jouissait du siècle d'or ;
> Le siècle d'argent vint ensuite,
> Qui fit naître Colbert; concevant du chagrin,
> L'ignare Pelletier, par sa fade conduite,
> Amena le siècle d'airain;
> Et la France, aujourd'hui sans argent et sans pain,
> Au siècle de fer est réduite
> Sous le vorace Pontchartrain !

Un autre, plus hardi, s'était permis de graver dans le mur ces quatre vers :

> Louis doit se consoler de perdre par la guerre
> Milan, Naples, Sicile, Espagne et Pays-Bas :
> Avec la Maintenon, ce prince n'a-t-il pas
> Le reste de toute la terre !

L'abbé ne se plaisait pas dans cette chambre octogone, voûtée en ogive, où il se trouvait seul. On lui offrit de le mettre en société avec un capucin nommé Brandebourg; mais, après avoir accepté cette compagnie, il se plaignait de ce que ce religieux avait de grands airs et voulait être traité de prince. Il demanda au gouverneur d'être mis avec quelque *bon garçon* protestant qu'il pût convertir. Il parla même d'un nommé Grandville, dont les prisonniers de la chambre précédente s'étaient entretenus déjà avec lui.

C'était un homme entreprenant que ce Grandville, et beaucoup moins porté à la conversion qu'aux idées de fuite, dans lesquelles il s'entendait parfaitement avec l'abbé de Bucquoy.

VIII

DERNIÈRES TENTATIVES

L'abbé et Grandville travaillaient à percer le mur, et y réussissaient en démolissant une ancienne fenêtre bouchée par la maçonnerie, lorsque tout à coup ils virent arriver deux nouveaux hôtes, dont l'un était le chevalier de Soulanges, homme sûr, que l'abbé de Bucquoy avait connu précédemment. Ils s'embrassèrent. Quant au quatrième, c'était une sorte de fou nommé Gringalet, que l'on soupçonnait d'être espion, car, dans les grandes chambrées, il y en avait toujours un. On parvint à lui rendre la vie si désagréable, qu'il voulut sortir, et fut remplacé par un autre.

Les quatre prisonniers, se reconnaissant pour des hommes d'honneur et de vrais frères, tinrent conseil sur les moyens de s'évader, et le plan proposé par l'abbé de Bucquoy obtint, dès l'abord, l'approbation générale.

Il s'agissait simplement de limer les grilles de la fenêtre et de descendre, la nuit, dans le fossé au moyen de cordes de fils et d'osier. L'abbé était parvenu à conserver quelques-unes de celles qu'il avait filées avec le baron de Peken, et instruisit ses compagnons à en faire d'autres, ainsi qu'à fondre des crampons.

Quant à la question de limer les barreaux, il fit voir une petite lime qu'il était parvenu à conserver et qui suffisait à tout le travail.

Seulement, ses précédentes traverses l'avaient rendu méfiant, et il voulut encore que chacun s'engageât, par les serments les plus forts, à ne point trahir les autres. Il écrivit des passages de l'Évangile avec une plume de paille et de la suie délayée, et fit jurer solennellement tous ses compagnons.

Mais une difficulté s'éleva quant à l'endroit par lequel on attaquerait la contrescarpe, une fois dans le fossé.

L'abbé penchait pour la contrescarpe voisine du quartier Saint-Antoine; d'autres étaient d'avis « de passer par la demi-lune dans le fossé qui donne hors de la porte. »

Les avis furent tellement partagés, qu'il fallut nommer un président... On finit par convenir de ce point important qu'une fois dans le fossé, chacun se sauverait à sa mode.

Ce fut le 5 mai à deux heures du matin que l'évasion fut accomplie.

Il fallait, pour soutenir la corde, un crampon avancé hors de la fenêtre qui lui donnât du dégagement. On avait construit l'apparence d'une espèce de cadran solaire, maintenu par un bâton hors de la croisée, afin d'habituer les regards des sentinelles à l'appareil que l'on projetait. Il fallut encore teindre les cordes en noir de suie, et les établir sur le crampon avancé hors de la fenêtre. Comme on risquait d'être vu en passant devant l'étage inférieur, on avait eu la précaution de laisser pendre une couverture sous prétexte de la faire sécher.

L'abbé de Bucquoy descendit le premier. On était convenu qu'il surveillerait la marche du factionnaire et avertirait ses camarades au moyen d'un cordon qu'il tirerait pour indiquer le danger ou le moment favorable. Il resta plus de deux heures s'abritant dans les hautes herbes sans voir descendre personne.

Ce qui avait retenu ces pauvres gens, c'est que Grandville, à cause de son épaisseur, ne pouvait passer à travers la brèche faite à la grille, que l'on essayait en vain d'élargir.

Deux des prisonniers finirent par descendre et apprirent à l'abbé de Bucquoy que Grandville s'était sacrifié dans l'intérêt de tous, disant qu'il valait mieux qu'un seul pérît.

L'abbé n'était inquiet que de la sentinelle; il offrit d'aller la saisir, attendu que sa marche et son retour gênaient singulièrement le projet de franchir la contrescarpe du côté de la rue Saint-Antoine. Ses amis ne furent pas du même avis, et voulurent s'enfuir d'un autre côté en s'aidant de la hauteur des herbes qui les dérobaient aux regards.

L'abbé, qui n'abandonnait jamais une opinion, resta seul

dans le même lieu, attendit que la sentinelle fût éloignée, et se *mit à gravir* le mur, au delà duquel il trouva un autre fossé. Le fossé fut encore franchi, et il se trouva de l'autre côté sur une gouttière donnant dans la rue Saint-Antoine. Il n'eut plus qu'à descendre le long du toit d'un pavillon qui servait aux marchands bouchers.

Au moment de quitter la gouttière, il voulut voir encore ce que devenaient ses camarades; mais il entendit un coup de fusil, ce qui lui fit penser qu'ils avaient essayé sans succès de désarmer le factionnaire.

L'abbé de Bucquoy, en sautant hors de la gouttière, s'était fendu le bras à un crochet d'étal. Mais il ne s'occupa point de cet inconvénient et descendit vite la rue Saint-Antoine, puis il gagna celle des Tournelles; traversant Paris, il arriva à la porte de la Conférence, où demeurait un de ses amis du café Laurent. On le cacha pendant quelques jours. Ensuite il ne fit pas la faute de rester dans Paris, et parvint, avec un déguisement, à gagner la Suisse par la Bourgogne. On ne dit pas qu'il s'y fût arrêté de nouveau à faire des discours aux faux saulniers.

L'évasion de l'abbé eut des suites très-graves pour les prisonniers qui étaient restés à la Bastille. Jusque-là, c'était un dicton populaire qu'on ne pouvait s'échapper de cette forteresse... Bernaville fut tellement troublé de cette aventure, qu'il fit couper tous les arbres du jardin et des allées qui entouraient les remparts. Puis, ayant reçu avis par Corbé du moyen qu'employaient certains prisonniers pour communiquer avec le dehors, il fit tuer tous les pigeons et les corbeaux qui trouvaient asile au sommet des tours et jusqu'aux passereaux et aux rouges-gorges qui faisaient la consolation des prisonnières.

Corbé fut soupçonné de s'être laissé tromper dans sa surveillance par les cadeaux que lui faisait l'abbé de Bucquoy. De plus, sa conduite avec les prisonnières lui avait attiré déjà des reproches.

Il était devenu très-amoureux de la femme d'un Irlandais nommé Odricot, enfermée à la Bastille sans que son mari même sût qu'elle existât si près de lui. Corbé et Giraut (aumônier) faisaient la cour à cette dame, qui devint grosse enfin... et l'on ne put savoir de qui était l'enfant.

Cependant, Corbé se persuada qu'il était de lui seul, et parvint, par ses relations, à obtenir la grâce de la dame Odricot, qui était fort belle, quoique un peu rouge de cheveux. Corbé était très-avare, au point qu'on lui attribuait la mort d'un ministre protestant, nommé Cardel, qu'il aurait laissé périr de faim pour hériter de quelques pièces d'argenterie que possédait ce pauvre homme. Mais la dame Odricot sut le dominer au point qu'il se ruina à lui donner un carrosse, des domestiques et tous les dehors d'une grande existence. Sur des plaintes assez fondées, on finit par le casser, et tout porte à croire qu'il finit malheureusement.

Bernaville, gorgé d'or à ce point que l'on calcula qu'il devait faire six cent mille francs de bénéfice, par an, sur les prisonniers, fut remplacé par Delaunay, seulement vers l'époque de la mort de Louis XIV. Le dernier prisonnier de considération qu'il eût reçu était ce jeune Fronsac, duc de Richelieu, que l'on avait surpris un jour caché sous le lit de la duchesse de Bourgogne, épouse de l'héritier de la couronne... Les mauvaises langues du temps remarquèrent qu'il était triste que les lauriers du duc de Bourgogne ne l'eussent pas préservé d'un tel affront. Il mourut, du reste, peu de temps après, laissant à Fénelon le regret d'avoir perdu beaucoup de belles pensées et de belles phrases à l'instruire des devoirs de la royauté.

IX

CONCLUSION

Nous avons montré l'abbé de Bucquoy s'échappant de la Bastille, ce qui n'était pas chose facile; il serait maintenant fastidieux de raconter ses voyages dans les pays allemands, où il se dirigea en sortant de Suisse. Le comte de Luc, auquel Jean-Baptiste Rousseau a adressé une ode célèbre, était là ambassadeur de France et s'employa à faire sa paix avec la cour. Mais il n'y put réussir, non plus que la tante de l'abbé, la douairière de Bucquoy, qui adressa au roi un placet commençant ainsi :

« La veuve du comte de Bucquoy remontre très-humblement à Votre Majesté que le sieur abbé de Bucquoy, neveu du feu comte son époux, a eu le malheur d'être arrêté près de Sens pour le sieur abbé de la Bourlie, envoyé prétendu de M. de Marlborough, afin d'encourager les *fauxçonniers* répandus dans la Bourgogne et dans la Champagne, et tâcher d'y pratiquer une espèce de rébellion. »

La comtesse indiquait ensuite la fausseté de cette arrestation, et peignait les souffrances qu'avait dû subir un fidèle sujet comme le comte abbé de Bucquoy, confondu avec des révoltés et retenu d'abord dans la prison de Soissons avec les gens coupables de l'enlèvement de M. de *Beringhen*[1].

La comtesse tâche ensuite de faire valoir le courage qu'a eu son neveu de s'échapper de la Bastille, *sans aucun éclat*, le 5 mai, au prix de beaucoup de sueurs et de travaux... Cependant, arrivé en lieu étranger, il demande à faire valoir son innocence, protestant qu'il est un des plus zélés sujets du roi, mais, « de ces sujets *à la Fénelon*, qui vont droit à la vérité, où le prince trouve cette gloire qui ne doit son éclat qu'à la vertu... »

La comtesse fait encore observer « qu'il serait bon que les écrous de son neveu fussent partout rayés et biffés, *à Sens, à Soissons, au For-l'Évêque et à la Bastille*, et qu'il fût rétabli dans tous ses droits, honneurs, prérogatives et dignités, et qu'on lui restituât plus de six cents pistoles qui lui avaient été

1. La *Biographie universelle* de Michaud dit *M. le Premier*. Le livre semi-allemand publié à Francfort, qui contient l'histoire originale de l'abbé de Bucquoy, nous fournit cet autre nom.

enlevées dans ses divers emprisonnements. » Elle fait remarquer aussi que le valet de chambre et la servante de son neveu, Fournier et Louise Deputs, ont emporté deux mille écus
qu'il possédait au moment de son évasion.

La douairière de Bucquoy finit par demander pour son neveu un emploi honorable, soit dans les armées du roi, soit
dans l'Église, lui-même étant disposé également à tout ce que
l'ordre voudra de lui, « et trouvant tout bon, pourvu que ce
soit le bien qu'il puisse remplir. »

La date est du 22 juillet 1709.

Ce placet n'obtint aucune réponse.

Lorsque l'on se trouve en Suisse, il est très-facile de descendre le Rhin, soit par les bateaux ordinaires, soit par les
trains de bois qui emportent souvent des villages entiers sur
leurs planchers de sapin. Les branches du Rhin, canalisées,
facilitent en outre l'accès des Pays-Bas.

Nous ne savons comment l'abbé de Bucquoy se rendit de
Suisse en Hollande, mais il est certain qu'il parvint à s'y faire
bien recevoir du *grand pensionnaire Heinsius*, qui, comme philosophe, l'accueillit les bras ouverts.

L'abbé de Bucquoy avait tracé déjà tout un plan de république applicable à la France, qui donnait les moyens de supprimer la monarchie! Il avait intitulé cela : *Antimachiavé-
lisme, ou Réflexions métaphysiques sur l'autorité en général et
sur le pouvoir arbitraire en particulier*.

« On peut dire, observait-il dans son mémoire, que la république n'est qu'une réforme, par occasion, de l'abus que le
temps amène dans l'administration du peuple. »

L'abbé de Bucquoy, par esprit de conciliation probablement, ajoute que la monarchie est de même parfois un remède
violent contre les excès d'une république... « *La Nature* se

rencontre dans ces deux gouvernements, républicain ou monarchique, mais non pas *de plein gré* comme dans le premier. »

Il avoue que le pouvoir monarchique entre les mains d'un sage serait le plus parfait de tous ; mais où trouver ce sage ?... Partant, l'état républicain lui paraît être le moins défectueux de tous.

« *L'autorité arbitraire* (dans les idées de l'abbé, c'est le gouvernement de Louis XIV) ne se sert que trop de Dieu, mais à quoi ? à couvrir son injustice... Elle peut surprendre la multitude, ou la *jehenner* de telle manière que son air muet semble applaudir ; mais on doit encore prendre garde... Il ne faut que quelques hommes d'une certaine trempe, une veine, un moment, un presque rien qui s'offre à propos, pour réveiller dans le peuple ce qui y semble assoupi.

» Quel fonds faites-vous, ajoute l'abbé, sur les *athées couverts*, qui, non plus que vous, ne pensent qu'à eux. N'attendez pas qu'ils s'échauffent pour vous dans l'occasion. Ils suivront le Temps, en vous laissant dans la surprise qu'ils vous ont les premiers manqué. »

Notre travail, maintenant, ne peut être que le complément d'une biographie, où nous devons seulement indiquer l'abbé de Bucquoy comme un des précurseurs de la première révolution française. L'ouvrage, dont on vient de voir l'esprit général, est suivi d'un *Extrait du Traité de l'existence de Dieu*, dans lequel l'auteur cherche à démontrer, contre les philosophes matérialistes, que la *matière* n'est pas en possession de son existence et de son mouvement par sa propre vertu.

« Chacune des parties de la matière, dit-il, a-t-elle l'existence par elle-même ? Il y aurait donc autant d'êtres nécessaires que de parties... Cela produirait des dieux sans nombre, comme dans les imaginations des païens. » Les corps n'ont, selon l'abbé, ni existence ni mouvement par eux-mêmes... Prétendra-t-on « qu'au centre de la matière, un atome pousse l'autre, et que l'ordre résulte de leur action réciproque ? »

Voilà ce que l'abbé ne peut admettre sans l'intervention d'un Dieu.

« Les corps ont aussi peu par eux-mêmes le mouvement et la régularité du mouvement, que l'existence. A ce compte, le *hasard* est-il quelque chose de tout cela ? Par là même, il dépend. Subsiste-t-il par lui-même sans être rien de ce qu'on vous a dit ? Alors, c'est Dieu. N'est-il ni l'un ni l'autre ? Ce n'est rien ! »

L'auteur, on le voit, lutte ici contre certaines idées cartésiennes qui préparaient déjà d'Holbach et Lamétherie ; il ne peut s'empêcher de faire encore, en finissant, une critique de la cour de Louis XIV, en disant : « O mon Dieu, on vous confesse assez de bouche ; mais qui est-ce qui vous avoue de cœur ? N'y aurait-il que vous, Seigneur, qui n'auriez aucun crédit parmi les hommes, si ce n'est comme prétexte à leur injustice ? »

Le gouvernement des Bays-Bas tint grand compte des projets de l'abbé de Bucquoy ; mais il était difficile d'établir alors en France une république ; et, de plus, cela n'eût pu se faire que par le triomphe des *alliés*.

L'abbé n'eut donc que des succès de salon en Hollande, où il passa pour un profond métaphysicien. On l'écoutait avec faveur dans les réunions, et, là, il obtenait partout l'assentiment de *cette France* dispersée à l'étranger par les persécutions de toute sorte, et qui se composait de catholiques hardis, aussi bien que de protestants. Les deux partis s'unissaient dans la haine de celui qui se faisait adresser ces épithètes: *Viro immortali*, ou : *Fit regio divo.*

A propos du placet adressé au roi par sa tante, les dames de la Haye en blâmèrent le ton. Ce n'était plus, dit-on, la mode en France de parler si haut et si naïvement... « Il en avait coûté cher à M. de Cambray, qui pourtant *s'était enveloppé dans son style...* »

A l'époque de la mort de Louis XIV, l'abbé de Bucquoy écrivit ces quatre vers avec ce titre :

SON DERNIER RÔLE

(La scène est à Saint-Denis)

Le voilà mis dans le cavot (*sic*) ;
C'est donc la fin de son histoire ;
Mais, pour épargner sa mémoire,
La flatte bien qui n'en dit mot.

Il y avait peut-être un peu d'exagération dans cette remarque de l'abbé.

« Vrai roman que son règne, dit-il plus loin. *Je le veux, je le puis !* telle était sa devise. — Qu'a-t-il fait ? Rien.

» Que ne peut-on redonner la vie à des milliers d'hommes sacrifiés à ses desseins ! »

C'est à la *mère du régent* que le comte de Bucquoy adressait ces observations, de son refuge en Hanovre, le 3 avril 1717.

L'abbé de Bucquoy, se trouvant à Hanovre, publia des réflexions sur le *décès inopiné* du roi de Suède. En faisant considérer la position qu'avaient à maintenir les princes, il écrivit cette phrase : « Quel opprobre et quel reproche sur tous ceux que la Providence plaça sur le chandelier, de n'y figurer pas mieux que sous le boisseau ! » Il ajoutait : « L'âme d'un misérable particulier en un prince me choque étrangement. »

Quant à Sa Majesté Suédoise, il lui reproche d'avoir lu trop jeune Quinte-Curce... « Gardez-vous, ajoute-t-il, d'un homme qui n'a qu'un livre dans sa poche. Déterminé soldat partout, grenadier par excellence, c'était son humeur ; mais les lectures de Quinte-Curce l'ont perdu. De sa gloire de Nerva, réduit à fuir à Pultava, aventurier à Bender, il se fait tuer sans besoin à Fredrichstahl !... »

Voilà à quels raisonnements politiques l'abbé de Bucquoy se livrait à Hanovre vers 1718. Mais, en 1721, il ne se préoccupait plus que des femmes, faisant accessoirement des observations

« sur la malignité du beau sexe. » On trouve dans ce nouveau livre cette phrase :

« O femme ! l'extrait d'une côte ! fille de la nuit et du sommeil ! Adam dormait quand Dieu te fit... S'il eût été éveillé, peut-être aurait-on eu de meilleure besogne : ou bien il aurait prié le Seigneur de rendre l'os de ses os plus souple, du moins du côté de la tête.

« Adam aurait pu dire aussi à Dieu : « Laisse ma côte » en repos ; j'aime mieux être seul qu'en mauvaise compa- » gnie... »

L'abbé de Bucquoy avait trouvé un grand accueil à la cour de Hanovre, où on lui donna un logement dans le palais. Seulement, il ne s'attendait pas à y trouver une dame nommée Martha, qui était la concierge et qui le fit souffrir en plusieurs occasions. Cette femme était fort avare, et tirait tout ce qu'elle pouvait de l'abbé.

Il était allé à Leipsick, et on lui avait envoyé de l'argent pendant son absence. En revenant, il n'entendit parler de rien ; mais une lettre l'avertit de ce qui lui était envoyé. Alors, il se plaignit, et la concierge lui répondit que, dans son absence, elle avait employé l'argent, mais qu'elle le lui rendrait plus tard. Il se borna à lui répondre en allemand : *Es ist nicht recht.* (Ce n'est pas bien.)

Cependant, comme il s'en était plaint au mari, elle vint chez l'abbé le matin, en chemise blanche et nu-jambes avec un cotillon fort court... « Que sait-on, dit l'abbé, si ce n'était pas une Phèdre furieuse d'amour et de rage... » C'est alors qu'il courut à ses pistolets « pour y mettre de la dragée. La dame eut soin de s'échapper très-vite... »

Ces dernières persécutions furent très-sensibles à l'abbé de Bucquoy, qui plusieurs fois s'en plaignit à Sa Majesté Britannique, de qui dépendait le gouvernement de Hanovre. On peut croire que, dans ses dernières années, c'est-à-dire vers quatre-vingt-dix ans, son esprit s'affaiblissait et l'amenait à s'exagérer bien des choses.

Nous n'avons pas d'autres renseignements touchant les dernières années de l'abbé comte de Bucquoy.

Cet écrivain nous a paru remarquable, tant par ses évasions que par le mérite relatif de ses écrits. Nous ne devons pas, toutefois, le confondre avec un nommé Jacques de Bucquoy, dont la Bibliothèque nationale possède un livre intitulé : « *Reise door de Indiën*, door Jacob de Bucquoy. — Harlem : *Jan Bosch*, 1744. »

Le comte de Bucquoy, après son évasion, resta soit en Hollande, soit en Allemagne, et n'alla pas aux Indes. Un de ses parents peut-être y fit une excursion vers cette époque.

———

L'auteur de cette étude historique ayant terminé son travail sur une biographie qu'il a cru utile à l'histoire du pays, n'a plus qu'à prier la Bibliothèque nationale de vouloir bien accepter l'*Histoire de l'abbé de Bucquoy*, qui manque à sa collection, ainsi que le volume qui contient la relation des guerres du comte de Bucquoy, son oncle, en Bohême.

Ce dernier ouvrage a moins de valeur que l'autre, qui ne se recommande, du reste, que par sa rareté.

FIN

TABLE

FIN DE LA TABLE

Imprimerie générale de Ch. Lahure, rue de Fleurus, 9, à Paris